Robert Crais

Originaire de Louisiane, Robert Crais manifeste tôt l'ambition d'écrire : ainsi, sa formation d'ingénieur ne l'empêche pas de publier quelques nouvelles et de réaliser des films en amateur. Lorsqu'en 1976 il s'installe à Hollywood, rapidement, il collabore à l'écriture de séries télévisées à succès, jusqu'à devenir le scénariste de certaines, comme *La loi de Los Angeles* ou *Miami Vice*. Au milieu des années 80, il quitte la télévision pour se consacrer à l'écriture de romans policiers. Il figure aujourd'hui parmi les grands noms du genre, grâce à des titres comme *Prends garde au toréador*, *L'ange traqué*, ou encore *Meurtre à la sauce cajun*. Il vit aujourd'hui avec sa famille en Californie.

L.A. REQUIEM

ROBERT CRAIS

L.A. REQUIEM

Traduit de l'américain
par Hubert Tezenas

BELFOND

Titre original :
L.A. REQUIEM
publié par Doubleday,
a division of Random House Inc., New York.

Tous les personnages de ce livre sont fictifs et toute ressemblance avec des personnes réelles, vivantes ou mortes, serait pure coïncidence.

ISBN : 2-266-12092-1

A Ed Waters et Sid Ellis,
qui m'ont appris plus que des mots.

« Et v'là l'nom d'ce morceau. »

Tu sais ce qu'est l'amour ?
(Je me viderais de mon sang pour toi.)

Tattoed Beach Sluts

Je mène le monde entier par le bout du nez
Et tout ce que j'ai à faire, c'est de continuer
à faire le con.

On se dit au revoir bien poliment
Maintenant dis bonjour au tueur qui est en
moi.

MC 900 Ft. Jesus

Maman, maman, est-ce que tu vois
Ce que le corps des marines m'a fait ?
M'a fait maigre et m'a fait fort
M'a mis là où je peux pas faire de tort.

Marche de l'US Marine Corps

L'Islander Palms Motel

L'agent en uniforme Joe Pike, du LAPD, le département de police de Los Angeles, entendait les accents de la banda *malgré le ronronnement du moteur tournant au ralenti, la climatisation en position chambre froide et la radio de bord qui vomissait des appels codés à d'autres unités.*

Les gamins latinos agglutinés à l'extérieur de la galerie l'épiaient avec des gloussements, des messes basses et de soudaines rougeurs. Des hommes basanés et trapus, à peine débarqués en fraude de leur Zacatecas natal, traînaient sur les trottoirs en plissant les yeux face au soleil pendant que des veteranos *leur parlaient de Sawtelle Boulevard, dans le Westside, où ils pourraient trouver un taf à la journée, trente dollars en liquide, sans avoir besoin de montrer leurs papiers. Ici, dans la Rampart Division, au sud de Sunset, les Guatémaltèques et les Nicaraguayens se mêlaient aux Salvadoriens et aux Mexicains pour un plat de haricots rouges, une* machaca *de trottoir qui parfumait l'air ambiant à l'*epizote, *dont l'odeur se frayait un chemin jusque dans la cage métallique de la voiture de patrouille.*

Pike regarda la foule de gamins s'ouvrir comme les eaux de la mer Rouge quand son coéquipier ressortit à pas pressés de la galerie. Abel Wozniak était un type massif, à la tête carrée et au regard nuageux, couleur anthracite. Wozniak, qui avait vingt ans de plus que Pike, avait passé vingt ans de plus que lui dans la rue. Après avoir été le meilleur flic que Pike eût connu, Wozniak avait à présent de la fatigue plein les yeux. Ils faisaient équipe depuis deux ans, et son regard n'avait pas toujours été ainsi. Pike le regrettait, mais il n'y pouvait rien.

Surtout maintenant, alors qu'ils recherchaient Ramona Ann Escobar.

Wozniak se glissa derrière le volant et posa son pistolet sur la banquette, pressé de se mettre en route malgré la tension qui régnait entre eux, épaisse comme du sang caillé. Son informateur avait lâché le morceau.

— DeVille est à l'Islander Palms Motel.

— Avec la petite ?

— Mon indic a aperçu une petite fille, mais il n'a pas pu me dire si elle était encore avec lui.

Wozniak enclencha la marche avant et s'éloigna du trottoir. En s'abstenant de passer en code trois. Pas de gyrophare, donc, ni de sirène. L'Islander Palms se trouvait à moins de cinq rues de distance, sur Alvarado Boulevard, légèrement plus au sud de Sunset. A quoi bon se faire annoncer ?

— Woz ? Tu crois que DeVille serait capable de lui faire du mal ?

— Tu sais ce que j'en pense : ce genre de pervers serait mieux avec une balle dans la tête.

Il était onze heures quarante, un mardi matin. A neuf heures vingt, une petite fille de cinq ans nommée Ramona Ann Escobar était en train de jouer près de l'embarcadère des pédalos d'Echo Park quand sa mère, une immigrée en règle du Guatemala, s'était détournée un moment pour bavarder avec des amies. Des témoins avaient vu Ramona pour la dernière fois en compagnie d'un homme qui avait de bonnes chances d'être Leonard DeVille, pédophile notoire repéré depuis trois mois autour d'Echo Park et de MacArthur Park. Dès que le central avait lancé l'avis de recherche, Wozniak s'était mis en devoir de consulter ses sources. Wozniak, qui patrouillait depuis une éternité, connaissait les gens de la rue et savait en général où les trouver. Il était à lui seul une mine d'informations que Pike admirait et respectait et qu'il ne tenait pas à perdre. Mais, là encore, il n'y pouvait rien.

Il fixa Wozniak jusqu'à ce que celui-ci, incapable de supporter plus longtemps le poids de son regard, se décide enfin à tourner la tête. Ils n'étaient plus qu'à une quarantaine de secondes de l'Islander Palms.

— Bon sang, qu'est-ce qu'il y a encore ?

— Il n'est pas trop tard, Woz.

Le regard de Wozniak s'échappa vers l'asphalte, ses traits se durcirent.

— Je t'ai déjà répondu, Joe. Laisse tomber. Je ne veux plus parler de ça.

— Je suis sérieux.

Wozniak s'humecta les lèvres.

— Tu dois penser à Paulette et à Evelyn, insista Pike.

La femme et la fille de son équipier.

Wozniak vrilla sur Pike une paire d'yeux aussi insondables et menaçants qu'un cumulus d'orage.

— J'y ai pensé, Pike. Enfonce-toi ça dans le crâne.

L'espace d'un instant, Pike crut voir quelque chose briller dans les prunelles de Wozniak, mais celui-ci haussa les épaules, comme pour se délester de ses sentiments, et tendit le bras devant lui :

— On y est. Maintenant, ferme ta putain de gueule et essaie de faire ton boulot de flic.

L'Islander Palms était un établissement miteux de stuc blanc, construit sur deux niveaux : moquettes élimées, matelas pleins d'auréoles et néons en forme de palmiers qui, même pour Los Angeles, avaient l'air minables, le tout distribué en forme de L autour d'un parking étroit. Le gros de la clientèle était constitué de putes qui prenaient une chambre à l'heure, de pornographes à la petite semaine venus là filmer leurs vidéos « amateurs », et de mauvais payeurs qui avaient besoin de crécher quelque part en attendant de se trouver un autre proprio à entuber.

Pike suivit Wozniak dans le bureau du gérant, un Indien maigre, aux yeux limpides, qui leur déclara de but en blanc :

— S'il vous plaît, je veux pas d'ennuis.

Wozniak donna le la :

— On recherche un mec accompagné d'une petite fille. Il s'appelle Leonard DeVille, mais il se peut qu'il se soit inscrit sous un autre nom.

Le nom ne disait rien à l'Indien, qui par ailleurs n'avait vu aucune petite fille, mais il indiqua tout de même aux policiers qu'ils pourraient trouver un homme correspondant à la description : à l'étage, il occupait la troisième chambre en partant du sommet du L.

— Tu veux que je prévienne le central ? demanda Pike.

Wozniak quitta la pièce et entreprit de monter l'escalier sans répondre. Pike songea qu'il ferait mieux de retourner à la voiture pour passer un appel, mais, comme un bon policier ne laisse pas son équipier monter seul, il suivit le mouvement.

Ils longèrent la galerie extérieure, arrivèrent devant la troisième porte, n'entendirent rien. Les rideaux étaient tirés. Pike eut la désagréable impression d'être épié.

Wozniak se posta du côté de la poignée, Pike du côté des gonds. Wozniak frappa doucement et se présenta comme un agent du département de police de Los Angeles. Joe mourait d'envie d'entrer le premier, mais son équipier lui avait mis les points sur les i là-dessus deux ans auparavant : c'était Wozniak qui conduisait, Wozniak qui entrait le premier, Wozniak qui décidait comment ils devaient jouer chaque partie. Ses vingt-

deux ans de maison, rapportés aux trois de Pike, lui donnaient droit à ce genre de prérogative. Ils avaient déjà procédé de cette façon au moins deux cents fois.

Dès que DeVille eut entrouvert la porte, ils s'avancèrent, Wozniak en tête, et le repoussèrent à l'intérieur, sans ménagement.

— Hé, qu'est-ce qui se passe ? interrogea DeVille, à croire que c'était sa première descente de flics.

La chambre nue, avec penderie et salle d'eau au fond, puait la chaussette sale. Un lit double, défait, était plaqué contre le mur tel un autel sordide. Le dessus-de-lit rouge foncé, usé jusqu'à la trame, arborait une énorme tache en forme de Mickey. Le seul autre meuble de la pièce était une commode minable, criblée de brûlures de cigarette et lardée d'entailles au couteau. Pendant que Wozniak tenait DeVille en respect, Pike inspecta la salle d'eau et le placard.

— Elle n'est pas là.

— Rien d'autre ? Des vêtements, des bagages, une brosse à dents ?

— Rien.

Preuve que DeVille ne vivait pas là, et qu'il n'en avait pas la moindre intention. Il réservait cette chambre de motel à un autre usage.

Wozniak, qui avait déjà serré DeVille à deux reprises, lui demanda :

— Où est-elle, Lennie ?

— Qui ça ? Eh, je fais plus ce genre de truc. Voyons, m'sieur l'agent…

— Où est ton appareil ?

DeVille écarta les paumes et se fendit d'un sourire nerveux.

— J'ai plus d'appareil. Je vous dis, les gars, j'ai raccroché.

Leonard DeVille mesurait un mètre soixante-quinze. Il avait un corps grassouillet, des cheveux teints en blond, et sa peau avait la texture d'un ananas. Ses cheveux gominés étaient ramenés vers l'arrière et mainte-

nus par un élastique. Pike était sûr que DeVille mentait, mais il attendit, histoire de voir comment Woz allait jouer le coup. Malgré sa jeunesse, il savait qu'un pédophile restait toujours un pédophile. On avait beau le mettre à l'ombre, négocier avec lui, le sermonner, tout ce qu'on voulait, le jour où on le relâchait dans le vaste monde, il redevenait un agresseur d'enfants potentiel, et le passage à l'acte n'était qu'une question de temps.

Wozniak empoigna l'un des pieds du lit et souleva le sommier. DeVille recula d'un bond et se heurta à Pike, qui le ceintura. Un vieux sac de voyage en toile trônait parmi les millions de moutons de poussière réfugiés sous le plumard.

— Lennie, fit Wozniak, tu es vraiment bête à bouffer du foin.

— Hé, c'est pas à moi. J'ai rien à voir avec ce sac !

DeVille avait tellement la trouille qu'il ruisselait de sueur, un peu comme un orage tropical.

Wozniak ouvrit le sac et en retira un Polaroïd, une bonne douzaine de pellicules et une bonne centaine de photos d'enfants à divers stades de déshabillage. Voilà comment les mecs comme DeVille gagnaient leur croûte : en faisant des photos de gosses à poil et en les fourguant ensuite à d'autres pervers.

Wozniak examina un moment les clichés, le visage de plus en plus sombre, de plus en plus crispé. De l'endroit où il se tenait, Pike n'apercevait pas les images. En revanche, il distinguait parfaitement la grosse veine qui pulsait de plus en plus fort sur la tempe de son équipier. Il se dit que Wozniak était peut-être en train de penser à sa propre fille. Mais peut-être pas. Peut-être qu'il pensait toujours à l'autre truc.

Pike pressa le bras de DeVille.

— Où est la petite ? Où est Ramona Escobar ?

— Ces photos sont pas à moi, couina DeVille. Je les ai jamais vues !

Wozniak s'accroupit, impassible, et fit défiler plu-

sieurs clichés entre ses mains. Il en sélectionna un et se le mit sous le nez.

— On sent encore l'odeur du révélateur. Tu as pris cette photo il y a moins d'une heure.

— J'ai rien à voir là-dedans !

Wozniak considéra la photo. Pike ne pouvait toujours pas l'apercevoir.

— Elle a l'air d'avoir cinq ou six ans. Elle correspond à la description qu'on nous a donnée. Une jolie petite fille. Innocente. Sauf que maintenant, elle n'est plus tout à fait aussi innocente.

Abel Wozniak se leva, dégaina son pistolet. Le nouveau Beretta 9 mm dont le LAPD était en train d'équiper ses agents.

— Si tu as fait du mal à cette petite, ordure, je vais te crever.

— Woz, intervint Pike, il faut qu'on alerte le central. Range ton feu.

Wozniak contourna Pike. D'un revers de bras, il frappa DeVille à la tempe avec le canon du Beretta. DeVille s'effondra comme un sac poubelle.

Pike s'interposa d'un bond, attrapa Wozniak par les bras, le repoussa en arrière.

— Ce n'est pas ça qui aidera la petite, Woz.

Les yeux de Wozniak affrontèrent ceux de Pike : deux petites têtes de clou de très mauvais aloi, avec quelque chose d'autre derrière les nuages.

Quand les deux agents de police avaient monté l'escalier, Fahreed Abouti, le gérant, avait attendu qu'ils aient repoussé le blond à l'intérieur de sa piaule. La police débarquait souvent à l'hôtel pour choper des putains, des michetons ou des dealers, et Fahreed ne manquait jamais une occasion d'assister au spectacle. Un jour, il avait vu une pute offrir ses services aux agents venus l'embarquer, et un autre jour, il avait vu trois agents dérouiller un violeur jusqu'à lui faire sauter toutes ses dents. Il y avait toujours quelque chose de chouette à mater dans ces cas-là. C'était mieux que La Roue de la Fortune.

Mais il s'agissait quand même d'être prudent.

Dès que la porte se fut refermée à l'étage, Fahreed gravit les marches sur la pointe des pieds. Si on s'en approchait trop ou s'ils vous surprenaient, les flics pouvaient se mettre en rogne. Un jour, un agent du SWAT[1] *avec bouclier, casque et fusil d'assaut s'était tellement énervé qu'il avait balancé le turban de Fahreed dans une flaque de liquide de freins. La note de teinturier lui avait coûté les yeux de la tête.*

Quand les cris commencèrent, Fahreed se tenait encore dans la cage d'escalier. Il ne comprit pas ce qui se disait — seulement que ça gueulait fort et qu'il y avait de la colère. Il emprunta la galerie et se rapprocha, mais, lorsqu'il atteignit la porte de la chambre, les cris avaient cessé. Fahreed maudit le destin, persuadé d'avoir manqué le bouquet final, quand tout à coup un hurlement solitaire et puissant monta de l'intérieur de la chambre, suivi d'une déflagration aussi assourdissante qu'un coup de tonnerre.

Des passants dans la rue s'arrêtèrent net. Une femme tendit le bras. Un homme, à l'autre bout du parking, prit ses jambes à son cou.

Le cœur de Fahreed battit à se rompre, parce que, même quand on est indien, on sait reconnaître un coup de feu. Il se dit que le blond était peut-être mort. Ou alors il avait descendu un des deux agents.

Fahreed n'entendait plus rien à l'intérieur de la chambre.

— Oh ?

Rien.

— Ça va ?

Rien.

1. *Special Weapons Assault Team* — brigade d'intervention spéciale de la police américaine. *(N.d.T.)*

Peut-être qu'ils s'étaient faufilés par la petite fenêtre de la salle d'eau et qu'ils avaient ensuite détalé par la ruelle de derrière.

Les paumes de Fahreed étaient moites. Une partie de lui-même, prise dans un tourbillon de terreur, l'exhorta à se réfugier ventre à terre dans son bureau et à faire semblant de n'avoir rien entendu, mais, au lieu de ça, il poussa la porte de la chambre.

Le plus jeune des deux policiers — le grand, celui aux lunettes noires et aux traits vides — fit volte-face et braqua sur lui un gros calibre. A cet instant, Fahreed eut l'intime conviction qu'il allait mourir.

— Par pitié... Non !

L'autre agent n'avait presque plus de visage, et le peu qu'il en restait était inondé de sang. Le blond aussi avait l'air mort, et sa figure ressemblait à un masque rouge. Le sol, les murs, le plafond, tout était barbouillé de rouge.

— Non !

L'arme du grand flic ne trembla pas. Fahreed fixait éperdument la scène derrière ses lunettes opaques, et il comprit qu'elles aussi étaient embuées de sang.

— Pitié !

Le grand flic s'agenouilla à côté de son équipier et entreprit de lui faire un massage cardiaque. Sans lever la tête, il lança à Fahreed :

— Prévenez le 911.

Fahreed Abouti fila vers le téléphone.

PREMIÈRE PARTIE

1

Ce dimanche-là, un soleil aveuglant flottait au-dessus de Los Angeles, poussant les foules à rejoindre les plages, les parcs et les piscines pour échapper à la fournaise. L'air grésillait de cette frénésie qu'on retrouve chaque fois que le vent déboule du désert avec la puissance d'un train de fret, sec comme l'os, et transforme la végétation des collines en un goudron de bois qui risque à tout moment de s'embraser, avec des flammes à faire fondre une carrosserie d'automobile.

Les montagnes de Verdugo, au-dessus de Glendale, étaient en feu. Une colonne de fumée brune s'élevait à la verticale au-dessus de la ligne de crête avant d'être rattrapée par le souffle des Santa Anas[1] et de s'incliner vers le sud pour recouvrir la ville, barbouillant une partie du ciel d'une traînée qui évoquait du sang séché. De Burbank, ou même de Mulholland, au-dessus de Sunset Strip, on pouvait voir les gros avions multimoteurs de la lutte anti-incendie piquer vers le sol en déversant leur cargaison de retardateur rouge vif sous l'œil avide des hélicos qui quadrillaient la scène. Ou

1. Vents secs de sud-ouest, venus de l'intérieur des Etats-Unis, qui gagnent en force pendant leur descente vers le sud de la Californie et perturbent souvent le trafic aérien à Los Angeles. *(N.d.T.)*

alors, on pouvait regarder le spectacle à la télé. A Los Angeles, après l'émeute et la secousse sismique, l'incendie est le sport le plus apprécié en termes d'audimat.

On ne distinguait pas la colonne de fumée depuis l'appartement de Lucy Chenier, un premier étage à Beverly Hills, mais le ciel avait une teinte orangée qui la fit stopper au seuil de son immeuble et froncer les sourcils. Nous étions en train de décharger les cartons de sa voiture.

— C'est l'incendie ?

— Les Santa Anas rabattent la fumée vers le sud. D'ici deux heures, les cendres vont commencer à pleuvoir. Tu verras, on dirait de la neige grise.

Le foyer s'était déclaré à une bonne soixantaine de kilomètres. Nous ne courions aucun danger. Le froncement de sourcils de Lucy se déplaça vers sa Lexus, garée en contrebas le long du trottoir.

— Ça ne risque pas d'abîmer la peinture ?

— Quand la cendre touchera le sol, elle aura refroidi. Ça fera un peu comme de la poudreuse. On la rincera facilement au jet.

Elvis Cole, Angeleno pur sucre, mettant au parfum la petite nouvelle, qui se trouvait être sa petite amie. Attends un peu d'avoir vu une grosse secousse, chérie.

Lucy, pas trop convaincue, s'avança à l'intérieur du bâtiment et appela son fils :

— Ben !

Moins d'une semaine plus tôt, Lucille Chenier et son fils de neuf ans avaient quitté la Louisiane pour un appartement de Beverly Hills, à quelques rues au sud de Wilshire Boulevard. Lucy, naguère avocate à Baton Rouge, s'apprêtait à entamer une seconde carrière d'analyste juridique pour une chaîne de télévision locale (une profession toute neuve, fruit du vilain arbre médiatique poussé sur le fumier du procès O.J. Simpson). En troquant Baton Rouge contre Los Angeles, elle avait gagné un salaire plus conséquent, davantage de temps libre à consacrer à son fils, et une plus grande proximité avec *moi*[1]. Je venais de passer mon vendredi, mon samedi et l'essentiel de mon dimanche matin à aménager et à réaménager son salon. Ah, l'amour.

Le téléviseur diffusait la chaîne qui l'employait désormais, KROK-8 (« De vraies infos pour des gens vrais ! »). Comme toutes les autres chaînes de la ville, KROK-8 avait bouleversé sa programmation habituelle pour assurer la couverture en direct de l'incendie. Vingt-huit habitations menacées avaient été évacuées.

Lucy confia son carton à Ben.

— Trop lourd ?

— Tu rigoles ?

— Ta chambre. Ton placard. En ordre.

Dès que Ben fut reparti, je glissai mon bras autour de la taille de Lucy et lui murmurai à l'oreille :

— Ta chambre. Ton lit. En désordre.

Elle s'écarta et observa le canapé d'un air pensif.

— Il faut d'abord réorganiser tout ça. Tu pourrais changer le canapé de place, s'il te plaît ?

Mon regard se posa sur le canapé. Je l'avais peut-être déjà déplacé huit cents fois ces deux derniers jours.

— Quel mur ?

Elle réfléchit en se mordillant le pouce.

— Ici.

— Il y était déjà avant l'avant-dernier déplacement, remarquai-je.

C'était un grand et gros canapé. Il pesait sans doute une tonne et demie.

— Oui, mais à ce moment-là, le meuble hi-fi était à côté de la cheminée. Maintenant qu'on l'a installé dans l'entrée, l'impression sera complètement différente.

— *On* ?

— Oui. *On*.

Je me pliai en deux face au canapé et le poussai jusqu'au mur opposé. Deux tonnes.

1. En français dans le texte. *(N.d.T.)*

J'étais en train de le mettre en place quand le téléphone sonna. Après avoir parlé une minute, Lucy me tendit le combiné.

— Joe.

Joe Pike et moi sommes copropriétaires de l'agence de détectives Elvis Cole. Joe aurait pu avoir aussi son nom sur la porte s'il avait voulu — mais il n'a jamais voulu. Joe est comme ça.

J'attrapai le combiné :

— Lumbago & Co, j'écoute ?

Lucy leva les yeux au ciel et se détourna. Elle avait sûrement déjà en tête un nouvel emplacement pour son canapé.

— Comment va le déménagement ? demanda Pike.

Je sortis sur le balcon avec le téléphone.

— C'est un sacré changement. Je crois qu'elle est en train d'en prendre la vraie mesure. Qu'est-ce qui se passe ?

— Tu as déjà entendu parler de Frank Garcia ?

— Le mec des tortillas ? Médium, grande, *monsterito* ? Pour ma part, j'ai toujours eu un faible pour la *monsterito*.

Il n'y avait qu'à pousser la porte de n'importe quelle supérette de Los Angeles pour voir Frank Garcia vous sourire sur l'emballage de ses tortillas, l'œil brillant, la moustache noire et fournie, les dents blanches.

— Frank est un ami à moi, dit Pike. Il a un problème. Je suis en route vers sa maison. Tu peux m'y retrouver ?

Pike et moi possédons cette agence de détectives depuis douze ans, et je le connaissais déjà avant, du temps où il était agent en uniforme dans la police de Los Angeles. Pendant toutes ces années, il ne m'a jamais quémandé un service, ni le moindre coup de main pour un problème d'ordre personnel.

— Je suis en train d'aider Lucy à s'installer. Je suis en short et je viens de passer la matinée à me colleter avec un canapé de cinq tonnes.

Pike ne répondit pas.

— Joe ?

— La fille de Frank a disparu. Elle aussi, c'est une amie. J'espère que tu pourras te libérer.

Il me donna une adresse dans Hancock Park et raccrocha sans ajouter un mot. Joe Pike est comme ça, aussi.

Je restai sur le balcon à observer Lucy. Elle allait de carton en carton, comme si elle n'arrivait pas plus à choisir celui qu'elle souhaitait déballer maintenant qu'à déterminer l'emplacement de son canapé. Elle était dans ce genre d'état depuis son arrivée de Louisiane, et cela ne lui ressemblait pas. Nous entretenions depuis deux ans une relation amoureuse intcrurbaine, mais là, nous venions de franchir un grand pas en vue de l'approfondissement de cette relation — et elle en supportait tout le poids. C'était elle qui avait quitté ses amis. Elle qui avait quitté sa ville. Elle qui prenait les risques.

Je raccrochai, réintégrai la pièce et attendis qu'elle daigne me regardcr.

— Hé ?

Elle sourit, un peu troublée. Je lui pris les avant-bras en lui rendant son sourire. Lucy a d'adorables mirettes vert d'eau.

— Ça va ?

Toujours cette sorte dc gêne.

— Très bien.

— C'est un grand pas. Un grand changement. Pour nous deux.

Elle se retourna vers ses cartons, comme si un objet inquiétant risquait d'être tapi à l'intéricur.

— Ça va marcher, Luce.

Elle se blottit contre moi, et je la sentis sourire. Je n'avais aucune envie de partir.

— Que voulait Joe ? demanda-t-elle.

— La fille d'un de ses amis a disparu. Il veut que je l'aide à voir ce qui s'est passé.

Lucy leva sur moi un visage soudain redevenu grave.

— Une enfant ?

— Il ne me l'a pas dit. Ça t'embête que j'y aille ?

Nouveau coup d'œil de Lucy à son canapé.

— Tu ferais n'importe quoi pour fuir ce canapé, pas vrai ?

— Ouaip. Je le hais, ce fichu canapé.

Lucy rit, et me regarda dans le blanc des yeux.

— Ça m'embêterait que tu n'y ailles pas. Allez, prends une douche et va sauver le monde.

Au sud du Wilshire Country Club, Hancock Park est un quartier traditionnel, moins connu des étrangers que Beverly Hills ou Bel Air, mais largement aussi cossu. Frank Garcia y habitait une villa en adobe, de style espagnol, séparée de la limite ouest du club par une grille de fer forgé. Une énorme baraque, cachée par de luxuriantes fougères arborescentes, des oiseaux de paradis gros comme des dinosaures et des callas feuillues en train de se ratatiner sous la chaleur.

Quarante minutes après que Pike m'eut donné l'adresse de Garcia, je suivais une vieille Hispanique aux hanches lourdes et aux mains nerveuses à travers un labyrinthe de pièces, pour finalement émerger à l'autre bout de la maison, tout près de l'endroit où le propriétaire des lieux m'attendait en compagnie de Joe Pike : au bord d'une piscine dallée de faïence.

A mon approche, Pike expliqua :

— Frank, voici Elvis Cole. On dirige l'agence ensemble.

Frank Garcia n'avait rien à voir avec l'homme à moustache lustrée qui souriait sur les emballages de tortillas. Ce Garcia-ci semblait ratatiné et inquiet, sans compter qu'il était en fauteuil roulant.

— Vous ne ressemblez pas à un détective privé.

J'avais enfilé, par-dessus mon short, une fantastique chemise de plage *Jam's World*. Orange, jaune, rose et vert.

— Sapristi, lâchai-je, mais qu'est-ce qui m'a pris de m'habiller comme ça un dimanche ?

Garcia parut vaguement embarrassé. Il leva les deux mains en signe d'excuse.

— Désolé, monsieur Cole. Je suis terriblement à cran à cause de ce qui est arrivé à Karen, et cette réflexion m'a échappé. Je me fiche totalement de votre façon de vous habiller. Je veux juste que vous retrouviez ma fille.

Il toucha le bras de Joe. Un geste affectueux, qui me surprit.

— C'est pour ça que j'ai fait appel à Joe, reprit-il. Joe dit que si quelqu'un est capable de retrouver Karen, c'est vous. Il dit que vous êtes le meilleur pour retrouver les personnes disparues.

Résumons le tableau : nous trois, immobiles au bord d'une piscine de mensurations olympiques. L'Hispanique aux hanches lourdes est plantée dans l'ombre de la véranda, du côté de la maison, le regard vissé sur Frank, au cas où il aurait envie de quelque chose, mais jusque-là, il n'a eu envie de rien — et il ne m'a rien offert. S'il s'avisait de le faire, je lui demanderais sûrement de l'écran total, parce que rester debout là, au bord de sa piscine, c'est à peu près aussi agréable que de lézarder sur la face ensoleillée de Mercure. Il doit bien faire trente-cinq degrés, et la température n'en finit pas de grimper. Derrière nous, j'entrevois une salle de billard plus grande que ma maison et, à travers la porte-fenêtre coulissante, je devine une table de billard, un bar, et des peintures de *vaqueros* des montagnes mexicaines. Il y a l'air conditionné là-dedans, mais apparemment Frank préfère se tenir ici, dans cette étuve nucléaire. Des statues de lion balisent le paysage, aussi impassibles que Joe Pike, lequel n'a pas bougé d'un iota depuis trois minutes que je suis arrivé. Pike porte un sweat-shirt gris à manches coupées, un jean Levi's délavé et des lunettes de pilote d'un noir d'encre — comme chaque jour de sa vie. Ses cheveux bruns sont coupés ras, et il s'est fait tatouer des flèches rouges sur les deltoïdes des années avant que le tatouage soit devenu une mode. Quand je le regarde, je ne peux pas m'empêcher de penser au plus grand pitbull humanoïde du monde.

— On va faire de notre mieux, monsieur Garcia, dis-je. Depuis quand Karen a-t-elle disparu ?

— Hier. Hier matin à dix heures. J'ai prévenu les flics, mais ces enfoirés n'ont rien voulu faire, alors j'ai appelé Joe. Je savais qu'il m'aiderait.

Il tapota de nouveau le bras de Joe.

— La police a refusé de vous aider ?

— Oui. Ces enculés.

— Quel âge a Karen, monsieur Garcia ?

— Trente-deux ans.

Je décochai un coup d'œil oblique à Pike. Nous avions travaillé ensemble sur des centaines de disparitions, et il devait savoir aussi bien que moi pourquoi les flics avaient envoyé paître Frank Garcia.

— Trente-deux ans ? dis-je. Et sa disparition remonte seulement à hier ?

— Oui, confirma Pike d'une voix douce.

Frank Garcia se tordit dans son fauteuil. Il sentait ce que je voulais dire et n'appréciait pas du tout.

— Où voulez-vous en venir avec ces questions ? Sous prétexte qu'elle est adulte, vous vous dites qu'elle a dû rencontrer un homme et filer sans prévenir personne ?

— Il arrive que des adultes fassent ce genre de chose, monsieur Garcia.

Il me fourra entre les mains une feuille de bloc-notes jaune et darda sur moi des yeux nerveux et pleins de rage, comme s'il avait fondé tous ses espoirs sur moi et qu'il vînt de deviner que je ne convenais pas.

— Karen m'aurait appelé. Elle m'aurait averti si elle avait modifié ses plans. Elle est simplement allée courir, et elle devait m'apporter ensuite un bol de *machaca*, mais elle n'est jamais revenue. Demandez à Mme Acuna, la concierge de son immeuble. Mme Acuna est au courant.

Il avait parlé comme s'il lui suffisait de marteler ses phrases assez vite pour que leur vérité m'apparaisse. Il fit ensuite pivoter son fauteuil roulant vers Joe et, quand il reprit la parole, sa voix était empreinte de peur.

— Il est comme ces satanés flics. Il ne veut rien faire.

Il se retourna brusquement, et d'un seul coup, je vis le jeune homme qu'il avait été avant de se retrouver en fauteuil roulant : l'ex-voyou des quartiers est de L. A, le membre de ce gang de White Fence qui avait changé de vie et fait fortune.

— Désolé de vous avoir arraché à vos croissants, monsieur Cole.

A un million de kilomètres de distance derrière ses lunettes noires, Joe dit :

— Frank... On va vous aider.

Je m'efforçai de ne pas avoir l'air embarrassé, ce qui est difficile quand on est cramoisi.

— On va chercher votre fille, monsieur Garcia, dis-je. Je tiens juste à ce que vous sachiez que si les policiers ont adopté cette politique, ils ont une raison. La plupart des gens dont on s'imagine qu'ils ont disparu n'ont pas vraiment disparu. Ils finissent par donner des nouvelles ou revenir d'eux-mêmes, et ils sont très gênés de voir que tout le monde s'est mis en quatre pour les retrouver. Vous comprenez ?

Garcia ne parut pas spécialement heureux d'entendre cela.

— Vous savez où elle allait courir ? enchaînai-je.

— Du côté de Hollywood, dans les montagnes. D'après Mme Acuna, elle devait passer dans un Jungle Juice... vous savez, un de ces bars à jus de fruits. Mme Acuna dit qu'elle en prenait toujours un après avoir couru. Elle a proposé de lui en rapporter un.

— Un Jungle Juice. Bien, ça nous donne un point de départ.

Combien de Jungle Juice pouvait-il y avoir dans le secteur ?

Frank semblait un peu plus soulagé à chaque seconde. Comme s'il avait enfin recouvré l'usage de ses poumons.

— J'apprécie, monsieur Cole. Je veux que vous sachiez que je me fiche complètement de ce que ça pourra coûter. Vous n'avez qu'à me dire combien vous voulez, et vous l'aurez.

— Rien, intervint Joe.

Garcia agita la main.

— Allons, Joe.

— Rien, Frank.

Je regardai fixement la surface lisse de la piscine. Je n'aurais vu aucune contre-indication à profiter un peu de l'argent de Frank Garcia.

Garcia reprit le bras de Joe.

— Tu es un gentil garçon, Joe. Tu l'as toujours été. (Pendu au bras de Joe, il tourna la tête vers moi.) On se connaît depuis le temps où Joe travaillait dans la police. Joe et ma petite Karen, à l'époque, ils se sont fréquentés. J'espérais qu'un jour, peut-être, il ferait partie de la famille.

— C'était il y a longtemps, murmura Joe, si bas que je l'entendis à peine.

Je souris.

— Joe ? Tu m'avais caché ça.

Joe se tourna vers moi, et ses verres noirs me renvoyèrent brusquement l'éclat du soleil.

— Laisse tomber.

J'accentuai encore mon sourire et je secouai la tête. On en apprend tous les jours.

Le vieil homme leva les yeux au moment où les premiers flocons de cendre descendaient sur nous dans un tourbillon, se posant sur ses mains et ses jambes.

— Regardez-moi ce bazar. Ce foutu ciel est en train de nous tomber sur la tronche.

La femme aux hanches lourdes nous ramena vers la sortie, dans la fraîcheur de la maison. La Jeep Cherokee rouge de Joe était stationnée sous un orme, le long du trottoir. Joe et moi descendîmes l'allée sans un mot jusqu'à la rue. Alors Joe se tourna vers moi et dit :

— Merci d'être venu.

— Il y a de pires façons de passer son dimanche. Je pourrais être encore en train de me colleter avec ce maudit canapé.

Les lunettes de Pike se tournèrent dans ma direction.

Quand ce sera réglé, je déplacerai ce canapé pour toi.

Ah, les amis.

Nous laissâmes ma voiture là où elle était, montâmes dans la Jeep de Pike, et partîmes à la recherche de Karen Garcia.

2

Frank Garcia avait inscrit le nom, l'adresse et le numéro de téléphone de sa fille sur la feuille jaune, ainsi qu'une description de sa voiture (une Mazda RX-7 rouge) et son numéro de permis de conduire (4KBL772). Il avait joint un instantané de Karen en train de rire, assise à ce qui était problablement la table de la salle à manger paternelle. Son sourire, d'une blancheur étincelante, était joliment mis en valeur par une peau dorée et d'épais cheveux noirs. Elle semblait heureuse.

A la façon dont Joe fixa la photographie, on aurait cru qu'il contemplait par la vitre un objet très lointain.

— Mignonne, observai-je.

— Oui. Elle l'est.

— Quand êtes-vous sortis ensemble ? Avant qu'on se connaisse, toi et moi ?

Son regard ne se détachait pas de l'image.

— Je te connaissais, mais j'étais encore dans la police.

J'avais le souvenir de Joe sortant avec des filles, à l'époque, mais ses liaisons me paraissaient être ce qu'elles étaient encore aujourd'hui — dénuées d'importance.

— Je suppose qu'avec elle, c'était du sérieux.

Joe hocha la tête.

— Que s'est-il passé ?

Il me rendit la photo.

— Je lui ai brisé le cœur.

— Ah.

Fouiner est parfois un réflexe totalement merdique.

— Quelques années plus tard, elle s'est mariée, et elle est partie dans l'Est. A New York. Ça n'a pas marché. Elle a fini par revenir.

Je me contentai de hocher la tête, me sentant toujours aussi minable d'avoir mis le nez dans ce qui ne me regardait pas.

Je me servis du téléphone portable de Pike pour composer le numéro de Karen Garcia. Elle ne répondit pas, mais je me nommai sur le répondeur et la priai d'appeler son père dès qu'elle recevrait ce message. Frank nous avait aussi fourni le numéro de Mme Acuna, la concierge, et je lui téléphonai dans la foulée pour lui demander si elle savait où Karen était allée courir la veille. Les rafales sèches des Santa Anas chargeaient l'air d'une telle concentration d'électricité statique que sa voix au bout du fil me fit penser à une casserole d'huile en train de bouillir. Cependant, j'en saisis juste assez pour comprendre que sa réponse était non.

— Est-ce qu'il serait possible, madame Acuna, que Karen soit repassée chez elle en coup de vent, avant de repartir sans que vous l'ayez vue ? Juste le temps de se laver et de se changer, par exemple, pour aller rejoindre des amis ?

— Hier, vous voulez dire ?

— Oui, madame. Hier, après son jogging.

— Ça, non. Mon mari et moi, on habite au pied de l'escalier. Karen est juste au-dessus. Quand j'ai vu qu'elle ne revenait pas pour la *machaca*, je me suis inquiétée. Son papa adore ma *machaca*. Elle lui en apporte toujours un bol. Je viens de remonter chez elle, et elle n'est pas encore revenue.

Mon regard se posa sur Joe.

— Vous voyez souvent Karen, madame Acuna ? Elle et vous, vous arrive-t-il de discuter de choses et d'autres ?

— Ça, oui. C'est une très gentille fille. Je connaissais sa famille avant sa naissance.

— Elle a déjà mentionné devant vous l'idée de se réconcilier avec son ex-mari ?

Pike me décocha un coup d'œil en coin.

— Non. Ça, non, elle n'a jamais rien dit de ce genre. Elle l'appelle « le monstre ». Il est resté là-bas.

Là-bas. A New York.

Le regard toujours rivé sur Pike, je secouai la tête. Pike se détourna vers la portière.

— D'autres petits amis ?

— Il lui arrive de fréquenter des jeunes gens. Pas beaucoup, vous savez, mais elle est très jolie.

— D'accord. Merci, madame Acuna. Je passerai sans doute un peu plus tard. Si Karen rentre chez elle, pouvez-vous lui demander de téléphoner à son père ?

— Je l'appellerai moi-même.

Je coupai la communication et scrutai de nouveau les lunettes de Pike.

— Elle est sans doute avec des amis, hasardai-je. Peut-être qu'elle est partie en virée à Vegas, ou qu'elle a passé la nuit à danser et qu'elle a échoué dans le lit d'un mec quelconque.

— Possible. Mais Frank est inquiet, il a besoin qu'on l'aide à porter ce fardeau.

— Tu étais vraiment proche d'eux.

Pike regarda de nouveau par la vitre. Lui tirer les vers du nez était à peu près aussi facile que de s'arracher les dents soi-même avec une paire de pinces.

L'opératrice des renseignements m'apprit qu'il existait deux bars à l'enseigne du Jungle Juice dans la région, le premier à West Hollywood, sur Melrose, et le second sur Barham, à Universal City. Vu que nous étions plus près de West Hollywood, nous commençâmes par là. Comme tous les autres, le boulot de détective est soumis à la loi du moindre effort.

Le Jungle Juice était tenu par un trio constitué d'un ado rachitique à la crinière bleue et aux bras ornés de tatouages irlandais, d'une fille courte sur pattes aux cheveux ras et décolorés, et d'un type d'une trentaine d'années qui aurait pu être le président de la section locale des Jeunes Républicains. Tous trois étaient également de service la veille, à l'heure où Karen aurait pu venir, mais aucun d'eux ne fut inspiré par sa photo. La blonde décolorée travaillait là tous les week-ends et m'affirma qu'elle aurait reconnu Karen si elle avait été une habituée des lieux. Je la crus sur parole.

Les Santa Anas continuaient de mugir quand nous partîmes vers le nord et le second Jungle Juice. Les palmiers, avec leurs troncs aussi hauts qu'un cou de brontosaure, étaient les premiers à déguster. Le vent arrachait les palmes mortes qui s'échappaient en touffes de leur couronne et les chassait vers les rues, les jardins et les voitures en stationnement.

Juste avant midi, nous nous garâmes devant le second Jungle Juice, quelques mètres au sud des Studios Universal. Installé dans une étroite galerie commerciale, le long de Barham, au pied des montagnes, il était envahi malgré la tempête par des clients dominicaux et des visiteurs de l'Universal City Walk.

Pike et moi fîmes la queue comme tout le monde. Ayant enfin atteint le comptoir, nous montrâmes le portrait de Karen. La fille de la caisse, dix-huit ans à peine, sourire impeccable et bronzage chocolat, la reconnut sur-le-champ.

— Oh, bien sûr, elle vient tout le temps. Elle s'offre toujours un petit jus après avoir couru.

— Elle est venue hier ? interrogea Pike.

Ça, la fille ne le savait pas. Elle appela un jeune Afro-Américain prénommé Ronnie. Ronnie était un bel ado bien découplé de plus d'un mètre quatre-vingt-cinq, dont les ambitions semblaient se borner à une apparition de six secondes dans un spot télévisé pour gel capillaire.

— Ouais, c'est Karen, elle vient ici après son jogging.

— Elle est venue hier ?

Ronnie me dévisagea en plissant les yeux.

— Elle va bien ?

— Je veux juste savoir si elle est venue hier.

Le plissement devint froncement, se transféra sur Pike, prit un côté soupçonneux.

— C'est quoi, ce délire ?

Je lui montrai ma carte. Qui lui fit aussi plisser les yeux.

— Vous vous appelez vraiment Elvis ?

Pike me contourna et s'approcha jusqu'à plaquer ses hanches contre le comptoir. Ronnie avait beau mesurer trois centimètres de plus que lui, il recula illico d'un pas.

— Elle est venue, oui ou non ? fit Joe d'une voix si douce qu'on l'entendit à peine.

Ronnie secoua la tête en roulant des yeux craintifs.

— Pas hier. Non. J'ai fait l'ouverture et j'ai bossé jusqu'à six heures du soir, et Karen n'est pas venue. Je l'aurais vue, parce qu'elle me parle toujours de jogging. Moi aussi, j'en fais.

— Vous savez où elle court ?

— Bien sûr. Elle se gare ici, et elle monte à la retenue.

Du geste, il indiqua le côté opposé de Barham et le pied de la montagne. A partir de là, Lake Hollywood Drive s'élevait en serpentant à travers un quartier résidentiel.

— Je suis presque sûre de l'avoir vue passer en voiture hier, intervint la fille. En tout cas, j'ai repéré une petite voiture rouge comme la sienne. Je ne l'ai pas vue personnellement… ni qui que ce soit d'autre. Juste la voiture.

— Impossible, objecta Ronnie. Karen passe toujours

ici après avoir couru, et hier elle n'est pas venue. Impossible.

Nous les remerciâmes, puis ressortîmes sur le parking.

— Voilà quelque chose, dis-je. Elle vient courir, mais ensuite elle ne s'offre pas sa petite douceur rituelle.

Pike s'avança jusqu'à la rue, se retourna vers le parking. L'endroit était minuscule et ne contenait aucune Mazda rouge.

— Elle fait son jogging normalement, reprit-il. Mais peut-être qu'elle se souvient d'un truc à faire et qu'elle n'a pas le temps de s'offrir son jus de fruits. Ou alors elle rencontre quelqu'un, et ils décident de faire autre chose ensemble.

— Ouais. Du genre monter chez lui pour se payer un autre genre de douceur.

Pike me regarda fixement.

— Désolé.

Son regard s'éleva vers le sommet de la montagne.

— Tu dois avoir raison. Si elle monte à la retenue, elle passe sans doute par Lake Hollywood Drive. Prenons ma bagnole et remontons la rue.

Nous nous engageâmes sur Lake Hollywood Drive et dépassâmes une enfilade de luxueuses baraques construites dans les années trente et quarante avant d'être remodelées de fond en comble dans les années soixante-dix et quatre-vingt, abandonnant leur style ranch douillet pour se muer en nids d'aigles contemporains, quand ce n'était pas carrément en cauchemars postmodernes. Comme dans la plupart des quartiers traditionnels de Los Angeles (jusqu'à l'éclatement de la bulle immobilière), ces bâtiments semblaient avoir conservé une forme d'énergie cinétique, un peu comme si tout ce qui existait aujourd'hui pouvait se métamorphoser dès le lendemain. Le résultat était souvent pire, mais, presque aussi souvent, meilleur. Il existe une profonde audace dans la volonté de changement, beaucoup d'optimisme et une dose considérable de courage. C'est surtout le courage que j'admire, même si ses conséquences me font parfois grincer des dents. Après tout, les gens qui viennent à Los Angeles recherchent le changement. Les autres restent chez eux.

La route serpentait à flanc de montagne, longeait des maisons bordées de vieux chênes qui bruissaient sous les rafales. Les rues étaient jonchées de feuilles, de branches et de vieux sacs en papier du supermarché Gelson. Nous suivîmes un moment la ligne de crête avant de redescendre vers la retenue. La surface était clapoteuse et brunie par les bourrasques. Aucune Mazda rouge, ni personne qui ressemblât de près ou de loin à Karen Garcia, mais nous nous y attendions. La montagne était là, nous l'avions gravie, et à ce stade je ne me faisais pas trop de mouron. Karen était sans doute en train de se réveiller là où elle avait passé la nuit, et bientôt elle rentrerait ou téléphonerait chez elle pour écouter ses messages, après quoi elle passerait un coup de fil à son vieux pour le calmer. Splendeurs et misères des enfants uniques.

Nous redescendions à mi-pente en nous demandant quoi faire ensuite quand un SDF équipé d'un sac à dos et d'un duvet surgit d'une ruelle transversale et entama la descente. Agé de trente et quelques années, il avait la peau tannée par le soleil.

— Gare-toi, dis-je.

Tandis que Pike ralentissait, l'homme fit halte pour nous observer. Le blanc de ses yeux était rouge, et son odeur corporelle perceptible malgré le vent.

— Je suis maître charpentier et je cherche du travail, annonça-t-il, mais aucune tâche n'est trop modeste pour moi. Je veux bien être payé en argent ou en livres.

Il réussissait à faire montre d'un minimum de dignité en prononçant ces mots, mais il n'était sans doute pas plus maître charpentier que chômeur en quête d'un emploi.

Pike lui tendit la photo de Karen.

— Vous avez déjà aperçu cette femme ?

— Non. Et croyez que je le regrette.

— Elle a fait son jogging par ici hier matin. Débardeur bleu. Short gris.

L'homme se pencha en avant et examina la photo d'un peu plus près.

— Queue de cheval noire ?

— Possible, acquiesça Pike.

— Elle descendait la montagne, en résistant vaillamment aux forces qui cherchaient à l'abattre. Un quatre-quatre a ralenti à sa hauteur, puis a accéléré. J'étais en train de savourer la musique de M. Dave Matthews.

Il portait un Discman Sony à la ceinture. Les oreillettes de son casque pendaient autour de son cou.

— Quel genre de quatre-quatre ? demandai-je.

Il recula d'un pas et regarda la Cherokee de Pike.

— Celui-ci.

— Une Jeep rouge ? Comme celle-ci ?

— Il me semble que c'était celle-ci, mais peut-être que c'en était une autre.

Le coin de la bouche de Pike se contracta. Depuis le temps que je le connais, je n'ai jamais vu Pike sourire, mais parfois, en de très rares occasions, on a droit à cette espèce de mimique. L'équivalent pikien d'un fou rire.

— Vous avez vu le chauffeur ? m'enquis-je.

Il pointa l'index sur Pike.

— Lui.

Pike détourna le regard et soupira.

Le SDF nous dévisagea d'un œil plein d'espoir.

— Auriez-vous du travail pour un artisan soigneux ? Je suis disponible, vous savez…

Je lui tendis dix dollars.

— Quel est votre nom ?

— Edward Deege, maître charpentier.

— D'accord, Edward. Merci.

— Aucun job n'est trop miteux pour moi.

— Dites-moi, Edward, au cas où on aurait besoin de vous reparler, vous êtes régulièrement dans le secteur ?

— Je ne suis qu'une branche de bois dérivant sur le fleuve tumultueux de la vie, mais, de fait, j'apprécie la retenue. On peut souvent me trouver par ici.

— D'accord, Edward. Merci.

Edward Deege scruta Pike un instant, puis recula, comme s'il se sentait troublé :

— Libérez votre rage, l'ami. La rage peut tuer.

Pike démarra.

— Tu crois qu'il a remarqué quelque chose ? demandai-je. Ou qu'il nous faisait simplement marcher ?

— Il a dit la vérité pour la queue de cheval. Peut-être qu'il a effectivement vu un quatre-quatre.

Nous redescendîmes Lake Hollywood Drive jusqu'à Barham et, au moment où nous bifurquions à gauche en direction de la voie express, Pike souffla :

— Elvis.

La Mazda RX-7 rouge de Karen Garcia était garée juste derrière une boutique de fleuriste, à l'opposé du Jungle Juice. Nous ne l'avions pas vue quand nous y étions parce qu'elle était cachée par un bâtiment de l'autre côté de la rue. Nous ne pouvions l'apercevoir autrement qu'en redescendant et, l'espace d'un instant, je me surpris à souhaiter qu'elle n'eût pas été là.

Pike s'engagea sur le parking, après quoi nous mîmes pied à terre. Le moteur de la Mazda était froid, comme si elle était garée là depuis un bon bout de temps.

— Elle a passé la nuit ici.

Pike acquiesça.

— A supposer qu'elle soit montée courir, ça veut dire qu'elle n'est jamais redescendue, dis-je en laissant mon regard remonter lentement à flanc de montagne.

— A moins qu'elle ne soit pas redescendue seule.

— Elle court, elle rencontre un mec, ils prennent sa voiture à lui. A l'heure qu'il est, elle est sans doute en route pour récupérer sa Mazda.

Ces mots avaient beau sortir de ma bouche, je n'y croyais pas vraiment. Pike non plus.

Nous demandâmes aux employés de la boutique du

fleuriste s'ils avaient remarqué quoi que ce soit, mais tous répondirent que non. J'espérais vaguement qu'ils auraient noté un détail susceptible d'indiquer que Karen était saine et sauve, mais au fond de moi-même, là où le sang coule froid, je sentais que ce n'était pas le cas.

3

Avec l'argent de son père, Karen Garcia aurait pu vivre n'importe où, et pourtant elle avait opté pour un modeste appartement dans un quartier de Silver Lake essentiellement peuplé de Latinos. Quelque part, une chaîne hi-fi jouait les Gipsy Kings ; les odeurs de chili et de *cilantro* fraîchement cuisinés étaient tenaces. Des enfants jouaient sur les pelouses, des couples riaient malgré la chaleur accablante. Tout autour de nous, les hauts palmiers et les jacarandas fouettaient l'air avec un mouvement qui rappelait la queue d'un chat nerveux, mais le sol du quartier n'était encombré ni de palmes ni de branches. J'imagine que, à partir du moment où les gens aiment l'endroit où ils habitent, ils réparent les dégâts sans attendre que la municipalité s'en charge pour eux.

Nous laissâmes la Jeep de Pike devant une bouche d'incendie et entrâmes à pied dans une cour envahie de pots de céramique d'où s'échappaient de grosses gerbes de glaïeuls. Marisol Acuna occupait l'appartement numéro trois ; Pike s'abstint de m'accompagner quand j'allai frapper chez elle. Nous savions déjà, grâce à la gardienne, que Karen habitait au premier étage.

Une femme lourde, proche de la soixantaine, surgit d'une porte du rez-de-chaussée.

— Vous êtes M. Cole ?

— Oui. Madame Acuna ?

Elle jeta un coup d'œil à Pike, qui montait déjà l'escalier.

— Elle n'est toujours pas rentrée. Laissez-moi prendre la clé, je vais vous ouvrir.

— Son père nous a remis une clé, madame. Il vaut mieux que vous nous attendiez ici.

Un double sillon vertical se creusa entre ses sourcils, et elle lança un nouveau regard en direction de Pike.

— Pourquoi vous ne voulez pas de moi là-haut ? Vous croyez qu'il s'est passé quelque chose de grave ?

— Non, madame. Mais au cas où Karen rentrerait, je préfère lui éviter d'avoir à trouver deux inconnus chez elle. Ouvrez l'œil. Si elle arrive, vous n'aurez qu'à la prévenir et à l'accompagner jusqu'à la porte de son appartement.

Joli, merveilleux mensonge.

J'entendis la porte de Karen s'ouvrir. Pike ne m'avait pas attendu.

J'adressai à Mme Acuna un ultime sourire, montai l'escalier quatre à quatre et me faufilai dans l'appartement de Karen, sur les pas de mon associé. Joe, debout au centre du séjour, leva l'index pour me signifier de ne plus bouger. Il tenait son revolver, canon baissé, dans sa main droite. Pike utilise en général un colt Python 357 Magnum à canon de quatre pouces. Chargé à balles lourdes, il peut facilement transpercer un bloc-moteur. Pike utilise en général ce type de balles.

Il emprunta le bout de couloir menant à la seule chambre et reparut quasi instantanément. Son Python n'était plus visible.

— Personne.

Par moments, il n'y a rien d'autre à faire que de secouer la tête.

— Comment tu écris « parano », déjà ? lâchai-je.

L'appartement de Karen Garcia était meublé avec un luxe qui détonnait par rapport au loyer modique qu'elle devait payer dans cet immeuble. Un canapé de cuir ultramoelleux flanqué de deux fauteuils assortis écrasait le séjour de sa majestueuse présence. Un bureau design était installé entre les deux fenêtres à double battant ; elle jouissait d'une jolie vue sur la rue en travaillant. Plusieurs ouvrages de psychologie étaient alignés par-dessus, ainsi que trois romans de Tami Hoag, un petit automate et un téléphone-répondeur AT&T. Le voyant rouge du répondeur clignotait. Une photo encadrée de Karen, coiffée d'une grotesque couronne en papier mâché et brandissant un verre de vin, était fixée au mur près d'une fenêtre. Nu-pieds, elle souriait.

— Tu choisis les messages ou le reste de l'appart ? demandai-je à Pike.

— Le reste de l'appart.

Tous les messages adressés à Karen émanaient de son père, sauf le mien et celui d'un certain Martin, qui lui proposait de se rendre à un concert de *quebradita*. Martin avait une voix suave et un accent latino. Après les messages, je fouillai les tiroirs et dénichai un carnet d'adresses. On allait l'apporter à Frank pour voir qui il connaissait et, si nécessaire, on appellerait chaque numéro dans l'espoir de mettre la main sur une personne susceptible de savoir où était passée Karen.

Pike ressortit de la chambre.

— Un jean sur le lit, des sandalettes par terre. La brosse à dents est toujours dans la salle de bains. Où qu'elle soit allée, elle n'avait pas l'intention de rester.

Quand on prend sa brosse à dents, c'est qu'on pense passer la nuit dehors. On la laisse, on rentre.

— D'accord. Elle a enfilé sa tenue de jogging et elle a abandonné le reste, avec l'idée de se changer après.

— C'est aussi mon avis.

— Tu as vu des notes ? demandai-je. Un agenda ?

Pike semblait sur le point de me répondre quand il leva l'index et fit trois pas rapides en direction de la porte.

— Quelqu'un vient.

— Mme Acuna.

— Plus lourd.

Pike et moi prîmes position de part et d'autre de la porte au moment où un gros type au visage congestionné, en costard gris, apparut en haut de l'escalier et se dirigea vers nous. Deux agents en uniforme du LAPD le talonnaient. L'homme écarquilla les yeux en nous voyant et plongea une main sous le revers de son veston.

— Police ! Eloignez-vous de cette porte et allez au centre de la pièce. Tout de suite !

Le type au costard sortit son Beretta 9 mm standard du LAPD pendant que les deux hommes en uniforme dégainaient leur arme de service. Dans la cour, Mme Acuna cria quelque chose, mais personne n'y fit attention.

— Doucement, dis-je. On travaille pour Frank Garcia... le père.

Le costard avait maintenant son flingue braqué sur nous, et les deux uniformes visaient un point situé quelque part au-dessus de sa tête. L'un d'eux était tout jeune et ses yeux semblaient sur le point de gicler de leurs orbites, comme ceux d'un pékinois. A la place du costard, j'aurais eu peur d'eux plutôt que de moi.

— Eloignez-vous de la porte et allez au centre de la pièce ! répéta le mec en costard. En gardant les mains loin du corps !

Nous obéîmes. Du bout de sa chaussure, il ouvrit la porte en grand et franchit le seuil. Les uniformes se déployèrent pour nous tenir en respect, de part et d'autre du costard.

— Je m'appelle Cole. Nous sommes détectives privés et nous avons été engagés par son père.

— La ferme !

— J'ai ma licence dans mon portefeuille. M. Garcia a fait appel à nous il y a deux heures. Téléphonez-lui. Demandez à la gardienne du rez-de-chaussée.

— Fermez votre putain de clapet et laissez vos mains bien en vue !

Le flic ordonna à l'un des agents d'aller trouver la concierge, puis s'avança vers moi, me délesta de mon portefeuille, jeta un coup d'œil à ma carte. Il était plus nerveux qu'il n'aurait dû, et je me demandai pourquoi. Peut-être que lui non plus n'aimait pas les couleurs de ma chemise.

Il s'approcha du téléphone avec mon portefeuille, composa un numéro sans me quitter des yeux, marmonna quelque chose que je ne compris pas.

— On est entrés dans l'appartement avec une clé fournie par son père, et à sa demande. Si ça peut vous détendre…

L'agent réapparut.

— Hé, Holstein, ils ont l'air réglo. La concierge dit que le père l'a appelée pour lui demander de les attendre.

Holstein opina, mais la tension resta inscrite sur ses traits.

— On peut baisser les bras, ou est-ce que nos aisselles vous excitent ?

— D'accord, petit malin. Autant rester calme. On risque de passer un moment ici.

Pike et moi baissâmes les bras. Je songeai que Frank avait dû faire un tel foin que la Hollywood Division s'était finalement décidée à intervenir.

— Je suis surpris de vous voir déjà sur la brèche, les gars. Cette fille n'a disparu que depuis hier.

Holstein braqua sur moi un regard vide de flic, puis cala une fesse sur le coin du bureau de Karen Garcia.

— Ce n'est plus tout à fait pareil. Le corps de Karen Garcia a été retrouvé à Lake Hollywood il y a environ une heure.

Mon souffle se coinça dans ma gorge. Peut-être que Joe Pike se raidit. Peut-être aussi qu'il se pencha un tout petit peu en avant. Mais le fit-il vraiment, j'aurais été bien en peine de l'affirmer.

— Holstein, repris-je… Vous en êtes sûr ?

D'autres voix résonnèrent dans la cour, s'exprimant

avec le débit caractéristique des policiers. En bas, Mme Acuna sanglotait.

Je m'assis sur le canapé de cuir et regardai longuement la photo où Karen Garcia apparaissait coiffée d'une couronne en papier mâché.

— Joe ?

Il ne répondit pas.

— Joe ?

Avril, trois mois avant l'Islander Palms Motel

— Je suis en première année à l'université de Los Angeles, déclara Karen Garcia. J'étudie la puériculture et je travaille à temps partiel dans une crèche.

Pike la dominait de près de trente centimètres, et il se rappela qu'il devait reculer. On lui avait déjà signalé sa tendance à se tenir un peu trop près des gens, ce qui les mettait mal à l'aise. Il fit un pas en arrière. Elle dit à un petit garçon :

— Daniel, retourne avec les autres. Je dois parler à monsieur l'agent.

Faisant vibrer sa langue à la façon d'un moteur d'avion, Daniel repartit en volant vers le groupe de gamins. L'agent du LAPD Joe Pike avait déjà griffonné dans son carnet qu'il avait trouvé là onze enfants, âgés de trois à cinq ans, sous la garde conjointe de Mlle Garcia et de son collègue, un jeune homme élancé, cheveux bouclés et lunettes rondes, qui répondait au prénom de Joshua. Joshua semblait nerveux, mais l'agent Pike avait appris que beaucoup de gens devenaient nerveux dès qu'ils avaient affaire à la police. En général, cela ne signifiait pas grand-chose.

Ils étaient entourés d'enfants au milieu de MacArthur Park, au sud de Wilshire, près du lac, dans la zone de la Rampart Division. La journée était chaude, et le ciel au-dessus d'eux presque blanc de brume.

L'uniforme bleu marine de Pike absorbait la chaleur et faisait paraître le soleil encore plus torride qu'il ne l'était en réalité. Le parc grouillait de femmes nanties d'une poussette ou jouant près des balançoires et des toboggans avec des enfants d'âge préscolaire. Des SDF somnolaient sur les pelouses ; quelques jeunes sans doute inoffensifs mais désœuvrés s'étaient dispersés dès que la voiture de patrouille s'était engagée sur le parking, en réponse à l'appel d'une femme concernant un possible pédophile. Elle s'appelait Karen Garcia.

— Vous le voyez en ce moment ? interrogea Pike.

— Non, pas en ce moment.

Elle désigna le bâtiment des toilettes, en brique, au coin du parking.

— Quand il a compris qu'on l'avait repéré, il est parti derrière les toilettes, là-bas. Avant votre arrivée. Je ne l'ai pas revu depuis. Il portait un appareil à téléobjectif, et je suis certaine qu'il a pris les enfants en photo. Pas seulement les miens. D'autres aussi.

Pike écrivit quelques notes. Si le suspect avait repéré cette fille en train de se diriger vers un téléphone public, il avait sûrement mis les voiles depuis belle lurette. Le policier allait jeter un coup d'œil, pour la forme, mais le type était sans doute parti.

— Quand Joshua lui a demandé ce qu'il fabriquait, il s'est éloigné une première fois, et ensuite il est revenu. C'est à ce moment-là que je vous ai prévenus.

Pike jeta un coup d'œil à Joshua, qui le gratifia d'un signe de tête.

— Signalement ? reprit le policier.

— Je vous demande pardon ?

— A quoi ressemblait cet homme ?

— Oh, répondit Karen, il était plus petit que vous. Vous mesurez combien ?

— Un mètre quatre-vingt-cinq.

— Nettement plus petit. Je dirais un mètre soixante-douze ou soixante-quinze, mais large d'épaules, et assez

lourd. Gras, enfin, pas vraiment obèse, plutôt massif, avec des mains épaisses.

— Couleur des cheveux et des yeux, vêtements, signes particuliers ?

— Les cheveux blonds, teints. Une teinture maison.

— Assez longs, ajouta Joshua, et plaqués en arrière. Du genre : « Que ceux qui se mettent encore de la brillantine lèvent le doigt. »

Joshua sourit à belles dents. Peut-être essayait-il de jauger l'humour de Pike, peut-être essayait-il simplement de dissiper sa propre nervosité ? Il parut déçu de constater que le policier ne réagissait pas.

— Il portait un pantalon noir et une chemise blanche sous une veste à motifs bruns, et il avait cet appareil photo, expliqua Mlle Garcia. Je n'étais pas assez près pour voir autre chose.

— Des marques de variole sur la tronche, ajouta Joshua.

Mlle Garcia se rapprocha de Pike et lui toucha le bras.

— Vous croyez que vous allez le retrouver ?

Il referma son carnet et recula d'un pas.

— On va envoyer un signalement radio aux autres unités en patrouille dans le quartier. Si on le repère, on l'interrogera.

Mlle Garcia ne semblait pas satisfaite :

— C'est tout ?

— Non. On va aussi le tabasser à mort.

Joshua dévisagea le policier d'un air hésitant, mais Karen Garcia pouffa, puis révéla des dents blanches et régulières en libérant un rire sonore qui plut énormément à Pike.

— « Protéger et servir », récita-t-elle.

— Oui, mademoiselle.

— Vous n'êtes pas obligé de m'appeler mademoiselle.

Daniel, le petit garçon aux lèvres vrombissantes,

repassa tout près d'eux en courant, et Joshua se lança à sa poursuite.

— On fera ce qu'on pourra, enchaîna Pike, mais si vous le revoyez appelez-nous tout de suite. (Il lui tendit une carte.) Vous n'avez qu'à dire que vous avez eu affaire à la voiture deux-adam-six.

Mlle Garcia leva sur lui ses yeux bruns, comme si elle cherchait à apercevoir quelque chose derrière ses lunettes de soleil. Des yeux doux et calmes, qui plurent à Pike.

— Je croyais avoir affaire à un homme, pas à une voiture.

— Deux-adam-six, répéta Pike. Bonne journée, mademoiselle.

Il regagna la voiture deux-adam-six. Son coéquipier était resté assis derrière le volant, à ressasser de mornes pensées dans la fraîcheur artificielle de l'air conditionné. Pike s'installa côté passager et remit sa matraque dans sa gaine. Woz ne le regarda pas. Il fumait un cigarillo tout en observant un groupe de jeunes Honduriennes en débardeur. De la chair fraîche pour petits gars des gangs.

— Un pédophile présumé qui traînait dans le coin avec un appareil, résuma Pike. J'ai son signalement.

Son équipier haussa les épaules.

— Qu'est-ce que ça peut foutre ?

— On va le chercher.

— Toi, peut-être.

Dur, avec une pointe de tension.

— Tu te prépares à prendre ta retraite ?

Les mâchoires de Wozniak se crispèrent. Il secoua la tête. Une seule fois.

— Alors, on va le chercher.

Wozniak gratifia Pike d'un regard noir, puis exhala un soupir et parut se détendre. Accepter.

— C'est quoi ? Un exhibo ?

— Un mateur.

Pike entreprit de répéter le signalement et tout ce

que Karen Garcia lui avait dit. Wozniak lui enjoignit de se taire au beau milieu d'une phrase.

— Ouais, ouais, je connais ce mec. Lennie DeVille. Encore un putain de pervers qui serait mieux avec une balle dans le crâne.

— Il a une dernière adresse connue ?

Le regard de Wozniak repartit au-delà de la vitre, vers les pédalos qui glissaient sur le lac.

— Les salopards dans son genre déménagent sans cesse, ils crèchent dans des motels ou des meublés à la semaine, et ils oublient de payer leur loyer chaque fois que c'est possible.

Wozniak tira longuement sur son cigarillo et baissa sa vitre, juste assez pour jeter le mégot.

— Je vais poser quelques questions à droite et à gauche. (Wozniak jeta un coup d'œil au-delà de Pike, esquissa une grimace.) Putain, qu'est-ce que c'est que ça, encore ?

Pike se retourna. Et reconnut Mlle Garcia qui marchait droit sur eux.

Karen Garcia regarda l'agent regagner sa voiture, incapable de quitter des yeux son cul étroit qui bougeait sous son pantalon d'uniforme moulant et la lourde ceinture qui soulignait sa taille élancée. Ses bras étaient bronzés et musclés sans être trop athlétiques, ses cheveux courts et drus, ses traits fins et réguliers.

— Tu devrais rentrer ta langue avant de te prendre les pieds dedans, remarqua Joshua.

Elle se sentit rougir.

— Ça se voit tant que ça ?

— Hum... Maria, chérie, laisse-moi t'aider à remettre ça.

Joshua s'accroupit devant une petite fille dont le lacet venait de se défaire. Le minibus de la crèche allait passer les chercher, il allait bientôt être l'heure de retraverser le parc.

Karen n'arrivait toujours pas à détacher son regard du jeune agent de police. Elle aimait sa façon de se mouvoir, et une sorte de boule s'était formée au creux de son estomac lorsqu'il s'était tenu près d'elle. Elle avait téléphoné à la police avec une véritable inquiétude, mais quand cet agent était arrivé elle avait eu toutes les peines du monde à rester concentrée sur ce qu'elle voulait lui dire. Plus âgé qu'elle, il ne devait pas avoir atteint trente ans, néanmoins. Elle craignit un instant de lui avoir donné l'impression d'être tout juste sortie de l'enfance. Mais, après tout, elle lui avait dit qu'elle étudiait à la fac, non ? Prise dans un tourbillon de pensées, elle sentit son sourire s'étirer encore.

Joshua leva les yeux au ciel.

— Karen, je t'en prie, pas devant les gosses !

Elle éclata de rire et gratifia son collègue d'un petit coup de coude.

Quand l'agent Pike remonta dans sa voiture, elle fut soudain saisie d'une furieuse envie de savoir ce qui se cachait derrière ces lunettes noires. Elle avait essayé en vain d'apercevoir ses yeux. Maintenant, il fallait qu'elle les voie.

Le pouls de Karen s'accéléra tandis qu'elle tentait de lutter contre une impulsion qu'elle n'avait jamais connue jusque-là. D'ici quelques secondes, les deux agents seraient loin, et elle ne le reverrait plus. Elle se rendit compte qu'elle était en train de marcher vers leur voiture, à grandes et folles enjambées, comme si une créature invisible avait soudain pris possession de son corps. Les deux policiers suivirent des yeux son approche. La vitre de Pike s'abaissa. Il la regarda.

— Mademoiselle ?

Elle se pencha en avant, appuya ses mains sur la portière.

— J'ai une requête à formuler, monsieur l'agent.

Pike la dévisagea, et la bouche de Karen s'assécha. Elle savait pertinemment qu'elle était en train de se couvrir de ridicule.

— Pourriez-vous retirer vos lunettes, s'il vous plaît ? J'aimerais voir vos yeux.

L'autre agent, plus âgé, fit une moue et parut sur le point de cracher ; il semblait irrité, comme si elle venait d'interrompre quelque chose d'important.

— Putain…

Pike retira ses lunettes noires sans cesser de la fixer.

Karen sentit son souffle se bloquer. Les yeux du policier étaient du bleu le plus limpide au monde : le bleu du ciel au-dessus des montagnes désertiques de Sonora, le bleu de l'océan là où il est sans fond et infiniment pur. Mais ce ne fut pas ce bleu qui lui coupa le souffle. L'espace d'une fraction de seconde, au moment où il avait retiré ses lunettes, elle avait ressenti l'impression que ces yeux contenaient la plus atroce, la plus interminable des souffrances. Presque aussitôt, cette souffrance s'en fut, et il ne resta plus que le bleu.

— Ça vous dirait qu'on aille au cinéma ensemble vendredi soir ? proposa-t-elle.

Pike la contempla sans mot dire, et le cœur de Karen battit tellement de fois pendant ce silence qu'elle en vint à se demander si elle avait vraiment proféré cette invitation à haute voix. Mais ensuite, très lentement, il remit ses lunettes noires sur ses yeux invraisemblables et lui tendit la main.

— Je m'appelle Joe. Vous me donnez votre numéro de téléphone ?

Quand leurs doigts se touchèrent, elle tressaillit.

4

Très vite, tout l'immeuble fut au courant, et la rumeur eut tôt fait de se propager dans le voisinage. J'avais envie de demander à Joe Pike comment il se sentait, mais pas devant ces types.

— Comment est-elle morte, Holstein ?

— Je ne sais pas.

— C'est un meurtre ?

— Je ne sais pas, Cole. On m'a appelé pour me demander de venir ici et de surveiller l'appartement de la victime jusqu'à l'arrivée des patrons. C'est ce que je fais.

— Vous devez savoir quelque chose. L'identification n'a pas traîné.

— Les personnes qui ont découvert le corps ont récupéré des papiers sur elle avant de nous contacter. Apparemment, elle était sur place depuis hier.

— Son père a été prévenu ? s'enquit Pike.

Holstein considéra les tatouages qui ornaient les deltoïdes de Pike, puis son visage.

— Putain de fils de pute… Vous êtes Joe Pike.

Son départ de la grande famille du LAPD ne s'était pas bien passé. Beaucoup de flics ne l'aimaient pas. Ils étaient même plus de quelques-uns à le haïr copieusement.

— Son père a été prévenu ? répéta Joe d'une voix plus douce.

Je fis un pas pour me placer devant lui :

— Son père nous a engagés pour la retrouver. Visiblement, c'est fait. Il va falloir qu'on l'avertisse.

Holstein se dirigea vers le canapé et s'y laissa tomber de tout son poids. Le cuir émit un bruyant soupir.

— On va gentiment attendre les patrons. Ils auront sûrement envie de savoir ce que vous savez.

Pike me posa une main sur l'épaule.

— Ils pourront toujours nous poser leurs questions plus tard. On y va.

Holstein glissa la main droite sous son veston.

— Je ne crois pas, non.

— Vous comptez faire quoi, Holstein ? Nous tirer dessus ? Voyons… Est-ce que Lou Poitras est de service aujourd'hui ?

— Ouaip.

Lou Poitras était un de mes meilleurs amis depuis des années. Il avait été récemment muté de la North Hollywood Division à la criminelle de Hollywood.

— Appelez-le. Poitras et moi, on s'entend comme cul et chemise. Vos patrons nous retrouveront chez le père. Ils auront sûrement envie de lui parler, à lui aussi.

Le débat fut interrompu par la sonnerie du téléphone. Holstein répondit en tâchant d'adopter une voix neutre. Il écouta un moment avant de me tendre l'appareil, l'air abasourdi.

— Pour vous, l'artiste. Je ne sais pas ce qui vous vaut cet honneur, mais le divisionnaire veut vous causer.

Je pris le combiné et me nommai. Un homme dont je ne reconnus pas la voix me dit :

— Ne quittez pas.

Un autre homme, caractérisé celui-là par un discret accent hispanique, intervint au bout du fil. Il se présenta comme Abbot Montoya, l'avocat de Frank.

— Monsieur Cole, à la demande de M. Garcia, je suis en ce moment en compagnie du commandant de la Hollywood Division, et aussi d'un représentant du conseiller municipal Maldenado. Vous devez savoir que M. Garcia et le conseiller Maldenado entretiennent d'étroites relations personnelles, je suppose ?

— Non.

Cette question ne s'adressait pas à moi. Elle était pour ceux qui se trouvaient dans la même pièce que lui, dans les locaux de la Hollywood Division.

— Frank Garcia souhaite que M. Pike et vous-même vous rendiez sur les lieux du crime. Il veut que vous soyez témoins de la... situation de sa fille. Ensuite, Frank aimerait que vous repassiez par chez lui pour rendre compte de la façon dont Karen... C'est aussi très pénible pour moi, monsieur Cole. Je suis le parrain de Karen.

— Je comprends.

— Il voudrait que vous lui disiez ce que vous avez découvert. Je sais que vous n'êtes pas rémunéré, mais nous réglerons cela.

— Il n'y a rien à régler.

— Oui, eh bien, nous verrons ça plus tard. M. Pike et vous acceptez-vous de lui rendre ce service ?

— Oui, monsieur. Si la police nous laisse agir.

— Elle vous laissera agir. Et vous repasserez ensuite chez M. Garcia ?

— Oui.

— Le divisionnaire aimerait dire quelques mots à l'inspecteur Holstein, s'il vous plaît.

Holstein tendit l'oreille une petite minute, lâcha un « oui, monsieur » et raccrocha. Lorsqu'il posa le combiné, ses yeux étaient pensifs.

Sans un mot, il se dirigea vers la porte, puis précisa :

— Elle a été retrouvée sur la rive ouest de la retenue. Ils sont en train de mettre le secteur sous scellés, mais le lieutenant Poitras vous attendra sur place.

Nous partîmes, et Holstein claqua la porte.

L'après-midi avait commencé quand nous nous engageâmes de nouveau sur les lacets de Hollywood Lake Drive. Des agents en uniforme étaient en train de fermer le parc. Nous croisâmes un certain nombre de sportifs du dimanche et de randonneurs qui refluaient vers la sortie. Peu après, nous arrivâmes à la hauteur d'une demi-douzaine de voitures de patrouille stationnées au milieu de la chaussée en compagnie de quatre berlines banalisées. Un homme de type asiatique était en train d'extraire une grande boîte à outils d'une fourgonnette blanche sur le flanc de laquelle étaient inscrits les mots EXPERTISE MÉDICO-LÉGALE – COMTÉ DE L.A. Sûrement l'expert dépêché par le coroner. Tandis que l'Asiatique franchissait la grille du parc et s'engageait sur le chemin menant au bord de l'eau, un flic en civil, aux faux airs de King Kong miniature, se planta au bord de la route et croisa les bras en attendant que nous l'ayons rejoint. Une vie entière passée à soulever des poids l'avait rendu tellement costaud que son blouson le serrait comme une peau de saucisse prête à exploser.

— Salut, Lou, dis-je.

Lou Poitras me tendit la main et je la serrai. Il ne la tendit pas à Pike.

— J'ai cru comprendre que vous essayiez de la retrouver, commença Lou.

— Exact. Tu as un suspect ?

— Du calme. Je suis ici depuis moins d'une heure. J'ai entendu dire que vous connaissiez cette fille, lança-t-il à Pike. Condoléances.

Joe hocha la tête.

— Vous êtes sûr de vouloir descendre avec nous, Pike ? Vous pourriez attendre ici.

Pike contourna Lou Poitras et franchit la grille.

— Toujours aussi bavard, ce brave Pike, grogna Poitras.

Nous empruntâmes un étroit chemin qui serpentait à travers les arbres. La voûte de feuillages frissonnait sous le vent mais au niveau du sol rien ne bougeait.

Quelques cendres floconneuses, ayant réussi à se faufiler entre les frondaisons, voletaient dans l'air immobile. Poitras leur assena deux ou trois gifles, comme si ces cendres avaient été des insectes.

— La cause du décès ? demandai-je.

— L'envoyé du coroner vient à peine de descendre.

— Ouais, on l'a vu. Ton pronostic ?

Poitras m'indiqua Pike du menton, assez mal à l'aise, et ralentit l'allure pour lui laisser prendre un peu d'avance.

— Tout à fait officieusement, c'est un pruneau dans la tête. Ça ressemble à du 22, mais ça pourrait être du 25. Elle a été flinguée sur le sentier. Ensuite seulement, elle a dégringolé jusqu'au fond d'un petit ravin. Aucun signe d'agression ni de violence sexuelle, mais pour le moment, ce n'est qu'une impression visuelle. Ils vont devoir effectuer un frottis et analyser tout ça chez le coroner.

Un frottis. Pour rechercher des traces de sperme.

— Des témoins ?

— J'ai envoyé plusieurs gars faire du porte-à-porte le long de la ligne de crête pour obtenir des noms, mais tu sais comment c'est.

Le sentier longeait une sorte de corniche, environ cinq mètres au-dessus de la berge, parfois au cœur d'un dense réseau d'arbres, parfois non. Arrivés devant la bande de plastique jaune qui servait à délimiter le périmètre, nous descendîmes jusqu'au niveau de l'eau en suivant un sentier puis longeâmes le rivage jusqu'à une petite pointe. C'était là que se trouvait le lieu du crime.

— La victime est ici.

Pike fit deux pas pour remonter la berge et s'arrêta net.

Karen Garcia gisait la tête en bas au fond d'un ravin étroit, le corps à l'ombre d'un buisson de sauge pourpre. Le bras droit était replié dans le dos, le gauche tendu dans l'alignement du torse. Le genou gauche était fléchi, le pied gauche sous la jambe droite. Ce que je voyais de son visage était décoloré, et une atroce odeur de décomposition s'accrochait à la limite de l'eau comme un voile de brume. Des mouches noires et des guêpes tourbillonnaient autour du corps. L'expert envoyé par le coroner les chassa avec sa planchette, et un inspecteur aux traits hispaniques grommela :

— Putains de bouffeuses de viande.

Si Pike éprouva une émotion quelconque, je n'en perçus rien.

L'expert médical, qui avait enfilé des gants de latex, se pencha sur le cadavre pour examiner ce que lui montrait l'inspecteur hispanique. La main nue de Karen était déjà recouverte d'un film de plastique pour préserver d'éventuels indices sous ses ongles. Tout ça serait vérifié plus tard, à la morgue.

— Qui a découvert le corps ?

— Deux marcheurs. Ils l'ont retrouvée ici, et ils sont remontés fissa pour passer un coup de fil. Vous connaissez Kurt Asana, les mecs ?

L'expert médical, Kurt Asana, nous adressa un salut distrait de la main.

— Comment vous avez fait pour l'identifier aussi vite ? s'étonna Pike.

— Les deux gonzes qui l'ont découverte. Elle avait son permis dans la poche de son short.

Les policiers arrivés sur les lieux du crime n'ont pas le droit de toucher au corps. Personne n'est autorisé à l'approcher tant que l'expert médical du coroner n'est pas intervenu. De cette façon, si un suspect passe en jugement, son avocat ne peut pas arguer que des flics ont brouillé les indices. Si ces marcheurs n'avaient pas procédé à leur fouille personnelle, les policiers auraient continué à se demander qui était la victime jusqu'à ce qu'Asana lui eût fait les poches.

— Eh, Kurt ! lança Poitras. A vue de nez, tu serais capable de me dire depuis combien de temps son corps est là ?

Asana essaya de faire jouer l'articulation de l'épaule de Karen. Relativement mobile.

— La rigidité commence à se tasser. Je dirais grosso modo vingt-quatre heures.

— Elle est venue courir ici entre neuf heures et demie et dix heures du matin, précisai-je.

— Bon, pour l'instant, ce n'est qu'une hypothèse, mais ça paraît coller. Dès que j'aurai pris sa température interne, je pourrai vous calculer ça avec précision.

Asana sortit de sa boîte un scalpel et un long thermomètre en métal et repartit vers le buisson de sauge pourpre. Pike et moi nous détournâmes. Il allait prendre la température du foie. Ensuite, il n'aurait plus qu'à la comparer à la température ambiante pour être en mesure de savoir depuis combien de temps le cadavre refroidissait.

Nous attendions qu'Asana eût fini sa besogne quand trois types en costume de bonne coupe surgirent au bout de la pointe, et s'avancèrent avec autant d'assurance que s'ils avaient été les propriétaires du parc. Lou Poitras se plaça au beau milieu du sentier pour leur bloquer le passage.

— Je peux vous aider ?

Dans mon dos, Joe Pike murmura :

— Krantz.

Le dénommé Krantz brandit un écusson doré d'inspecteur à cinq centimètres du nez de Poitras. C'était un homme de haute taille, à la peau épaisse comme du cuir, au front haut et aux joues creusées. Il m'évoquait ces mecs qui adorent crisper les mâchoires face à leurs interlocuteurs pour leur faire comprendre qu'ils ne sont pas là pour rigoler. Et justement, il était en train de crisper les mâchoires.

— Je suis Harvey Krantz, de la RHD [1], dit-il. Inspecteur Stan Watts. Inspecteur Jerome Williams.

1. *Robbery-Homicide Division*, brigade d'élite du LAPD chargée du grand banditisme et des homicides. *(N.d.T.)*

Watts était un Blanc d'âge mûr, aux épaules larges et au visage rond. Williams était noir, et plus jeune.

— Vous êtes le lieutenant Poitras ? demanda Krantz.

— Exact.

— La Hollywood Division est déchargée de ce dossier. La RHD assure le relais.

En matière criminelle, la RHD était la fine fleur du LAPD. Installée au Parker Center, elle avait le pouvoir de (et ne se gênait pas pour) récupérer toutes les affaires de meurtre importantes, quel que soit le secteur géographique concerné.

Poitras ne broncha pas.

— Vous rigolez.

C'était sûrement sa plus grosse affaire en cours, et il ne tenait pas à faire une croix dessus.

— Demandez à vos hommes de se retirer, lieutenant. On prend le relais.

Krantz rempocha son écusson et crispa de nouveau les mâchoires. Je lui donnai à peu près quarante-cinq ans, mais il pouvait être plus âgé.

— Comme ça ?

— Comme ça.

Poitras ouvrit la bouche pour dire quelque chose, puis fit un pas en arrière et se retourna vers le cadavre, le visage lisse comme une assiette à soupe.

— On est de trop. Chick. On lève le camp.

L'inspecteur hispanique accroupi près d'Asana sursauta.

— Quoi ?

— On lève le camp. La RHD reprend le dossier.

L'inspecteur hispanique et son collègue, qui était en train de fouiller les buissons, se retirèrent pendant que Watts et Williams s'approchaient. Les inspecteurs de la RHD ne paraissaient pas le moins du monde incommodés par le ballet des mouches.

Krantz entreprit de contourner Poitras pour rejoindre ses hommes. Tout à coup, il écarquilla les yeux et s'arrêta net.

— Joe Pike !

— Depuis quand est-ce qu'ils prennent des merdes d'oiseau dans votre genre à la RHD, Krantz ? lâcha Pike.

Les joues de Krantz s'embrasèrent. Il foudroya Poitras du regard et se mit à beugler, si fort qu'Asana fit volte-face :

— Vous ne savez pas qui est ce connard ? Qu'est-ce qu'il fiche sur le lieu du crime ?

Poitras prit un air chagrin :

— Je sais très bien qui c'est. Quant à l'autre, il s'appelle Elvis Cole. Ils travaillent tous les deux pour le père de la victime.

— Ils travailleraient pour Jésus-Christ en personne que je m'en battrais les couilles, bon Dieu ! Ils n'ont rien à foutre ici, et je vous préviens que vous allez vous retrouver avec le cul en compote pour avoir permis à des personnes non autorisées d'accéder au lieu du crime !

Une ombre de sourire dansa sur les lèvres de Poitras. Poitras et Krantz mesuraient à peu près la même taille, mais, alors que Krantz était osseux, Poitras pesait au bas mot cent trente kilos. Un jour, je l'avais vu soulever une Coccinelle Volkswagen par l'avant et la retourner comme une crêpe. Il répondit d'un ton extrêmement calme :

— Le divisionnaire m'a donné l'ordre de leur autoriser l'accès, Krantz. Je l'ai fait. Il se trouve que le père de la victime a des relations au conseil municipal, et que Joe Pike ici présent connaissait personnellement la victime.

Krantz n'écoutait plus. Il acheva de contourner Poitras et se dirigea droit sur Joe. On aurait dit qu'il voulait lui jeter un sort.

— Je n'arrive pas à croire que vous ayez eu le culot de remettre les pieds sur le lieu d'un crime, Pike. Je n'arrive pas à y croire !

— Reculez, fit Joe d'une voix douce.

Krantz s'avança encore et jeta à la gueule de Pike :

— Sinon quoi, fils de pute ? Vous allez me descendre moi aussi ? Hein ?

Poitras tira Krantz en arrière et s'interposa entre les deux hommes.

— Qu'est-ce qui vous prend, Krantz ? Maîtrisez-vous, nom d'un chien !

Le visage de Krantz se fendit d'un sourire reptilien. Je ne comprenais pas ce qui pouvait se jouer entre Pike et lui.

— Je veux que cet homme soit interrogé, lieutenant. Si Pike connaissait la victime, peut-être qu'il sait aussi comment elle s'est retrouvée dans cet état.

— Comptez là-dessus, lâcha Pike.

Le visage de Krantz vira au cramoisi, et un réseau de veines bleues lui envahit le front.

Je m'approchai de Pike :

— Il y a quelque chose que je devrais savoir ?

— Trois fois rien. Je suis juste sur le point de descendre Krantz.

Celui-ci s'empourpra encore plus.

— On vous embarque, Pike. On reparlera de tout ça au poste.

Derrière nous, le talkie de Poitras crépita. Poitras murmura deux ou trois phrases que nous n'entendîmes pas, puis il tendit l'appareil à Krantz.

— Le directeur adjoint Mills.

Krantz lui arracha le talkie :

— Ici Harvey Krantz.

Poitras nous ramena vers le sentier sans attendre la suite.

— Oubliez Krantz, les gars. Il n'y a qu'un endroit où vous soyez attendus, c'est chez M. Garcia. Le directeur adjoint est déjà sur place, et le vieux vous réclame à cor et à cri.

Pike et moi remontâmes sur la corniche en suivant le sentier, après quoi nous repassâmes entre les arbres. Lorsque nous fûmes loin des flics et que nous n'entendîmes plus que le son des feuilles écrasées sous nos semelles, je dis :

— Je suis navré pour Karen, Joe.

Pike hocha la tête.

— Tu veux bien m'expliquer de quoi il était question, là, tout de suite ?

— Non.

Le retour vers Hancock Park me parut durer une éternité.

5

Une unité de patrouille du LAPD était garée devant la maison de Frank Garcia, ainsi que deux voitures banalisées et trois autres véhicules. La vieille Hispanique nous ouvrit la porte, mais, avant même que nous soyons entrés, un homme de l'âge de Frank, lui aussi de type hispanique, passa devant elle et nous tendit une main ferme. Ses joues grêlées et ses cheveux gris acier lui conféraient un air dur, mais sa voix était douce.

— Monsieur Cole, monsieur Pike. Je suis Abbot Montoya. Merci d'être venus.

— Comment va Frank ? demanda Joe.

— Pas très bien. Son médecin est en route.

Quelque part dans son dos, Frank Garcia cria :

— Bande d'enculés, vous avez tué ma fille, je veux que vous foutiez le camp de chez moi !

Ces vociférations ne nous étaient visiblement pas adressées.

Nous suivîmes Montoya dans un énorme salon à plafond voûté que je n'avais pas vu la fois précédente. Deux officiers de police en uniforme, un type en costume, et un autre type plus âgé, vêtu d'une tenue de tennis Nike, étaient alignés comme un quartette de chanteurs de gospel face à Frank qui, de son fauteuil roulant, leur beuglait dessus. Ses orbites caves ressemblaient à deux flaques rougeâtres, et chaque ride, chaque sillon de son visage paraissait creusé par une lame tranchante. Il y avait tellement de souffrance dans ses yeux que j'eus mal rien qu'à le regarder.

Le conseiller municipal Henry Maldenado se tenait aussi loin que possible des policiers, mais lui aussi eut droit aux fulminations de Frank :

— Je devrais vous foutre dehors avec eux, Henry, vu l'aide que vous m'apportez ! Peut-être que la prochaine fois je ferais mieux de refiler mon argent à ce fumier de Ruiz !

Melvin Ruiz s'était présenté contre Maldenado aux dernières primaires.

Montoya se dépêcha de rejoindre Frank et lui dit d'une voix apaisante :

— S'il te plaît, Frank, calme-toi. On va s'en occuper. M. Cole et M. Pike sont ici.

— Joe ?

Le regard de Frank fila au-delà de Montoya avec une flamme d'espoir que je trouvai aussi pénible à contempler que sa douleur… comme si Joe avait eu le pouvoir de décréter que ce cauchemar n'était pas réel, que ces hommes avaient commis une affreuse méprise, que sa fille unique n'était pas morte.

Joe s'accroupit à côté du fauteuil roulant de Garcia, mais je n'entendis pas ce qu'il disait.

Pendant qu'ils parlaient, Abbot Montoya me fit traverser le salon et se chargea des présentations.

— Monsieur Maldenado, voici M. Cole. Le monsieur qui est en train de parler avec Frank est M. Pike. Nous souhaitons qu'ils représentent M. Garcia au cours de l'enquête.

— Comment ça, représenter ? questionnai-je.

L'homme en costume m'ignora :

— Laisser un étranger s'en mêler serait une grossière erreur, monsieur le conseiller. Les détails de l'enquête doivent rester confidentiels, c'est une question de sécurité.

Le tennisman acquiesça.

— Nous ne demandons pas mieux que de collaborer avec les familles pour les tenir au courant, Henry, mais toute ingérence extérieure risquerait de gêner le déroulement de l'enquête, peut-être même de la faire capoter.

L'homme en costume était le capitaine Greg Bishop, patron de la RHD. Le tennisman était le directeur adjoint, Walter Mills. Je m'imaginai qu'il avait été arraché à sa partie dominicale, ce qu'il n'appréciait que moyennement. Je m'éclaircis la gorge :

— Je ne voudrais pas paraître obtus, mais suis-je l'étranger dont il vient d'être question ?

Montoya jeta un coup d'œil en direction de Frank et baissa le ton.

— A tort ou à raison, Frank accuse la police d'être responsable de la mort de sa fille. Il estime qu'elle n'a pas suffisamment réagi et préférerait disposer de ses propres représentants pour contrôler le déroulement de l'enquête et le tenir informé. Il m'a dit que M. Pike et vous-même pourriez vous en charger.

— Vraiment ?

— Ce n'est pas le cas ?

Bishop et Mills me dévisagèrent ; les policiers en uniforme aussi, tels deux faucons pèlerins lorgnant un poulet.

— A partir du moment où la police est sur l'affaire, monsieur Montoya, repris-je, je ne vois pas très bien ce que je pourrais faire pour vous.

— Il me semble que c'est clair.

— Non, monsieur, ce n'est pas clair. Nous parlons ici d'une enquête criminelle. Joe et moi ne pouvons rien faire que le LAPD ne puisse réussir mieux que nous. Ils ont les hommes, ils ont la technologie, et ils savent s'en servir.

Tous se détendirent imperceptiblement. Le directeur adjoint parut soulagé, comme s'il venait d'échapper de justesse à la charge d'un pitbull en cavale. Le capitaine Bishop dit :

— Monsieur Montoya, je resterai en contact avec vous et M. Garcia pour vous tenir informés. Je vous communiquerai mon numéro de téléphone personnel. Nous ferons le point quotidiennement.

Le conseiller Maldenado hocha la tête d'un air encourageant.

— Voilà qui me paraît raisonnable, Abbot.

Au moment où il prononçait ces mots, la vieille Hispanique introduisit Krantz, qui pour sa part n'avait l'air ni soulagé, ni encourageant. Il vint se poster derrière Bishop.

Montoya toucha le bras du conseiller municipal, comme s'il s'exprimait aussi en son nom :

— Nous ne doutons pas de votre désir de tenir M. Garcia informé, Henry. Mais il y a un problème de confiance.

Derrière nous, la voix de Frank Garcia s'éleva :

— Quand ma fille a disparu hier, je les ai appelés, mais ils n'ont pas levé le petit doigt. Je savais très bien où elle était allée. Je leur ai dit où il fallait qu'ils cherchent, mais non, ils m'ont répondu qu'ils ne pouvaient rien faire. Et maintenant, je suis censé accorder ma confiance à ces mêmes abrutis pour retrouver son meurtrier ? Non. Pas question !

Maldenado ouvrit les bras, avec une sorte de supplique dans la voix :

— Frank, peut-être que si vous leur donniez une chance…

— Ils sont avec Karen, en ce moment même, probablement en train de foutre la merde dans les indices comme ils l'ont foutue dans l'affaire O.J., et moi, je suis cloué dans ce maudit fauteuil. Je ne peux pas aller sur place pour les tenir à l'œil, ce qui veut dire que quelqu'un doit s'en charger pour moi. (Il se contorsionna pour faire face à Joe.) Mon ami Joe. Son ami M. Cole.

(Nouvelle contorsion, cette fois en direction de Maldenado.) Voilà comment ça va se passer, Henry.

Abbot Montoya embraya :

— Nous aimerions que M. Cole et M. Pike soient mis au courant de tous les aspects de l'enquête, sans restriction. Nous ne réclamons pas qu'ils prennent activement et officiellement part aux travaux du LAPD, ni même qu'ils puissent intervenir, mais au moins, s'ils ont accès au dossier, ils pourront tenir Frank informé de manière assez précise pour lui apporter un vrai réconfort, et c'est ce dont cet homme a besoin, tout de suite. C'est tout ce que nous demandons.

Montoya se tourna vers moi.

— Vous seriez d'accord, n'est-ce pas ? Pour avoir un rôle d'observateur et informer Frank de ce qui se passe ?

Joe hocha la tête.

— Oui, répondis-je.

Montoya s'adressa alors à Maldenado en lui souriant comme un prêtre s'apprêtant à expliquer pourquoi il faut vider ses poches si on veut avoir le droit de pénétrer au paradis.

— Frank appréciera, Henry. Il s'en souviendra au moment des élections.

Henry Maldenado fixa Mills, le directeur adjoint, qui soutint son regard. Ils s'observèrent à la manière de deux télépathes, Maldenado rêvant au financement de sa campagne, et Walter Mills songeant que, s'il voulait diriger un jour la police, il allait avoir besoin d'un maximum d'appuis au conseil municipal.

Le conseiller Maldenado hocha finalement la tête.

— Leur position me paraît raisonnable, Walt. Il me semble que nous pouvons accorder cette petite faveur à M. Garcia, non ?

Le directeur adjoint lui tendit la main, à croire qu'il venait d'ores et déjà d'être adoubé directeur du LAPD.

— Monsieur le conseiller, répondit-il, nous sommes conscients de la difficulté de l'épreuve que traverse actuellement M. Garcia, et nous trouverons un moyen de satisfaire sa demande.

Abbot Montoya posa une main sur mon épaule.

— C'est décidé, donc, conclut-il d'une voix douce. Nous allons régler les détails et je vous rappellerai dans la soirée. Ça vous convient ?

— Très bien, oui.

Derrière nous, Frank reprit :

— Karen est toujours là-haut. Je veux quelqu'un près d'elle.

Les regards convergèrent sur lui.

Frank Garcia m'attrapa le bras, comme il avait agrippé celui de Joe. Une poigne de fer.

— Veillez à ce qu'ils s'occupent bien d'elle. Retournez là-haut, gardez ces mecs à l'œil et assurez-vous que tout se passe dans les règles.

A voir la mine du capitaine Bishop, on aurait cru qu'un médecin venait de lui proposer une intervention chirurgicale. Krantz fixait Joe, d'un regard plus pensif que haineux.

Montoya lança un regard interrogateur au directeur adjoint, qui hocha la tête.

— Entendu, monsieur, dis-je.

— Je ne l'oublierai pas.

— Je sais. Je suis vraiment navré pour Karen.

Frank Garcia acquiesça, mais à cet instant il ne me regardait plus. Ses yeux s'emplirent de larmes, il voyait Karen, je pense.

Krantz sortit avant moi. Pike me dit qu'il voulait rester avec Frank et qu'il m'appellerait plus tard.

Montoya me raccompagna à travers la grande maison.

— Monsieur Cole, déclara-t-il, je sais bien que ce n'est pas le genre de travail que vous effectuez d'habitude. Je tiens à vous remercier personnellement d'avoir accepté de vous en charger.

— C'est une faveur que j'accorde à un ami, monsieur Montoya. Remerciez plutôt Joe.

— Je n'y manquerai pas, mais je voulais vous remercier moi aussi. Frank et moi sommes amis depuis toujours. Des frères. Vous connaissez White Fence ?

— Oui. Je sais que M. Garcia a été membre de ce gang dans sa jeunesse.

— Moi aussi. Nous contrôlions Whittier Boulevard et Camulos Street. Nous nous battions avec les Hazard et les Garrity Lomas sur Oregon Street, mais nous avons toujours respecté les *veteranos*. La route est longue du *barrio* à la fac de droit de Los Angeles.

— Je veux bien le croire, monsieur Montoya.

— Si je vous parle de ça, c'est parce que je veux que vous soyez conscient de l'étendue de ma fidélité envers Frank, et aussi de l'affection que j'ai pour lui… et pour Karen. Si la police ne se montre pas assez coopérative, n'hésitez pas à m'appeler, je ferai ce qu'il faut.

— Je n'y manquerai pas.

— C'est mon frère que vous aidez là, monsieur Cole. Si vous avez besoin de nous, soyez certain que nous répondrons présents.

— Bien sûr.

Il me tendit la main. Je la pris.

Ah, ces Latins.

J'émergeai dans la fournaise et redescendis l'allée jusqu'à la rue. Des cendres tombaient toujours du ciel. Debout à côté d'une voiture délabrée du LAPD, Krantz et Watts grillaient une cigarette. Krantz m'apostropha :

— Où est passé votre connard d'ami ?

Je ne m'arrêtai pas. Je n'étais pas heureux de retourner au bord du lac, je n'étais pas heureux de devoir passer le reste de la journée avec le cadavre d'une femme.

— Laissez tomber, Krantz. Ça risquerait de vous entraîner plus loin que vous ne le pensez.

Krantz jeta sa clope sur le bitume et m'emboîta le pas.

— Voyons plutôt où ça vous entraînera, vous. Vous allez vous retrouver à l'ombre, et je m'offrirai votre licence sur un plateau.

Je m'installai au volant de ma voiture. Krantz resta debout sur la chaussée, devant moi, tandis que les cendres s'accumulaient sur ses épaules comme des pellicules grises.

— Le vieux a peut-être assez de jus pour me fourrer un mec comme vous dans les pattes, mais je vous préviens : si vous essayez d'interférer dans mon enquête, je fais sauter votre licence.

— Le vieux vient de perdre sa fille, Ducon. Tâchez d'être un peu humain.

Krantz braqua sur moi un regard qui se prolongea environ cinq siècles, puis repartit vers Stan Watts.

Je démarrai.

Il me semblait que j'entendais toujours Frank Garcia pleurer tandis que je montais vers le lac.

6

Les gars de la RHD s'activèrent sur le site pendant les six heures suivantes. Tout le monde avait l'air professionnel et compétent, comme je m'y attendais. Même Krantz. Un jeune technicien nommé Chen, après avoir consulté les inspecteurs, prit des clichés de toute la zone autour du corps. J'étais assez familiarisé avec les enquêtes criminelles pour savoir que les flics commenceraient par passer les lieux au crible, à l'affût d'indices matériels, puis qu'ils feraient de même avec la vie de Karen, en quête de suspects susceptibles de correspondre à ces indices. Si toutes les enquêtes criminelles se déroulent à peu près de la même façon, c'est parce que la plupart des victimes connaissent leurs assassins.

J'essayai plusieurs fois d'engager la conversation, mais personne ne daigna me répondre. Je me retrouvai très vite réduit à chasser les grosses mouches noires, ne sachant que trop bien d'où elles venaient. Je n'avais pas demandé à être là, j'aurais cent fois préféré me farcir le canapé de Lucy Chenier. L'allongement inexorable des ombres sur le flanc de la colline ayant rendu le corps presque impossible à voir, Krantz autorisa enfin qu'on l'enlève.

L'expert médical enveloppa Karen Garcia dans une housse de plastique bleue, arrima la housse sur une civière, et la civière fut hissée jusqu'à la route. Krantz m'appela.

— Ce sera tout pour vous. Dégagez.

Il se détourna sans rien ajouter. Vachard jusqu'au trognon.

Après avoir regardé les policiers charger le cadavre à l'arrière de la camionnette du coroner, je repris ma voiture et me garai devant la galerie commerciale, au pied de Lake Hollywood Drive, pour téléphoner à Lucy.

— J'ai déplacé le canapé sans toi, m'annonça-t-elle.

Ce furent ses premiers mots.

— La femme que nous recherchions a été assassinée. Son père m'a demandé de rester sur place pendant que la police faisait son travail. J'en sors à l'instant. Elle avait trente-deux ans, elle suivait des études à la fac pour devenir puéricultrice. Quelqu'un lui a mis une balle dans la tête pendant qu'elle faisait son jogging à Lake Hollywood.

Lucy ne répondit pas. Elle resta muette, jusqu'au moment où je compris que je venais de me décharger sur elle d'un trop-plein de tension :

— Désolé.

— Ça te dirait de passer la soirée avec nous ?

— Oui. Oui, ça me dirait énormément. Si vous veniez dîner chez moi ?

— Donne-moi une liste de ce que je dois apporter.

— Je m'en occupe. Rien de tel qu'une séance de supermarché pour se mettre du baume au cœur.

Au Lucky Market, j'achetai des crevettes, du céleri, des oignons frais, des poivrons. Je pris aussi une bouteille de gin Bombay Sapphire, deux citrons verts et un pack de bière Falstaff. Je sifflai une boîte de Falstaff tout en patientant à la caisse, ce qui me valut des regards réprobateurs. Je feignis de ne rien remarquer. Ces gens-là n'avaient sans doute pas passé des heures en compagnie d'une jeune femme avec un trou dans la tête.

— Bonne journée, monsieur ? s'enquit la caissière.

— Le pied, répondis-je en me retenant de lui recracher ma bière à la figure.

Vingt minutes plus tard, je garai ma voiture dans l'abri-garage de ma petite maison à pignon, sur le flanc de la montagne, près de Woodrow Wilson Drive, à Laurel Canyon. Le vent avait déposé une fine pellicule de cendres sous l'auvent ; je repérai des empreintes de chat aux alentours de la chatière aménagée dans la porte de la cuisine. Dans le Minnesota, c'est la neige qui permet de voir ce genre de chose.

Le chat, assis devant son bol d'eau. Vide. Je déposai mes emplettes sur le comptoir, lui remplis son bol, m'assis par terre et l'écoutai laper. C'est un grand chat noir : un noir strié de gris à cause de l'entrelacs de cicatrices qu'il a sur le crâne et les épaules. Au début, quand il est venu vers moi, il me surveillait du coin de l'œil tout en lapant, mais maintenant il n'a plus peur, et si je le caresse, il ronronne. Nous avons fondé une famille, lui et moi.

Une fois mes provisions rangées, je me servis à boire, vidai les trois quarts de mon verre puis montai prendre une douche à l'étage, sous les combles. Je me douchai deux fois, en laissant couler toute l'eau chaude, mais l'odeur du meurtre me collait à la peau et le jet de la douche lui-même n'arrivait pas à couvrir le bourdonnement des mouches noires. J'enfilai un large pantalon de coton et redescendis torse et pieds nus.

Je trouvai Lucy dans la cuisine, en train de lorgner les légumes que j'avais laissés dans l'évier.

— Salut, dis-je.

— Salut. (Elle considéra mon verre vide.) Qu'est-ce qu'on boit ?

— Un gin-tonic.

— Ça me va. Qu'est-ce qu'on mange ?

— Je comptais sur toi pour m'apprendre la recette des crevettes à l'étouffée.

Elle esquissa un demi-sourire, pour elle-même.

— Ça paraît bien.

— Où est Ben ?

— Dehors, sur la terrasse. Je lui ai loué une vidéocassette pour qu'il s'occupe pendant qu'on prépare le repas.

— Donne-moi cinq minutes.

— Prends tout ton temps.

Son sourire éloigna encore un peu plus les mouches noires.

Sur la terrasse construite en saillie à l'arrière de ma maison, Ben était penché au-dessus de la balustrade pour observer les daims à queue noire qui paissent en contrebas dans les herbes sauvages. Car ici, au beau milieu des quatorze millions d'habitants de la métropole, nous avons des daims, des coyotes, des cailles et des buses à queue rousse. Un soir, de cette terrasse, j'ai même vu un lynx.

Je sortis, m'accoudai à la balustrade près de lui, scrutai le bas de la pente. Je ne voyais que des ombres.

— Maman m'a dit que la femme que tu essayais de retrouver a été tuée.

— C'est vrai.

— Triste !

Son visage était grave. Neuf ans.

— Moi aussi, mec. (Je souris, parce que les gamins de neuf ans ne devraient jamais avoir à affronter ce genre de tristesse.) Au fait, quand est-ce que tu pars au camp de tennis ?

Lucy et Ben étaient de vrais mordus de ce sport.

Ben se pencha un peu plus au-dessus de la balustrade :

— Dans deux jours.

— Ça n'a pas l'air de t'emballer.

— Ils veulent nous faire monter à cheval. Ça va puer le crottin.

Et Dieu sait que la vie est dure quand le monde pue le crottin !

De retour à l'intérieur, je l'installai devant le magnétoscope, après quoi je rejoignis Lucy dans la cuisine.

— Il dit que son camp de tennis va puer le crottin.

— C'est vrai. Mais ça lui donnera une occasion unique de faire connaissance avec trois garçons qui vont à sa nouvelle école.

— Tu penses à tout, on dirait ?

— Oui. Je suis une maman.

Je hochai la tête.

— En plus, ajouta-t-elle, ça nous permettra d'avoir deux semaines rien que pour nous.

— Maman sait tout.

Il nous fallut environ une heure pour cuire les crevettes. Après les avoir décortiquées, nous fîmes revenir les légumes dans de l'huile et ajoutâmes des tomates et de l'ail. Je retrouvai un semblant de paix en effectuant ces gestes machinaux, et aussi en parlant à Lucy de Frank, de Joe et de Karen Garcia. Préparer la cuisine, c'est guérir.

— Voilà le moment crucial, remarqua Lucy. Attention !

— D'accord.

Elle attira mon visage à elle, effleura mes lèvres avec les siennes, laissa le contact se prolonger.

— Tu te sens mieux ?

Je levai une main. Elle entrecroisa ses doigts avec les miens, et je les baisai un par un.

— Mieux.

Nous attendions que le riz ait fini de cuire quand Joe Pike fit son entrée. Je ne l'avais pas invité, mais Joe est comme ça, il a l'habitude de débarquer à l'improviste. Lucy posa son verre et le gratifia d'une chaleureuse embrassade.

— J'ai cru comprendre que tu la connaissais, Joe. Je suis vraiment navrée.

Il paraissait immense à côté d'elle : une espèce d'énorme golem auréolé d'ombre malgré la clarté ambiante de ma cuisine.

— Joe ! hurla Ben. J'ai la cassette de *Men in Black* ! Tu viens regarder ?

— Pas ce soir, mon petit bonhomme. (Joe Pike s'adressa à moi :) Montoya est arrivé à un accord avec Bishop. La RHD nous attend au Parker Center demain matin. Ils auront désigné un agent pour s'occuper de nous, et on sera rencardés au jour le jour.

— D'accord.

— Ils sont censés nous fournir un double de tout leur matos : procès-verbaux, transcriptions et dépositions.

Certes, Joe m'apportait une information, mais je me demandai pourquoi il était venu. Il aurait aussi bien pu me passer un coup de fil.

— Qu'est-ce qu'il y a ? questionnai-je.

— Je peux t'en parler ?

— Bien sûr.

Lucy et moi suivîmes Joe sur la terrasse. Le chat apparut à son tour et se frotta aux jambes de Joe. A part moi, Joe Pike est le seul être humain que ce chat veuille bien approcher.

— Comment va Frank ?

— Bourré.

Il n'ajouta rien. Il souleva le chat et le caressa. Lucy passa ses bras sous les miens et se nicha contre moi tout en l'observant. Elle examine souvent Joe, et je me demande toujours à quoi elle pense dans ces moments-là.

— Les Garcia sont mes amis, ajouta-t-il, pas les tiens, mais là, c'est toi qui vas devoir te coltiner la police.

— Tu veux parler de Krantz ?

— Pas seulement. C'est toi qui vas devoir te farcir le Parker Center. Moi, je ne peux pas.

Il voulait donc parler de la police de Los Angeles dans son ensemble.

— Je m'y attendais. Ce n'est pas un problème.

— Ça veut dire quoi, « se farcir le Parker Center » ? s'enquit Lucy.

— Je ne veux pas que Frank me paie, enchaîna Pike, mais je ne peux pas te demander la même chose.

— Laisse tomber.

Joe baissa les yeux sur le chat ; je sentis qu'il était gêné.

— Je ne veux pas laisser tomber. Je te dédommagerai pour les heures que tu passeras sur cette affaire.

— Bon sang, Joe, comment peux-tu dire ça ?

Moi aussi, maintenant, j'étais gêné.

— Je vous suggère de faire comme si je venais de poser une question, intervint Lucy.

J'y répondis, histoire de changer de sujet :

— Le Parker Center est le quartier général du LAPD. Les flics auxquels on va avoir affaire sont de la RHD, et c'est là-bas qu'ils ont leurs bureaux. Il va falloir que j'y aille demain matin pour être informé de l'évolution de l'enquête. Ce n'est pas grand-chose.

— Mais pourquoi refuseraient-ils de coopérer avec Joe ? demanda Lucy.

Ce n'était pas de l'insistance. Elle était simplement curieuse ; je regrettai soudain qu'elle soit ici avec nous.

— Joe et les gens du LAPD n'ont pas d'atomes crochus. Ils le foutraient dehors.

Lucy me sourit, toujours sans comprendre.

— Mais..., pourquoi feraient-ils une chose pareille ?

Joe reposa le chat :

— J'ai tué mon équipier.

— Oh !

Les verres noirs s'attardèrent un moment sur Lucy, puis Joe s'en alla. Le vent était tombé, la brume planait sur le canyon comme un voile, atténuait les lumières qui scintillaient en dessous de nous. Lucy s'humecta les lèvres, but une gorgée.

— Je n'aurais pas dû le questionner.

Nous rentrâmes déguster les crevettes, mais personne ne se montra bavard pendant le repas.

Rien de tel que la mort pour vous saboter une conversation.

Edward Deege, maître charpentier, citoyen du monde libre et admirateur de Dave Matthews, attendait parmi les acacias sauvages sur la ligne de crête, juste au-dessus de Lake Hollywood, que le ciel crépusculaire se soit obscurci et que la cuvette du lac ait pris une teinte terne et violacée. Les ombres le rendraient alors invisible aux yeux des policiers.

Il avait épié leur manège sur les lieux du crime pendant une bonne partie de la journée, jusqu'à ce que le manque de lumière les oblige à s'interrompre. Deux agents en uniforme, un homme et une femme, demeuraient sur place pour surveiller le périmètre, mais ils semblaient plus intéressés l'un par l'autre que par leurs rondes épisodiques autour de la bande de plastique jaune.

Edward ne savait rien de la fille assassinée, il ne s'intéressait pas au meurtre, il n'avait aucune envie d'être interrogé par la police. Son désir était beaucoup plus simple : dîner. Les restaurants ne manquaient pas le long des galeries commerciales, au pied de la montagne, et on pouvait toujours compter sur des touristes repus pour se fendre d'un dollar ou deux. En une petite heure de manche, Edward aurait sans doute réuni de quoi remplacer les piles de son Discman. Il se rendrait alors sur Ventura Boulevard, où il pourrait s'acheter soit un bon hamburger, soit un *burrito de carne asada*, soit encore des rouleaux de printemps vietnamiens à emporter. Le choix était sans limite.

Plus tard, après s'être rassasié, il remonterait tranquillement jusqu'à la cabane qu'il s'était construite au-dessus du lac. Là, il consacrerait sa soirée à tirer sur une cigarette qui rend heureux, à coucher dans son journal intime quelques pensées sur les déséquilibres écologiques du monde et à réguler son transit intestinal.

En attendant, il prit soin de rester à l'ombre des

arbres tout en dépassant la voiture de patrouille, après quoi il se fraya un chemin dans l'écheveau de ruelles qui quadrillait le quartier accroché à la montagne. Il connaissait très bien ce quartier, qu'il traversait plusieurs fois par jour quand il allait faire la manche aux feux rouges et sur les sorties de voie express aux heures fraîches, avant de s'en retourner vers les hauteurs du lac à la nuit tombée, ou quand la température grimpait trop.

Edward Deege, en retard sur son programme habituel de la soirée à cause de toute cette agitation policière autour du lac, ne voulait surtout pas manquer l'heure de pointe de la manche. Chaque minute perdue représentait une perte sèche en espèces. Il emprunta le chemin le plus direct, ses écouteurs sur les oreilles, en calquant sa foulée sur le tempo ultrarapide de M. Dave Matthews. Edward passa entre deux maisons, dévala la pente le long d'un petit cours d'eau, réapparut derrière une maison en cours de restauration dont il ne restait plus que la façade. Il était déjà passé par là des centaines de fois. Elle se situait dans une impasse où la plupart des habitations étaient tapies derrière des buissons ou des murs. Des maisons sans yeux. Edward s'était souvent demandé si des gens vivaient vraiment là-dedans ou si ce n'étaient que des décors de cinéma susceptibles d'être démontés et déplacés à volonté. Ce genre de pensées lui donnaient généralement la chair de poule, et il tâchait de les éviter dans la mesure du possible. La vie était assez incertaine comme ça.

Il contournait à pas pressés un grand bac à ordures, s'attendant à retrouver le décor sombre et vide qu'il avait traversé cent fois, quand il eut la surprise d'apercevoir un quatre-quatre stationné, moteur au ralenti, dans la rue obscure. Il fit halte, envisagea de décamper, mais il se faisait tard et la faim le tenaillait.

Ce quatre-quatre lui disait quelque chose. Il lui fallut un moment pour se rappeler qu'il s'agissait du véhicule qu'il avait décrit plus tôt dans la journée à ces deux types qui l'avaient interrogé sur la joggeuse.

Courir ou ne pas courir ?

La faim l'emporta. Et aussi la cupidité la plus élémentaire.

Edward détourna le visage et se remit en marche, espérant passer discrètement à la hauteur du quatre-quatre et se faufiler entre les maisons avant que la silhouette qu'on devinait à l'intérieur ait pu réagir. Il s'en tira relativement bien, d'ailleurs, sauf qu'à un moment donné le type aux lunettes sortit de derrière son volant. Il faisait nuit, mais l'homme portait toujours ses lunettes noires.

— Edward ?

Il pressa le pas. Il n'aimait pas cet homme dont les bras musculeux avaient des reflets bleuâtres dans le clair de lune.

— Edward ?

Il accéléra encore, mais le type arriva soudain à sa hauteur et le repoussa violemment derrière le bac à ordures. Les écouteurs d'Edward glissèrent, la musique de Dave Matthews devint métallique et lointaine.

— Vous êtes Edward Deege ?

— Non !

Edward leva les mains devant son visage, refusant de contempler le puits sans fond des verres noirs. La terreur lui enflamma l'estomac et se répandit dans ses veines.

La voix de l'inconnu s'adoucit.

— Vous êtes Edward Deege. Maître charpentier. Aucun travail n'est trop modeste.

— Laissez-moi tranquille !

L'homme s'approcha encore, et Edward comprit, dans cet instant de folie, de démence et de fournaise, qu'il allait mourir. Cet homme rayonnait d'hostilité. Cet inconnu était gorgé de haine.

Un instant en route vers un honnête gagne-pain ; l'instant suivant, au bord du précipice.

La vie est bien étrange.

Edward recula en titubant. L'homme marcha vers lui.

Sous l'effet d'une triple décharge d'adrénaline, Edward attrapa son Discman et tenta de le jeter à la face de l'homme, de toutes ses forces, mais son adversaire lui saisit le bras, le tordit, et Edward sentit la douleur avant d'avoir entendu le craquement.

Edward Deege, maître charpentier, se jeta en arrière et voulut hurler…

… mais l'homme l'avait déjà saisi à la gorge…

… et l'étranglait.

7

John Chen dans ses œuvres

Le lendemain matin, quand John Chen plia son corps en deux pour passer sous la bande de plastique jaune, la trousse qu'il avait glissée dans sa poche de chemise tomba sur le sol et répandit dans l'herbe une pluie de crayons et de stylos.

— Et merde.

Chen jeta un coup d'œil par-dessus son épaule. Les deux agents en uniforme, sur la route, étaient adossés à leur voiture de patrouille, mais ils regardaient ailleurs et semblaient n'avoir rien vu. Un mec et une fille. La fille plutôt mignonne, et John Chen ne tenait pas à ce qu'elle le prenne pour un crétin.

Il rassembla hâtivement ses Paper-Mate Sharpwriter et remit la trousse dans sa poche. Puis il changea d'avis et la rangea dans sa mallette. Il risquait de se pencher encore un paquet de fois aujourd'hui, et cette foutue trousse retomberait à tous les coups, ce qui le ferait passer pour un bouffon de classe olympique. Et cela ne changeait rien si, à partir du moment où il se trouvait sur le lieu du crime, personne n'était plus là pour le voir. Il se sentirait quand même débile. John avait en effet une théorie à laquelle il tenait : à force de s'entraîner à ne pas être un bouffon quand on était tout seul, ça finissait par déteindre, et on cessait d'être un bouffon quand il y avait de jolies nanas dans les parages.

John Chen était technicien stagiaire à la SID (division d'investigation scientifique du LAPD) et c'était seulement la troisième affaire qu'il couvrait sans être accompagné par un superviseur. John n'était pas policier. Comme tout le personnel de la SID, c'était un fonctionnaire civil, et en toute honnêteté il n'aurait pas eu l'ombre d'une chance d'être reçu à l'examen d'aptitude physique du LAPD. Avec ses soixante-trois kilos répartis sur un mètre quatre-vingt-cinq et sa pomme d'Adam qui vibrait d'une vie propre, John Chen était, selon son propre jugement, un bouffon (et encore, ce verdict ne tenait pas compte des binocles à verres cul-de-bouteille qu'il était condamné à porter du matin au soir). Le plan qu'il avait mis au point pour surmonter ce handicap consistait entre autres à travailler beaucoup plus dur que n'importe qui d'autre à la SID afin d'obtenir une promotion rapide à un poste de responsabilité (avec l'augmentation de salaire correspondante) et d'acquérir le plus vite possible une Porsche Boxster, grâce à laquelle Chen était convaincu de pouvoir baiser un maximum de jolies filles.

En tant que technicien chargé de l'affaire, il devait réunir tous les indices susceptibles d'aider les policiers à identifier et à arrêter le meurtrier. Chen aurait pu boucler son examen des lieux du crime dès la veille en mettant sous plastique tout ce qui traînait sur place et en laissant les enquêteurs se démerder ensuite, et pourtant, dans la pénombre du crépuscule, tandis que l'on transportait le corps de Karen Garcia, il avait décidé de revenir et demandé aux flics de boucler le site jusqu'au lendemain. Les inspecteurs avaient donc ordonné à deux agents en uniforme de passer la nuit sur place pour surveiller les lieux. Etant donné que l'agent de sexe mâle arborait au cou un suçon qui n'y était pas la veille,

Chen les soupçonnait d'avoir passé la plus grande partie de la nuit à s'envoyer en l'air, soupçon qui venait confirmer ce qu'il considérait comme un fait incontestable : tout le monde avait le droit d'y goûter, sauf lui.

Chen chassa de son esprit les bonnes fortunes des autres et se mit à marcher sur le sentier jusqu'à la zone dégagée où la victime avait été abattue. Le vent s'était calmé pendant la nuit, les arbres étaient raides et immobiles, la retenue rappelait un immense bassin de verre. Le tout aussi paisible qu'une tombe.

John posa par terre sa mallette (qui ressemblait à une sorte de boîte à outils, mais en plus lourd) et se pencha par-dessus l'escarpement pour observer l'endroit où avait atterri le corps. Il avait photographié les lieux la veille et prélevé un échantillon de sol là où le sang de la victime avait coulé sur une litière de feuilles d'olivier. Un bâtonnet de fil de fer coiffé d'un petit drapeau blanc était planté à cet endroit. Chen avait aussi tenté d'identifier les diverses traces de pas relevées autour du corps, et il croyait avoir fait un boulot relativement correct en relevant les empreintes des deux types qui avaient découvert la victime (tous deux portaient des chaussures de marche à grosses semelles : l'un probablement des Nautica, l'autre probablement des Red Wing), celles des flics et celles de l'expert médical du coroner. Ils avaient piétiné la zone aussi allégrement que s'ils avaient joué dans une cour de récréation. Ce satané expert médical était pourtant censé connaître les impératifs du métier mais, dans les faits, il se fichait éperdument de tout ce qui n'était pas de la viande froide. Chen avait néanmoins mesuré chaque empreinte pour la reproduire ensuite sur son schéma, de même qu'il avait situé (et orienté) le corps, les traces de sang, un papier de chocolat Reese's Pieces, trois mégots de cigarette (qui n'avaient sans doute rien à voir avec l'affaire) et toutes les caractéristiques topographiques utiles. Ses mesures et l'établissement de son schéma lui avaient pris un bout de temps, et quand il était enfin remonté dans la zone dégagée — c'est-à-dire là où le coup de feu mortel avait été tiré —, il n'avait eu que le temps d'apercevoir des traces dans la terre, ainsi que des brindilles brisées à l'endroit où la victime avait perdu l'équilibre. C'était à ce moment-là qu'il avait annoncé aux enquêteurs son intention de revenir. A défaut d'autre chose, ce retour lui permettrait de marquer quelques points pour le tableau d'avancement, ce qui le rapprocherait d'autant mieux de sa baisomobile.

Debout sur l'escarpement, John Chen revit mentalement la victime au bord de l'eau, telle qu'il l'avait vue la première fois, puis reporta son attention sur le chemin. Le bord de l'escarpement avait cédé là où la victime était tombée, et Chen, en reculant d'un pas, distingua une nette entaille dans la terre, tout au bord du sentier. C'était là que la victime avait dû être frappée par la balle. En s'écroulant, Karen Garcia avait trébuché sur le bord du talus avec son pied gauche, et la terre avait été entamée tandis qu'elle basculait vers la berge. Chen remarqua quelque chose de blanc au bord du sentier, à côté de l'entaille : un morceau de plastique triangulaire, d'un demi-centimètre de côté environ, souillé par une substance grise et caoutchouteuse. Ça n'avait sans doute rien à voir — la plupart des objets qu'on ramassait sur les lieux d'un crime n'avaient aucun rapport avec ce crime — mais il sortit de sa boîte un bâtonnet en fil de fer, marqua l'emplacement du bout de plastique et nota cet élément sur son schéma.

Ensuite, il considéra de nouveau le sentier. Il savait où la victime se trouvait au moment du coup de feu ; mais le tireur ? A en juger d'après la blessure, Chen pensait que l'assassin se tenait face à elle, sur le sentier. Il s'accroupit pour tâcher de repérer l'endroit mais n'y parvint pas. Avant que la victime eût été découverte, que la police eût verrouillé le secteur et que Chen fût arrivé sur place, un nombre inconnu de marcheurs et de joggeurs était passé par là, effaçant à peu près tout. Chen secoua la tête, vaincu. Il avait espéré retrouver une empreinte de pas, mais il n'y avait plus rien. Il était revenu en vain. Adieu sa promotion et la Porsche à baise. Son superviseur lui remonterait les bretelles en l'accusant d'avoir gaspillé un temps précieux.

John Chen écoutait le murmure du vent en s'interrogeant sur ce qu'il allait bien pouvoir faire ensuite quand une voix douce s'éleva dans son dos :

— Sur le côté.

Chen tressaillit, s'emmêla les pinceaux et laissa tomber par terre la planche sur laquelle était fixé son schéma.

— Pas la peine d'accumuler des empreintes supplémentaires sur le sentier, reprit l'homme.

Il se tenait debout parmi les herbes folles à côté du sentier, et Chen se demanda comment il avait réussi à arriver là sans se faire entendre. Il était presque aussi grand que Chen, mais son corps était tout en muscles noueux. Il avait des lunettes noires et des cheveux ras, une coupe militaire ; d'emblée, Chen eut peur de lui. Si ça se trouvait, ce type était le tueur, revenu sur les lieux de son crime pour se payer une autre victime. Il avait l'air d'un tueur. Il avait l'air d'un psychopathe qui prend son pied en appuyant sur la détente, et ces deux fichus flics en uniforme étaient sûrement encore en train de s'envoyer en l'air, avec la fille occupée à coller des suçons géants dans le cou de son coéquipier.

— Ceci est un lieu de crime, isolé par la police, déclara Chen. Vous n'avez pas le droit d'être là.

— Faites voir, lui enjoignit l'homme.

Il tendit la main, et John Chen comprit qu'il parlait de son schéma. Il le lui tendit. Pas un instant il ne lui vint à l'esprit de refuser.

La première chose que dit l'homme fut :

— Où avez-vous placé le meurtrier ?

Chen se sentit rougir.

— Je n'arrive pas à le situer. Il y a eu trop de passage.

Il avait parlé d'une voix plaintive, ce qui ne fit qu'accroître son embarras.

— Il y a des policiers sur la route, juste au-dessus de nous, ajouta-t-il. Ils seront là dans une minute.

L'homme continua d'examiner le schéma sans paraître avoir entendu. Chen se demanda s'il n'avait pas intérêt à prendre ses jambes à son cou.

Enfin, l'inconnu lui rendit le schéma :

— Sortez du sentier, John.

— Comment connaissez-vous mon nom ?

— C'est écrit sur le formulaire.

— Oh.

Chen eut soudain l'impression d'avoir cinq ans. Il sentit la honte l'envahir, de même que la certitude qu'il n'aurait jamais sa Porsche.

— Qu'est-ce que vous faites ici ? Qui êtes-vous ?

L'homme se pencha au-dessus du sentier et scruta le sol, plié en deux. Il examina un bon moment l'entaille dans la terre, puis longea le sentier sur quelques pas et se mit dans la position de quelqu'un qui fait des pompes. Il resta ainsi sans effort apparent, et Chen songea qu'il devait être costaud. Pire, Chen décida que ce mec se tapait probablement toutes les chattes qu'il avait envie de se taper. Chen était en train de se dire qu'il ferait peut-être mieux de s'inscrire au club de muscu (ce mec vivait sûrement dans un gymnase) quand l'homme se déplaça sur le côté du sentier et entreprit de fouiller les buissons et les herbes.

— Qu'est-ce que vous cherchez ? demanda John.

L'homme ne répondit pas. Il continua de retourner patiemment feuilles et brindilles, souleva un serpent de lierre.

John fit un pas dans sa direction. L'homme leva un doigt, un doigt qui disait : non.

John s'arrêta net.

L'homme poursuivit sa fouille, augmenta progressivement son périmètre de recherche, sans que John ose faire un geste. Il resta paralysé, à se demander s'il devait appeler à l'aide, tout en songeant avec amertume que les deux flics de la voiture de patrouille étaient tellement occupés à ahaner qu'ils n'avaient aucune chance d'entendre ses cris.

— Votre mallette, dit l'homme.

John fit mine de s'approcher. L'inconnu leva de nouveau la main et, de l'index, traça un long arc de cercle à l'écart du sentier.

— Par là.

John traversa les buissons là où l'homme le lui avait indiqué, en faisant deux accrocs à son pantalon et en se payant en prime un millier d'égratignures qui lui firent grincer des dents, mais, quand il l'eut rejoint, l'homme dit :

— Ici.

Une douille de 22 en cuivre. Sous une feuille d'olivier.

— Putain ! lâcha John. (Il fixa l'homme, qui paraissait le fixer, encore que cela fût difficile à dire, en raison de ses lunettes noires.) Comment vous avez fait pour trouver ça ?

— Marquez-le.

L'homme revint au bord du sentier, et, cette fois, il choisit de s'accroupir. John planta un bâtonnet de fil de fer dans l'humus, à l'emplacement de la douille, puis se hâta de rejoindre l'homme. Celui-ci tendit le bras.

— Regardez. Ici, au bord.

John regarda et ne remarqua rien.

— Quoi ?

— Chaussure, répondit l'homme, approchant un peu son doigt du sol. Ici.

John distinguait bien de nombreux petits fragments d'empreintes, sans comprendre de quoi ce type pouvait parler.

— Je ne vois rien de spécial.

— Penchez-vous un peu plus, John. Utilisez la lumière du soleil, et vous distinguerez une légère dépression. Les trois quarts d'une empreinte.

Sa voix exprimait une infinie patience, et John ne put s'empêcher d'éprouver de la reconnaissance.

Le ventre sur un buisson tout au bord du sentier, John examina longtemps l'endroit que lui indiquait l'homme. Il était sur le point de répéter qu'il ne voyait strictement rien quand, enfin, il discerna les trois quarts d'une empreinte, partiellement effacée par le pied d'un coureur, et tellement peu marquée du côté du sentier que sa profondeur ne devait pas excéder trois grains de poussière. Elle semblait avoir été produite par une chaussure de ville quelconque, comme celles que portaient les flics en civil, mais peut-être pas.

— L'assassin ? demanda John.

— L'orientation est bonne. Le tireur était forcément par là.

John jeta un coup d'œil en arrière, vers la douille.

— Vous pensez à un automatique, je suppose ? C'est pour ça que vous avez cherché de ce côté-là ?

Les automatiques éjectaient leurs douilles du côté droit, et les douilles de 22 retombaient à un mètre vingt environ. Tout à coup, John pensa à quelque chose. Il scruta l'homme en plissant les yeux.

— Et si ce type s'était servi d'un revolver ? Un revolver ne laisse aucune trace.

— Dans ce cas, je n'aurais rien trouvé. Et, malgré tous ces gens dans le coin, personne n'a rien entendu. Il n'est pas possible d'adapter un silencieux sur un revolver.

John sentit un nouvel afflux de sang lui rougir le visage.

— Je sais.

L'inconnu se déplaça sur le sentier, en reprenant à intervalles réguliers sa position de faiseur de pompes avant de se relever et de repartir un peu plus loin. John songea que c'était sans doute le moment idéal pour filer coudes au corps vers les deux uniformes, mais il planta un bâtonnet de fil de fer dans le sol pour marquer l'empreinte et suivit l'homme vers un buisson de sumac, à la lisière de la zone dégagée, juste au-dessus du sentier. L'homme fit le tour des arbres les plus proches, dans un sens puis dans l'autre, en se penchant à deux reprises au ras du sol.

— Il l'a attendue ici. Jusqu'à ce qu'elle arrive.

John s'approcha à son tour, prenant soin de rester derrière l'homme. Aucun doute : il y avait là trois empreintes parfaitement formées dans la terre dure, et elles semblaient correspondre à l'empreinte partielle à côté de la douille. Comme l'autre, ces empreintes étaient très peu profondes, presque invisibles, même après que l'homme les eut montrées du doigt, mais John commençait à avoir l'œil.

Le temps pour lui de consigner cette nouvelle découverte, l'homme s'était de nouveau éloigné. John marqua l'emplacement et s'empressa de le rejoindre au trot.

Ils arrivèrent à la chaîne de clôture qui courait parallèlement à la route et s'arrêtèrent à la grille du parc. John s'imaginait qu'ils n'iraient pas plus loin mais l'homme regarda au-delà, comme si la pente, de l'autre côté du parc, lui avait délivré un message. La voiture de patrouille était sur leur gauche, dans le virage, mais à en juger par la façon dont les deux flics avaient l'air de se démener sur la banquette arrière, ils n'auraient même pas remarqué un champignon atomique. Les enfoirés.

L'inconnu leva les yeux vers la ligne de crête. Sur leur gauche, des maisons ; à droite, rien. Son regard se porta sur un bosquet de jacarandas, au bord de la route, du côté droit. Il entreprit de traverser la chaussée et John le suivit.

— Vous croyez qu'il a traversé ici ? s'enquit John.

L'homme ne répondit pas. D'accord. Il n'était pas bavard. John pouvait faire avec.

L'homme inspecta la pente sous les jacarandas et découvrit quelque chose qui déclencha une sorte de frémissement au coin de sa bouche.

John dit :

— Quoi ? Allez ?

L'homme désigna un petit monticule de terre fraîchement remuée qui semblait avoir débordé sur la route.

— Il s'est caché derrière ces arbres pour laisser passer des gens, et ensuite il a franchi la grille.

— Génial.

John Chen commençait à apprécier. Il s'éclatait même carrément.

Ils partirent à l'assaut de la pente et découvrirent des empreintes plus nettes dans la terre meuble. Ils se frayèrent un chemin jusqu'à la ligne de crête, enjambèrent un pare-feu. John ne savait même pas qu'il existait un chemin pare-feu là-haut.

— Ça alors !

L'homme longea le chemin pare-feu sur une trentaine de mètres avant de s'arrêter pour observer une fois de plus ce qui paraissait être le néant. John retint son souffle, en se mordant l'intérieur de la joue pour s'empêcher de poser des questions.

Enfin, il n'y tint plus :

— Quoi encore, bon sang ?

— Une voiture. (L'homme tendit l'index.) Garée ici. (Nouveau geste de l'index.) Une fuite d'huile ou de liquide de refroidissement, ici. Et là, une trace de pneu.

John était déjà en train de planter ses bâtonnets de fils de fer.

— Un tout-terrain, dit l'homme. Empattement long.

— Un tout-terrain ? Genre Jeep ?

— Ce genre-là.

John gribouilla des notes aussi vite qu'il pouvait ; il allait devoir téléphoner au bureau pour réclamer le matériel indispensable au relevé d'une empreinte de pneus.

— Il s'est garé ici parce qu'il était déjà venu. Il savait où il allait.

— Vous croyez qu'il la connaissait ?

L'homme regarda Chen, et Chen, d'instinct, recula d'un pas. Il n'aurait su dire pourquoi.

— On dirait du quarante-quatre, pas vrai, John ?

— Oui…

— L'empreinte est assez profonde, alors que le sol est dur. Ce type est plus lourd qu'il ne devrait l'être.

Assez profonde. Trois grains de poussière.

— En utilisant sa pointure et son poids, vous devriez pouvoir reconstituer un type morphologique. Un moulage de l'empreinte vous donnera la marque de sa godasse.

— Je sais.

John était agacé. Peut-être que, tout seul, il n'aurait trouvé aucun de ces indices, mais il n'était quand même pas débile.

— Faites aussi un moulage de la marque de pneu. Identifiez la taille et la marque. Avec ça, vous aurez une liste de modèles de bagnole.

— Je sais.

Le regard de l'homme restait fixé sur le lac et John se demanda ce qui pouvait bien se passer derrière ces lunettes noires.

— Vous êtes inspecteur ? Vous travaillez au Parker Center ?

L'homme ne répondit pas.

— Vous allez me donner votre nom et votre numéro de matricule, dit Chen. Pour mon rapport.

— Si vous leur dites que ça vient de moi, ils n'en tiendront aucun compte.

John Chen tiqua.

— Mais… qu'est-ce que je vais bien pouvoir leur raconter, alors ?

— Je n'ai jamais mis les pieds ici, John.

— C'est moi qui ai découvert les indices ?

— Si vous êtes d'accord pour jouer cet air-là.

— Ouais. Bien sûr. Et comment !

Les paumes de Chen étaient moites d'excitation. Il sentit son pouls s'accélérer.

— Faites un moulage des pneus et trouvez la liste

des modèles de quatre-quatre. Je vous recontacterai. Ça ne vous dérangera pas, John ?

— Non, monsieur.

Un réflexe.

L'homme le scruta longuement, puis lâcha une phrase que John Chen devait se rappeler pour le restant de ses jours, en se demandant chaque fois ce que l'inconnu avait voulu dire, et pourquoi il l'avait dit :

— Ne tournez jamais le dos à l'amour, John.

L'homme redescendit vers le bas de la montagne, à travers les buissons, et il disparut avant que Chen se fût rendu compte de son départ.

Chen se fendit lentement d'un large sourire étincelant de blancheur, puis il se mit à courir, à travers les buissons, trébuchant, chancelant, tombant même une fois cul par-dessus tête, mais il se releva et passa en courant au ras de la voiture de patrouille pour rejoindre sa camionnette de la SID. Dès qu'il fut au volant, il hurla à ces deux foutus baiseurs en rut de dégager la piste pour lui permettre de quitter le site.

Tout à coup, sa promotion lui paraissait plus proche.

Tout à coup, c'était comme si sa baisomobile l'attendait dans son garage.

Au bout du compte, il avait bien fait de revenir sur les lieux du crime.

8

Le Parker Center est un immeuble blanc de sept étages construit dans le centre de L.A., à quelques rues du *Los Angeles Times.* Il est environné d'une vingtaine de petits bistrots entre les murs desquels résonnent d'innombrables histoires de flics après chaque changement d'équipe ; ils bénéficient tout au long de la journée d'une clientèle régulière de journalistes. On peut lire sur le mur latéral du Parker Center les mots DÉPARTEMENT DE POLICE, VILLE DE LOS ANGELES, mais les lettres sont trop petites, et l'enseigne se cache derrière trois palmiers rabougris, comme si elle était gênée d'être là.

Le planton me remit un badge de visiteur à fixer sur ma veste et prévint la RHD. Quatre minutes plus tard, les portes de l'ascenseur s'ouvrirent. Sans sortir de la cabine, Stan Watts me regarda avec autant de plaisir que si j'avais eu des glaires plein les yeux.

— Salut, Stan. Ça gaze ?

Watts m'ignora.

— Eh, repris-je, on n'a aucune raison de démarrer du mauvais pied.

Il appuya sur le bouton du cinquième étage.

Une fois sur place, il me précéda dans une salle brillamment éclairée, meublée d'une série de box rectangulaires occupés par des hommes qui paraissaient tous avoir au moins quinze ans de maison derrière eux. La plupart étaient au téléphone, les autres tapaient à la machine, et tous ou presque avaient l'air de se sentir chez eux. Krantz bavardait avec un type obèse à côté de la machine à café. Assis sur le coin d'un bureau, Williams riait. On n'aurait jamais cru que, douze heures plus tôt, les mêmes mecs étaient en train de chasser des mouches noires autour du cadavre d'une jeune femme.

Krantz fronça les sourcils en me voyant et cria :

— Dolan ! Votre client est arrivé.

La seule femme de la brigade, assise seule derrière un bureau d'angle, griffonnait quelque chose sur un bloc-notes administratif jaune. Elle rangea son bloc-notes dans un tiroir de son bureau, referma le tiroir à clé et se leva. Elle était grande, robuste, comme les femmes qui font de l'aviron ou de l'équitation. Plusieurs autres femmes travaillaient dans la salle, mais on sentait bien, à leur attitude, qu'elles n'étaient pas inspectrices. Celle-là l'était. Je suppose qu'à sa place j'aurais moi aussi fermé mon tiroir à clé.

Dolan adressa à Krantz un regard aussi tendre que si elle avait eu sous les yeux un frottis vaginal, après quoi elle me fixa encore plus aimablement. Lorsqu'elle nous eut rejoints, Krantz déclara :

— Dolan, voilà Cole. Cole, voilà Samantha Dolan. Vous faites équipe.

Samantha Dolan était sapée très classe, pantalon gris et veste assortie, avec un camée sur son revers. Ses cheveux blond cendré étaient coupés courts sans être masculins pour autant. Je lui donnai une quarantaine d'années, mais elle pouvait être plus jeune. Dès que Krantz eut prononcé son nom, je fis le rapprochement avec une foule de reportages, d'interviews et de passages télévisés que j'avais eu l'occasion de voir :

— Ravi de vous rencontrer, Dolan. J'ai bien aimé le docu-fiction qu'ils ont fait sur vous.

Six ans plus tôt, CBS avait produit un feuilleton inspiré de son personnage suite à une affaire où elle avait frôlé la mort en arrêtant un violeur. La série, qui avait duré une demi-saison, n'était pas fameuse, mais pendant un bref laps de temps, elle avait fait de Samantha Dolan le flic le plus célèbre de Los Angeles depuis Joe Wambaugh [1]. Un article paru dans le *Times* avait également rendu hommage à son taux d'affaires élucidées : le plus élevé jamais obtenu par une femme, et le troisième plus élevé de toute l'histoire du LAPD. Je me souvenais vaguement d'avoir été impressionné. Là-dessus, l'idée m'effleura que, depuis le temps, je n'avais plus jamais entendu parler d'elle.

Le froncement de sourcils de Samantha Dolan se transforma en une grimace pure et simple.

— Ça vous a plu, ce truc qu'ils ont fait sur moi ?

Je la gratifiai de mon sourire le plus chaleureux.

— Ouaip.

— C'était une sombre merde.

Je sens tout de suite quand quelqu'un m'apprécie.

Krantz consulta sa montre.

— On va vous mettre au jus en même temps qu'on commencera notre briefing, histoire de ne pas faire perdre trop de temps à tout le monde. Dites-donc, Cole, en ce moment même, il se pourrait que le meurtrier soit en train de nous filer entre les doigts parce qu'un de nos enquêteurs est obligé de penser à vous au lieu de suivre sa piste.

— Vous êtes un marrant, Krantz.

— Ouais. Emmenez-le, Dolan. Je vous rejoins dans une minute.

Dolan me précéda vers une petite salle de réunion où nous attendaient déjà Watts et Williams, en compagnie d'un grand inspecteur très maigre nommé Bruly, et d'un enquêteur hispanique, Salerno. Bruly glissa quel-

1. Policier de Los Angeles devenu écrivain à succès. *(N.d.T.)*

que chose à Salerno à notre entrée, et Salerno sourit. Dolan prit une chaise sans me nommer ni dire quoi que ce soit aux autres. Peut-être qu'elle ne les appréciait pas tellement, eux non plus.

— Voilà Elvis Cole, annonça Williams. Il représente la famille. Il est censé nous tenir à l'œil, au cas où on ferait trop de conneries.

— Et je leur ai déjà parlé de vous, Williams, fis-je, espérant me mettre les flics dans la poche à coups de reparties spirituelles.

Salerno sourit à belles dents.

— Avec un nom pareil, vous devez tomber toutes les filles.

— Quoi, Cole ?

Salerno pouffa. De l'intérêt du sens de la repartie.

Krantz déboula dans la salle avec un gobelet de café fumant et une planchette porte-papiers.

— Hé, les gars, on abrège cette connerie, ou vous préférez qu'on continue à perdre du temps ?

Le sourire de Salerno disparut. Krantz but un peu de café en relisant ses notes, puis se lança :

— Bon, voilà ce qu'on a pour le moment. Karen Garcia a été tuée autour de dix heures, samedi matin, par un ou plusieurs inconnus au bord de la retenue de Lake Hollywood. Nous avons récupéré et mis en fourrière sa voiture, qui était stationnée sur un parking de Barham Boulevard. Nous pensons que l'auteur du crime lui a tiré dessus à bout portant avec un pistolet de petit calibre. Une seule balle. Le corps a été découvert le lendemain par deux marcheurs. On a pris leur déposition. On a commencé à interroger d'autres personnes dont on sait qu'elles étaient autour du plan d'eau samedi, ou qu'elles vivent à proximité, et aussi, bien sûr, les relations de la victime. Un certain nombre d'enquêteurs de Rampart, de Hollywood, de West L.A. et de Wilshire nous assistent. A l'heure où je vous parle, nous n'avons pas de suspect.

Krantz s'exprimait comme Jack Webb[1].

— C'est tout ? m'enquis-je.

Krantz crispa ses mâchoires, vexé.

— L'enquête a démarré il y a tout juste vingt heures. Qu'est-ce que vous espériez d'autre ?

— Ce n'était pas une critique, précisai-je.

Je sortis de ma poche intérieure deux feuillets tapés à la machine par mes soins et les fis glisser en travers de la table. Krantz n'y toucha pas.

— Il y a là-dedans tout ce que Frank Garcia m'a dit sur les activités de samedi dernier de sa fille, et aussi tout ce que j'ai appris pendant que j'essayais de la retrouver. J'ai pensé que ça pourrait vous aider. Pike et moi avons parlé aux serveurs d'un Jungle Juice qui connaissaient les habitudes de Karen. Vous trouverez également leurs noms.

— On les a déjà questionnés, Cole. On ne reste pas à se tourner les pouces. Vous n'aurez qu'à le dire au père de la victime.

A croire que rien n'aurait pu l'exaspérer plus que ma présence.

— Nous avons aussi retrouvé un SDF qui affirme avoir vu une femme en train de courir se faire accoster par un type au volant d'un quatre-quatre marron ou rouge, insistai-je. Il est un peu barge sur les bords, mais vous pourriez avoir envie de l'interroger.

Krantz jeta un coup d'œil irrité à sa montre, comme si j'étais en train de lui faire perdre encore plus de temps que prévu. Déjà trois minutes.

— Pike nous a raconté tout ça hier soir, Cole. On est sur le coup. Bon, autre chose ?

— Ouaip. J'ai besoin d'assister à l'autopsie.

Krantz et Watts échangèrent un haussement de sourcils, après quoi Krantz me sourit.

1. Acteur vedette de la série policière *Dragnet*, qui connut un vif succès aux Etats-Unis en 1957-1959, puis en 1967-1970. *(N.d.T.)*

— Vous me faites marcher, Cole. Son père veut des photos, ou quoi ?

— C'est comme quand il a voulu que je retourne sur le plan d'eau. Il tient à ce qu'il y ait quelqu'un sur place.

— Bon Dieu.

Watts, qui n'avait pas cessé un seul instant de fixer Krantz, s'éclaircit la gorge :

— Le comté a une liste d'attente longue comme le bras. Les macchabées s'empilent à la morgue, ils font quelquefois la queue deux, trois semaines. On va essayer d'accélérer le mouvement, mais je ne garantis rien.

Krantz et Watts se consultèrent du regard encore un moment, puis Krantz haussa les épaules :

— Je ne sais pas quand l'autopsie aura lieu. Je ne sais pas si vous pourrez y assister. Il faut que je me renseigne.

— D'accord. Je souhaite avoir accès à toutes les dépositions de témoins et au rapport de la SID.

— Le rapport de la SID n'est pas encore sorti. Leur gars est encore sur place. Et jusqu'ici on n'a aucune déposition, à part celle des deux mecs qui ont retrouvé le corps.

— Si vous avez les transcriptions, j'aimerais en avoir un exemplaire.

Krantz croisa les bras et se carra sur sa chaise.

— Si vous voulez, vous pourrez les lire, mais vous ne ferez aucune photocopie, et aucun original ne sortira de cet immeuble.

— Vous êtes censé me remettre des doubles. Si ça vous pose un problème, il va falloir appeler le directeur adjoint pour lui poser la question.

Krantz soupira :

— Bon, on la lui posera. Je vous entends dire que vous voulez des rapports, Cole, mais pour le moment on n'a strictement aucun rapport à vous montrer. En ce qui concerne les doubles, je verrai ça avec Bishop. S'il donne son feu vert, ça me va.

Ça m'allait aussi.

— Qui tient la main courante ? Vous ou Watts ?

— Moi, dit Watts. Pourquoi ?

— J'aimerais la voir.

— Pas question.

— Où est le problème ? Ça fera gagner du temps à tout le monde.

La main courante était le compte rendu chronologique d'une enquête. Elle incluait les notes prises par les policiers, les listes de témoins, les conclusions du légiste, bref, tout. C'était aussi la façon la plus simple de suivre de près la progression de l'affaire.

— N'y comptez pas, reprit Watts. Si on va au procès, on sera obligés d'expliquer à l'avocat de la défense comment un civil comme vous a pu mettre le nez dans notre travail. Et si on ne trouve rien, il aura beau jeu d'affirmer que vous avez brouillé les cartes et qu'on est tellement nuls qu'on n'a rien vu.

— Calmez-vous, Watts. Je n'ai pas l'intention d'emporter votre main courante chez moi. Si ça vous dit, vous n'aurez qu'à tourner les pages vous-même. C'est plus simple pour tout le monde.

Krantz regarda de nouveau sa montre et se souleva de sa chaise.

— Pas de main courante, Cole. Bon, on a deux cents personnes à interroger, et cette réunion est officiellement terminée. Voilà les règles : aussi longtemps que vous serez dans cet immeuble, vous vous adresserez à Dolan. Une question, posez-la-lui. Si vous voulez pisser, elle vous attendra à la porte des chiottes. Si vous faites quoi que ce soit sans elle, vous violez l'accord passé avec Montoya, et vous passez immédiatement au rayon histoire ancienne. Compris ?

— Je veux lire les transcriptions.

Il désigna Dolan.

— Dolan va s'en occuper.

Elle adressa un regard à Watts.

— Je suis censée interroger les deux agents en uniforme qui ont été les premiers à débarquer sur place après la découverte du corps.

— Salerno s'en occupera, rétorqua Krantz. Vous restez avec Cole. Vous devriez réussir à assurer, non ?

— Je préférerais travailler sur l'enquête, Harvey.

A la façon dont elle prononça son prénom, on aurait cru un synonyme de « connard ».

— Votre boulot consiste à faire ce que je vous dis.

Je me raclai la gorge.

— Et pour l'autopsie ?

— Je vous ai déjà répondu que j'allais me renseigner. Bon Dieu, Cole, on essaie de coincer un meurtrier, et il faut en plus que je perde mon temps à jouer les nounous avec un type dans votre genre.

Krantz sortit sans ajouter un mot. A l'exception de Dolan, tous ses inspecteurs le suivirent. Dolan resta sur sa chaise, la mine sombre, presque rageuse.

— Ça vous emmerde tant que ça de m'avoir dans les pattes ? lui demandai-je.

Elle sortit en laissant la porte ouverte derrière elle : libre à moi de la suivre ou non. Krantz ne voulait pas que je traîne seul dans le secteur, mais je supposai que, dans le fond, il s'en fichait.

Personne n'avait touché à mes deux pages dactylographiées, ni même posé les yeux dessus. Après les avoir récupérées, je rattrapai Dolan dans le couloir :

— Ça ne se passera pas si mal que ça, vous verrez. Ça pourrait même être le début d'une merveilleuse histoire d'amitié.

— Essayez d'être un peu moins puant.

J'ouvris les mains et lui emboîtai le pas. En essayant d'être un peu moins puant.

Quand Dolan et moi revînmes dans la grande salle de la brigade, Krantz et Watts s'entretenaient avec trois bonshommes qui évoquaient des vendeurs de Cadillac à la fin d'un mois pourri. Le plus âgé avait des cheveux blancs ratiboisés à la tondeuse et le cuir tanné au soleil. Les deux autres me fusillèrent du regard et détournèrent les yeux, mais le tondu continua de me fixer comme si j'avais une limace à la place du nez.

— Prenez cette chaise et mettez-la ici, m'enjoignit Dolan.

Elle m'indiqua le mur, près de son bureau. Assis contre le mur, j'aurais forcément l'air du cancre de la classe.

— Je n'ai pas droit à un bureau ?

— Les bureaux sont faits pour les gens qui travaillent. Si vous ne voulez pas vous asseoir là, rentrez chez vous.

Elle traversa la salle dans le sens de la longueur, en une succession de foulées rapides qui indiquaient que l'on avait intérêt à s'écarter de son chemin si on ne voulait pas se retrouver sur le cul. Elle revint peu après, du même pas, avec deux enveloppes brunes qu'elle abattit bruyamment sur ma petite chaise.

— Les deux types qui ont retrouvé la victime s'appellent Eugene Dersh et Riley Ward. Ils ont été entendus hier soir. Si vous voulez lire leur déposition, asseyez-vous là et lisez. Surtout n'inscrivez rien sur les pages.

Elle se laissa tomber sur son fauteuil, derrière son bureau, rouvrit le tiroir, ressortit son bloc-notes jaune. Sacré numéro.

Je tirai des enveloppes la transcription des dépositions, chacune longue d'une dizaine de feuillets. Je lus les deux déclarations préliminaires et jetai un coup d'œil à Dolan, toujours penchée sur son bloc-notes, les joues grises de colère.

— Dolan ?

Son regard se posa sur moi, mais rien d'autre ne bougea.

— Puisqu'on va devoir travailler ensemble, autant essayer de s'entendre, qu'en pensez-vous ?

— On ne travaille pas ensemble. Vous êtes ici comme ces cafards qui vivent planqués sous la machine à café. Plus vite vous aurez dégagé, plus vite je pourrai revenir à mon boulot de flic. C'est clair ?

— Voyons, Dolan, je suis un brave garçon. Vous voulez que je vous en fasse la démonstration ?

— Gardez votre numéro pour quelqu'un que ça intéresse.

Je me penchai en avant et, baissant le ton :

— Tous les deux, on pourrait s'amuser à faire des grimaces dans le dos de Krantz.

— Lisez ces trucs, vous me faites perdre mon temps.

Elle revint à son bloc-notes.

— Dolan ?

Elle leva les yeux.

— Vous ne souriez jamais ?

Retour au bloc-notes.

— J'imagine que non.

Un Joe Pike au féminin.

Je relus deux fois chaque interrogatoire. Eugene Dersh, graphiste indépendant, travaillait parfois pour Riley Ward. Celui-ci possédait une petite agence de pub dans l'ouest de Los Angeles, et les deux hommes s'étaient rencontrés trois ans plus tôt, quand Ward avait fait appel aux services de Dersh. Ils étaient bons amis, et ils couraient ou marchaient ensemble trois fois par semaine, en général à Griffith Park. Dersh, un habitué de Lake Hollywood, y était allé le samedi, jour de la mort de Karen Garcia, et il avait suggéré à Ward de l'y accompagner le dimanche. Selon le récit de Dersh, ils avaient suivi le sentier juste au-dessus du plan d'eau avant de décider de s'aventurer sur la berge. Ward n'avait pas beaucoup apprécié le détour, car il avait trouvé le site peu praticable. Ils étaient sur le point de remonter vers le sentier quand ils avaient repéré le corps. Ni l'un ni l'autre n'avait rien noté de suspect. Tous deux étaient conscients d'avoir brouillé des indices en fouillant dans les poches de Karen Garcia, à la recherche de papiers d'identité. Ward avait conseillé à Dersh de ne pas toucher le corps, mais Dersh avait passé outre. Quand Dersh eut retrouvé le permis de conduire de la victime, ils avaient intercepté le premier joggeur muni d'un téléphone portable et prévenu la police.

— Vous avez interrogé Dersh sur ce qu'il a fait samedi ? demandai-je à Dolan.

— Il s'est promené de l'autre côté de la retenue, à un autre moment de la journée. Il n'a rien vu.

N'ayant aucun souvenir d'avoir lu cela dans la déposition de l'intéressé, je revins quelques pages en arrière.

— Ça ne figure pas là-dedans, remarquai-je. Il dit juste qu'il est monté là-haut samedi.

Je lui tendis la transcription pour qu'elle vérifie, mais elle ne la prit pas.

— C'est Watts qui s'en est occupé quand on a repris l'enquête à la Hollywood Division. Vous avez fini ?

A son tour, elle tendit la main.

— Non.

Je relus la déposition de Dersh en songeant que, si Watts l'avait questionné sur son emploi du temps du samedi, il avait dû noter sa réponse quelque part. Et si c'était Watts qui tenait la main courante, il l'avait probablement notée là.

Du regard, je cherchai Watts, mais il était parti. Krantz n'était pas rentré non plus.

— Il faut combien de temps pour se renseigner à propos de l'autopsie ?

— Krantz sait y faire. Pas de panique

— Dites-moi une chose. Krantz est-il capable de tout faire foirer ?

Elle ne leva pas les yeux.

— J'ai passé quelques coups de fil, Dolan. Je sais que vous êtes un flic de première catégorie. Je sais que Watts aussi est un bon. Mais Krantz ressemble plus à un politique et il m'a l'air très nerveux. Il est capable de faire foirer cette enquête ?

— C'est lui le patron, Cole. Pas moi.

— Il va donner suite en ce qui concerne Deege ? Il

pensera à réinterroger Dersh sur son emploi du temps de samedi ?

Dolan ne répondit rien pendant un moment, mais ensuite elle se pencha vers moi et pointa son stylo dans ma direction.

— Ne vous faites pas trop de mouron sur sa manière de diriger l'enquête. Si vous avez envie de faire la conversation, vous n'avez qu'à parler tout seul. Je ne suis pas intéressée. C'est clair ?

Elle revint à son bloc-notes sans attendre ma réponse.

— C'est clair.

Elle hocha la tête.

Un jeune type athlétique en chemise jaune vif franchit la double porte en poussant un chariot à courrier et se dirigea vers la machine à café. Le badge de sécurité qui oscillait à sa ceinture m'indiqua qu'il s'agissait d'un employé civil. Comme la plupart des départements de police, le LAPD faisait appel à des gens extérieurs partout où c'était possible, afin de réduire ses frais de fonctionnement. La plupart de ces postes étaient occupés par des jeunes qui espéraient que cette expérience les aiderait un jour à mettre les deux pieds dans la maison. Celui-là passait sans doute ses journées à répondre au téléphone, à distribuer des circulaires internes, ou, avec un peu de chance, à participer aux enquêtes de porte-à-porte destinées à retrouver des gosses disparus. Il y avait fort à parier qu'il ne s'approcherait jamais davantage du vrai métier de flic.

Je jetai un coup d'œil oblique à Dolan. Elle me regardait fixement.

— Ça vous dérange si je me sers une tasse de café ? m'enquis-je.

— Faites comme chez vous.

— Vous en voulez une ?

— Non. Laissez ces transcriptions sur la chaise. Et restez bien en vue.

Sieg heil !

Je me dirigeai à grands pas vers la machine à café et décochai un sourire à l'employé civil.

— Comment il est ?

— A vomir.

Je me versai un gobelet et goûtai. A vomir, en effet.

D'après son badge d'identification, il s'appelait Curtis Wood. Dans la mesure où Curtis traînait dans les parages du matin au soir, de salle en salle et d'étage en étage, il savait sans doute où se situait le bureau de Stan Watts. Il savait peut-être où Watts rangeait sa main courante.

— Cette Dolan, c'est un sacré numéro, pas vrai ?

Le détective professionnel passe sans coup férir en mode « collecte intensive de renseignements » en établissant habilement le contact avec un naïf employé subalterne. Je comptais bien me frayer un chemin jusqu'au bureau de Watts et à sa main courante.

— Ils ont fait une série sur elle à la télé, dans le temps, vous saviez ça ?

— Ouaip, répondis-je. Je sais. J'ai bien aimé.

— A votre place, je n'y ferais pas allusion. Elle voit rouge dès qu'on en parle.

Je gratifiai Curtis d'un de mes sourires les plus fraternels et lui tendis la main.

— J'ai déjà commis cette erreur. Je suis Elvis Cole.

— Curtis Wood.

Sa poigne énergique m'indiqua qu'il passait beaucoup de temps en salle de muscu, probablement en vue du test d'aptitude physique. Il jeta un coup d'œil à mon badge de visiteur.

— Je donne un coup de main à Dolan et à Stan Watts sur l'affaire Garcia. Vous connaissez Watts ?

Et voilà comment le professionnel chevronné introduit subtilement Watts dans la conversation.

Curtis hocha la tête.

— Vous êtes le type qui bosse pour la famille ?

Rien n'échappe à ces maudits garçons d'étage.

— Exact.

Notez bien le ton décontracté. Notez aussi la façon dont le sujet se montre réceptif au stratagème.

Curtis finit son café et fit un quart de tour sur lui-même, de manière à pouvoir me regarder bien en face.

— La RHD regroupe les meilleurs enquêteurs de la police. Je me demande comment une face de pine dans votre genre peut se croire capable de faire mieux qu'eux.

Et il repartit avec son chariot sans attendre ma réponse.

Au temps pour la collecte intensive de renseignements.

J'étais toujours planté à côté de la machine à café quand Krantz franchit la double porte, me repéra, fondit sur moi :

— Qu'est-ce que vous fabriquez ?

— Je vous attends, Krantz. Ça fait une plombe.

Il décocha un regard noir à Dolan, nonchalammcnt alanguie dans son fauteuil.

— Vous le laissez circuler comme ça ?

— Nom d'un chien, Harvey, je suis là, non ? Je pourrais même le descendre s'il le fallait.

— Je prenais juste une tasse de café, expliquai-je. Comme si c'était un crime fédéral.

Calmé, Krantz se retourna vers moi.

— Bon, voilà comment ça va se passer. On n'est pas encore sûrs pour l'autopsie, mais je vous le ferai savoir cet après-midi.

— Vous m'avez fait attendre une heure pour me dire ça ?

— Vous n'étiez pas obligé de rester. Bishop dit que c'est d'accord pour les rapports, alors on vous en fournira une copie demain, quand ils seront rentrés. C'est tout.

Stan Watts parut dans le couloir, suivi par le tondu, mais pas par les deux autres vendeurs de Cadillac.

— Harvey, fit Stan, on est prêts.

Le tondu me matait toujours, comme si je lui devais un paquet de fric et qu'il cherchât un moyen de le récupérer le plus vite possible. Krantz hocha la tête à leur intention.

— Bon, Cole, c'est tout pour aujourd'hui. Dégagez la piste.

— Puisque j'ai droit aux rapports, puis-je avoir un double des dépositions de Dersh et de Ward ?

Krantz se retourna vers Dolan :

— Faites-lui des photocopies.

— Vous voulez aussi que je lui suce la bite ?

Krantz s'empourpra. Gêné.

— Un sacré numéro, cette Dolan, Krantz.

— Faites-lui ces putains de photocopies et mettez-le dehors. (Krantz fit mine de s'éloigner, s'arrêta, revint vers moi.) Au fait, Cole… Ça ne m'étonne pas que vous soyez seul. Je savais bien que Pike n'aurait pas les couilles de venir ici.

— Vous la rameniez moins que ça, sur la rive du lac, quand il était face à vous.

Krantz s'approcha encore un peu plus.

— Vous n'êtes ici que sur invitation. Tâchez de ne pas l'oublier. Jusqu'à preuve du contraire, c'est ma boutique, et c'est moi qui tiens les manettes. Rappelez-vous ça aussi.

— Pourquoi est-ce que Pike vous appelle « Pants[1] » ?

Quand je prononçai ce mot, Krantz rougit violemment, et il s'éloigna à grands pas. Je glissai un coup d'œil à Dolan. Elle souriait, mais, dès qu'elle s'aperçut que je l'observais, son sourire s'évapora.

— Attendez-moi ici un moment, me jeta-t-elle. Je vais faire vos photocopies.

— Je peux les faire moi-même. Vous n'avez qu'à me montrer où c'est.

1. « Caleçon ». *(N.d.T.)*

— Il faut taper un code. Ils ne veulent pas qu'on reproduise des tracts syndicaux ou des papiers personnels.

— Ah, ces flics…

Quelques minutes plus tard, elle me remit un exemplaire des deux interrogatoires.

— Merci, Dolan. Ce sera tout pour aujourd'hui.

— Je dois vous raccompagner à la sortie.

— Volontiers.

Elle m'escorta jusqu'aux ascenseurs, appuya sur le bouton d'appel et garda les yeux fixés sur les portes pendant tout le temps que dura notre attente.

— J'ai fini par vous avoir, pas vrai ? dis-je.

Elle leva la tête vers moi.

— Dans la salle, à la fin, avec Krantz. Je vous ai fait sourire.

Les portes de l'ascenseur coulissèrent. J'embarquai dans la cabine.

— Je vous revois demain, Dolan.

Elle répondit, à la seconde où les portes se refermaient :

— Le plus tard sera le mieux.

A propos de l'agent Joe Pike

L'inspecteur de niveau trois Mike McConnell, de l'IAG[1]*, était à peu près certain d'avoir mangé une palourde avariée. Deux heures plus tôt, il avait déjeuné au bar de l'Ecole de police, où le plat du jour était une soupe aux palourdes, et depuis il sentait cette soupe gronder dans ses entrailles comme un geyser. Il avait connu un moment de panique à l'idée que l'inconcevable puisse se produire dans le hall grouillant du*

1. *Internal Affairs Group*, groupe des affaires internes, équivalent de l'inspection générale des services. *(N.d.T.)*

Parker Center, où l'IAG avait ses bureaux — ou, pis encore, pendant qu'il serait entassé dans ce maudit ascenseur en compagnie de tout le gratin du LAPD, sans parler des deux tiers de l'état-major du maire.

Mais jusqu'à présent, il avait tenu bon, et Mike McConnell, cinquante-quatre ans — à deux ans d'une retraite plus que méritée au terme de trente ans de service —, avait réussi à rallier son bureau pour jeter un coup d'œil au dossier du jour, puis la salle de réunion où, en sa qualité de membre senior de l'IAG, il allait pouvoir forcer ce petit salopard de Harvey Krantz à abréger son entretien avant de lâcher un pet foireux devant tout le monde.

Quand il entra, l'inspecteur de niveau deux Louise Barshop était déjà assise à la table et McConnell fit mentalement la grimace. Le responsable de l'enquête dont il allait être question était cette ordure de Harvey Krantz, que McConnell ne pouvait pas voir en peinture, mais il avait oublié que le troisième membre du comité serait une femme. Il aimait bien Louise, une collègue de tout premier ordre, mais c'était à croire que cette foutue palourde lui avait fait gonfler dans le bide tous les gaz de Notre-Seigneur. Et l'idée de céder à la courante devant une femme ne le mettait pas franchement à l'aise.

— Bonjour, Louise. Comment va la famille ?

— Très bien, Mike. La vôtre ?

— Oh, bien. Très bien.

Il se demanda s'il devait l'informer au préalable de ses flatulences ou procéder au coup par coup... si l'on pouvait dire. En cas de dérapage, peut-être qu'il pourrait s'en tirer en faisant comme si c'était Krantz qui avait pété.

Ayant opté pour la seconde stratégie, McConnell venait de prendre son siège quand Krantz apparut, une grosse liasse de dossiers sous le bras. Krantz était grand et osseux, avec des yeux très rapprochés et un long nez qui lui donnaient l'allure d'un perroquet. Il avait rejoint l'IAG moins d'un an plus tôt, après un passage relativement brillant à la brigade des cambriolages de West Valley, et il était de loin le plus jeune des trois. Dans la mesure où c'était son affaire, il allait se charger de l'essentiel de l'interrogatoire. Krantz ne faisait pas mystère de son désir d'utiliser l'IAG comme marchepied pour atteindre un jour le haut commandement du LAPD. Il avait raccroché son uniforme aussi vite que possible (McConnell le soupçonnait d'avoir peur de la rue) et était passé par tous les tremplins qu'il avait pu trouver, en recherchant invariablement le meilleur cul à lécher afin de pouvoir continuer son escalade. Ce petit empaffé ne manquait jamais une occasion de rappeler qu'il était licencié de la fac avec mention, et qu'il planchait en ce moment sur sa maîtrise. McConnell, dont l'expérience universitaire se réduisait à la répression des émeutes estudiantines de la fin des années soixante, était entré dans les marines à sa sortie du lycée, et tirait grande fierté de la façon dont il avait gravi les échelons sans le moindre diplôme supérieur. S'il haïssait Harvey Krantz, c'était non seulement pour son attitude méprisante, mais aussi parce qu'il avait découvert que ce petit lèche-couilles lui cassait du sucre sur le dos depuis deux mois, en racontant à leur patron commun, le capitaine-superviseur de l'IAG, qu'il ne s'occupait pas bien des trois affaires sur lesquelles ils travaillaient ensemble. Le petit fumier... McConnell s'était promis illico de mater ce salopard et de lui bousiller sa carrière, même si c'était sa dernière mission. Et pourtant, Mike McConnell n'avait plus que deux ans à tirer avant de prendre sa retraite dans son mobile home en bord de mer, au Mexique. Bon sang, rien qu'à regarder ce sac à merde, il en avait la chair de poule. Un perroquet humain.

Krantz hocha sèchement la tête.

— Bonjour, Louise. Bonjour, monsieur McConnell.

Toujours ce « monsieur » servant à souligner leur différence d'âge.

— Salut, Harvey, répondit Louise. Vous êtes prêt ?

Krantz vrilla son œil de perroquet sur la chaise vide du témoin qu'ils allaient interroger.

— Où est le sujet ?

— Vous voulez parler de l'agent que nous nous apprêtons à entendre ? demanda McConnell.

Ce ton ! Le « sujet », comme s'ils étaient dans un laboratoire à la mords-moi-le-nœud !

Louise Barshop ravala un sourire.

— Il est dans la salle d'attente, Harvey. Pouvons-nous commencer ?

— J'aimerais revenir avec vous sur deux ou trois points avant de le faire entrer.

McConnell se pencha en avant pour l'interrompre. Quelque chose venait de s'agiter au fond de son intestin grêle.

— Je vous préviens tout de suite que je ne souhaite pas passer trop de temps sur cette affaire. (Il feuilleta son dossier.) Ce gosse est le coéquipier de Wozniak, c'est bien ça ?

Krantz le scruta au ras de son nez de perroquet, et McConnell le sentit vexé. Qu'il aille donc se plaindre au patron. Qu'il se taille lui-même un costard de pleurnicheur.

— C'est exact... Wozniak. J'ai mené cette enquête moi-même, monsieur McConnell, et je crois vraiment qu'il y a quelque chose. (Il enquêtait sur la possible implication d'un agent, Abel Wozniak, dans une affaire de cambriolages et de recel de matériel volé.) En tant que coéquipier de Wozniak, cet agent doit savoir ce que fricote Wozniak, même s'il n'est pas personnellement compromis, et j'aimerais avoir votre permission pour le bousculer un peu. Et même beaucoup s'il le faut.

— Bien, bien, comme vous voudrez. Simplement, ne soyez pas trop long. C'est vendredi après-midi, et je

tiens à sortir d'ici de bonne heure. Si vous trouvez un fil qui dépasse, tirez sur la pelote, mais si ce type ne lâche rien, je ne veux pas perdre mon temps.

Harvey émit un petit grognement destiné à faire comprendre qu'il n'était pas satisfait, après quoi il se hâta de passer dans la salle d'attente.

— Harvey est un sacré battant, n'est-ce pas ? fit Louise.

— C'est surtout un enfoiré de première. C'est à cause de gens comme lui qu'on nous appelle la brigade des rats.

Louise Barshop détourna la tête sans répondre. C'était sans doute le fond de sa pensée, mais elle ne disposait pas encore du matelas de sécurité que confèrent vingt-huit ans de maison pour l'exprimer à haute voix. A l'IAG, les murs avaient des oreilles, et il fallait faire extrêmement attention aux culs qu'on bottait, parce que leurs propriétaires n'attendaient qu'une occasion de vous rendre la pareille.

Le témoin était un jeune agent répondant au nom de Joseph Pike. McConnell avait lu ses états de service dans la matinée, et il avait été impressionné. Ce gosse, dans la maison depuis trois ans, était sorti quatrième de sa promotion de l'Ecole de police. Tous les rapports le distinguaient comme un élément remarquable. McConnell possédait assez d'expérience pour savoir que ce fait, à lui seul, ne constituait pas une garantie contre le risque de corruption. Cependant, après vingt-huit ans de carrière, Mike McConnell persistait à croire que les jeunes hommes et les jeunes femmes qui composaient la police de cette ville étaient, pour la plupart, ce que cette ville avait à offrir de mieux. Au fil du temps, il en était venu à penser que son devoir — son obligation — consistait à préserver leur réputation de la souillure que risquaient de représenter pour eux quelques brebis galeuses. Ayant lu le dossier de l'agent Pike, il avait hâte de le rencontrer. Comme McConnell, Pike était passé par Camp Pendleton, mais à la différence de McConnell, entré chez les marines comme simple fantassin, Pike avait été formé au sein de l'élite, la Force Recon, après quoi il avait servi au Vietnam, où il avait été décoré de deux Bronze Stars et de deux Purple Hearts. McConnell sourit en posant de nouveau le regard sur le dossier Pike, et estima qu'une merde fétide comme Krantz (qui avait réussi à échapper au service militaire) ne méritait pas d'être dans la même pièce qu'un gosse comme lui.

Lorsque la porte s'ouvrit, Krantz désigna la chaise où il voulait voir Pike assis. Les trois inspecteurs de l'IAG siégeaient côte à côte derrière une longue table ; le témoin devait prendre place face à eux sur une chaise à bonne distance de la table, ce qui accroîtrait son impression d'isolement et de vulnérabilité. Procédé classique de l'IAG.

La première chose que remarqua McConnell fut la tenue impeccable du jeune policier. Un uniforme sans tache, aux plis rectilignes, des accessoires et des souliers de cuir brillants comme des miroirs. Pike était grand, aussi grand que Krantz, mais autant Krantz était maigre et osseux, autant Pike était large et musclé. Sa chemise était tendue à éclater sur son dos, ses épaules et ses bras.

— Agent Pike ? commença McConnell.

— Oui, monsieur.

— Je suis l'inspecteur McConnell, et voici l'inspecteur Barshop. Ces lunettes doivent disparaître.

Pike retira ses lunettes noires, révélant des yeux d'un bleu éclatant. Louise Barshop se tortilla sur sa chaise.

— Ai-je besoin de la présence d'un avocat ? s'enquit Pike.

Avant de répondre, McConnell mit en marche le gros magnétophone Nagra.

— Vous pouvez demander un avocat mais, si vous ne répondez pas à nos questions dès à présent, comme nous vous ordonnons de le faire, vous serez relevé de vos

fonctions et accusé de refus d'obéir aux ordres administratifs d'un officier supérieur. Vous comprenez ?

— Oui, monsieur.

Pike soutint le regard de McConnell, qui songea que ce garçon avait l'air absent. S'il était inquiet ou nerveux, il le cachait à merveille.

— Souhaitez-vous la présence d'un avocat ?

— Non, monsieur.

Louise Barshop prit la parole :

— L'inspecteur Krantz vous a-t-il expliqué pourquoi vous êtes ici ?

— Non, madame.

— Nous enquêtons sur le bien-fondé d'allégations selon lesquelles votre coéquipier, Abel Wozniak, aurait été ou serait impliqué dans une série de cambriolages d'entrepôts, survenus l'année passée.

McConnell guetta une réaction, mais le visage du jeune agent resta aussi lisse qu'une flaque d'urine dans une assiette.

— Qu'est-ce que vous en pensez, fiston ? Qu'est-ce que ça vous fait d'entendre une chose pareille ?

Pike le fixa un long moment puis haussa les épaules, de façon quasi imperceptible.

— Depuis combien de temps êtes-vous l'équipier de Wozniak ? aboya Krantz.

— Depuis deux ans.

— Et vous voudriez nous faire croire que vous ignorez ce qu'il magouille ?

Les yeux bleus se portèrent sur le perroquet, et McConnell se demanda ce qu'ils pouvaient receler. Pike ne répondit pas.

Krantz se leva. Il avait une tendance à faire les cent pas qui exaspérait McConnell, mais ce dernier s'abstint de protester, car cette manie exaspérait aussi ceux qu'ils interrogeaient.

— Avez-vous jamais accepté un dessous-de-table ou

commis un quelconque acte qui, à votre connaissance, représenterait une violation de la loi ?

— Non, monsieur.

— Avez-vous déjà vu l'agent Wozniak commettre un quelconque acte qui, à votre connaissance, aurait représenté une violation de la loi ?

— Non, monsieur.

Louise Barshop :

— L'agent Wozniak a-t-il déjà reconnu en votre présence avoir commis de tels actes, fait ou dit une chose qui puisse vous conduire à penser qu'il l'ait fait ?

— Non, madame.

Krantz :

— Connaissez-vous Carlos Reena ou Jesus Uribe, autrement dit les « frères Chihuahua » ?

Reena et Uribe étaient des receleurs notoires qui opéraient à partir d'une ferraille située près de l'aéroport Whiteman, à Pacoima.

— Je vois de qui il s'agit, mais je ne les connais pas.

— Avez-vous jamais vu l'agent Wozniak avec l'un ou l'autre de ces individus ?

— Non, monsieur.

— L'agent Wozniak a-t-il déjà cité l'un ou l'autre de ces individus en votre présence ?

— Non, monsieur.

Krantz déclenchait ses questions dès que Pike avait répondu, et il s'énervait de plus en plus : Pike marquait une pause avant de répondre et chaque pause était soit un petit peu plus longue, soit un petit peu plus courte que la précédente, ce qui empêchait l'inspecteur d'imprimer son rythme à l'interrogatoire. McConnell se rendit compte que Pike le faisait exprès, et cela lui plut. Il voyait bien que Krantz était en train de perdre son sang-froid : il commençait à déplacer son poids d'un pied sur l'autre. McConnell ne supportait pas les gens qui n'arrivaient pas à tenir en place. Sa première femme ne tenait pas en place, et il s'en était débarrassé.

— Agent Pike, reprit McConnell, permettez-moi de vous informer, à ce stade de la procédure, que nous vous donnons l'ordre de ne révéler à personne que cet interrogatoire a eu lieu... et encore moins à propos de quoi nous vous avons interrogé. Dans le cas contraire, vous seriez inculpé de refus d'obéissance à un ordre et renvoyé de la police. Vous comprenez ?

— Oui, monsieur. Puis-je poser une question ?

— Envoyez la sauce.

McConnell consulta sa montre et sentit un voile de sueur froide perler sur sa peau. Ils n'étaient là que depuis huit minutes, et la pression sur ses intestins ne cessait d'augmenter. Il se demanda si quelqu'un d'autre que lui entendait les gargouillements qui s'en échappaient constamment.

— Me soupçonnez-vous d'être impliqué ?

— Pas pour le moment.

Krantz foudroya McConnell du regard et précisa :

— Cela reste à déterminer, agent Pike.

Krantz contourna la table et se pencha pour que les trois enquêteurs puissent avoir un petit aparté.

— S'il vous plaît, laissez-moi poser les questions, monsieur McConnell, murmura-t-il. Je m'efforce de créer chez cet homme un certain état d'esprit. Il faut qu'il ait peur de moi.

A croire que McConnell n'était qu'un vieux connard placé en travers de la route censée le mener tout droit au trône de directeur de la police de Jésus-Christ Notre-Seigneur, amen !

— Je ne suis pas sûr que ça marche, Harvey, rétorqua McConnell, chuchotant à son tour. Il n'a pas l'air d'avoir peur et je suis pressé d'en finir.

McConnell était certain que s'il ne trouvait pas très vite un moyen d'évacuer un peu de gaz, une déflagration majeure n'allait pas tarder à se produire du côté de son arrière-train.

Krantz se retourna vers Pike et se mit à longer la table.

— Vous ne vous attendez quand même pas à ce que nous vous croyions, j'espère ?

Les yeux bleus suivirent Krantz, mais Pike ne répondit rien.

— Nous sommes tous de la police. Nous avons tous patrouillé en voiture. (Krantz posa une main sur sa pile de dossiers.) La façon la plus intelligente de jouer cette partie, c'est de coopérer. Si vous le faites, nous pourrons vous aider.

— Fiston, pourquoi êtes-vous entré dans la police ? demanda McConnell.

Krantz lui adressa un vilain froncement de sourcils, et McConnell aurait donné n'importe quoi pour pouvoir le gifler en pleine figure.

— Pour faire le bien, répondit Pike.

Et voilà, songea McConnell. Ce garçon lui plaisait. Il lui plaisait même beaucoup.

Krantz émit une sorte de sifflement destiné à indiquer à tout le monde qu'il était furibond, puis il attrapa un bloc-notes sur la table et entreprit d'aboyer des noms.

— Dites-nous si oui ou non vous savez quelque chose des entreprises suivantes. Baker Metalworks.

— Non, monsieur.

— Chanceros Electronics.

— Non, monsieur.

Un par un, Krantz cita quatorze entrepôts de la Rampart Division, qui avaient été cambriolés ; et après chaque nom, Pike répondait :

— Non, monsieur.

Tout en lâchant ces noms, Krantz tournait en cercles de plus en plus réduits autour de Pike. McConnell aurait juré que Pike le suivait maintenant à l'oreille, sans plus se donner la peine d'utiliser son regard. McConnell glissa une main sous la table et se massa discrètement le ventre. Bon sang.

— Thomas Brothers Auto Parts.

— Non, monsieur.

— Wordley Aircraft Supply.

— Non, monsieur.

Fou de rage, Krantz frappa la table.

— Vous êtes en train de nous dire que vous ne connaissez rien de tout ça ?

— Oui, monsieur.

Krantz, cramoisi, les yeux exorbités, se pencha sur Pike et hurla :

— Vous mentez ! Vous êtes dans le coup avec lui, et vous finirez en prison !

McConnell intervint :

— Je crois que nous avons suffisamment exploré cette voie, Harvey. L'agent Pike me semble dire la vérité.

— Foutaise, Mike ! s'écria Krantz. Ce fils de pute sait quelque chose !

Tout en disant ces mots, Krantz planta l'index droit dans l'épaule de Pike, et la suite s'enchaîna presque trop vite pour que McConnell eût le temps de bien voir ce qui se passait.

McConnell devait raconter plus tard que, pour un type qui avait l'air tellement calme qu'il paraissait sur le point de s'endormir, Pike avait bondi de sa chaise aussi vite qu'un serpent à l'attaque. Sa main gauche avait chassé celle de Krantz sur le côté, et sa droite l'avait saisi à la gorge.

Pike souleva Krantz vers l'arrière, le plaqua contre le mur, à une quinzaine de centimètres du sol. Harvey Krantz émit un gargouillis et écarquilla les yeux. Louise Barshop fit un saut en arrière et tendit le bras vers son sac à main. McConnell se leva lui aussi, en criant :

— Reculez ! Agent Pike, lâchez-le et reculez !

Mais Pike ne lâcha pas. Il maintint contre le mur Harvey Krantz, et le visage de celui-ci vira au violet, en fixant Pike comme un daim surpris en train de traverser une route.

— Lâchez-le, agent Pike ! cria à son tour Louise Barshop. Lâchez-le immédiatement !

Elle avait attrapé son sac. McConnell se dit qu'elle était prête à sortir son Beretta et à tirer.

McConnell sentit son estomac se nouer quand Pike, qui n'avait toujours pas lâché prise, murmura à Krantz quelque chose que nul n'entendit. Pendant des années, par la suite, bien après sa retraite, l'inspecteur de niveau trois Mike McConnell se demanda ce que Pike avait bien pu chuchoter à Krantz, parce que à ce moment-là, dans l'accalmie qui succéda aux cris et aux chaises renversées, ils entendirent un ploc-ploc-ploc liquide, et tout le monde baissa les yeux en même temps pour voir un ruisseau d'urine couler en bas du pantalon de Krantz. Ensuite, une odeur atroce les enveloppa, et Louise Barshop s'exclama :

— Oh, mon Dieu... !

Harvey Krantz venait de chier dans son froc.

McConnell, aussi gravement que possible, dit :

— Maintenant, fiston, lâchez-le.

Pike s'exécuta, et Harvey se plia en deux, les yeux noyés de rage et de honte tandis que la merde inondait l'intérieur de son pantalon. Il quitta la pièce en serrant les genoux.

Pike regagna sa chaise comme si rien ne s'était passé.

Louise Barshop, très embarrassée, lâcha :

— Eh bien, je ne sais pas...

Mike McConnell reprit son siège, considéra le jeune agent qui venait de commettre un outrage passible de renvoi :

— Il n'aurait pas dû lever la main sur vous, fiston. C'est interdit par le règlement.

— Oui, monsieur.

— C'est tout pour le moment. Si nous avons besoin de vous revoir, nous vous contacterons.

Pike se leva sans un mot et sortit.

— Eh bien, soupira Louise, on ne peut pas le laisser s'en tirer comme ça. Il vient d'agresser Harvey.

— Réfléchissez, Louise. Si on intente une action, Harvey devra déclarer officiellement qu'il a chié dans son froc. Croyez-vous qu'il y tienne ?

McConnell coupa le Nagra. Il faudrait effacer la fin de l'enregistrement pour protéger ce garçon. Louise détourna les yeux :

— Ma foi, non. Mais nous ferions mieux de lui poser la question quand il reviendra.

— D'accord. On lui demandera.

Harvey Krantz choisirait sûrement de garder le silence sur l'incident. Mais pas Mike McConnell. Tandis que Louise et lui attendaient non sans une certaine gêne le retour de Krantz, il lui vint à l'esprit une idée géniale pour faire payer à ce petit empaffé la façon dont il avait essayé de lui nuire. Dans moins de six heures, McConnell devait jouer aux cartes avec le lieutenant Oscar Munoz et le directeur adjoint Paul Winnaeker. Or tout le monde savait que ce dernier était la pire langue de vipère du Parker Center. McConnell était déjà en train de planifier la façon dont il laisserait l'affaire s'ébruiter, et il était déjà en train de savourer la manière dont la rumeur de l'« accident » de Harvey Krantz allait se répandre à travers le département comme, tiens, de la merde dans un ventilateur. Dans l'univers machiste du LAPD, seuls les lâches étaient plus détestés que les balances. McConnell avait déjà choisi le sobriquet dont il affublerait ce petit salopard : Pants. Vivement que Paul Winnaeker ait vent de l'affaire !

Là-dessus, McConnell sentit ses tripes se retourner, et il comprit que cette maudite palourde avait finalement vaincu les capacités de résistance de son organisme. Il se leva d'un bond, lança à Louise qu'il allait voir ce que devenait Harvey, et fila vers les toilettes pour hommes en pinçant les lèvres aussi fort qu'une vierge dans un bordel. Il réussit tout juste à atteindre la première cabine disponible avant que la palourde et tous les dégâts qu'elle avait causés sur son passage ne lui giclent du trou de balle avec un grondement de tonnerre.

Quand la première vague fut passée, il entendit Harvey Krantz qui, dans la cabine voisine, sanglotait de honte.

— Ne vous en faites pas, mon garçon. On ne va pas soulever le couvercle. Je pense que cette histoire n'aura pas trop d'incidence sur votre carrière.

Les sanglots redoublèrent, et Mike McConnell sourit.

9

Je passai l'après-midi à mon bureau, à attendre que Krantz me rappelle à propos de l'autopsie, après quoi je rentrai chez moi et attendis encore. Il n'avait pas téléphoné à l'heure où je me mis au lit et je commençais à me sentir énervé. A neuf heures et demie, le lendemain matin, toujours sans nouvelles, j'appelai le Parker Center et demandai Krantz.

— Il n'est pas joignable, me répondit Stan Watts.

— Qu'est-ce que ça veut dire ? Krantz m'a promis qu'il me ferait signe.

— Vous voudriez qu'on vous prévienne chaque fois qu'on se torche le cul ?

— Je veux être informé de tout ce qui concerne l'autopsie. Ça va faire trois jours que le meurtre a eu lieu, et je suis censé y assister. Vous avez réussi à accélérer le processus, oui ou non ?

— Ne quittez pas.

Watts me mit en attente. Le LAPD avait fait installer un système de bande musicale. J'eus droit au thème de *Dragnet*.

Je marinais là-dedans depuis près de dix minutes quand la voix de Watts revint en ligne.

— Ils l'ouvrent cet après-midi. Vous n'avez qu'à passer ici, et je vous ferai conduire là-bas par quelqu'un.

— J'ai eu raison de vous poser la question.

A dix heures quarante-cinq, m'étant garé une fois de plus au soleil devant le Parker Center, je me présentai au planton et sollicitai un badge de visiteur. Cette fois, quand le planton eut appelé la RHD, on me laissa monter seul. Peut-être que les flics commençaient à me faire confiance.

Stan Watts m'attendait devant l'ascenseur, à l'ouverture des portes.

— C'est vous qui servez de guide aujourd'hui, Stan ?

Il ébaucha une grimace.

— Ben voyons. Comme si je n'avais rien de mieux à faire.

La salle collective de la RHD était plus silencieuse que la veille. Je reconnus un seul visage : celui de Dolan. Elle parlait au téléphone, les bras croisés, les yeux fixés sur moi, comme si elle s'était attendue à me voir franchir les doubles portes.

Je fis halte, et Watts fit halte avec moi.

— Encore Dolan ?

— Ouais. Dolan.

— Je crois qu'elle ne m'aime pas.

— Elle n'aime personne. Ne le prenez pas pour vous.

Il me mena jusqu'à sa collègue :

— Je vous laisse, les tourtereaux.

Dolan colla sa paume contre le combiné du téléphone.

— Allez, Stan… Si vous me laissiez plutôt passer mes coups de fil ? Il n'y a personne d'autre pour s'occuper de lui ?

Il s'éloignait déjà.

— Krantz a dit que c'était pour vous.

Elle plissa les lèvres et accentua la pression de sa main contre le combiné.

— Maudit Pants…

Watts rit mais ne se retourna pas.

— Salut, Dolan, dis-je. Ça faisait un bail.

Elle m'indiqua du doigt la petite chaise de la veille, mais je restai debout.

Dolan remercia son interlocuteur, le pria de la rappeler au cas où il se souviendrait de quoi que ce soit d'autre et raccrocha. Avec une certaine brutalité.

— M'est avis qu'on va passer encore une bonne journée, pas vrai ? remarquai-je.

— Parlez pour vous.

Du Parker Center aux bureaux du coroner du comté de L.A., le trajet en voiture prend environ un quart d'heure, mais vu la vitesse à laquelle Dolan jaillit du parking couvert, je songeai que nous n'allions pas mettre beaucoup plus de cinq minutes, malgré l'état lamentable de sa vieille guimbarde banalisée. Elle coupa la radio d'un coup de pouce rageur dès qu'elle s'assit au volant et se connecta sur une radio de rock alternatif qui crachait *Shove*, un morceau de L7, groupe de filles de L.A. connu pour ses textes hargneux qui vous en balancent plein la tronche.

— Pas facile de discuter avec la radio aussi fort, vous ne trouvez pas ?

Nous sortîmes du parking en laissant derrière nous une double trace de gomme fumante. Dolan n'était pas d'accord avec moi.

La chanteuse de L7 était en train de beugler qu'un mec lui avait pincé les fesses. Les paroles étaient rageuses ; la musique, encore plus. Samantha Dolan était apparemment dans le même état d'esprit. Tout dans son attitude le disait — et disait aussi qu'elle tenait à ce que je le sache.

J'attachai ma ceinture de sécurité, me carrai au fond de mon siège et fermai les yeux.

— C'est trop direct, Dolan. La musique devrait plutôt faire contrepoint à votre personnalité. L'effet serait nettement plus théâtral. Vous devriez essayer Joan Baez.

Dolan fit une queue-de-poisson à un camion de livraison et franchit en trombe un carrefour alors que le feu avait déjà viré au rouge. Des klaxons couinèrent. Elle les ignora.

Je bâillai avec ostentation. C'était reparti pour une séance de stock-car.

Nous frôlâmes en rugissant un groupe de petites gens qui tâchaient de traverser la rue pour prendre leur bus. Nous les manquâmes de cinq centimètres. Vive les grands espaces.

— Dolan, levez le pied avant d'avoir tué quelqu'un.

Elle écrasa un peu plus l'accélérateur et nous catapulta sur la rampe d'accès à la voie express.

Je tendis le bras, coupai le contact, et la voiture s'emplit soudain de silence.

— Vous avez perdu la boule, ou quoi ? glapit Dolan.

Elle freina, se démena avec son volant soudain privé de direction assistée, rabattit l'auto sur le côté droit de la rampe. Ayant réussi à s'arrêter, elle me regarda dans le blanc des yeux, avec une respiration sifflante.

— Je suis désolé qu'un connard comme Krantz vous oblige à bouffer de la merde, mais ce n'est pas ma faute, expliquai-je.

Les klaxons se remirent à chanter derrière nous. Quelque chose qui ressemblait à de la souffrance dansa un instant dans les prunelles de Dolan. Elle inspira profondément.

— Je suppose que vous seriez capable de diriger cette enquête, enchaînai-je. Je suppose que vous avez du mal à admettre que ce ne soit pas le cas.

— Vous ne me connaissez pas assez pour pouvoir dire ce genre de chose.

— Je sais que Krantz a peur de vous, Dolan. Il a peur de tous ceux qui le menacent, et du coup vous vous retrouvez coincée à faire un boulot dont personne ne veut. Jouer les nounous avec moi, par exemple, faire des photocopies, rester assise sur la banquette arrière. Je sais que vous n'appréciez pas et que vous ne devriez pas être là, parce que vous valez mieux que ça. Et, en plus, vous êtes la seule femme du lot.

Elle me dévisagea, mais pour une fois son regard n'était pas noir. Elle avait des mains ravissantes, aux doigts longs et fins. Pas d'alliance. Elle portait une montre Piaget et ses ongles étaient si bien manucurés que je doutai qu'elle s'en fût chargée elle-même. Peut-être que ce feuilleton télévisé, aussi merdique soit-il, lui avait appris deux ou trois petites choses utiles.

Dolan s'humecta les lèvres et secoua la tête. Comme si elle se demandait comment j'avais réussi à savoir tout cela. J'ouvris les mains.

— L'essence même du métier de détective privé, Dolan. Je vois tout, j'entends tout.

Elle regarda par la vitre, hocha la tête.

— Si vous voulez qu'on y aille, reprit-elle, on peut y aller.

Neutre. Se gardant bien de confirmer ou d'infirmer ce que je venais de dire. Ou de casser du sucre sur le dos de Krantz. Dolan était une dure à cuire, pas de doute.

Elle redémarra et, dix minutes plus tard, notre voiture s'engagea dans la longue allée en arc de cercle qui menait au parking arrière de l'institut médico-légal du comté de L.A., juste derrière le centre médico-universitaire.

— Vous êtes déjà venu ? me demanda-t-elle.

— Deux fois.

— Et moi deux cents. N'essayez pas de jouer au dur. Si vous vous sentez sur le point de gerber, sortez prendre l'air.

— Sûr...

L'entrée de service donnait sur un hall carrelé de jaune où flottait une odeur qui nous transperça comme un épieu acéré. Cette odeur n'était pas vraiment atroce, comme celle du poulet avarié, mais on savait qu'on était confronté ici à quelque chose qu'on ne sentirait nulle part ailleurs. Une combinaison de désinfectant et de viande froide. Dans les profondeurs primitives de nos cellules grises, on savait aussi que cette viande était proche de la nôtre, et que ce qu'on sentait ici, c'était l'odeur de notre propre mort.

Elle s'approcha d'un homme d'un certain âge, assis derrière un comptoir. Il nous remit deux petits masques en papier.

— Il faut mettre ça, m'avertit Dolan. Pour l'hépatite.

Génial.

Quand nous eûmes enfilé les masques, elle me fit franchir une double porte et me précéda dans une sorte de caverne carrelée, meublée de huit tables d'acier. Chaque table était entourée de projecteurs et de plateaux chirurgicaux assez semblables à ceux qu'on peut voir chez son dentiste. Des médecins légistes, tout de vert vêtus, s'affairaient autour d'un corps à chaque table. Ils charcutaient des êtres humains et je m'efforçai de me persuader que ce n'était pas le cas. Le déni a son importance.

Krantz et Williams étaient plantés autour de la dernière table avec le tondu et ses deux potes. Ils discutaient avec une femme obèse, entre deux âges, qui portait un uniforme vert, des gants de chirurgien et une casquette de base-ball arborant l'écusson des Los Angeles Dodgers. Sûrement le médecin légiste chargé de l'affaire.

Karen Garcia était couchée sur la table ; depuis l'autre bout de la salle, je compris que l'autopsie était terminée. Le légiste adressa quelques mots à deux laborantins, dont l'un était déjà en train de laver au jet le cadavre. Du sang et des fluides corporels coulaient vers un siphon aménagé dans la table et s'échappaient en gargouillant par un tuyau. Le corps était ouvert et un tissu bleu lui recouvrait le haut du crâne. L'autopsie avait eu lieu sans moi.

Le tondu fut le premier à nous repérer. Il pencha la tête de côté. Krantz se retourna à notre approche.

— Où étiez-vous passé, Cole ? On l'a ouverte à neuf heures. Tout le monde était au courant.

— Vous étiez censé m'avertir. Vous saviez que son père tenait à ce que je sois ici.

— J'ai demandé qu'on vous prévienne. Personne ne vous a appelé ?

Je savais qu'il mentait. Je n'aurais pas su dire pourquoi, ni pourquoi il ne voulait pas que j'assiste à l'autopsie, mais j'en étais sûr et certain.

— Qu'est-ce que je suis censé dire à la famille ?

— Dites-leur qu'on a merdé. C'est ce que vous avez envie d'entendre, non ? Si c'est ce que vous voulez, je le dirai moi-même au vieux. (Sa main fit un geste vague en direction du corps.) Sortons d'ici. Cette puanteur colle aux fringues.

Nous nous retrouvâmes dans le couloir carrelé, où chacun retira son masque. Williams les collecta tous et les jeta dans une poubelle spéciale.

Je m'approchai du tondu.

— Nous n'avons pas été présentés. Je m'appelle Elvis Cole et je suis employé par la famille. Qui êtes-vous ?

Le tondu sourit à Krantz :

— On vous attend dans la voiture, Harvey.

Il s'éloigna avec ses deux amis.

Je pivotai vers Krantz.

— Qu'est-ce qui se passe ? Qui sont ces mecs ? Pourquoi n'avez-vous pas voulu que je sois présent ?

— On s'est loupés, Cole. Voilà tout. Ecoutez, si vous voulez retourner là-dedans et examiner le corps, libre à vous. Si vous voulez parler au médecin légiste, parlez-lui. Cette fille a été tuée d'une balle de 22, exactement comme on s'y attendait. On a extrait la balle, mais il se peut qu'elle soit trop déformée pour nous donner le modèle de l'arme. On ne sait pas encore.

Williams secoua la tête :

— Aucune chance. Ne comptez pas là-dessus. Vous pouvez me croire.

Krantz haussa les épaules.

— D'accord, selon l'expert, aucune chance. Qu'est-ce que vous voulez savoir d'autre, Cole ? Il n'y a aucun signe de lutte ni d'agression sexuelle. On a passé le macchabée au peigne fin, en quête d'empreintes et de fibres, mais on n'a retrouvé que dalle. Cole, je sais que vous étiez censé être là, mais vous n'y étiez pas : alors, qu'est-ce qu'on pouvait faire ? Si on laisse filer notre tour, il se peut que trois, quatre jours passent avant qu'on retrouve un créneau. Vous voulez jeter un coup d'œil aux corps qui s'entassent au frigo ?

— Je veux le rapport d'autopsie.

— Bien sûr. Vous voulez le rapport, parfait. Vous l'aurez peut-être demain ou après-demain.

— Je veux aussi le rapport sur les lieux du crime.

— J'ai déjà dit que vous l'auriez, non ? On vous en fera un double dès qu'on aura le rapport d'autopsie. De cette façon, vous aurez tout. Vraiment désolé, Cole. Et si ça chiffonne le vieux, j'irai lui dire, à lui aussi, que je suis désolé.

— Tout le monde est désolé, c'est ça ?

Krantz s'empourpra.

— Je n'ai pas de leçons à recevoir d'un type dans votre genre. Dans cette histoire, vous n'êtes qu'un spectateur. Si vous étiez flic, vous sauriez qu'on se bouge le cul. Bruly et Salerno frappent à toutes les portes dans le secteur du lac. Personne n'a rien vu. On s'est déjà tapé deux douzaines d'interrogatoires, et personne ne sait rien. Tout le monde adorait cette fille, personne n'avait de raison de la tuer. Croyez-moi, on ne reste pas les bras croisés.

— Vous avez demandé à Dersh pour le quatre-quatre ?

— Cole, laissez tomber.

— Et le SDF ? Quelqu'un l'a interrogé ?

— Allez vous faire foutre. Ce n'est pas vous qui allez me dire comment je dois faire mon boulot.

Krantz et Williams s'éloignèrent.

— Il déconne, Dolan, et vous le savez.

Les lèvres de Dolan s'entrouvrirent puis se refermèrent. Elle ne semblait pas en colère. Elle paraissait embarrassée, et je me dis que si son chef me cachait quelque chose, elle était dans le coup.

Nous regagnâmes le Parker Center au même train d'enfer qu'à l'aller, mais cette fois je ne me donnai même pas la peine de lui demander de ralentir. Elle me laissa dans le parking couvert, et je récupérai ma voiture à l'endroit où elle avait passé l'heure du déjeuner en plein cagnard. Elle était chaude comme un four, mais au moins personne n'avait forcé la portière. Ce sont des choses qui arrivent à Los Angeles, même devant le siège central de la police.

Je quittai le parking et longeai un pâté de maisons avant de me garer le long du trottoir devant un bistrot mexicain, dont j'utilisai le téléphone à pièces pour appeler une copine du département des véhicules à moteur. Cinq minutes plus tard, j'avais en main l'adresse personnelle et professionnelle (c'était la même) d'Eugene Dersh, ainsi que son numéro de téléphone.

Je le composai :

— Allô ? monsieur Dersh, je m'appelle Elvis Cole et je suis au Parker Center. Ça vous dérange si je passe vous poser deux ou trois questions de routine à propos de Lake Hollywood ? Ce ne sera pas long.

— Oh, bien sûr que non. Vous travaillez avec Stan Watts ?

C'était Watts qui l'avait interrogé.

— Stan travaille aussi au Parker Center. Je viens de lui parler.

— Vous savez comment venir ?

— Je trouverai.

— D'accord. A tout de suite.

Puisque Krantz ne voulait pas lui parler du quatre-quatre, j'allais m'en charger moi-même.

Dersh habitait un petit bungalow dans la partie ancienne de Los Feliz, au sud de Griffith Park. La plupart des habitations du quartier étaient en stuc, avec une toiture de tuiles délavées, et la plupart des gens étaient âgés, mais, au fur et à mesure qu'ils mouraient, d'autres, plus jeunes, comme Dersh, reprenaient leur maison et la rénovaient. Celle de Dersh était repeinte de frais dans une gamme de tons ocre et, à en juger par l'aspect du lieu, il s'était donné beaucoup de mal.

Je remontai l'allée à pied, pressai le bouton de l'interphone. Certaines cours gardaient encore la trace des cendres de l'incendie, mais celle de Dersh était restée propre. Il devait avoir passé un coup de balai. Le paillasson de la porte d'entrée disait *Bienvenue à bord*.

Un petit homme trapu, frôlant la quarantaine, ouvrit le battant et me sourit.

— Vous êtes l'inspecteur Cole ?

— C'est bien moi.

— Gene Dersh, répondit-il en me tendant la main.

Il m'introduisit dans une pièce agréable, au plancher de chêne clair, dont les murs blancs s'ornaient de chatoyantes peintures modernes.

— Je suis en train de prendre le café. Vous en voulez ? C'est du kenyan.

— Non, merci.

Le salon donnait sur une seconde pièce, à l'arrière de la maison, essentiellement meublée d'une grande table à dessin ; également, plusieurs pots pleins de pinceaux et de feutres de couleur, et un PowerMac dernier cri. De la musique classique ruisselait des profondeurs du bâtiment, et il flottait partout une odeur mêlée de marqueur et de café. Un nid douillet. Dersh portait un pantalon de lin et une chemise ample d'où s'échappait une forêt de poils pectoraux dont certains grisonnaient. Ses doigts étaient maculés de taches d'encre. Il était en train de travailler.

— Je n'en ai pas pour longtemps, monsieur Dersh. J'ai juste deux ou trois questions à vous poser.

— Je vous en prie, appelez-moi Gene.

— Merci, Gene.

Nous nous assîmes sur un canapé brun ultramoelleux.

— Ne vous sentez pas obligé d'aller trop vite, reprit-il. Quelle tragédie pour cette pauvre fille, se faire tuer de cette façon… Si je peux vous aider, croyez-moi, ce sera avec plaisir.

Le même état d'esprit que lors de sa déposition avec Watts : le type avide de coopérer. Certaines personnes sont comme ça : tout excitées à l'idée de participer à une enquête criminelle. Riley Ward s'était montré plus hésitant, assez mal à l'aise. Certaines personnes sont comme ça, aussi.

— Vous n'êtes pas le premier aujourd'hui, enchaîna-t-il. Quand vous avez appelé, j'ai cru que c'était encore la télé.

— La télé vous a contacté ?

Il but une gorgée de café puis reposa sa tasse sur la table, le regard brillant.

— Un journaliste de Channel 4 est venu me voir pas plus tard que ce matin. Et Channel 7 a appelé. Ils veulent savoir ce que ça m'a fait de découvrir le corps.

Il s'efforçait d'adopter un ton réprobateur, mais on voyait bien qu'il était émoustillé par le fait que des gens de la télé, avec caméras et projos, soient venus lui parler. Il resservirait cette histoire à dîner pendant des années.

— Je tâcherai de regarder les infos ce soir, dis-je. Au cas où je vous y verrais.

Il hocha la tête en souriant.

— Je vais les enregistrer.

— Vous êtes monté au lac samedi, n'est-ce pas, Gene ?

— C'est exact.

— Vous souvenez-vous d'y avoir vu un quatre-quatre rouge ou marron, du genre Range Rover ou Four-Runner ? Stationné quelque part, ou en train d'entrer dans le parc, ou bien d'en sortir ?

Il ferma les yeux, réfléchit un instant, puis secoua la tête, déçu.

— Hélas, non, je ne crois pas. Tellement de gens s'achètent maintenant cette sorte d'engin…

Je lui décrivis Edward Deege.

— Avez-vous croisé un SDF, là-haut ?

Il fronça les sourcils, perplexe :

— Samedi ? Ou dimanche ?

— Samedi ou dimanche.

Le froncement de sourcils s'accentua. Dersh secoua de nouveau la tête.

— Désolé. Je ne me souviens pas.

— Je me doutais que mes chances étaient minces, mais il fallait que je vous pose la question.

— Est-ce que cet homme et cette voiture ont quelque chose à voir avec ce qui s'est passé ?

— Je l'ignore. Vous savez, on entend quelque chose, alors on cherche à se renseigner.

— Bien sûr. J'aurais aimé pouvoir vous aider.

— Vous connaissez quelqu'un d'autre qui aurait pu se trouver là-haut samedi ?

— Non.

— M. Ward n'était pas avec vous, ce samedi, n'est-ce pas ?

Si j'avais eu Ward sous la main, j'aurais pu lui poser la question.

— Non. Riley Ward est venu avec moi dimanche. Il n'était jamais monté au lac avant. C'est fou, non ? Riley, un Angeleno pur sucre ! Il habite à quoi, trois kilomètres du lac… et il n'y a jamais mis les pieds !

— Je connais un tas de gens d'ici qui ne sont jamais allés à Disneyland.

— Ça me sidère.

Je me levai et le remerciai de m'avoir reçu.

— C'est tout ce que vous vouliez savoir ?

— Je vous avais prévenu que ça ne serait pas long !

— N'oubliez pas. Ce soir. Channel 4.

— Je regarderai.

Dersh me raccompagna à la porte avec sa tasse de café kenyan.

— Inspecteur Cole ? Pensez-vous… euh… être bientôt en contact avec la famille de cette jeune femme ?

— Oui. Sûrement.

— Pouvez-vous leur dire à quel point je suis navré ? Et leur transmettre mes condoléances ?

— Bien sûr.

— J'envisageais de passer les voir un de ces jours. Avec Riley.

— J'en toucherai un mot à son père.

Dersh sirota un peu de café, fronça les sourcils.

— Si quelque chose me revient, comptez sur moi pour vous téléphoner. Je veux vous aider. J'aimerais vraiment vous aider à coffrer celui qui a fait ça.

— Si vous vous souvenez de quoi que ce soit, passez un coup de fil à Stan Watts. D'accord ?

— Stan ? Pas vous ?

— Ce sera mieux si vous appelez Stan.

Je le remerciai encore et repartis vers ma voiture. Je ne m'étais pas réellement attendu que Dersh ait vu le quatre-quatre mais, comme je le lui avais dit, quand on entend quelque chose, il faut se renseigner. Surtout quand les flics ne veulent pas s'en occuper.

— Qu'est-ce qu'il y avait de si dur à ça, Krantz ? marmonnai-je. Ça ne m'a pris qu'un quart d'heure.

Le détective parlant tout seul.

Tournant le dos aux montagnes, je me dirigeai au sud jusqu'à Franklin, après quoi je bifurquai à l'est vers Hollywood. La circulation était exécrable mais je me sentais mieux, même si je n'avais pas découvert grand-chose. Agir vaut mieux qu'attendre, et maintenant je me sentais acteur, même si je n'étais pas censé l'être. J'envisageai de téléphoner à Dolan pour lui indiquer que Krantz n'aurait pas besoin de retourner chez Dersh à propos du quatre-quatre. Je réussirais sûrement à paraître très fier de moi, et Dolan ne serait sûrement pas impressionnée. De toute façon, les flics finiraient tôt ou tard par découvrir que j'étais passé chez Dersh. En cas d'annonce préalable, Krantz réagirait peut-être de manière un peu moins apoplectique, mais c'était difficile à prévoir. Peut-être aussi espérais-je plus ou moins le faire sortir de ses gonds.

Je quittai Franklin dans l'espoir de fuir les bouchons, mais la circulation resta mauvaise. Un autre goulet d'étranglement s'était formé à Hollywood, à cause des travaux du métro, et l'on avait fermé plusieurs rues. Je tournai sur Western pour rattraper Hollywood Boulevard, me trouvai pris au piège d'un embouteillage encore plus chaotique et coupai par une petite rue latérale afin de contourner l'obstacle. Quelques secondes plus tard, la berline bleu marine que je voyais dans mon rétro depuis mon départ des montagnes emprunta la même direction.

Tout d'abord, je songeai que ce n'était rien. Un tas d'autres bagnoles effectuaient la même manœuvre pour fuir le bouchon. Mais celles-là ne traînaient pas dans mon sillage depuis Franklin.

La circulation s'améliora vaguement sur Hollywood. Je passai sous la voie express, m'orientai vers le nord et me garai le long du trottoir devant un kiosque de fleuriste flanqué d'énormes réclames en espagnol. *Rosas, 2,99 dollars*.

La berline passa à ma hauteur, avec deux hommes à l'avant, tous deux portant des lunettes noires et paraissant se contrefoutre de ma personne. Ce qui, bien entendu, était peut-être le cas. Peut-être tout cela n'était-il qu'une coïncidence.

Après avoir noté leur numéro de plaque, j'achetai une douzaine de roses rouges pour Lucy. Il ne faut jamais négliger les heureux hasards.

J'attendis qu'un petit Salvadorien en ait fini avec le téléphone public, à côté du kiosque, pour rappeler mon amie du département des véhicules à moteur. Je lui demandai de vérifier la plaque et j'attendis.

Elle revint en ligne quelques secondes plus tard.

— Tu es sûr de ton numéro, Elvis ?

— Ouaip. Pourquoi ?

— Il est classé « Non Im. ». Tu veux que je recommence ?

— Non merci. C'est parfait.

Je raccrochai, déposai les roses à l'arrière de ma voiture, m'assis au volant.

« Non Im. » est la réponse fournie par le système informatique du département pour les véhicules appartenant à la police de Los Angeles.

10

Le soleil était en train de s'affaler sur la ville comme une baudruche mal gonflée quand j'arrivai chez Lucy. Je m'étais arrêté à l'épicerie après mon passage chez le fleuriste, puis chez un marchand de vins, sans oublier de scruter mon rétroviseur. La berline bleue n'avait plus reparu, et si quelqu'un d'autre m'avait suivi je ne l'avais pas repéré. Le genre de petit trip parano dont on rêve avant une soirée en amoureux.

Dès qu'elle aperçut les roses, Lucy s'écria :

— Oh, elles sont magnifiques !

— Tu vois leurs larmes ?

— Quelles larmes ?

— Ces fleurs sont tristes. Maintenant qu'elles te voient, elles savent qu'elles ne sont pas les plus jolies créatures de la terre.

Elle frôla les fleurs de la main, soupira malicieusement.

— Il faudra bien qu'elles s'y fassent.

Elle attrapa un sac de voyage, et nous nous dirigeâmes vers ma voiture.

— Le camp de Ben se passe bien ?

— Depuis qu'il a fait la connaissance des deux autres garçons, ça va. J'ai demandé le transfert de mes appels téléphoniques chez toi. J'espère que ça ne t'ennuie pas.

— Bien sûr que non. Tu es sûre de ne pas vouloir prendre ta voiture ?

— C'est plus romantique. Mon amant m'enlève pour une folle nuit de passion dans son nid d'amour perché à flanc de montagne. Je reviendrai la chercher demain.

Je n'avais jamais considéré ma maison comme un nid d'amour, mais puisqu'elle le disait…

— Qu'est-ce qu'il y a dans ce sac ?

— Quelque chose qui te plaira. Une surprise.

Après tout, peut-être qu'un nid d'amour présente quelques avantages.

C'était bon d'être avec elle, et encore meilleur de n'être qu'avec elle. Nous avions passé de nombreux moments ensemble depuis que Lucy s'était installée à L.A., mais toujours en présence de Ben ou de tierces personnes ; en général, le plus clair de notre temps était consacré à des corvées indispensables à son installation dans son nouvel appartement. Cette soirée-là n'appartenait qu'à nous. C'était ce que j'avais voulu, et le fait qu'elle aussi le voulait rendait ce moment encore plus précieux. Nous roulâmes en silence, échangeant de fréquents sourires, comme tous les amoureux. Lucy tenait les roses contre son sein, et de temps en temps elle en portait une à son nez.

A notre arrivée au nid d'amour, nous trouvâmes la Jeep de Joe garée devant la porte.

Lucy me sourit. Avec élégance.

— Joe est invité aussi ?

Sacrée Lucy. Toujours le mot pour rire.

Nous traversâmes la cuisine avec les provisions et les roses. Pike était planté dans mon salon. N'importe qui d'autre se serait assis, mais lui était resté debout, le chat dans ses bras. Dès que le chat avisa Lucy, il s'échappa des bras de Joe, courut jusqu'à l'escalier et souffla.

— Charmant, opina Lucy. Toujours un accueil chaleureux.

Le regard de Joe alla des roses aux provisions.

— Désolé. J'aurais dû appeler.

— Ça n'aurait pas fait de mal, acquiesçai-je.

Lucy l'embrassa sur la joue.

— Ne sois pas bête, Joe. Simplement, j'espère que tu n'as pas l'intention de t'incruster trop longtemps.

La bouche de Pike se contracta :

— J'ai un double du rapport de la police scientifique. Je pensais que ça t'intéresserait d'y jeter un coup d'œil.

Je m'immobilisai avec mes sacs.

— Krantz m'a raconté tout à l'heure qu'il ne serait pas prêt avant demain.

Du menton, Pike m'indiqua la table de la salle à manger.

Je laissai mes emplettes sur le plan de travail de la cuisine, m'approchai de la table et aperçus un double du rapport de la division d'investigation scientifique, signé par un certain John Chen. Je tournai deux ou trois pages. Le rapport détaillait un certain nombre d'indices relevés sur le site. Je levai la tête vers Joe, considérai de nouveau le rapport.

— D'où tiens-tu ça ?

— Du type qui l'a écrit. Je l'ai eu ce matin.

— Il y a quelque chose de pas net, Joe.

— Il y a toujours quelque chose de pas net à Los Angeles, commenta Lucy. (Elle sortit une bouteille de dom-pérignon d'un sac en papier. 89,95 dollars en offre spéciale.) Charmant, monsieur Cole. Je crois que je vais me mettre à ronronner.

Ma main fit un geste vague… comme si c'était trois fois rien.

— C'est le menu standard du nid d'amour.

— Du nid d'amour ? répéta Pike.

— Tâche de ne pas briser le charme, fis-je.

Pike alla ouvrir le frigo, en sortit une bouteille d'Abita, la pointa vers moi.

— Volontiers, dis-je.

Il pointa ensuite sa bouteille vers Lucy.

— Non, chéri, mais merci quand même.

Joe Pike appelé chéri. Hallucinant.

Joe sortit une seconde bouteille du frigo et me l'apporta. L'Abita est une bière fantastique que l'on brasse dans le sud de la Louisiane. Lucy m'en avait apporté cinq packs à l'occasion de son déménagement.

— Lucy, ça te dérange si je lis ce truc ? demandai-je.

— Pas du tout. En attendant, je vais ranger les provisions et faire comme si on préparait le dîner à deux. Je ferai comme si la chaîne diffusait une musique romantique et comme si tu me lisais des poèmes. Ce qui me permettra de faire aussi comme si j'étais en train de me pâmer.

Je cherchai Joe du regard. Il haussa les épaules.

Le rapport était direct et extrêmement facile à lire en raison de sa clarté. Deux schémas détaillés indiquaient la position du corps, des taches de sang et des indices. Le premier schéma représentait le fond du ravin, où le corps de Karen Garcia avait été retrouvé, et le second la zone du sentier, en haut de l'escarpement, d'où le coup de feu mortel avait été tiré. Chen mentionnait la présence de plusieurs emballages de chewing-gum Beeman, d'un fragment triangulaire de plastique blanc encore non identifié, d'une douille de 22 Long Rifle Federal Arms, et d'empreintes de pas, partielles ou complètes. Des examens étaient encore en cours en ce qui concernait les emballages, le bout de plastique et la douille, mais, d'après les dimensions des empreintes, Chen avait estimé le poids corporel du tireur. Je lus la suite à haute voix :

— Le tireur chausse du 46, son poids corporel est estimé à cent kilos. Des clichés des empreintes de semelle ont été transmis au FBI, à Washington, en vue de l'identification de la marque de chaussures.

— Follement romantique, lâcha Lucy.

Elle vint s'asseoir à côté de moi et son pied entra en contact avec le mien sous la table.

Chen avait suivi les empreintes jusqu'à des marques de pneus laissées par un gros véhicule de type quatre-

quatre stationné sur un chemin pare-feu au-dessus du lac. Il avait réalisé des moulages de ces marques et prélevé des échantillons de terre imprégnés de ce qui ressemblait à un écoulement d'huile. Tout cela avait également été transmis au FBI en vue de l'identification de la marque. Il avait d'ores et déjà déterminé que les pneus étaient de type radial F205, ce qui correspondait à bon nombre de quatre-quatre américains et étrangers. Ces F205-là montraient une usure irrégulière à l'avant : parallélisme défectueux.

— Pour te dire la vérité, expliquai-je à Joe, j'ai cru que Deege avait tout inventé quand il nous a dit que la voiture ressemblait à la tienne et que tu étais au volant.

Il se contenta de hausser les épaules.

— Il a dû voir quelque chose, repris-je, et il a brodé là-dessus… Ce Chen a fait du bon boulot.

Le coin de ses lèvres se contracta.

— Qu'est-ce qu'il y a ?

— Rien.

Je tapotai les pages.

— Krantz m'a menti sur un autre point, poursuivis-je.

Et je racontai à Pike comment il m'avait mené en bateau pour l'autopsie.

— Je suis sûr que Krantz savait depuis le début à quelle heure elle était programmée. Il y avait cinq personnes autour du billard à notre arrivée, et Williams n'arrêtait pas de pester contre le temps que le charcutage avait pris.

— Ce n'est pas forcément bizarre, remarqua Lucy. Tu dis toi-même que ce Krantz ne t'aime pas. Peut-être qu'il t'a maintenu à l'écart de l'autopsie rien que pour t'emmerder.

— Après l'autopsie, je suis allé voir Dersh. Quand je l'ai quitté, deux mecs m'ont pris en filature dans une berline bleue. Avec une plaque du LAPD.

Pike médita un instant sur cette information.

— Tu es sûr qu'ils ne te filaient pas depuis le Parker Center ?

— Personne ne savait que j'irais voir Dersh, ce qui veut dire qu'ils étaient déjà forcément sur place. Pourquoi est-ce qu'ils auraient été en planque devant la maison de Dersh ?

— C'est louche, effectivement.

— Ouais.

Lucy me toucha le bras, ses doigts glissèrent jusqu'à ma main. Elle noua les pieds autour de ma cheville et sourit.

Joe se leva.

— Je crois que je vais y aller.

Lucy retira sa main en rougissant.

— Je plaisantais tout à l'heure, Joe. Vraiment. Tu es le bienvenu si tu veux rester dîner avec nous.

La bouche de Joe se crispa encore une fois, et il s'en alla.

Lucy poussa un petit grognement et se cacha le visage entre les mains.

— Mon Dieu ! Il doit me prendre pour une garce.

— Il te prend pour une amoureuse.

— Oh, bien sûr. Je te griffe comme une chatte en chaleur.

Je n'avais jamais vu Lucy aussi rouge.

— Il est heureux pour nous, répondis-je.

— L'Homme de marbre ? Qui pourrait dire ce qu'il pense ? Nom d'un chien, je ne sais plus où me mettre.

Nous échangeâmes un regard. L'intensité et le mouvement qui dansaient dans ses prunelles me retinrent un instant de briser le silence, puis :

— Attends.

Le dom-pérignon n'était pas tout à fait aussi frais que je l'aurais souhaité, mais ça allait quand même. Je remplis deux flûtes et les apportai sur la table. Je mis *One Fine Day*, de Natalie Merchant, dans la platine CD et j'ouvris la grande baie vitrée. Tout était calme dans le canyon. L'air du début de soirée était en train de fraîchir, le chèvrefeuille exhalait un parfum suave. Je tendis une main à Lucy. Elle se leva. Je lui offris une flûte de champagne. Elle la prit.

Elle jeta un coup d'œil à son petit sac de voyage, toujours par terre dans la cuisine, et sa voix prit un accent rauque.

— Il faut que je me change. J'ai une surprise pour toi.

Je lui effleurai les lèvres.

— Ma surprise, c'est toi, Lucille.

Elle ferma les yeux et posa le front contre ma poitrine.

Je pensai une seconde à des filles mortes, à des vieillards au cœur brisé, à certaines choses que je ne comprenais pas, mais ces pensées disparurent aussi vite qu'elles étaient venues.

Natalie chantait à mi-voix un amour qui, à l'en croire, était écrit là-haut. Nous dansâmes très lentement, corps contre corps, ballottés par une marée invisible qui nous emmena d'abord sur la terrasse, et finalement dans mon lit.

Coudes au corps

Le petit garçon était tapi dans un monde végétal. Les feuilles d'orme qui l'abritaient, grosses et velues, capturaient la lumière de l'après-midi comme autant de prismes flottants et la teintaient d'un halo émeraude. Caché là, à l'abri du rideau de verdure, il épiait la petite maison familiale et se sentait en sécurité. Trois fourmis noires marchaient sur son pied nu, mais il ne s'en apercevait même pas.

Joe Pike, neuf ans. Grand pour son âge. Maigre. Fils unique. Vêtu d'une culotte courte coupée juste au-dessus du genou et d'un tee-shirt rayé à l'origine, mais devenu grisâtre. Considéré à l'école comme un garçon solitaire et taciturne. Un élève intelligent, silencieux et, à en croire certains professeurs, instable. Actuellement en CE2. Son maître du cours préparatoire avait demandé à lui faire subir un test de QI pour voir s'il était arriéré mental. Ce maître était un jeune homme fraîchement émoulu de l'école d'instituteurs. Le père de Joe l'avait menacé de le tuer à coups de poing en le traitant de pédale. Joe ne savait pas ce que c'était qu'une pédale, mais le maître avait pâli... et quitté l'école en plein milieu de l'année scolaire.

Joe était assis, les jambes croisées, sous un jeune arbre à l'orée du bois, et son champ de vision était fragmenté par des branches basses qui évoquaient des pièces de puzzle. En voyant son père s'engager en camionnette dans la cour, il sentit monter en lui la même bouffée de peur qu'il éprouvait chaque jour à la même heure.

Le break Chevrolet Kingswood bleu s'immobilisa devant la véranda, aussi étincelant que s'il sortait tout juste de la vitrine du concessionnaire. Joe regarda un homme d'assez petite taille, mais puissamment bâti, mettre pied à terre, monter les trois marches de la véranda, disparaître à l'intérieur de la maison.

Papa.

Le père de Joe avait construit la maison de ses mains, trois ans avant sa naissance, sur une parcelle située aux confins de leur petite ville, à trois kilomètres de la scierie où il travaillait comme contremaître. On ne voyait pas grand-chose alentour, à part la forêt, un torrent, quelques cerfs. C'était une modeste construction de planches, assise sur un socle rehaussé, et bâtie selon un plan dénué d'imagination. Peinte en jaune clair, avec des filets blancs. Comme le break paternel, elle brillait de tous ses feux sous le soleil limpide. On aurait dit une maison heureuse. Chaque mercredi après-midi, à son retour du travail, le père de Joe lavait sa maison. Et trois fois par semaine, il lavait sa Kingswood. Le père de Joe travaillait dur pour mériter sa paie, et il était persuadé qu'il fallait prendre soin de ce qu'on avait. Prendre soin des choses, pour lui, c'était les garder propres.

Cinq minutes plus tard, la mère de Joe apparut sur la véranda et l'appela pour le dîner. C'était une grande femme aux hanches épaisses, aux cheveux noirs, au regard anxieux. Elle mesurait presque la même taille que son mari. Le dîner serait sur la table à quatre heures pile parce que c'était ce que voulait M. Pike. Il partait au travail de bon matin, revenait chez lui après une longue journée à se crever le cul à la scierie, et voulait manger à l'heure où il avait envie de manger. Ils dînaient à quatre heures. Vers sept heures, il piquerait du nez à force d'avoir trop bu.

Mme Pike s'avança jusqu'au bord de la véranda et le héla un peu au hasard — elle ignorait que son fils l'épiait.

— Rentre tout de suite, Joseph ! On va bientôt dîner.

L'enfant ne répondit pas.

— L'heure du dîner, Joe ! Tu ferais mieux de rappliquer !

Au moment même où elle disait ces mots, Joe sentit son cœur s'emballer pendant que la peur se répandait dans ses bras et ses jambes. Peut-être que ce soir, ce serait différent, peut-être qu'il ne se passerait rien, mais il ne fallait pas trop y compter. On ne pouvait jamais savoir. Joe attendit en silence que sa mère ait regagné la maison. Il ne répondait jamais à son premier appel. Il rentrait de l'école à trois heures, mais après il repartait dare-dare, et restait dehors jusqu'à la dernière minute. Il se sentait mieux dans les bois. Il se sentait mieux loin de la peur.

Dix minutes plus tard, sa mère reparut, le visage maintenant figé d'angoisse.

— Sapristi, mon garçon, je t'avertis ! Ne va pas faire attendre ton père ! Ramène-toi, et vite !

Elle fit demi-tour à grands pas, claqua la porte. Ce fut seulement alors que Joe se faufila à travers les branches.

Il sentit l'odeur de l'alcool dès qu'il eut ouvert la porte, et la signification de cette odeur lui noua l'estomac.

Assis dans la cuisine, les pieds sur la table, son père lisait le journal en buvant du whisky Old Crow avec des glaçons dans un verre de beurre de cacahouète. La table était déjà prête pour le dîner, mais M. Pike avait repoussé les assiettes de manière à pouvoir mettre ses pieds. Il regarda entrer son fils, vida le fond de son verre, fit tinter la glace pour attirer l'œil de Joe.

— Ressers-m'en un, petit.

La grande mission de Joe. Remplir d'Old Crow le verre de son père.

L'enfant saisit la bouteille dans le placard sous l'évier, retira le bouchon, versa une petite dose dans le verre. Son père fit la moue.

— Y a même pas une gorgée, fiston. Va falloir que t'apprennes à servir des doses d'homme si tu veux pas avoir l'air d'un moins que rien.

Joe remplit le verre jusqu'à ce que son père émît un grognement.

— Tu es prêt à manger ? demanda Mme Pike.

En guise de réponse, M. Pike retira ses pieds de la table et rapprocha son assiette. Joe et son père ne se ressemblaient en rien. Joe était efflanqué et grand pour son âge, avec un visage étroit et osseux, alors que son père, d'une taille inférieure à la moyenne, avait des avant-bras volumineux et un visage rond.

— Nom de Dieu, tu peux pas dire bonsoir à ton père ? grommela M. Pike. Quand un homme rentre chez lui, il tient à ce que sa famille s'en rende compte.

— 'Soir, p'pa.

— Va donc chercher le lait, lui enjoignit Mme Pike.

Joe se lava les mains dans l'évier, prit le lait dans le réfrigérateur et tira sa chaise. Sa mère buvait aussi de l'alcool, en fumant une cigarette Salem. Elle disait à Joe qu'elle faisait ça pour éviter que son père ne boive tout. Joe savait aussi qu'elle enlevait une partie du whisky de la bouteille pour le couper à l'eau, il l'avait vue. Sa mère lui disait :

— Joe, ton père est un fichu poivrot.

Et Joe supposait que c'était la vérité.

M. Pike se levait à quatre heures chaque matin, s'envoyait quelques petites doses, histoire de « se remettre les pieds sous le corps », et partait à la scierie. Il ne buvait pas dans les bars, et il revenait presque toujours directement à la maison, sauf quand il décrochait un boulot d'appoint, ce qui arrivait parfois. Quand il n'avait pas de boulot d'appoint, le vieux était au bercail à trois heures et demie, il se servait son premier verre avant même d'avoir ouvert le journal, et il en vidait deux ou trois autres avant le dîner. Après, il allumait la télévision, s'installait dans son fauteuil pour regarder les nouvelles et buvait jusqu'à sombrer dans le sommeil.

Sauf si quelque chose le mettait en pétard.

Si quelque chose le mettait en pétard, il le faisait payer très cher.

Joe connaissait les signes précurseurs. Les yeux de son père se rétrécissaient en deux points minuscules, son visage devenait tout rouge. Son ton montait, ce qui montrait à tout le monde qu'il était prêt à exploser, mais la mère de Joe répondait à chaque criaillerie, œil pour œil. Pour Joe, c'était la partie la plus terrifiante : cette façon qu'elle avait de lui répondre. Tout se passait comme si son père leur lançait un avertissement, leur faisait comprendre qu'il était en train de perdre le contrôle, mais qu'il était encore temps de le calmer... sauf que Mme Pike paraissait ne jamais rien voir venir. Joe n'avait que neuf ans, et pourtant il sentait la catastrophe arriver aussi distinctement qu'il aurait vu un train de cent wagons lui foncer dessus. Joe percevait les signes avant-coureurs, et il voyait avec horreur sa mère les ignorer, préférant continuer d'asticoter le vieux comme elle savait si bien le faire, comme si elle voulait le mettre en pétard, alors que Joe, lui, ne demandait qu'une chose, c'était qu'elle s'arrête, qu'elle fasse ce qu'il fallait pour que le vieux se calme — pour que lui-même puisse prendre ses jambes à son cou et se réfugier dans les bois.

Mais non.

Sa mère semblait aveugle, et Joe la regardait pousser le bouchon de plus en plus loin. Cela l'effrayait tellement qu'il en pleurait parfois, en la suppliant de laisser son papa tranquille, ce qui n'arrangeait rien, jusqu'au moment où le vieux en avait assez et se levait d'un bond en hurlant :

— Vous allez me le payer cher !

Il disait ça chaque fois.

Et c'était à ce moment-là qu'il commençait à frapper.

Mme Pike déposa un rôti de bœuf sur la table pour que son mari le tranche, puis repartit vers le fourneau pour prendre la purée de pommes de terre et les haricots verts. Son père et sa mère ne se regardaient pas, ils se parlaient à peine, et cela inquiétait Joe depuis un moment. Entre eux, c'était tendu depuis samedi. Pendant que son père regardait le match de base-ball de la semaine, sa mère s'était mise à passer l'aspirateur autour de la télé, ce qui avait déjà agacé le vieux, mais le pire, c'était qu'après, en faisant rouler son aspirateur sur le câble d'antenne, elle avait coupé la retransmission au beau milieu du huitième tour de batte, alors qu'il y avait 3 à 2. Depuis, la tension ne cessait de monter, et ses parents s'étaient repliés dans le silence et l'hostilité jusqu'à ce que l'atmosphère se soit chargée d'un feu invisible.

Joe Pike, neuf ans, seul enfant de la maison, sentait leur colère montante, et il devinait avec une terrifiante certitude ce qui allait se passer. C'était aussi inéluctable que l'arrivée de la pleine lune.

M. Pike but une nouvelle lampée de whisky et commença à trancher le rôti. Il coupa deux tranches, fronça les sourcils.

— Qu'est-ce que c'est que cette viande merdique que t'as achetée ? Il y a une veine en plein milieu du rôti, bon Dieu de merde.

Et voilà.

Sans répondre, la mère de Joe déposa la purée et les haricots verts sur la table.

Son père reposa la fourchette et le couteau à découper.

— T'as perdu ta langue ou quoi ? Comment tu peux croire que je vais manger un machin qui ressemble à ça ? Ils t'ont vendu une saloperie.

— Tu devrais te calmer et manger ton dîner, dit-elle sans le regarder. Je pouvais pas savoir qu'il y aurait une veine. C'était pas marqué « viande veinée » sur l'étiquette.

Joe savait que sa mère avait peur, mais elle ne se comportait pas comme quelqu'un qui a peur. Elle avait plutôt l'air en colère.

Son père reprit :

— Peut-être, mais c'est comme ça. Regarde donc. Tu ne regardes pas !

— Je vais la manger, cette satanée veine. Tu n'as qu'à la mettre dans mon assiette.

Le visage de M. Pike commença lentement, mais inexorablement, à s'empourprer. Il dévisageait sa femme.

— Ça veut dire quoi, ça ? Qu'est-ce que c'est que ce ton ?

— Je vais la manger, p'pa, dit Joe. J'aime bien ça, les veines.

Les yeux de son père flamboyèrent et devinrent aussi petits que des clous d'acier.

— Personne n'aime ces saletés de veines.

Mme Pike reprit le rôti.

— Oh, bon sang, tu parles d'un sujet de dispute ! Je vais enlever la veine, comme ça tu ne la verras plus.

M. Pike lui arracha le plat des mains et le reposa avec fracas sur la table.

— Je l'ai déjà vue. Cette viande est une saloperie. Tu veux voir ce que je fais des saloperies ?

— Oh, bon Dieu, arrête !

Son mari se dressa comme un ressort, attrapa le rôti, ouvrit la porte de la cuisine d'un coup de pied, le jeta dans la cour.

— Voilà ce qu'on veut me faire manger. Des saloperies. Comme un foutu chien de ferme.

Joe se ratatina sur sa chaise. Il avait envie de rapetisser. De rapetisser jusqu'à disparaître. Le train de fret était sur le point de défoncer la façade de la maison, et plus personne n'était capable de l'arrêter.

Sa mère était debout, elle aussi, le visage cramoisi.

— Ne compte pas sur moi pour ramasser ça ! hurla-t-elle.

— Tu vas le ramasser, ou alors tu vas me le payer cher !

La formule magique. Tu vas me le payer cher.

— Je vais le ramasser, pleurnicha Joe. Je m'en occupe, p'pa.

Son père lui saisit le bras et le rassit de force sur sa chaise.

— Mon cul ! Laisse ta connasse de mère s'en occuper !

Livide, Mme Pike se mit à crier. Elle tremblait, et Joe ignorait si c'était parce qu'elle était effrayée, ou furieuse, ou les deux.

— C'est toi qui viens de jeter le dîner du petit dehors ! C'est toi qui vas le ramasser ! Je vais laisser cette viande là où elle est pour que tout le monde la voie !

— Je te préviens que tu vas me le payer cher.

— Si tu détestes tellement cet endroit, tu ferais peut-être mieux de foutre le camp. Va-t'en vivre ailleurs, là où il n'y a pas de veines dans la viande !

Les yeux de son père se réduisirent à deux têtes d'épingle. Des artères gonflaient la peau cramoisie de son visage. Il se rua à travers la cuisine et, pendant que

Joe hurlait, frappa d'un coup de poing sa femme en pleine figure, la renversant sur la table de la cuisine. La bouteille d'Old Crow bascula et explosa dans une gerbe de verre et de whisky frelaté.

Sa mère cracha un jet de sang.

— Tu vois quel genre d'homme est ton père ? Tu vois ?

Son père la frappa de nouveau, et elle tomba à genoux. Son père ne donnait pas de gifles. Jamais. Il cognait avec ses poings.

Joe sentit un feu liquide envahir ses bras et ses jambes, le privant de toute sa force et l'empêchant de bouger. Son souffle se hacha en une succession de hoquets violents ; un mélange de larmes et de morve lui coulait du nez.

— P'pa, non ! Arrête !

Son père frappa sa mère sur la nuque, et elle s'affaissa sur le ventre. Quand elle releva la tête, son œil gauche était à demi fermé et son nez saignait à flots. Elle ne regarda pas son mari. Elle regarda son fils.

M. Pike lui assena alors un grand coup de pied qui la fit rouler sur le flanc, et Joe vit la peur flamboyer, brute et atroce, dans les yeux de sa mère quand elle cria :

— Appelle la police, Joe. Dis-leur d'arrêter ce salaud !

Joe Pike, neuf ans, en pleurs, le pantalon soudain chaud et mouillé d'urine, se précipita sur son père et le poussa de toutes ses forces.

— Arrête de faire mal à maman !

M. Pike lui décocha un grand coup de poing qui l'atteignit à la tempe et le fit basculer sur le flanc. Puis ce fut un coup de pied. Sa lourde botte d'ouvrier, à semelle ferrée, atteignit Joe à la cuisse. L'explosion de douleur força le petit garçon à se remettre debout.

Après un nouveau coup de pied, son père marcha sur lui en défaisant sa ceinture. Le vieux ne dit pas un mot, il se contenta de doubler l'épaisse lanière de cuir et entreprit de fouetter l'enfant pendant que sa mère cra-

chait du sang. Joe savait que son père ne le voyait plus. Ses minuscules yeux rouges étaient vides et sans vie, obscurcis par une rage que Joe ne comprenait pas.

Le ceinturon monta et s'abattit, encore et encore, tandis que Joe hurlait en suppliant son père de s'arrêter, jusqu'au moment où, enfin, il réussit à retrouver ses appuis et à s'enfuir par la porte. Il courut à toutes jambes vers les bois.

Joe Pike, neuf ans, courut aussi vite que possible, brisant les branches basses, porté par des jambes qui semblaient ne plus lui appartenir. Il essaya de cesser de courir mais ses jambes ne lui obéissaient plus et elles l'entraînèrent toujours plus loin de la maison, jusqu'au moment où il trébucha sur une racine et tomba à terre.

Il resta étendu pendant ce qui lui parut durer des heures, le dos et les bras tétanisés de douleur, la gorge et le nez encombrés de mucus, avant de revenir en rampant jusqu'à l'orée des bois. Des cris et des pleurs s'échappaient toujours de la maison. Son père rouvrit la porte d'un coup de pied et jeta dans la cour le plat de purée avant de regagner l'intérieur, où il se remit à tempêter.

Joe Pike resta caché dans les feuillages, aux aguets, son corps s'apaisa peu à peu, ses larmes séchèrent, et il sentit croître peu à peu la brûlure de honte qui le saisissait chaque fois qu'il détalait de la maison en laissant sa mère seule face à la furie paternelle. Il se sentait faible face à la force de son père, terrorisé face à sa rage.

Au bout d'un certain temps, les cris cessèrent, la forêt redevint silencieuse. Un merle moqueur pépia, de minuscules insectes se mirent à voleter en spirale sous le soleil déclinant.

Joe Pike regarda fixement sa maison, et il eut l'impression de flotter, libéré du temps et de l'espace, comme si, à l'orée de la forêt, il était devenu un être invisible.

Ici, il se sentait en sécurité.

Le ciel vira au rouge, la forêt s'obscurcit, et cependant Joe Pike ne bougea pas.

Il visualisa sa douleur, sa peur et sa honte, et il s'imagina en train de les ranger chacune à l'intérieur d'une petite boîte, puis en train de ranger ces petites boîtes dans une malle de chêne, tout au fond d'une cave.

Il verrouilla la malle. Jeta la clé au loin. Et formula trois vœux :

Ça ne se passera pas toujours comme ça.

Un jour, je serai fort.

Je ne ferai pas de mal.

Alors que le soleil se couchait, son père franchit le seuil, monta dans sa Kingswood et s'en fut.

Joe attendit que la Kingswood ait disparu pour regagner la maison et voir dans quel état il avait laissé sa mère.

Je serai fort.

Je ne ferai pas de mal.

Ça ne se passera pas toujours comme ça.

11

Le soleil matinal rayonnait à travers la pyramide de verre qu'est l'arrière de ma maison, inondait de lumière ma chambre sous les combles. Lucy dormait nue, sur le ventre, les cheveux en désordre. Je me nichai contre elle en épousant la courbe de sa hanche pour profiter de sa chaleur.

Je lui touchai les cheveux. Soyeux. Je lui baisai l'épaule. Chaude et salée, savoureuse contre mes lèvres. Je la contemplai, et je me dis que j'avais décidément bien de la chance de bénéficier d'une telle vue.

Sa peau était couleur d'or sombre, l'arc de ses jambes et de son dos exprimait la force, même dans le sommeil. Lucy avait pu entrer à l'université d'Etat de Louisiane grâce à une bourse de tennis, et elle s'entraînait dur pour maintenir son niveau. Elle avait la grâce nonchalante des athlètes naturels et faisait l'amour comme elle jouait au tennis — avec un mélange d'agressivité et de passion, et aussi, parfois, des accès de pudeur qui m'émouvaient puissamment.

Le chat, perché sur la rampe, en haut de l'escalier, la scrutait. Elle empiétait sur son territoire, mais il ne semblait pas trop perturbé. Juste curieux. Peut-être que lui aussi appréciait le spectacle.

— Rendors-toi, marmonna Lucy.

Ses yeux s'entrouvrirent, vagues de sommeil.

En entendant sa voix, le chat dévala l'escalier et souffla depuis le séjour. Dans ces moments-là, il n'y a qu'à l'ignorer.

— Je n'ai pas eu droit à ta surprise.

Elle se lova contre moi.

— Tu vas devoir patienter jusqu'à ce soir.

Je lui effleurai le dos du bout de ma langue.

— Je veux bien patienter jusqu'à tout de suite.

— Tu es insatiable ! Il faut que j'aille travailler.

— Je vais appeler ton bureau et leur dire que tu es occupée au lit avec le plus grand détective du monde. Ils comprendront. Ils comprennent toujours.

Elle se redressa sur les coudes.

— Toujours ?

— Ma langue a fourché. Désolé.

— Tu n'as pas fini d'être désolé.

Elle se mit à califourchon sur moi, mais je n'en fus pas désolé le moins du monde.

Plus tard dans la matinée, après avoir déposé Lucy devant sa voiture, je descendis au Parker Center sans avertir Krantz de mon arrivée. Je m'attendais plus ou moins qu'il m'accable d'insultes à cause de ma visite à Dersh, mais, au moment où je franchissais les doubles portes, il me lança :

— J'espère que le foirage de l'autopsie ne vous a pas valu trop d'ennuis.

— Non, mais la famille veut le rapport.

— Vous l'aurez dans quelques minutes. Vous êtes d'attaque pour la réunion ?

Comme si on était potes, lui et moi, et qu'il se réjouît de m'accueillir dans son équipe.

— Bien sûr, dis-je. Au fait, vous avez reçu le rapport de la SID ?

— C'est imminent. On va tâcher de vous remettre les deux en même temps.

Il sourit et disparut dans le couloir.

Peut-être quelqu'un lui avait-il balancé un Prozac dans son café. Ou peut-être que cette bonne humeur n'était qu'un leurre destiné à m'attirer dans la salle de réunion, où Watts, Williams et lui allaient me tabasser à mort pour me punir de ma visite à Dersh. Dans un cas comme dans l'autre, il m'avait menti à propos du rapport de la SID.

Nous nous retrouvâmes dans la salle, où Stan Watts prit la parole. J'appris ainsi que les flics avaient vérifié l'alibi de l'ex-mari (qui jouait au softball, dans Central Park, à l'heure de la mort de Karen), terminé leur quadrillage des maisons proches de Lake Hollywood (personne n'avait vu ni entendu quoi que ce soit) et qu'ils étaient en train d'interroger les personnes avec qui Karen travaillait ou suivait ses études. Je demandai à Watts s'ils avaient déjà une théorie sur l'identité du tireur, et Krantz se chargea de répondre que non. Krantz ponctuait d'un hochement de tête chaque phase de Watts, plus détendu que jamais, et personne ne fit allusion à mon passage chez Dersh. Ils devaient pourtant être au parfum, et ce silence me parut encore plus louche que l'attitude de Krantz.

— Quand puis-je espérer recevoir les rapports ? questionnai-je. Je préférerais ne pas m'éterniser.

Krantz se leva, placide mais ultraprofessionnel.

— Dolan, essayez de voir si vous pouvez vous procurer ces documents. Et ensuite, vous raccompagnerez M. Cole à la sortie.

En quittant la pièce, elle tendit discrètement le majeur dans le dos de son chef.

Après la réunion, je revins dans la salle de la brigade, mais Dolan ne se trouvait pas à son bureau. Krantz n'était pas le seul à se montrer de bonne humeur ce matin-là. Bruly et Salerno se tapèrent dans les mains devant la machine à café et partirent ensemble en riant. Williams et le tondu franchirent les doubles portes. Krantz serra la main du tondu. Lui aussi souriait.

La dernière fois que j'étais venu, l'atmosphère de cette salle crépitait de tension, comme si les gens étaient sous l'emprise d'un champ magnétique. Mais là, le courant était coupé. Un mystérieux changement de lune avait débarrassé les flics de leur tignasse électrique, et ils semblaient décidés à oublier que j'avais interféré dans leur enquête en allant rendre visite à Dersh. Ce qui, pourtant, était une grosse pilule à avaler.

Je me servis un gobelet de café, m'installai sur ma chaise de cancre pour attendre Dolan, et restai là jusqu'au moment où le jeune employé du courrier franchit les doubles portes avec son chariot. Bruly échangea avec lui une vigoureuse poignée de main, tous deux rirent à propos de quelque chose que je n'entendis pas. Salerno se joignit à leur conversation et ils bavardèrent à trois pendant quelques minutes, après quoi le mec du courrier reprit son chemin. Quand il repartit, lui aussi avait le sourire aux lèvres ; souriait-il pour le même motif que les autres ?

Quand il arriva près de moi avec son chariot, je lui lançai :

— Curtis ! Je peux vous poser une question ?

Il me lorgna d'un air soupçonneux. La dernière fois que j'avais tenté de lui tirer les vers du nez, ça s'était moyennement passé.

— D'abord, enchaînai-je, vous aviez entièrement raison quand vous m'avez dit que ces flics sont les meilleurs de la profession. Je suis bien obligé d'avouer que j'ai du respect pour eux. Ils obtiennent vraiment des résultats.

— Mouais.

— Je me demandais si vous entendiez ce qu'ils disent de moi.

— Qu'est-ce que vous voulez dire ?

— Simple question de considération professionnelle, vous saisissez ? Sincèrement, j'en suis venu à respecter ces types. Alors, je voudrais qu'ils me respectent aussi.

Je l'observai d'un œil plein d'espoir et, quand il comprit où je voulais en venir, il haussa les épaules.

— Ils vous trouvent réglo, Cole. Ils n'aiment pas trop vous voir traîner dans le coin, mais ils se sont renseignés sur vous. Sinon, j'ai entendu Dolan dire que si vous étiez moitié aussi bon que ce qu'on raconte, votre queue mesurerait trente centimètres.

— Cette Dolan a vraiment de la classe, hein ?

— C'est la meilleure.

Cette fois, les choses se présentaient mieux. J'avais réussi à établir un contact et à placer notre dialogue sur un plan intime. Ce garçon d'étage n'allait pas tarder à me manger dans la main.

— Merci de me rassurer, Curtis. Avec toutes les messes basses qu'il y a aujourd'hui, je commençais à croire qu'ils se payaient ma tête.

— Nan.

Je lâchai un gros soupir, comme si j'étais soulagé, puis dirigeai un regard appuyé sur Bruly, Salerno et les autres.

— Si j'en juge par tous ces sourires, l'enquête vient de faire un grand bond en avant.

Curtis Wood se retourna vers son chariot.

— Je ne sais rien, Cole.

— Rien sur quoi ? m'enquis-je.

L'innocence même.

— On vous voit venir à des kilomètres, Cole. Vous essayez de me soutirer des informations que je n'ai pas. Si vous pensez qu'il y a quelque chose dans l'air, posez-leur directement la question au lieu de fouiner comme ça.

Il secoua la tête, d'un air déçu, et s'éloigna avec son chariot en marmonnant :

— Trente centimètres, mon cul…

Démasqué pour la deuxième fois par le candide employé subalterne. Peut-être qu'à ma tentative suivante il brandirait son flingue pour me descendre.

Dolan ressortit de la salle de photocopie quelques

minutes plus tard et me tendit une grande enveloppe brune sans me regarder.

— Voilà les rapports que Krantz m'a demandé de vous remettre.

— Qu'est-ce qui se passe ici, Dolan ?

— Rien.

— Alors, pourquoi ai-je l'impression qu'on me tient à l'écart de quelque chose ?

— Parce que vous êtes parano.

Et voilà pour l'approche directe.

Je regagnai ma voiture, remis la capote pour me protéger du soleil, et attendis. Quarante minutes plus tard, le tondu pointa son museau hors du garage couvert du Parker Center, au volant d'une Ford Taurus beige. Il se dirigea vers la Harbor Freeway, prit à l'ouest par le centre de Los Angeles, puis au nord sur la route 405, jusqu'à Westwood. Il ne se pressait pas et restait facile à suivre. Il avait l'air détendu. Souriant. Je notai son numéro de plaque afin de vérifier son immatriculation, mais je n'aurais pas dû me donner cette peine. Je compris tout dès qu'il s'engagea dans la longue allée en ligne droite menant à l'United States Federal Building, sur Wilshire Boulevard.

Le tondu émargeait au FBI.

Je dépassai le Federal Building et me garai devant un petit restau vietnamien que j'apprécie pour ses calmars aux feuilles de menthe. Là-bas, ils les servent brûlants, comme je les aime. Tout en mangeant, je me demandai comment le FBI avait pu se trouver impliqué dans l'affaire Karen Garcia. La police locale fait régulièrement appel aux fédéraux pour bénéficier de leurs systèmes d'information et de leur savoir-faire, mais là, le tondu était présent à presque tous les stades de l'enquête. Bizarre. Par ailleurs, quand je m'étais présenté à l'autopsie, il avait refusé de s'identifier. Ça aussi, c'était bizarre. Et voilà que le fédéral souriait, et ces gens-là ne sourient pas beaucoup. Pour en faire sourire un, d'habitude, il faut un gros truc.

J'étais en train de méditer là-dessus quand la cuisinière du restaurant s'approcha et me dit :

— Vous aimer calmar nous faire ?

— Oui. C'est délicieux.

C'était une femme grande et délicate, à la beauté gracieuse.

— Voir souvent vous ici.

— J'apprécie votre cuisine.

Le genre de conversation dont je me serais bien passé.

La femme se pencha plus près.

— Fille aînée moi préparer plat vous aimer. Trouver vous très mignon.

Je suivis le regard de la femme jusqu'au fond du restaurant. Son double — en nettement plus jeune — m'épiait depuis la porte de la cuisine. Elle ébaucha un sourire timide.

Je regardai la mère. Maman accentua encore son sourire et hocha la tête. Je regardai la fille ; elle aussi hocha la tête.

— Je suis marié, objectai-je. J'ai neuf enfants.

La mère fronça les sourcils.

— Vous pas avoir alliance.

— Je suis allergique à l'or.

Elle plissa les yeux.

— Vous marié ?

— Désolé. Neuf enfants.

— Pas alliance ?

— Les allergies…

La femme rejoignit sa fille et lui dit quelque chose en vietnamien. La fille se replia dans la cuisine.

Je finis mes calmars et rentrai chez moi pour lire les rapports. Il y a des jours où on ferait mieux de se contenter d'un sandwich.

Le rapport d'autopsie ne recelait aucune surprise. Il concluait que Karen Garcia avait été tuée d'une seule balle de calibre 22, tirée à bout portant, qui l'avait atteinte à trois centimètres et demi au-dessus de la cavité orbitale droite. Des traces de poudre légères à modérées avaient été relevées autour de l'orifice d'entrée du projectile, indiquant que celui-ci avait été tiré d'une distance comprise entre soixante centimètres et un mètre vingt. Un homicide par balle, propre et net, sans autre facteur notable.

Je relus le rapport de la police scientifique en pensant que j'allais appeler Montoya pour en discuter, mais soudain, tandis que je réfléchissais, je m'aperçus que le bout de plastique blanc manquait à l'appel.

Quand j'avais lu le rapport apporté par Pike, la veille au soir, j'avais enregistré que Chen avait récupéré un morceau triangulaire de plastique blanc sur le sentier, en haut de l'escarpement. Il précisait que ce plastique était souillé d'une substance grisâtre et qu'il devrait être analysé.

Or, dans le rapport que j'avais entre les mains, le morceau de plastique n'était pas mentionné. Je vérifiai la pagination pour m'assurer qu'il ne manquait rien, puis allai chercher l'exemplaire de Pike et comparai les deux versions. Un triangle blanc dans le rapport de Pike. Pas de triangle blanc dans le rapport de Krantz.

J'appelai Joe.

— C'est bien John Chen qui t'a refilé le rapport que tu m'as laissé hier ?

— Oui.

— Il te l'a remis lui-même ?

— Oui.

Je lui parlai de la disparition du bout de plastique blanc.

— Krantz, ce fils de pute, a maquillé le rapport. C'est pour ça qu'il a tardé à me le donner.

— S'il a retiré quelque chose du rapport de Chen, observa Pike, je me demande ce que vaut son rapport d'autopsie.

Je me posais la même question.

— Rusty Swetaggen pourra peut-être nous aider, suggéra Pike.

— Ouais.

Après avoir raccroché, je téléphonai à un type de ma connaissance, Rusty Swetaggen. Rusty avait conduit une voiture de patrouille du LAPD pendant le plus clair de sa vie, jusqu'à la mort du père de sa femme, qui leur avait légué un restaurant à Venice. Il avait quitté la police le jour de l'ouverture du testament et n'avait plus jeté un coup d'œil en arrière. Laver des assiettes gluantes de fromage frit et servir de la bière à la pression lui paraissait plus amusant que de rouler sa bosse dans une voiture de patrouille, et surtout, ça payait mieux.

— Elvis ! s'exclama Rusty. Ça fait une éternité ! Emma te croyait mort.

Emma était sa femme.

— Ton cousin travaille toujours chez le coroner ?

Je l'avais entendu parler de ce cousin plusieurs fois.

— Jerry ? Oui, bien sûr. Il est toujours là-bas.

— Une certaine Karen Garcia a été ouverte à la morgue il y a deux jours.

— Garcia comme le mec des tortillas ? La *monsterito* ?

— Sa fille. Je travaille sur l'affaire avec la RHD, et je crois que les flics me cachent quelque chose.

Rusty émit un petit sifflement.

— Pourquoi est-ce qu'ils ont mis la RHD là-dessus ?

— Ils prétendent que c'est parce que le mec des tortillas a un conseiller municipal dans sa poche.

— Et tu n'y crois pas ?

— Je crois que tout le monde a des petits secrets, et je voudrais savoir lesquels. Le légiste qui a fait l'autopsie s'appelle Evangeline Lewis. Ces flics m'ont remis un rapport bidon, et je me dis que le rapport d'autopsie a pu être bidouillé lui aussi. Tu crois que ton cousin pourrait me rencarder là-dessus ?

— Il ne travaille pas au labo, Elvis. C'est un administratif pur jus.

— Je sais.

J'attendis, laissant à Rusty le temps de réfléchir à la question. Six ans plus tôt, il m'avait demandé de retrouver sa fille. Elle s'était fait la malle avec un dealer de crack qui avait ensuite essayé de mettre du beurre dans ses épinards en filmant la fille de Rusty pendant une partouze. Sans lui demander son avis. J'avais retrouvé sa fille et détruit les cassettes, et maintenant elle était rangée, mariée à un brave garçon rencontré dans un groupe de soutien. Ils avaient eu un bébé. Rusty ne me laissait jamais payer un verre ni un plat, et même après que j'eus cessé d'aller chez lui, parce que tous ces trucs à l'œil commençaient à me mettre mal à l'aise, j'avais dû le supplier de cesser de m'en faire livrer chez moi et à mon bureau. S'il pouvait m'aider, je savais que Rusty Swetaggen le ferait.

— Il faudra peut-être que Jerry aille jeter un coup d'œil dans les dossiers, conclut-il enfin. Ou dans les archives personnelles du légiste.

— Tu crois qu'il le ferait ? Qu'il serait d'accord pour qu'on en parle ?

— Comment s'appelle le légiste, déjà ?

— Evangeline Lewis.

— Il te parlera, ou je le tuerai à coups de poing, dit Rusty avec une totale absence d'humour. Je vais lui téléphoner, mais je ne peux pas te garantir que j'arriverai à le joindre tout de suite.

— Merci, Rusty. Tu n'auras qu'à me rappeler chez moi.

— Elvis ?

— Ouais, Rusty ?

— Je te dois toujours une fière chandelle.

— Tu ne me dois rien du tout, Rusty. Dis bonjour à Emma de ma part. Et transmets mon affection aux gosses.

— Jerry fera ce truc pour toi. Même si je dois l'étrangler.

— Tu n'auras pas besoin d'aller aussi loin, Rusty. Mais merci quand même.

Je passai l'heure suivante à faire le ménage chez moi, puis je sortis sur la terrasse pour faire deux *asanas* et deux *katas*. Pendant mes exercices de taekwondo, je réfléchis au besoin qu'éprouvait Rusty de rembourser quelque chose qui n'avait pas besoin de l'être. Les psychologues auraient sans doute expliqué que Rusty cherchait à participer *a posteriori* au sauvetage de sa fille, comme s'il avait voulu reconquérir une virilité perdue. Ce n'était pas mon avis. Je connaissais Rusty Swetaggen, et je connaissais d'autres hommes dans son genre. Il me semblait qu'il était empli d'un amour tellement immense et tellement fort pour sa fille — et pour moi — que cet amour avait besoin de s'exprimer, sous peine de le tuer. Les gens meurent souvent d'amour, mais c'est un secret que chacun s'efforce de garder, même par rapport à soi.

Quand je regagnai le séjour, un message m'attendait sur le répondeur. Rusty. Il me disait de retrouver son cousin juste avant sa prise de service, le lendemain matin à cinq heures, au Tara's Coffee Bar. Il précisait aussi l'adresse et l'itinéraire.

J'étais sûr que cela se passerait de cette façon.

12

Je sortis de chez moi à quatre heures un quart le lendemain matin, laissant Lucy au chaud dans mon lit.

Dans la soirée, lorsqu'elle était venue me rejoindre après son travail, nous avions décidé qu'elle s'installerait chez moi pendant les deux semaines d'absence de Ben. Nous étions redescendus de la montagne pour revenir à son appartement, où elle avait pris des vêtements et autres effets dont elle allait avoir besoin. En la regardant ranger ses affaires dans mon placard, ainsi que sa trousse de toilette dans ma salle de bains, je laissai mes pensées dériver vers des projets d'avenir, de stabilité. Je vivais seul depuis longtemps, mais partager mon toit avec elle me semblait naturel, comme si j'avais toujours vécu en sa compagnie. Si ce n'est pas de l'amour, ça y ressemble.

Nous avions acheté des plats chez un Italien de Laurel Canyon. Nous bûmes du vin rouge en écoutant sur ma chaîne le swing enveloppant de Big Bad Voodoo Daddy.

Nous fîmes l'amour sur le canapé du salon, et ensuite, tandis qu'elle suivait du doigt les cicatrices de mon corps, dans le halo cuivré d'une chandelle, je sentis une perle liquide rouler sur ma peau. Je vis que Lucy pleurait.

— Luce ? soufflai-je.

— Si je te perds, j'en mourrai.

Je lui effleurai la joue.

— Tu ne vas pas me perdre. Ne suis-je pas le meilleur détective du monde ?

— Si, bien sûr, répondit-elle, si bas que je l'entendis à peine.

— Tu ne vas pas me perdre, Lucille. Tu ne vas même pas arriver à te débarrasser de moi.

Elle m'embrassa. Nous nous blottîmes l'un contre l'autre et sombrâmes dans le sommeil.

Je descendis les lacets de la montagne sous un ciel limpide, lumineux, vide d'étoiles. Plus d'incendie. Plus de canicule. La fournaise attendait son heure.

Quand j'avais débarqué pour la première fois à Los Angeles, je venais de quitter l'armée et j'étais habitué à me servir des constellations pour m'orienter. Le ciel de Los Angeles est tellement saturé de lumières que seules les étoiles les plus brillantes sont visibles ; et encore, elles semblent pâles et lointaines. J'avais l'habitude de dire par plaisanterie que c'était l'absence d'étoiles qui égarait tant de gens. A l'époque, je croyais aux réponses simples. Aujourd'hui, je suis mieux informé. Certains d'entre nous trouvent leur voie avec une seule lumière pour les guider ; d'autres réussissent à se perdre alors que la voûte céleste est aussi nette qu'un plafond strié de tubes au néon. La morale n'est peut-être pas une question de situation — mais les sentiments, si. Nous apprenons à nous adapter, et, au fil du temps, les étoiles que nous utilisons pour nous orienter finissent par résider à l'intérieur de nous-mêmes plutôt qu'à l'extérieur.

Diantre. J'ai une pêche d'enfer à quatre heures du matin.

A quatre heures quarante, je délaissai la voie express pour m'engager dans les rues désertes et finis par m'arrêter devant une flaque de lumière jaune intitulée « Tara's Coffee Bar ». Deux flics en uniforme étaient assis au bar, parmi une douzaine de bonshommes gras, aux traits fatigués, qui devaient travailler à l'imprimerie du *Times*, tout près de là. Ils se nourrissaient d'œufs, de bacon et de tartines beurrées, sans paraître se soucier des problèmes de cholestérol et de calories.

Le seul client vêtu d'un complet me souffla :

— Vous êtes Cole, pas vrai ?

A mi-voix pour que personne d'autre n'entende.

— Exact. Merci d'avoir accepté de me voir.

Jerry Swetaggen se pencha sur son café comme sur un mini feu de bois capable de lui tenir chaud. C'était un grand gaillard, comme Rusty, avec un visage rose et des cheveux blond cendré, paraissant plus jeune que son âge ; il me faisait penser à un gros patapouf de quatorze ou quinze ans à qui on aurait refilé un costard d'occasion. Ce costard avait l'air de ne pas avoir été repassé depuis des semaines, mais après tout peut-être que Jerry avait passé la nuit debout.

— Vous avez le dossier Garcia ?

Il jeta un bref coup d'œil aux deux flics. Nerveux.

— Je risque ma place. Dites-le à Rusty. Lui et vous, vous pouvez me remercier.

— Bien sûr. Le café est pour moi.

A croire qu'on lui demandait de révéler des secrets d'Etat.

— Vous n'avez pas idée, insista-t-il. Ça non, mon gars, vous n'avez sûrement pas la queue d'une idée.

— Jusqu'à maintenant, dis-je, la seule idée qui me vient, c'est que j'aurais pu rester au lit. Alors ? Vous avez un double du dossier Garcia ?

— Je n'ai pas pu prendre le dossier, mais j'ai ce que vous cherchez, pas de doute là-dessus.

La main de Jerry voleta jusqu'à son revers, comme s'il y avait eu quelque chose de vivant sous l'étoffe fripée de son veston et qu'il eût souhaité l'en déloger.

Nouveau coup d'œil aux flics. La largeur de leur dos était accentuée par le gilet pare-balles qu'ils portaient sous leur chemise.

— Pas ici, poursuivit-il. Payez le café, et allons prendre l'air.

— Pourquoi ça ? Qu'est-ce qu'il y a de si spécial dans l'affaire Karen Garcia pour que tout le monde se comporte bizarrement ?

— Payez le café.

Je déposai deux dollars sur la table et le suivis à l'extérieur. Une brise tiède s'était levée, projetant sur nous d'invisibles grains de sable.

— Je n'ai pas pu vous en faire une copie, mais je l'ai lu.

— Ça ne m'aidera pas beaucoup. J'ai besoin de comparer votre exemplaire à celui qu'on m'a donné.

— Vous en avez déjà un ? Si c'est comme ça, pourquoi vous me faites risquer ma place ?

— Il se peut que celui qu'on m'a remis ait été falsifié. Il se peut que des éléments en aient été retirés, et j'ai besoin de le savoir. C'est peut-être un tout petit truc, mais je n'aime pas me faire rouler.

Jerry parut soudain très déçu.

— Bon sang… Vous voulez quoi ? Des chiffres ? Des schémas et des dessins ? Je ne peux quand même pas me rappeler tous les détails du rapport de Lewis !

— Ce que je veux savoir, c'est s'il y a quelque chose dans ce meurtre que les flics cherchent à cacher.

Les sourcils de Jerry Swetaggen s'arquèrent de surprise.

— Quoi, vous ne savez pas ?

— Savoir quoi ?

— Je me figurais que vous étiez au courant, vu que vous travaillez pour Garcia. Rusty peut me remercier, mec. Et vous aussi.

— Vous l'avez déjà dit. Si vous me disiez plutôt de quoi ?

— L'examen des tissus a identifié quatorze types de particules distinctes autour de l'orifice d'entrée de la balle. Une analyse spectrale est en cours. Ça prend quarante-huit heures, et le Dr Lewis n'aura pas les résultats avant demain. Mais tout le monde sait déjà qu'ils vont trouver de la Javel.

— De la Javel ?

— A cause du plastique, m'expliqua-t-il. Il y en a toujours sur le plastique.

— Du plastique blanc ?

— Ouais.

— Ils ont retrouvé du plastique blanc dans la plaie…, dis-je.

Il n'était fait aucune mention de particules de plastique dans le rapport d'autopsie que j'avais lu. Aucune mention de Javel.

— Ce plastique provient d'une bouteille d'eau de Javel — du Clorox — utilisée par le tueur pour fabriquer un silencieux maison. Il est probable qu'ils découvriront aussi des traces de bande adhésive dessus.

— Comment pouvez-vous savoir par avance ce qu'ils vont retrouver ?

Jerry porta de nouveau la main à son revers de veste, mais les deux flics en uniforme sortirent du bar à cet instant. Il fit semblant de chasser une poussière et se détourna.

— Ils ne savent même pas qu'on existe, Jerry.

— C'est pas vous qui risquez votre peau.

Le plus petit des flics s'ébroua pour remettre en place ses bijoux de famille, après quoi son collègue et lui s'éloignèrent ensemble vers le bout de la rue. Prêts à partir en guerre contre le crime. Quand ils furent à distance respectable, Jerry sortit de sa poche une feuille de papier pliée en trois.

— Vous voulez savoir ce qu'ils vous cachent, Cole ? Vous voulez savoir pourquoi cette affaire est une grosse affaire ?

Il secoua la feuille pour la déplier et l'agita sous mon nez, certain de me voir tomber à la renverse. Ce qui, d'ailleurs, ne fut pas loin d'arriver.

— Karen Garcia est la cinquième personne à être abattue de cette façon en dix-neuf mois.

Je lus la feuille. Elle portait cinq noms dactylographiés, chacun accompagné d'une brève description. Le cinquième était celui de Garcia. Cinq noms, cinq dates.

— Cinq personnes ?

— Exact. Toutes rectifiées d'une balle de 22 en pleine tête, toutes avec du plastique blanc et de la Javel autour de la plaie, et parfois aussi des traces de bande adhésive. La date est celle de leur mort.

Jerry frappa dans ses mains, comme si nous nous étions trouvés sur la côte est, avec une température négative, au lieu de frôler les trente degrés.

— Je n'ai pas pu sortir le rapport Garcia parce qu'ils sont consignés tous ensemble à la section dossiers spéciaux, mais j'ai recopié les noms, et ces petits trucs. J'ai pensé que c'était ce qui vous intéresserait.

— C'est quoi, la section dossiers spéciaux ?

— Chaque fois que les flics veulent que les légistes la bouclent sur une affaire, c'est là qu'ils mettent le dossier. On ne peut y accéder qu'avec une autorisation spéciale.

Je parcourus les noms. Cinq meurtres. Julio Munoz, Walter Semple, Vivian Trainor, Davis Keech et Karen Garcia.

— Vous êtes sûr de votre coup, Jerry ? Ce n'est pas bidon ?

— Plus sûr que ça tu meurs.

— Je comprends pourquoi la RHD est sur le coup. Pourquoi ils ont rappliqué aussi vite.

— Evidemment. Ça fait plus d'un an qu'ils ont monté une force inter-services pour s'occuper de cette affaire.

— J'ai une chance d'obtenir une copie de ce dossier ?

— Bon Dieu, non. Je viens de vous le dire.

— D'entrer dans la place pour lire les rapports ?

Jerry tourna les mains vers moi et se mit à reculer.

— Pas question, mon gars. Et au diable les menaces

de Rusty ! Déjà, si quelqu'un apprend que je vous ai dit ce que je viens de vous dire, je saute.

Je le regardai s'éloigner, puis je le rappelai.

— Jerry…

— Quoi ?

Je sentais un mille-pattes visqueux ramper le long de ma colonne vertébrale.

— Il y a un lien quelconque entre les victimes ?

Jerry Swetaggen sourit ; à présent, il y avait de la frayeur dans son sourire. Le rictus n'était plus là, remplacé par une peur sourde.

— Non, mon gars. Les flics parlent d'un choix aléatoire. Absolument aucun lien.

Je hochai la tête.

Jerry Swetaggen s'éloigna dans la lumière glauque qui précède l'aube. Je glissai son feuillet dans ma poche, puis le ressortis et relus les cinq noms.

— Aucun doute, les flics avaient un petit secret.

J'avais juste besoin d'entendre une voix humaine, et la mienne faisait l'affaire aussi bien qu'une autre.

Je rangeai le feuillet et m'efforçai d'imaginer ce que je devais faire. Ce machin était aussi énorme et aussi impossible à prendre dans ses bras qu'un zeppelin. Il expliquait la présence du FBI et le fait que la police ne tenait pas à me voir dans le tableau. Si les flics maintenaient le secret sur leur force inter-services, ils avaient probablement de bonnes raisons, mais Frank Garcia n'en continuerait pas moins à me demander ce qu'ils fabriquaient et je n'en continuerais pas moins à devoir lui fournir des réponses. Je ne voulais pas lui dire que tout se passait bien si ce n'était pas vrai. Mais si je lui répétais ce que Jerry Swetaggen venait de m'annoncer, c'en serait fini du secret ; du même coup, cela risquait de gêner la police dans ses efforts pour épingler le coupable. Par ailleurs, Krantz m'avait dissimulé la vérité, et par conséquent j'ignorais ce que les flics possédaient comme éléments, et où en était leur enquête. Je voulais bien croire qu'ils se bougeaient le cul, mais Frank Garcia ne se contenterait pas de ce genre d'assurance.

C'était sa fille qui avait été tuée.

Je retournai au bar, dénichai un téléphone public au fond, près des toilettes, composai le numéro direct de Samantha Dolan. Quelquefois, les flics de l'équipe de jour arrivent de bonne heure. Enfin, on ne peut jamais savoir.

A la quatrième sonnerie, un type à la voix de fumeur dit :

— RHD. Taylor, j'écoute.

— Samantha Dolan est arrivée ?

— Non. Vous voulez laisser un message ?

— Je rappellerai. Merci.

Je commandai une tasse de café et partis ensuite en voiture pour le Parker Center ; je me garai face à l'entrée, dans la lumière de l'aube. Mes idées étaient troubles et laborieuses, ne laissant que peu de place pour les solutions. Quelqu'un assassinait des gens dans les rues de Los Angeles depuis près de deux ans. Quand les victimes ont un lien entre elles et que le meurtrier est payé pour les descendre, on parle de tueur à gages. Quand elles sont choisies au hasard, on emploie un autre terme.

Tueur en série.

13

Petit à petit, l'équipe de nuit se dispersa et l'équipe de jour prit le relais. Samantha Dolan arriva au volant d'une BMW bleu marine. Sa plaque d'immatriculation était soulignée par une légende humoristique : « JE VEUX ÊTRE BARBIE, CETTE GARCE POSSÈDE TOUT. » La plupart des autres flics roulaient en berline ordinaire ou en break. Presque tous avaient un crochet d'attelage à l'arrière de leur véhicule — les flics aiment les bateaux : c'est génétique. Dolan n'avait pas de crochet, mais aucun de ses collègues n'avait de BM, ce qui, au fond, les remettait peut-être tous à égalité.

Je m'engageai derrière elle, dans le parking couvert, et me garai sur sa droite. Elle me repéra pendant ma manœuvre et haussa les sourcils en me voyant descendre de ma voiture puis monter dans la sienne. L'intérieur de cuir noir était parfaitement assorti à sa montre Piaget.

— On dirait que ce feuilleton télé ne vous a pas causé que du tort, Dolan. Jolie caisse.

— Qu'est-ce que vous fichez ici, nom de nom ? Je croyais que les privés faisaient la grasse matinée.

— Je voulais vous dire un mot sans que Krantz soit dans les parages.

Elle sourit — et me parut tout à coup très jolie. Une jolie petite polissonne.

— Vous n'allez pas me dire des choses salaces, au moins ? Je risquerais de rougir.

— Pas ce matin, Dolan. J'ai parcouru les rapports que vous m'avez remis et j'ai constaté que certains éléments en étaient absents, comme le petit morceau de plastique blanc retrouvé par le technicien de la SID et les particules d'eau de Javel que le médecin légiste a identifiées dans la plaie de la victime. J'espérais que vous pourriez m'aider à obtenir les vrais rapports.

Dolan cessa de sourire. Un agenda de cuir bordeaux était posé sur ses genoux, à côté d'une serviette et d'un Sig Sauer 9 mm. Le Sig était dans un étui ; elle le planquait sans doute sous son siège. La plupart des flics utilisent un Beretta, mais le Sig est un flingue facile à manier, et très précis. Le sien était de ceux qui brillent même dans le noir.

— Rendez-nous service à tous les deux en évitant de me rétorquer que vous ne savez pas de quoi je parle, enchaînai-je. Ça vous évitera d'avoir l'air quelconque.

Dolan retira brusquement un téléphone mobile de son support, sur le tableau de bord, et le fourra dans son sac à main.

— Je vous ai remis les rapports donnés par Krantz. Si ça vous pose problème, allez le trouver. Vous l'avez peut-être oublié, mais je travaille pour lui.

— Et Krantz, pour qui travaille-t-il ? Le FBI ?

Elle continua de rassembler ses petites affaires.

— J'ai suivi le tondu aux cheveux blancs, Dolan. Je sais qu'il est du FBI. Je sais pourquoi les fédéraux sont sur l'affaire, et je sais que vous avez falsifié les rapports.

— Vous avez trop regardé *X Files*. Sortez de ma voiture. Il faut que j'aille travailler.

Je sortis de ma poche la liste des cinq noms et la lui tendis.

— Si je suis Mulder, serez-vous Scully ?

Dolan lut les noms, puis fouilla mes traits du regard.

— Où avez-vous trouvé ça ?

— Je suis le meilleur détective du monde, Dolan. Il n'est jamais trop tôt pour moi. Je ne sais pas ce que dormir veut dire.

Elle me rendit la feuille, comme si elle n'arrivait pas à croire à la réalité de ce qui se passait.

— Pourquoi venez-vous me montrer ça ? C'est Krantz qui est le patron.

— Je m'étais dit que vous et moi, on pourrait régler ça officieusement.

— Régler quoi ?

— Vous m'avez fait marcher. Je veux savoir ce qui se passe dans le cadre de cette enquête.

Dolan, qui avait commencé à secouer la tête avant même que j'aie fini de parler, leva les mains.

— Pas question. Je ne veux rien avoir à faire là-dedans.

— Je sais qui sont les victimes, comment elles ont été tuées, et quand. Avant la fin de la journée, j'aurai leur bio complète. Je sais que vous surveillez Dersh, mais je ne sais pas pourquoi. Je sais que la RHD a constitué une force inter-services, que le FBI y participe, et que vous êtes tous assis sur le couvercle pour que rien ne filtre.

Elle m'observa pendant toute ma tirade, et pour finir quelque chose qui ressemblait à un sourire dansa sur ses lèvres. Ce n'était plus le sourire de la polissonne ; plutôt celui de quelqu'un qui appréciait ce que je disais.

— Bon Dieu ! lâcha-t-elle quand j'eus terminé.

— Pas tout à fait un dieu. Mais presque.

— Peut-être que vous êtes un bon détective, Cole. Peut-être que vous êtes vraiment bon.

J'ouvris les mains et tentai d'avoir l'air modeste. Pas facile.

— Le meilleur…

— Du monde. Je sais. (Elle prit une inspiration et

soudain j'aimai énormément son sourire.) Peut-être que vous l'êtes. En tout cas, vous n'avez pas perdu de temps.

— Alors, expliquez-moi. Dites-moi ce qui se passe.

— Vous vous rendez compte de la situation où vous me placez ?

— Oui. Je ne cherche pas à me poser en adversaire de la police, mais Frank Garcia va me demander de quoi il retourne, et il faut que je décide si je dois lui mentir. Vous ne savez sans doute rien de moi, mais laissez-moi vous dire que je ne prends pas ça à la légère. Je n'aime pas mentir, et encore moins mentir à un de mes clients. Je ne le ferai que s'il y a une raison imparable. Comprenez ceci, Dolan, je n'ai aucun devoir envers vous, ni envers Krantz, ni envers le caractère sacro-saint de votre enquête. En revanche, j'en ai envers Frank Garcia, et pas plus tard qu'aujourd'hui il va me poser des questions. Je suis assis dans votre voiture en ce moment pour que vous me donniez une excellente raison de ne pas tout lui raconter.

— Et si ce que je vous dis ne vous plaît pas ?

— On va tâcher d'y aller doucement.

Un trait vertical se creusa entre ses sourcils tandis qu'elle réfléchissait. Je ne connaissais pas beaucoup de femmes capables de rester jolies en fronçant les sourcils, mais celle-ci en faisait partie.

— Vous vous rappelez David Berkowitz ?

— Bien sûr. Ce type qui tuait des gens à l'intérieur de leur voiture, à New York.

— Berkowitz s'approchait d'une voiture, tirait sur la personne qui était dedans — homme, femme, ça n'avait aucune importance pour lui — et ensuite il s'en allait tranquillement. Il prenait son pied comme ça, en tuant des gens, sans se soucier de ce qu'ils étaient. Les fédéraux appellent ça un « assassin aléatoire ». C'est le type de tueur le plus difficile à serrer. Vous savez pourquoi ?

— Aucun lien avec la victime. Aucune possibilité de prédire à quelle sorte de personne il s'en prendra la fois suivante.

— Exact. La plupart des meurtriers tuent des gens qu'ils connaissent, et c'est comme ça qu'on arrive à les coincer. Un mari tue sa femme. Un junkie tue son dealer. Ce genre de truc. La plupart des meurtres ne sont pas élucidés grâce à des indices comme dans *Arabesque* ni grâce à des experts comme le Dr Scarpetta chez Patricia Cornwell. La vérité, c'est que presque tous les meurtres sont élucidés par une dénonciation. Un mec raconte : « Elmo m'a dit qu'il allait lui faire la peau », et les flics vont chez Elmo, et ils retrouvent l'arme du crime cachée sous le lit d'Elmo. C'est aussi con que ça. Et s'il n'y a personne pour montrer Elmo du doigt, en général, Elmo s'en sort.

« On en est là, Cole. Parmi les victimes, Julio Munoz était le seul à avoir un casier. C'était un ancien prostitué, qui s'était réinséré et travaillait comme conseiller dans un foyer social à Bellflower. Semple était couvreur et vivait à Altadena. Tout le contraire de Munoz. Aucun antécédent, diacre de sa paroisse, une femme, des gosses, chaque chose bien à sa place. Vivian Trainor était infirmière, avec une trajectoire aussi rectiligne que celle de Semple. Keech, ex-gardien de parc employé par la municipalité, vivait dans une maison de retraite de Hacienda Heights. Et maintenant, Karen Garcia. Ce qui nous fait un ex-tapin, un prof de catéchisme, une infirmière, un gardien de parc retraité et une étudiante pleine aux as. Deux Hispaniques, deux Anglo-Saxons, un Noir, tous issus de quartiers différents. On est allés trouver chaque famille et on leur a donné le nom des autres victimes, mais on n'a pas réussi à établir le moindre lien. On aimerait interroger Garcia, mais là aussi, pour le moment, on n'est arrivés à rien. Peut-être que vous pourrez nous aider de ce côté-là.

— Comment ?

— Krantz n'ose pas le bousculer, mais il faudrait vraiment qu'on lui parle. Krantz passe son temps à dire qu'il faut d'abord le laisser se calmer, mais je ne crois pas qu'on puisse se payer le luxe d'attendre. Je veux lui citer les autres noms. Je veux voir les affaires personnelles de sa fille.

— Vous avez déjà fouillé son appartement, non ?

— Bien sûr, répondit Dolan. On n'avait pas besoin de la permission de son père pour ça. Mais elle pourrait avoir laissé des affaires chez lui. Personnellement, c'est ce que j'ai fait quand j'ai quitté le nid familial.

— Qu'est-ce que vous espérez trouver ?

— N'importe quoi qui puisse la relier à l'une des autres victimes. Le moindre truc de ce genre, et on ne parlera plus d'assassin aléatoire. Du coup, cet enfoiré deviendra nettement plus facile à coincer.

— J'en toucherai un mot à Pike. Il devrait pouvoir arranger ça.

— Le tueur est malin. Cinq balles dans la tête, toutes de calibre 22, mais toutes différentes. Ce qui signifie qu'il a changé d'arme à chaque fois. Il les a probablement jetées ensuite pour qu'on ne puisse jamais découvrir une arme du crime en sa possession. Chacun des meurtres s'est produit dans un lieu isolé, trois sur cinq de nuit, ce qui explique l'absence de témoins. Nous avons récupéré deux douilles de 22. Pas d'empreinte, et chacune a été éjectée d'un semi-automatique de marque différente. Nous avons retrouvé des traces de pas sur trois sites, mais, notez-le bien, avec trois pointures différentes : 44, 45 et 46. Ce salaud s'amuse à brouiller les pistes.

— Il y a de fortes chances pour qu'il se soit aussi débarrassé des chaussures.

Le froncement de ses sourcils s'accentua, mais cette fois je n'en étais pas la cause.

— Sans doute… allez savoir. Les détraqués de ce genre sont capables d'enregistrer leurs crimes sur vidéocassette. Nom de Dieu, je rêve de coffrer ce sac à merde.

Nous restâmes assis un moment sans rien dire, puis elle consulta sa montre.

— Vous avez bien planté le décor, Dolan, mais jusqu'ici vous ne m'avez rien dit qui m'incite à ne pas mettre Frank au parfum.

— Très souvent, ces types finissent par établir une forme de contact, comme David Berkowitz avec ses lettres, vous vous en souvenez ?

— Allez-y.

— Berkowitz tuait des gens, personne ne l'arrêtait, et il en tirait un sentiment de toute-puissance. Comme il désirait de plus en plus prouver son invulnérabilité, il s'est mis à envoyer des messages à la presse... Notre homme n'a rien fait de ce genre. D'après les fédéraux, il ne veut pas de publicité, peut-être même en a-t-il peur. C'est une des raisons pour lesquelles on a étouffé l'affaire. Si on la divulgue, peut-être que ce mec changera de méthode, peut-être qu'il déménagera dans une autre ville et qu'il recommencera tout à zéro.

— Mais peut-être aussi que quelqu'un vous apportera un tuyau qui vous permettra de l'épingler.

Le regard de Dolan se durcit. Elle avait de très jolis yeux. Noisette.

— C'est tout le problème. Il n'existe pas de manuel qui nous explique comment procéder pour capturer ce type de tueur. Alors, on improvise au fur et à mesure, en priant chaque fois pour avoir fait le bon choix. Vous croyez peut-être que nous n'en avons pas discuté entre nous ?

— Si, je suppose que si.

Je repensai au profond changement que j'avais perçu la veille à la RHD, à la façon dont tout le monde s'était soudain retrouvé détendu, avec force sourires et accolades, je me remémorai la bouille hilare des fédéraux, et d'un seul coup je sentis qu'il y avait autre chose.

— Le nom de votre suspect, Dolan ?

Elle me dévisagea puis s'humecta les lèvres.

— Dersh.

— Eugene Dersh ?

Voilà pourquoi les flics lui filaient le train.

— Les détraqués de ce genre ne supportent pas de ne

pas savoir ce que savent les flics. Ils aiment se rapprocher le plus possible, de manière à entendre ce qu'on dit d'eux. Un de leurs trucs préférés consiste à revendiquer un lien quelconque avec le crime. Ils se font passer pour des témoins, racontent qu'ils ont entendu quelque chose dans un bar… Les fédéraux pensent qu'on pourrait finir par avoir une touche de ce côté-là, et Krantz pense que Dersh est notre touche.

— Parce qu'il a retrouvé le corps.

— Pas seulement. Krantz et deux fédéraux ont pris un avion pour Quantico, ils ont consulté là-bas un spécialiste du comportement. Ils ont établi un profil psychologique à partir des indices dont nous disposons. Dersh y correspond assez précisément.

— Vous récitez bien, Dolan, mais vous ne me paraissez pas trop convaincue.

Elle ne répondit pas.

— D'accord, dis-je. Si c'est Dersh, quel rôle aurait joué Riley Ward ?

— Si les fédéraux ont raison, il a simplement servi de couverture à Dersh pour la découverte du corps. Relisez les deux dépositions. Ward a laissé entendre que c'est Dersh qui était aux commandes au moment où ils ont trouvé le cadavre de Karen Garcia. Quand Dersh raconte l'histoire, il donne une version différente de la façon dont ils sont descendus sur la berge. Ce qui nous pousse à nous demander quelle version est la bonne. Et pourquoi il y a deux versions.

— En d'autres termes, vous n'avez rien. Pas d'indice matériel. Vous chargez Dersh sur la seule foi d'un profil psychologique du FBI.

Les yeux noisette restèrent fixés sur les miens, puis Dolan haussa les épaules.

— Non, on charge Dersh parce que Krantz est sous pression. Bishop lui a confié les rênes de la force inter-services il y a un an, mais il n'a toujours aucun résultat à montrer. Les huiles commencent à gueuler à pleins poumons, ce qui signifie que Bishop ne pourra pas soutenir Krantz éternellement. Si on retrouve un autre macchabée sur le carreau sans que Krantz ait un suspect solide, il y laissera sa place.

— Et peut-être qu'on vous la donnera.

— Ouais. Exact.

Elle détourna les yeux.

Je revis Dersh et son café kenyan. Dersh et ses peintures modernes aux couleurs vives, Dersh et sa maison qui sentait le feutre.

— Et vous ? Vous pensez que c'est Dersh ?

— Krantz pense que Dersh est le tueur. Je pense que Dersh est un suspect plausible. Il y a une différence.

Je hochai la tête, tâchant d'imaginer ce que j'allais faire.

— Le rapport de la police scientifique suggère que le tireur conduisait un quatre-quatre ou un utilitaire. Vous vous souvenez du SDF dont je vous ai parlé ?

— Krantz est peut-être nul, Cole, mais nous ne sommes pas tous entrés à la RHD par piston. Je suis allée faire un tour là-haut hier, mais je n'ai pas réussi à retrouver M. Deege. Les flics en uniforme de la Hollywood Division ont reçu l'instruction d'ouvrir l'œil.

Je me sentis soudain mieux en ce qui concernait Frank Garcia et les explications que j'allais lui donner.

— Eh bien, c'est d'accord, Dolan. Moi aussi, je vais m'asseoir avec vous sur le couvercle.

— Vous ne direz rien à Garcia ?

— Non. Le seul à qui j'en parlerai, c'est mon associé.

— Pike. (Les yeux noisette étincelèrent, la polissonne refit surface.) Nom de Dieu, voilà qui plairait à Krantz : Joe Pike au courant de son grand secret.

Je lui tendis la main.

— C'est très agréable de négocier avec vous, Dolan. Je vous passerai un coup de fil plus tard, quand j'aurai vu Frank.

Sa poigne était fraîche, sèche, et vigoureuse. J'appréciai le contact de sa main, et je ressentis un vague aiguillon de culpabilité en réalisant que je l'appréciais même un tout petit peu trop.

Après une brève pression de sa main sur la mienne, j'ouvris la portière pour quitter sa voiture.

— Cole…

J'interrompis mon mouvement.

— Ce n'est pas de gaieté de cœur que je vous ai refilé ces rapports bidonnés.

— Je sais.

— Vous avez bien travaillé en mettant tout ça bout à bout. Vous auriez fait un bon flic.

Je descendis de sa BM. Elle me suivit des yeux tandis que je m'éloignais à pied.

14

J'arrivai à mon bureau juste après sept heures, mais je n'y traînai pas. Je ramassai les dépositions de Dersh et de Ward, puis traversai la rue et poussai la porte d'un traiteur que j'aime bien. Je commandai un roulé au saumon, à la cannelle et aux raisins, et m'installai à une table près de l'entrée. Une femme d'un certain âge, assise à la table voisine, m'adressa un sourire en forme de bonjour. Je le lui rendis. Le vieil homme attablé avec elle lisait le journal, et il ne prêta aucune attention à notre échange. Il avait l'air renfrogné.

L'endroit idéal pour réfléchir à des meurtres en série.

J'allai au téléphone, du côté des toilettes, et j'appelai Joe Pike. Il décrocha à la deuxième sonnerie.

— Je suis chez le traiteur en face du bureau. Karen Garcia est la cinquième victime d'une série de meurtres qui a commencé il y a dix-neuf mois. Les flics le savent, et ils ont un suspect.

Quand on a quelque chose à dire, il faut le dire, c'est tout.

Pike ne répondit pas.

— Joe ?

— Je serai là dans vingt minutes.

Je relus les dépositions de Dersh et de Ward, sans cesser de penser à Eugene Dersh. Il ne me semblait pas avoir le profil du fou dangereux, mais après tout, on avait dû dire la même chose de Ted Bundy ou d'Andrew Cunanan[1].

Les deux versions, la sienne et celle de Ward, concordaient sur le fait que c'était Dersh qui avait proposé la promenade à Lake Hollywood, mais elles différaient sur la raison pour laquelle ils avaient quitté le sentier principal afin de descendre le long de la berge. Selon Ward, c'était l'idée de Dersh ; et puis c'était Dersh qui avait décidé de l'endroit où ils avaient quitté ce sentier. Le policier utilisait l'adjectif « directif » pour indiquer que Dersh avait pesé sur l'enchaînement des circonstances ayant mené à la découverte du corps. Mais là où Dersh était clair et précis dans la description des faits, Ward semblait hésitant, voire inconséquent, et je me demandais pourquoi.

La femme âgée m'observait toujours. Nous échangeâmes un nouveau sourire. Le vieil homme était toujours absorbé dans son journal ; l'un et l'autre n'avaient pas échangé un mot depuis mon arrivée. Peut-être s'étaient-ils déjà dit depuis longtemps tout ce qu'ils avaient à se dire. Mais pas forcément. Peut-être leur silence n'était-il pas celui de deux êtres menant des vies séparées, mais celui de deux êtres si parfaitement en harmonie que l'amour et la communication pouvaient s'exprimer par la simple proximité. Dans un monde où l'on tue sans le moindre motif, j'ai furieusement envie de croire à ce genre de miracle.

Quand Joe Pike entra, le vieil homme leva la tête de son journal et fronça les sourcils.

— Sortons, lançai-je à Joe. Je ne tiens pas à parler de ça ici.

Nous nous mîmes à arpenter le trottoir sud de Santa Monica Boulevard en direction de l'est et du soleil. Je tendis à Pike le feuillet aux cinq noms.

1. Célèbres tueurs en série. *(N.d.T.)*

— Tu en connais ?
— A part Karen, non. Les autres victimes ?
— Munoz a été le premier.
Je repris les noms un par un, en répétant à Joe tout ce que j'avais appris à la fois de Samantha Dolan et de Jerry Swetaggen.
— Les flics ont essayé d'établir un lien entre ces personnes, mais ils n'ont pas réussi. Ils croient maintenant que le tueur choisit ses cibles au hasard.
— Tu m'as dit qu'ils avaient un suspect.
— Krantz pense à Dersh.
Pike cessa de marcher et me scruta d'un air aussi expressif qu'une assiette à soupe. La circulation de l'heure de pointe étant très dense, la question de savoir combien de personnes étaient passées à notre hauteur en ces quelques minutes de marche me traversa l'esprit.
— Le type qui a découvert le corps ?
— Krantz a le couteau sur la gorge. Il a envie de croire que c'est Dersh mais aucun indice ne permet de relier Dersh à ces meurtres. Tout ce qu'ont les flics, c'est un profil psychologique établi par le FBI, et du coup Krantz a mis son client sous surveillance vingt-quatre heures sur vingt-quatre. Ce qui explique qu'ils m'aient filé le train quand je suis allé là-bas.
Le boulevard en perpétuel mouvement se mit à défiler dans les verres réfléchissants de Pike.
— Cette affaire est ultrasecrète depuis le début, Joe, et les flics tiennent à ce que ça continue comme ça. Je me suis mis d'accord avec Dolan là-dessus. On ne peut pas en parler à Frank.
La poitrine de Pike se gonfla légèrement tandis qu'il continuait de scruter la circulation. Sa seule réaction visible.
— Ne rien lui dire ? C'est un gros truc, Elvis.
— Krantz est peut-être un connard, mais Dolan et Watts sont des superflics. Comme la plupart des gars de la RHD. C'est pour ça qu'ils y sont. Alors, même si Krantz ne joue pas le jeu, les autres vont continuer à

mener l'enquête à fond. Je crois qu'on doit leur laisser le temps de travailler, ce qui implique de la boucler pour le moment.

Pike renifla sans bruit.

— Aider Krantz ?

— Dolan a besoin d'interroger Frank sur les quatre autres victimes et de jeter un œil sur les affaires de Karen. Tu pourras lui en toucher un mot ?

Pike hocha la tête, mais je n'étais pas sûr que ce hochement de tête me fût adressé.

Nous reprîmes notre marche sans mot dire et arrivâmes très vite à hauteur de sa Jeep. Il ouvrit la portière, mais ne monta pas dedans.

— Elvis ?

— Ouaip ?

— Je peux voir ça ?

Il voulait parler des deux transcriptions d'interrogatoire.

— Bien sûr.

— Tu crois que c'est Dersh ? questionna-t-il.

A son ton, je songeai que je n'aurais pas aimé être Dersh.

— Je n'en sais rien, Joe. Mon petit doigt, qui est généralement fiable mais est un peu surmené ces temps-ci, me dit que non, mais très franchement, je n'en sais rien.

La mâchoire de Pike se crispa, mais cela ne dura qu'une fraction de seconde.

— Je vais parler à Frank. Je te tiendrai au courant.

Il grimpa dans sa Jeep, claqua la portière, et à cet instant j'aurais donné à peu près n'importe quoi pour être capable de lire dans les profondeurs de son âme.

Pike voulait voir Eugene Dersh.

Il voulait l'observer dans son environnement, afin de déterminer s'il était capable d'avoir tué Karen Garcia. Si cette possibilité s'avérait, Pike déciderait de la conduite à tenir.

Il savait grâce aux transcriptions d'interrogatoire que Dersh travaillait à domicile. Tous les interrogatoires du LAPD commençaient de la même manière. Veuillez décliner vos nom et adresse. Votre profession. L'instructeur de Pike à l'Ecole de police lui avait expliqué que l'on commençait toujours ainsi parce que cela prédisposait les sujets à répondre aux questions. Plus tard, Pike avait eu la surprise de constater que cela les prédisposait tout aussi fréquemment à mentir. Même les innocents mentaient. Ils s'inventaient un nom et une adresse qui, quand on voulait les recontacter des semaines plus tard, se révélaient être ceux d'un garage ou d'un immeuble grouillant de clandestins.

Pike s'arrêta dans une station Chevron et repéra l'adresse de Dersh dans son plan. Dersh vivait dans une ancienne partie résidentielle de Los Feliz, où les rues s'entrecroisaient en épousant les caprices du relief montagneux. L'examen du plan était crucial, car les hommes de Krantz surveillaient la maison de Dersh, et Pike voulait savoir où ils étaient.

Quand il eut le nom des rues adjacentes, il utilisa son portable pour appeler une amie qui travaillait dans une agence immobilière et lui demanda s'il y avait quelque chose à vendre ou à louer dans ces rues. Faute de mieux, les flics planqueraient dans une camionnette en stationnement, mais ils préféraient les bâtiments. Après une brève recherche informatique, l'amie de Pike lui indiqua trois maisons à vendre dans le secteur, dont deux vides. Elle lui fournit les adresses. En confrontant ces adresses à celle de Dersh, grâce à son plan, Pike s'aperçut qu'une des maisons à vendre se situait dans une artère voisine, au coin d'une allée transversale. La police était forcément là.

Il traversa Hollywood, se faufila dans les rues calmes d'un quartier ancien et arriva aux abords de la petite maison pimpante. Pike repéra du coin de l'œil le bâtiment de deux étages qui se dressait au coin de l'allée. Pendant qu'il passait devant celle-ci, il devina l'éclat d'un objet brillant derrière une fenêtre ouverte, au premier étage. Les flics en planque étaient sans doute équipés de jumelles, d'une longue-vue, probablement aussi d'une caméra vidéo, mais, si Pike prenait soin de laisser la maison de Dersh entre eux et lui, ils ne le verraient pas. En situation de combat réel, ces gars-là auraient vite été remisés au rayon souvenirs.

La topographie était favorable. Des maisonnettes construites en retrait par rapport à la rue, des jardins plantés d'arbres et de buissons qui laissaient très peu de terrain découvert entre les bâtiments. Personne n'était en train de tailler ses rosiers, aucune femme de ménage ne rêvassait en regardant par la fenêtre du salon, nul promeneur sur les trottoirs, aucun roquet aboyeur.

Pike se gara à deux maisons à l'ouest de celle de Dersh, descendit, disparut dans la haie de la propriété la plus proche. A la seconde où il s'immergea dans les feuillages, les branches et la verdure, une sérénité absolue l'envahit.

Il courut le long de la maison voisine, passa sous les fenêtres, traversa la ligne d'arbres et plongea dans la rangée d'épineux qui entourait la propriété de Dersh. A aucun moment il ne toucha ni ne dérangea les plantes, préférant les contourner ou se faufiler entre elles, comme toujours depuis son enfance.

Il arriva au coin de la fenêtre du salon, jeta un bref coup d'œil dans une pièce très éclairée, perçut un mouvement dans les profondeurs de la maison, entendit de la musique. Une chanson d'Yves Montand, en français.

Il longea la façade ouest à travers un petit parterre de ficus planté de fougères et de lis, se faufila sous la lucarne d'une salle de bains et s'arrêta sous la grande fenêtre de l'atelier, où se trouvaient deux hommes. Dersh, le plus petit des deux, portait un jean et une chemise hawaïenne. C'était forcément lui, parce que l'autre, plus jeune, était en costume. Dersh se comportait en propriétaire ; l'autre, en visiteur. Pike tendit l'oreille. Les deux hommes se tenaient devant un ordinateur, Dersh assis, l'autre indiquant l'écran du doigt, par-dessus l'épaule de Dersh. Pike entendait toujours Yves Montand et saisissait de-ci de-là un mot de la conversation. Il était question de la mise en page d'une publicité de magazine.

Pike observa Dersh afin de prendre sa mesure. L'homme n'avait pas l'air capable des monstruosités dont le soupçonnait la police, mais on ne pouvait se fier aux apparences. Il avait connu beaucoup d'hommes qui paraissaient forts et qui se comportaient comme des hommes forts, tout en cachant au fond d'eux-mêmes un noyau de faiblesse ; et il avait croisé des hommes d'aspect timide qui s'étaient révélés capables d'accomplir de grandes choses.

Pike respirait sans bruit, à intervalles réguliers, en écoutant les oiseaux dans les arbres et en pensant à Karen Garcia, avec qui il avait partagé tant de moments, et à la façon dont elle était morte. Il scruta Dersh, le mouvement de ses doigts sur le clavier, son maintien, sa façon de rire. Il se dit que si Dersh avait tué Karen Garcia, il lui ôterait la vie. Il arracherait le bandeau de la justice et s'en servirait pour étrangler cet homme. Il aurait pu le faire là, maintenant, en plein jour, malgré la surveillance de la police.

Et pourtant, au bout d'un certain temps, Pike s'éloigna sans bruit de la grande fenêtre. Eugene Dersh n'avait pas l'aspect d'un tueur, et Pike attendrait d'avoir examiné les éléments que la police fournirait. Au vu de ces éléments, il prendrait sa décision.

Il serait toujours temps de rendre justice.

L'école

« On se tapait huit cents putains de pompes chaque jour, et certains jours plus de deux cents tractions, et ils nous faisaient courir. Bon Dieu, on galopait quinze bornes le matin, et encore huit bornes le soir, quelquefois plus. On n'était pas des malabars, des armoires à glace comme au foot ou ce genre de mecs, là, vous savez, ces tarlouzes à la Rambo gavées de protéines. On était des gamins avec pas grand-chose d'autre que la peau sur les os, en général, malingres et affamés, mais, bon Dieu, on pouvait grimper des montagnes au pas de course du matin au soir avec un paquetage de cinquante kilos, quatre cents cartouches et une sulfateuse. Vous savez ce qu'on était ? Des loups. Efflanqués, féroces, et je peux vous garantir que vous n'auriez pas apprécié de nous avoir au cul. On était sacrément dangereux, mec. C'est ce qu'ils voulaient. A la Force Recon. C'est ce qu'on voulait aussi. »

Extrait de *Young Men at War*,
étude cas par cas de l'état de stress post-traumatique
par Patricia Barber, docteur en psychologie,
Duke University Press, 1986.

Le sergent d'artillerie Leon Aimes, au bord d'une crête surplombant les collines pelées du camp d'entraînement des marines à Pendleton, au sud d'Oceanside, Californie, scrutait les environs avec la paire de jumelles Zeiss que lui avait offerte sa femme. Il s'était mis dans une rage noire en ouvrant le paquet cadeau de son quarante-quatrième anniversaire quand il avait vu ce qu'il contenait, parce que ces Zeiss allaient priver la famille de trois mois de sa solde. Cela dit, c'étaient les meilleures jumelles du monde, sûr et certain, et il était revenu la voir un peu plus tard, la queue entre les jambes, pour s'excuser de lui avoir fait une telle scène. Les Zeiss étaient ce qui se faisait de mieux. Il allait s'en servir pour chasser le cerf à l'automne, et, d'ici un an, lorsqu'il aurait fini son temps d'instructeur à la Force Recon et qu'il repartirait au Vietnam pour sa quatrième montée au front, il s'en servirait pour traquer les bridés.

Aimes était assis dans une Jeep avec son compagnon de biture préféré, le sergent d'artillerie Frank Horse. Tous deux portaient un tee-shirt noir et un baudrier Alice équipé de tout le matériel réglementaire, et tous deux fumaient un cigare merdique acheté à Tijuana deux mois plus tôt. Horse était un Apache Mescalero pur sang, et Aimes le considérait à la fois comme le meilleur instructeur de l'infanterie d'élite de Camp Pendleton et comme un guerrier exceptionnel. Aimes, qui était afro-américain, avait autrefois entendu dire par sa grand-mère qu'il avait du sang apache (ce qu'il croyait) et qu'il descendait d'une lignée de grands guerriers (ce qu'il acceptait avec une certitude absolue). Du coup, Horse et lui disaient pour rigoler qu'ils étaient de la même tribu quand ils avaient un peu trop de tequila dans le nez.

Le sourire de Horse s'étira de chaque côté de son cigare.

— Tu ne le vois pas, hein ?

Aimes fit rouler son cigare d'un coin à l'autre de sa bouche. Trois cents acres de désert côtier se déroulaient sous leurs yeux, plongeant brusquement vers le lit d'un petit torrent avant de remonter vers une autre ligne de crête à environ huit cents mètres de distance. Quelque part là-dedans, il y avait un jeune marine que Horse estimait habité par l'esprit des vrais guerriers.

— Pas encore, mais ça va venir.

Horse sourit encore plus largement et donna un coup de menton qui n'indiquait aucune direction particulière.

— Il est là, Leon, sous ton nez. Putain.

— Mon cul. S'il y est, je le trouverai.

Leon Aimes fronça les sourcils et se représenta le paysage comme un échiquier géant. Il passa en revue les cases de l'échiquier, notant mentalement la place de chaque touffe de manzanita et s'efforçant de voir si quelque chose s'était déplacé au cours des dernières minutes, depuis sa dernière inspection visuelle. Il ne trouva pas trace de changement, et pourtant il savait que, quelque part dans son champ de vision, ce jeune marine rampait tout doucement vers eux.

Horse tira une longue bouffée de son cigare, avec ostentation, et relâcha un panache de fumée dans la brise.

— Ça fait deux putains d'heures qu'on est là, mon grand.

Enfonçant le clou. Provoquant Leon.

— Tu sais déjà qu'il est bon, reprit-il, sans quoi tu l'aurais repéré depuis longtemps. Tu comptes laisser ce gosse ramper dans la nature toute la journée ? C'est lui que tu cherches à jauger, ou toi ?

Enfin, le sergent d'artillerie Leon Aimes poussa un soupir et baissa ses jumelles. Son ami Frank Horse était un sage autant qu'un guerrier.

— D'accord, nom d'un chien. Où il est ?

Les yeux de Horse pétillèrent, comme s'il venait de gagner un gros pari qu'il s'était fait à lui-même, et Aimes devina à son sourire qu'il aimait ce garçon, sûr et certain. Horse pointa le bout de son cigare devant eux, sur leur gauche.

— Là, à dix heures. Tu aperçois cette petite dépression à environ trois cents mètres ?

Aimes la repéra immédiatement, sans même avoir à soulever ses jumelles. Une ombre nue.

— Ouais.

Horse attrapa le mégaphone à l'arrière de la Jeep.

— Il est passé par cette légère cassure dans la berge du torrent, là, un peu plus à droite, et il est monté en rampant.

Vexé, Aimes cracha un jet brun de tabac.

— Comment tu as fait pour le voir, bon sang ?

— Je n'ai rien vu du tout.

Après avoir craché à son tour, Horse se tourna vers son ami.

— C'est juste que je lui ai dit de passer par là.

Leurs regards se croisèrent. Aimes sourit.

— Fais-le venir. Je veux lui parler.

Horse souleva le mégaphone et le braqua vers les collines.

— Fin de l'exercice, soldat. Relevez-vous !

La petite dépression située à trois cents mètres, à dix heures, ne bougea pas. En revanche, une masse confuse de brindilles, de toile camouflée et de terre brune se détacha lentement du sol à moins de deux cents mètres sur leur droite. Le cigare de Horse faillit lui tomber des lèvres et Aimes éclata de rire. Il gratifia son vieil ami d'une claque dans le dos.

— A dix heures, tu parles !

— J'aurais juré…

— Heureusement qu'on ne lui a pas demandé de nous allumer. On y aurait laissé notre vieux cul.

Quand les deux vétérans furent revenus de leur hilarité, Aimes hocha la tête. Horse reprit le mégaphone.

— Approchez-vous, soldat. Au trot.

La forme se mit à monter en courant vers eux sur le sol desséché, et Aimes se dit qu'avec sa tenue de camouflage ce soldat ressemblait à un pékinois ébouriffé.

— Il est en bonne forme ? demanda Aimes.

— Il l'était à son arrivée.

— Un paysan ?

— Il vient de la campagne, mais je ne crois pas que ce soit un paysan.

Aimes appréciait les jeunes ruraux qui connaissaient les voies de la nature.

— Ce nom… Pike… il vient d'où ? C'est anglais ? irlandais ?

— Je n'en sais rien. Il n'en parle pas. Il n'est pas bavard.

Aimes hocha la tête. Ça ne lui posait aucun problème.

— Peut-être qu'il n'a rien à dire.

Horse eut soudain l'air un peu nerveux, comme s'ils venaient d'aborder un point gênant.

— Bon, en fait, si tu veux savoir, il ne dit pas grand-chose. Mais je ne crois pas qu'il soit stupide.

Aimes décocha un coup d'œil acéré à son ami.

— Tu n'es pas le genre à me faire perdre du temps avec un crétin. (Son regard revint sur le jeune marine qui courait vers eux.) Un gars ne peut pas être stupide quand il se paye de tels scores aux tests.

Ce garçon était mieux noté que les étudiants de l'université, et il arrivait premier dans toutes les matières.

— Ma foi, certains instructeurs le trouvent un peu bizarre, et certains gars du peloton aussi. La plupart du temps, il reste dans son coin et il bouquine. Il ne court pas les filles pendant les permes, rien de tout ça. Je ne crois pas l'avoir vu sourire une seule fois depuis son arrivée.

Cette précision inquiéta Aimes.

— Le rire d'un homme dit pourtant un tas de choses.

— Ouais, eh bien…

Ils suivirent des yeux l'approche du soldat, et Aimes soupira :

— Il n'y a pas de place chez moi pour un gars qui n'a pas l'esprit d'équipe.

Horse cracha.

— On ne serait pas là s'il ne l'avait pas. Ce gosse est plein de complications, mais sur le terrain, il reviendra toujours sur ses pas pour aider ses camarades. Il l'a déjà fait, sans qu'on lui ait rien demandé.

Aimes hocha la tête d'un air appréciateur.

— Alors c'est quoi, cette bizarrerie ? Tu me dis toi-même que c'est le meilleur jeune de ton peloton, tu me colles dans les mains un dossier disant qu'il est premier partout, tu me l'amènes ici, et on se fait tous les deux berner par un gosse de dix-sept ans comme s'il avait déjà passé trois ans chez les commandos.

Horse haussa imperceptiblement les épaules.

— C'était juste pour que tu saches. Ce gamin n'est pas une recrue ordinaire.

— La Force Recon ne s'intéresse pas aux recrues ordinaires, et toi et moi, on le sait mieux que personne. J'ai besoin de jeunes gars francs du collier pour en faire des tueurs professionnels. Point final.

Horse leva les mains.

— Je voulais juste que tu saches.

— Bon, fit Aimes, en mâchonnant le bout de son cigare tout en surveillant l'arrivée du jeune marine. Il lit quoi ?

— Il lit, c'est tout. Ce qui lui tombe sous la main. Des romans, de l'histoire. Une fois, je l'ai vu avec du Nietzsche. Et j'ai trouvé du Basho[1] *dans son placard.*

— Ça veut tout dire.

— Je savais que ça te plairait.

— Ouais, m'sieur, ça me plaît.

Leon Aimes considéra la recrue avec un intérêt redoublé, car il était persuadé que les meilleurs guerriers étaient tous des poètes. Ces bons vieux samouraïs japonais en fournissaient la preuve, et Aimes avait sa théorie personnelle sur le pourquoi de la chose. Il savait qu'on pouvait farcir le crâne d'un jeune gars de toutes les notions de devoir, d'honneur et de patrie qu'on voulait, mais lorsque la merde giclait du ventilateur et que les balles se mettaient à siffler, le plus brave des jeunes n'était pas prêt à se faire tuer sur place pour les beaux yeux de la petite Sally, ni même pour la bannière étoilée. S'il restait là à se battre, c'était pour ses potes, qui étaient à côté de lui. C'était l'amour qu'il avait pour eux, et aussi sa peur de la honte, qui le poussaient à continuer à se battre même quand son sphincter avait lâché, même quand le monde s'était mué en enfer. Il fallait être quelqu'un de très particulier pour rester seul au combat, sans la pression des camarades, et Aimes recherchait sans cesse de tout jeunes guerriers qu'il pourrait former à se mouvoir, à se battre, à vaincre en solitaire. A mourir aussi, s'il le fallait, et tous les hommes n'étaient pas capables de cela. Avec les poètes, c'était différent. Si on farcissait le cœur d'un poète de notions comme le devoir et l'honneur, parfois,

1. Grand poète japonais du XVIIe siècle. *(N.d.T.)*

avec beaucoup de chance, cela suffisait. Car Aimes avait appris depuis bien longtemps, peut-être même l'avait-il appris dans une vie antérieure, qu'un poète était prêt à se faire tuer pour une rose.

Horse esquissa un geste avec son cigare au moment où le soldat les rejoignait en courant et se plantait au garde-à-vous devant eux, dans cette absurde tenue de camouflage qui lui donnait l'aspect d'une botte de foin ambulante.

— Retirez ces vêtements et mettez-vous à l'aise, soldat. Voici le sergent d'artillerie Aimes, le meilleur élément de ce corps avec Chesty Puller[1] *et moi-même. Vous allez écouter ce qu'il a à vous dire. Compris ?*

— Oui, sergent ! cria le jeune marine.

Le soldat Pike se débarrassa de son camouflage, le rangea à l'arrière de la Jeep, reprit sa position de garde-à-vous. Ni Aimes ni Horse ne pipèrent mot pendant ce temps et, quand il fut prêt, Aimes le laissa là une minute, tandis que lui-même réfléchissait à un certain nombre de choses. Il se souvenait d'après le dossier qu'il avait lu que le nom de ce jeune homme était Pike, Joseph, sans initiale intermédiaire. Il était grand, peut-être un mètre quatre-vingt-cinq, tout en muscles longs et noueux, et sa peau était brunie par le soleil du sud de la Californie. Son visage et ses mains étaient couverts de cambouis, mais il avait les yeux les plus foutrement bleus qu'Aimes eût jamais croisés, comme si ses ancêtres venaient de Norvège, de Suède ou d'un autre pays de ce genre — ce qui lui plut aussi. Il éprouvait un infini respect pour les Vikings, qu'il considérait comme des guerriers aussi magnifiques que ses ancêtres africains. Aimes scruta les profondeurs de ces yeux bleus et n'y vit que du calme, sans trace d'orgueil ni de remords.

— Quel âge avez-vous, fiston ?

1. Général (1898-1971), héros de la guerre du Pacifique et de Corée, resté trente-sept ans dans les marines. *(N.d.T.)*

Aimes connaissait naturellement l'âge du jeune soldat, mais il voulait le questionner, prendre sa mesure.

— Dix-sept ans, sergent !

Aimes croisa les bras, et ses muscles massifs tendirent au maximum l'étoffe de son tee-shirt noir.

— Votre mère a signé les papiers autorisant votre engagement, ou c'est vous qui les avez falsifiés ?

Le garçon ne répondit pas. Des perles de sueur ruisselaient de son crâne et traçaient des sillons liquides sur son visage émacié. Rien d'autre ne bougeait chez lui.

— Je ne vous ai pas entendu, soldat.

Le jeune marine resta immobile, sans réaction, et Horse alla se poster dans son dos pour qu'il ne le voie pas sourire.

Le sergent Leon Aimes s'approcha du soldat et lui murmura à l'oreille :

— Je n'aime pas parler dans le vide, mon gars. Je vous conseille de me répondre.

Le jeune marine répondit :

— Je ne crois pas que ça vous regarde, sergent.

Horse se précipita vers lui en moins de temps qu'il n'en faut à un M-16 pour éjecter une douille et cria, si fort que son visage vira au violet :

— Tout regarde le sergent, soldat ! Comment pouvez-vous être assez stupide pour me faire honte devant un marine dont je sais qu'il est non seulement un héros de deux *guerres, mais aussi un homme bien meilleur que vous ne le serez jamais ?*

Aimes attendit. Le garçon n'avait pas l'air effrayé, ce qui était excellent, et il n'avait pas l'air arrogant, ce qui l'était aussi. Il avait juste l'air pensif.

— Mon père, finit-il par lâcher.

— Vous avez eu des ennuis et c'est pour ça que votre vieux vous a fait entrer dans ce corps ? Vous êtes un voleur de voitures, un fauteur de troubles, quelque chose comme ça ?

— Non, sergent. (Les yeux bleus toisèrent Leon

Aimes.) Je lui ai juste dit que, s'il ne signait pas les papiers, je le tuerais.

Il n'y avait aucune ironie chez le garçon quand il prononça ces paroles. Aucune trace de cette assurance dédaigneuse qu'Aimes détestait. Le jeune marine avait lancé ces mots aussi simplement qu'il aurait dit bonjour, mais, sur-le-champ, Aimes sut que c'était la pure vérité. Et il s'interrogea, sans pour autant être déconcerté. Beaucoup de jeunes gens violents entraient dans les marines, et soit le corps réussissait à leur apprendre comment canaliser cette violence, soit il s'en débarrassait. Jusque-là, ce garçon s'en tirait mieux que la moyenne.

Le sergent Aimes dit :

— Vous savez ce que c'est que la Force Recon, fiston ?

— Une force de reconnaissance, sergent.

— Exact. Une toute petite unité d'hommes capables de descendre seuls dans la Vallée de la Mort, avec leur cul pour seule compagnie, pour collecter des renseignements, et attaquer l'ennemi. Je suis moi-même un guerrier de la Force Recon, ce qui est la forme de vie humaine la plus élevée qu'ait jamais créée le Seigneur, sûr et certain !

— Tu l'as dit, renchérit Horse. Sûr et certain.

— La Force Recon exige un type d'homme spécial, elle n'est pas faite pour tout le monde. Les guerriers de la Force Recon sont les meilleurs de la terre, et je me bats les couilles de ce que peuvent en penser ces foutus mollusques des commandos de l'US Navy ou des bérets verts.

Le jeune soldat se contenta de rester debout, peut-être en regardant Aimes, peut-être pas, et Aimes en resta décontenancé. En général, le petit numéro qu'il venait de sortir leur arrachait un sourire, mais ce gars-là demeurait de marbre.

— L'entraînement de la Force Recon est le plus dur de ce corps ou de n'importe quel autre. On court trente

bornes par jour avec un barda complet. On fait plus de pompes qu'Hercule. On apprend à voir dans le noir comme ces putains de ninjas et à tuer l'ennemi par la seule force de notre esprit... et je veux savoir comment ça se fait que vous ne souriez pas, soldat, parce que ce foutu baratin est la merde la plus rigolote qu'on vous ait jamais collée au cul !

Toujours pas de réaction.

Horse, revenu derrière le jeune soldat, secoua la tête en souriant à belles dents.

Aimes soupira, décroisa ses bras musclés et passa à son tour derrière Pike pour pouvoir sourire sans être vu. Horse semblait tout près de s'étrangler à force de ravaler son hilarité.

— D'accord, jeune homme. Je ne suis peut-être pas Flip Wilson[1]*, mais le sergent Horse, qui est le meilleur guerrier que je connaisse, sûr et certain, pense que vous pourriez avoir ce qu'il faut pour faire partie de mes jeunes gars, et je crois qu'il a raison. (Aimes reparut de l'autre côté de Pike et s'arrêta juste devant lui, sauf qu'à présent toute trace d'humour avait disparu de son regard.) Le sergent me dit que vous n'êtes pas mauvais au corps-à-corps.*

Toujours rien. Aimes se demanda pourquoi ce garçon parlait si peu. Peut-être qu'il venait tout bonnement d'une famille où on ne disait pas grand-chose.

Aimes sortit son couteau de combat de son baudrier Alice. Il le tendit au jeune homme, le manche en avant.

— Vous savez ce que c'est ?

Les yeux bleus ignorèrent le couteau.

— Ce n'est pas un K-Bar.

Aimes regarda son couteau.

— Le couteau de combat standard K-Bar du corps des marines est une excellente arme, sûr et certain, mais pas assez pour un guerrier de ma trempe. (Il fit glisser

1. Célèbre animateur-amuseur noir de la télé américaine dans les années soixante-dix. *(N.d.T.)*

la lame contre le dos de ses phalanges.) C'est un poignard de combat fabriqué sur mesure pour moi par un maître coutelier. Son fil est tellement tranchant que si vous vous coupez avec, le gus qui est à côté de vous se met à saigner.

Horse hocha la tête, pinçant les lèvres comme si jamais parole plus véridique n'avait été proférée.

Aimes lança le couteau, le rattrapa par la pointe, et le tendit au garçon, qui le prit dans sa main droite.

Aimes écarta les bras.

— Essayez de me frapper à la poitrine.

Pike s'exécuta sans l'instant d'hésitation sur lequel avait tablé Aimes, et à une telle vitesse que celui-ci n'eut pas le temps de réfléchir. Il lui saisit le bras, lui retourna le poignet, et entendit un affreux craquement lorsque l'articulation céda et que le garçon s'écroula sur le dos.

Le jeune soldat ne fit pas une grimace. Il ne prononça pas un mot.

Aimes et Horse s'agitèrent aussitôt pour l'aider à se remettre debout. De sa vie, Aimes ne s'était jamais senti aussi mal — une vraie merde de chien — qu'au moment où le jeune soldat braqua sur lui ses invraisemblables yeux bleus et lui demanda :

— Qu'est-ce que vous venez de faire, sergent ?

Ni pour l'accuser ni pour le blâmer, simplement parce qu'il cherchait à savoir.

Aimes aida le jeune marine à monter à l'arrière de la Jeep en expliquant :

— C'est une prise de Wing Chun. Un art martial inventé par une Chinoise il y a huit cents ans.

— Une femme.

Le jeune homme médita un instant sur ce qu'il venait d'entendre. Il ne semblait nullement contrarié de s'être fait casser le poignet.

— Et vous vous en êtes servi contre moi ? Alors que c'est une femme, moins forte, qui aurait dû le faire…

Aimes tiqua.

— Exact. Vous avanciez. J'ai intercepté l'énergie de votre charge et j'ai utilisé votre élan pour vous retourner la main et la rabattre vers vous.

Le jeune marine baissa les yeux sur son poignet blessé, comme s'il le voyait pour la première fois, et le caressa.

— Nom d'un chien, mon garçon, vous êtes ultrarapide, dit Aimes. Vous êtes même tellement rapide que ça m'a un peu déboussolé. Je suis navré.

Le regard de Pike remonta vers Aimes.

— On apprend ce genre de chose à la Force Recon ?

— Ça ne fait pas partie de notre programme normal, mais je l'apprends à certains de mes gars. Pour le reste, on leur enseigne essentiellement la navigation au sol, les tactiques de fuite et d'évasion, les techniques d'embuscade. L'art de la guerre.

— Vous m'apprendrez tout ça ?

Aimes glissa un coup d'œil à Horse, et Horse hocha la tête. Son travail était accompli. Il se mit au volant de la Jeep et attendit.

— Oui, soldat, répondit Aimes. Si vous venez chez moi et si vous devenez un de mes jeunes, je ferai de vous l'homme le plus dangereux de la terre.

Le jeune marine ne desserra plus les dents avant qu'ils soient arrivés à l'infirmerie, où, en remplissant le procès-verbal de l'accident, Aimes endossa la pleine et entière responsabilité de l'incident. Ce qui lui valut la réflexion suivante du jeune homme :

— C'est normal que vous m'ayez blessé.

Ce soir-là, toujours malades de culpabilité, Aimes et Horse pratiquèrent ensemble l'art de la guerre à mains nues dans le gymnase de Pendleton, avec une férocité qui les laissa tous deux en sang tandis qu'ils essayaient désespérément de brûler leur honte. Plus tard, ils allèrent se saouler, et encore plus tard, Leon Aimes confessa tout ce qui s'était passé à sa femme, comme il le faisait chaque fois qu'un de ses gars était blessé et qu'il se sentait responsable. Elle le serra dans ses bras jusqu'aux petites heures de l'aube.

En tant que guerrier et en tant qu'homme, Leon Aimes était au-dessus de tout reproche, sûr et certain.

Huit jours plus tard, le soldat de première classe Pike Joseph — sans initiale intermédiaire — acheva sa formation de fantassin malgré son poignet cassé. Il fut reçu et affecté à la Force Recon pour un complément de formation. Il fut envoyé au Vietnam durant les dernières années de cette guerre. Leon Aimes suivit sa trajectoire, comme il en avait l'habitude pour tous ses gars, et il nota avec fierté que le soldat Pike se distinguait au front.

Les meilleurs, sûr et certain, comme il disait toujours.

15

Pike téléphona pour me prévenir que Frank nous recevrait à trois heures de l'après-midi. Je transmis la bonne nouvelle à Dolan, qui me déclara :

— Je suis impressionnée. A croire que vous pouvez vous rendre utile.

A mon arrivée, je trouvai la maison de Frank Garcia aussi calme qu'un pitbull assoupi, et à peu près aussi accueillante. Aucun gradé de la police en vue, aucun conseiller municipal ; rien qu'un vieil homme éploré et sa gouvernante. Je me demandai si Frank lirait le mensonge dans mes yeux, et je songeai à emprunter les lunettes noires de Pike.

Je me garai à l'ombre d'un gros érable pour attendre Pike et Dolan. Les alentours étaient tellement silencieux qu'on aurait entendu le bruit d'une feuille tombant sur le bitume. Le vent avait cessé mais je n'arrivais pas à me débarrasser de l'idée qu'il ne faisait que reprendre son souffle, tapi dans l'aridité des canyons du Nord, avant de s'abattre sur la ville en changeant de direction pour tromper tout son monde.

Pike apparut quelques minutes plus tard et me rejoignit dans ma voiture.

— J'ai vu Dersh.

N'importe qui d'autre aurait plaisanté, mais Joe Pike ne plaisantait pas.

— Tu as vu Dersh, répétai-je. Tu lui as parlé ?

— Non. Je l'ai vu.

— Tu es allé là-bas seulement pour le regarder ?

— Oui.

— Et pourquoi tu as fait ça, nom d'un chien ?

— J'en avais besoin.

— Ça explique tout.

Vous voyez ce que je dois me coltiner ?

Dolan gara sa BM de l'autre côté de la rue. Elle fumait une cigarette, et elle écrasa son mégot par terre en descendant de voiture. Nous allâmes la rejoindre.

— Qu'est-ce qu'il sait ?

— Il sait ce que je sais.

« Il ». Comme si Pike n'était pas là.

Elle dévisagea Joe un instant, s'humecta les lèvres.

— Vous êtes capable de la fermer ?

Joe ne réagit pas. Dolan fronça les sourcils.

— Eh bien ?

— Vous avez votre réponse, Dolan, observai-je.

Dolan gratifia Pike d'un sourire.

— Exact. On m'a dit que vous n'étiez pas bavard. Continuez comme ça.

Elle prit les devants, en direction de la maison. Pike et moi échangeâmes un regard.

— Elle n'est pas commode.

— Mmm, fit Pike.

La gouvernante nous mena au salon. Elle jeta un coup d'œil nerveux à Dolan au passage, comme si elle sentait que celle-ci appartenait à la police et que ça risquait de faire des histoires.

Dans le salon, Frank regardait fixement au-delà des portes-fenêtres, vers la piscine et les arbres fruitiers sous lesquels rôdaient des lions de pierre. Sa peau brillait d'une sueur d'ivrogne, ses cheveux étaient gras, l'air tout autour de lui empestait les odeurs corporelles. Un verre trapu, vide, reposait sur ses genoux. Peut-être qu'il fallait en passer par là quand on perdait son enfant unique.

— Frank..., dit Pike.

Frank dévisagea Dolan sans comprendre, puis se tourna vers Joe.

— Comment va Karen ?

— Vous avez bu combien de verres ?

— Ne joue pas à ça avec moi, Joe. Ne commence pas.

Joe s'approcha et s'empara du verre.

— C'est l'inspecteur Dolan, dont je vous ai parlé. Elle a besoin de vous poser des questions.

— Bonjour, monsieur Garcia. Je suis navrée pour votre fille.

Dolan montra son écusson doré. Frank l'examina en plissant les yeux, puis en scruta le possesseur.

— Qui a tué ma fille ?

— C'est pour cela que je suis ici, monsieur. Nous tâchons de le découvrir.

— Vous êtes dessus depuis une semaine. Vous avez une idée sur le coupable ?

La question n'aurait pas pu être plus directe.

Dolan sourit doucement, pour lui faire sentir qu'elle comprenait sa douleur, peut-être même qu'elle la partageait.

— J'ai besoin de vous poser des questions sur certaines personnes que Karen ou vous auriez pu connaître.

Frank Garcia hocha la tête. Quand il parla, ce fut tout juste si nous l'entendîmes :

— Qui ?

— Karen connaissait-elle un certain Julio Munoz ?

— C'est le nom du fumier qui l'a tuée ?

— Non, monsieur. Nous contactons toutes les personnes figurant dans le carnet d'adresses de Karen, mais quatre d'entre elles ont apparemment déménagé. Nous aimerions les questionner sur leur dernier contact avec Karen, ce qu'elle pourrait leur avoir dit, ce genre de chose.

Dolan s'en sortait bien. Elle avait balancé son mensonge en douceur et sans l'ombre d'une hésitation, comme s'il s'agissait d'une vérité absolue.

Frank parut contrarié de découvrir que cette visite de la police n'était due qu'à des questions secondaires.

— Non. Je ne connais aucun Julio Munoz.

— Et Walter Semple, Vivian Trainor, Davis Keech ? Karen aurait pu les rencontrer à la fac. Ou peut-être travaillent-ils pour vous.

— Non.

On voyait bien que Frank essayait de fouiller dans sa mémoire et qu'il était déçu de ne rien trouver.

— Karen n'a jamais cité aucun de ces noms devant vous ?

— Non.

— Monsieur Garcia, reprit-elle, quand j'ai quitté la maison de mes parents, j'y ai laissé un certain nombre de cartons pleins d'objets. Mes vieux cahiers d'école. Des photos, des souvenirs. Au cas où Karen aurait laissé quoi que ce soit, pourrais-je y jeter un coup d'œil ?

Garcia fit légèrement pivoter son fauteuil, juste ce qu'il fallait pour que sa gouvernante entre dans son champ de vision.

— Maria, conduisez-la à la chambre de Karen, *por favor*.

Je m'apprêtais à emboîter le pas à Dolan quand Frank ajouta :

— Je voudrais vous parler une minute à tous les deux, les gars.

Il attendit que Dolan ait disparu au-delà du large seuil pour continuer, en baissant le ton :

— Cette fille en sait plus long qu'elle ne veut bien le dire, et je vous fiche ma dernière tortilla que ces gens qu'elle vient de citer ne sont pas ce qu'elle dit. Tenez-la à l'œil. Voyez si vous pouvez lui faire cracher le morceau sur ce qu'elle cherche réellement.

Je suppose qu'un maçon ne devient pas multimillionnaire en ayant un QI de 43.

Joe resta avec Frank. Je suivis le couloir en direction de Maria, qui m'attendait devant une porte.

— *Gracias*, Maria. On va se débrouiller.

Je pénétrai dans ce qui avait été la chambre de Karen, et qui en un sens l'était encore. Sa décoration l'avait figée dans le temps. Des livres, des animaux en peluche et des posters de groupes pop disparus depuis une bonne dizaine d'années faisaient de ce lieu une sorte de sanctuaire qui me ramena d'un coup dans le passé.

Dolan se montra exhaustive. A part de vieux vêtements et les babioles diverses qu'aiment à conserver les jeunes filles, il ne restait plus grand-chose dans la chambre, mais nous passâmes près de trois heures à éplucher ses cahiers, ses albums scolaires, et autres fragments de vie qui s'accumulent dans les recoins sombres d'une chambre d'enfant. Le placard contenait une pile de jeux de société montant du sol au plafond. Petits chevaux, Monopoly, Cluedo, Life... Nous ouvrîmes chaque boîte.

A un moment donné, Maria nous apporta du thé glacé, parfumé au citron vert et à la menthe. Nous trouvâmes d'autres boîtes sous le lit. La plupart contenaient des vêtements, mais l'une d'elles était remplie des lettres d'une certaine Vicki Quesada, correspondante de Karen pendant ses deux premières années de fac. Nous les parcourûmes, en quête de l'un des quatre noms : sans succès. En revanche, l'une d'elles mentionnait Joe. Sa date la situait grosso modo à la deuxième année de fac de Karen. Vicki écrivait que Joe avait l'air vraiment chou, et demandait à Karen de lui envoyer une photo de lui. Je souris.

— Ce Joe.

— Qu'est-ce qu'il y a ?

— Rien.

Dolan fronça les sourcils et se palpa la ceinture.

— Merde.

— Quoi ?

— Mon bip. Nom d'un chien, c'est Krantz. Je reviens tout de suite.

Elle attrapa son sac à main et quitta la chambre.

Je continuai de lire les lettres et trouvai six autres références à Joe. La suivante disait que Joe était « teeeeellement chou » (Vicki avait reçu sa photo). Comme ces lettres étaient classées par ordre chronologique, leur succession était facile à accompagner, mais la plupart des allusions de Vicki à Joe se résumaient à des questions du type : *Quel effet ça te fait de sortir avec un policier ? Est-ce que tes copains ne sont pas mal à l'aise quand il est là ? Est-ce qu'il t'emmène dans sa voiture de patrouille ?* Les deux ou trois premières références me firent sourire. Mais pas les suivantes. Vicki écrivait ensuite qu'elle était désolée d'apprendre que les choses ne se passaient pas bien avec Joe — que les hommes étaient tous des salauds et qu'ils voulaient ce qu'ils ne pouvaient pas avoir. Dans la dernière lettre où il était cité, elle écrivait : *Qu'est-ce qui te fait dire qu'il en aime une autre ?*

Je me sentis mal à l'aise, honteux, comme si j'avais maté par un trou de serrure. Je replaçai les lettres dans leur boîte, et les boîtes sous le lit.

Dolan revint, l'air abattue.

— Vous avez trouvé quelque chose ?

— Non.

— J'ai une bonne nouvelle pour Garcia. Le permis d'inhumer est accordé. Il va pouvoir enterrer sa fille, enfin.

— Ouais. Il appréciera.

Je songeais toujours à Joe.

— Et maintenant, la mauvaise : Krantz n'a pas l'intention de surveiller les funérailles.

— Allons, Dolan. Surveiller les funérailles, c'est le b.a.-ba.

Les tueurs assistent souvent aux funérailles de leur victime. Parfois, c'est même là qu'ils se trahissent.

— Je sais, Cole, mais ça ne dépend pas de moi. Krantz a peur de mobiliser trop d'heures sup, surtout à un moment où il fait déjà surveiller Dersh sans interruption. Il ne voit pas comment il pourrait les justifier dans la mesure où il pense déjà savoir qui a fait le coup.

— Il n'a rien de concret contre Dersh. Même un flic débutant surveillerait cet enterrement.

Sa bouche se plissa, au point que des striures blanches apparurent à chaque commissure.

— On va s'en occuper, d'accord ? Moi, en tout cas, j'irai. Je peux probablement forcer la main à deux ou trois autres gars de chez nous pour qu'ils prennent sur leur temps libre. Ça me fait mal de vous demander ça, mais tant pis : vous croyez que vous pourriez nous donner un coup de main ?

Je lui répondis que oui.

— Et Deege ? Est-ce que quelqu'un a enfin eu l'idée de suivre sa piste, ou est-ce que ça, c'est vraiment trop d'heures sup ?

— Vous êtes un emmerdeur, vous savez ?

Elle secoua la tête, leva les mains. Comme si elle était soudain fatiguée de cette histoire.

— Je vous ai déjà dit que les uniformes de la Hollywood Division sont censés ouvrir l'œil en ce qui le concerne. Il n'a pas encore refait surface, voilà tout. D'accord ?

— Je sais que ce n'est pas vous.

— Ouais. Bon.

Elle promena sur la pièce un regard circulaire en fronçant les sourcils, comme si nous avions peut-être oublié de fouiller un endroit qui nous eût révélé ce dont nous avions besoin. Finalement, elle dit :

— On a fini ici, Cole. Nom d'un chien, il est six heures passées. Vous voulez boire un verre ?

— Je dîne avec mon amie.

— Oh. D'accord. (Elle mit les poings sur ses hanches et fronça de nouveau les sourcils en examinant la pièce.) Bon, merci du coup de main. J'apprécie que vous m'ayez fait entrer ici.

— *No problemo*.

Elle sortit devant moi. Quand elle fut repartie, Frank me demanda :

— Elle n'a rien emporté ?

— Non, Frank.

Il se ratatina sur son fauteuil en faisant la moue.

— Vous avez découvert ce qu'elle veut ?

— Rien d'autre que ce qu'elle a dit. Elle cherchait des noms.

— Cette garce mentait.

Joe et moi quittâmes les lieux aussi penauds que des chiens battus.

Quand nous eûmes rejoint nos voitures, je lui précisai :

— Pendant qu'on fouillait sa chambre, on a retrouvé des lettres dans une boîte, sous le lit. Certaines de ces lettres parlent de toi. J'ai dû les lire.

Il ne broncha pas.

— Je suis désolé que ça n'ait pas marché, Joe. Entre Karen et toi. Apparemment, c'était une chic fille.

Il leva les yeux vers les frondaisons de l'érable. Son feuillage formait un dôme vert pâle aussi figé qu'une nature morte.

— Que disaient ces lettres ?

Je répétai une partie de ce que j'avais lu.

— C'est tout ?

Je lui parlai de celle où il était question de son amour pour quelqu'un d'autre.

— Elle mentionnait un nom ?

— Non. Et ça ne me regarde pas.

Pique-nique familial de la Rampart Division...
Juin, quatorze ans plus tôt

Il était filé par une Chevrolet Caprice marron, dans la circulation fluide du dimanche matin, à quatre véhicules de distance : deux hommes blancs de l'IAG, à cheveux ras et lunettes noires. De la graine d'espion de la CIA.

Ils se débrouillaient bien, mais Pike était encore meilleur. Il les avait repérés alors qu'il était en chemin pour aller chercher Karen.

Quand Pike la fit monter dans son pick-up, il ne les voyait plus, mais lorsqu'il s'engagea sur l'autoroute de Hollywood, ils étaient de nouveau dans son sillage. Il se demanda s'ils savaient où il allait et se dit que c'était probable. Sinon, ils n'allaient pas tarder à avoir une surprise.

— Je suis bien ? demanda Karen.

— Mieux que bien.

Il était en train de scruter son rétroviseur quand elle lui décocha un petit regard du coin de l'œil.

— Mieux comment ?

Il écarta le pouce et l'index, d'un demi-centimètre environ. Elle lui donna une tape sur la cuisse. Il écarta les doigts autant qu'il le put.

— Je préfère ça, opina Karen.

Elle glissa sur la banquette du Ford Ranger et se nicha tout contre lui, sans se soucier de la voiture, ni des hommes dans la voiture, ni de ce qui risquait de se passer à cause de cette voiture. Elle portait une robe d'été jaune vif et des sandalettes, et le jaune allait à merveille avec sa peau dorée et son sourire éclatant. Ses cheveux noirs scintillaient dans le soleil de la fin de matinée et sentaient bon la lavande. C'était une jeune femme ravissante, intelligente et spirituelle, dont Pike appréciait la compagnie.

Quand il quitta l'autoroute du Golden State par la sortie du Stadium, la voiture de filature continua tout droit. Cela signifiait qu'ils savaient où il allait. Soit ils étaient satisfaits de leur surveillance, soit ils avaient prévu quelqu'un d'autre pour prendre le relais.

Joe Pike suivit la voie d'accès au Stadium à travers les impeccables pelouses d'Elysian Park, jusqu'à Academy Road, nota que des voitures commençaient à s'aligner jusqu'aux portes du Dodger Stadium, et gara son Ranger contre le trottoir.

— Tu as vu toutes ces voitures ? demanda Karen. A ton avis, ça fera combien de personnes ?

— Cinq ou six cents, je suppose.

Il y aurait Wozniak. Et sa femme et sa fille. Pike se demanda une fois de plus si les espions de l'IAG auraient placé quelqu'un à l'intérieur.

Il contourna le pick-up par l'avant et aida son amie à descendre. Wilt Deedle, un enquêteur de la Rampart Division de réputation douteuse et pesant près de cent cinquante kilos, s'immobilisa derrière le Ranger et lui adressa un signe de tête. Joe lui rendit la pareille. Ils ne se connaissaient pas vraiment, mais assez quand même pour échanger un salut. La femme et les quatre gosses de Deedle s'entassaient dans sa bagnole. Deedle, sa femme et trois gosses portaient la même chemise hawaïenne. La quatrième, une adolescente, portait un tee-shirt noir et avait l'air renfrognée.

Les familles et les couples descendaient de voiture et empruntaient un petit chemin goudronné qui montait vers le complexe. Pike prit la main de Karen et, ensemble, ils suivirent le flot.

— Ça ne ressemble pas du tout à ce que je pensais, observa Karen. On dirait presque un club de loisirs.

Pike plissa la bouche, autant devant l'émerveillement enfantin qu'il lisait dans les yeux de Karen qu'à l'idée que l'Ecole de police de Los Angeles pût ressembler à un club de loisirs.

— Ça n'a pas grand-chose à voir avec un club de loisirs quand il fait trente-cinq degrés à l'ombre et qu'on t'oblige à te taper un parcours du combattant. Tu n'es jamais venue ici ?

— Je savais que cette école existait, mais je ne m'en suis jamais approchée. C'est mignon.

L'école était nichée entre deux crêtes au pied des collines d'Elysian Park, à portée de pistolet du Dodger Stadium. Les bâtiments, de style espagnol, s'alignaient entre de vieux pins rouges et des eucalyptus. Depuis l'entrée, on pouvait apercevoir les hectares de parking autour du stade, les tribunes découvertes et même les bancs des remplaçants. Le Stadium était tout proche. L'organisateur de la fête annuelle de la Rampart Division s'était prudemment assuré que les Dodgers jouaient à l'extérieur ce dimanche-là. Ils n'auraient pas à subir les embouteillages des jours de match, même si l'afflux de policiers suscitait déjà un trafic conséquent. Warren Steiner, un inspecteur de la brigade des cambriolages, en compagnie d'un des principaux haut gradés de la Rampart Division, le capitaine Dennis O'Halloran, essayait d'ouvrir le portail des Dodgers afin que les familles puissent utiliser le parking du club. Il semblait plutôt mal parti.

Pike mena Karen au-delà de la guérite de l'entrée puis de l'armurerie, et ils empruntèrent un petit chemin asphalté entre les pins pour rejoindre le champ de tir et le terrain d'entraînement. Deux cents personnes environ étaient clairsemées autour de la piste cendrée, dont certaines avaient déjà marqué leur territoire en étalant des nappes, tandis que d'autres se lançaient des frisbees ou des ballons en caoutchouc. La plupart restaient simplement debout, n'ayant pas encore sifflé assez de bière pour se sentir vraiment à l'aise. Trois grands barbecues rougeoyaient à l'extrémité opposée du terrain, à côté des tables de pique-nique, enveloppant les arbres de fumée et d'une forte odeur de poulet grillé. C'était la brigade criminelle de la Rampart Division qui avait été désignée pour être aux fourneaux, et ses hommes portaient tous le même tee-shirt, qui indiquait : « Ne me demandez pas d'où vient la barbaque ».

Humour de flic.

— Tu vois quelqu'un que tu connais ? demanda Karen.

— Je les connais presque tous.

— Lesquels sont tes amis ?

Joe ne sut que répondre. Il cherchait des yeux Wozniak et des visages vus au Parker Center. Il estimait possible que l'IAG ait demandé au commandant de la Rampart

Division de charger l'un de ses agents de poursuivre la surveillance, mais il n'y croyait pas trop. Wozniak avait beaucoup d'années de maison derrière lui, et à l'IAG on n'avait guère les moyens d'être sûr de la discrétion du commandant de la Rampart.

Karen lui tira sur le bras avec un sourire éblouissant.

— On ne va pas rester plantés là. Viens !

La division avait dressé une table pour les boissons au pied d'un grand mur de ciment sur lequel étaient peints l'emblème de l'école et la devise du LAPD, « protéger et servir ». A l'époque de la formation de Pike, lors de l'entraînement physique par un chaud après-midi d'hiver, l'instructeur l'avait fait courir avec tous ses camarades de promotion autour de la piste en criant qu'à moins de se décoincer le cul ils ne seraient jamais capables de protéger une merde de chien. Un jeune Noir nommé Elihu Gimble lui avait riposté qu'il ne demandait qu'à servir, mais uniquement après s'être tapé un bon café et des beignets, et la promotion entière avait été obligée de courir huit kilomètres de rab. Cinq mois plus tard, Gimble, devenu agent stagiaire, était en patrouille à East L.A. quand il s'était fait descendre d'une balle dans le dos par un inconnu alors qu'il répondait à un appel bidon. Le meurtrier n'avait jamais été identifié.

Pike guida Karen vers la table des boissons, et ensemble ils firent la queue devant le bar. Karen, pendue à son bras, eut tôt fait d'engager la conversation avec toutes les personnes présentes autour d'eux. Pike l'admirait pour ce talent. Alors qu'il desserrait rarement les dents, elle parlait en permanence. Tandis qu'il jugeait que ses propres paroles sonnaient creux et se sentait à l'écart des autres, elle s'intégrait partout avec une décontraction qui lui valait des bénéfices rapides. Le temps pour eux de se fournir en soda, elle avait déniché un couple avec qui partager le repas : une femme blême, mère de deux jumeaux, mariée à un agent nommé Casey. Celui-ci patrouillait de nuit et Pike ne l'avait jamais rencontré.

Ils étaient en train d'étaler leurs nappes quand Paulette Wozniak arriva derrière eux.

— Salut, Joe. Dis-moi, serait-ce la jeune personne dont tu nous as tant parlé ?

Karen se fendit d'un grand sourire plein de chaleur et tendit la main à la nouvelle venue.

— Karen Garcia. J'ai du mal à imaginer Joe parlant beaucoup de quoi que ce soit, mais s'il vous a parlé de moi, j'en suis flattée. C'est bon signe.

Les deux femmes échangèrent une poignée de main. Paulette sourit à Karen — un sourire si calme, si sincère et si pur qu'il rappelait toujours à Pike un bassin d'eau limpide.

— Paulette Wozniak. Je suis la femme de l'équipier de Joe, Abel. Que tout le monde appelle Woz.

Elle montra du doigt l'autre côté du terrain, en direction des arbres au-delà desquels les gars de la crime faisaient griller leur viande mystérieuse. Abel Wozniak et une fillette étaient justement en train d'apparaître entre les troncs. Pike supposa que Woz était allé montrer à sa fille le parcours du combattant.

— C'est celui-là, avec les jambes arquées et la petite fille.

Paulette avait huit ans de plus que Joe, des cheveux châtains coupés court, des yeux marron très doux et des dents régulières. Sa peau claire commençait à se plisser autour des yeux et aux commissures des lèvres. Ces rides ne semblaient pas la gêner, et cela plaisait à Pike. Elle se maquillait rarement, et cela aussi plaisait à Pike. Ses rides rendaient son visage encore plus intéressant.

Paulette effleura le bras de Joe.

— Je peux vous emprunter Joe une minute ? (Nouveau sourire à Karen.) Je ne le garderai pas longtemps.

— Je vais finir d'étendre la nappe pendant ce temps, acquiesça Karen.

Il suivit Paulette sur le chemin et remarqua qu'elle se

tenait de façon à pouvoir garder son mari en vue. Son sourire s'évapora et ses sourcils se rejoignirent en une ligne unique. Woz venait de s'arrêter pour parler à un couple de Noirs.

— Joe, dit-elle, qu'est-ce qui se passe, pour Woz ?

Il ne répondit pas.

— Pourquoi est-ce qu'il fait tant d'heures sup ?

Pike secoua la tête, et, en son for intérieur, il se sentit chavirer.

Elle fronça les sourcils de plus belle et il se dit qu'il aurait tenté n'importe quoi pour mettre un terme à ce froncement de sourcils. Pourtant, il estimait que ce n'était pas son rôle de lui faire des révélations à la place de Woz.

— S'il te plaît, ne joue pas au muet avec moi, Joe. J'ai peur et je m'inquiète pour lui.

— Je ne sais pas quoi te répondre.

Ce n'était pas un mensonge. Il ne savait vraiment pas.

Les yeux de Paulette filèrent vers son mari, et elle croisa les bras.

— Je crois qu'il a une maîtresse.

Elle scruta de nouveau Joe, avec soudain une grande force en elle. Cette force donna envie à Joe de la serrer dans ses bras, mais dès qu'il s'en rendit compte, il recula d'un pas. Elle ne remarqua rien.

— Je veux savoir s'il a quelqu'un.

— Je n'ai rien entendu de ce genre, Paulette.

— Même quand il ne fait pas d'heures sup, il ressort. Quand il est à la maison, il fait tout le temps la tête. Ça ne lui ressemble pas.

Pike jeta un coup d'œil à Woz et constata qu'il les regardait. Le couple noir venait de s'en aller, mais Wozniak restait planté là. Il ne souriait pas. Pike tourna les yeux vers le bar et remarqua deux hommes qu'il ne connaissait pas. Ils discutaient avec le commandant de la division. Derrière eux, un autre homme pointait dans leur direction un appareil photo muni d'un téléobjectif.

Cet appareil aurait pu être pointé sur le commandant et les deux inconnus, mais Pike savait que la focale était réglée sur lui. Qu'on cherchait à le photographier en train de parler avec la femme de Wozniak. Même ici, au pique-nique de la division, ils le surveillaient.

— Tu aimerais que je lui parle ? proposa Joe. Si tu veux, je peux m'en charger.

Paulette ne réagit pas pendant un moment, puis elle secoua la tête. Quand elle toucha le bras de Joe, il sentit un picotement électrique courir le long de ses bras et de ses jambes, et il se sentit entraîné vers les profondeurs du bassin. Toujours plus calme. Plus limpide. Elle dit :

— Merci, Joe, mais non. C'est à moi de le faire. S'il te plaît, ne lui dis pas que je t'ai parlé de ça.

— Je ne dirai rien.

— Il arrive. Je vais lui raconter que j'étais en train de t'inviter avec ton amie à la maison. Ça te va ?

— Oui.

— Ce qui est vrai, d'ailleurs. Vous êtes invités.

Paulette Wozniak lui pressa le bras, et sa main s'attarda un instant, sèche et tiède, après quoi elle retraversa le terrain pour rejoindre son mari.

Joe Pike demeura figé sur la cendrée, à la regarder s'éloigner, regrettant qu'ils soient obligés de partager ce genre de secret.

Tout en lissant les coins de la couverture, Karen écoutait Marybeth Casey jacasser à propos de ses jumeaux (dont l'un mouillait encore son lit), de son mari Walter (qui n'aimait pas son métier d'agent, mais les cours du soir étaient trop chers pour eux en ce moment) et des pique-niques de la police, toujours formidables parce qu'ils vous permettaient de rencontrer de nouveaux amis.

Alors que Marybeth embrayait sur la description de son kyste au sein gauche, Karen s'aperçut qu'elle n'écoutait plus. Elle observait Joe et Paulette Wozniak, ensemble sur la piste, et se reprocha d'être trop latine quand elle sentit une bouffée de peur monter en elle à l'instant où Paulette posait la main sur le bras de Joe. Ils étaient amis. Paulette était mariée à l'équipier de Joe, et surtout, elle était tellement plus âgée que lui…

Karen fixait Joe avec une telle intensité que sa vision finit par prendre une sorte de dimension télescopique, comme si elle avait pu zoomer sur son visage pour en révéler chaque pore et accentuer chaque aspérité. Joe était l'homme le plus difficile à déchiffrer qu'elle eût jamais connu. Il était tellement replié sur lui-même qu'il avait dû enfermer la totalité de son moi dans un coffret secret qu'il gardait enfoui dans les profondeurs de son âme. C'était d'ailleurs en partie ce qui l'attirait chez lui, elle le savait. Elle avait lu suffisamment d'ouvrages de psychologie pour s'en douter. Elle était fascinée par le mystère et une partie d'elle-même rêvait d'ouvrir ce coffret afin de découvrir le moi intime de cet homme.

Elle l'aimait. Elle l'avait dit à ses amis, même si elle ne l'avait pas encore dit à Joe. Il était tellement taciturne qu'elle avait peur qu'il ne le prenne pas bien. Tellement réservé qu'elle n'avait aucun moyen d'être sûre de ses sentiments.

Karen les regarda parler et sentit une nouvelle bouffée de jalousie monter en elle quand Paulette Wozniak lui toucha encore le bras, mais Joe semblait aussi indéchiffrable avec Paulette qu'avec elle.

« Ne sois pas bête, songea-t-elle. Il est pareil avec tout le monde. »

Paulette Wozniak toucha le bras de Joe, puis retraversa le terrain en direction de son mari, et ce fut à cet instant que Karen comprit qu'elle s'était trompée.

Une atroce vague de peur la balaya en voyant Joe suivre des yeux Paulette Wozniak. Tout, dans son visage comme dans son attitude, lui fit comprendre d'un seul coup que son cœur appartenait à une autre.

16

Le matin de l'enterrement de Karen Garcia, je sortis nu sur ma terrasse pour m'étirer dans l'obscurité. Le soleil n'était pas encore levé. L'espace de quelques instants, je contemplai les rares étoiles assez fortes pour perforer le halo de lumière qui coiffait la Cité des Anges, et je me demandai si, quelque part dans la ville, le tueur n'était pas lui aussi en train de les observer. Puis je me dis que non. Les tueurs psychotiques sont plutôt du genre à faire la grasse matinée.

La rigidité du sommeil s'estompa à mesure que mes muscles s'échauffaient, et je délaissai l'immobilité du hatha, yoga pour la tension dynamique du taekwondo, en commençant par des *katas* assez doux, puis en accélérant jusqu'à ce que mes mouvements acquièrent une férocité explosive. Je finis trempé de sueur tandis que le canyon, en contrebas, recevait les premiers reflets pourpres du lever de soleil. Je laissai fraîchir ma température, rassemblai mes affaires et regagnai l'intérieur de ma maison. Une fois, je m'étais attardé dehors un peu trop longtemps, et la voisine, en me voyant, avait fait entendre un sifflement égrillard. Son mari l'avait rejointe sur la terrasse, et lui aussi avait sifflé. La vie à Los Angeles.

J'étais dans ma cuisine, à boire du jus d'orange et à

regarder mes œufs durcir dans la casserole, quand le téléphone sonna. Je décrochai à la première sonnerie pour ne pas réveiller Lucy.

C'était Samantha Dolan.

— J'ai trouvé deux gars pour m'accompagner à Forest Lawn.

— Deux ? Eh bien, Dolan... La famille ne saura plus où se mettre !

J'étais toujours aussi en pétard contre Krantz.

— Epargnez-moi vos sarcasmes et voyez les choses du bon côté. Avec Pike et vous, on sera cinq.

— Pike sera avec Frank.

— Ça ne l'empêchera pas de se servir de ses yeux. On recherche un Blanc, de sexe masculin, entre vingt et quarante ans. Il se peut qu'il s'attarde après la cérémonie ou qu'il s'approche de la tombe. Ces mecs-là laissent parfois quelque chose sur place, quand ils n'essaient pas d'emporter un souvenir.

Je savais qu'il s'agissait d'un comportement typique de tueur en série.

— Vous tenez ça du pote fédéral de Krantz ?

— L'enterrement est prévu pour dix heures. Je serai sur place dès neuf heures et demie. Ah, et... Cole ?

— Quoi ?

— Essayez d'être un peu moins puant.

Le Memorial Park de Forest Lawn est un domaine moutonnant et gazonné de deux cents hectares au pied des collines de Hollywood, à Glendale. Avec ses étendues immaculées, ses reproductions d'églises célèbres et ses jardins d'inhumation baptisés de noms aussi éloquents que « Pays du Sommeil », « Val du Souvenir » et « Pins murmurants », il m'évoquait une sorte de Disneyland pour morts.

Dans la mesure où Dolan était censée être sur place à neuf heures et demie, je fis le nécessaire pour arriver plus tôt. Mais, quand je rejoignis en voiture les abords du cimetière, elle y était déjà, ainsi qu'une centaine d'autres personnes. Garée à mi-hauteur de la colline, elle bénéficiait d'une vue dégagée sur la petite foule éparpillée en contrebas. Un Konica à gros téléobjectif était posé sur ses genoux. Elle avait l'intention de s'en servir pour prendre des photos de la foule en vue d'une identification ultérieure.

Je me glissai sur le siège avant de la BM et pris une longue inspiration.

— Dolan, je sais bien que vous faites ce que vous pouvez. Ce que je vous ai dit tout à l'heure n'était pas très malin. Je vous prie de m'excuser.

— Vous avez raison, ce n'était pas malin, mais soit. Je passe l'éponge.

— Il fallait que je vous le dise. Dans ces cas-là, je me sens tout rikiki.

— Ça, c'est le problème de votre amie.

Je me tournai vers elle, mais elle regardait à l'opposé, par la vitre. Et toc !

— Vous savez où est Krantz ce matin ? s'enquit-elle.

— En train de s'occuper de Dersh ?

— Une équipe de surveillance se charge de Dersh. Krantz et Bishop seront au service funèbre. Mills aussi. Ils tiennent à être là où le conseiller Maldenado pourra les voir.

Je ne me sentais pas capable d'imiter son exemple. Je n'envisageais pas une seconde de travailler pour des mecs comme Krantz et Bishop. Ce qui expliquait peut-être que je sois resté dans le privé.

— Je croyais que vous deviez arriver à neuf heures et demie.

— J'ai pensé que vous essaieriez de me coiffer au poteau, et je suis venue plus tôt.

Elle souriait.

— Vous êtes un sacré numéro, Samantha.

— J'ai l'impression qu'on est de la même étoffe.

Je lui rendis son sourire.

— Soit. Donc, il y a vous, moi, et deux autres gars. Comment voulez-vous qu'on la joue ?

Elle leva les yeux vers un mausolée de marbre, au sommet de la colline.

— J'ai un homme là-haut et un autre en bas. S'ils repèrent quelqu'un de suspect, ils prennent son numéro de plaque.

L'homme du haut nous surplombait, assis sur la pelouse à l'extérieur du mausolée. La petite route qui passait devant lui ressemblait comme deux gouttes d'eau à celle le long de laquelle nous nous trouvions. Si le tueur voulait jeter un coup d'œil sur la cérémonie, il se garerait peut-être là. Parmi les gens venus à l'enterrement, l'homme du bas était invisible, quelque part en contrebas de nous.

— Vous devriez pouvoir vous approcher de la foule, vu que vous connaissez plusieurs personnes, dit Dolan. Dans un premier temps, je vais rester ici pour prendre des photos de la procession, et ensuite, je vous rejoindrai.

— D'accord.

— En attendant, si vous faisiez un petit tour du site ?

Ce n'était pas une question.

Elle me dévisagea.

— Eh bien ?

— Oui, madame.

A partir du moment où on n'est pas en service, j'imagine qu'on a le droit de donner des ordres à n'importe qui. A la seconde où je me coulais hors de sa BM, elle ajouta :

— Au fait, c'était la première fois que vous m'appeliez Samantha.

— Je crois.

— Ne recommencez pas.

Pourtant, elle souriait à belles dents et, en m'éloignant, je lui rendis son sourire.

Je passai les minutes suivantes à rôder autour du périmètre de la cérémonie, ce qui me permit de recenser seize Blancs entre vingt et quarante ans. Quand mon regard tomba sur Dolan, je vis que son appareil était braqué sur moi. Elle devait s'ennuyer ferme.

Une Nissan Sentra bleue apparut au pied de la colline quelques minutes avant dix heures et se gara en bas, avec la plupart des autres voitures. Eugene Dersh en descendit.

— Tiens donc, marmonnai-je dans ma barbe.

Dersh était vêtu d'un costume beige très classique. Après avoir verrouillé les portières de son auto, il entreprit de gravir la pente au moment où deux voitures banalisées apparaissaient à leur tour avant de s'immobiliser près du portail, sans trop savoir que faire. Je reconnus Williams au volant de la seconde, la première étant occupée par les deux mecs qui m'avaient filé.

Le flic en civil posté devant le mausolée se leva et les dévisagea avec insistance. Il n'avait pas vu Dersh, mais il avait reconnu les voitures de la RHD.

Je redescendis au trot vers Dolan.

— On dirait que la bande est au complet.

Dersh s'aperçut que nous le regardions, me reconnut, m'adressa un salut de la main.

Je le lui rendis.

A dix heures un quart, le corbillard, encadré par quatre motos du LAPD, franchit le portail principal. Trois limousines noires le suivaient, en tête d'un cortège de voitures visiblement lavées et briquées jusqu'à scintiller comme des éclats de soleil. Dersh assista à l'approche du convoi avec une sorte de curiosité bienveillante sur le visage.

La file de voitures nous rejoignit, et dix ou douze personnes, sans doute des membres de la famille, sortirent des limousines. Le chauffeur de la voiture de tête retira de la malle arrière le fauteuil roulant de Frank Garcia pendant que Joe et un autre homme aidaient ce dernier à descendre. Joe portait un costume trois-pièces anthracite. Ses lunettes de soleil lui donnaient un faux air d'agent secret, mais on était à Los Angeles, et tout le monde portait des lunettes de soleil. Même le prêtre.

Le conseiller Maldenado et Abbot Montoya occupaient ensemble la dernière limousine. Bishop, Krantz et le directeur adjoint Mills descendirent de la sixième voiture et se hâtèrent d'emboîter le pas au conseiller. Avides de protéger et de servir son illustre personne, me dis-je.

Dolan et moi étions en train de marcher vers eux quand Krantz et Bishop nous aperçurent.

— Qu'est-ce que vous foutez avec Cole, Dolan ?

Elle leur montra Dersh du doigt.

Krantz et Bishop se retournèrent de concert et croisèrent le regard de Dersh, qui se fendit d'un sourire et agita la main.

— Putain de merde ! lâcha Krantz.

Bishop lui donna un coup de coude.

— Rendez-lui son salut, bon Dieu, ou il va se douter de quelque chose.

Ils lui rendirent son salut.

— Souriez ! siffla Bishop.

Krantz sourit.

Joe avait monté l'essentiel de la pente en poussant le fauteuil de Frank quand une camionnette ornée du logo d'une chaîne télévisée locale s'engouffra par le portail, suivie dix secondes plus tard d'une deuxième camionnette aux armes d'une autre chaîne locale, puis d'une troisième, appartenant celle-là à la chaîne de Lucy. Les véhicules de presse firent halte à côté du corbillard et commencèrent à déployer leurs paraboles avant même que cameramen et envoyés spéciaux aient sauté au sol.

Dolan lâcha :

— Ça se gâte.

Elle et moi pressâmes le pas, suivis par Krantz et Bishop.

Les trois journalistes coururent en même temps vers Frank. Deux d'entre eux brandissaient un micro, la troisième n'avait rien.

— Réveillez-vous, Bishop, dis-je. Demandez à vos agents de maintenir ces gens à distance.

Dolan et moi nous interposâmes entre Frank et les trois reporters pendant que Krantz galopait vers les flics à moto. Une jolie rouquine essaya de me contourner tout en tendant son micro vers Frank.

— Monsieur Garcia, pouvez-vous nous dire si la police a fait des progrès en ce qui concerne la capture du tueur en série ?

— Merde, fit Bishop.

Un grand journaliste noir, ex-joueur de foot professionnel, tenta de se frayer un chemin entre l'un des flics en uniforme et moi, mais aucun de nous ne céda.

— Monsieur Garcia, croyez-vous qu'un certain Eugene Dersh ait tué votre fille, et si oui, pour quelle raison ?

Bishop saisit le bras de Krantz et lui lança, d'une voix réduite à un murmure paniqué :

— Comment est-ce que ces enfoirés ont fait pour savoir ?

Le conseiller Maldenado s'avança, essayant de repousser les journalistes.

— Je vous en prie. Sa fille est sur le point d'être inhumée.

Eugene Dersh avait atteint l'orée de la foule grandissante, trop éloigné pour entendre ce qui se disait, mais aussi curieux que n'importe qui.

Le cadreur de la rouquine le vit et frappa sa collègue dans le dos. Pas une claque, un coup de poing.

— Putain ! C'est Dersh !

La rouquine bouscula le journaliste noir et courut vers Dersh. Le journaliste noir se précipita sur ses talons. Dersh eut l'air aussi surpris que n'importe qui.

Frank Garcia tenta d'apercevoir Dersh, mais, assis dans son fauteuil roulant, il ne pouvait pas distinguer grand-chose, derrière les gens qui obstruaient son champ de vision.

— Qui est-ce ? (Il se contorsionna sur son siège pour

regarder Maldenado.) Henry, est-ce qu'ils savent qui a tué Karen ? Est-ce que cet homme a tué Karen ?

Plus haut sur la colline, Dersh se sentit agressé par les questions qu'aboyaient les deux reporters. Les proches de la défunte, assis autour de la tombe et percevant des éclats de voix, commençaient à se retourner et à murmurer.

La dernière des trois journalistes, une Asiatique, resta près de Frank.

— Ce n'est pas la première, monsieur Garcia. La police ne vous a rien dit ? Cinq personnes ont été tuées. Karen est la cinquième victime.

Le regard de l'Asiatique se déplaça de Frank à Maldenado, puis revint sur Frank.

— Un fou dangereux traque des vies humaines ici même, à Los Angeles, depuis dix-neuf mois. (On sentait bien qu'elle prenait plaisir à prononcer ces mots pour l'effet qu'ils auraient au journal télévisé. Tout à coup, elle vrilla son index sur Dersh.) La police soupçonne cet homme. Eugene Dersh.

Frank se dressa sur son fauteuil, en étirant le cou pour voir Dersh.

— Cet homme a tué Karen ? Ce fils de pute a assassiné ma fille ?

Maldenado, d'un coup d'épaule, força l'Asiatique à battre en retraite.

— Ce n'est pas le moment. Je ferai une déclaration, mais pas maintenant. Laissez au moins cet homme enterrer sa fille.

Au-dessus de nous, Eugene Dersh se faufila entre les deux reporters et redescendit à grands pas vers sa voiture. Il allait de nouveau avoir l'occasion de passer à la télé, mais cette fois il ne serait probablement pas aussi heureux.

Le visage de Frank avait pris la teinte du sang séché. Il s'agitait dans son fauteuil, en poussant sur ses roues dans une vaine tentative pour poursuivre Dersh.

— C'est lui ? C'est ce fils de pute ?

Dersh monta dans sa voiture, toujours poursuivi par le feu roulant des questions. Quand il parla, sa voix porta loin dans l'air immobile, aiguë et tremblante de frayeur.

— De quoi vous parlez ? Je n'ai tué personne ! J'ai juste découvert le corps !

— Je te tuerai ! hurla Frank.

Il s'agita si violemment qu'il bascula vers l'avant et tomba de son fauteuil. Des membres de sa famille crièrent, deux femmes firent entendre un son suraigu. Pike, Montoya et plusieurs de ses frères s'agglutinèrent autour de lui. Pike souleva le vieil homme et le remit dans son fauteuil comme s'il eût été aussi léger qu'un ballot de plumes.

Dersh démarra en trombe, et dès qu'il eut franchi le portail les deux voitures banalisées s'ébranlèrent en silence dans son sillage.

Le prêtre demanda aux frères de Frank de faire rasseoir la famille aussi vite que possible. Tout le monde était mal à l'aise, et la gouvernante de Frank pleurait bruyamment, mais la foule se calma en voyant les employés des pompes funèbres se rassembler à l'arrière du corbillard. Je cherchai Dolan du regard. Elle avait rejoint Mills, Bishop et Krantz pour un débat animé à l'orée de la foule. Dès que Krantz m'eut repéré, il fondit sur moi.

— Vous et votre pote, Pike, vous allez ramener votre petit cul au Parker Center dès qu'elle sera enterrée. Putain, je vous garantis qu'on va tirer au clair ce qui s'est passé ici !

Et il s'éloigna à pas furieux.

Sous le soleil montant qui ressemblait de plus en plus à une torche incandescente, les membres de la famille reprirent leur place et les porteurs déposèrent Karen en sa dernière demeure. La chaleur répandit peu à peu son étau sur mes épaules et mon visage, et je sentis bientôt de fines rigoles de sueur couler de mon cuir chevelu. Autour de moi, quelques proches pleuraient, mais la plupart des gens avaient le regard fixe, perdu dans le vague le temps d'un moment de recueillement qui était à la fois triste et troublant.

Derrière nous, les trois caméras étaient alignées pour filmer l'enterrement de Karen Garcia.

On aurait dit un peloton d'exécution.

17

Les camions de télévision étaient garés en file indienne sur Los Angeles Street, devant le Parker Center. Journalistes et techniciens arpentaient nerveusement le trottoir, en se jetant sur chaque flic sorti griller une cigarette comme des piranhas sur une vache famélique. La ville interdisait de fumer à l'intérieur de ses bâtiments, et les policiers accros à la nicotine se voyaient obligés de tirer leurs tafs soit dans les escaliers ou les toilettes, soit carrément dehors. Ces mecs ne savaient rien de plus que les autres sur Dersh et les meurtres, mais les reporters n'y croyaient pas. La rumeur s'était répandue comme une traînée de poudre, et il fallait bien que quelqu'un satisfasse l'inextinguible appétit de nouvelles fraîches.

Les trois palmiers rachitiques plantés devant le Parker Center paraissaient plus voûtés que jamais quand Joe et moi nous engageâmes dans l'allée, deux voitures derrière Dolan. A côté de la limousine de Frank, déjà garée le long du trottoir, le chauffeur et Abbot Montoya étaient en train d'aider le vieil homme à s'installer dans son fauteuil roulant.

Nous trouvâmes une place entre une Porsche Boxster et une Jaguar XK8 marron foncé. Sûrement des avocats en mal de clientèle. Nous mîmes pied à terre et, l'espace d'un instant, Pike leva la tête et resta immobile face à l'immeuble trapu. Les rayons du soleil de la matinée ricochaient sur le verre bleuté des sept étages avant de déverser sur nous leur brûlure, reflétés par les lunettes de Pike.

— Ça fait un bail que je ne suis pas venu, lâcha-t-il.

— Si tu ne veux pas entrer, tu peux m'attendre ici.

Son dernier passage en ces murs remontait à la mort d'Abel Wozniak.

Il me gratifia de son non-sourire habituel.

— Ça ne sera pas pire que dans le Mékong.

Il retira sa veste, défit la sangle de sa poche revolver, l'enroula autour de l'étui de son Python 357. Il déposa sa veste sur le hayon arrière de ma voiture, déboutonna son gilet et le mit sur la veste. Il se débarrassa ensuite de sa cravate et de sa chemise. Il portait un tee-shirt de coton blanc sous sa chemise. Avec son tee-shirt, son pantalon anthracite, ses chaussures de cuir noir, ses muscles saillants et ses tatouages rouge sang, il avait vraiment de l'allure. Une enquêtrice en chemin vers sa voiture le reluqua intensément.

Nous communiquâmes nos deux noms au planton, et Stan Watts descendit quelques minutes plus tard.

— Frank Garcia est là-haut ? demandai-je.

— Ouais. Vous êtes les derniers.

Watts resta planté à côté de l'ascenseur, les bras croisés, les yeux vrillés sur Pike.

Derrière ses lunettes noires, celui-ci soutint son regard.

— Je connaissais Abel Wozniak, fit Watts.

Pike ne réagit pas.

— Au cas où je n'aurais pas d'autre occasion de te le dire, je t'encule, reprit Watts.

Pike inclina légèrement la tête.

— Si tu veux y goûter, tu n'as qu'à monter.

— Eh, Watts, dis-je, vous croyez que Dersh est votre client ?

Watts ne répondit pas. En cet instant, il n'y avait de place dans ses pensées que pour Joe.

Nous quittâmes l'ascenseur au cinquième étage et suivîmes Watts à travers la grande salle de la RHD. La plupart des inspecteurs étaient pendus au téléphone et les autres postes sonnaient sans répit. Les flics étaient visiblement débordés par le déchaînement des médias, mais notre entrée provoqua une onde d'intérêt qui se propagea à toute la pièce. La plupart des regards convergèrent sur Joe et s'attachèrent à ses pas.

Derrière nous, une voix que je n'identifiai pas lança, juste assez fort pour être entendue :

— Tueur de flics.

Pike ne se retourna pas.

Watts nous conduisit directement à la salle de réunion, où Frank Garcia était en train de dire :

— Je veux savoir pourquoi ce fils de pute est encore libre de ses mouvements. S'il a tué ma fille, comment se fait-il qu'il ne soit pas en taule ?

Le conseiller Maldenado était debout à sa droite, les bras croisés, et Abbot Montoya à sa gauche, les mains dans les poches. Dolan s'était assise aussi loin que possible de tout le monde, comme pendant les réunions matinales. Krantz et Bishop faisaient face à Frank, et Krantz tenta une explication :

— Dersh est notre suspect numéro un, monsieur Garcia, mais il faut encore préparer un dossier solide. Le procureur ne le mettra pas en examen sans disposer d'éléments suffisants. Il n'est pas question de lui laisser la moindre porte de sortie. Personne ne veut entendre parler d'une nouvelle affaire O.J. Simpson.

Frank se massa la joue.

— Bon Dieu. Ne me parlez pas de ça.

Bishop nous invita à prendre un siège.

— Je sais que vous vous demandez ce qui est arrivé là-bas. Nous étions justement en train d'expliquer à M. Garcia que cette affaire comportait certains éléments dont nous ne l'avions pas informé.

Bishop s'en tirait bien. Sa voix était lisse et assurée, et Maldenado et Montoya semblaient beaucoup plus sereins qu'au cimetière, même si Frank, lui, était traversé de tremblements perceptibles.

Maldenado n'était pas heureux.

— Je regrette que vous n'ayez pas jugé opportun de nous avertir que certains éléments de l'enquête devaient rester confidentiels, capitaine. Cela aurait épargné à M. Garcia le choc qu'il vient de subir. J'ajouterais même que nous sommes tous choqués. Cinq meurtres. Un tueur en série. Et votre suspect était à l'enterrement.

Krantz, une fesse posée sur le coin de la table, fixa Frank dans le blanc des yeux.

— Je veux coincer le salaud qui a tué votre fille, monsieur Garcia. Je suis navré que vous ayez appris la vérité de cette façon, mais on a pris la décision qui s'imposait en gardant le silence sur cette affaire. Maintenant que Dersh se sait soupçonné, ça nous prive d'un avantage certain. J'aimerais savoir qui a refilé le tuyau à ces foutus journalistes, parce que, croyez-moi, je lui broierais les couilles de mes propres mains.

— Ecoutez, répondit Frank Garcia, je ne vous en veux pas de ne pas m'avoir prévenu, d'accord ? Je vous en ai voulu dans un premier temps, mais j'ai peut-être eu tort. Tout ce que je veux, c'est coincer le fils de pute qui a tué Karen. Point à la ligne.

— Si vous finissiez de les mettre au parfum, Harvey ? suggéra Bishop.

Krantz faisait plutôt bonne impression, et Bishop appréciait la prestation de son poulain.

Krantz vida son sac, admettant qu'il y avait à présent un total de cinq meurtres, et qu'une force inter-services avait été constituée près d'un an plus tôt. Montoya le questionna sur les quatre premières victimes, et Krantz récita leurs noms, à commencer par Julio Munoz.

Frank se raidit sur son fauteuil. Son regard se porta d'abord sur moi, puis sur Dolan.

— Ce sont les gens dont vous m'avez parlé chez moi.

Krantz secoua la tête, certain que Frank se méprenait.

— Non, monsieur Garcia. Cole ne peut pas vous avoir parlé de ces gens. Il n'était pas au courant.

— Pas Cole, dit Frank. Elle.

Dolan s'éclaircit la gorge et se tortilla imperceptiblement sur sa chaise. Elle garda un instant les yeux baissés sur ses mains posées à plat devant elle, avant de se résoudre à affronter le regard de Krantz.

— Cole était au courant, expliqua-t-elle.

Un silence de plomb s'abattit sur la pièce.

— Qu'est-ce que vous me chantez là, Dolan ? fit Krantz.

— Cole est venu me trouver avec les noms des cinq victimes. Il connaissait aussi la signature du tueur, et du coup je lui ai parlé de la force inter-services. En contrepartie, il m'a introduite auprès de M. Garcia pour que je puisse lui soumettre les quatre premiers noms.

Krantz dévisagea Pike et, en un sens, parut satisfait.

— Si Cole était au courant, Pike l'était aussi.

— Exact, répondit Pike.

— Ma foi, je crois qu'on sait maintenant d'où vient la fuite.

— C'est de la connerie, Harvey, rétorqua Dolan. Ils n'ont rien dit.

Frank Garcia paraissait blessé.

— Tu savais, Joe, et tu ne m'as rien dit ?

— C'était préférable, répondit Pike. Krantz a raison sur ce point. Ça valait mieux pour l'enquête.

— Cole et lui avaient l'intention d'en parler à M. Garcia, précisa Dolan, mais je les ai convaincus de se taire, Harvey. Pourquoi est-ce qu'il aurait rencardé la presse, bon sang ? Il n'avait strictement rien à y gagner.

Bishop se tourna vers moi :

— Comment avez-vous su pour les quatre autres victimes, Cole ?

— Je suis détective. J'ai détecté.

Krantz délaissa son coin de table, écœuré, en écartant les mains à l'intention de Bishop.

— Vous voyez ce qui se passe quand on ouvre notre porte à des étrangers ? On est sur la brèche depuis un an, et d'un seul coup tout tombe à l'eau à cause de ces deux mecs. Et de Dolan.

Elle se leva, les pupilles aussi dures que des balles.

— Allez vous faire foutre, Pants ! C'était la seule façon de jouer le coup.

Le visage de Krantz devint violet.

Bishop s'éclaircit la gorge et fit un pas pour se rapprocher de Maldenado.

— Tout n'est pas perdu. On l'arrêtera. (Ces mots s'adressaient au conseiller. Ensuite, il se tourna vers Dolan.) Je n'arrive pas à croire que vous ayez compromis l'enquête de cette façon, inspecteur. C'est une faute grave.

J'intervins :

— J'étais déjà au courant, Bishop. J'avais les noms des quatre autres victimes, je savais que vous aviez monté une force inter-services avec les fédéraux. J'essayais juste de découvrir pourquoi vous misiez si gros sur Dersh.

La mâchoire inférieure de Krantz se remit en place.

— Qu'est-ce que ça veut dire, bon Dieu ? On mise sur Dersh parce que Dersh est le tueur !

— Vous n'avez rien de concret. Vous mettez la pression sur Dersh parce que vous avez désespérément besoin d'un coupable.

En avançant son fauteuil, Frank heurta accidentellement Montoya.

— Attendez une minute. Ce n'est pas Dersh ?

— Tout ce qu'ils ont, c'est un profil disant que le tueur est sans doute un type dans le genre de Dersh. Ils n'ont aucun indice montrant que c'est vraiment lui. *Nada*.

— Vous déconnez, Cole, intervint Williams. Les fédéraux ont dit que le tueur essaierait de se mêler à l'enquête, par exemple en affirmant savoir quelque chose, et c'est exactement ce qu'a fait Dersh. Vous avez lu les transcriptions. Dersh a entraîné Ward vers la berge pour qu'ils puissent découvrir le macchabée. (Williams s'aperçut de sa maladresse et prit un air embarrassé.) Pardon. Mlle Garcia.

Frank hocha la tête. Il voulait que tout cela se tienne, il voulait savoir qui avait tué sa fille.

— Vous dites que Dersh est le tueur, mais que vous ne pouvez pas le prouver ?

Krantz étendit les mains, apaisant.

— Pas encore. On pense que c'est lui, mais, comme vient de le dire Cole, au jour d'aujourd'hui, il nous manque un élément direct pour l'incriminer.

— Alors, qu'est-ce que vous comptez faire pour coincer ce salaud ?

Krantz et Bishop échangèrent un regard, après quoi Krantz haussa les épaules.

— Ma foi, maintenant qu'on a perdu notre principal atout, la seule chose à faire, c'est de lui mettre la pression. On va devenir agressifs, perquisitionner sa baraque en quête d'indices, le pousser dans ses retranchements pour l'obliger soit à avouer, soit à commettre une erreur.

Je secouai la tête :

— Vous avez perdu les pédales, Krantz.

— Heureusement que ce n'est pas vous qui dirigez cette enquête ! dit-il.

Bishop dévisagea Maldenado, en quête d'une réaction.

— Qu'en pensez-vous, conseiller ?

— Notre seul désir est que le tueur soit appréhendé, capitaine. Pour la mémoire de Karen Garcia, évidemment, mais aussi pour celle des autres victimes et pour la sécurité de notre ville. Il faut que justice soit faite.

Krantz nous fixa des yeux, Joe et moi.

— Avant d'aller plus loin, observa-t-il, on a intérêt à colmater les fuites.

— Ça ne vient pas de nous, Krantz, ripostai-je. Il se peut qu'un agent ait entendu quelque chose ou qu'un journaliste plus futé que les autres ait réussi à déterrer votre os. Ou alors c'est peut-être vous.

Krantz se fendit d'un bref sourire.

— J'ai entendu dire que votre petite amie travaille pour KROK-8. Je me demande si elle n'aurait pas joué un rôle là-dedans.

Tous me regardèrent. Même Dolan.

— Je n'en ai pas parlé, Krantz. Ni à ma petite amie, ni à personne d'autre.

Il reprit sa position au bord de la table et adressa un coup d'œil caustique à Maldenado.

— C'est ce que nous allons voir. Mais en attendant, on a un frapadingue en liberté dans les rues de la ville. On vient de faire les frais d'une fuite majeure, il n'est pas question d'en risquer une deuxième. Ça finirait par nous empêcher de coincer ce salaud.

Le regard de Frank me quitta pour aller se poser sur Joe. Joe le soutint, et je me demandai ce qu'il avait en tête.

— Je ne crois pas qu'ils aient dit quoi que ce soit, remarqua Frank.

Maldenado, toujours en contact visuel avec Krantz, écarta les mains.

— Frank, je crois que les policiers ont fait la preuve que nous pouvions nous fier à leur diligence. J'espère bien entendu que M. Pike et M. Cole n'ont rien à voir dans ce… euh… cette erreur, mais puisque nous faisons confiance à notre police, il n'y a pas de raison de ne pas travailler en prise directe avec elle.

— Il faut arrêter Dersh, lâcha Frank.

— Exact, dit Krantz. Il faut arrêter Dersh. Et on ne peut pas se permettre de se laisser distraire inutilement.

Frank hocha de nouveau la tête, tendit le bras vers Joe.

— Bien sûr. Ça te paraît raisonnable, n'est-ce pas ? Je ne crois pas que vous ayez raconté quoi que ce soit. Mais puisque les policiers font du bon travail, je n'ai pas besoin de te demander de perdre ton temps à rester sur leur dos, pas vrai ?

Pike répondit d'une voix si basse que je l'entendis à peine.

— Exact, Frank.

Krantz marcha jusqu'à la porte et l'ouvrit. Personne ne pipa mot pendant que nous franchissions le seuil.

Nous retraversâmes la salle de la brigade puis rejoignîmes ma voiture. Arrivé là, je me tournai vers Joe :

— C'est moi qui me fais des idées, ou on vient d'être virés ?

— Tu ne te fais pas d'idées.

La Jeep de Pike était restée à l'église. Je l'y ramenai, j'empruntai l'allée du parking à contresens pour le déposer, et je m'immobilisai à hauteur de son pare-chocs arrière. Nous n'avions pas échangé un mot pendant le trajet, et je me demandais, comme souvent, ce qui pouvait bien se passer derrière ses lunettes noires.

De la souffrance, forcément. Un sentiment de deuil. De la colère. De la honte.

— Tu veux venir chez moi pour qu'on discute de tout ça ?

— Il n'y a rien à dire. On est sur la touche, et Krantz est sur le terrain.

Il récupéra son arme dans la boîte à gants et ses vêtements sur le hayon arrière, descendit, et s'installa au volant de sa Jeep.

Apparemment, j'allais devoir éprouver ces sentiments pour deux.

18

Ma voisine, accrochée à la pente raide de son jardin, était en train d'arroser des fleurs rouge vif. Les Santa Anas étaient retombés, mais l'immobilité de l'air me donnait à penser qu'ils n'allaient pas tarder à en remettre une couche. L'air n'est jamais aussi calme à Los Angeles que dans les instants qui précèdent le déchaînement des vents, avides de livrer une fois de plus le paysage aux flammes. Peut-être ce calme n'est-il rien d'autre qu'un avertissement.

Elle me héla, de si loin que je l'entendis à peine :

— Alors, comment ça va pour vous ?

— Chaudement. Et vos garçons, comment vont-ils ?

— Comme des garçons. Je vous ai vu à la télé.

J'ignorais de quoi elle parlait.

— Au flash de midi. L'enterrement. Mince, le téléphone !

Elle coupa l'alimentation de son tuyau et remonta chez elle ventre à terre.

Je traversai la cuisine et allumai la télé, mais c'était l'heure des soaps. A croire que mon quart d'heure de célébrité était venu et reparti sans que je m'en rende compte.

J'enfilai un jean et un tee-shirt puis je me préparai des œufs brouillés. Je les mangeai debout devant l'évier, en regardant par la fenêtre et en buvant du lait à même la bouteille. Le sol de ma cuisine est constitué de carreaux mexicains, dont certains sont toujours disjoints depuis le tremblement de terre de 1994. Quand on est au chômage, on a le temps de penser à réparer ce genre de dégât, mais je ne savais pas trop comment m'y prendre. Je me dis que j'allais apprendre sur le tas. Ça me donnerait toujours quelque chose à faire — et peut-être même, qui sait, m'apporterait une forme de satisfaction. A la différence de mon métier de détective privé.

Je me déplaçai de carreau en carreau jusqu'à les avoir tous testés, en me balançant chaque fois d'un pied sur l'autre pour voir s'ils bougeaient. C'était le cas de six d'entre eux.

Le chat entra et s'assit devant son bol en m'observant. Il tenait quelque chose dans sa gueule.

— Qu'est-ce que tu as là ?

Le quelque chose bougea.

— Je crois que je vais resceller ces carreaux. Tu m'aides ?

Le chat ressortit avec son quelque chose. Il m'avait déjà vu me livrer à des tentatives de rénovation.

A cinq heures moins vingt, j'avais retiré quatre des six carreaux descellés et tartiné leur emplacement d'une petite couche de ciment. Je remis la télé en marche, avec l'intention de prêter une vague oreille aux infos tout en réparant mon carrelage, mais Eugene Dersh apparut à l'écran, debout devant chez lui tandis qu'une dizaine de flics allaient et venaient dans le champ de la caméra en transportant des cartons pleins de pièces à conviction. Il avait l'air inquiet. Je changeai de chaîne et tombai sur une interview enregistrée de Dersh. A l'abri de la porte de sa maison, entrebâillée de quelques centimètres, il disait :

— Je ne comprends rien à cette histoire. Tout ce que j'ai fait, c'est découvrir le corps de cette malheureuse fille. Je n'ai tué personne.

Je changeai de nouveau de chaîne, et je vis Krantz

cerné de journalistes. Chaque fois que l'un d'eux posait une question, Krantz répondait :

— Sans commentaire.

Je coupai le poste.

— Ce Krantz. Quel con.

A six heures vingt, j'avais repris ma tâche de carreleur quand Lucy arriva, portant un grand sac blanc à l'enseigne d'un traiteur chinois.

— J'ai essayé de t'appeler pour te prévenir que l'affaire était sur le point d'éclater, me dit-elle.

— Je suis au courant. J'étais à Forest Lawn.

Elle déposa le sac sur le plan de travail.

— Qu'est-ce que c'est que ce bazar ?

— Je répare le carrelage.

— Oh.

Elle eut l'air à peu près aussi impressionnée que le chat.

— Elvis, tu crois que c'est lui ?

Dersh était déjà « lui ».

— Je n'en sais rien, Luce. Je ne pense pas. Krantz a envie de croire à la piste Dersh, et il pense que le meilleur moyen de prouver qu'il a raison, c'est de lui coller une telle pression sur le dos que Dersh finira par craquer. Tout ce qu'on voit là vient directement de Krantz. Il était déjà en train de planifier son coup quand j'ai quitté le Parker Center. Les journalistes se contentent de répéter ce que Krantz veut leur faire dire : Dersh est coupable parce que c'est ce que dit le profil du FBI.

— Attends un peu. Ils n'ont rien de concret pour relier Dersh aux meurtres ?

— Rien du tout.

Assis dans la poussière de ciment, sur mon carrelage, je lui racontai tout ce que je savais, à commencer par les informations de Jerry Swetaggen — sans le nommer. J'évoquai le rapport d'autopsie et celui de la police scientifique, ainsi que tous les détails appris de la bouche de Dolan. Pendant que je parlais, elle ôta ses chaussures, sa veste, et s'assit avec moi dans la poussière. Elle portait un tailleur à six cents dollars, mais elle s'asseyait quand même avec moi dans la poussière. Ah, l'amour.

Quand j'eus fini, Lucy dit :

— On se croirait dans l'Allemagne nazie.

— Il y a pire.

— Quoi ?

— Frank nous a virés, Joe et moi.

Elle me décocha un regard plein de compassion, me toucha le front.

— Sale journée, pas vrai ?

— Merdique.

— Un gros câlin, ça te dirait ?

— Quels sont mes autres choix ?

— Ce que tu voudras.

Même quand je suis tout au fond, elle est capable de me faire sourire.

Après que j'eus passé l'aspirateur dans la cuisine, Lucy mit un disque de Jim Brickman sur la chaîne pendant que je préparais à boire et, ensemble, nous entreprîmes de placer les barquettes de nourriture chinoise dans le micro-ondes pour les réchauffer. Nous en étions là quand la sonnette se fit entendre.

Samantha Dolan était sur le seuil.

— J'espère que je ne vous dérange pas.

— Pas le moins du monde.

Elle portait un jean et une chemise d'homme blanche sortie du pantalon. Ses yeux brillaient, mais ce n'était pas d'avoir trop pleuré. Son équilibre ne me parut pas très ferme.

En entrant, Dolan aperçut Lucy, restée dans la cuisine, et me prit par le coude.

— Je suppose que c'est la petite amie en question.

Elle avait un verre ou deux dans le nez, pas de doute. Elle me suivit dans la cuisine, où je fis les présentations.

— Lucy, voici Samantha Dolan. Dolan, Lucy Chenier.

— Vous n'êtes pas obligé de m'appeler Dolan, sapristi.

Elle tendit la main. Lucy s'en empara en disant :

— Ravie de vous rencontrer. J'ai cru comprendre que vous étiez dans la police.

Dolan garda sa main.

— Jusqu'ici, oui. (Son regard tomba sur nos verres.) Oh, vous en êtes à l'apéro. Ça vous dérange si je vous accompagne ?

Elle en avait plus d'un ou deux dans le nez.

— C'est du gin-tonic, dis-je. Ça vous va ?

— Vous avez de la tequila ?

Disons trois ou quatre.

Pendant que je lui servais à boire, Dolan tiqua en observant le carrelage.

— Qu'est-ce qui vous est arrivé ?

— Une réparation de fortune.

— C'est la première fois, hein ?

Tout le monde trouve toujours quelque chose à redire.

— On allait manger chinois, intervint Lucy. Vous voulez rester ?

Dolan lui sourit.

— Sacré accent. Vous êtes d'où ?

Lucy répliqua d'un joli sourire.

— De Louisiane. Et vous ?

— Bakersfield.

— On y élève des vaches, c'est bien ça ?

Je tendis à Dolan sa tequila.

— Alors, Dolan, qu'est-ce qu'il y a ?

— Krantz m'a virée de la force inter-services.

— Je suis désolé.

— Pas votre faute. Je n'aurais peut-être pas dû faire ce que j'ai fait, mais de toute façon je ne crois pas que ce soit vous qui ayez rameuté la presse. (Elle inclina son verre en direction de Lucy.) Même si votre petite amie ici présente en fait partie. De toute façon, je ne vous en veux pas, et je tenais à ce que vous le sachiez.

— Alors, qu'est-ce que vous allez faire ?

Elle rit, mais c'était le genre de rire qu'on lâche quand la seule solution serait de fondre en larmes.

— Rien. Pour l'instant, Bishop m'a laissée à la RHD, mais il ne va pas me lâcher comme ça. Il dit qu'il va laisser passer quelques jours en attendant que la température retombe, puis qu'il en parlera avec les directeurs adjoints et qu'il prendra les mesures qui s'imposent. Il envisage de me muter.

— Uniquement parce que vous avez confirmé à Elvis ce qu'il savait déjà ? demanda Lucy.

— Ils ne rigolent pas avec leurs petits secrets, au siège central de la police. Ils appellent ça compromettre le déroulement d'une investigation, et ils considèrent que c'est ce que j'ai fait. Si je suis assez gentille pour lécher le cul de Bishop, peut-être qu'il me gardera.

Lucy fronça les sourcils.

— Si c'est une affaire de discrimination sexuelle, il existe des recours légaux.

Dolan éclata de rire.

— Cher maître, sans la discrimination sexuelle, je ne serais même pas là. Ecoutez, ce n'est pas pour vous parler de ça que je suis là. (Son regard revint sur moi.) Je suis d'accord avec vous en ce qui concerne Dersh, Cole. Ce pauvre mec est en train de se faire entuber, mais il n'y a pas grand-chose que je puisse tenter pour le moment sans foutre en l'air le peu de perspectives de carrière qu'il me reste.

— D'accord.

— Krantz a raison sur un point dans cette histoire. Dersh et Ward nous mentent. J'étais derrière la glace sans tain quand Watts les a interrogés. On le sent un petit peu dans les transcriptions, mais de visu, ça sautait aux yeux. C'est ce qui explique que Krantz soit tellement sûr de lui.

— J'écoute. Sur quoi mentent-ils ?

— Aucune idée, mais je suis certaine que Ward a peur. Il sait quelque chose dont il ne veut pas parler. Je ne suis pas en position d'agir, mais vous, si.

J'acquiesçai.

— Ouais. Peut-être.

Dolan finit son verre et le reposa. Ça n'avait pas traîné.

— Je ferais mieux d'y aller. Excusez-moi d'avoir débarqué à l'improviste.

— Vous êtes sûre de ne pas vouloir rester dîner ?

Dolan atteignit la porte, se retourna, regarda Lucy.

— Merci quand même, mais je ne crois pas qu'il y en ait assez pour tout le monde.

Lucy lui décocha de nouveau son charmant sourire.

— Non. En effet.

Quand je regagnai la cuisine, Lucy avait sorti les barquettes du four et était en train de les ouvrir.

— Tu lui plais, commenta-t-elle.

— De quoi parles-tu ?

— Tu ne crois quand même pas qu'elle est venue uniquement pour te parler d'Eugene Dersh ? Tu lui plais.

Je ne répondis rien.

— La garce.

— Tu es jalouse ?

Lucy braqua sur moi son charmant sourire.

— Si j'étais jalouse, elle serait déjà en train de se faire recoudre aux urgences.

Pas grand-chose à répondre à ce genre d'argument.

Quand elle reprit la parole, sa voix était la douceur même.

— Alors, tu vas le faire ?

— Quoi ?

— Aider Dersh.

Je réfléchis un instant, puis hochai la tête.

— Je ne crois pas que ce soit lui, Lucille. Et si ce n'est pas lui, ça veut dire que Dersh n'est qu'un pauvre mec comme un autre, seul contre toute la ville.

Elle s'approcha et me prit dans ses bras.

— Je crois bien que c'est toi, beau gosse. Le dernier chevalier blanc.

Moi.

19

Lake Hollywood était silencieux le lendemain matin, l'air encore tiède aux premières heures du jour. J'y arrivai juste après le lever du soleil, dans l'espoir de devancer les journalistes et les curieux — ce qui fut le cas. Marcheurs et joggeurs tournaient à leur habitude sur les sept kilomètres de pourtour, mais je ne trouvai personne en train de contempler bouche bée le lieu du crime ; à vrai dire, tout se passait comme si personne n'était conscient de son existence.

La police, en libérant l'accès au site, avait retiré ses bandes de plastique jaune et ses uniformes de faction. Je laissai ma voiture près du portail et descendis sur le sentier, à travers les sous-bois, jusqu'à l'endroit où avait été retrouvée Karen Garcia. Les multiples empreintes laissées par les hommes du coroner étaient toujours là, bien nettes dans la terre meuble. Quelques taches de sang séché, couleur de rose morte, marquaient l'emplacement de son dernier repos.

J'examinai les lieux un moment et m'éloignai vers le nord, le long de la rive, en comptant mes pas. En deux points, la berge se dérobait si abruptement et était envahie d'une telle profusion végétale que je dus retirer mes chaussures et patauger dans l'eau, mais pour le reste le bord du lac était plat et assez dégagé pour qu'on puisse l'arpenter tranquillement.

A cinquante-deux pas des taches de sang, je tombai sur une bande de plastique orange d'une quinzaine de centimètres, attachée autour d'un arbre là où Dersh et Riley avaient atteint la rive. La pente était escarpée ; on voyait nettement leurs empreintes, avec de-ci de-là des traces de glissade qui serpentaient à travers un bouquet d'arbres de petite taille. Je les suivis en sens inverse, et très vite je dus me frayer un chemin à travers une épaisse couverture de fougères avant d'émerger d'un seul coup sur le sentier. Là aussi, je découvris une autre bande orange, indiquant certainement l'endroit où Dersh avait dit à l'inspecteur que son ami et lui avaient quitté le sentier.

Je longcai le sentier sur une centaine de mètres, revins sur mes pas, parcourus une distance équivalente dans l'autre sens. Le lac était visible d'un peu plus haut sur le sentier, mais pas de l'endroit où était la bande orange, et je me demandai pourquoi les deux hommes avaient justement choisi d'entamer là leur descente. Les sous-bois étaient touffus, la voûte des arbres dense, la lumière plus que médiocre. N'importe quel gamin ayant deux ans de scoutisme derrière lui aurait choisi un autre endroit pour quitter le chemin. Evidemment, peut-être que ni Dersh ni Ward n'avaient jamais fait de scoutisme — ou peut-être que l'un d'eux avait été pris d'une soudaine envie de pisser. Peut-être aussi qu'ils s'étaient dit qu'après tout cet endroit en valait un autre, même si ce n'était pas le cas.

Je repris ma voiture, redescendis la colline jusqu'au Jungle Juice, empruntai l'annuaire pour chercher les coordonnées de Riley Ward & Associés. Après avoir noté le numéro et l'adresse, je mis le cap sur West Hollywood.

Ward avait ses bureaux dans une maison Art nouveau restaurée, sur ce qui avait été autrefois une rue résidentielle au sud de Sunset Boulevard. La bâtisse s'ornait d'un joli perron et de boiseries sophistiquées, repeintes en couleurs gaies — pêche et turquoise — dont aucune n'était assortie aux deux camionnettes de télévision stationnées le long du trottoir.

Je me garai sur l'embryon de parking attenant à un cabinet dentaire, et j'attendis. Deux personnes entrèrent dans le bâtiment, dont un envoyé spécial que je reconnus sans peine à son allure de surfeur. Elles passèrent environ trois minutes à l'intérieur, puis ressortirent et restèrent plantées à côté de leur camionnette, visiblement déçues. Soit Ward refusait les interviews, soit il n'était pas là.

Un troisième véhicule de presse arriva. Deux jeunes mecs en sortirent : un Asiatique à lunettes d'écaille noires et un blond aux cheveux ultracourts. L'Asiatique s'était fait faire des mèches blanches dans le style eurotrash. Les nouveaux venus rejoignirent le surfeur et son ami, et tous les quatre étaient en train de rire de quelque chose quand une jeune femme descendit de la seconde camionnette et les rejoignit. Elle portait une robe de printemps jaune vif, des chaussures à semelles épaisses dans lesquelles il devait être impossible de marcher, et des lunettes oblongues. Victimes de la mode.

Je m'approchai en souriant comme si on était tous du même bord.

— Vous êtes là pour Ward, les mecs ?

Le surfeur secoua la tête.

— Il ne veut rien savoir. On l'attend quand même.

— Il n'y est peut-être pas.

La fille en robe canari répondit :

— Oh si, il y est. Je l'ai vu entrer ce matin.

— Ah.

Je traversai la rue en direction du perron.

— Laissez tomber, *amigo*, me lança la fille. Il ne vous recevra pas.

— C'est ce qu'on va voir.

Le petit perron donnait sur ce qui avait été autrefois le salon et qui était devenu une réception. Une forte odeur de café planait dans la petite maison, couvrant à demi une odeur plus suave. Une jeune femme en justaucorps noir et veste assortie me décocha un coup d'œil suspicieux depuis son bureau de verre, sur lequel une plaque d'identification disait « Holly Mira ».

— Puis-je vous être utile ?

— Bonjour, Holly. Je m'appelle Elvis Cole et je viens voir M. Ward.

Je lui tendis ma carte de visite et précisai en baissant le ton :

— A propos de Karen Garcia.

Elle posa ma carte sur la table sans la regarder.

— Je regrette. M. Ward ne donne aucune interview.

— Je ne suis pas journaliste, Holly. Je travaille pour la famille de la victime. Vous comprendrez qu'elle se pose des questions.

Son visage s'adoucit un peu mais elle continua d'ignorer ma carte.

— Vous travaillez pour la famille ?

— La famille Garcia. Son avocat s'appelle Abbot Montoya. Vous pouvez lui téléphoner si vous le souhaitez. (Je sortis la carte que m'avait donnée Montoya et la plaçai sur le bureau à côté de la mienne.) S'il vous plaît, dites à M. Ward que la famille lui sera reconnaissante. Et que je promets de ne pas lui prendre beaucoup de temps.

Holly jeta un coup d'œil aux deux cartes et me gratifia d'un sourire timide.

— Vous êtes vraiment détective privé ?

Je fis le modeste.

— Disons que je suis même ce que vous pourriez appeler l'archétype du détective privé.

Le sourire de Holly s'élargit.

— Il attend un coup de téléphone important, mais je suis sûre qu'il vous recevra.

— Merci, Holly.

Deux minutes plus tard, Riley Ward arriva dans la réception sur les talons de Holly ; maintenant, c'était lui qui tenait mes cartes de visite. Il portait une chemise bordeaux boutonnée jusqu'au cou, un pantalon gris à triple pince et une paire de mocassins italiens gris clair, mais cette tenue élégante ne suffisait pas à masquer sa tension.

— Monsieur Cole ?

— Exact. Etant donné les circonstances, je vous remercie de me recevoir.

Il agita les cartes, l'air nerveux et très mal à l'aise.

— C'est hallucinant. Un vrai cauchemar.

— J'imagine.

— Je veux dire, on n'a rien fait d'autre que de la retrouver, et voilà que… tout de même, Gene n'est pas un tueur. Il n'a rien à voir là-dedans. Je vous en prie, dites-le à la famille. Je sais qu'ils ne me croiront pas, mais ce n'est pas lui.

— Oui, monsieur. Je transmettrai. Cela dit, ce n'est pas pour M. Dersh que je suis ici. Je tâche de répondre à certaines interrogations de la famille, si vous voyez ce que je veux dire. Notamment à propos du corps.

Je décochai un regard oblique à Holly avant de baisser les yeux vers le sol, histoire de suggérer que les interrogations de la famille méritaient d'être évoquées de façon privée.

Ward acquiesça.

— Bon, d'accord. Passez donc dans mon bureau.

La pièce était spacieuse, meublée d'une grande table de bois massif, d'un canapé moelleux et de deux fauteuils assortis. Quelques photos de Ward avec une jolie femme et deux enfants à incisives de lapin s'alignaient sur une étagère derrière le bureau. D'un geste, il m'indiqua le canapé.

— Puis-je vous offrir une tasse de café ?

— Non, merci.

Riley Ward épia un instant par la fenêtre les véhicules de presse et s'assit sur le fauteuil qui faisait face aux photos.

— Ces gens sont en train de me rendre dingue. Ils

sont venus chez moi. Ils étaient déjà ici à mon arrivée ce matin. C'est dément.

— Certainement.

— Et maintenant, me voilà obligé de perdre une journée de travail pour recruter un avocat. Et c'est tellement pire pour ce pauvre Gene…

— Oui, monsieur. C'est exact.

Je sortis un calepin, comme si j'avais l'intention de prendre des notes, et je me penchai en avant avec un rapide coup d'œil en direction des fenêtres.

— Monsieur Ward, ce que je vais vous dire… Voyez-vous, j'apprécierais beaucoup que cela ne sorte pas d'ici, d'accord ? La famille apprécierait. En parler risquerait de nuire au déroulement de l'enquête.

Ward me fixa, le regard plein d'appréhension. J'aurais presque pu l'entendre penser : *Quoi encore ?*

J'attendis.

Il finit par s'apercevoir que j'attendais, hocha la tête.

— D'accord. Oui. Bien sûr.

— La famille pense que les policiers sont à côté de la plaque en ce qui concerne M. Dersh. Nous ne sommes pas sûrs du tout qu'ils tiennent le bon suspect.

Une lueur d'espoir éclaira son visage, et je me sentis tout à fait dégueulasse.

— Bien sûr que non. Gene n'aurait jamais fait une chose pareille.

— Je suis d'accord avec vous. Donc, la famille et moi, eh bien, nous menons notre propre enquête. Si vous voyez ce que je veux dire.

Entrevoyant un moyen d'aider son ami Gene, Ward s'empressa d'approuver. J'enchaînai :

— Voilà pourquoi j'aurais quelques questions à vous poser, vous comprenez ?

— Naturellement. Je ferai tout ce que je peux pour vous aider.

Impatient. Prêt à collaborer.

— D'accord. Génial. J'aimerais savoir pourquoi vous avez quitté le sentier.

Ward fronça les sourcils. Brusquement, il n'était plus du tout aussi impatient.

— Nous voulions voir le lac.

Je souris. L'amitié personnifiée.

— Je sais, mais il se trouve qu'après avoir lu vos deux dépositions, je me suis rendu sur place et j'ai arpenté le site.

Ward pinça les lèvres, jeta un coup d'œil à sa montre, et cria en direction de la porte :

— Holly, ce fichu avocat n'a toujours pas appelé ?

De loin, elle hurla :

— Pas encore, Riley.

— J'ai retrouvé le repère de plastique dont les flics se sont servis pour marquer l'endroit où vous avez quitté le chemin. A cet endroit, les sous-bois sont très denses.

Il croisa les bras, visiblement embarrassé, et son froncement de sourcils s'accentua.

— Je ne comprends pas. La famille veut vraiment savoir ce genre de chose ?

— Je suis simplement curieux de savoir pourquoi vous avez quitté le sentier à cet endroit. Il aurait été plus facile de descendre ailleurs.

Riley Ward me fixa pendant trente bonnes secondes sans esquisser le moindre mouvement. Il s'humecta les lèvres, réfléchissant avec une telle intensité qu'on aurait presque pu entendre grincer les rouages de son cerveau.

— En fait, répondit-il enfin, nous n'en avons pas discuté. Nous n'avons pas recherché le meilleur endroit pour descendre. Nous sommes descendus là, c'est tout.

— Dix mètres plus loin, les broussailles étaient nettement plus clairsemées.

— Nous avons eu envie de descendre au bord du lac, nous sommes descendus au bord du lac.

Ward se leva soudain, alla à la porte, apostropha Holly.

— Rappelez-le pour moi, voulez-vous ? Je ne supporte pas cette attente. (Il fourra les mains dans ses poches, les ressortit, m'adressa un geste.) Qu'est-ce que ça peut faire si nous avons quitté le sentier à cet endroit ? En quoi est-ce que ça pourrait avoir de l'importance ?

— Si vous avez quitté le sentier à cet endroit parce qu'une personne d'aspect menaçant vous a fait peur, ça pourrait avoir une importance énorme. Cette personne pourrait être le meurtrier.

Ward tiqua en me regardant, et d'un seul coup se détendit. Comme si la chose qui l'inquiétait venait brutalement de disparaître aux confins de l'horizon. Un embryon de sourire lui retroussa le coin de la bouche.

— Non, je regrette. Personne ne nous a fait peur sur le sentier. Nous n'avons vu personne.

Je fis semblant de prendre note.

— C'est tout ce qui s'est passé ? Gene a dit : « Descendons ici », et vous l'avez suivi ? Il n'y a vraiment rien eu d'autre ?

— Rien du tout. Je regrette de n'avoir vu personne là-haut, monsieur Cole. Surtout maintenant. Je le regrette pour la fille. J'aurais aimé pouvoir vous être utile, mais ça m'est impossible. J'aurais aimé pouvoir aider Gene.

J'examinai un moment mon calepin, comme s'il m'avait manqué un élément. Je tapotai la page avec mon stylo.

— Ne pourrait-il pas y avoir une autre raison ?

— Je ne vois pas ce que vous voulez dire.

— Une raison qui expliquerait que vous ayez quitté le sentier à cet endroit précis. (Je le fixai dans le blanc des yeux.) Peut-être pour faire quelque chose… et que vous ne vouliez pas de témoin.

Riley Ward blêmit, et à cet instant précis Holly apparut sur le seuil.

— Riley, M. Mikkleson est en ligne.

Ward sursauta, comme piqué par une guêpe.

— Enfin, grâce au ciel ! Mon avocat, monsieur Cole. Il faut absolument que je prenne son appel.

Il repassa derrière son bureau et décrocha le téléphone. Sauvé par le gong.

Je rempochai mon calepin et rejoignis Holly à la porte.

— Merci de m'avoir reçu, monsieur Ward. J'apprécie.

Il hésita, plaqua sa paume contre le combiné.

— Monsieur Cole... Transmettez mes condoléances à la famille. Gene n'a fait aucun mal à cette jeune femme. Il a seulement voulu se rendre utile.

— Je transmettrai. Merci encore.

Je suivis Holly jusqu'à la porte d'entrée. Les journalistes étaient toujours là, agglutinés sur le trottoir. Un quatrième véhicule s'était rallié aux autres.

— On dirait que c'est quelqu'un de gentil, remarquai-je.

— Oh, Riley est un ange.

— On ne peut pas lui reprocher d'être nerveux.

Holly m'ouvrit la porte, incapable de réprimer un minuscule sourire.

— Ma foi, il a dû répondre à un tas de questions délicates.

— Comment ça, délicates ?

— Riley et Gene sont des amis proches.

Elle me regarda avec insistance.

— Très proches.

Je sortis sur le perron, mais elle resta à l'intérieur.

— Plus que de simples compagnons de promenade ?

Elle hocha la tête.

— Vous voulez dire vraiment proches ?

Elle me rejoignit sur le perron, referma sans bruit derrière elle.

— Riley ne sait pas que nous sommes au courant, mais comment voulez-vous cacher ce genre de chose ? Gene a eu le coup de foudre pour Riley la première fois qu'il est entré dans le bureau, et je peux vous dire qu'il l'a dragué de manière éhontée.

— Ça dure depuis combien de temps ?

— Pas très longtemps. Riley « marche » avec Gene trois fois par semaine, mais nous, on sait ce qu'il en est.

Elle avait haussé les sourcils en le disant. Puis elle

jeta un coup d'œil par-dessus son épaule pour s'assurer que personne ne l'entendait.

— J'aimerais bien être draguée comme ça par un type bien.

Je lui adressai mon plus beau sourire.

— Je crois que ça ne devrait pas tarder, Holly.

Elle battit des cils. Rien que pour moi.

— Vous croyez ?

— J'ai déjà une amie, Holly. Désolé.

— Ma foi, si un jour vous changez d'avis…

Elle laissa sa phrase en suspens, me gratifia encore de son plus joli sourire, et rentra.

— Holly ?

Nouveau sourire.

— Ne répétez à personne ce que vous venez de me dire, d'accord ?

— Ça restera entre nous.

Elle referma la porte et disparut.

Je descendis le perron de la jolie maison Art nouveau et traversai en direction de ma voiture, sous les regards des journalistes et des cadreurs. Le surfeur, qui avait l'air de mauvais poil, me lança :

— Hé, Ward vous a reçu ?

— Tu parles. Ils m'ont juste laissé utiliser les toilettes.

Les journalistes émirent un soupir collectif et se détendirent. Ils se sentaient déjà beaucoup mieux.

Je m'installai derrière mon volant mais je ne mis pas le contact. Travailler sur une affaire, c'est un peu comme vivre une vie. On peut avancer un bon moment tête baissée, en creusant son sillon de son mieux, et tout à coup, quelque chose arrive, et le monde cesse d'être ce qu'on croyait. Tout à coup, la perception n'est plus la même, l'univers a changé de couleur, éclipsant ce qui était là auparavant et révélant des choses qu'on n'avait jamais vues.

Dans le temps, j'ai bien connu un homme, un policier ayant seize ans de maison, qui était et qui reste un homme bon et honnête, qui a été marié, fidèle à sa femme pendant toutes ces années, qui a eu trois enfants avec elle, un chalet à Big Bear, une vie agréable et heureuse, jusqu'au jour où il l'a plaquée pour en épouser une autre. Quand il m'a annoncé la nouvelle, j'ai dit que je ne savais pas que sa femme et lui avaient des problèmes, et il m'a répondu qu'il ne le savait pas non plus. Alors je lui ai demandé, comme font les amis, ce qui s'était passé. Il m'a donné une explication à la fois simple et terrible. Il m'a rétorqué : « Je suis tombé amoureux. » Il avait rencontré une femme à sa banque, et, le temps d'une brève conversation, son monde avait basculé. Illuminé par l'amour.

Je pensai à Riley Ward, à la femme et aux deux enfants en photo dans son bureau. Je me dis que lui aussi, peut-être, avait été ébloui. D'un seul coup, les incohérences de sa version par rapport à celle de Dersh, la raison pour laquelle il s'était montré évasif au cours de sa déposition, tout cela me parut avoir une cohérence indiscutable, n'en déplaise aux flics et aux détectives privés.

Si Dersh et Ward avaient quitté le sentier dans un endroit touffu, c'était pour se cacher des autres promeneurs. Ils ne voulaient pas être vus ; ils voulaient être invisibles.

Ils étaient descendus à cet endroit à cause de cette touffeur hostile, sans se douter une seconde que le corps de Karen Garcia les attendait et qu'il allait les forcer à concocter un mensonge pour expliquer comment ils s'étaient retrouvés dans un lieu aussi improbable. Ils avaient menti pour préserver le monde que chacun d'eux s'était bâti, mais, à présent, un autre mensonge, beaucoup plus grave, était venu démultiplier leur peur.

Je restai un moment immobile dans ma voiture, navré pour Riley Ward, sa femme, ses deux gosses et son amant secret, puis je démarrai pour prévenir Samantha Dolan.

Mon bureau était inondé de lumière dorée quand Dolan me rappela. Ça ne me gênait pas. J'en étais à ma deuxième canette de Falstaff, et déjà je pensais à la troisième. J'avais consacré l'essentiel de ma journée à répondre à mon courrier, à régler des factures, et à parler à mon horloge ornée d'une tête de Pinocchio. Pinocchio ne m'avait pas encore répondu, mais peut-être qu'après quelques bières de plus…

— Elle parle comme Scarlett O'Hara, nom d'un chien, attaqua Dolan au bout du fil. Comment faites-vous pour supporter ça ?

— Je suis allé voir Ward ce matin. Vous aviez raison. Dersh et lui ont menti.

Je vidai le fond de ma canette et lorgnai le frigo. J'aurais dû m'en sortir une troisième avant de répondre au téléphone.

— Je vous écoute.

— Ward et Dersh ont quitté le sentier parce qu'ils sont amants.

Dolan resta muette, puis :

— Ward a dit ça ? Il vous a dit que c'était pour cette raison qu'ils ont quitté le sentier ?

— Non, Ward ne m'a pas dit ça. Il a une femme et deux gosses, et je vous fiche mon billet qu'il serait prêt à faire à peu près n'importe quoi pour éviter qu'ils l'apprennent.

— Ne vous énervez pas.

— Je l'ai appris par quelqu'un qui travaille chez lui. C'est tout, Dolan, et il m'a fallu à peu près vingt minutes pour arriver à ce résultat. Je suppose que vous autres, les flics, vous ne vous cassez pas trop le cul à interroger des tiers.

— Ne vous énervez pas, je vous dis.

Je passai quelques secondes à écouter son souffle. Probable que, dans le même temps, elle était en train d'écouter le mien.

— Ça va ? finit-elle par demander.

— Ça me fait vraiment chier pour Dersh. Ça me fait vraiment chier de savoir que toute cette merde va être divulguée et que la famille de Ward va en supporter les conséquences.

— Vous voulez qu'on aille prendre un verre ?

— Sur ce plan-là, je me débrouille très bien tout seul.

Elle garda un moment le silence. J'envisageais d'aller me chercher en catimini ma bière suivante, mais je m'abstins. Pinocchio me tenait à l'œil.

— J'allais vous appeler de toute façon, reprit-elle.

— Pourquoi ?

— On a retrouvé Edward Deege.

— Il sait quelque chose ?

— On n'est pas près de le savoir. Il est mort.

Je me carrai dans mon fauteuil et tournai la tête vers la porte-fenêtre. Parfois, les mouettes traversent le ciel à tire-d'aile, ou bien elles se laissent porter par le vent, mais à ce moment-là l'azur était désespérément vide.

— Un ouvrier l'a retrouvé là-haut dans un bac à ordures, près du lac. On dirait qu'il a été tabassé à mort.

— Vous ignorez ce qui s'est passé ?

— Il s'est probablement accroché avec un autre SDF. Vous savez comment ça se passe. Peut-être qu'il s'est fait dépouiller, peut-être qu'il a piqué les affaires d'un collègue. La Hollywood Division est sur le coup. Je suis désolée.

— Qu'est-ce que vous allez faire pour Ward ?

— Je vais transmettre l'info à Stan Watts et le laisser s'occuper du suivi. Stan est un type bien. Il essaiera d'y aller mollo.

— Génial.

— C'est la seule chance de Dersh.

— Génial.

— Vous êtes sûr, pour ce verre ?

— Sûr et certain. Une autre fois, peut-être.

Quand Dolan reprit la parole, sa voix était calme.

— Vous savez quoi ?

— Quoi ?

— Si vous êtes en rogne, ce n'est pas uniquement à cause de Ward.

Et elle raccrocha, me laissant seul à me demander ce qu'elle avait voulu dire par là.

20

Ce jour-là

La douleur répand sa brûlure en lui de la même façon que sa peau d'enfant brûlait lorsqu'il était battu — une brûlure si intense que ses nerfs se tortillent comme des vers électriques à l'intérieur des galeries qu'ils creusent sous sa peau. Cette douleur peut devenir tellement atroce qu'elle l'oblige parfois à se mordre les bras pour s'empêcher de hurler.

Tout est une question de contrôle.

Il le sait.

Si tu te contrôles, ils ne pourront pas te faire de mal.

Si tu es maître de toi-même, ils paieront.

Le tueur emplit la première seringue de Dianabol, un stéroïde à la méthandrosténolone acheté au Mexique, et se l'injecte dans la cuisse droite. Dans la seconde, il met de la somatotropine, une hormone de croissance synthétique, elle aussi obtenue au Mexique, conçue à l'origine pour être administrée au bétail. Il se l'injecte dans la cuisse gauche et goûte la sensation de brûlure qui accompagne toujours l'injection. Il y a une heure, il a avalé deux tablettes d'androstène pour accroître sa production naturelle de testostérone. Il va attendre quelques minutes, puis il s'installera sur son banc de musculation et s'exercera jusqu'à ce que ses muscles grincent et craquent. C'est seulement alors qu'il se reposera. Pas de victoire sans effort, et il faut encore qu'il gagne en masse, en force, en puissance, parce qu'il y a encore du meurtre dans l'air.

Il admire son corps nu dans le miroir en pied, bande ses muscles. Ils roulent sous la peau fine. Tablettes de chocolat. Profanation de la chair par les tatouages. Mignon. Il chausse ses lunettes noires. Encore mieux.

Le tueur se recouche sur son banc et attend que les molécules se soient diffusées dans ses veines. Il est content que la police ait enfin retrouvé le corps d'Edward Deege. Ça fait partie de son plan. A cause de ce corps, les flics vont interroger les voisins. Les indices qu'il a semés dans le secteur seront découverts, et ça aussi, ça fait partie du plan ; un plan qu'il a modelé aussi méticuleusement qu'il modèle son corps. Et sa vengeance.

Il s'exhorte à la patience.

Les manuels militaires disent qu'aucun plan d'action ne survit au premier engagement face à l'ennemi. Qu'on doit savoir s'adapter. Qu'on doit permettre au plan d'évoluer.

Son plan s'est déjà transformé plusieurs fois — Edward Deege représente une de ces transformations — et il se transformera encore. Dersh, par exemple. Toute cette attention accordée à Dersh l'a exaspéré jusqu'à ce qu'il s'aperçoive que Dersh pouvait être intégré à son plan, comme Deege. Une révélation. Un délicieux moment quand, par le biais de Dersh, son plan a évolué de la mort à la prison perpétuelle. A l'humiliation. A la honte.

Le tout est de s'adapter.

Lui-même se transforme. Tout le monde le trouve tellement silencieux. Tout le monde le trouve tellement réservé.

Il est ce qu'il a besoin d'être.

Le tueur se détend, laisse dériver ses pensées, mais

elles ne le mènent ni vers Dersh, ni vers son plan, ni vers sa vengeance ; elles dérivent vers cet horrible jour. Il aurait dû se méfier. Il est sans cesse renvoyé à ce jour-là, comme une torture. Mieux vaut jouer la partie d'échecs permanente de son plan que de se vautrer dans la souffrance, mais pendant toutes ces années il n'a rien eu d'autre que cette souffrance. Sa souffrance le définit.

Il sent venir les larmes qu'il n'a jamais permis à personne d'apercevoir, presse les paupières. Le liquide sourd derrière ses lunettes noires, traçant un sillon d'amères réminiscences.

Les coups pleuvent. Le cuir de la ceinture lui mord la chair jusqu'à l'engourdissement. Des coups de poing lui martèlent les épaules et le dos. Il hurle, supplie et pleure, mais les personnes qui l'aiment le plus sont aussi celles qui le haïssent le plus. Rien ne vaut le foyer. Courir. Marcher. Un car. Il fuit un lieu où la bonté et la cruauté se confondent, où l'amour et l'exécration sont impossibles à distinguer. Il est devant un bar quand un homme s'approche. Un homme bon, qui comprend sa souffrance. La main de cet homme se pose sur son épaule. Des paroles de consolation et d'amitié. L'homme s'intéresse à son sort. Le réconforte. Et tout le reste en découle avec une infinie facilité. L'amour. La dépendance. La trahison. La vengeance. Le remords.

Il se rappelle ce jour-là avec une netteté insoutenable. Il en revoit chaque image, comme si le film de sa vie avait été découpé plan par plan, en images crues et claires, aux couleurs brillantes et tranchées. Le jour où ceux qu'il hait plus que tout lui ont pris l'homme. Ils l'ont pris, ils l'ont détruit, ils l'ont tué. Ce jour-là, après tant d'années et tant de changements, continue de brûler si profondément en lui que c'est comme si chacune de ses cellules était marquée au fer rouge.

Il a déconné pendant des années, jusqu'à trouver le contrôle de lui-même. Jusqu'à maîtriser ses sentiments et sa vie. Il s'est dominé, retenu, préparé afin de pouvoir accomplir ce qu'il a à accomplir.

Les larmes cessent, il rouvre les yeux. Il essuie le résidu liquide et s'assied.

Contrôle.

Il est dans le contrôle.

La perte doit être réparée, et il a désormais les moyens qu'il faut à sa disposition. Il n'est plus faible. Il n'est plus démuni.

Il a un plan de vengeance contre ceux qui lui ont fait le plus de mal, et il a une liste de conspirateurs.

Il les tue un par un parce que la vengeance est une salope, et qu'il est le salopard le plus dangereux à avoir circulé parmi les anges, dans les rues de cette ville.

Les militaires appellent ça le « dévouement à la mission ».

Son dévouement à sa mission passe avant tout le reste.

Ils paieront.

Il repousse son banc d'exercice et contracte ses muscles face au miroir, jusqu'à tendre sa peau au maximum, faire ressortir ses veines, flamboyer les flèches rouge vif qui marquent ses deltoïdes.

Dersh.

Le rêve de Pike

Il courait hors des sentiers parce que c'était plus dur. Les branches des arbres morts lui lacéraient les jambes comme des griffes jaillies de l'humus. Les feuilles brunes qui tapissaient le sol de la forêt le faisaient glisser chaque fois qu'il zigzaguait ou se contorsionnait pour éviter un arbre, des ronces, un trou d'eau, ce qui lui permettait d'améliorer son équilibre. Il ne pouvait pas adopter le rythme régulier d'un coureur parce qu'il devait sans cesse escalader des enchevêtrements d'arbres morts, enjamber de grosses branches horizontales, mais c'était pour cela qu'il courait de cette façon.

Le manuel d'entraînement des marines qu'il avait acheté d'occasion chez un bouquiniste appelait cela le fartlek. *Une invention des Suédois, devenue ensuite la base du légendaire parcours du combattant chez les marines. Selon le manuel, seul un entraînement dur pouvait former des hommes durs.*

Joe Pike, âgé de quatorze ans.

Il adorait l'odeur des bois en hiver et la paix que procurait la solitude. Il y passait autant de temps que possible, à lire, à réfléchir et à appliquer les préceptes du manuel, devenu sa bible. Il trouvait une forme de joie dans l'épuisement, et une sensation d'accomplissement dans le fait de transpirer. Joe avait décidé de s'engager dans les marines lors de son dix-septième anniversaire. Il y pensait chaque jour, il en rêvait la nuit. Il se voyait déjà droit comme un i dans son uniforme, ou bien se faufilant à travers les jungles asiatiques pendant la guerre qui se livrait en ce moment à un demi-monde de distance (même s'il n'avait que quatorze ans et si cette guerre s'achèverait sans doute bientôt). Il avait déjà emmagasiné mille visions différentes de lui-même en marine, mais, à dire vrai, il se voyait le plus souvent montant dans le car qui l'emmènerait loin de son père. Il avait déjà sa propre guerre à livrer ici. A la maison. Celle du Vietnam ne pouvait pas être pire.

Joe était grand pour son âge et commençait à s'étoffer. S'il avait l'air assez vieux à seize ans, il aurait une chance de convaincre sa mère de falsifier ses papiers d'engagement pour lui permettre de rallier le corps encore plus tôt. Elle le ferait peut-être pour lui.

Si elle vivait assez longtemps.

A l'approche de la fin de son parcours, il donna tout ce qu'il avait. Son souffle produisait de la buée dans l'air glacé, mais, bien qu'il ne portât qu'un short rouge, des chaussures de marche montantes et un tee-shirt vert sans manches, il était luisant de sueur et ne sentait pas le froid. Après avoir longé le torrent vers l'amont pendant près d'une heure, il avait fait demi-tour, et à présent il atteignait presque son point de départ quand il entendit un rire et s'arrêta net. Le torrent coulait au pied d'un talus en contrebas d'une route de campagne gravillonnée ; à quelque distance de lui, deux garçons et une fille apparurent en haut du talus et entreprirent de descendre l'étroit sentier menant au cours d'eau.

Il se replia entre les arbres.

Ils étaient plus âgés que Joe, plus grands aussi, en ce qui concernait les garçons, et il estima qu'ils devaient être en train de terminer leur scolarité au lycée où il venait d'entrer. Dix-sept ans environ.

Le plus costaud était un grand gaillard au visage dur, rouge et grêlé. Il marchait en tête, écartant au passage les branches basses et portant un sac en bandoulière. L'autre garçon fermait la marche. Il avait des cheveux longs, comme les hippies, et une moustache filandreuse assez ridicule, mais ses épaules et ses cuisses étaient musclées. Une cigarette pendait entre ses lèvres. La fille, bâtie en forme de poire, avait un gros derrière. Tous ses traits semblaient converger vers la partie centrale d'un visage lunaire, avec des yeux qui n'étaient que deux fentes étroites et avaient un petit air vicieux. Elle transportait un bidon d'essence, semblable à celui que Joe utilisait pour remplir la tondeuse à gazon, et elle riait.

— Pas b'soin de crapahuter jusqu'à l'Afrique, Daryl, lança-t-elle. Y a personne dans le coin.

Lorsqu'elle prononça son prénom, Joe identifia le premier garçon, celui du sac en bandoulière. Daryl Haines avait été renvoyé du lycée et travaillait maintenant à la station Shell. Pendant un temps, il avait vendu des cigarettes et des bonbons au drugstore, mais on l'avait surpris en train de piocher dans la caisse et on l'avait viré. Il avait dix-huit ans au moins, peut-être davantage. Un jour, Daryl s'était occupé de faire le plein de la Kingswood de M. Pike, mais celui-ci avait découvert une coulée de gazole sur la peinture. Il avait attrapé ce cul-terreux et lui en avait fait voir de toutes les couleurs. Depuis, quand M. Pike allait chez Shell, il se servait lui-même à la pompe, et Daryl prenait soin de se garer le cul à bonne distance. Un jour, son père l'avait montré du doigt à Joe en disant :

— Ce gosse n'est qu'un sac à merde.

Joe entendit Daryl répondre à la fille :

— Du calme, chérie. Je sais où je vais.

La fille rit de plus belle, et dans ses petits yeux fendus brilla une lueur qui n'était plus vicieuse, mais carrément cruelle.

— Je vais pas attendre toute la journée pour m'éclater, Daryl. Tu te dégonfles, ou quoi ?

Le garçon qui fermait la marche, celui à la cigarette, fit entendre un bruit de pet.

Daryl freina des quatre fers et le foudroya du regard.

— Tu veux que je te botte ton cul merdeux, connard ?

Le garçon à la cigarette ouvrit les paumes.

— Oh, mec, non. C'était juste pour rigoler.

— Connard.

La fille regarda le garçon à la cigarette et imita à son tour un bruit de pet.

Cette repartie parut plaire à Daryl, qui reprit sa marche sur le sentier.

Joe les laissa prendre un peu d'avance et suivit le mouvement. Il se déplaçait avec précaution, prenant son temps pour ne pas marcher sur les brindilles, évitant les feuilles chaque fois que c'était possible, et, quand cela ne l'était pas, en enfonçant ses orteils sous la couche sèche pour que son poids porte sur la litière humide. Pike passait tellement de temps en forêt qu'il avait appris à s'y fondre, pistant sans difficulté les daims à queue blanche qui paissaient dans les parages. Il trouvait du réconfort à s'intégrer dans ce milieu au point d'en devenir invisible. Un jour, son père l'avait poursuivi dans les bois, derrière la maison, mais Joe s'était si bien fondu dans le décor que le vieux ne l'avait jamais retrouvé. Se cacher, c'était la sécurité.

Ils n'allèrent pas loin.

Daryl conduisit les deux autres vers l'amont, jusqu'à une petite clairière. Un endroit souillé de restes de feux de joie et de canettes de bière, où les jeunes du coin aimaient venir se saouler.

— Ah, quand même ! s'exclama la fille. Allez, sors-le du sac, qu'on rigole un peu.

Le mec à la cigarette dit quelque chose que Pike n'entendit pas, et rit. Arf-arf-arf. Un rire profondément niais.

Daryl posa son sac par terre et en sortit un petit chat noir. En le soulevant par la peau du cou, il dit :

— T'as pas intérêt à me griffer, fils de pute.

Pike se faufila jusqu'au lit du torrent, marchant dans la terre meuble pour pouvoir s'approcher un peu plus. Le chat était adulte, mais de petite taille, et Pike se dit que c'était sans doute une femelle. La bestiole se fit toute petite entre les mains de Daryl, fixant sur lui des yeux dorés écarquillés de terreur. Effarouchée par le trajet en sac, par ces gens et aussi par les bois. Les chats n'aiment pas les lieux inconnus, où les risques d'agression sont accrus. La petite chatte fit entendre un miaulement suraigu que Pike trouva triste. Elle n'avait qu'une oreille, et Pike se demanda comment elle avait perdu l'autre.

La fille dévissa le bouchon du bidon, aussi radieuse que si elle venait de gagner un prix.

— Arrose-la bien, Daryl !

Le mec à la cigarette dit :

— T'aurais dû prendre de l'essence.

— C'est mieux avec de la térébenthine ! se défendit la fille. T'y connais quelque chose, toi ?

A l'entendre, on aurait cru qu'elle avait déjà fait cela des centaines de fois. Pike se dit que c'était peut-être le cas.

Pour la première fois en deux heures, il se sentit

gagner par le froid. Ils allaient brûler cette chatte. Lui mettre le feu. L'écouter hurler. La regarder souffrir et se convulser jusqu'à la mort.

— File-moi le bidon, ordonna Daryl. Allez, grouille-toi, cette petite saloperie essaie de me mordre.

Daryl s'efforça de maintenir la chatte plaquée au sol aussi loin que possible de son corps, pendant que le garçon à la cigarette prenait le bidon et l'aspergeait de térébenthine. Au contact de la térébenthine, la chatte se débattit furieusement et tenta de s'enfuir.

— C'est moi qui l'allume, dit la fille, le regard brillant et laid.

— Putain, dit Daryl, fais gaffe à pas me foutre le feu.

Le garçon à la cigarette sortit des allumettes soufrées de sa poche de chemise, dont la plupart tombèrent au sol. La fille en prit une d'un geste sec, essaya de la gratter contre la braguette de son jean.

— Magne-toi, merde ! fit Daryl. Je vais pas tenir cette saloperie jusqu'au soir !

Joe Pike dévorait des yeux les deux garçons et la fille. Sa poitrine se soulevait et retombait aussi fort que s'il était encore en train de courir.

La première allumette se brisa, et la fille cria :

— Merde !

Elle en ramassa une seconde, la gratta sur sa braguette, et celle-ci s'enflamma.

— C'est parti ! s'exclama le mec à la cigarette.

— Grouille, fit Daryl.

Joe ramassa une grosse branche morte dans la boue. Elle mesurait environ un mètre de longueur et cinq ou six centimètres de diamètre. Le bruit de succion qu'elle produisit en se détachant de la vase fit tourner la tête aux trois adolescents. A la seconde suivante, Joe émergea au sommet du talus.

Le garçon à la cigarette fit un bond en arrière et faillit tomber à la renverse.

— Hé !

Les trois adolescents regardèrent fixement Joe, jusqu'à ce que le moment de surprise soit passé.

L'allumette brûla le bout des doigts de la fille. Elle la laissa tomber.

— Merde, dit-elle, c'est qu'un gosse.

Daryl dit :

— Tire-toi d'ici, face de pine, avant que je te botte le train.

La chatte se tortillait toujours. Joe sentait à présent l'odeur de la térébenthine.

— Lâche-la.

— Va te faire foutre, petit con ! cria la fille. Tu vas voir comment cette saleté va griller.

Et elle se pencha pour ramasser une autre allumette par terre.

Joe avait espéré qu'ils se contenteraient de partir. Qu'ils lâcheraient l'animal et qu'ils s'en iraient, parce qu'il les avait pris sur le fait. Il s'avança.

— Je ne vous laisserai pas brûler cette chatte.

Les yeux de Daryl se posèrent sur le bâton, sur Joe, et il sourit.

— On dirait que tu t'es déjà fait corriger, sac à merde. Si ça te dit, je peux te foutre aussi l'autre œil au beurre noir. Ou te faire remonter les roustons à la gorge.

Le gosse à la cigarette éclata de rire.

Un hématome violacé et vert pâlissait autour de l'œil gauche de Joe, vestige d'une mémorable raclée administrée par son père six jours plus tôt. Il jugea qu'en effet ces grands garçons pouvaient eux aussi lui foutre une raclée, mais tout de suite après, l'idée lui vint à l'esprit qu'il en avait si souvent reçu qu'une raclée de plus ou de moins ne changerait pas grand-chose. Cette idée lui parut drôle, et il eut soudain envie de rire, il crut même qu'il allait rugir de rire, mais tout ce qu'il réussit à faire, ce fut de retrousser le coin de sa bouche.

Les yeux de la petite chatte croisèrent ceux de Joe, et

il songea que ses yeux à lui devaient avoir le même genre d'éclat quand son père lui fichait une raclée.

Il avança encore vers Daryl.

— Faut être un sacré connard pour s'en prendre à un petit chat sans défense.

Daryl sourit plus largement, puis jeta un coup d'œil à la fille.

— Mets-y le feu, bon sang. Ensuite, je botterai le cul de ce sac à merde.

La seconde allumette flamboya, et la fille s'approcha du chat.

Le monde tel qu'il apparaissait à Joe Pike se rétrécit d'un seul coup, comme s'il le contemplait à travers le mauvais bout d'une lorgnette. Il sentit une sorte de calme étrange l'envahir — une paix quasi absolue — quand il souleva sa branche et s'élança vers Daryl. Celui-ci poussa un cri, surpris de voir que Joe allait vraiment l'attaquer, et se redressa pour résister à la charge. La chatte, soudain libre, se coula entre les arbres et disparut.

— Elle se barre, merde ! hurla la fille.

Comme si le rideau venait de retomber sans qu'elle ait pu assister à l'attraction principale.

Joe abattit son gourdin aussi fort qu'il put, mais sa branche était à moitié pourrie, et elle se brisa sur l'avant-bras de Daryl avec un craquement mou de bois mouillé.

Daryl se transforma aussitôt en un furieux moulin à vent : ses coups de poings atteignirent Joe au front et à la poitrine ; la seconde d'après, l'autre garçon attaqua Joe par-derrière et se mit à le frapper de toutes ses forces. Joe sentait leurs coups, mais curieusement ils ne s'accompagnaient d'aucune douleur. Tout se passait comme si, dans les profondeurs de lui-même, il était un petit garçon tapi seul dans une forêt obscure, assistant à la scène sans y participer.

La grosse fille avait surmonté sa déception, et elle trépignait maintenant, agitant les poings comme si elle encourageait son équipe de football à la fin d'un match extrêmement serré.

— Tuez-le ! Tuez ce fils de pute !

Joe, cerné par les deux garçons, tentait de les frapper avec l'énergie du désespoir. Le mec à la cigarette l'atteignit durement derrière l'oreille droite, et quand Joe se retourna pour lui faire face, Daryl lui décocha un coup de pied à l'arrière des genoux. Joe s'effondra.

Daryl et le mec à la cigarette se jetèrent sur lui, en abattant une grêle de coups sur le visage et le crâne et le dos et les bras de Joe, mais Joe ne sentait toujours rien.

Ces garçons étaient grands, mais son père l'était davantage.

Ils étaient forts, mais son père l'était davantage.

Joe se remit à genoux, puis debout, malgré les coups de poing et les coups de pied qui continuaient de pleuvoir.

Daryl Haines le frappa au visage, encore, encore et encore. Joe essaya de riposter, mais la plupart de ses coups étaient trop courts ou trop imprécis.

Quelqu'un lui fit un croc-en-jambe, et de nouveau il tomba.

Daryl Haines se remit à lui donner des coups de pied, mais son père donnait des coups de pied encore plus forts.

Joe se releva.

La fille glapissait toujours, mais quand Joe fut de nouveau debout, Daryl avait une drôle d'expression sur le visage. Le garçon à la cigarette soufflait bruyamment, les bras ballants, épuisé d'avoir distribué tous ses coups de poing. Daryl soufflait bruyamment, lui aussi, contemplant Joe comme s'il n'en croyait pas ses yeux. Ses mains étaient barbouillées de rouge.

La fille hurla :

— Vas-y, Daryl ! Frappe-le pour de bon !

Joe tenta de griffer Daryl, de lui crever les yeux, mais

il manqua son coup, perdit l'équilibre et atterrit sur le flanc.

Daryl le dominait de toute sa hauteur, debout, du sang plein les mains.

— Reste par terre, petit.

— Cogne, Daryl ! Cogne-le à mort, t'arrête pas !

— Reste par terre.

Joe se remit à genoux. Il tenta de régler sa vision sur Daryl, mais ce dernier baignait au milieu d'une brume rougeâtre, et Joe comprit que ses yeux étaient noyés de sang.

— T'es branque, ou quoi, bordel ? Reste à terre.

Joe se releva en titubant — et lança le poing en avant, de toutes ses forces.

Daryl esquiva son crochet, fit un bond, et son poing cueillit Joe au bout du nez. Joe entendit le craquement, et il sut tout de suite que Daryl lui avait cassé le nez. Il avait déjà entendu ce son.

Joe retomba, et il essaya de se relever.

Daryl l'empoigna par le tee-shirt et le repoussa au sol.

— Pauvre petite merde ! Qu'est-ce qui te prend ?

Le garçon à la cigarette se tenait le flanc, comme s'il avait un point de côté.

— Barrons-nous. J'ai plus envie de faire ça.

Joe marmonna :

— Je vais t'en mettre une, connard.

Ses lèvres étaient fendues. Il avait du mal à parler.

— C'est fini, mec !

Joe, toujours à terre, tenta de frapper Daryl, mais son coup de poing manqua la cible de trente bons centimètres.

— C'est fini, putain. Tu as ton compte !

Joe tenta de nouveau de frapper Daryl, et cette fois il le manqua d'un mètre.

— Ça sera fini… quand j'aurai gagné.

Daryl recula, et son visage était à présent un masque de rage.

— D'accord, petit merdeux. Je t'aurai prévenu.

Daryl prit son élan, mit tout ce qui lui restait de force dans son coup de pied, et Joe sentit le monde exploser entre ses jambes. Ensuite, il n'y eut plus que les étoiles et l'obscurité.

Joe les entendit partir — ou crut les entendre partir. Plusieurs heures passèrent, ou du moins ce fut son impression, avant qu'il puisse enfin bouger. Quand il réussit finalement à se remettre à genoux, tout était silencieux dans la forêt. Son bas-ventre lui faisait un mal de chien, et il avait la nausée. Il se toucha le visage. Sa main revint rouge. Son tee-shirt était maculé de sang séché. Ses bras étaient striés de sang.

Quelques minutes plus tard, il sentit de nouveau l'odeur de la térébenthine, et ce fut alors qu'il vit la chatte à une oreille, en train de l'observer entre les branches pourries d'un arbre mort.

— Hé, petite, dit Joe Pike.

La chatte s'éclipsa.

— Ça va, ma mignonne. Tu ne risques plus rien.

Il songea qu'elle avait probablement peur.

Et il se demanda pourquoi lui n'avait pas peur.

Au bout d'un moment, il rentra chez lui.

Trois jours plus tard, à la station Shell, Daryl Haines fronça les sourcils sur l'enveloppe et lâcha :

— Putain de merde.

Il était huit heures moins cinq du soir. Daryl se reposait sur sa chaise de bois, à côté du distributeur de boissons, se balançant d'avant en arrière comme à son habitude, emmitouflé dans son blouson, en rogne à cause de cette lettre. C'était une putain de convocation de l'armée pour les trois jours.

Daryl Haines, dix-huit ans révolus et sans aucune inscription à la fac, avait tout pour se retrouver classé 1-A et devenir troufion de base. Samedi, il allait devoir prendre le car pour la ville et se laisser tripoter le cul par un de ces pédés de médecins militaires qui pour finir le déclarerait bon pour le Vietnam.

— C'est la merde, répéta Daryl.

Peut-être qu'il aurait dû s'engager dans l'aviation.

Le frère aîné de Daryl, Todd, était déjà là-bas. Il s'était trouvé une planque : réparer des camions dans une base aérienne près de Saigon, et, d'après lui, ce n'était pas trop dur. Il bullait ferme, fumait toute l'herbe qu'il voulait et s'envoyait de jolies petites putes à vingt-cinq cents le coup. A entendre son frère, la guerre ressemblait à cette connerie de Disneyland, mais Daryl était sûr qu'avec sa poisse habituelle il allait se retrouver avec un fusil entre les mains et se faire descendre à la première occasion.

— Putain de putain de merde.

A huit heures pile, Daryl éteignit les lumières, coupa les pompes, verrouilla la station et descendit la rue en regrettant de ne pas avoir le droit d'aller se saouler dans un bar. A dix-huit ans, on vous estimait en âge de casser du Viet, mais pas de siffler une bière.

Daryl songeait qu'il pourrait toujours noyer son chagrin entre les cuisses de cette grosse pouffiasse de Candy Crowley s'il tombait sur elle. Il avait failli y arriver le dimanche précédent, quand cette pauvre tarée s'était mis en tête de faire rôtir un chat. Ce genre de lubie la prenait quelquefois, et dans ces cas-là il n'y avait qu'à secouer la tête. Cela dit, apparemment, c'était le genre de truc qui la faisait vraiment mouiller, et Daryl avait bien cru qu'il allait enfin pouvoir mettre la balle entre les poteaux quand cette espèce de morveux bizarre était venu gâcher la fête. Encore un taré de première. Daryl lui avait mis la branlée de sa vie, et pourtant le morveux n'avait pas voulu jeter l'éponge. Il n'avait pas non plus pleuré quand Daryl lui avait transformé les couilles en omelette. A croire que ce foutu chat était à lui, mais ce n'était pas ça, non, vu que Daryl l'avait volé à la vieille Wilbur, sa voisine.

Il n'y avait qu'à secouer la tête.

Daryl pensait toujours à cette histoire quand une voix se fit entendre :

— Daryl.

— Ouais ?

Le morveux surgit de l'arrière d'un buisson d'azalées, le visage enflé et plein de bleus. Un gros pansement lui recouvrait le nez ; du fil noir hachurait sa lèvre et son arcade sourcilière gauche, à la façon d'une ligne de chemin de fer.

Daryl, légitimement énervé par sa convocation militaire, grommela :

— Si t'en redemandes, petite merde, t'as vraiment choisi le bon moment. Je pars au Vietnam.

Cela n'impressionna pas le morveux, entre les mains duquel se matérialisa soudain une batte de base-ball. Il en frappa Daryl à l'extérieur du genou avec autant d'énergie que s'il eût joué le coup du siècle à Fenway Park.

Daryl Haines s'effondra avec un hurlement. On aurait dit que quelqu'un venait de lui faire péter un bâton de dynamite dans la rotule. Daryl prit son genou à deux mains, geignant toujours, pendant que le morveux brandissait de nouveau sa batte. Daryl la vit arriver, leva les mains, et un second bâton de dynamite explosa sur son bras droit.

— Oh, bon Dieu ! Arrête ! Arrête !

Le morveux lâcha sa batte et le regarda fixement. Son visage était vide, ce qui terrifia Daryl plus encore que la perspective d'affronter tous les bridés du Vietnam.

Le morveux lui balança un coup de pied dans la tempe, se pencha et lui expédia trois coups de poing à la face, en un enchaînement rapide. Le ciel de Daryl s'emplit d'un million d'étoiles scintillantes sur fond de voile noir. Il se sentit vomir.

— Daryl ?

— Euh…

— Ça s'arrête seulement quand je gagne.

Daryl cracha du sang.

— T'as gagné. Bon Dieu, t'as gagné. J'abandonne.

Le morveux recula d'un pas.

Daryl pleurait si fort qu'il se sentait redevenu bébé. Le morveux lui avait pété le bras et la jambe. Bon Dieu, ce qu'il avait mal !

— Daryl…

— Bon Dieu, ne me frappe plus.

Il avait peur que le morveux en remette une couche.

— Comment tu as pu avoir envie de faire du mal à un être aussi faible ?

— Bon Dieu. Oh, bon sang…

— Si tu recommences, Daryl, je te retrouverai et je te tuerai. Cette chatte te tuerait si elle pouvait, mais elle ne peut pas. Je te tuerai pour elle.

— Je te jure sur la tête de Jésus-Christ que je recommencerai pas ! C'est juré !

Le morveux ramassa sa batte et s'en fut.

Douze semaines plus tard, après le retrait de ses plâtres et de ses points de suture, Daryl Haines fut examiné par les médecins de l'armée. Il fut classé 4-F en raison d'une incapacité permanente au genou gauche. Inapte au service militaire.

Il n'alla pas au Vietnam.

Il n'essaya plus jamais de brûler le moindre chat.

21

Ses yeux s'ouvrirent et, bien qu'il ne fût que deux heures du matin, Pike se sentit aussi alerte qu'au beau milieu de l'après-midi. Certain que le sommeil ne reviendrait pas après le rêve qu'il venait de faire, il se leva, passa un slip et un short. Il envisagea un moment de lire, mais en général, après ses rêves, il préférait faire du sport. Le sport fonctionnait mieux.

Sans allumer la lumière, il enfila ses Nike bleues et se ceignit la taille d'une petite poche banane. Il évoluait à son aise dans le noir. Des années plus tôt, un médecin des marines lui avait expliqué que son excellente vision nocturne était due à un taux élevé de vitamine A et de « rhodopsine rapide », ce qui signifiait que les pigments de sa rétine, capables de réagir à une faible intensité lumineuse, étaient particulièrement sensibles. Des yeux de chat, avait-il précisé.

Il sortit dans la fraîcheur de la nuit, s'étira pour assouplir ses tendons. Même s'il lui arrivait souvent de courir plus de soixante kilomètres par semaine, des années de yoga et d'arts martiaux avaient rendu ses muscles très souples, et ils réagissaient bien. Il arrangea la banane sur sa hanche, traversa en courant le jardin de la résidence, franchit le portail de sécurité, sortit dans la rue. Sa banane contenait son jeu de clés, et aussi un petit Beretta noir de calibre 25. On ne savait jamais.

Il courait souvent en pleine nuit, ce qui lui apportait une forme de paix. La ville était silencieuse. Il pouvait à sa guise courir au milieu de la chaussée, ou bien couper à travers les parcs et les parcours de golf. Il appréciait le contact naturel de l'herbe et de la terre, et il savait que ces sensations faisaient écho à celles de sa jeunesse.

Il partit à l'ouest sur Washington Boulevard, vers l'océan, en allant doucement sur les quatre cents premiers mètres pour permettre à son corps de s'échauffer, puis il accéléra de façon progressive jusqu'à adopter son rythme de croisière. L'air était frais et une brume rase recouvrait les rues. Cette brume étouffait la lumière et masquait les étoiles, ce qu'il n'aimait pas. Il prenait plaisir à lire les constellations, à trouver son chemin grâce à elles. A une certaine époque, lorsqu'il était un jeune marine, sa vie avait souvent dépendu d'elles, et le caractère immuable des mécaniques célestes lui procurait un grand réconfort. Deux ou trois fois par an, son ami Elvis Cole et lui partaient au loin, pour une randonnée ou une partie de chasse, et, pendant ces escapades, ils aimaient se mettre à l'épreuve en s'orientant grâce au soleil, à la lune et aux étoiles. Parfois, aussi, Pike partait seul à l'aventure dans des territoires inconnus. Il savait depuis longtemps qu'un compas et une balise GPS risquaient de vous trahir. Il fallait savoir utiliser ses yeux. On ne pouvait compter que sur soi-même.

Des images lui vinrent. De brefs instantanés de son enfance, de femmes qu'il avait connues, d'amis qu'il avait vus mourir, d'hommes qu'il avait tués. De son ami et associé Elvis Cole, des personnes qu'il employait à son armurerie. Parfois il s'attardait sur ces images, mais à d'autres moments il préférait les chasser de sa conscience.

Il suivit Washington Boulevard jusqu'à l'endroit où il s'incurvait vers le nord pour traverser Venice, et quitta Main pour s'engager dans Ocean Avenue, d'où l'on entendait les rouleaux s'écraser sur la plage, au pied de la falaise.

Pike augmenta l'allure à la hauteur de la jetée de Santa Monica puis des campements de SDF, allongea encore sa foulée jusqu'à atteindre une vitesse de seize kilomètres à l'heure. Il passa au sprint devant l'Ivy-by-the-Shore et les hôtels, sentit qu'il arrivait à sa vitesse de pointe, la maintint un moment, puis ralentit progressivement jusqu'à un trot nonchalant, avant de rejoindre en marchant la balustrade qui longeait le bord de la falaise. Là, il s'arrêta pour contempler la mer.

Il observa les navires, les étoiles sur un horizon d'encre. Une brise molle lui caressait le dos — un vent de terre attiré par la douceur maritime. Au-dessus de sa tête, les palmiers desséchés frissonnaient. Une voiture solitaire le dépassa, perdue dans la nuit.

Ici, sur la falaise, en surplomb des flots, il apercevait des pelouses, des pistes cyclables et des palmiers de haute taille. Un buisson s'agita sur sa droite, et il sut que c'était une fille avant même de l'avoir vue.

— Vous êtes Matt ?

Timide, mais pas effrayée. Autour de vingt ans, un peu plus ou un peu moins, des cheveux courts éclaircis à l'eau oxygénée, de grands yeux noirs qui le fixaient, pleins d'expectative. Un sac à dos vert délavé pendait de son épaule.

— Vous êtes Matt ?

— Non.

Elle parut déçue mais resta sereine, comme si l'idée ne l'avait pas effleurée qu'elle aurait dû se méfier d'un inconnu dans un lieu désert.

— Je m'en doutais. Je m'appelle Trudy.

— Joe.

Il se retourna vers les points lumineux de l'horizon.

— Ça me fait plaisir de vous connaître, Joe. Moi aussi, je suis en cavale.

Il la regarda de nouveau, brièvement, en se demandant pourquoi elle avait choisi ces mots, et fit volte-face vers les navires.

Trudy se pencha au-dessus du garde-fou, tenta d'apercevoir Palisades Beach Road au pied de la falaise. Elle ne donnait aucun signe de vouloir partir. Pike envisagea de se remettre à courir.

— Vous êtes réel ? demanda-t-elle.

— Non.

— Allez, sans rire. Je veux savoir.

Il lui tendit la main. Trudy la toucha du doigt, puis elle lui saisit le poignet, comme si elle ne se fiait pas à sa première sensation.

— Vous auriez pu être une vision, ce genre de chose. Ça m'arrive, vous savez. Il m'arrive d'imaginer des choses.

Comme Pike ne répondait pas, elle ajouta :

— J'ai changé d'avis. Je ne crois pas que vous soyez en cavale. Je crois plutôt que vous cavalez vers quelque chose.

— C'est encore une vision ? Ou juste quelque chose que vous imaginez ?

— C'est une observation.

— Regardez.

Trois coyotes venaient d'apparaître à l'orée de la lumière, venus des Palisades. Deux d'entre eux se mirent à renifler les poubelles disséminées dans le parc ; le troisième traversa Ocean Avenue au trot et disparut dans une rue transversale. Ils faisaient penser à des chiens gris efflanqués. Des charognards.

— C'est dingue que des êtres sauvages puissent vivre ici, en pleine ville, n'est-ce pas ? fit Trudy.

— Les êtres sauvages sont partout.

Elle sourit de nouveau :

— Voilà une pensée profonde.

Les deux maraudeurs dressèrent soudain les oreilles, tournèrent la tête vers le nord et les Palisades une fraction de seconde avant que Pike n'entende le chant collectif d'une bande de coyotes. Ce chant descendait des collines, porté par la brise, et Pike estima leur nombre entre huit et douze. Les deux coyotes des poubelles se consultèrent du regard, levèrent la truffe pour humer l'air. « Vous ne risquez pas grand-chose », songea Pike. Les autres étaient à au moins cinq kilomètres de distance, quelque part dans un canyon des Palisades.

— Ce cri est sinistre, fit remarquer la fille.

— Il veut dire qu'ils ont trouvé à manger.

Elle remonta la bretelle de son sac à dos.

— Ils mangent les animaux domestiques, expliqua-t-elle. Ils attirent un chien hors de la maison de son maître, ils l'encerclent et ils le mettent en pièces.

Pike savait que c'était vrai, mais objecta :

— Il faut bien qu'ils vivent.

Le chant devint plus aigu. Les deux coyotes des poubelles restèrent pétrifiés.

La fille tourna le dos au bruit.

— Ils ont une proie. Ils sont en train de la tuer. Maintenant.

Les yeux de la fille étaient vides. Pike songea qu'elle n'avait pas l'air d'être elle-même — il se demanda si elle n'était pas avec la meute.

— Ils la mettent en pièces, et quelquefois, quand un des leurs est trop barbouillé de sang, les autres le confondent avec la proie, et ils le dévorent.

Pike hocha la tête. Les gens aussi pouvaient être comme ça.

Le chant cessa brusquement et la fille parut revenir à elle.

— Vous ne parlez pas beaucoup, pas vrai ?

— Vous parlez assez pour deux.

La fille rit.

— Ouais, je crois que vous avez raison. J'espère que je ne vous ai pas fait flipper, Joe. Quelquefois, c'est l'effet que je fais aux gens.

Joe secoua la tête.

— Pas encore.

Un minibus noir surgit de Wilshire et s'approcha sur

Ocean Avenue, les capturant tous les deux dans le faisceau de ses phares. Il s'immobilisa au milieu de la chaussée, près de l'endroit où le coyote avait traversé.

— C'est sûrement Matt, dit Trudy. Ça m'a fait plaisir de parler avec vous, Cavaleur.

Elle rajusta son sac à dos et partit au trot vers le minibus. Elle se pencha sur la portière du passager pour parler à quelqu'un, la portière s'ouvrit, et Trudy monta dans le minibus. Il n'arborait ni plaque d'immatriculation, ni sigle de concessionnaire, et pourtant, il brillait de mille feux, comme un véhicule tout juste sorti de la chaîne de montage. En quelques secondes, il disparut.

— Salut, Cavaleuse, dit Pike.

Il jeta un coup d'œil vers les poubelles, mais les coyotes n'y étaient plus. Repartis chez eux dans les montagnes. Des êtres sauvages égarés dans le noir.

Pike prit appui sur la balustrade pour s'assouplir un moment les chevilles, après quoi il se remit à courir sur Wilshire, vers l'intérieur des terres.

Il courut dans les ténèbres, loin des voitures, loin des gens, savourant sa solitude.

— Bon débarras ! lança Amanda Kimmel.

Agée de soixante-dix-huit ans, prisonnière d'une peau flasque et fripée qui évoquait du raisin sec, handicapée par une jambe gauche constamment traversée de picotements — à croire que des insectes invisibles rampaient dans le sillon de chacune de ses rides —, Amanda Kimmel regarda les deux inspecteurs glisser hors de la maison qu'ils avaient utilisée pour espionner Eugene Dersh, avant de remonter dans leur voiture. Elle secoua la tête avec une moue dégoûtée.

— Ces deux merdeux ressemblaient à des verrues sur un cul de bébé, hein, Jack ?

Jack ne répondit pas.

— On en voudrait pas pour servir la moutarde à Hawaï, m'est avis. Ils seraient renvoyés sur le continent vite fait, en moins de temps qu'il n'en faut à un rat pour tirer son coup.

Amanda Kimmel revint vers la télé en traînant son lourd fusil Garand M1, et s'assit dans son vieux fauteuil réglable. La télé était la seule source de lumière qu'elle s'autorisait ces jours-ci. Elle en était réduite à vivre comme une taupe, dans cette fichue obscurité, pour pouvoir garder à l'œil tous les flics, tous les reporters et aussi tous les curieux qui s'étaient bousculés dans le coin depuis qu'ils avaient appris que son voisin, M. Dersh, était un détraqué. C'était bien sa veine : habiter à côté du successeur de ce satané Berkowitz.

— C'est vraiment la merde, hein, Jack ?

Jack ne répondit pas parce qu'elle avait coupé le son.

Amanda Kimmel ne manquait aucune des rediffusions de *Hawaii police d'Etat*, tous les soirs, convaincue que Jack Lord était le meilleur policier de la planète, et *Hawaii police d'Etat* la meilleure série policière jamais tournée. Les autres pouvaient toujours s'emballer sur Chuck Norris ou Jimmy Smits. Pour elle, Jack Lord était ce qui se faisait de mieux.

Elle se rassit, avala une solide lampée de whisky, et tapota le M1 avec amour. Son deuxième mari l'avait rapporté à la maison après avoir combattu les Japs un million d'années plus tôt, et il l'avait planqué sous le lit. Ou était-ce le premier ? Le M1 était gros comme un poteau télégraphique, et Amanda pouvait à peine le soulever, mais avec tous les inconnus qui traînaient dans le quartier, ces jours-ci, sans compter qu'elle vivait à côté d'un fou furieux, eh bien, une dame devait faire ce qu'il fallait pour se défendre.

— Hein, Jack ?

Jack sourit de toutes ses dents. Elle savait bien qu'il serait d'accord.

Les premiers jours, des armées de gens avaient déferlé sur le quartier. Des voitures pleines de badauds et de curieux, bouche bée. Des abrutis qui voulaient se faire tirer le portrait dans le jardin de Dersh. (Tu parles d'une connerie !) Des journalistes bardés de caméras et de micros qui faisaient plus de boucan que Dieu le Père et se fichaient comme d'une guigne des gens qu'ils dérangeaient. Elle en avait même surpris un, cet horrible petit bonhomme de Channel 2, en train de piétiner ses roses en essayant de s'introduire dans le jardin de Dersh. Elle l'avait traité de tous les noms, mais il avait continué, alors elle avait pris son tuyau d'arrosage et aspergé ce saligaud des pieds à la tête.

Au bout de quelques jours, la cohue des reporters et des curieux s'était tassée pendant que les flics se retrouvaient à court d'endroits à perquisitionner. Du coup, il n'y avait plus grand-chose à filmer pour les gens de la télé. Les flics attendaient presque tout le temps dans la rue, devant la maison de Dersh, partant quand il partait et revenant quand il revenait, sauf ceux qui étaient en planque dans la maison vide ; ceux-là se relayaient toutes les quatres heures. Amanda soupçonnait que les reporters n'étaient pas au courant en ce qui concernait les flics de la maison vide, ce qui d'ailleurs lui convenait très bien, parce que les flics faisaient suffisamment de boucan à eux seuls : ces cons-là la réveillaient à chaque relève, rapport à ce qu'elle avait un très mauvais sommeil, avec sa jambe et tout.

— La vieillesse, c'est l'enfer, hein, Jack ? On dort plus, on chie plus, on s'envoie plus en l'air.

Jack Lord était en train de bourrer le pif d'un gros Hawaïen. Ouais, Jack le savait bien, que la vieillesse c'était l'enfer.

Amanda éclusa le reste de son whisky et lorgna la bouteille. Elle était en train de se dire que c'était peut-être le moment de s'en resservir un petit quand une portière claqua. Elle pensa : *Encore ces satanés flics et leur boucan*. Sans doute qu'ils avaient oublié leurs cigarettes dans la maison.

Amanda coupa la télé, traîna de nouveau le gros M1 vers la fenêtre en se disant qu'elle devrait peut-être les engueuler comme du poisson pourri, ces connards qui n'arrêtaient pas de la faire relever — sauf que ce n'étaient pas les deux flics de tout à l'heure.

Entre la demi-lune et le halo du réverbère, elle distingua très bien l'homme, malgré ses yeux de soixante-dix-huit ans et sa panse pleine de whisky. Arrivé à pied de la rue, il remontait l'allée vers la maison de Dersh et, aucun doute, ce n'était ni un flic ni un reporter. C'était un grand type, vêtu d'un jean et d'un sweat-shirt sans manches, et elle remarqua immédiatement quelque chose. On était en pleine nuit, il faisait aussi noir que dans le cul d'un chat, et cet abruti portait des lunettes de soleil.

La première idée d'Amanda fut que ce devait être un criminel quelconque. Un cambrioleur ou un violeur. Elle leva son M1 pour lui en coller une, à ce fils de pute, mais avant qu'elle ait pu mettre l'arme à l'horizontale, il disparut derrière une haie.

— Bon Dieu ! Reviens par ici, fils de pute !

Elle attendit.

Rien.

— Dieu de Dieu !

Amanda Kimmel cala le M1 contre la fenêtre, repartit vers son fauteuil, se servit une nouvelle rasade de whisky, y trempa les lèvres. Peut-être que ce type était un ami de Dersh (il avait des amis, toujours des hommes, qui venaient le voir à n'importe quelle heure, et elle savait très bien ce que ça voulait dire) ou peut-être que c'était un insomniaque (allez savoir, elle en avait vu défiler tellement, et de plus bizarrement fagotés que celui-là).

Le *pan*, bref et sec, faillit la faire tomber de son fauteuil.

De sa vie, Amanda n'avait jamais entendu ce bruit, mais elle sut tout de suite, sans l'ombre d'une hésitation, ce que c'était.

Un coup de feu.

— Putain de merde, Jack ! Tu vas voir que ce fils de pute était pas un curieux, après tout !

Amanda Kimmel sauta sur son téléphone, appela la police et expliqua qu'Eugene Dersh venait d'être assassiné par un homme qui avait des flèches rouges tatouées sur les épaules.

DEUXIÈME PARTIE

22

La chaleur du matin faisait monter du canyon le parfum de la sauge sauvage. Quelque chose gronda dans le lointain — un martèlement sourd, un peu comme un tapis de bombes larguées par-delà l'horizon. Je n'avais plus repensé à la guerre depuis des années. Je tirai le drap sur mon visage.

Lucy se lova contre mon dos.

— Il y a quelqu'un à la porte.

— Quoi ?

Elle nicha son visage au creux de mon cou et je sentis sa main glisser sur ma hanche. J'adorais la chaleur sèche de sa paume.

— A la porte.

En train de frapper.

— Il n'est même pas sept heures.

Son visage s'enfonça encore plus au creux de mon cou.

— Prends ton revolver.

J'enfilai un short et un sweat-shirt, et je descendis. Le chat était tapi dans l'entrée, les oreilles rabattues, crachant et soufflant. Pourquoi s'acheter un doberman quand on a un chat pareil ?

Stan Watts et Jerome Williams patientaient derrière la porte et, à en juger d'après leur mine, ils devaient être debout depuis un bon moment. Watts suçait un bonbon mentholé pour l'haleine.

— Qu'est-ce que vous fichez ici, les gars ?

Ils entrèrent sans répondre. En les voyant avancer, le chat cracha de plus belle en faisant le gros dos.

— Sacré matou, commenta Williams.

— Je vous conseille de faire attention. Il mord.

Williams s'approcha du chat.

— Oh, les chats m'ont à la bonne. Vous allez voir.

Williams tendit la main. Le pelage du chat se hérissa à la verticale, et son feulement s'amplifia jusqu'à devenir aussi fort qu'une sirène de police. Williams battit en retraite.

— Il a quelque chose contre les Noirs ?

— Il a quelque chose contre le monde entier. Il est sept heures du matin, Watts. Dersh a avoué, ou quoi ? Vous avez votre coupable ?

Il suçota bruyamment son bonbon à la menthe.

— On se demandait où vous étiez hier soir, c'est tout. On a deux ou trois questions à vous poser.

— Sur ?

— Sur l'endroit où vous étiez.

Je dévisageai Williams, et Williams soutint mon regard.

— J'étais ici, voyons. Qu'est-ce qui se passe ?

— Vous pouvez le prouver ?

La voix de Lucy :

— Oui, il peut le prouver. Mais il n'y est pas obligé.

Nous levâmes tous les trois la tête en même temps. Lucy se tenait en haut, accoudée à la rampe, emmitouflée dans mon peignoir blanc en éponge.

— Lucille Chenier, dis-je. Inspecteur Watts, inspecteur Williams.

— Vous étiez avec lui ? interrogea Watts.

Lucy sourit. Charmante.

— Je ne crois pas être tenue de vous répondre.

Il brandit son écusson.

— Maintenant, continua-t-elle, je sais que je ne suis pas tenue de vous répondre.

— Diable ! s'exclama Williams. D'abord ce chat, et puis…

Watts haussa les épaules.

— On espérait pouvoir rester gentils.

Le sourire de Lucy se désagrégea.

— Vous allez rester gentils, que vous le vouliez ou non, et à moins que vous n'ayez un mandat, nous pouvons — et nous allons — vous prier de partir.

— Diable ! répéta Williams.

— Lucy est avocate, précisai-je. Alors, ne jouez pas au plus fin avec nous. J'étais ici. Lucy et moi sommes descendus acheter deux ou trois choses à manger chez Ralph, et nous nous sommes fait à dîner. Le ticket de caisse doit encore être dans la poubelle. On a loué une cassette au Blockbuster. Elle est dans le magnéto.

— Et votre pote Pike ? Quand est-ce que vous l'avez vu pour la dernière fois ?

Lucy, qui avait descendu l'escalier, se planta à côté de moi et croisa les bras. Elle répondit à ma place :

— Ne dis rien tant qu'il ne t'aura pas expliqué pourquoi il te pose cette question. Et après, peut-être vaudra-t-il mieux continuer de ne rien dire. Ne réponds plus à une seule de ses questions.

Elle me fit face, et je vis que ses yeux étaient graves.

— C'est l'avocate qui parle, tu comprends ?

— Vous l'avez entendue, Watts, repris-je. Soit vous me dites de quoi il s'agit, soit c'est la porte.

— Eugene Dersh s'est fait fumer dans la nuit. On a arrêté Joe Pike.

Je le fixai. Je fixai Williams.

— Vous rigolez ?

Ils ne rigolaient pas.

— Krantz essaie d'avoir la peau de Joe ? C'est ça les gars ?

— Un témoin oculaire l'a vu s'introduire chez

Dersh. On vient de l'embarquer et on va organiser une identification au siège.

— C'est de la connerie totale. Pike n'a tué personne.

Je commençais à m'énerver. Lucy me toucha le dos.

Watts demanda d'un ton calme :

— Etes-vous en train de dire qu'il était ici avec vous deux ?

Lucy s'interposa entre eux et moi.

— Vous avez l'intention d'arrêter M. Cole ?

— Non, madame.

— Vous avez un mandat quelconque ?

D'un ton parfaitement professionnel.

— On voulait juste causer, c'est tout. (Le regard de Watts se posa sur moi, au-delà de Lucy.) On ne croit pas que vous soyez impliqué, Cole. On aimerait juste savoir ce que vous savez.

Lucy secoua la tête :

— Cet entretien est terminé. Si vous n'êtes pas venus pour l'arrêter, ou pour m'arrêter moi, s'il vous plaît, allez-vous-en.

Le téléphone sonna au moment même où je verrouillais la porte. Lucy s'empara du combiné avant que j'aie pu l'atteindre.

— Qui est à l'appareil, s'il vous plaît ?

Elle avait adopté le rôle de la protectrice. C'était toujours ma petite amie, toujours la femme que j'aimais, mais à présent elle devenait aussi attentive qu'une tigresse défendant sa portée ; la tête baissée, totalement concentrée sur ce qu'on lui disait.

En fin de compte, elle me tendit l'appareil :

— Un certain Charlie Bauman. Il dit qu'il est avocat et qu'il représente Joe.

— Ouaip.

Charlie Bauman avait travaillé comme procureur jusqu'au jour où il avait décidé de se faire cinq fois plus de fric en défendant les mecs qu'auparavant il expédiait derrière les barreaux. Il avait un cabinet à Santa Monica, trois ex-femmes, et, selon mon dernier pointage, huit enfants. Il versait plus de fric en pensions diverses que je n'en gagnais au cours d'une excellente année, et il nous avait déjà défendus, Joe et moi.

— Qui est cette rombière, bon sang ?

— Lucy Chenier. Une amie à moi. Elle est aussi avocate.

— Bon sang, quelle chieuse ! Tu es au courant pour Joe ?

— Deux flics viennent de passer. Tout ce que je sais, c'est qu'ils m'ont dit que Dersh s'était fait descendre et qu'ils ont un témoin oculaire qui aurait aperçu Joe sur les lieux du crime. C'est quoi ce bazar ?

— Tu sais quelque chose ?

— Non, je ne sais strictement rien, rétorquai-je, agacé par cette question.

— D'accord. D'accord. *Hé, fais attention, connard !* (Un bruit de klaxons. Charlie m'appelait depuis sa voiture.) Je me dirige vers le Parker Center. Ils n'attendent plus que l'identification pour le mettre à l'ombre.

— Je veux y assister.

— Laisse tomber. Ils n'accepteront jamais.

— J'arrive, Charlie. Je veux y assister. Je suis sérieux.

Je raccrochai sans un mot supplémentaire. Lucy me scruta, l'air grave.

— Elvis ?

J'ai fait la guerre. Je me suis retrouvé face à des types armés jusqu'aux dents, des types dangereux et plus forts que moi, qui rêvaient de me faire du mal, mais je suis incapable de me rappeler un moment où j'aurais eu plus peur qu'à cet instant-là. Mes mains tremblaient.

— Elvis ? répéta Lucy. Ce type est bon ?

— Charlie ? Très bon.

Elle me fixait toujours, comme si elle attendait une réponse.

— Joe n'a pas fait ça, dis-je.

Elle hocha la tête.

— Joe n'a pas fait ça. Dersh n'a pas tué Karen. Joe le sait. Il n'aurait pas tué Dersh.

Lucy m'embrassa sur la joue. Je discernai dans ses yeux une douceur qui me gêna.

— Appelle-moi quand tu en sauras davantage. Dis à Joe que je pense à lui.

Elle remonta l'escalier et mon regard l'accompagna.

Au Parker Center, c'est au rez-de-chaussée qu'on enregistre et qu'on boucle les suspects. Quelques minutes après mon arrivée, Charlie surgit par une porte de métal gris.

— Tu arrives juste à temps, Elvis. Cinq minutes de plus, et tu l'aurais loupé.

Charlie Bauman est nettement plus petit que moi. Il a un visage étroit, marqué de vérole, et un regard de braise. Il pue la cigarette.

— Je peux voir Joe ?

— Seulement après. On va entrer en salle d'observation, le témoin y sera. Une petite vieille. Tu laisses les flics lui parler, quoi qu'elle dise.

— Je sais tout ça, Charlie.

— Je te préviens quand même, juste au cas où. Toi et moi, on n'a pas le droit de lui adresser la parole, on n'a pas le droit de lui poser la moindre question ni d'émettre le moindre commentaire, c'est clair ?

— Très clair.

Charlie semblait nerveux et je n'aimais pas ça.

Je le suivis le long d'un couloir carrelé tandis que nous continuions à parler. Le couloir donnait sur une grande pièce qui aurait pu ressembler à n'importe quel lieu de travail sans ses affiches sur l'alcoolisme au volant.

— Tu as pu lui parler ?

— Juste de quoi me faire une idée générale. Je le reverrai après.

Je l'arrêtai. Derrière nous, deux inspecteurs que je ne

connaissais pas étaient en train de placer un Noir devant un de ces appareils photo qu'on utilise pour les permis de conduire, sauf que ce type n'était pas là pour un renouvellement de permis. Il avait des menottes aux poignets, ses yeux étaient agrandis, inquiets. Il disait :

— Des conneries ! Cette histoire, c'est rien que des conneries !

— Ils ont quelque chose, Charlie ?

— Si le témoin l'identifie et s'ils sortent un mandat d'arrêt, on le saura. Elle est vieille, et quand ils sont vieux, ils s'emmêlent parfois les pinceaux. Avec un peu de chance, elle se trompera de client et on pourra tous rentrer chez nous.

Il ne répondait pas à ma question.

— Ils ont quelque chose ?

— Ils ont déjà convoqué un procureur. Il nous expliquera tout ça à son arrivée. J'ignore ce qu'ils ont, mais ils ne l'auraient pas convoqué s'ils ne pensaient pas détenir des éléments solides.

Krantz et Stan Watts débouchèrent d'un autre couloir. Krantz tenait un gobelet de café, Watts en tenait deux.

— C'est bon, Krantz, dit Charlie. Quand vous voudrez.

Je regardai Krantz dans le blanc des yeux.

— Qu'est-ce que vous avez contre Joe ?

Il semblait plus calme que jamais. Comme s'il était enfin en paix.

— Je peux vous montrer le corps de Dersh, si vous voulez.

— Je ne sais pas ce qui est arrivé à Dersh. Ce que je dis, c'est que ce n'est pas Joe qui a fait ça.

Krantz haussa les sourcils et se tourna vers Watts.

— Stan, ici présent, me dit que vous étiez chez vous avec une femme hier au soir. Il s'est trompé ? Vous étiez avec Pike ?

— Vous savez de quoi je veux parler.

Krantz souffla sur son café, but une gorgée.

— Non, Cole, je ne sais pas. Par contre, voilà ce que

je sais : à trois heures un quart ce matin, un homme correspondant au signalement de Pike a été vu entrant par-derrière dans la propriété d'Eugene Dersh. Quelques instants plus tard, Dersh a été abattu d'une balle de 357 Magnum dans la tête. Il se peut que ce soit un 38, mais à en juger par la façon dont la tête a explosé, je parierais plutôt sur un 357. On a récupéré la balle. On verra ce qu'elle a à nous dire.

— Vous avez des empreintes ? Vous possédez des éléments incriminant Joe, ou est-ce encore un dossier comme celui que vous avez monté contre Dersh, à la va-vite et dans l'urgence ?

— Je préfère laisser le procureur présenter le dossier à l'avocat de Pike. Vous n'êtes ici que sur invitation, Cole. Tâchez de vous en souvenir.

Derrière nous, Williams apparut pour annoncer que tout était prêt.

Krantz m'adressa un hochement de tête. Confiant.

— Voyons ce que dit le témoin.

Ils nous menèrent au-delà des six cellules de détention provisoire, jusqu'à une pièce faiblement éclairée où un agent en uniforme et deux inspecteurs en civil attendaient avec une femme ratatinée qui frisait les quatre-vingts ans. Watts lui offrit son second gobelet de café. Elle en but une gorgée et grimaça.

— Amanda Kimmel, me murmura Charlie. Le témoin.

— Ça va, madame Kimmel ? demanda Krantz. Vous voulez une chaise ?

Elle le dévisagea en fronçant les sourcils.

— Je veux torcher ça vite fait et foutre le camp d'ici. J'aime pas trop traîner dans ces endroits bizarres.

Le mur devant nous était percé d'une grande baie à double vitrage donnant sur une pièce étroite, si intensément éclairée qu'elle semblait rayonner. Krantz décrocha un téléphone et, trente secondes plus tard, une porte s'ouvrit sur le côté droit. Un flic noir aux muscles de culturiste fit son entrée, suivi de six hommes en file indienne. Joe Pike était le troisième. Sur les cinq autres, trois Blancs et deux Hispaniques. Quatre d'entre eux étaient de la même taille que Joe, ou plus petits, et le dernier était plus grand. Un seul portait un jean et un sweat-shirt sans manches comme Joe, et c'était un petit Hispanique aux bras maigres. Les trois autres étaient vêtus d'un pantalon en toile, d'un treillis ou d'une salopette, avec un sweat-shirt à manches longues ou un tee-shirt à manches courtes, et tous portaient des lunettes de soleil. A part Joe, il n'y avait que des flics dans la salle.

Je me penchai vers l'oreille de Charlie.

— Je croyais qu'ils devaient tous être habillés comme Joe.

— La loi dit seulement que la tenue doit être « similaire », allez savoir ce que ça veut dire. On verra bien. Peut-être que ça jouera en notre faveur.

Quand les six hommes se furent alignés le long du mur, Krantz déclara :

— Personne ne nous voit de l'autre côté de cette glace, madame Kimmel. Ne vous faites aucun souci. Vous ne risquez absolument rien.

— Je me fous totalement de savoir s'ils me voient ou pas.

— Est-ce que l'un de ces hommes est celui que vous avez vu entrer dans le jardin d'Eugene Dersh ?

— Lui, répondit Amanda Kimmel.

— Lequel, madame Kimmel ?

— Le troisième.

— Vous êtes sûre ? Observez attentivement.

— C'est lui. C'est celui-là que j'ai vu.

Krantz glissa un coup d'œil à Charlie, mais Charlie regardait fixement Mme Kimmel.

— D'accord, acquiesça Krantz, mais je vais quand même vous reposer ma question. Vous dites que vous avez vu cet homme, le numéro trois, remonter la rue devant chez vous et s'introduire dans le jardin d'Eugene Dersh ?

— Et comment ! On peut pas se gourer sur une gueule pareille. Et surtout sur ses bras.

— Quand les inspecteurs ont pris votre déposition, est-ce bien cet homme que vous leur avez décrit ?

— Bon Dieu, oui ! Je l'ai vu comme je vous vois. Regardez-moi ces foutus tatouages.

— D'accord, madame Kimmel. L'inspecteur Watts va vous reconduire dans mon bureau. Merci.

Krantz ne la regarda pas en prononçant ces mots ; il regardait Joe. Il ne regarda ni Charlie, ni Williams, ni moi, ni personne d'autre. Il ne regarda pas Mme Kimmel quand elle sortit. Il maintint les yeux fixés sur Pike quand il décrocha son téléphone :

— Passez les menottes au suspect et amenez-le.

Le suspect.

Le grand flic mit les bracelets à Joe puis le fit entrer dans la salle d'observation.

Krantz regardait Pike quand il fut menotté, il le regardait quand il fut amené. Quand Pike nous eut rejoints, Krantz lui retira ses lunettes, les plia, les rangea dans une de ses poches. Pour Krantz, il n'y avait personne dans cette pièce, hormis Joe et lui. Personne d'autre ne vivait, personne d'autre ne comptait, personne d'autre ne signifiait quoi que ce soit. Ce qui était sur le point de se passer était tout pour lui. C'était même la seule chose au monde.

— Joe Pike, dit-il, je vous arrête pour le meurtre d'Eugene Dersh.

23

Krantz se chargea lui-même des formalités de l'arrestation. Il prit les empreintes de Joe, lui tira le portrait, tapa le procès-verbal. La Hollywood Division cria au scandale, tenta de garder la haute main sur l'enquête relative au meurtre de Dersh, dans la mesure où les faits avaient eu lieu dans sa juridiction, mais Krantz se débrouilla pour faire avaler ce nouveau dossier par le trou noir de la RHD. Indissociable de l'affaire du tueur en série, dit-il. Trop de recoupements, dit-il. En vérité, il voulait Pike.

J'assistai à la scène un bon moment, assis près de Stan Watts derrière un bureau vide, en rongeant mon frein, énervé de ne pas pouvoir parler à Pike. On dort peinard dans son lit, et la minute d'après on voit son ami se faire coffrer pour meurtre. On tâche de mettre ses sentiments de côté. On se force à réfléchir. Amanda Kimmel avait désigné Joe, mais qu'est-ce que cela signifiait ? Cela signifiait qu'elle avait vu quelqu'un qui ressemblait plus à Joe qu'aux autres hommes présents. J'en saurais plus après avoir discuté avec Joe. J'en saurais plus quand j'aurais entendu les explications du procureur. Et, une fois que j'en saurais plus, je pourrais agir.

Je me répétais tout cela parce que j'avais besoin d'y croire, sous peine de me mettre à hurler.

— C'est de la pure connerie, Watts, dis-je enfin. Et vous le savez.

— Ah bon ?

— Pike n'aurait pas tué ce type. Pike ne croyait pas à la piste Dersh.

Watts se contenta de me fixer, aussi expressif qu'un mur. Il avait déjà affronté des milliers de gens affirmant qu'ils n'avaient pas fait ceci ou cela, alors qu'ils l'avaient fait.

— Et maintenant, Stan ? Le tueur est mort, et vous, vous allez crier victoire et commander les petits fours ?

Le masque de Watts ne bougea pas d'un millimètre.

— Je comprends que vous soyez à bout, parce que c'est votre ami qui est ici, mais ne me confondez pas avec Krantz. Je vous ferais avaler vos dents une par une.

Finalement, Watts nous introduisit, Charlie et moi, dans une salle d'interrogatoire où nous attendait Joe. Son jean et son sweat-shirt avaient été remplacés par une tenue bleue estampillée LAPD. Il était assis, les doigts noués sur la table, le regard aussi placide qu'un lac de montagne. Ça me faisait drôle de le voir sans ses lunettes noires. J'aurais pu compter sur les doigts de mes mains les occasions où j'avais vu ses yeux. Ils sont d'un bleu hallucinant. Peu habitué à la lumière, il avait les paupières plissées.

Je soupirai :

— Tant de salopards dans le monde qui méritent de se faire descendre, et il a fallu que tu te paies Dersh.

Pike me fixa.

— C'est de l'humour ?

« Déplacé » est mon deuxième prénom.

— Avant d'attaquer, intervint Charlie, tu veux quelque chose à manger ?

— Non.

— Bon, voilà ce qui va se passer. L'assistant du procureur en charge de ce dossier est un certain Robby Branford. Tu le connais ?

Pike et moi secouâmes la tête.

— Un mec réglo. Un vrai pitbull, mais réglo. Il sera bientôt ici, et on verra bien ce qu'il a à montrer au juge. La mise en accusation est prévue pour cet après-midi au tribunal de l'Etat. Ils vont te garder ici, et ils te transféreront là-bas au dernier moment. Là-bas, ça ne devrait pas prendre plus d'une heure ou deux. Branford présentera son dossier et le juge décidera s'il dispose de suffisamment d'éléments pour estimer que c'est bien toi qui as fumé Dersh. Cela dit, si le juge te met en accusation, ça ne signifie pas que ta culpabilité soit établie, mais simplement qu'il pense avoir de quoi aller au procès. Si les choses tournent de cette façon, on se battra pour obtenir ta libération sous caution. D'accord ?

Pike hocha la tête.

— Tu as tué Dersh ?

— Non.

En entendant cette réponse, j'expirai longuement. Pike dut m'entendre car il se tourna vers moi. Le coin de sa bouche frémit.

— Ouf, dis-je.

Charlie ne parut ni impressionné ni ému. Lui aussi avait entendu ça un million de fois. *Je suis innocent.*

— La voisine de Dersh t'a désigné dans l'alignement. Elle dit qu'elle t'a vu entrer cette nuit dans le jardin de Dersh juste avant qu'il se fasse tuer.

— Pas moi.

— Tu es allé là-bas cette nuit ?

— Non.

— Où étais-tu ?

— Je courais.

— Bon sang. Tu courais en pleine nuit ?

— Ça lui arrive, dis-je.

Charlie se tourna vers moi en fronçant les sourcils.

— Je t'ai demandé quelque chose ? (Il ouvrit son bloc-notes jaune.) Reprenons depuis le début. Raconte-moi ta soirée, disons à partir de sept heures.

— Je suis passé à l'armurerie à sept heures. J'y suis resté jusqu'à huit heures moins le quart. Après, je suis rentré chez moi et je me suis fait à dîner. J'y étais à huit heures. Seul.

Charlie nota les noms des employés de Joe, ainsi que leur numéro de téléphone personnel.

— Bien. Tu es rentré chez toi, tu t'es préparé à dîner. Qu'est-ce que tu as fait après le dîner ?

— Je me suis couché à onze heures dix. Je me suis réveillé peu après deux heures du matin, et je suis sorti courir.

Charlie prit note.

— Pas si vite. Qu'est-ce que tu as fait entre huit heures et onze heures dix ?

— Rien.

— Comment ça, rien ? Tu as regardé la télé ? Loué une cassette ?

— J'ai pris une douche.

— Tu n'es pas resté trois heures sous ta putain de douche. Tu as bouquiné ? Appelé un ami, peut-être, à moins que quelqu'un t'ait appelé ? Mis du linge à laver ?

— Non.

— Tu as bien dû faire quelque chose, à part cette douche. Réfléchis.

Pike réfléchit.

— J'étais là.

Charlie prit note sur son calepin. Je vis bouger ses lèvres. J'ÉTAIS LÀ.

— D'accord. Donc, tu dînes, tu prends ta douche et tu te contentes d'« être là » jusqu'au moment où tu vas te coucher. Tu te réveilles peu après deux heures, et tu vas courir. Donne-moi ton trajet.

Joe décrivit le trajet qu'il avait emprunté, et moi aussi je pris note. J'allais refaire ce trajet pendant la journée, et aussi à l'heure où il l'avait fait, en quête de toutes les personnes susceptibles de l'avoir croisé.

— Je me suis arrêté un moment au bord de la falaise, sur Ocean Avenue, entre Wilshire et San Vicente, là où on voit la mer, poursuivit Pike. J'ai bavardé avec une fille. Elle s'appelait Trudy.

Il donna son signalement.

— Pas de nom de famille ? s'enquit Charlie.

— Je n'ai pas demandé. Elle avait un rencard avec un certain Matt. Un minibus noir est arrivé. Un Dodge neuf, sans plaque ni logo de concessionnaire visible. Des hublots à l'arrière. Elle est montée à bord, et le Dodge est parti. Le chauffeur m'a forcément vu.

— C'était quand ? intervins-je.

— Je suis arrivé sur la falaise vers trois heures moins dix. Je me suis remis à courir à trois heures.

— Tu es sûr de l'heure ? demanda Charlie en haussant les sourcils.

— Oui.

— Quinze minutes environ avant l'heure où la vieille dame a entendu le coup de feu. Il est impossible d'aller de l'océan à l'adresse de Dersh en un quart d'heure. Même à trois heures du matin.

Charlie hocha la tête, médita un instant, et parut apprécier le fruit de ses propres méditations.

— Bien. C'est déjà quelque chose. On a cette fille. Enfin, peut-être. Et sur ce trajet à pied, tu as peut-être croisé d'autres témoins potentiels. (Il se tourna vers moi.) Tu démarres là-dessus, Elvis ?

— Ouaip.

Quelqu'un frappa à la porte, et Charlie lui aboya d'entrer.

Williams passa la tête dans l'entrebâillement.

— Le proc' est ici.

— On arrive.

Quand Williams eut refermé la porte, Joe interrogea :

— Et la caution ?

— Tu as ta boutique. Tu as ta maison. Tout cela jouera en ta faveur quand j'essaierai de convaincre le juge que tu n'essaieras pas de te carapater. Mais quand on parle de meurtre, tout dépend de la solidité du dossier. Branford va faire tout un fromage de cette vieille dame, mais il sait — comme tout juge sait — qu'en matière de preuve un témoignage oculaire est ce qu'on fait de moins fiable. S'il n'a que cette vieille dame, on est plutôt bien partis. En attendant, tu restes sagement le cul sur ta chaise, et tu ne te fais pas trop de mouron, d'accord ?

Pike posa sur moi ses yeux bleus, et je regrettai une fois de plus de ne pas savoir ce qu'il y avait derrière leur surface placide. Il semblait serein, comme s'il avait traversé des épreuves bien pires, comme si rien de ce qui pouvait lui arriver désormais ne risquait d'être aussi grave. Même une mise en accusation pour meurtre.

— N'oublie pas Karen, dit-il.

— Je ne l'oublie pas, mais pour le moment tu es ma priorité numéro un. Au fait, Edward Deege est mort. On a retrouvé son corps. C'est un meurtre.

Pike inclina la tête.

— Comment ?

— D'après Dolan, ce serait quelque chose comme une bagarre de clodos, mais c'est la Hollywood Division qui s'occupe de l'enquête. Ils travaillent encore dessus.

Pike acquiesça.

— Je m'occupe de retrouver Trudy, dis-je.

— Je sais.

— Ne t'en fais pas pour ça.

— Je ne m'en fais pas.

Je sortis mes lunettes de soleil de ma poche et les lui tendis. Les yeux de Pike se posèrent brièvement dessus.

— Krantz me les prendrait.

— Allez, pressons, grommela Charlie Bauman. On n'a pas toute la journée.

Je remis mes lunettes dans ma poche et quittai la salle sur les pas de Charlie.

Robert Branford était un homme de haute stature, avec de grandes mains et des sourcils en bataille. Il nous retrouva dans le couloir et nous mena dans une salle de conférence où Krantz se tenait déjà assis au bout d'une longue table. Je remarquai un téléviseur et un magnétoscope dans le coin de la pièce. Sur la table, une pile de dossiers et de blocs-notes. Le téléviseur fonctionnait, mais son écran était vide et bleu. Ils venaient de regarder quelque chose, et je me demandai quoi.

Avant même que nous ayons fini d'entrer dans la pièce, Charlie lança :

— Au fait, Robby, tu as vu le témoin oculaire ?

— Mme Kimmel ? Pas encore. Je ferai ça après la mise en accusation.

— Tu ferais mieux de la voir avant.

— Pourquoi, Charlie ? Elle a trois têtes ?

Charlie mima le geste de vider un verre.

— Une pochetronne. Bon Dieu, Krantz, je ne sais pas comment vous avez fait pour rester aussi près d'elle pendant l'identification. J'ai failli tomber à la renverse quand elle est passée à ma hauteur.

Branford avait ouvert sa serviette et était en train de sortir des feuilles de papier de diverses enveloppes. Il haussa les sourcils en direction de Krantz, lequel eut le mérite d'acquiescer :

— Elle picole.

Charlie s'installa sur une chaise sans se donner la peine d'ouvrir sa serviette.

— Krantz t'a parlé de son M1 ? Si tu vas la voir chez elle, je te conseille d'agiter un drapeau blanc avant de sortir de ta bagnole.

— Je lui en ai parlé, Bauman, intervint Krantz. Quel rapport ?

Charlie écarta les mains. L'innocence même.

— Je voulais juste être sûr que Robbie sait où il met les pieds. Une vieille poivrote de soixante-dix-huit ans donne un témoignage oculaire sur un type qu'elle a essayé de mettre en joue avec un Garand M1. Ça risque de faire mauvais effet au procès.

Branford pouffa :

— Bien sûr, Bauman. Tu n'as que mon intérêt en

tête. (Il retira une mince liasse de feuillets de sa serviette et la tendit à Charlie.) Voici la déposition de Mme Kimmel, ainsi que le rapport rédigé par les agents qui ont répondu à son appel. On n'a encore rien reçu du coroner ni de la SID, mais je t'en ferai parvenir une copie dès que j'aurai quelque chose.

Charlie feuilleta les pages d'un air absent.

— Merci, Robbie. J'espère quand même que tu as mieux à offrir aux jurés que cette Mme Kimmel.

Branford esquissa un sourire pincé.

— Ne t'en fais pas, on a mieux, mais commençons par elle. C'est un témoin oculaire. Elle a aperçu notre homme sur les lieux du crime et l'a formellement reconnu à l'identification. Par ailleurs, les premières analyses confirment que Pike s'est récemment servi d'une arme à feu.

— Pike est propriétaire d'une armurerie, répliquai-je. Il ne passe pas un jour sans tirer.

Krantz se carra en arrière sur sa chaise.

— Ouais. Et aujourd'hui, on dirait qu'il a tiré le coup de trop.

Charlie l'ignora.

— L'étude balistique a établi une corrélation entre la balle et l'arme de Pike ?

— Vous savez combien de flingues on a retrouvés chez lui ? s'exclama Krantz. Douze armes de poing, quatre carabines, et huit fusils, dont deux d'assaut. Ce mec ferait un effet bœuf sur une affiche de campagne pour le désarmement.

Charlie ébaucha un geste pour l'inciter à se presser.

— Ouais, ouais, ouais, et chacune de ses armes est déclarée de manière parfaitement légale. Permets-moi de me risquer à un petit pronostic, Robby : vous ne trouverez pas de corrélation.

Branford haussa les épaules.

— Probable, mais ça n'a guère d'importance. Pike est un ex-flic. Il sait très bien qu'il faut se débarrasser de l'arme du crime. Est-ce qu'il a un alibi ?

Ce fut au tour de Charlie de paraître contrarié.
— Pike était à Santa Monica. Au bord de l'océan.
— Soit. Je vous écoute.
— On recherche encore les témoins.
Branford ne réussit pas à lui adresser un vrai sourire.
— Et je suis censé te croire sur parole. (Il rapprocha sa chaise de la table et s'adossa à son siège. A croire que Krantz et lui avaient répété cette posture.) Question mobile, nous avons Karen Garcia. Pike en voulait à Dersh d'avoir tué sa petite amie. Il était là, au cœur de l'enquête, et il n'en pouvait plus de voir que la police, même sachant que Dersh était le tueur, n'arrivait pas à rassembler des éléments suffisants pour le serrer.
— Ils ont rompu il y a des années, remarquai-je. Parles-en au père de Karen si tu veux vérifier.
— Qu'est-ce que ça prouve ? Dès qu'il s'agit de femmes, les hommes deviennent dingues.
Branford sortit une nouvelle enveloppe de sa serviette et la jeta sur la table.
— Par ailleurs, on n'a pas affaire ici à la personnalité la plus équilibrée du monde, pas vrai ? Regarde les antécédents de ce mec. Tu vois toutes les fusillades où il a été impliqué ? Tu vois combien de personnes il a tuées ? Voilà quelqu'un qui n'hésite jamais à utiliser une extrême violence pour résoudre ses problèmes.
Mon regard demeurait fixé sur Krantz. Il hochait la tête chaque fois que Branford marquait un point, mais jusqu'ici le score n'était pas trop élevé. Et pourtant, Krantz avait l'air confiant, sûr de son fait, pas du tout gêné par le manque de poids de ces arguments de type « antécédents ». Branford lui-même paraissait presque goguenard, conscient qu'il ne nous avait encore rien donné.
— Franchement, dis-je, je ne comprends pas ce qui vous pousse à charger Joe comme ça.
Branford et Krantz me regardèrent ensemble.
— La vieille dame, répondit Branford.

— Elle connaissait Joe ? Elle a appelé le 911 pour dire qu'elle avait vu Joe Pike se glisser chez Dersh ?

Krantz décroisa les bras et se pencha en avant.

— Essayez de deviner, Sherlock. Qui traînerait la nuit dans les rues avec un sweat-shirt sans manches, ces tatouages rouges aux deltoïdes et des lunettes noires ?

— Quelqu'un qui voudrait se faire passer pour Joe Pike, Sherlock.

Krantz s'esclaffa :

— Allons, Cole, s'il vous plaît. Pas besoin d'être Einstein pour comprendre ce qui s'est passé.

Charlie rangea dans sa serviette les documents remis par Branford et se leva.

— C'est léger, les gars. Beaucoup trop léger. Et moi qui étais là à m'imaginer que vous alliez me sortir de votre manche de vrais indices… les empreintes digitales de Pike sur le bouton de porte de Dersh, ce genre de chose ! Et tout ce que vous trouvez à me raconter, c'est que ça ne vous plaît pas qu'il soit inscrit à la NRA[1]. C'est faiblard, Robby. A l'audience, je ferai dire à cette vieille dame qu'elle a vu le père Noël, et le juge te renverra dans tes foyers en se tenant les côtes !

Robby Branford le regarda soudain de haut.

— Voilà autre chose. Tu veux savoir ce qu'on a, là, tout de suite ?

Sans attendre la réponse, il s'approcha du magnétoscope et le mit en marche.

L'écran bleu s'emplit d'une image vidéo muette, filmée par une caméra de surveillance à l'arrière d'une maison. Il me fallut quelques instants pour m'apercevoir que c'était celle de Dersh. Je ne l'avais vue que par-devant.

— La maison de Dersh, annonça Krantz. Notez bien la date, en bas.

L'heure et la date apparaissaient en incrustation dans

1. National Rifle Association. *(N.d.T.)*

le coin inférieur gauche de l'écran. Les images remontaient à trois jours avant l'enterrement de Karen Garcia. Sans doute le jour où j'avais appris la vérité concernant les quatre autres victimes du tueur. Le jour où Pike était allé épier Dersh.

On pouvait voir la grande fenêtre de l'atelier, et, à l'intérieur, deux silhouettes indistinctes, sans doute Eugene Dersh et un autre homme.

— Ce n'est pas Pike, remarquai-je.

— Non, ce n'est pas lui. Mais regardez ici, juste à côté du coin de la maison, à l'endroit où on aperçoit la rue.

Krantz tapota le coin supérieur gauche de l'écran. Une partie de l'allée de Dersh était visible et, au-delà, la rue.

Krantz pressa un bouton et le défilement de l'image se ralentit. Quelques secondes plus tard, la calandre d'une Jeep Cherokee rouge pénétra dans le champ de la caméra. Dès que la cabine fut visible, Krantz fit un arrêt sur l'image.

— C'est Pike, dit-il.

Le visage de Charlie se vida de son sang. Sa bouche se rétracta en un pli sombre.

Krantz nous montra la suite image par image. Joe tournant la tête. Joe scrutant la maison. Joe disparaissant.

— Dès que le jury verra ça, il fera le lien avec tout ce qu'on a d'autre, et il pensera exactement comme nous : que Pike a fait un repérage pour préparer son projet d'assassinat.

Satisfait, Robby Branford fourra les mains dans ses poches.

— C'est déjà beaucoup plus concluant, pas vrai, Charlie ? Je dirais, moi, que ton client est bon pour se retrouver à l'ombre.

Charlie Bauman me prit par le bras et dit :

— Viens. Il faut qu'on discute.

Charlie ne me lâcha le bras que lorsque je me dégageai devant la rangée de cellules.

— Il ne faut pas se fier aux apparences, lui déclarai-je. Ce truc s'est passé trois jours avant l'enterrement de Karen Garcia. Pike n'est allé là-bas que pour voir Dersh.

— Ne parle pas si fort. Pourquoi serait-il allé voir Dersh ?

— Je venais d'apprendre qu'il y avait eu d'autres victimes et que Krantz soupçonnait Dersh d'être un tueur en série.

— Et Pike a voulu voir le suspect de ses propres yeux ?

— Ouais. C'est tout à fait ça.

Charlie m'entraîna vers les ascenseurs et s'assura que personne ne pouvait nous entendre avant de m'interroger :

— Il est allé sur place pour parler à Dersh ? Pour lui demander si c'était lui qui l'avait fait ?

— Non. Il voulait juste le regarder.

— Il l'a juste regardé ?

— Pour voir s'il estimait Dersh capable d'avoir tué Karen.

Charlie soupira, secoua la tête.

— Je me vois bien essayant d'expliquer ça à un jury. « Vous devez comprendre, mesdames et messieurs les jurés, que mon client est un médium, et qu'il voulait juste capter les vibrations susceptibles de lui indiquer si la victime était ou non le tueur. » On est vraiment très, très mal barrés.

— Ils vont utiliser cette bande pour la mise en accusation ?

— Bien sûr qu'ils vont l'utiliser. Je peux te dire dès à présent que Joe va passer en jugement. Il va devoir répondre de ce meurtre. Notre problème n'est plus de convaincre le juge chargé de la mise en accusation, mais le jury.

— Et pour la caution ?

— Je ne sais pas.

Charlie sortit son paquet de cigarettes de sa veste et en inséra une entre ses lèvres. Nerveux.

Un flic qui passait par là dit :

— Ils ne veulent pas qu'on fume ici. Bâtiment municipal.

Charlie alluma sa cigarette.

— Alors, arrêtez-moi.

Le flic rit et continua son chemin.

— Ecoute, Elvis, je ne vais pas m'évertuer à raconter à un jury que Pike voulait juste voir ce mec. Je trouverai une histoire meilleure que celle-là, mais crois-moi, cette affaire se présente mal. (Il consulta sa montre.) Ils vont le transférer au tribunal d'ici quelques minutes. Je dois lui parler avant la mise en accusation.

— Je te retrouve là-bas.

— Non. Essaie plutôt de retrouver la fille que Pike a rencontrée au bord de la mer. Tu ne peux rien faire d'utile en restant assis dans la même pièce que moi.

Les portes de l'ascenseur s'ouvrirent, et nous montâmes. Deux femmes et un homme obèse se trouvaient déjà dans la cabine. La plus petite des femmes renifla, l'œil braqué sur la cigarette de Charlie.

— C'est interdit de fumer.

Charlie souffla un nuage de fumée et fit mine de le chasser d'un revers de main.

— Désolé. Je l'éteins tout de suite.

Il ne le fit pas.

— Ça va vraiment mal, Charlie ?

Bauman tira une bouffée de sa cigarette, souffla un gros nuage de fumée en direction de la femme et se tourna vers moi :

— Joe va devoir plaider coupable.

24

Pendant que je retraversais à pied le Parker Center, les voix autour de moi me parurent lointaines, presque métalliques. Le monde avait changé. Karen Garcia et Eugene Dersh n'en faisaient plus partie. Les policiers pensaient que leur assassin était mort mais, même s'il ne l'était pas, cela n'avait pas d'importance à mes yeux.

Il n'y avait plus que Joe en prison. Et la nécessité de le sauver.

Je passai l'après-midi à refaire les dix kilomètres qu'il avait courus dans la nuit, en dressant une liste méticuleuse de tous les établissements commerciaux situés sur le trajet et susceptibles d'employer du personnel vingt-quatre heures sur vingt-quatre. Ayant atteint la partie d'Ocean Avenue où Pike avait rencontré la fille, je descendis de voiture et poursuivis à pied. Des SDF étaient disséminés dans le parc, certains dormant sur une couverture sous le cagnard, d'autres rassemblés par petits groupes ou occupés à faire les poubelles. Je réveillai ceux qui dormaient et interrompis ceux qui discutaient pour leur demander s'ils connaissaient une Trudy ou un Matt… ou si, la nuit précédente, ils avaient vu un homme courir avec des lunettes de soleil. Presque tout le monde me répondit oui, et presque tout le monde mentait. Trudy était soit grande et maigre, soit petite et grosse, soit borgne. Le joggeur était un Noir avide de prélever des organes humains sur des donneurs non consentants, ou encore un agent du gouvernement cherchant à tester ses pouvoirs parapsychiques. Les schizophrènes se montrèrent particulièrement coopératifs. Je ne m'arrêtai pas pour déjeuner.

J'entrai ensuite dans tous les hôtels d'Ocean Avenue, notant les noms et coordonnées des employés de nuit, et quand j'eus fini je rentrai chez moi, impatient de commencer à passer mes coups de fil. Ce premier repérage sur le parcours de Joe m'avait pris presque cinq heures, et j'en étais revenu avec le vague sentiment de perdre du terrain.

Le meurtre de Dersh fit le gros titre de tous les flashes d'info de quatre heures. Le LAPD avait déjà livré à la presse le nom de Joe, et une chaîne avait même diffusé sa photo accompagnée de la légende TUEUR DE TUEUR. Il se répétait partout que Dersh était le suspect numéro un de la récente série de meurtres, et une source « haut placée du LAPD » était citée, disant que l'enquête resterait ouverte même si on ne s'attendait plus guère à identifier un autre suspect. Le chat arriva pendant le flash et regarda la fin avec moi.

A cinq heures moins dix, mon téléphone sonna. C'était Charlie Bauman :

— La mise en accusation est bouclée. Ils l'ont mis à l'ombre.

Sa voix sonnait creux.

— Et la caution ?

— Pas de caution.

Je me sentis soudain sombre et abattu, comme si le rythme effréné de ma journée prélevait enfin son tribut.

— Il y aura une seconde mise en accusation à la cour supérieure dans un mois environ. Je pourrai redemander la libération sous caution à ce moment-là, en espérant que le juge penchera en notre faveur. Celui d'aujourd'hui n'a rien voulu entendre.

— Et maintenant ? Qu'est-ce qui va se passer ?

— Ils vont le garder un jour ou deux au Parker Center, et ensuite ils le transféreront à la centrale pour hommes. Il sera placé au quartier de sécurité parce qu'il a été flic, et donc on n'aura pas de souci de ce côté-là. Ce dont il faudrait se soucier, par contre, c'est d'organiser sa défense. Tu as retrouvé quelqu'un qui l'a vu cette nuit ?

— Pas encore.

— Combien de noms as-tu recueillis, bon sang ?

— Entre les employés d'hôtel et ceux des commerces, ça m'en fait déjà deux cent quatorze.

— Eh bien… Tu travailles vite.

Pas assez à mon goût.

— Ecoute, continua Charlie, tu n'as qu'à me faxer ta liste à mon cabinet. Je lâcherai ma secrétaire dessus dès demain matin. Comme ça, toi, tu pourras continuer à arpenter le pavé.

— Je préfère m'occuper des appels moi-même dès ce soir.

Charlie hésita. Quand il reprit la parole, son ton était extrêmement calme :

— Ne joue pas au con avec moi, Elvis.

— Qu'est-ce que tu veux dire ?

— Il est six heures passées. Les boutiques sont en train de fermer et les équipes de nuit ne sont pas encore arrivées. Tu comptes appeler qui ?

Je l'ignorais.

— Pour le moment, Joe va bien. On a du temps devant nous. Alors, tâchons de faire du bon boulot, d'accord ?

Comme si j'étais un petit garçon venant de perdre son meilleur ami et que Charlie fût mon papa en train d'essayer de me persuader que tout irait mieux si je restais sage.

— D'accord. Je te faxe la liste.

— Bien. On se rappelle demain.

Après avoir raccroché, j'envoyai la liste, puis je m'ouvris une bière et sortis avec sur ma terrasse. Il faisait une chaleur suffocante, mais le canyon était dégagé. Deux buses à queue rousse planaient au-dessus des reliefs en cercles paresseux. Elles étaient suspendues au néant, en un modèle de patience, et leur tête minuscule oscillait régulièrement d'un côté sur l'autre, en quête de mulots et de serpents noirs. Un chasseur efficace est un chasseur patient. Charlie avait raison. A l'Ecole des rangers de Fort Benning, en Géorgie, on m'avait enseigné que la panique tue. Des hommes qui avaient survécu à trois guerres nous apprenaient que dès lors qu'on paniquait, on cessait de penser, et que quand on cessait de penser, la mort était proche. Un sergent nommé Zim nous faisait galoper huit kilomètres par jour avec un barda de trente kilos sur le dos, un jeu complet de munitions, et notre M16. Entre chaque tour de piste, il nous faisait brailler :

— Mon esprit est ma meilleure arme ! C'est le sergent Zim qui le dit, et le sergent Zim ne se trompe jamais ! Le sergent Zim est Dieu ! Merci, mon Dieu !

A dix-huit ans, ça vous marque son homme.

— Allez, Ducon, m'exhortai-je. Pense.

Si Amanda Kimmel avait vu un homme habillé comme Joe, avec des lunettes noires comme celles de Joe et des tatouages comme ceux de Joe, cela voulait dire que quelqu'un cherchait à se faire passer pour Joe. Retrouver ce quelqu'un était un moyen encore plus efficace de blanchir Joe que de découvrir Trudy ou Matt, mais, jusque-là, tout ce que je possédais, c'était une chose minuscule que personne d'autre que moi ne semblait avoir : la conviction absolue et totale que Joe Pike disait la vérité. Je ne doutais pas de sa parole. Je n'en douterais jamais. Ils pouvaient bien me montrer une bande vidéo de Joe en train de s'introduire dans cette maison. Si Joe pointait le doigt sur l'écran en me disant « Ce n'est pas moi », je le croyais sans hésiter.

On fait avec ce qu'on a — et tout ce que j'avais, moi, c'était ma foi. Cela dit, des multitudes de gens ont déjà eu l'occasion de constater que c'était largement suffisant.

On cherche des corrélations.

Krantz avait recherché quelqu'un qui eût un mobile

plausible pour tuer Dersh. Il pensait que Karen était le mobile de Pike. Frank Garcia lui aussi aurait pu avoir ce mobile-là, et il avait assez d'argent pour faire tuer Dersh, mais il n'aurait pas collé ce meurtre sur le dos de Joe. Ce qui impliquait l'intervention de quelqu'un d'autre, et je me demandai si ce quelqu'un avait un quelconque rapport avec Dersh ou s'il n'avait liquidé Dersh que pour arriver à une fin précise. Compromettre Pike. Peut-être n'était-ce pas Dersh qui était visé, mais Pike.

Je regagnai l'intérieur pour prendre un bloc-notes, ressortis sur la terrasse et traçai sur une feuille une ligne chronologique. Entre le meurtre de Karen et l'instant où le nom de Dersh avait commencé à circuler en tant que suspect numéro un, il s'était écoulé six jours. Entre la gloire de Dersh et son assassinat, seulement trois jours. J'essayai de me représenter devant sa télé un type fou de haine à l'encontre de Pike. Il hait Pike, jamais de sa vie il n'a entendu parler de Karen ni d'Eugene Dersh, mais il voit tout ça à la télé, et soudain, une grosse ampoule s'allume au-dessus de sa tête. *Je peux avoir Pike en liquidant ce Dersh !* Tout ça en l'espace de trois jours.

Mouais.

Il aurait fallu qu'il ait connu Dersh avant la divulgation de son nom, et qu'il ait eu du temps pour penser à son affaire. En outre, à peu près tout Los Angeles savait que les flics surveillaient Dersh vingt-quatre heures sur vingt-quatre. Et ce type avait choisi d'agir après le retrait de la surveillance policière. Je m'interrogeai un moment là-dessus.

Je rapportai ma bière à l'intérieur, la vidai dans l'évier, et ressortis sur la terrasse. Les buses étaient toujours là. J'avais cru qu'elles chassaient, mais peut-être profitaient-elles juste de la brise. J'avais cru qu'elles cherchaient une proie, mais peut-être se cherchaient-elles l'une l'autre et trouvaient-elles de la joie dans cette compagnie réciproque tout là-haut, bien au-dessus de la terre. Des buses amoureuses.

Les rapports sont souvent différents de ce qu'on imagine au premier abord.

Je songeai que le tueur était quelqu'un qui était en rapport à la fois avec Joe et avec Dersh. Le rapport entre Joe et Dersh était le même qu'entre Frank et Dersh : il passait par Karen. Peut-être était-ce aussi Karen qui faisait le lien entre le tueur et Joe.

Je quittai la terrasse, cherchai le numéro personnel de Samantha Dolan et l'appelai.

— Eh, mais c'est notre grand détective ! On daigne prendre son téléphone pour appeler une pauvre petite chose comme moi ?

Elle semblait ivre.

— Ça va, Dolan ?

— Bon sang. Vous ne pourriez pas m'appeler Samantha ?

— Samantha.

— C'est au sujet de votre pote, pas vrai ? Je veux dire… vous ne téléphonez pas juste pour me draguer ?

— C'est pour Joe.

— Je suis hors du coup. Je suis virée de la force inter-services, je ne sais pas ce que fabrique Krantz et je ne veux pas le savoir. D'après ce que j'ai entendu, Pike a l'air d'être le bon numéro.

— Je sais que Branford a des éléments contre lui, mais je peux vous assurer que ce n'est pas Pike qui a fait le coup.

— Oh, par pitié… Vous étiez sur place ? Vous ne l'avez pas vu agir.

— Je le connais, c'est tout. Pike ne débarquerait pas chez Dersh en pleine nuit pour le descendre de cette façon. Ce n'est pas son style.

— Et quel serait donc son style, puisque vous le connaissez tellement bien ?

— L'invisibilité. Pike aurait pu le tuer sans que vous en sachiez jamais rien, sans que vous puissiez un instant le soupçonner. Dersh aurait disparu, un jour ici, le lendemain nulle part, et vous en seriez réduite à vous demander ce qui s'est passé. Voilà comment Pike s'y serait pris, et croyez-moi, vous n'auriez jamais retrouvé le corps. Pike est l'homme le plus dangereux que je connaisse, et j'en ai connu un certain nombre. Il est unique en son genre.

Dolan ne répondit rien.

— Dolan ? Vous êtes toujours là ?

— Quelque chose me dit que vous aussi, vous pouvez vous montrer dangereux.

Je ne réagis pas. Elle pouvait bien penser ce qu'elle voulait. Elle finit par lâcher un soupir :

— Alors, qu'est-ce que vous voulez ?

— Celui qui a tué Dersh pourrait être relié à Joe par le biais de Karen Garcia, et cela nous ramènerait à l'époque où Joe roulait en voiture de patrouille. Son équipier était un certain Abel Wozniak.

— Bien sûr. Le flic qu'il a tué.

— Vous n'êtes pas obligée de le dire comme ça, Dolan.

— Il n'y a pas deux façons de dire ce genre de chose.

— J'ai besoin de découvrir qui, à l'époque, pourrait en avoir voulu à Pike au point d'être capable de tuer Dersh pour lui faire porter le chapeau. Je vais avoir besoin de dossiers et d'archives, et je n'y arriverai pas sans aide.

Nouveau silence.

— Dolan ?

— Vous êtes sacrément gonflé, vous savez ? Je suis dans une merde noire.

Elle coupa.

Je la rappelai, mais elle avait laissé le téléphone décroché. Je rappelai toutes les cinq minutes pendant la demi-heure suivante. Occupé.

— Et merde.

Vingt minutes plus tard, assis à ma table de salle à manger, j'envisageais de rappeler Dolan encore une fois quand Lucy entra. Elle retira sa veste, ses chaussures, et se dirigea vers le réfrigérateur sans m'accorder un regard.

— Je suppose que tu es au courant pour Joe, lui dis-je.

— J'ai suivi ça au bureau. On a envoyé quelqu'un au tribunal pour la mise en accusation.

Elle n'était pas venue me donner un baiser, et elle ne m'avait toujours pas regardé.

— Je peux te préparer quelque chose à manger ? proposai-je.

Elle secoua la tête.

— Tu veux un verre de vin ?

— Peut-être dans une minute.

Elle regardait fixement le frigo.

— Qu'est-ce que tu as ?

— Je n'ai jamais su toutes ces histoires au sujet de Joe.

La tension de la journée remonta d'un seul coup entre mes épaules, avec un picotement désagréable.

— J'ai vu des images de Branford s'opposant à sa libération sous caution. Il a fait allusion à toutes les fusillades auxquelles Joe a été mêlé et aux hommes qu'il a tués.

Ma tension se mua en une douleur lancinante.

— J'ai toujours considéré Joe comme un homme fort et calme, comme ton ami, mais maintenant j'ai l'impression de ne l'avoir jamais connu. Je n'aime pas découvrir ce genre de choses. Je n'ai pas envie de connaître un homme capable de pareils actes.

— Il t'aime bien, il te respecte, et tu le sais. Tu sais aussi qu'il est gentil avec Ben et que c'est mon meilleur ami.

Une lueur troublée et craintive dansa dans ses yeux.

— Branford a déclaré tout à l'heure qu'il avait tué quatorze hommes. Quatorze !

Je haussai les épaules.

— Quand on réussit à L.A., on peut réussir partout.

— Je ne trouve pas ça drôle du tout.

J'aurais voulu faire quelque chose de cette douleur, mais quoi ? J'aurais voulu rappeler Dolan, mais je m'abstins.

— Les hommes qu'il a tués essayaient de le tuer, ou de me tuer moi, ou de tuer quelqu'un qu'il voulait protéger. Joe n'est pas un assassin. Il n'a jamais commis de meurtre sur commande, il n'a jamais tué pour le plaisir de tuer. S'il l'a fait, c'est parce qu'il s'était mis dans des situations qui l'exigeaient. Exactement comme moi. Peut-être existe-t-il quelque chose de mal en lui et en moi. C'est ce que tu essaies de me dire ?

Lucy arriva sur le seuil, mais ne le franchit pas.

— Non, ce n'est pas ça. C'est juste que ça fait trop de choses à assimiler. Je suis désolée. Je ne voudrais pas être comme ça. (Elle risqua un sourire, mais il était forcé.) Je ne t'ai pas vu de la journée, tu m'as manqué, et avec toute cette histoire à propos de Joe, tu m'as manqué encore plus. Simplement, je ne sais plus que penser. J'ai lu les documents présentés par Branford au tribunal, et ils m'ont fait froid dans le dos.

— C'était l'effet escompté, Lucy. C'est pour ça que Branford les a brandis en s'opposant à la caution. Et tu le sais.

Je désirais par-dessus tout me lever et aller vers elle mais j'en fus incapable. Je me dis qu'elle pouvait souhaiter que je le fasse, ou qu'elle avait envie de venir vers moi, mais que quelque chose la retenait, elle aussi.

— Elvis ?

— Quoi ?

— Est-ce que Joe a tué cet homme ?

— Non.

— Tu en es sûr ?

— Oui. Oui, j'en suis sûr.

Elle acquiesça, mais quand elle reprit la parole, sa voix était ténue, comme venue de très loin.

— Je crois que je n'en suis pas aussi sûre que toi. Je crois qu'il aurait pu le faire. Peut-être même que je crois qu'il l'a fait.

Nous restâmes un moment immobiles, après quoi je passai dans le salon et allumai la radio. Je ne revins pas dans la cuisine.

Je restai assis sur le canapé à contempler le ciel de plus en plus sombre, et je songeai que là où il se trouvait ce soir, Joe Pike ne voyait que des murs.

Et je me demandai ce que le tueur, lui, voyait à ce même moment.

Numéro six

La brise torride porte la puanteur des toilettes jusqu'à la cachette du tueur — un bosquet de lauriers-roses à fleurs rouges. MacArthur Park est désert et silencieux à cette heure de la nuit. Une heure rêvée pour la chasse.

Le tueur est rose d'excitation tant la situation se présente bien. La force inter-services n'a toujours pas trouvé le moindre lien entre les cinq homicides, les enquêteurs de la Hollywood Division commencent à récolter des éléments matériels concernant le meurtre d'Edward Deege, et l'élimination de Dersh s'est avérée une excellente inspiration.

Joe Pike est en prison, et il y croupira pour le restant de ses jours. Jusqu'à ce qu'un quelconque rat de cave condamné à perpète lui plante une lame entre les omoplates.

Ce sera bien fait.

Le tueur sourit à cette pensée. Le tueur ne sourit pas souvent, et c'est un trait qu'il a appris de Pike, lui qui a si longtemps étudié Pike, Pike qu'il hait plus que tout. Mais c'est un moment privilégié, et il reste encore des flots de haine à libérer.

Pike, le contrôle parfait.

Pike, la maîtrise absolue.

Pike, qui lui a tout pris et qui a ensuite donné un sens à sa vie.

La vengeance est une salope.

Seul grain de sable possible, cette fille : Trudy. Le tueur a fait tout son possible pour parer à ce genre d'interférence : il a épié la maison de Pike pour s'assurer qu'il était bien seul, il a attendu que les lumières s'éteignent, il a encore attendu pour être certain que Pike était endormi, avant de s'en aller tuer Dersh. Le tueur pense que Trudy n'existe pas, que Pike a tout inventé, mais comme il ne peut pas en être sûr, il se dit qu'il devra peut-être retrouver cette Trudy lui-même. Il pourrait balancer son nom sur un ordinateur du NCIC[1] ou du VICAP[2] en passant par le FBI. Si quelqu'un la retrouve avant lui, de toute façon, il sera parmi les premiers à le savoir. Et il s'occupera d'elle.

Le gros du travail est fait, et maintenant il n'a plus qu'à tuer ceux qui restent et à s'assurer avec une absolue certitude que Pike sera condamné.

Ce qui implique de se préparer aussi pour l'associé de Pike, Elvis Cole.

Quel nom ridicule !

Le tueur en est toujours à se demander comment il pourra régler son compte à Cole quand il entend Jesus Lorenzo s'approcher, et il serre la crosse du pistolet de calibre 22 sur le canon duquel il a fixé une bouteille de Clorox en plastique. Impossible de confondre Lorenzo avec quelqu'un d'autre. Un mètre soixante-quinze, des talons aiguilles de dix centimètres, une micro-robe fourreau de satin rouge, une perruque platine. Le tueur l'a épié à six reprises en train de traverser nuitamment MacArthur Park.

Dès que Jesus Lorenzo a disparu dans les toilettes

1. National Crime Information Center. *(N.d.T.)*

2. Violent Crime Apprehension Program. *(N.d.T.)*

pour hommes, le tueur émerge des lauriers-roses et le suit. Personne dans les parages, personne non plus dans les toilettes pour hommes. Le tueur le sait parce qu'il est ici depuis près de deux heures.

Son plan est toujours en marche.

Tu vas payer, chien.

25

Lucy et moi entamâmes la journée du lendemain avec une sorte d'hésitation prudente qui me mit mal à l'aise. Quelque chose de neuf s'était insinué dans nos rapports, que ni elle ni moi ne savions comment aborder. Nous avions dormi ensemble, et pourtant nous n'avions pas fait l'amour. Elle paraissait dormir, mais je crois que c'était de la simulation. J'aurais voulu lui parler de Joe. J'aurais voulu qu'elle se sente à l'aise par rapport à lui, mais me doutais que ce n'était pas possible. Le temps que je me décide à me jeter à l'eau, elle dut partir à son bureau.

En poussant la porte, elle me demanda :

— Tu vois Joe aujourd'hui ?

— Oui. Sans doute un peu plus tard.

— Tu lui transmettras mes amitiés ?

— Bien sûr. Tu pourrais m'accompagner.

— J'ai du travail.

— D'accord. Je sais.

— Mais peut-être.

— Lucy ?

Elle me dévisagea.

— Tout ce qu'est Joe, je le suis aussi.

Elle n'avait probablement pas envie d'entendre ça.

— Ce qui me chiffonne le plus, c'est que ces choses-là ne te dérangent pas. Tu les acceptes comme si elles étaient ordinaires. Or ce n'est pas ordinaire.

Ne trouvant rien à dire qui n'eût sonné comme une vaine tentative d'autojustification, je me tus.

Lucy referma la porte et partit au travail.

Encore une belle journée dans la Cité des Anges.

J'envisageai de passer un coup de fil à la secrétaire de Charlie Bauman pour lui dire qui j'avais déjà contacté, mais elle n'était sans doute pas encore arrivée. Charlie la mettrait au courant, mais je voulais lui parler, moi aussi. Je voulais également contacter le FBI et le bureau des shérifs de l'Etat de Californie pour avoir accès à leur base de données sur les enfants fugueurs ou disparus. Je voulais voir si les prénoms Trudy et Matt pouvaient me fournir une information quelconque, et je voulais aussi consulter le fichier des véhicules volés, en quête d'un minibus Dodge noir. Mais d'abord, je décidai d'appeler Dolan à son bureau, et je tombai sur Williams.

— Salut, Williams. Dolan est là ?

— Qu'est-ce que ça peut vous faire ?

— Je veux lui parler.

— Pas vue ce matin. Vous voulez savoir ce que j'ai entendu Krantz dire à votre sujet ?

— Ça risque de ne pas me plaire.

— Krantz a dit que vous étiez probablement dans le coup avec ce fumier de Pike. Et que, s'il arrive à vous coincer vous aussi, il y a des chances pour que Pike et vous dansiez un jour ensemble le tango de l'intraveineuse.

Williams pouffa.

— Eh, Williams…

— Quoi ?

— Vous êtes le plus blanc de tous les Noirs que je connais.

— Allez vous faire foutre, Cole.

— Vous de même, Williams.

Je raccrochai en me disant que la journée commençait décidément très mal. J'étais en train de monter l'escalier pour aller prendre une douche quand la sonnette tinta. C'était Samantha Dolan. Qui avait visiblement la gueule de bois.

— Je viens de vous appeler.

— J'y étais ?

— Vous savez quoi, Dolan ? Aujourd'hui, ce n'est pas un bon jour pour l'humour.

Elle me contourna pour entrer chez moi — une fois de plus sans y être invitée — et jeta un coup d'œil à la cuisine. Elle portait un blazer bleu marine sur un tee-shirt blanc uni, un jean et des lunettes de soleil italiennes à verres ovales. Son tee-shirt paraissait terriblement blanc sous le blazer sombre.

— Ouais, eh bien, moi aussi, j'ai des jours sans. Vous n'avez toujours pas recollé ce carrelage.

— Je ne voudrais pas être grossier, mais qu'est-ce que vous faites ici ?

— Vous avez peur que votre petite dame soit jalouse ?

— Rendez-moi service, ne l'appelez pas ma petite dame. Ça me fout en pétard.

— Comme vous voudrez. Je pourrais avoir un jus de fruits ou de l'eau ? J'ai la bouche un peu sèche.

Je l'emmenai à la cuisine et remplis deux verres de jus de mangue. Au moment où je lui tendais le sien, elle retira ses lunettes de soleil. Ses yeux étaient injectés de sang, et je crus sentir un effluve de tequila dans son souffle.

— Bon sang, Dolan, il est à peine huit heures du matin. Vous vous y mettez si tôt que ça ?

Ses yeux rouges étincelèrent de colère.

— Ça vous regarde de savoir quand je m'y mets ?

Je levai les mains. Dolan remit ses lunettes.

— J'ai repensé à ce que vous me disiez hier soir. Sur le fait qu'il se peut que le tueur soit relié à Pike par le biais de Karen Garcia. Peut-être que vous avez mis le doigt sur quelque chose, mais ce qui est sûr, c'est que je n'aurais pas pu vous téléphoner de mon bureau pour vous en parler.

— Ce qui veut dire que vous voulez bien m'aider ?

— Ce qui veut dire que je veux bien en parler.

Le chat passa le museau hors de sa chatière. Il sortit jusqu'à mi-corps avant de s'arrêter net, fixant Dolan.

Dolan lui rendit son regard en fronçant les sourcils.

— Qu'est-ce que tu mates, nom d'un chien ?

Le chat inclina la tête sans cesser de la fixer.

— Qu'est-ce qui cloche chez ce chat ?

— Je crois qu'il est un peu perturbé. La seule personne au monde qu'il supporte, c'est Joe Pike. C'est peut-être à cause de vos lunettes.

Le froncement de sourcils s'accentua.

— Merci pour moi. Me voilà confondue avec un malabar de cent kilos à la gueule de boucher, et par surcroît plat comme une planche à pain.

Elle retira ses lunettes et scruta le chat en écarquillant les yeux.

— C'est mieux ?

Le chat pencha la tête dans l'autre sens.

— Pourquoi est-ce qu'il penche la tête comme ça ?

— Quelqu'un lui a tiré dessus dans le temps.

Dolan s'accroupit et tendit la main vers le chat.

— Je ne ferais pas ça, Dolan. Il mord.

— Samantha.

— Samantha.

Le chat renifla. Il s'avança vers elle, renifla encore.

— Il n'a pas l'air si méchant que ça.

Elle lui gratta le crâne et vida son verre.

— Ce n'est qu'un foutu chat comme un autre.

Je regardai le chat, puis Dolan. J'avais vu ce chat griffer des centaines de personnes, et je ne l'avais jamais vu laisser qui que ce soit le toucher, à part Joe et moi.

— Quoi ?

Je secouai la tête.

— Rien.

Elle sortit un paquet de Marlboro de sa poche.

— Ça vous dérange si je fume ?

— Ouais, ça me dérange. Si vous voulez vraiment en griller une, allons sur la terrasse.

Nous sortîmes. La brume grise de la veille demeurait en suspens mais elle avait perdu en densité. Dolan s'approcha de la balustrade et balaya le canyon du regard.

— Jolie vue. Vous avez des transats. Un fauteuil à bascule.

Elle alluma une Marlboro et exhala un gros nuage de fumée, histoire d'épaissir encore la brume. Charmant.

— Alors, dis-je, qu'est-ce que vous avez pensé hier soir ?

— Je n'étais pas encore chez les flics quand il y a eu cette embrouille entre Wozniak et Pike, mais Stan Watts y était. Je l'ai interrogé là-dessus. Vous savez ce qui s'est passé ?

— Je sais.

Une petite fille nommée Ramona Ann Escobar avait été aperçue quittant un parc en tenant la main d'un homme que la police croyait être Leonard DeVille, pédophile et pornographe notoire. Pike et Wozniak avaient appris peu après que DeVille avait été vu entrant à l'Islander Palms Motel, et ils s'étaient rendus sur place pour enquêter. Quand ils étaient entrés dans la chambre, Ramona n'était pas présente. Pike ne m'avait jamais parlé de cet épisode, mais je me rappelais avoir lu dans la presse que Wozniak, lui-même père d'une petite fille, s'était mis en tête que DeVille avait pu faire du mal à l'enfant. Il avait sorti son arme de service et s'en était servi pour le frapper. Pike, craignant que Wozniak ne mette la vie du suspect en danger, s'était interposé. Une rixe s'était ensuivie, l'arme de Wozniak s'était déclenchée, et Wozniak était mort. L'IAG, groupe des affaires internes, avait ouvert une enquête, sans retenir de charges contre Pike. Ce que ne disaient pas les articles que j'avais eus entre les mains, c'était que, bien que l'IAG n'eût pas formellement condamné Pike, presque tous les policiers de la ville lui avaient reproché la mort de Wozniak. Et ce d'autant plus que Pike avait tué Wozniak pour défendre une ordure comme Leonard DeVille. Un pédophile.

— Si vous comptez passer au crible tous ceux qui en veulent à Pike, enchaîna Dolan, vous devrez commencer par à peu près deux mille flics.

— Je doute que ce soit nécessaire.

— C'est vraiment de la haine, mon pote. Il y a des flics qui haïssent toujours Pike à cause de ce qui est arrivé à Wozniak.

— Réfléchissez à ce que vous dites, Dolan. Vous croyez qu'un flic pourrait lui en vouloir encore au point de tuer un innocent, juste histoire de lui faire porter le chapeau ?

— C'est vous qui dites que Dersh est innocent. C'est votre théorie, pas la mienne. Supposez qu'un de nos cow-boys ait considéré Dersh comme un tueur en série, peut-être qu'il s'est dit que son sacrifice ne serait pas une grosse perte, au contraire. Et même si ce n'était pas un flic, il y aurait encore les deux ou trois cents crapules que Pike a arrêtées. Ça vous laisse encore un joli vivier de suspects.

— Je ne peux pas vous suivre sur ce terrain, Dolan. Il y a tellement de paramètres dans cette affaire que, si j'envisageais de me pencher sur chaque cas individuel, il vaudrait mieux que je reste assis chez moi à attendre que Krantz ait résolu l'équation.

— Je parie que ce n'est pas votre genre.

— C'est le vôtre ?

Elle sourit.

— Non. Bon sang, ce qu'il cogne, ce soleil !

Dolan retira son blazer et le posa sur le dossier d'un transat de la terrasse. Son Sig était niché dans un étui contre sa hanche droite et ses bras bronzés respiraient la vigueur. Son tee-shirt blanc était tellement immaculé qu'il me fit plisser les yeux.

— Je préfère me contenter de ce que j'ai devant moi,

dis-je. Je veux parler de Wozniak et de Karen Garcia, et de la façon dont ils se sont rencontrés. J'ai besoin d'un maximum d'informations sur Wozniak et DeVille, et sur ce qui s'est passé dans cette chambre de motel. Il me faut le rapport balistique, le procès-verbal de l'accident, tout ce qu'ils ont eu entre les mains à l'IAG.

Elle secoua la tête avant même que j'aie fini :

— Laissez-moi vous dire tout de suite que vous pouvez faire une croix sur les documents de l'IAG. Ils sont sous scellés. Il vous faudrait un mandat.

— J'ai besoin du dossier personnel de Wozniak et du casier de DeVille. Je vais parler à Joe et voir ce qu'il peut m'en dire.

— Vous ne seriez pas un peu gourmand, vous ?

— Que voulez-vous que je fasse d'autre ?

Elle tira une longue bouffée.

— Rien, je suppose. Je veux bien passer deux ou trois coups de fil pour vous. Mais ça risque de prendre un peu de temps.

— J'apprécie que vous fassiez ça pour moi, Samantha.

Le regard perdu sur le canyon, elle posa les coudes sur la balustrade.

— Je n'ai rien de mieux à faire. Devinez donc ce que Bishop me demande en ce moment. D'assurer le suivi des affaires de braquage de l'année dernière. Vous savez ce que c'est ?

— Non.

— On reprend les affaires non élucidées tous les trois mois, juste histoire de dire que l'enquête reste ouverte. On téléphone à l'enquêteur initialement chargé du dossier, on lui demande s'il a du nouveau, il vous répond que non, et on passe au suivant. Le grouillot de base pourrait s'en charger. Et chaque fois que je vois Bishop, il me tourne le dos.

Je ne savais pas que répondre à cela.

Elle finit sa cigarette et la jeta au fond de son verre.

— Je suis désolé, Samantha.

— Vous n'avez pas à être désolé de quoi que ce soit.

— Je vous ai fait franchir la ligne jaune à propos de la force inter-services, et je suis en train de recommencer maintenant. Je m'excuse d'avoir fait tout ça. Je n'aurais pas dû dire à Krantz que j'étais au courant, ni que nous avions eu cette petite conversation dans votre voiture.

— Tout finit par se savoir, mon pote. Je marche sur une couche de glace fine, c'est un fait, mais si j'avais menti ce jour-là et s'ils s'en étaient aperçus ensuite, je serais déjà au fond du lac, croyez-moi. Comme je vous l'ai dit, peut-être que si je lui lèche suffisamment le cul, Bishop me gardera dans le secteur.

Je hochai la tête.

Elle me jeta un coup d'œil par-dessus son épaule.

— J'ai l'impression d'être une fichue poivrote.

— Parce que vous vous en êtes jeté un ou deux ce matin ?

— Parce que j'ai envie de m'en jeter un maintenant.

Son regard s'attarda sur moi.

— Ce n'est pas à cause de cette embrouille que je me suis mise à boire, abruti.

Je la dévisageai tout en songeant qu'elle n'était pas obligée de passer chez moi — qu'elle aurait pu appeler. Je m'aperçus qu'elle avait sonné quelques minutes à peine après le départ de Lucy.

Dolan était accoudée à la balustrade, le dos très droit, longue et souple sous son tee-shirt moulant. Elle avait de l'allure. Elle surprit mon regard et déplaça légèrement son poids de manière à rouler des fesses. Je détournai les yeux, mais ce ne fut pas facile. Je pensai à Lucy.

— Elvis…

Je secouai la tête.

Dolan s'approcha de moi, noua les bras autour de mon cou, et m'embrassa. Je sentis la cigarette, la tequila, la mangue, j'eus envie de lui rendre son baiser. Peut-être même que, l'espace d'un instant, je le fis.

J'écartai ses bras de mon cou.

— Je ne peux pas, Samantha.

Elle recula précipitamment d'un pas. Ecarlate, elle se détourna et repartit en courant dans la maison. Un instant plus tard, j'entendis gronder le moteur de sa BM.

Je me touchai les lèvres et restai un moment planté sur ma terrasse, perplexe.

Puis je rentrai téléphoner à Charlie Bauman.

26

Au bout du fil, Charlie écouta sans m'interrompre pendant que je lui expliquais pourquoi je voulais parler à Pike.

Quand j'eus fini, il me dit :

— Les visites commencent à dix heures, à moins qu'ils ne le transfèrent à la centrale dès ce matin. Laisse-moi passer un coup de fil pour vérifier, et je te rappellerai.

Le chat s'arrêta sur le palier afin de m'observer pendant que j'attendais la sonnerie du téléphone. Il passa dans la chambre d'amis, revint dans le séjour et m'observa de plus belle.

— Elle est partie, dis-je.

Il tomba sur le flanc et se lécha le pénis. Ah, ces chats.

Je n'arrivais pas à m'ôter Dolan du crâne, et la place qu'elle y occupait faisait naître en moi une culpabilité telle que je n'en avais plus éprouvé depuis la première fois que j'avais tué un homme. Dolan accoudée à la balustrade, Dolan collée contre moi. J'avais toujours le goût de sa cigarette dans la bouche. J'allai dans la cuisine et je bus un verre d'eau, mais le goût demeura. L'amour que j'éprouvais pour Lucy flamboyait dans mon cœur comme un incendie furieux, et je regrettais qu'elle ne soit pas là. J'aurais voulu la serrer dans mes bras, lui dire que je l'aimais, l'entendre me répondre la même chose. J'aurais voulu sentir ses caresses et le réconfort de son amour. Et, par-dessus tout, j'aurais voulu cesser de désirer Samantha Dolan, mais je ne savais pas comment m'y prendre. J'avais l'impression d'être infidèle.

Je passai un bon moment à regarder le paysage par la fenêtre de la cuisine, puis je lavai mon verre, le rangeai, et me forçai à penser à ce que j'avais à faire.

Charlie me rappela quatre minutes plus tard, pour me demander de le retrouver à onze heures dans le hall du Parker Center.

Je consacrai le temps qui me restait à essayer de retrouver Trudy, à appeler le DMV pour obtenir la liste de tous les minibus Dodge neufs vendus au cours des deux derniers mois, en précisant que seuls les noirs m'intéressaient. L'ordinateur cracha vingt-huit réponses. Je demandai à mon amie s'il lui était possible de me faxer la liste, mais elle me répondit que non : il fallait la poster. L'administration dans toute sa splendeur. Ensuite, je passai près de deux heures au téléphone pour appeler le FBI, le bureau des huissiers et celui des shérifs. Le plus clair de ce temps fut consacré à poireauter en ligne, mais j'appris néanmoins qu'aucun minibus Dodge noir commercialisé cette année n'avait été volé durant les trois derniers mois. Je m'arrangeai pour que les prénoms de Trudy et de Matt soient soumis aux systèmes informatiques VICAP et NCIC, qui centralisent une quantité considérable d'avis de recherche émis aux quatre coins du pays et comportent aussi une riche banque de données sur les enfants disparus ou enlevés. Quand on me demanda pourquoi j'en avais besoin, je m'abstins de parler de Pike ; j'expliquai que je travaillais pour les parents d'une victime. Tout le monde se montra nettement plus coopératif dans ces conditions, mais tout le monde me fit la même réponse : en l'absence d'un nom de famille, mes chances de glaner une information utile étaient plus que minces.

Je partis de bonne heure pour le Parker Center, et au passage mon regard s'attarda sur les fumeurs debout sur le trottoir, au cas où j'aurais aperçu Dolan. Elle n'était pas parmi eux, et je me demandai si elle était en train de se procurer les dossiers dont j'avais besoin, ou si elle avait l'intention de le faire. Là-dessus, l'idée m'effleura que je la cherchais peut-être pour une autre raison, et la culpabilité me brûla l'estomac comme une lampée de café amer.

Il était tôt, mais Charlie Bauman m'attendait déjà dans le hall.

— Tu as une sale gueule, remarqua-t-il. Qu'est-ce qui ne va pas ?

— Tout va pour le mieux.

— C'est exactement ce dont j'ai besoin. Un peu de dignité.

Un flic gras, au visage congestionné, nous précéda dans un couloir menant vers l'arrière et la salle d'interrogatoire. Charlie et moi restâmes assis sans échanger un mot pendant cinq minutes.

Joe arriva enfin. Il portait toujours sa tenue bleue mais il en avait retroussé les manches. Les veines de ses poings et de ses avant-bras saillaient comme s'il avait fait des pompes au moment où les flics étaient venus le chercher.

L'agent noir aux bras de culturiste qui avait ramené Joe de la séance d'identification franchit le seuil devant lui.

— Ça va aller ?

— Oui.

Pike était entravé aux poings et aux chevilles. Le Noir ouvrit les menottes et les empocha.

— Je dois vous laisser les chaînes.

Pike acquiesça.

— Merci pour les mains.

Quand le Noir fut ressorti, j'ébauchai un sourire. Joe ne plissait plus les yeux. Il s'était habitué à la lumière.

— Tu as retrouvé Trudy ? demanda-t-il.

— Pas encore.

— Alors, comment expliques-tu que tu ne m'aies pas encore fait évader ?

— Trop simple. Je préfère la difficulté : je vais coincer celui qui t'a piégé.

Charlie se pencha brusquement en avant, comme s'il s'apprêtait à plonger en travers de la table.

— Cole a une idée en tête : il se dit que celui qui a fumé Dersh a peut-être aussi été en relation avec toi par l'intermédiaire de Karen Garcia. Peut-être est-ce le même mec qui l'a tuée.

Pike me regarda. Il devait ressentir de la curiosité, mais avec Pike, allez savoir.

— Celui qui a tué Dersh te hait tellement qu'il s'est fait passer pour toi, ajoutai-je. Il a même utilisé un 357. Comme toi. Ça veut dire qu'il te connaît, ou du moins qu'il a fait le nécessaire pour se renseigner sur toi.

Pike opina.

— Mais, s'il te hait à ce point, pourquoi avoir attendu si longtemps, et pourquoi avoir tué Dersh à seule fin de te faire porter le chapeau ? Pourquoi ne s'en est-il pas pris directement à toi ?

Le coin de la bouche de Pike se contracta.

— Parce qu'il ne peut pas.

Charlie leva les yeux au ciel.

— J'aurais dû apporter mes cuissardes, les gars. On patauge dans la testostérone.

Je présentai le fruit de mes réflexions sur la chronologie des récents événements.

— Tout ça a été calculé, Joe. Avant que le nom de Dersh ne soit divulgué. Peut-être même avant le meurtre de Karen. Il ne veut pas te tuer. Il veut te punir. Ce mec traîne sa haine depuis longtemps, et d'un seul coup il a vu un moyen de se venger, et je ne peux pas m'empêcher de me demander s'il n'était pas en relation avec Karen.

Pike inclina la tête, et l'eau placide de ses yeux bleus parut soudain receler quelque chose de plus profond.

— Il n'est pas nécessaire qu'il ait été en relation avec Karen. J'ai arrêté au moins deux cents types.

— Si ce n'est qu'un malfrat parmi tant d'autres, pourquoi ici et pourquoi maintenant ? Ça fait beaucoup trop de coïncidences. Je ne marche pas.

Charlie se fendit d'un sourire de loup et hocha la tête. Il commençait à adhérer à mon idée.

— Bien vu, me lança-t-il.

— Leonard DeVille, lâcha Pike.

L'homme que Joe et Wozniak étaient en train d'interpeller le jour de la mort de Woz.

— Qui ça ? demanda Charlie.

Nous lui expliquâmes. Puis Joe dit :

— DeVille était là pendant le dénouement, mais c'est aussi grâce à lui que Karen et moi nous sommes rencontrés. Woz et moi avons répondu à un appel qu'elle venait de passer au central pour signaler un pédophile. Woz a pensé que ça pouvait être DeVille.

— Alors, conclut Charlie, c'est peut-être lui.

Joe secoua la tête.

— DeVille est mort en prison. Une petite frappe du gang de la Dix-Huitième Rue l'a planté au bout de deux ans de peine.

Les tripoteurs d'enfants ne font pas long feu en prison.

— Soit, dis-je. Et Wozniak ? Peut-être qu'il pourrait y avoir quelque chose de son côté.

— Non.

— Réfléchis.

— Woz aussi est mort, Elvis. C'est tout réfléchi.

On frappa vigoureusement à la porte, par deux fois, et Charlie cria d'entrer.

Krantz et Robby Branford.

Krantz fronça les sourcils en repérant la cigarette de Charlie.

— On ne fume pas ici, Bauman.

— Désolé, inspecteur. Je vais l'éteindre tout de suite. (Charlie tira une bouffée et souffla la fumée en direction de Branford.) Tu avais l'intention de questionner mon client hors de ma présence, Robby ?

Agacé, Branford fit le geste de s'éventer.

— Ils ont su que tu étais ici et ils m'ont prévenu. Si ça n'avait pas été le cas, j'aurais téléphoné. Ces saloperies finiront par te tuer, Charlie.

— Ouaip, fit l'intéressé.

Les deux arrivants avaient sur la figure une expression que je n'appréciai pas. Charlie non plus :

— Quoi ? Je suis en pleine réunion avec mon client.

Robby Branford sortit un minuscule calepin relié de cuir et jeta un coup d'œil dessus.

— Ce matin, à sept heures vingt-deux, un travesti du nom de Jesus Lorenzo a été retrouvé mort dans les toilettes publiques de MacArthur Park. Une balle de 22 dans la tête, des particules de plastique blanc à l'intérieur de la plaie. Les estimations préliminaires situent le décès vers trois heures du matin.

Il referma son calepin, le rangea, scruta Pike.

— Vingt-quatre heures après que vous avez tué Dersh.

Je me penchai en arrière et fixai Krantz dans le blanc des yeux.

— Ce qui signifie, dis-je, que Dersh n'a tué ni Karen Garcia ni personne d'autre.

— Quel rapport avec nous, bon sang ? questionna Charlie Bauman. Ce meurtre-là aussi, tu as l'intention de le coller sur le dos de Pike ?

Branford secoua la tête.

— Pas celui-là. Cela dit, c'est déjà assez grave de se faire justice soi-même, mais c'est encore pire quand le justicier se plante et tue un innocent.

— Pike n'a tué personne, objecta Charlie.

— Le jury en décidera. En attendant, je tenais à t'avertir.

— De quoi ?

— Quand le dossier sera soumis à la cour supérieure le mois prochain, nous invoquerons les circonstances aggravantes. Je vais réclamer la peine de mort.

Un tic nerveux se déclencha sous l'œil gauche de Charlie.

— C'est de la pure connerie, Robby.

Branford haussa les épaules.

— La famille de Dersh risque de ne pas être de cet avis. Nous allons parler à ton client après le déjeuner. Si on se mettait d'accord, toi et moi, pour fixer une heure et se retrouver quand vous aurez terminé ?

Je fixais toujours Krantz, qui soutenait mon regard.

— Vous n'avez pas l'intention d'accuser Krantz d'avoir fait tuer un innocent ?

Branford sortit sans me répondre, mais Krantz marqua une pause sur le seuil et répliqua :

— D'accord, Dersh n'était pas le bon client, et je vais devoir vivre avec ça. Mais il me reste Pike.

Il sortit et referma la porte.

Un dimanche après-midi chez les Wozniak

— Serre bien fort, dit Pike.

Evelyn Wozniak, neuf ans, serra de toutes ses forces les mains tendues de Joe Pike.

— Je parie que tu n'es pas capable de me soulever ! Je suis trop grande !

— C'est ce qu'on va voir.

— Surtout ne me lâche pas !

Joe la souleva sans effort, maintint la petite fille à bout de bras, et se mit à tourner lentement sur lui-même. Evelyn glapit.

Abel Wozniak, posté devant le gril, héla sa fille :

— Evie, file dire à ta mère que j'ai besoin d'eau pour le vaporisateur. Dépêche-toi avant que ce fichu poulet n'ait complètement cramé.

Pike reposa Evelyn. Haletante, elle s'élança vers la maison. Quelques minutes plus tôt, Joe et Abel avaient dressé la table de pique-nique dans le patio, à l'abri du soleil, pendant que Karen et Paulette repartaient à l'intérieur de la maison pour y chercher les sets de table et les boissons fraîches. Joe s'assit dans un fauteuil de jardin sous le grand parasol et sirota sa bière. A l'autre bout de la pelouse, Abel retournait son poulet en maudissant les braises fumantes du barbecue.

Joe avait toujours admiré le jardin des Wozniak. Abel et Paulette le gardaient simple et propre. Ils habitaient dans une maison modeste, à San Gabriel, où vivaient beaucoup de policiers et leurs familles, et tous deux se donnaient du mal pour que leur maison et leur jardin restent agréables. Cela se voyait, et Joe avait toujours aimé venir chez eux pour le barbecue dominical.

Abel maudit une fois de plus les braises du gril, cria qu'il lui fallait cette fichue eau tout de suite, recouvrit le poulet et vint s'asseoir près de Joe. Abel tenait lui aussi une bière à la main. Il en avait déjà bu plusieurs.

Joe dit :

— Tu fricotes encore avec ces mecs ?

— Va te faire foutre. Tu ne sais pas de quoi tu parles.

Abel contempla rêveusement la fumée qui s'échappait des orifices du barbecue.

— Je t'ai suivi, Woz. Je t'ai vu avec les frères Chihuahua. Je t'ai vu avec cette fille. Je sais très bien ce que tu fais.

Wozniak sortit une Salem du paquet de cigarettes, par terre à côté de son fauteuil, et l'alluma.

— Pourquoi est-ce que tu fais ça, bon Dieu ?

— Je ne peux pas te laisser continuer.

— Je suis ton équipier, merde.

Joe finit sa bière et reposa la bouteille vide sur la pelouse. Paulette et Karen ressortirent. Karen portait un énorme saladier plein de salade de pommes de terre, et Paulette le vaporisateur et un plateau sur lequel étaient posés des couverts et des serviettes. Abel se leva, alla vaporiser ses braises, puis revint. Les deux femmes s'affairaient autour de la table.

— Ce foutu poulet ressemble à tout ce merdier, grommela Wozniak.

— Je suis sérieux, Woz. Je ne fermerai pas éternellement les yeux.

Woz fit tomber la cendre de sa cigarette. Nerveux.

— J'ai des responsabilités.

— C'est pour ça que je te laisse le choix.

Wozniak se pencha tellement vers lui que les pieds arrière de son fauteuil se décollèrent du gazon.

— Tu crois que ça me plaît ? Tu crois que j'aime cette situation ? Putain, c'est comme si j'étais pris dans un étau !

Karen décocha un sourire rayonnant à Joe, qui lui adressa un petit signe de la main. Paulette sourit et agita la main. Ni l'une ni l'autre ne pouvaient entendre les propos des deux hommes.

— Je sais que c'est un étau, Woz. J'essaie justement de t'aider à en sortir.

— Foutaise.

— Tu n'as pas le choix.

Wozniak jeta un coup d'œil aux deux femmes, et se tourna vers Joe.

— Tu crois peut-être que je ne me rends pas compte de ce que tu ressens pour elle ?

Pike le regarda fixement.

— Je t'ai vu mater Paulette. Une belle nana comme Karen, et toi, tu mates ma femme.

Pike se leva, et son regard tomba sur son coéquipier.

— Tu vas démissionner, Woz. Et ça ne prendra pas longtemps.

— Je t'avertis, fils de pute. Si tu ne me lâches pas la grappe, l'un de nous va mourir.

Paulette et Karen s'étaient approchées du gril et examinaient le poulet en fronçant les sourcils.

— Abel ! cria Paulette. J'ai l'impression que ce poulet est brûlé !

Abel Wozniak soutint un moment de plus le regard de Joe avant de repartir vers le gril.

Pike resta sur place à regarder Abel, Paulette, Karen, mais très vite, il ne vit plus que Paulette. Comme si tout le reste s'estompait peu à peu, jusqu'à ne plus laisser que cette femme.

Depuis son enfance, jamais il n'avait éprouvé une telle sensation de vide.

27

Quand je quittai le Parker Center, il y avait encore plus de fumeurs devant le bâtiment, pour assister à l'arrivée des véhicules de pressc. A en juger par le nombre de flics rassemblés sur le trottoir, je me dis qu'il ne devait plus en rester beaucoup à l'intérieur, mais on ne savait jamais. Samantha Dolan n'était pas du nombre, ni Stan Watts. La moitié de ceux qui bullaient sur le trottoir devaient être de l'IAG, et la plupart ne fumaient pas. Sans doute étaient-ils là pour relever les noms de ceux qui avaient une clope au bec.

Je descendis au parking couvert et j'y cherchai la BM de Dolan. Quand je l'eus repérée, je repartis à pied vers le téléphone payant du hall d'accueil, et je l'appelai. Elle décrocha à la seconde sonnerie.

— Dolan.

— C'est moi.

— Ecoutez, je suis très occupée pour le moment. Je ne veux pas vous parler.

— Je suis en bas, et moi je veux vous parler. Il me faut ces dossiers.

Elle baissa le ton.

— Je me sens légèrement humiliée pour le moment, vous êtes capable de comprendre ça ? Je n'ai pas l'habitude de… Je n'ai pas l'habitude de faire ce que j'ai fait ce matin.

— Ouais. Je comprends. Moi aussi, je me sens plutôt bizarre.

— Ce n'est pas vous qui avez été rejeté.

— Je suis avec quelqu'un d'autre, Samantha. Je vous l'ai déjà dit.

J'étais sur la défensive. Comme si j'avais à me justifier.

— Votre petite dame.

— Ne l'appelez pas comme ça. Lucy est costaude, elle aussi, et elle pourrait bien vous botter le train.

Dolan ne répondit rien.

— C'était pour rire, Dolan.

— Je sais. Je ne disais rien parce que je souriais.

— Oh.

— Peut-être que je vais la défier en combat singulier. On verra bien laquelle reste debout.

— Vous avez progressé sur les dossiers dont j'ai besoin ?

— C'est dur d'en parler maintenant. Vous êtes au courant pour la nouvelle victime ?

— J'étais avec Pike quand Krantz et Branford ont débarqué. Vous voulez bien descendre à votre voiture ? J'ai vraiment besoin de votre aide tout de suite, mais je ne tiens pas à ce que vos sentiments pour moi se mélangent à tout ça.

Elle répondit d'un ton glacial :

— Je crois que je suis encore capable de ne pas tout mélanger. Donnez-moi cinq minutes.

— Samantha…

Elle avait déjà raccroché.

Je la retrouvai à l'entrée du parking, surveillant les véhicules de presse. Elle ne fumait pas, mais un mégot écrasé gisait à ses pieds. Je l'avais sans doute surprise entre deux tafs. Elle n'avait aucun dossier sous le bras.

— Ils vont devenir fous avec cette histoire, me dit-elle.

— Ouais. Comment va ?

Ses yeux calmes se posèrent sur moi.

— Vous voulez savoir si mon orgueil a survécu à votre rejet, ou si j'en suis encore à pleurer la perte de ma dignité ?

— Vous êtes vraiment une dure à cuire, hein ?

Elle fit volte-face, rentra dans le parking, et je la suivis jusqu'à sa BM.

— Bon, dit-elle. Voilà ce que j'ai trouvé. La mort de Wozniak remonte à tellement loin que la Rampart Division n'a plus son dossier. Ils ont dû l'expédier aux archives d'Union Station.

— Ils n'ont rien gardé sur ordinateur ?

— Vous êtes au LAPD, grand détective. Nos ordis sont des brouettes à merde.

— L'IAG a son propre système d'archivage, lui rappelai-je, et aussi sa propre procédure pour accéder aux dossiers. Laissez tomber. Mais à Union Station, c'est différent. Ça devrait marcher.

— J'ai parlé à un enquêteur que je connais à la Rampart Division. Il dit que c'est en gros la même chose pour DeVille. Après sa mort en prison, les enquêteurs des mœurs de la Rampart ont dû boucler le dossier et l'envoyer aux archives. On doit pouvoir le retrouver aux archives du procureur, mais on n'aura sans doute pas besoin de s'adresser à la justice.

— Vous avez un moyen d'accéder aux dossiers classés ?

— Je vais là-bas presque chaque jour pour me taper le suivi des affaires en panne de l'année dernière, mais pas question que je m'y pointe et que je sorte officiellement un dossier aussi chaud. Vous me comprenez ?

— Alors, on fait quoi ?

— On le pique. Vous êtes partant ?

— Oui.

— Ravie de voir que vous êtes enfin partant pour quelque chose.

Les archives du LAPD occupent un antique bâtiment de brique rouge, dans une zone industrielle, tout près du dépôt des chemins de fer. Les briques semblaient friables, et je me dis que cet immeuble n'aurait eu aucune chance de survivre à une inspection sismologique s'il n'avait pas été la propriété du LAPD. C'était le genre d'endroit à l'intérieur duquel on passe le plus clair de son temps à prier pour qu'il n'y ait pas de secousse majeure.

Dolan gara sa BM à distance respectable des autres voitures en stationnement, puis me précéda dans un petit couloir.

— Fait chaud, dis-je.

— Leur putain de clime doit être encore en panne. Ecoutez, rendez-nous service à tous les deux et bouclez-la. Je me charge du boniment, d'accord ?

Je ne répondis pas.

— Alors ?

— Vous m'avez demandé de la boucler.

— Tâchez de ne pas trop faire le malin. Vous n'êtes pas doué.

Un employé adipeux répondant au nom de Sid Rogin lisait un magazine derrière son comptoir. Frôlant la soixantaine, il arborait une calvitie naissante auréolée de cheveux filandreux, ainsi qu'un œil de verre. Il s'anima en voyant Dolan et posa son magazine. Il transpirait à grosses gouttes. Un petit ventilateur tournait près de lui. Ce ventilo avait quelque chose de pathétique. Un chihuahua frétillant de la queue aurait brassé plus d'air.

— Sammy, qu'est-ce qui vous amène ? Toujours affectée au suivi des braquages ?

Un Blanc de la classe moyenne jouant le Noir de service.

Dolan lui décocha un sourire étincelant. J'aurais pourtant cru qu'en s'entendant appeler Sammy elle aurait sorti son flingue.

— Ouaip, répondit-elle, toujours la même rengaine. J'ai besoin de consulter le dossier d'un agent décédé et le casier d'un perpète qu'il a serré dans le temps. Un certain Leonard DeVille, décédé lui aussi.

Rogin poussa vers elle un formulaire d'inscription.

— Son nom et son numéro de matricule. Il me faudra aussi l'année pour le perpète.

Elle prit le stylo de Rogin et me jeta un coup d'œil.

— J'ai tout ça. Pas de malaise.

Elle donna à Rogin l'année de la mort de DeVille.

— Vous comptez emporter les dossiers ?

— Pas si on a de la chance. On va juste vérifier quelques dates. (Elle lui adressa de nouveau son sourire ravageur.) Je me suis dit que mon partenaire ici présent pourrait s'occuper du policier pendant que je me chargerais du perpète, ça ferait gagner du temps à tout le monde.

— D'accord. Passons à l'arrière.

Dolan et moi suivîmes Rogin à travers une enfilade de salles aux murs bordés de rayonnages sur lesquels s'entassaient des cartons poussiéreux.

— Comment s'appelait l'agent ?

— Stuart Vincent.

Elle épela.

— Ça roule. Les dossiers des agents sont à cet étage. Vous et moi, on va devoir monter au premier pour le perpète.

— *No problemo*, dit-elle.

Tandis que nous suivions Rogin d'allée en allée, je songeai que ces cartons miteux ressemblaient à autant de petites cryptes.

Nous bifurquâmes au coin d'une travée dont l'écriteau indiquait *T-Z*.

— Voilà pour vous, me dit Rogin. *V* comme Vincent.

Six cartons portaient la lettre *V*. Rogin descendit celui sur lequel était marqué *Vi*.

— Vous voulez juste consulter le dossier ?

Dolan me jeta un coup d'œil et opina.

— Exact, dis-je.

Rogin souleva le couvercle, sortit un épais dossier maintenu par une ficelle. Fronça les sourcils.

— C'est un vrai annuaire, Sammy. Vous allez lire tout ça ?

— Vous devez être très occupé, Sid. Désolée de vous déranger comme ça.

— Ce n'est pas vraiment ça. C'est plutôt qu'ils n'aiment pas voir des gens traîner ici, à l'arrière.

Dolan haussa les sourcils et se raidit.

— Eh bien, Sidney, si ça vous arrange, je vais repartir au Parker Center et leur demander de passer une autre fois.

Elle laissa s'installer le silence en le regardant fixement.

— Oh non, pas besoin d'en arriver là, bon sang. C'est juste que je suis censé rester devant pour surveiller l'entrée.

— J'aurai fini quand vous redescendrez du premier, promis-je. Soyez tranquille.

— Z'êtes sûr ?

— Absolument.

Dolan gratifia Sid d'une claque sur l'épaule et sourit de plus belle.

— Alors, allons-y, Sid. Fuyons cette fichue chaleur.

Je feignis de m'intéresser au dossier Vincent jusqu'à ce que leurs pas se soient éloignés, puis je remontai l'allée en quête des *W*. Douze cartons portaient cette lettre. Le huitième et le neuvième étaient marqués *Wo*.

Nous aurions pu obtenir le dossier Wozniak en remplissant un formulaire, mais nous ne voulions laisser aucune trace écrite permettant d'associer Dolan à ce que nous étions en train de faire. Elle avait assez d'ennuis comme cela, et si la situation tournait à l'aigre je ne voulais pas lui en attirer davantage.

Je me saisis du dossier Wozniak et remis le carton à sa place.

Il était trop épais pour que je puisse le planquer dans mon pantalon, mais l'essentiel de son contenu ne m'intéressait pas. Je sélectionnai la page dressant la liste de ses partenaires avant Pike et leur numéro d'immatriculation, puis je revins au tout début de sa carrière et je retirai la page citant les officiers responsables de sa formation. Wozniak était un flic de première classe : il avait été récompensé à deux reprises par la médaille de la Valeur, par deux citations et par une demi-douzaine de félicitations administratives pour son travail dans les écoles et auprès des jeunes en difficulté. La liste de ses arrestations s'étirait sur des pages et des pages sur lesquelles étaient recensés chaque fois le nom de l'intéressé, la date et les charges retenues contre lui. Je pris les pages, les pliai en deux, et les glissai dans la poche intérieure de ma veste. La partie suivante du dossier concernait les actions disciplinaires. Je n'avais même pas envisagé de la regarder — mais Abel Wozniak avait été convoqué deux fois devant l'IAG six semaines avant sa mort. L'officier des affaires internes chargé de l'investigation n'étant autre qu'un certain inspecteur Harvey Krantz.

— Bon sang, marmonnai-je.

Aucune autre information n'était fournie. Tout juste était-il précisé que l'enquête avait fini par être close. Avec la date de clôture.

Krantz.

Je retirai également cette page et la mis avec les autres.

La voix de Dolan s'éleva dans la travée :

— Hé, partenaire, j'espère que tu es prêt à mettre les voiles ! Nous, de notre côté, on a fini.

Je refermai le dossier, le glissai entre deux cartons, et je me hâtai de repartir vers les *V*. J'avais tout juste eu le temps d'attraper le dossier Vincent quand Dolan et Rogin débouchèrent au coin du rayonnage.

— Tu as trouvé ce que tu cherchais ?

— Ouaip. Et toi ?

Elle secoua la tête. Lentement.

— Le casier DeVille est manquant.

Je haussai les sourcils.

— Où est-il ?

Rogin eut un geste vague de la main :

— Probable que quelqu'un d'autre l'a sorti. Vous voulez que je vérifie ?

— Si ça ne vous dérange pas, dis-je. Je pourrai peut-être contacter ce quelqu'un et lui demander les renseignements dont on a besoin.

Nous suivîmes Rogin jusqu'à son comptoir et attendîmes qu'il ait fini de feuilleter une boîte de bristols à onglet. Il se gratta le crâne, vérifia un tas de numéros qu'il avait consignés sur un petit cahier et fronça les sourcils.

— Bon sang, je ne pige pas. Si ce casier avait été retiré, j'aurais la fiche ici, mais elle n'y est pas.

— Il y a un moyen de savoir depuis combien de temps ce casier est sorti, Sid ?

— Pas sans la fiche. Qu'est-ce que c'est que ce bazar ?

Dolan me jeta un coup d'œil et me prit par le bras.

— Vous l'avez peut-être rangé au mauvais endroit, Sid. Ce n'est pas grave.

Tandis que nous repartions vers sa voiture, elle observa :

— Je ne crois pas aux coïncidences.

— Vous pensez que quelqu'un a fauché ce dossier ?

— Je pense que je ne crois pas aux coïncidences. Mais on a un autre moyen d'en obtenir la copie. Les services du procureur ont leur propre dépôt d'archives. Je peux le leur commander.

— Combien de temps ça prendra ?

— Quelques jours. Ne faites pas la tête… Et vous, qu'est-ce que vous avez trouvé ?

— Pas mal de noms, ses états de service, et aussi autre chose.

Je lui parlai de la note disciplinaire stipulant que Wozniak avait été entendu dans le cadre d'une enquête interne menée par Krantz.

Dolan émit un sifflement.

— C'est l'IAG, mec. On ne saura rien. Et pas la peine de demander à Krantz.

Nous montâmes dans sa voiture. Le cuir était si chaud qu'il me brûla la peau malgré mon pantalon. Dolan leva le cul de son siège.

— Je n'aurais jamais dû prendre du noir.

Elle démarra, brancha la climatisation mais n'enclencha pas de vitesse.

Je sortis les pages de ma poche et les examinai de nouveau. Je fis défiler celles qui énuméraient les arrestations de Wozniak, pour en venir à la procédure disciplinaire et aux deux confrontations avec Krantz. Les dates y figuraient.

— Si je ne peux ni avoir accès au dossier, ni demander à Krantz, il y a peut-être quelqu'un d'autre à qui je peux m'adresser.

Elle tendit la main vers la feuille et la parcourut rapidement.

— Il n'y a que dalle là-dedans.

— Non.

— Ce torchon ne dit même pas si Wozniak faisait l'objet de l'enquête, ou s'ils ont seulement voulu le questionner à propos de quelqu'un d'autre.

— Exact.

Elle me rendit la feuille, réfléchit un instant, attrapa son portable et composa un numéro.

— Attendez.

Elle passa trois appels, qui durèrent au total près de vingt minutes, et griffonna à deux reprises des notes sur un carnet.

— Ce type pourrait être en mesure de vous aider. Il était superviseur à l'IAG quand Krantz bossait là-bas.

— Qui est-ce ?

Elle déchira la feuille de son carnet et me la tendit.

— Mike McConnell. Il a pris sa retraite et il vit maintenant à Sierra Madre. C'est son numéro. Il a une plantation de gazon.

— De gazon ?

— Pour les pelouses.

— Je sais ce que c'est.

— Je n'en étais pas sûre. Vous êtes tellement niais, parfois !

Elle mit le pied au plancher, fit chauffer ses gommes et me ramena à ma voiture.

28

Sierra Madre est un coin tranquille au pied des montagnes de San Gabriel, à l'est de Los Angeles. Les rues sont bordées d'arbres majestueux et touffus, et les gamins continuent à y faire du vélo sans craindre de se prendre une balle. La ville a un côté serein et rural que Los Angeles a perdu depuis que les promoteurs ont fait main basse sur la mairie. C'est aussi là que Don Siegel a filmé les extérieurs de la version originelle de *L'Invasion des profanateurs de sépultures*. Je n'y ai encore vu aucun extraterrestre, mais je continue à en chercher. Un peu plus à l'ouest, à Los Angeles, il y en a partout.

La plantation de gazon de Mike McConnell était installée sur une vaste étendue à proximité du barrage d'Eaton Canyon. La retenue est à sec depuis des années, et le terrain a été loué à des fermiers et à des pépiniéristes qui ont su l'utiliser avec profit. Des amateurs de modèles réduits viennent faire voler leurs avions minuscules au-dessus des terres arides et craquelées ; les parcelles irriguées, à l'inverse, offrent sur des hectares et des hectares un luxuriant patchwork de fleurs, de plantes et de gazon.

Je quittai l'asphalte de la grand-route et m'engageai sur une piste de gravier qui traversait de vastes étendues d'herbe de Bahia, d'herbe des Bermudes et de Saint-Augustin — et autres espèces que je ne réussis pas à identifier. Des tourniquets d'arrosage se dressaient à intervalles réguliers dans les champs comme des épouvantails, répandant sur le gazon une bruine constante, et il flottait dans l'air une forte odeur d'engrais. Je m'attendais presque à découvrir au milieu de ce décor un nid d'extraterrestres prêts à prendre forme humaine, mais, au lieu de cela, j'arrivai sur un terrain dégagé où trônaient une caravane et un appentis de tôle, cernés de grands eucalyptus. L'espoir fait vivre.

Trois hommes, des Hispaniques, étaient assis sur le plateau arrière d'une camionnette Ford. Ils cassaient la croûte en riant, tout crottés à force d'avoir trimé dans les champs détrempés. Le soleil donnait à leur peau un ton proche de la terre de Sienne brûlée. Ils me sourirent poliment quand je descendis de voiture. Un chien brun très maigre était couché sous l'essieu arrière. Lui aussi me regarda.

— Señor McConnell ? lançai-je.

Le plus jeune des hommes m'indiqua la caravane. Une Cadillac Eldorado dernier modèle était garée juste à côté, sous les arbres.

— Il est là-dedans. Vous voulez que j'aille le chercher ?

— Je veux bien. Merci.

McConnell en sortit pendant que je faisais les cent pas sur les graviers. Il avait dépassé la soixantaine, portait une paire de bottes de travail Danner et un pantalon kaki sur lequel débordait largement sa panse considérable. Sa chemise hawaïenne déboutonnée dévoilait cette panse comme s'il en était fier. Il tenait à la main gauche une bouteille noire de bière Negro Modelo.

— Mike McConnell. Vous êtes M. Cole ?

— Oui, monsieur. Je vous en prie, appelez-moi Elvis.

Il rit.

— Je ne sais pas si j'arriverai à prononcer un nom pareil sans rigoler.

Que répondre à ça ?

— Je vous inviterais bien à entrer là-dedans, mais c'est encore plus chaud qu'ici. Vous voulez une bière ? Je n'ai plus que cette merde mexicaine. Mes stocks d'américaine sont épuisés.

— Non merci, monsieur.

Une Hispanique élancée, qui ne paraissait pas avoir plus de vingt ans, se profila à la portière de la caravane et regarda McConnell en fronçant les sourcils. Elle venait de se draper le corps d'une légère robe imprimée de coton, et elle était pieds nus. Pas de doute, c'était chaud là-dedans.

— *No me hagas esperar*, dit-elle. *No me gusta estar sola*[1].

McConnell parut outré.

— *Cuidado con lo que dices o te regreso a Sonora*[2].

Elle tira la langue et se replia d'un air boudeur dans les profondeurs de la caravane. Les trois types de la camionnette échangèrent des coups de coude.

— Elle est jeune, m'expliqua McConnell avec un haussement d'épaules.

Il me conduisit à une table en séquoia, à l'ombre des eucalyptus, et sirota une gorgée de Modelo. Je vis sur son avant-bras un globe et une ancre de l'USMC[3] tellement défraîchis qu'on aurait presque dit des taches d'encre.

— J'ai deux mille mètres carrés de Saint-Augustin à expédier ce soir à un Chinois de San Marino. Si vous cherchez de la Saint-Augustin, je risque de ne pas pouvoir vous aider, mais j'ai ici douze autres espèces de gazon. A quoi pensez-vous ?

1. « Ne me fais pas attendre. Je n'aime pas être seule. » *(N.d.T.)*

2. « Fais attention à ce que tu dis ou je te renvoie à Sonora. » *(N.d.T.)*

3. United States Marines Corps. *(N.d.T.)*

Je lui tendis ma carte de visite.

— Je crains de n'avoir pas été très franc avec vous, monsieur McConnell. Je vous prie de m'en excuser, mais j'ai besoin de vous poser quelques questions sur une enquête de l'IAG qui s'est déroulée autrefois sous votre direction. J'espère que vous voudrez bien m'en parler.

Il lut ma carte et la posa sur la table. Son bras partit vers l'arrière de son pantalon comme pour y prendre un mouchoir, mais quand elle revint, sa main serrait un petit automatique noir de calibre 380. Il ne le braqua pas précisément sur moi, mais le garda bien en évidence au creux de sa paume.

Les types de la camionnette cessèrent de mastiquer.

— Le mensonge est une très mauvaise façon de commencer, fiston. Vous êtes enfouraillé ?

Je m'efforçai de ne pas regarder son flingue.

— Oui, monsieur. Sous l'aisselle gauche.

— Sortez votre feu de la main gauche. Deux doigts seulement. Si je vois plus de deux doigts toucher le métal, je vous bute.

Je fis ce qu'il dit. Deux doigts, pas un de plus.

— Continuez à le tenir comme ça, le plus loin possible de votre corps, comme s'il sentait très mauvais. Retournez à votre voiture et laissez-le tomber à l'intérieur, et ensuite, revenez par ici.

Les trois types demeuraient aussi figés que des nageurs olympiques sur leur plot de départ, prêts à plonger dès que la fusillade éclaterait. Se taper tout le trajet depuis le Zacatecas pour se faire buter sans raison dans un champ de gazon, ils ne voulaient pas en entendre parler.

Je laissai tomber mon flingue sur la banquette avant de ma voiture et revins sur mes pas.

— Je ne suis pas ici pour vous créer des ennuis, monsieur McConnell. J'ai juste besoin de quelques éclaircissements. Mon expérience m'a appris que chaque fois que je préviens les gens de la raison de ma venue, ils ont une fâcheuse tendance à ne pas être là au moment où je me pointe. Je ne pouvais pas me permettre de ne pas vous trouver.

McConnell hocha la tête.

— Vous gardez toujours ce petit pistolet sur vous ? m'enquis-je

— J'ai passé trente ans dans la police, dont vingt-cinq à l'IAG. J'ai poursuivi des flics largement aussi pourris que les pires truands de nos rues, et je me suis fait un paquet d'ennemis au passage. Quelques-uns ont essayé de venir me voir.

Je supposai qu'à sa place, moi aussi, je me serais sans doute promené avec ce flingue.

— J'essaie de réunir des informations sur un policier décédé, du nom d'Abel Wozniak, expliquai-je. Il a apparemment fait l'objet d'une enquête à l'époque où vous étiez superviseur de l'IAG, mais je ne sais ni pourquoi ni ce sur quoi cette enquête a débouché. Vous vous souvenez de lui ?

McConnell ébaucha un geste vague avec son 380.

— Si vous me disiez plutôt ce qui vous intéresse dans cette histoire ?

L'ex-inspecteur de niveau trois Mike McConnell conserva un masque impassible en m'écoutant parler de Dersh et de Pike. S'il avait eu vent de l'affaire qui faisait les gros titres de la presse à quelques kilomètres de chez lui, il n'en montra rien. Manie de flic. La première fois que je mentionnai le nom de Joe, en revanche, ses paupières frémirent, mais ensuite il ne manifesta plus la moindre réaction jusqu'au moment où je lui annonçai que le responsable des investigations de l'IAG s'appelait Harvey Krantz.

Son visage ridé se fendit d'un sourire féroce.

— Pants ! Bien sûr, c'est le jour où cette sale petite belette a chié dans son froc !

Ce souvenir parut tellement lui plaire que le canon

du 380 s'écarta de moi. Les trois types de la camionnette se détendirent enfin. Peu après, ils collectèrent les restes de leurs sandwiches et remontèrent dans leur cabine. Le spectacle se terminait et il était temps de repartir au turbin.

— Donc, Pike est aujourd'hui votre associé ? me demanda McConnell.

— C'est exact.

— Pike est l'homme qui a fait chier Krantz dans son froc.

— Oui, monsieur. Je suis au courant.

McConnell pouffa.

— Et j'ai bien failli chier aussi dans le mien, rien qu'à voir la manière dont il a empoigné Krantz. Bon Dieu, il a fait preuve d'une rapidité… Pants a décollé du sol. Je me souviens qu'il avait servi dans les marines. Comme moi.

Je pensai à l'humiliation qu'avait dû éprouver Krantz. Cet épisode avait entaché sa carrière, et ce surnom lui collerait aux basques jusqu'à sa retraite.

— Vous vous rappelez pour quel motif Krantz enquêtait sur Wozniak ?

— Bien sûr. Wozniak était de mèche avec un gang de cambrioleurs.

Il lâcha ces mots comme si c'était trois fois rien, mais en les entendant je me figeai comme un robot dont on vient de couper l'alimentation.

— Oui, c'est bien ça, reprit McConnell. Krantz avait remonté la filière à partir de deux fourgues mexicains opérant à Pacoima, dans la vallée. Reena et Uribe, des petits truands. Tellement courts sur pattes qu'on les appelait les frères Chihuahua. D'après ce qu'on a pu découvrir, Wozniak rencardait ces Mexicains chaque fois qu'une alarme d'entreprise tombait en panne ou qu'un veilleur de nuit se faisait porter pâle, et ils envoyaient illico une équipe se servir sur place. Pièces automobiles, chaînes hi-fi, ce genre de matos.

— Vous dites que Wozniak était un ripou.

— Exact.

— Vous dites que l'équipier de Joe faisait partie d'un réseau de cambrioleurs.

Je voulais être sûr à cent pour cent.

— On n'avait pas encore assez creusé l'enquête pour l'inculper, mais Wozniak était grillé. Après sa mort, on aurait pu insister, mais j'ai décidé de laisser tomber. Il ne restait plus que la famille de cet homme, sa femme et une gosse, je crois. Alors, pourquoi leur infliger ça ? Krantz était vert de rage. Il aurait voulu aller au bout pour pouvoir épingler Pike.

— Parce que Pike l'avait humilié ?

McConnell fit le geste de reprendre sa bière, marqua une pause et me dévisagea.

— Pas seulement. Harvey croyait que Pike était impliqué.

On entend parfois des choses qu'on n'a jamais eu envie d'entendre, des choses tellement éloignées de tout ce qu'on connaît que c'est à peu près comme si on tombait du lit pour se retrouver brutalement immergé dans un roman de Stephen King.

— Je n'y crois pas.

McConnell haussa les épaules.

— La plupart des gens pensaient comme vous : que Krantz ne rêvait de poisser Pike que parce que Pike l'avait fait chier dans son froc. Mais Krantz m'a dit qu'il croyait sincèrement que Pike était complice. Il n'avait aucune preuve, mais son intuition lui affirmait qu'il n'aurait pas pu en être autrement, dans la mesure où Pike et Wozniak circulaient ensemble toute la journée. Je lui ai répondu que s'il avait travaillé un peu plus longtemps en voiture de patrouille, à faire un vrai boulot de flic plutôt que de passer son temps à lécher des culs pour grimper les échelons, il aurait pensé différemment. C'est comme pour le mariage. On peut passer la moitié de sa vie avec une personne sans jamais la connaître réellement.

Il jeta un coup d'œil vers la plantation. La camionnette s'était immobilisée à côté du poste de contrôle des tourniquets d'irrigation. Les deux ouvriers les plus âgés étaient là, mais le jeune gambadait comme un fou sur la terre détrempée, agitant les bras et pataugeant dans les flaques.

McConnell se leva de la table.

— Qu'est-ce que c'est encore que ce cirque, nom de nom ?

Il brailla quelque chose en espagnol, mais les manœuvres ne pouvaient pas l'entendre à cette distance. La fille reparut à la porte de la caravane afin de voir pourquoi il avait crié. Elle parut à peu près aussi médusée que McConnell en apercevant la danse du jeune homme.

McConnell mit la main à sa poche pour y prendre les clés de sa Cadillac.

— Le fils de pute ! Il faut que j'y aille.

— Monsieur McConnell, je ne vous demande que quelques minutes de plus. S'il ne détenait aucune preuve, qu'est-ce qui a incité Krantz à croire que Pike était complice ? Simplement le fait que Wozniak et lui travaillaient ensemble ?

— Harvey n'a jamais cru les explications de Pike concernant ce qui s'était passé dans cette chambre de motel. Selon lui, Wozniak et Pike se sont querellés à cause de son enquête, et Pike a eu peur que Wozniak ne le balance pour sauver sa propre peau. C'est précisément ce que Krantz essayait de faire, voyez-vous. Les dresser l'un contre l'autre. Il a cru que Pike avait tué Wozniak pour se protéger.

— Et vous, vous y croyez ?

— Ma foi, j'ai toujours cru que nous ne savions pas ce qui s'était passé dans cette chambre. Wozniak a perdu son sang-froid face à DeVille et il l'a assommé.

Ça, on sait que c'est vrai, parce que DeVille et Pike nous ont servi la même version. Mais ensuite, quand DeVille s'est retrouvé dans les pommes, tout ce qu'on sait, c'est ce que Pike nous en a dit, et dans ce qu'il nous a dit, il y a des choses qui ne tiennent pas vraiment debout. Voilà un type jeune, costaud, frais émoulu des marines, maîtrisant toutes les finesses du karaté et autres arts martiaux. J'ai du mal à croire qu'il ait eu tant de mal à calmer Wozniak. Krantz était persuadé que Pike faisait de l'obstruction, et peut-être bien que c'était le cas, mais bon... Nous n'avons pas réussi à réunir des éléments assez solides.

Rien de tout cela n'était agréable à entendre. Je commençais à être agacé de voir McConnell se laisser distraire de plus en plus par le petit jeu des ouvriers dans sa plantation. Les deux autres avaient fini par rejoindre le plus jeune sous l'averse artificielle, et eux aussi faisaient à présent des bonds de cabri.

— C'est à se taper la tête contre les murs ! grogna McConnell.

— Vous croyez que Krantz avait raison ?

Il cria quelque chose en espagnol, mais les manœuvres ne l'entendaient toujours pas.

Je fis le tour de la table et me plantai devant lui pour qu'il soit obligé de me regarder. Moi, pas ses ouvriers.

— Est-ce que Krantz avait raison, monsieur McConnell ?

— Krantz n'a jamais rien trouvé qui nous permette de fonder une accusation solide. Je me suis dit qu'une tragédie suffisait, et je lui ai demandé de laisser tomber. C'est ce qu'on a fait. Ecoutez, je suis désolé de ne pas pouvoir vous aider, mais il faut que j'aille là-bas. Ces salopards sont en train de me coûter du fric.

Quand il passa à côté de moi, je lui attrapai le poignet et le tordis pour le déposséder de son pistolet. Il se laissa surprendre d'autant plus facilement que mon geste ne me demanda même pas un dixième de seconde.

McConnell écarquilla les yeux et s'arrêta net.

— Et les deux fourgues ? demandai-je. Vous croyez que l'un ou l'autre aurait pu avoir envie de se venger de Joe ?

— Pour ces gars-là, Wozniak ne représentait rien. Reena est reparti à Tijuana après s'être mis dans une grosse embrouille avec un camé. Uribe s'est fait descendre dans une station-service au cours d'une prise de bec.

— D'après son dossier, Wozniak a fait l'objet de sanctions administratives en cinq occasions distinctes, et il a été suspendu deux fois pour usage de force abusive. Sept plaintes, et dans cinq cas le plaignant était soit un pédophile, soit un maquereau spécialisé dans la prostitution infantile. Savez-vous quel est l'informateur qui a rencardé Wozniak sur DeVille ?

Les yeux de McConnell se posèrent sur le pistolet avant de remonter vers mon visage.

— Non. Wozniak en avait certainement plusieurs. C'est ce qui faisait de lui un flic de patrouille aussi efficace.

— Comment pourrais-je obtenir cette information ?

— Chaque division garde une liste des informateurs déclarés par ses agents. Il le faut bien. Pour protéger les flics. Mais franchement, je ne sais pas si la Rampart a gardé quelque chose sur Wozniak. Ça fait si longtemps…

Le regard de McConnell s'échappa une fois de plus vers sa plantation, et il secoua la tête.

— Bon Dieu, vous comptez me descendre, fiston, ou vous me laissez reprendre mes affaires en main ? Regardez-moi toute cette flotte qu'ils sont en train de gaspiller !

Je considérai le pistolet que je tenais à la main et le lui rendis. Le rouge me monta au front.

— Désolé. Je ne sais pas pourquoi j'ai fait ça.

— Mon cul.

Il s'éloigna à grandes enjambées vers la Cadillac. Quand il eut atteint la portière, il se retourna vers moi, mais il ne semblait plus en colère. Plutôt triste.

— Ecoutez, je sais ce qu'on ressent quand votre équipier est dans la merde. Pour votre gouverne, sachez que je n'ai jamais cru que Pike avait partie liée avec ce réseau. Et je ne crois pas non plus qu'il ait assassiné Wozniak. Si je le soupçonnais de l'avoir fait, je n'aurais pas lâché prise.

— Merci, monsieur McConnell. Excusez-moi.

— Ouais. D'accord.

McConnell grimpa dans sa Cad et partit vers la plantation en faisant rugir son moteur.

Je regagnai ma voiture, rangeai mon pistolet dans son étui et restai un moment immobile pour réfléchir. L'odeur d'engrais était encore plus forte qu'à mon arrivée. Des fragments d'arc-en-ciel flottaient autour des ouvriers en train de danser dans la bruine des tourniquets. La Cadillac s'immobilisa avec un hoquet derrière la camionnette et McConnell en jaillit, furieux et vociférant. Un par un, les manœuvres cessèrent de danser et se remirent au travail. McConnell coupa l'arrosage et les tourniquets cessèrent lentement de tourner.

Je relus le procès-verbal du LAPD et je m'arrêtai de nouveau sur la présentation de l'incident : *Sur la base des renseignements fournis par un informateur non spécifié, les agents Wozniak et Pike sont entrés dans la chambre 205 de l'Islander Palms Motel.*

Plus je lisais cette phrase, plus je pensais à cet informateur non spécifié, et à ce qu'il savait peut-être. Il ou elle ne savait probablement pas grand-chose, mais quand on n'a rien, comme c'était mon cas, tout est bon à prendre.

Je relus le reste de mes notes et je tombai sur le nom de la veuve de Wozniak. Paulette Renfro.

Peut-être que Wozniak parlait de son métier à sa femme, peut-être qu'elle se rappelait quelque chose à propos de cet informateur. Peut-être savait-elle aussi quelque chose sur Harvey Krantz ou sur la façon dont le dossier de Leonard DeVille s'était volatilisé.

On cherche toujours des corrélations.

Je démarrai, fis demi-tour en décrivant un ample arc de cercle, et repartis vers la grand-route.

Derrière moi, la terre détrempée commençait à cuire sous la chaleur torride de l'après-midi. La vapeur qui montait du sol me fit penser aux brumes de l'enfer.

29

Quand on aperçoit les dinosaures, c'est que Palm Springs n'est plus bien loin.

Après avoir franchi le col de Banning, à cent soixante kilomètres à l'est de Los Angeles, là où les montagnes de San Bernardino et de San Jacinto se rejoignent en tenaille pour former le portail d'accès aux hauts déserts de la Coachella Valley, on débouche dans la réserve des Indiens Morongo. C'est là qu'un apatosaure et un tyrannosaure se dressent de toute leur hauteur en bord de route, bâtis par Dieu sait quel génie du désert frappé d'insolation bien avant que Michael Crichton ait songé à créer *Jurassic Park*. Dans le temps, on n'apercevait rien d'autre, ici, que ces deux reconstitutions grandeur nature érigées dans la fournaise, figées à la fois dans le temps et dans l'espace. On peut aller les admirer pour dix cents, et aussi se faire tirer le portrait devant pour l'envoyer aux proches restés au pays. *Regarde, maman, c'est moi en Californie*. Ces dinosaures sont là depuis des années, mais les ivrognes et les allumés de tout poil continuent de débouler en titubant dans les bars de Cabazon, jurant leurs grands dieux qu'ils ont vu deux monstres préhistoriques marcher dans le désert.

Quelques kilomètres après les dinosaures, je quittai la route fédérale pour emprunter la route d'Etat qui longe le pied des montagnes de San Jacinto jusqu'à Palm Springs.

Les mois d'hiver, Palm Springs revit grâce aux touristes, aux visiteurs d'un week-end et aux cocaïnomanes descendus du Canada pour échapper aux rigueurs du froid. Mais à la mi-juin, quand la température frôle les cinquante degrés, la ville respire à peine, et c'est avec un pouls presque indétectable qu'elle se languit sous le soleil comme un animal abandonné qui n'attend plus que de crever sur le bas-côté. Les touristes sont loin, et seuls les suicidaires osent encore s'aventurer dehors en plein jour.

Je fis halte dans un magasin de souvenirs pour m'acheter une carte de la région, repérai l'adresse de Paulette Renfro, et repartis plein nord dans le désert, tournant le dos aux dinosaures et aux Indiens pour me retrouver dans un décor de science-fiction constitué de centaines d'éoliennes au profil calculé par ordinateur, dont les pales immenses et fines, tournant au ralenti, volaient un peu d'énergie au vent.

Si Palm Springs proprement dit est un lieu de villégiature, de résidences secondaires et de coiffeurs de caniches, les hommes et les femmes qui font tourner la ville vivent dans des agglomérations nettement plus modestes, comme Cathedral City au sud ou North Palm Springs, au-delà de ce qui est considéré comme le mauvais côté de la route fédérale.

Paulette Renfro habitait une petite maison bien tenue au pied des montagnes, au-dessus de cette route, avec vue sur les éoliennes. Une construction de stuc beige, à toiture de tuile rouge, dotée d'un système de climatisation surdimensionné qu'on entendait ronronner de la rue. A Palm Springs, les gens peuvent se permettre d'arroser leur gazon, mais ici, dans les hauteurs, on ne rencontre guère, en guise de pelouses, que des cailloux et de la terre craquelée, avec de-ci de-là des plantes du désert peu gourmandes en eau. Tout l'argent part dans la climatisation.

Je me garai dans la rue et remontai l'allée privative à pied, en passant à la hauteur d'un énorme agave dont les feuilles me firent penser à des épées vertes. Une Volkswagen Beetle flambant neuve était garée derrière une Toyota Camry, sauf que la Camry était à l'ombre dans le garage alors que la Beetle rôtissait en plein soleil. Une visite.

Une femme grande et séduisante vint répondre à mon coup de sonnette. Elle portait une jolie jupe et était maquillée, comme si elle avait l'intention de sortir bientôt ou venait de rentrer.

— Madame Renfro ?

— Oui ?

Dents régulières et charmant sourire. Elle paraissait cinq ou six ans de plus que moi, mais devait tout de même être plus jeune qu'Abel Wozniak.

— Je m'appelle Cole. Je suis détective privé, et je viens de Los Angeles. J'ai besoin de vous parler d'Abel Wozniak.

Elle jeta un coup d'œil nerveux à l'intérieur.

— Ce n'est pas vraiment le moment. Et puis Abel est mort il y a des années. Je ne vois pas en quoi je pourrais vous aider.

— Oui, madame. Je sais. J'espère que vous pourrez répondre à quelques questions concernant l'affaire sur laquelle il enquêtait au moment de sa mort. C'est très important. J'ai fait une longue route.

Un petit coup de violon est parfois très utile.

Une femme nettement plus jeune parut derrière elle.

— Qui est-ce, maman ?

Paulette Renfro remarqua que toute la fraîcheur était en train de s'échapper à l'extérieur et me pria d'entrer, même si ce ne fut pas avec un enthousiasme débordant. Je suis habitué.

— Voici ma fille, Evelyn. Evelyn, M. Cole. De Los Angeles.

— Il faut que je termine mon déménagement.

Exaspérée.

— Bonjour, mademoiselle Renfro.

Je tendis la main à Evelyn, mais elle ne la prit pas.

— Je m'appelle Wozniak. Renfro, c'est son erreur à elle.

— Evie, s'il te plaît…

— Ça ne prendra pas plus de dix minutes, dis-je. Je vous le promets.

Paulette Renfro jeta un coup d'œil à sa montre, puis à sa fille :

— Ma foi, j'ai quelques minutes devant moi. Mais je dois aider ma fille, et j'ai rendez-vous pour une visite de maison dans une heure. Je travaille dans l'immobilier.

— Je n'ai pas besoin d'aide, rétorqua Evie. Je n'ai plus qu'un aller-retour à faire.

Evie Wozniak quitta la maison à grands pas et claqua la porte. C'était le portrait de sa mère avec vingt ans de moins, mais alors que Paulette Renfro était bien faite et respirait la santé, sa fille était obèse, et ses traits soufflés semblaient avoir un air perpétuellement pincé, comme si tout ou presque l'exaspérait.

— On dirait que j'interromps quelque chose, remarquai-je. J'en suis navré.

— Il y a toujours quelque chose à interrompre, répondit Paulette Renfro d'un air las. Elle a eu un problème avec son petit ami. Elle a toujours des problèmes avec ses petits amis.

La maison était propre et agréable, avec une immense baie vitrée et un mobilier confortable, de style californien. Le séjour donnait d'un côté sur la cuisine, de l'autre sur un couloir menant probablement aux chambres. Au-delà de la partie salle à manger, une petite piscine dallée de bleu miroitait sous le soleil. La baie vitrée offrait une vue plongeante sur la route fédérale, les éoliennes qui tournaient toujours aussi lentement et, encore plus au sud, Palm Springs.

— C'est magnifique, madame Renfro. J'imagine que Palm Springs vaut le coup d'œil le soir.

— Oui. Ces éoliennes me font penser à l'océan pendant la journée, et le soir, c'est vrai, Palm Springs a quelque chose de ces villes féeriques des *Mille et Une Nuits*.

Elle m'indiqua un canapé confortable, orienté vers le panorama.

— Puis-je vous offrir quelque chose à boire ? Avec la chaleur, mieux vaut veiller à rester bien hydraté.

— Merci. Je veux bien un verre d'eau.

Le séjour était petit, mais l'absence de séparation avec la salle à manger et la sobriété de l'ameublement contribuaient à lui donner un aspect spacieux. Je ne me serais sûrement pas attendu que Paulette Renfro ait gardé un souvenir ému de Joe Pike, et pourtant, tandis qu'elle était allée me chercher un verre d'eau, mon regard fut attiré par une petite photo encadrée, trônant sur une étagère, au milieu d'une forêt de trophées de bowling. Paulette Wozniak debout avec son mari et Pike devant une voiture de patrouille blanc et noir du LAPD, dans l'allée d'une petite maison. Paulette portait un jean et une chemise d'homme blanche, aux manches retroussées et aux pans noués sur le nombril.

Joe Pike souriait.

Je m'approchai de l'étagère pour examiner la photo.

Je n'avais jamais vu Pike sourire. Pas une fois depuis le temps que je le connaissais. J'avais vu des centaines de photos de Joe — dans les marines, à la chasse, à la pêche ou en camping, seul ou avec des amis — et il ne souriait sur aucune d'elles.

Et tout à coup, je tombais sur cette photo de Paulette, de son mari défunt et de l'homme qui l'avait tué.

Souriant.

— Voilà votre verre d'eau, dit Paulette Renfro en rentrant.

Je pris le verre d'eau. Elle aussi s'en était servi un.

— C'est Abel, à gauche. A l'époque, nous habitions dans la Simi Valley.

— Madame Renfro, dis-je, Joe Pike est un ami à moi.

Elle me dévisagea un moment, en tenant son verre à deux mains, puis s'approcha du canapé. Elle s'assit tout au bord. Presque en équilibre.

— Vous trouvez bizarre que j'aie cette photo ?

— Je ne trouve rien bizarre. Les gens ont leurs raisons.

— J'ai suivi dans la presse ce qui se passe en ce moment à Los Angeles. D'abord Karen, et maintenant Joe, qu'on accuse d'avoir tué cet homme, Dersh. Je trouve ça honteux.

— Vous connaissiez Karen Garcia ?

— Joe est sorti avec elle dans le temps, vous savez. C'était une jolie fille, tout à fait adorable. (Elle jeta un nouveau coup d'œil à sa montre, parut décider quelque chose.) Vous dites que vous êtes un ami de Joe ?

— Oui, madame. Et aussi son associé. Nous dirigeons l'agence ensemble.

— Vous avez été policier, vous aussi ?

A croire qu'elle avait envie de parler de Joe, mais qu'elle n'était pas sûre de la façon dont il fallait s'y prendre.

— Non, madame. Uniquement détective privé.

Elle considéra de nouveau la photo, un peu comme si elle se sentait tenue d'expliquer sa présence.

— Voyez-vous, ce qui est arrivé à Abel remonte à loin, monsieur Cole. Un accident tragique, atroce, et je ne peux pas imaginer que quelqu'un le regrette plus profondément que Joe.

La voix d'Evelyn Wozniak s'éleva dans mon dos :

— Ta fille le regrette nettement plus que lui, maman. Il m'a pris mon père.

Elle venait de rentrer par la porte de la cuisine, un gros carton dans les bras.

Les traits de Paulette se figèrent.

— Tu veux un coup de main ?

Evelyn traversa le séjour et disparut dans le couloir sans répondre.

— C'est très dur pour Evelyn, m'expliqua Paulette. Elle revient s'installer ici. Son petit ami — celui qui vient de la plaquer — a pris l'argent du loyer, et du coup, elle a aussi perdu son appartement. Voilà le genre d'homme qu'elle rencontre.

— Elle était proche de son père ?

— Oui. Abel était un bon père.

Je hochai la tête en me demandant si elle était au courant de l'investigation menée par Krantz. Et aussi si elle était au courant pour Reena, Uribe et les cambriolages.

— Je vais devoir ressortir bientôt. Que voulez-vous savoir au juste ?

— Je voudrais savoir ce qui s'est passé ce jour-là.

Paulette se raidit, imperceptiblement, mais je le sentis.

— Pourquoi ?

— Parce que je crois que quelqu'un essaie de faire condamner Joe pour le meurtre d'Eugene Dersh.

Elle secoua la tête, mais la raideur demeura.

— Je n'en ai aucune idée, monsieur Cole. Mon mari ne me parlait pas de son travail.

— Le jour de la mort de votre mari, Joe et lui ont appris où se trouvait ce DeVille par un des informateurs de votre mari. Savez-vous qui ?

Paulette Renfro se leva. Elle n'avait plus tellement l'air de quelqu'un qui souhaite coopérer. Elle semblait plutôt mal à l'aise, sur ses gardes.

— Non. Désolée.

— Il ne vous parlait pas de ces choses, ou vous ne vous en souvenez pas ?

— Je n'aime pas parler de ce qui s'est passé ce jour-là, monsieur Cole. Je ne sais rien là-dessus, ni sur le travail de mon mari, ni sur quoi que ce soit de ce genre. Il ne m'a jamais rien dit.

— Je vous en prie, prenez le temps de la réflexion,

madame Renfro. Ça m'aiderait beaucoup si vous pouviez retrouver un nom.

— Je suis sûre et certaine de n'avoir jamais entendu le nom que vous cherchez.

Sa fille revint dans le séjour, les bras chargés de cintres et de boîtes à chaussures vides.

— Tu as toutes tes affaires ? demanda Paulette Renfro.

— Je fais encore un dernier voyage.

— Tu as besoin d'argent ?

— Ça ira.

Evelyn Wozniak retraversa le séjour et claqua la porte. Et re.

Paulette Renfro contracta les mâchoires.

— Vous avez des enfants, monsieur Cole ?

— Non, madame.

— Vous avez de la chance. Il faut vraiment que j'y aille. Je regrette de ne pas vous avoir été plus utile.

— Puis-je vous rappeler si j'ai une question à vous poser ?

— Je ne crois pas que je pourrai vous dire quoi que ce soit d'autre.

Elle me précéda jusqu'à la porte d'entrée, et je me retrouvai bientôt sous le cagnard. Elle ne me raccompagna pas.

Evelyn m'attendait près de sa Beetle. Elle avait mis de petites lunettes noires, mais la lumière aveuglante la forçait quand même à froncer les sourcils. Elle m'attendait dans cette chaleur absurde. Les boîtes et les cintres étaient déjà dans sa voiture.

— Elle n'a pas voulu en parler, n'est-ce pas ? De ce qui est arrivé à mon père ?

— Pas beaucoup.

— Elle ne parle pas de ce jour-là. Elle ne le fera jamais, sauf pour défendre ce mec.

— Joe ?

Evie se tourna du côté des éoliennes, haussa les épaules sans paraître les voir.

— Vous imaginez ça ? Ce fumier tue son mari, et elle, elle garde cette sale photo de lui. J'ai gribouillé dessus. J'ai cassé ce maudit cadre tellement de fois que j'en ai perdu le compte.

Je ne dis rien. Son regard revint sur moi.

— Vous êtes son ami, pas vrai ? Vous êtes ici pour essayer de l'aider ?

— Oui.

— Vous savez qu'une enquête était en cours sur mon père ? Une enquête des affaires internes ?

— Oui. Je sais.

— Elle a essayé de me le cacher. Papa aussi.

Papa. Comme si elle avait encore dix ans.

— Des policiers sont venus chez nous. Ils l'ont questionnée et j'ai tout entendu. Ensuite, je l'ai entendue harceler mon père à ce propos. Vous vous imaginez l'effet que ça peut faire quand on est enfant ?

J'estimais en être capable, mais je m'abstins de le dire.

— Elle refuse tout bonnement d'en parler. Elle veut bien parler de n'importe quoi d'autre, mais pas de ça, alors que c'est la chose la plus importante qui me soit jamais arrivée. Alors que ce truc a foutu ma vie en l'air.

S'attarder dans cette allée de ciment était à peu près comme de rester debout en plein soleil sur une plage de sable blanc. La chaleur commençait à cuire mes semelles. J'aurais bien voulu bouger, mais cette fille semblait sur le point de me révéler quelque chose de difficile à exprimer, et je pensai que le moindre mouvement de ma part risquait de faire vaciller sa résolution.

— Je vais vous dire quelque chose, à vous qui êtes son ami. Cet homme a tué mon père. Mon univers s'est effondré d'un seul coup. J'adorais mon père… et il n'y a presque rien que j'aimerais autant que de me venger du monstre qui me l'a pris.

Pike.

— Mais il y a une chose dont j'ai encore plus envie.

J'attendis.

— Elle a entreposé toutes les affaires de papa quelque part. Dans un box de location, vous voyez le genre.

— Vous savez où ?

— Il faudra que je le découvre. Je ne sais pas s'il y a là-dedans quelque chose d'utile, mais vous essayez de comprendre ce qui s'est passé à l'époque, pas vrai ?

Je lui répondis que oui. Mais pas seulement.

— J'essaie aussi d'aider Joe Pike. Je tiens à ce que vous le sachiez, Evelyn.

— Je m'en fiche. Je veux connaître la vérité sur mon père.

— Et si elle n'est pas agréable à entendre ?

— Je veux savoir. Je m'attends déjà à ce qu'elle ne soit pas agréable à entendre, mais je veux savoir pourquoi il est mort. J'ai passé toute ma chienne de vie à avoir envie de le savoir. C'est peut-être pour ça que je suis tellement paumée au jour d'aujourd'hui.

Je ne sus que répondre.

— Je ne crois pas à l'accident. Je crois que votre ami l'a tué.

Exactement ce qu'avait cru Krantz à l'époque.

— Si je vous aide, et si vous découvrez la vérité, vous me la direz ?

— Si vous tenez à la connaître, je vous la dirai.

— Vous me direz la vérité ? Quelle qu'elle soit ?

— Si c'est ce que vous voulez.

Elle s'essuya le nez.

— J'ai l'impression que si je savais, je pourrais repartir du bon pied, vous comprenez ?

Nous restâmes plantés là un bon moment, et je la pris dans mes bras. Nous étions sous le soleil depuis si longtemps que, quand mes mains se posèrent dans son dos, j'eus l'impression de toucher de la braise.

Mon regard erra un instant sur les éoliennes plantées dans la plaine aride, tournant sous un vent qui jamais ne tombait.

Au bout d'un moment, Evie Wozniak recula d'un pas. Elle s'essuya de nouveau le nez.

— C'est idiot. Je ne vous connais pas, et je vous confie le grand secret de ma vie.

— Les choses se passent quelquefois de cette façon, vous ne croyez pas ?

— Ouais. Je vais avoir besoin de votre numéro de téléphone.

Je lui remis ma carte de visite.

— Je vous appellerai, ajouta-t-elle.

— D'accord.

— Vous n'allez rien lui dire, d'accord ? Si elle l'apprend, elle ne vous laissera pas faire.

— Je ne lui dirai rien.

— Ce sera notre petit secret.

— C'est ça, Evie. Notre petit secret.

Je redescendis la montagne, laissant Palm Springs au loin dans mon rétroviseur, à miroiter dans la fournaise comme une cité imaginaire.

Un homme d'action

La cellule mesurait un mètre vingt de largeur sur deux mètres quarante de longueur et deux mètres quarante de hauteur. Des W-C sans lunette et un lavabo jaillissaient du mur de ciment à la façon de deux goitres de porcelaine, à demi masqués par l'étroite et unique banquette. Au plafond, un fluo puissant était protégé par une grille d'acier pour empêcher les candidats au suicide de s'électrocuter. Le matelas était fabriqué à partir d'un type de rayonne spécial qui ne pouvait être ni tranché ni déchiré, et le cadre du lit et le sommier étaient soudés. Pas de vis, pas de boulons, aucun moyen de démonter quoi que ce soit. Sa banquette unique avait valu à cette cellule le surnom de « suite présidentielle » dans le quartier de détention provisoire du Parker Center. Elle était généralement réservée aux vedettes de

Hollywood, aux représentants des médias et aux flics échoués du mauvais côté des barreaux.

Joe Pike, couché sur la banquette, attendait son transfert à la centrale pour hommes. Cet établissement, situé à dix minutes de trajet, hébergeait vingt-deux mille pensionnaires. Les cheveux de Pike étaient encore humides des ablutions qu'il avait faites après sa séance d'entraînement, et il était en train de se dire qu'il aurait eu besoin de courir, de sentir le soleil sur son visage, la caresse de l'air et le ruissellement de la transpiration sur son torse. Il aspirait à la paix que procure l'effort — à la certitude d'être en train de faire quelque chose de bénéfique. Tous les actes ne s'accompagnaient pas à ses yeux de ce genre de certitude, loin de là. Courir, si.

Le portail de sécurité au bout du couloir s'ouvrit, et Krantz s'approcha de l'autre côté des barreaux. Il tenait quelque chose à la main. Il fixa longuement Pike avant de dire :

— Je ne suis pas là pour vous interroger. Ne vous inquiétez pas, vous n'aurez pas besoin de votre avocat.

Pike n'était pas inquiet.

— Il y a longtemps que j'attendais ce moment, Joe. Je me régale.

Joe… Presque comme s'ils étaient amis.

— Vous devez vous sentir mal. Vu la façon dont vous vous êtes planté sur Dersh.

Pike avait parlé à mi-voix, obligeant Krantz à s'approcher de la grille avant de répondre.

— Je sais. Ce n'est pas particulièrement agréable, mais je me suis débrouillé pour que les fédéraux partagent le blâme avec nous. Au fait, vous savez que la famille de Dersh a déjà porté plainte ? Deux frères, sa mère, et même une sœur qu'il n'a pas vue depuis vingt ans. Tous à brailler comme des porcs qu'on égorge.

Pike se demanda pourquoi Krantz venait le narguer jusqu'ici.

— Ils attaquent la ville, la police, tout le monde. Bishop et le directeur ne peuvent pas me virer sans reconnaître implicitement que le LAPD a merdé, et du coup ils disent qu'on n'a fait que suivre les orientations du FBI.

— La famille devrait obtenir gain de cause, Krantz. Vous êtes responsable.

— Peut-être, mais elle vous attaque aussi. C'est vous qui avez appuyé sur la détente.

Pike resta muet, et Krantz haussa les épaules.

— Cela dit, vous avez raison. J'ai pris du plomb dans l'aile. D'ici un an, quand la poussière sera retombée, mes supérieurs me feront payer la note. Ils m'enverront croupir dans une division périphérique quelconque. Ça me va. J'ai déjà vingt-cinq ans de métier. Je pourrai même tenir jusqu'à trente si j'évite de déconner à nouveau.

— Vous êtes ici pourquoi, Krantz ? Parce que je vous ai humilié ?

Krantz rougit. Pike sentit qu'il essayait de s'en empêcher, mais en vain.

— Ce n'est pas moi qui ai fichu votre carrière en l'air, Krantz. Vous vous en chargez très bien tout seul. Les gens comme vous sont incapables de comprendre ça.

Krantz parut méditer un instant sur ce qu'il venait d'entendre, puis haussa les épaules.

— A cause de l'humiliation, oui, et aussi parce que vous méritez d'être ici. Vous avez assassiné Wozniak et vous vous en êtes tiré. Mais aujourd'hui, vous êtes à l'ombre, et je m'en réjouis.

Pike s'assit sur sa banquette.

— Je n'ai pas assassiné Woz.

— Vous étiez avec lui dans la combine des cambriolages. Vous saviez que j'allais l'épingler, vous saviez que je vous aurais aussi. Vous n'étiez qu'une petite chiure de mouche, et si vous avez décidé d'effacer Wozniak, c'est parce que vous êtes aussi un détraqué, un être amoral et totalement à côté de ses pompes qui ne réfléchit pas à deux fois avant de supprimer une vie humaine. Vous n'avez pas hésité longtemps avant de liquider Dersh.

— Tout ce temps passé à enquêter, et vous n'avez rien trouvé de mieux que ça ? Vous croyez sincèrement que j'ai assassiné Woz dans cette piaule pour le faire taire ?

Krantz sourit.

— Je ne crois pas que vous l'ayez assassiné pour éviter qu'il vous balance, Pike. Je crois que vous l'avez assassiné parce que vous vouliez sa femme.

Pike le toisa.

— Vous aviez quelque chose sur le feu avec elle, pas vrai ?

D'un coup de reins, Pike balança ses deux pieds au sol.

— Vous ne savez pas de quoi vous parlez.

Krantz sourit.

— Comme dirait votre connard d'ami détective, « j'ai détecté ». Je la surveillais, Pike. Je vous ai vus ensemble.

— Vous vous trompez là-dessus comme sur Dersh. Vous vous trompez sur tous les tableaux.

Krantz hocha la tête, conciliant.

— Si vous avez un alibi, donnez-le. Si vous arrivez à me prouver que vous n'avez pas tué Dersh, je demanderai personnellement à Branford de laisser tomber les charges.

— Vous savez très bien que je n'ai pas de preuve.

— Vous n'avez pas de preuve parce que c'est vous qui l'avez fait, Pike. On a une bande vidéo vous montrant en train de repérer les lieux. On a cette vieille qui vous a formellement identifié dans l'alignement. On a les résidus de poudre et votre liaison avec la fille Garcia. Et on a ça.

Krantz montra enfin à Pike ce qu'il avait apporté. Un revolver, emballé dans un sachet de plastique.

— C'est un 357 Magnum. D'après l'expert balistique,

c'est de cette arme qu'est sortie la balle qui a tué Dersh. Ceci est l'arme du crime, Pike.

Joe ne répondit pas.

— Un flingue propre. Pas d'empreintes, et les numéros de série ont été effacés pour qu'on ne puisse pas retrouver son origine. Cela dit, on l'a repêché dans la mer à Santa Monica, juste en face de l'endroit où vous prétendez avoir parlé avec cette fille. Ce qui nous donne un lien direct entre ce flingue et vous.

Pike considéra le sachet de plastique, puis Krantz, étonné que l'arme du crime ait été retrouvée là où il avait dit être allé. Drôle de coïncidence.

— Réfléchissez, Krantz. Pourquoi aurais-je déclaré être passé à cet endroit si je m'y étais débarrassé de l'arme du crime ?

— Parce que quelqu'un vous a vu. Je crois que vous êtes allé sur place pour balancer le flingue et que vous l'avez fait, mais que quelqu'un vous a vu. Dans un premier temps, je ne vous ai pas cru quand vous avez parlé de cette Trudy, mais peut-être que vous nous avez dit la vérité. Peut-être qu'elle vous a vu là-bas, et que vous avez eu peur qu'on la retrouve. Alors, vous avez essayé de vous couvrir.

Pike fixa de nouveau le sachet. Il savait d'expérience que les flics montraient souvent aux suspects de fausses pièces à conviction pour leur extorquer des aveux.

— Vous me faites marcher ?

Krantz sourit encore, calme et confiant, et curieusement Pike sentit dans ce sourire une sorte de chaleur.

— Je ne vous fais pas marcher. Vous n'aurez qu'à demander à Bauman. Le procureur est en train de le mettre au parfum en ce moment même. Je vous tiens, Joe. Je n'ai pas pu réunir des éléments suffisants contre vous dans l'affaire Wozniak, mais cette fois je vous tiens. Branford raconte partout qu'il va obtenir les circonstances aggravantes, mais c'est du pipeau. Ce serait vraiment trop beau, Pike, de vous voir passer à la piquouze.

— Ce n'est pas moi qui ai mis ce flingue là-bas, Krantz. Ce qui veut dire que quelqu'un d'autre l'a fait.

— Sacrée coïncidence, Joe : vous et ce flingue exactement au même endroit.

— Ce quelqu'un a eu accès à ma déposition. Pensez-y.

— Ce que je pense, c'est que j'en ai largement assez pour vous faire condamner. Et Charlie vous dira la même chose.

— Non.

— Bauman est déjà en train de lancer des ballons d'essai pour une future transaction. Je vous parie qu'il ne vous en a pas encore parlé ! Je sais que vous dites à Bauman qu'il n'y a rien à négocier, et qu'il vous répond : bien sûr que non, comme s'il était d'accord avec vous, mais il n'est pas idiot. Charlie est un malin. Il va vous laisser moisir à la centrale pendant six mois, le temps de vérifier si vous avez dit la vérité sur la fille que vous prétendez avoir vue. Si elle ne refait pas surface d'ici là, il finira par revenir vous voir en vous suggérant de plaider coupable. Mon pronostic est que Branford vous accordera vingt ans ferme avec possibilité de libération conditionnelle. Ça évitera à tout le monde d'avoir l'air trop ridicule après le foirage Dersh. Vingt ans avec possibilité de conditionnelle, ça fait douze. Ça ne vous paraît pas correct ?

— Je n'irai pas en prison pour un crime que je n'ai pas commis.

Krantz posa la main sur un barreau. Il fit courir ses doigts sur l'acier avec autant de douceur que s'il caressait une maîtresse.

— Vous y êtes déjà, et vous allez y rester. Et si vous êtes assez con pour vouloir passer en jugement — et je crois que vous en êtes capable parce que vous avez la tête dure —, vous allez rester dans une cage jusqu'à la fin de vos jours. J'ai gagné, Pike. Vous êtes à moi, je tenais à vous le dire. C'est pour ça que je suis ici. Pour vous dire ça : vous êtes à moi.

Le flic noir aux gros bras s'engagea dans le couloir et fit halte à côté de Krantz.

— C'est le moment d'aller faire un tour en ville, Pike. Mettez-vous debout au centre de la cellule.

Krantz commença à s'éloigner puis se ravisa.

— Oh, une dernière chose. Vous savez qu'on a retrouvé le cadavre du SDF, n'est-ce pas ?

— Deege.

— Ouais, Deege. C'était un peu maladroit de sa part, pas vrai, Pike, de vous dire à vous et à votre pote qu'une camionnette exactement comme la vôtre s'était arrêtée à la hauteur de Karen Garcia, et qu'un mec qui vous ressemblait comme deux gouttes d'eau était au volant ?

Pike attendit.

— Quelqu'un l'a étranglé avant de le balancer dans un bac à ordures, au fond d'une de ces petites rues, vous savez bien, en contrebas de la retenue.

Pike attendit.

— Deux ados disent avoir vu une Jeep Cherokee garée là-haut, Joe. Eh oui, le soir où Deege a passé l'arme à gauche. Ils ont aussi vu son chauffeur. Et devinez qui était au volant ?

— Moi ?

— Vous voyez ? Ça se présente de mieux en mieux.

Krantz soutint le regard de Pike quelques secondes de plus, fit demi-tour et s'en fut.

Un peu plus tôt, un prisonnier s'était mis à pousser des cris de gorille — ouh-ouh-ouh —, et un autre à péter bruyamment avant de jeter un paquet de merde hors de sa cellule en braillant :

— Hé, les mecs, j'suis l'employé du gaz !

Les deux énergumènes avaient été embarqués vite fait, et en son for intérieur Pike avait alors affublé le Noir aux gros bras du surnom de « Dompteur ».

Pendant que Pike se mettait debout, le Dompteur fit un signe vers le bout du couloir. Les geôliers n'utilisaient plus de clés. Les serrures des cellules étaient électroniquement commandées depuis le poste de sécurité, au bout de la zone de détention, où deux agents de sexe féminin étaient assis derrière une vitre pare-balles. Au signe du Dompteur, l'une d'elles pressa un bouton, et la porte de la cellule de Pike s'ouvrit avec un cliquètement sec. Pike pensa d'instinct au bruit de percussion d'un chien de revolver.

Le Dompteur s'avança, tenant les menottes.

— Vous n'aurez pas les pieds entravés pour la balade, mais il faut que vous mettiez ça.

Pike tendit ses poignets.

Tout en lui passant les menottes, le Dompteur dit :

— Je vous ai vu vous entraîner tout à l'heure. Vous faites combien de pompes ?

— Mille.

— Et combien de pompes claquées ?

— Deux cents.

Le Dompteur émit un grognement. C'était une armoire à glace, avec des biceps, des épaules et des pectoraux hypertrophiés que son uniforme moulait aussi étroitement qu'une seconde peau. Rares étaient les prisonniers qui osaient l'affronter, et encore plus rares ceux qui nourrissaient l'espoir de l'emporter au cas où ils s'y risqueraient.

Le Dompteur referma les menottes, vérifia qu'elles étaient en place et recula.

— Je ne sais pas si vous méritez ce qui vous arrive. Vous avez probablement tué ce Dersh, mais si un enfoiré butait ma femme, moi aussi j'oublierais mon écusson. Etre un homme, c'est aussi ça.

Pike ne répondit rien.

— Je sais que vous êtes un ex-flic, et j'ai entendu parler de tout ce bazar qui s'est passé du temps où vous étiez dans la maison. Moi, je m'en tape. Je voulais juste vous dire que je vous ai chez moi depuis deux jours, et que je vous considère comme un mec plutôt réglo. Alors, bonne chance à vous.

— Merci.

Les deux gardiennes, d'un coup de bouton, les firent passer du secteur de détention à un corridor entièrement gris. Le Dompteur fit descendre à Pike une volée de marches menant à la salle qui servait au transfert des prisonniers. Cinq autres prisonniers attendaient déjà, attachés sur des chaises de plastique spécial vissées au sol : trois Hispaniques râblés, dont les bras tatoués montraient qu'ils appartenaient à un gang, et deux Noirs, l'un assez vieux et ridé, l'autre nettement plus jeune, avec plusieurs incisives manquantes. Trois shérifs adjoints, armés d'Air Taser[1] et de matraques, bavardaient près de la porte. Pour mater toute tentative d'émeute.

Quand le Dompteur fit entrer Pike dans la salle, le jeune Noir le dévisagea longuement, puis donna un coup de coude au plus âgé, mais l'autre ne réagit pas. Le jeune était environ de la taille de Pike, et arborait des tatouages de détenu presque invisibles sur sa peau noire. Une cicatrice de couteau déchiquetée courait en travers de son cou, comme si quelqu'un, dans le passé, lui avait tranché la gorge.

Le Dompteur entrava Pike sur une chaise libre et remit son formulaire d'extraction à l'un des adjoints.

Pike resta assis sans bouger, le regard perdu droit devant lui, pensant toujours à Krantz et à ce qu'il lui avait dit. De l'autre côté de la pièce, le jeune Noir à la cicatrice continuait de l'observer. Pike entendit son aîné l'appeler Rollins.

Un quart d'heure plus tard, les six prisonniers furent détachés de leur siège et placés en file indienne. On les conduisit dans le garage couvert et on les installa à bord d'un fourgon de la prison du comté de Los Angeles, en les embarquant par la portière arrière sous l'œil de

1. Arme d'autodéfense de neutralisation temporaire envoyant des décharges qui peuvent aller jusqu'à cinquante mille volts. *(N.d.T.)*

deux adjoints armés de fusils Mossberg. Un troisième adjoint — le chauffeur — s'installa au volant. Le moteur tournait déjà. Il le fallait, pour la climatisation. Dans le fourgon, le compartiment du chauffeur était séparé de l'arrière par un épais grillage ; on retrouvait le même sur les fenêtres. Le compartiment arrière, celui des prisonniers, était garni d'un banc courant le long de chaque côté ; les prisonniers se faisaient face. Le fourgon pouvait en accueillir douze, et comme ils étaient deux fois moins ce jour-là, la place ne manquait pas.

Au moment où il montait à bord, un adjoint nommé Montana donnait une petite tape sur l'épaule de chaque homme et lui disait où s'asseoir, côté droit ou côté gauche. L'un des Mexicains se trompa de côté, et l'adjoint dut monter à bord pour le remettre à sa place, ce qui interrompit brièvement le processus.

Rollins s'assit juste en face de Pike. A présent, il le fixait avec insistance.

Pike soutint son regard.

Rollins retroussa les lèvres pour révéler à Pike la double brèche de ses incisives manquantes.

— Mignon, fit Pike.

Le voyage vers la prison centrale pour hommes était censé durer environ douze minutes si l'on tenait compte des encombrements habituels. Quand le dernier des six prisonniers fut installé à bord, l'adjoint Montana héla ses passagers à travers le grillage :

— Ecoutez-moi bien, les gars. On ne l'ouvre pas, on ne bouge pas, on ne déconne pas. Le voyage sera très court. Que personne ne s'avise de nous casser les couilles avec une envie de pisser ou Dieu sait quoi.

Il réitéra la même explication en espagnol, après quoi le chauffeur enclencha une vitesse, et le fourgon quitta le garage pour s'insérer dans la circulation.

Ils avaient tout juste parcouru deux rues quand Rollins se pencha vers Pike.

— C'est toi qu'as été flic, hein, fils de pute ?

Pike se contenta de garder les yeux fixés sur lui, en le

voyant sans le voir. Il pensait à Krantz et aux éléments à charge qui étaient en train de s'accumuler contre lui. Petit à petit, il laissa ses pensées dériver vers d'autres lieux, loin de ce fourgon.

Rollins donna un coup de coude au vieux Noir, qui à en juger par sa mine aurait préféré être n'importe où plutôt que là.

— Ouais, mec, c'est bien ce fils de pute. J'ai du pif pour flairer les sales merdes dans son genre. Je les ai entendus parler de lui.

Pike avait arrêté cent voyous comme Clarence Rollins, et il en avait interrogé au moins cinq cents autres. Rien qu'à le regarder, il savait que Rollins avait passé l'essentiel de son existence derrière les barreaux. La prison était son foyer. L'extérieur, pour lui, c'était un endroit où on allait faire un petit tour avant de rentrer au bercail.

— Un vrai petit fils de pute d'Aryen, hein, avec ces yeux bleus de merde que tu te trimballes... Laisse-moi te dire un truc, fils de pute, j'en ai rien à péter que t'aies buté un autre fils de pute. Moi, j'en ai dézingué tellement, des fils de pute, qu'on peut plus les compter, et y a rien que je déteste plus que les putains de flics de ta race. Tiens, vise un peu ça.

Rollins se retroussa une manche pour montrer à Pike un tatouage en forme de cœur contenant la mention LAPD 187 — 187 étant le code du LAPD pour « homicide ».

— Tu sais ce que ce truc veut dire, fils de pute ? LAPD un-huit-sept ? Ça veut dire que je suis un putain de tueur de flics, voilà ce que ça veut dire. Et que t'as intérêt à garer ton cul merdeux.

Rollins préparait quelque chose. On le voyait venir aussi gros qu'un train de fret dans un virage, mais Pike ne se donna pas la peine d'y faire attention. Il se revit dans les bois, derrière la maison de son enfance, humant les feuilles fraîches de l'été et la boue humide du torrent. Il sentit aussi la moiteur de Song Be, au Vietnam, du temps de ses dix-huit ans, et entendit la voix de son sergent instructeur qui lui criait dessus, dans les collines pelées de Camp Pendleton — une voix dont il aurait tant aimé qu'elle fût celle de son père. Il goûta de nouveau la sueur cristalline de son premier amour, une jolie fille de fermier prénommée Diane. Elle était issue d'une famille convenable qui méprisait Joe et qui avait réussi à l'empêcher de le revoir.

— Comment ça se fait que tu la fermes, hein, fils de pute ? Tu ferais foutrement mieux de répondre quand je cause à ton cul de fils de pute, si t'as envie de savoir ce qu'est bon pour ta gueule. Oublie pas que t'as le cul coincé ici avec moi.

Sur ce, Rollins sortit la lame longue et fine qu'il cachait dans sa chaussette.

Les autres lieux, les autres visages disparurent brusquement, ne laissant plus dans la conscience de Pike que le fourgon et l'homme qui lui faisait face. Mais il se sentait toujours aussi serein que dans les bois qui bordaient l'arrière de la maison de son enfance.

— Non, murmura-t-il d'une voix douce. C'est toi qui es coincé avec moi.

Surpris, Clarence Rollins tiqua très brièvement, et ensuite il bondit de son banc en se propulsant de toute la force de ses jambes et en lançant sa lame en direction de la poitrine de Pike.

Pike laissa la lame passer à hauteur de ses mains, saisit le poignet de Rollins et le replia d'un coup sec, en canalisant la force et la vitesse de l'attaque pour la retourner contre son auteur. Le sergent d'artillerie Aimes aurait apprécié.

Rollins était un solide gaillard, et tout à coup, une énergie considérable lui remonta dans l'avant-bras. Son radius et son cubitus craquèrent comme du bois vert avant de lui lacérer les muscles, les veines et les artères.

Clarence Rollins se mit à hurler.

Les adjoints du shérif Frank Montana et Lowell Carmody sursautèrent tous les deux en entendant ce hurlement, et levèrent aussitôt leur Mossberg. Les trois prisonniers hispaniques étaient recroquevillés tous ensemble contre le grillage avant, ce qui rendait le reste du compartiment arrière difficile à voir. Rollins, debout, semblait se débattre entre les bancs comme si un animal enragé était en train de le mordre.

— Qu'est-ce que c'est que ce bordel ? cria le chauffeur.

— Arrêtez-moi ça ! glapit Carmody. Tout le monde se rassied sur son banc !

Pike était debout avec Rollins, qui continuait de se tordre, de s'agiter et de tourner sur lui-même. Rollins couinait d'une voix aiguë de petite fille, et un geyser de sang long d'un mètre était en train d'asperger tout l'arrière du fourgon.

— Putain de merde ! s'exclama Montana. Pike est en train de le tuer !

Montana et Carmody tâchèrent tous deux de pointer leur Mossberg par-delà les Hispaniques.

— Lâchez-le, Pike ! cria Montana. Rasseyez-vous sur votre banc, bon Dieu !

Voyant les fusils, les Mexicains se courbèrent en deux, en essayant toujours d'éviter les giclées de sang. Ils devaient penser au sida.

Pike lâcha Rollins et se rassit sur son banc.

Clarence Rollins continua de se débattre, de se tortiller et de hurler comme si son corps était la proie de flammes invisibles.

— Ferme-la, Rollins ! beugla Montana. Qu'est-ce qui se passe, bon sang de bonsoir ?

— Il est blessé ! cria le vieux Noir. Vous pouvez pas voir ça ?

— Rollins, ferme ta gueule et retourne sur ton banc ! cria Montana. Qu'est-ce que tu branles, nom de Dieu ?

— Il est en train de se vider, merde ! lança le vieux Noir. C'est du sang !

Rollins hurlait à la mort, et son sang giclait partout. Le vieux Noir, accroupi sur son banc, tentait de se protéger.

— Je peux l'aider, proposa Pike. Je peux arrêter le saignement.

— Restez sur votre putain de banc !

Carmody plissa les yeux à travers le grillage.

— Putain, mec, c'est pas du chiqué ! Rollins saigne comme un goret. Un de ces fumiers a dû le planter.

— Il a pas été planté, intervint le vieux Noir. C'est ses putains d'os qui lui sortent de la peau. Son bras est pété, merde. Vous voyez pas ?

Malgré les contorsions de Rollins, Montana devina alors l'éclat de ses os. On aurait dit de l'ivoire rose.

Le chauffeur annonça qu'ils n'étaient plus qu'à dix minutes de la prison, mais au moment où il le dit, le fourgon était prisonnier d'une circulation aussi épaisse qu'une coulée de mélasse. Et sans gyrophare ni sirène, ils n'avaient aucun moyen de faire dégager la piste.

— Dix minutes, mon cul ! hurla le vieux Noir. Ce mec a besoin d'un garrot. Putain, on n'a rien à l'arrière, même pas une ceinture ! Vous allez le laisser crever comme ça ?

— Merde, grogna Montana. Faut qu'on fasse quelque chose.

Il voyait déjà ce fumier se vider de son sang. S'ils ne faisaient rien, l'ACLU[1] aurait beau jeu de les traîner en justice, ses deux collègues et lui.

Montana ordonna au chauffeur de passer un appel radio pour réclamer une ambulance. Après avoir confié son fusil et sa matraque à Carmody — pas question de tenter le diable en se pointant armé à l'arrière —, il enfila des gants de vinyle. Il y avait à peu près cent dix pour cent de chances pour que ce fumier de Rollins soit séro. Tous ces enfoirés de l'arrière devaient avoir le sida.

1. American Civil Liberties Union. *(N.d.T.)*

— Tu me couvres, dit-il à Carmody.

Carmody cria à tout le monde de rester à sa place, en essayant de se faire entendre malgré les râles et les sauts de carpe de Rollins. Chaque fois qu'un nouveau jet de sang giclait en direction des Mexicains, ceux-ci se rassemblaient dans un coin comme un petit troupeau effaré.

Montana contourna le fourgon au trot jusqu'à l'arrière, déverrouilla la portière, jeta un coup d'œil à l'intérieur. Nom de nom, il y avait du sang absolument partout.

— Du calme, Rollins. Je vais t'aider.

Rollins tournoyait sur le dos comme un danseur de hip-hop, en distribuant de grands coups de pied et en chialant bruyamment.

Pike était tranquillement assis à sa gauche, et le vieil homme à sa droite, alors que les Mexicains étaient agglutinés à l'avant, du côté gauche. Carmody avait son fusil collé contre la joue, et le chauffeur avait dégainé son arme de service.

— Sors ce connard et referme cette foutue portière, dit Carmody. On s'occupera de lui dehors.

C'était tout pour le plan.

— Vous voulez un coup de main ? proposa Pike.

— Tu restes sur ton putain de banc et tu ne bouges pas le petit doigt !

Montana grimpa dans le fourgon en s'efforçant à la fois de tenir les prisonniers à l'œil et de s'occuper de Rollins, ce qui n'était pas chose facile.

Rollins roula plusieurs fois d'un côté sur l'autre en aspergeant le bas du pantalon de Montana, après quoi il partit sur le dos, avec des sauts de carpe, vers le fond du fourgon et les trois Mexicains, qui se mirent tous debout sur le banc devant Carmody.

— Putain de merde, Rollins ! Si tu as le sida, je te jure que je te tuerai à coups de poing, fils de pute ! Je te jure devant Dieu que je te massacre de mes mains !

Montana se faufila entre Pike et le vieux Noir vers

l'endroit où les trois Mexicains essayaient de repousser à coups de pied un Rollins toujours aussi incontrôlable.

Montana serra les mâchoires, grogna un juron, saisit Rollins par une jambe, et était en train d'essayer de se redresser pour le tirer vers l'arrière quand Carmody et le chauffeur lui hurlèrent à l'unisson :

— Couche-toi, couche-toi, couche-toi ! Il se barre !

Leurs deux Mossberg se pointèrent simultanément vers un point situé derrière Montana.

Montana sentit une boule glacée lui emplir l'estomac en même temps qu'il se jetait au plancher, pivotait sur lui-même, et voyait Joe Pike en train de s'évader par la portière béante.

30

Le reflet des tours de Los Angeles paraissait surgir des eaux du port comme une île à la surface de la mer. Les rayons du couchant qui ricochaient entre les buildings les drapaient à l'ouest, sur fond de ciel mauve, d'un halo brûlant et orangé. La voie express, avec son serpentin de feux arrière lancés à la poursuite du soleil, formait une coulée de lave incandescente. Le début du crépuscule.

Quand on va vers chez moi et qu'on atteint Mulholland, au sommet de la montagne, on emprunte un virage en épingle pour rattraper Woodrow Wilson Drive, dont on suit le tracé sinueux à travers les arbres jusqu'à ma petite rue. Les bas-côtés de Mulholland, jusqu'à l'entrée de Woodrow Wilson, sont très larges et par conséquent assez fréquemment utilisés comme parking par les visiteurs qui se rendent dans le voisinage ; aussi, je n'y prête aucune attention, en général. Mais ce soir-là, une berline américaine banale, dont la banquette avant était occupée par un homme et une femme, était le seul véhicule garé en bordure de route. Tous deux détournèrent la tête au moment où je passai à leur hauteur. Ils auraient pu aussi bien brancher sur leur capot une enseigne au néon avec le mot FLICS.

Cinq minutes plus tard, après avoir coupé le moteur

de ma voiture dans l'ombre tiède de mon abri-garage, je rentrai chez moi… et je compris aussitôt la raison de leur présence dans le secteur.

Dans le noir, Joe Pike était adossé au bar de la cuisine, les bras croisés. Assis près de lui, le chat le contemplait avec une abjecte vénération.

— Surprise, fit Joe.

Il aurait pu paraître normal et naturel de le trouver ici, chez moi, à ceci près qu'il n'y avait aucune Jeep à l'extérieur et que Joe Pike était censé être en prison. Il portait une ample chemise de plage en coton, décorée de petits dauphins bruns en train de bondir au-dessus des flots, dont les manches dissimulaient ses tatouages et dont les pans défaits couvraient le haut de son jean. Ses yeux étaient de nouveau dissimulés derrière une paire de lunettes noires, malgré l'obscurité qui régnait dans ma maison.

J'actionnai l'interrupteur.

— Ne fais pas ça.

J'abaissai l'interrupteur.

— Ce n'est pas Charlie qui t'a fait sortir ?

— Non. Je me suis débrouillé tout seul.

J'inspectai le rez-de-chaussée afin de tirer les rideaux et de fermer les volets.

— Je suis chez moi. Ça paraîtrait louche que je n'allume pas.

Pike hocha la tête, et nous fîmes de la lumière.

— Ils ont une voiture sur Mulholland, à l'entrée de Woodrow Wilson. A moins que tu n'aies autre chose à me dire, si tu m'expliquais pourquoi tu t'es évadé, nom d'un chien ?

— Il y a une autre unité au sommet de Nichols Canyon. Ils en ont sans doute placé une troisième en bas, sur la route de Hollywood. Deux unités sont en planque devant chez moi, et puis une autre à l'armurerie.

— Tôt ou tard, la police débarquera ici pour m'interroger.

— Je serai parti avant.

— Tu as un endroit où aller ? Tu es motorisé ?

Le coin de sa bouche se contracta, à croire que j'avais posé une question stupide.

— Ils surveillent sans doute ma maison, repris-je. Peut-être qu'ils n'étaient pas encore là quand tu es arrivé, mais ils ont eu le temps de s'organiser. Attends au moins qu'il fasse nuit noire avant de repartir. Dans l'obscurité complète, tu pourras redescendre vers Hollywood sans qu'ils te voient.

Pike hocha la tête.

— Bon sang, Joe. Alors, pourquoi ?

— Il valait mieux que je sois dehors, Elvis. Krantz a des éléments très solides contre moi. Même si ce n'est pas moi qui ai tué Dersh, ils ont de quoi construire une accusation, et ils risquent de gagner. A l'extérieur, j'ai encore une chance de me disculper. Si j'étais resté en taule, je n'aurais pu que jouer les victimes. Ce n'est pas un rôle pour moi.

Il me raconta ce qui s'était passé, et comment. Tout en parlant, il ramassa le chat par terre et le prit dans ses bras. Je me dis qu'à certains moments même les hommes les plus durs ont besoin de sentir un cœur qui bat.

Quand Pike m'apprit que l'arme du crime avait été repêchée juste en face de l'endroit où il avait rencontré la fille, je remarquai :

— Ils l'ont mise là eux-mêmes.

— Quelqu'un, en tout cas. Sauf énorme coïncidence. Tu es au courant pour Deege ?

— Il est mort.

— Un meurtre. Des gamins ont vu une Jeep rouge sur les lieux le soir du meurtre. Avec un type qui me ressemblait au volant.

Je le regardai fixement. J'aurais voulu dire quelque chose, mais je ne savais pas trop quoi. La descente n'en finissait pas.

— Tout colle parfaitement. J'ai tué Dersh. J'ai tué Deege. Bientôt, on va croire que j'ai tué tous ces gens.

— Sauf Lorenzo. Tu étais en prison quand Lorenzo a été tué.

Pike haussa les épaules, comme s'il songeait qu'ils finiraient bien par trouver un moyen de lui coller également ce meurtre-là sur le dos.

— Krantz te hait, dis-je. Tous les chemins mènent à Krantz.

— Tous les chemins mènent à moi, à Woz et à DeVille. Krantz fait partie de cette histoire. Comme Karen.

— Peut-être ne s'agit-il pas seulement de Karen et de Dersh, dis-je. Peut-être les six victimes sont-elles liées à quelque chose qui s'est passé à l'époque. Avant Dersh, le tueur avait déjà buté cinq personnes. Il n'a envoyé aucune revendication, laissé aucun message, mais il a utilisé la même méthode à cinq reprises. Ça signifie qu'une partie de lui veut que les flics l'identifient comme le responsable unique de tous les meurtres.

— Une façon d'affirmer son pouvoir.

— Sa façon à lui de tirer la langue. Les victimes meurent à trois mois d'écart, personne ne peut trouver de lien entre elles, et du coup tout le monde se met à parler d'un tueur en série. Mais si ce n'était pas un tueur en série ? Si c'était un meurtrier animé par une volonté de vengeance, avec un plan d'action précis ?

Pike acquiesça.

— J'ai essayé de récupérer le casier de DeVille, repris-je, mais il a disparu des archives. Je sais qu'à l'époque Wozniak et toi avez logé DeVille par le biais d'un informateur. J'ai aussi retiré le dossier de Wozniak, mais je n'ai rien trouvé dedans à ce propos. Tu sais qui lui a refilé le tuyau ?

— Non. Woz avait des indics à tous les stades de la chaîne alimentaire.

— Je suis allé voir sa veuve, mais elle ne savait rien non plus.

Pike cessa de caresser le chat.

— Tu es allé voir Paulette ?

— Elle s'appelle maintenant Renfro. Elle n'a pas voulu m'en parler, mais sa fille est d'accord pour nous aider.

Pike me fixa longuement, puis déposa le chat sur le bar. Il prit deux bières dans le frigo, m'en tendit une, et versa quelques gouttes de la sienne sur le comptoir. Le chat se mit aussitôt à laper.

— C'était il y a longtemps, Elvis. Laisse Paulette tranquille.

— Elle pourrait peut-être nous aider.

Une voiture s'arrêta à ce moment-là. Joe s'éclipsa dans le séjour, mais je reconnus le moteur.

— C'est Lucy.

J'ouvris la porte de la cuisine et la laissai entrer avec un sac de provisions et deux tailleurs encore emballés dans une housse de teinturier. Elle avait dû passer à son appartement. Son visage était livide, et elle se déplaçait à pas secs et rapides. Nerveuse. Le chat souffla une fois, puis s'éclipsa par la chatière.

— Oh, la ferme ! Il s'est passé quelque chose, Elvis. Joe s'est évadé.

— Je sais. Il est ici.

A l'instant où je fermais la porte de la cuisine, Joe ressortit du séjour. Lucy s'immobilisa au centre de la cuisine, les yeux rivés sur lui. Elle ne paraissait pas heureuse de le voir.

— Qu'est-ce qui t'a pris ? demanda-t-elle.

— Salut, Lucy.

Elle déposa son sac et ses emplettes sur le bar, mais pas les tailleurs. Son visage était fermé ; ce n'était plus de la nervosité, c'était de la colère.

— Tu te rends compte que tu as commis une énorme erreur ?

Joe ne répondit pas.

— Il était acculé, Luce. Je ne sais pas si c'était une erreur, mais ce qui est fait est fait.

Lucy me jeta un regard noir, et je lus sur ses traits une colère qui ne me plut pas.

— Ne le défends pas. Afin qu'il n'y ait aucun malentendu, je peux vous assurer à tous les deux que ce n'était sûrement pas la meilleure chose à faire. (Elle se tourna vers Joe.) Tu as déjà parlé à ton avocat ?

— Pas encore.

— Il te dira de te rendre. Et tu devrais le faire.

— Pas question.

Lucy pivota vers moi.

— Tu as quelque chose à voir là-dedans ?

On aurait dit une maman en rogne contre ses deux garçons, et cela me plut encore moins.

— Non, je n'ai rien à voir là-dedans, mais qu'est-ce qui t'arrive ? Pourquoi te mettre dans cet état ?

Elle leva les yeux au ciel, comme si j'étais un demeuré, et déposa ses tailleurs sur un sac de provisions.

— Je peux te parler une seconde ?

Elle passa à grandes enhambées dans le séjour. Quand nous fûmes aussi loin que possible de Joe, je lui demandai :

— Tu ne crois pas que tu pourrais manifester un peu plus de soutien ?

— Je n'approuve pas son geste, et tu ne devrais pas l'approuver non plus.

— Je n'approuve pas. Je m'en accommode. Que veux-tu que je fasse ? Que je le mette dehors à coups de pied ? Que j'appelle les flics ?

Lucy ferma un instant les yeux, pour se calmer, puis les rouvrit. Sa voix était calme, mesurée.

— Je viens de passer les trois dernières heures à me faire un sang d'encre pour lui. Et pour toi. J'ai essayé plusieurs fois de te joindre et je n'ai pas réussi. Tu aurais pu être complice de son évasion. Histoire de te jeter avec lui du haut de la falaise.

Je voulus rétorquer quelque chose, mais elle m'interrompit en levant la main.

— Tu te rends compte que sa présence ici est un danger pour ta licence, au regard de la loi californienne ? Tu accueilles un évadé sous ton toit. C'est un crime.

— Joe est ici parce qu'il va falloir que nous travaillions ensemble si nous voulons élucider cette affaire. Il n'a pas tué Eugene Dersh.

— Qu'il le prouve au procès.

— Pour le prouver, il faut des preuves. En attendant, le procureur dispose d'éléments solides et nous n'avons strictement rien pour les contester. Il va falloir que nous retrouvions celui qui a tué Dersh, et à l'heure où je te parle, je crois que c'est le même type qui a tué Karen Garcia et les cinq autres victimes.

La bouche de Lucy était pincée, et son visage figé en un masque froid. Ce n'était visiblement pas du tout ce qu'elle avait envie d'entendre.

— Il est en danger ici, Lucy. Il le sait, et je le sais aussi. Il ne va pas rester, mais il ne peut pas sortir avant qu'il fasse nuit noire.

— Et si la police frappe à ta porte, là, tout de suite ? Avec un mandat de perquisition ?

— On avisera…

— Tu n'es pas le seul à être menacé.

Je sentis qu'elle était en train de se blinder.

— Je ne suis pas l'avocat de Joe, reprit-elle. Dans la mesure où je vis avec toi, ma licence aussi pourrait m'être retirée. Pire, ce qui se passe ici en ce moment pourrait remettre en question mon droit de garde si Richard s'avisait d'intenter une action en justice.

Mon regard se posa sur Joe, puis revint à Lucy.

Elle me fixait toujours.

— Si Joe reste, je vais devoir partir.

— Il partira dès qu'il fera nuit.

Elle ferma les yeux et répéta sa phrase, lentement et en articulant avec soin :

— Si Joe reste, je vais devoir partir.

— Ne me demande pas une chose pareille, Lucy.

Elle ne bougea pas.

— Je ne peux pas lui dire de partir.

Voilà bien longtemps, dans un autre lieu, j'ai été grièvement blessé, sans pouvoir bénéficier de soins médicaux immédiats. Plusieurs fragments d'acier brûlant m'avaient perforé le dos, lacérant des artères et des tissus, et tout ce que je pouvais faire, c'était attendre qu'on vienne me secourir. Je m'efforçais d'interrompre l'hémorragie, mais les plaies se situaient dans mon dos. Mon pantalon et ma chemise étaient trempés de sang, et le sol sous mon corps eut tôt fait de virer à une boue rougeâtre. Je passai une journée entière à me demander si j'allais saigner jusqu'à la mort. Les minutes devinrent des heures, mon sang fuyait toujours, le temps parut ralentir sa course au point de s'arrêter, et je finis par craindre de rester éternellement prisonnier de cet atroce moment.

Le temps me semblait de nouveau s'écouler avec cette insoutenable lenteur.

Lucy et moi restâmes debout devant la cheminée. Ni l'un ni l'autre ne parla. Nous échangeâmes un regard plein de souffrance, ou peut-être un regard qui ne souffrait pas assez.

— Je t'aime, dis-je enfin.

Lucy traversa le séjour, repassa dans la cuisine, attrapa au vol ses tailleurs, franchit le seuil et s'en fut dans sa voiture.

— Tu devrais la rattraper, murmura Joe.

Je n'avais ni perçu son approche, ni senti sa main se poser sur mon épaule. Un instant plus tôt, il était dans la cuisine, et à présent, il se tenait à côté de moi.

— Si c'est à cause de moi, j'aurais pu m'en aller.

— Tes chances seront meilleures quand il fera nuit.

— Mes chances sont ce que j'en ferai.

Il tira une chaise et s'assit avec un mouvement tellement silencieux que je n'entendis pas le moindre son. Peut-être écoutais-je autre chose. Le chat revint, et sauta sur la table pour être près de lui.

Je retournai dans la cuisine et jetai un coup d'œil à l'intérieur du sac de provisions que Lucy avait apporté. Des darnes de saumon, des brocolis, un filet de pommes de terre nouvelles. Un dîner pour deux.

Depuis la salle à manger, Joe me lança :

— Depuis qu'on se connaît, je me tourne vers toi quand je recherche un peu de sagesse.

Pike n'était qu'une silhouette parmi les ombres, et je devinais la tête de mon chat qui se frottait contre ses mains.

— Qu'est-ce que ça veut dire, nom d'un chien ?

— Tu es ma famille, Elvis. Je t'adore, mais par moments tu es vraiment trop niais.

Je reposai les provisions et me laissai tomber sur le canapé.

— Si tu veux quelque chose, tu n'as qu'à te servir.

Deux heures plus tard, il faisait nuit noire. Entre-temps, nous avions pris quelques décisions. Ensuite, Joe sortit par la porte de la cuisine et se fondit dans l'obscurité.

C'est alors que je me retrouvai réellement seul.

31

Assis sur mon canapé, seul dans ma maison vide, je ressentis un fort pincement au cœur, comme si je venais de perdre un bien précieux — et je me dis que tel devait être le cas. Au bout d'un moment, je téléphonai à Lucy et je butai sur son répondeur.

— C'est moi. Tu es là ?

Si oui, elle ne se manifesta pas.

— Lucy, il faut qu'on parle. Tu peux décrocher, s'il te plaît ?

Comme elle ne décrochait toujours pas, je reposai le combiné et retournai sur le canapé. Je restai assis à nouveau, puis j'allai ouvrir la grande porte-fenêtre pour laisser entrer les rumeurs de la nuit. Dehors, quelque part, les flics me surveillaient : et alors ? En un sens, ils devenaient désormais ma seule compagnie.

Je pochai une des deux darnes de saumon dans de la bière et m'en fis un sandwich que je mangeai debout dans la cuisine, à côté du téléphone.

Lucy Chenier vivait à Los Angeles depuis moins d'un mois. Elle avait changé de vie pour venir me rejoindre, et d'un seul coup tout semblait partir à vau-l'eau. J'avais peur. Nous n'étions pas fâchés parce que nous aimions des films différents, ni parce que je m'étais montré grossier avec tel ou tel de ses amis. Nous étions fâchés parce qu'elle m'avait enjoint de choisir entre elle et Joe, et qu'elle avait eu l'impression que je choisissais Joe. Elle avait sans doute raison, mais je ne voyais pas comment réagir. Si elle m'imposait encore le même choix, je procéderais de la même façon.

Quelqu'un frappa énergiquement à la porte d'entrée. Je songeai que ce devait être la police et, en un sens, c'était le cas.

Samantha Dolan titubait sur le paillasson, les poings sur les hanches, aux cinq quarts ivre.

— Vous avez encore de la tequila ?

— Ce n'est pas le bon moment, Samantha.

Elle voulut forcer le passage comme à son habitude, mais cette fois je ne m'écartai pas.

— Quoi, vous avez un rencard avec la petite dame ?

Je restai sur place. L'odeur de la tequila qui l'enveloppait était si lourde qu'elle semblait sourdre par tous ses pores.

Elle me gratifia d'un de ses regards durs et s'adoucit presque aussitôt. Le temps pour elle de secouer la tête, toute son arrogance avait disparu.

— Ce n'est pas le bon moment pour moi non plus, grand chef. Bishop me mute. Je suis virée de la RHD.

Je la laissai entrer, soudain gêné, petit, et coupable de ce qui lui arrivait — ce qui faisait une jolie cerise sur le gâteau de ma culpabilité envers Lucy.

Je sortis une bouteille de Cuervo 1800 et versai deux doigts de tequila dans un verre.

— Encore.

J'en remis une couche.

— Vous n'en buvez pas un petit avec moi ?

— J'ai de la bière.

Elle avala un peu de tequila, prit une profonde inspiration, et expira.

— Bon Dieu, c'est trop bon !

— Vous en avez bu combien ?

— Pas assez. Alors, vous êtes en bisbille avec votre amie ?

— Qui ?

— Je ne parle pas de votre chat, crétin. La petite dame. (Dolan pencha son verre en direction de la cuisine.) Il y a un sac à main sur le bar. Vous n'êtes pas le seul enquêteur ici présent. (Elle s'aperçut de ce qu'elle venait de dire, but encore un peu d'alcool.) Quoique. Peut-être que si.

Le sac à main de Lucy se trouvait à côté du réfrigérateur, près de l'endroit où elle avait déposé les provisions. Elle avait repris ses vêtements, mais oublié son sac.

Dolan but encore une lampée, s'adossa au bar.

— Pike n'a pas été très malin de se tirer. Si vous lui parlez, vous devriez lui conseiller de se rendre.

— Il ne le fera pas.

— Ce n'est pas ça qui l'aidera à avoir l'air innocent.

— Il doit estimer que, puisque la police ne fait rien pour essayer de le blanchir, il va devoir s'en occuper lui-même.

— On ne devrait peut-être pas parler de ça.

— Peut-être.

— Mais ça craint, voilà ce que j'en dis.

Nous restâmes tous deux à nous regarder en chiens de faïence. Bienvenue chez Cole, où on a toujours droit à au moins un éclat de rire à la minute. Je lui demandai si elle voulait s'asseoir, elle répondit oui, et nous passâmes dans le séjour. La tequila nous suivit.

— Je suis désolé pour la RHD.

Elle secoua la tête, pensive.

— Pike a dû quitter l'uniforme peu de temps avant mon arrivée dans la maison. Vous savez dans quels secteurs il a travaillé ?

— Il a fait un an à Hollenbeck avant de passer à la Rampart Division.

— Moi, j'ai démarré à West L.A. Il n'y avait pas

autant de femmes qu'aujourd'hui dans la police, et on écopait toujours des boulots les plus merdiques.

Elle avait l'air de vouloir parler, je la laissai faire. Ma bière me suffisait.

— Mon premier jour de service, à ma sortie de l'Ecole de police, on a perquisitionné une bicoque, et derrière on a retrouvé deux pieds qui sortaient du sol.

— Des pieds humains ?

— Ouaip. Deux pieds humains qui se dressent à la verticale.

— Des pieds nus ?

— Ouais. Eh, Cole, laissez-moi finir mon histoire, d'accord ? Donc, mon équipier et moi, on tombe sur ces deux pieds qui sortent du sol, derrière cette bicoque abandonnée. On passe un appel, notre superviseur débarque, et il dit : « Pas de doute, c'est bien une paire de pieds. » Sauf qu'on ne sait pas s'il y a un corps au bout. Je veux dire : peut-être qu'il y a un corps entier là-dessous, mais peut-être aussi que c'est juste une paire de pieds que quelqu'un a mise là.

— Pour faire pousser des plantes ?

— N'essayez pas d'être drôle. Drôle, c'est un adjectif de plus dans la longue liste de ceux qui ne vous conviendront jamais.

Je hochai la tête. Je trouvais quant à moi que ma vanne était plutôt drôle, mais il faut dire que j'avais bu.

— Bref, on est là face à ces pieds, et évidemment on ne peut pas y toucher avant que le gars du coroner ait fait son boulot, sauf que le gars du coroner nous fait savoir qu'il ne pourra pas venir avant le lendemain matin. Du coup, le superviseur dit que quelqu'un doit rester sur place pour surveiller les pieds. Je veux dire : on ne va pas les laisser là comme ça, hein ? Et le superviseur nous demande, à mon équipier et à moi, de monter la garde.

— D'accord.

Elle vida le fond de sa tequila et se servit aussitôt un autre verre tout en poursuivant son récit.

— Mais là-dessus, on reçoit un appel urgent, et le superviseur dit à mon équipier qu'il faut y aller. Il n'y a qu'à laisser la fille avec les pieds.

— La fille.

— Ouais. Moi.

— Je sais, Samantha.

Elle but une nouvelle lampée de tequila et sortit son paquet de clopes.

— On ne fume pas ici.

Elle fronça les sourcils, mais rempocha ses cigarettes.

— Ils partent, et me voilà seule avec ces pieds derrière cette bicoque, et je trouve ça glauque comme l'enfer. Une heure passe. Deux heures. Ils ne reviennent toujours pas. J'appelle sur ma radio, mais personne ne répond, et je commence à être en rogne. Une rogne de première. Trois heures. Là-dessus, j'entends le son le plus terrifiant que j'aie entendu de ma vie, un hurlement, genre ouh-ouh-ouh.

— C'était quoi ?

— Et je vois ce fantôme qui débarque entre les palmiers. Un grand fantôme tout blanc, qui fait *ouh-ouh-ouh, rendez-moi mes pieds*. Vraiment effrayant, surnaturel et tout.

— Laissez-moi deviner. Votre équipier, planqué sous un drap blanc.

— Non, le superviseur. Il voulait faire peur à la petite nouvelle.

— Qu'est-ce que vous avez fait ?

— J'ai dégainé mon Smith et j'ai gueulé : « LAPD ! Plus un geste, fils de pute ! » Et là-dessus, je lui vide mon barillet dessus, six balles à la chaîne.

— Dolan… Vous avez tué votre superviseur ?

Elle me sourit — et je trouvai ravissant son sourire.

— Non, abruti. Je savais que ces connards essaieraient de me piéger tôt ou tard, et je chargeais toujours mon arme à blanc.

Je ris.

— Le superviseur se jette au sol et se met en boule, les bras sur la tête, il me supplie en pleurant de ne pas tirer. Après avoir vidé mon barillet, je m'approche et je fais : « Alors, sergent, c'est ça que vous appelez une ronde à pied ? »

Mon rire enfla, mais Dolan inspira profondément et secoua la tête. Je cessai de rire.

— Samantha ?

Ses yeux rougirent, mais elle ravala ses larmes.

— J'ai investi tout ce que j'avais dans ce métier. Je ne me suis jamais mariée, je n'ai pas d'enfants, et maintenant tout est fichu.

— Vous ne pouvez pas contester la décision de Bishop ? Il doit bien y avoir un recours, non ?

— Je pourrais faire appel au comité de surveillance, mais ces enfoirés risquent de me virer. Bishop veut juste me voir quitter la RHD. Il dit que je n'ai plus l'esprit d'équipe. Qu'il n'a pas confiance en moi.

— Je suis désolé, Samantha. Je suis vraiment, vraiment désolé. Et maintenant ?

— Transfert administratif. Je suis en congé jusqu'à ma nouvelle affectation. Ils vont m'affecter dans une division quelconque, je suppose. Peut-être la criminelle de South Central, un truc de ce genre.

Elle baissa les yeux sur son verre, parut surprise de le trouver vide.

— Au moins, vous restez dans la police.

Un lueur attendrie passa dans son regard, comme si j'étais un enfant un peu lent à la détente.

— Vous ne pigez pas, Cole ? Où que j'aille, ce sera la déchéance. La RHD, on ne fait pas mieux. C'est à peu près comme de jouer en première division pour se retrouver ensuite dans l'équipe des palefreniers de South Buttcrack. Ma carrière est finie. Tout ce qu'il me reste à faire, c'est tuer le temps jusqu'à ce qu'ils me fassent quitter le terrain. Vous avez une idée de ce que ça représente pour moi ?

Je ne sus que répondre.

— J'ai passé toute ma fichue carrière à convaincre des mecs comme Bishop de me laisser jouer dans la cour des grands, et maintenant, je n'ai plus rien. (Elle m'examina de haut en bas.) Bon Dieu, ce que j'ai envie de vous…

— Samantha…

Elle leva une main, secoua la tête.

— Je sais. C'est la tequila.

Elle plongea le regard dans les profondeurs de son verre vide et fit entendre un nouveau soupir. Elle posa le verre sur la table, croisa les bras comme si elle ne savait plus que faire de son corps. Elle cligna des cils, ses yeux s'emplissaient de larmes.

— Elvis ?

— Quoi ?

— Vous me prenez dans vos bras ?

Je ne bougeai pas.

— Je ne veux pas dire *comme ça*. J'ai juste besoin qu'on me tienne dans ses bras et je n'ai personne d'autre pour le faire.

Je reposai ma bière, m'approchai d'elle et la pris dans mes bras. Samantha Dolan enfouit le visage au creux de ma poitrine, et au bout d'un moment, je sentis ses larmes imprégner ma chemise. Puis elle s'écarta et s'essuya le visage d'un revers de main.

— C'est vraiment pathétique.

— Ça n'a rien de pathétique, Samantha.

Elle renifla, se frotta les yeux.

— Je suis ici parce que je n'ai personne d'autre. J'ai mis tout ce que j'avais dans ce satané métier, et maintenant, tout ce que j'ai pour pleurer, c'est un type qui en aime une autre. C'est totalement pathétique, si vous voulez mon avis.

— Personne ne vous le demande, Samantha.

— J'ai envie de vous, bon Dieu. Je veux coucher avec vous.

— Chut.

Elle appuya un sein contre mon bras.

— Je veux que vous m'aimiez.

— Chut.

— Arrêtez de me dire chut, merde.

Elle fit courir ses doigts sur ma cuisse, les yeux luisants dans la faible lumière. Elle leva les yeux sur moi, et elle était si proche à cet instant que son souffle était comme un battement d'ailes de papillon sur ma joue. Elle était jolie, forte, et drôle, et j'avais envie d'elle. J'avais envie de la tenir dans mes bras, j'avais envie qu'elle me tienne, et j'espérais confusément que, si j'arrivais à combler ses vides, elle arriverait peut-être à combler les miens. Et cependant, je murmurai :

— Je ne peux pas, Dolan.

La porte de la cuisine s'ouvrit alors avec un couinement incongru, qui n'avait pas sa place dans un tel instant.

Lucy demeura figée au seuil de la cuisine, une main sur le bouton de porte et nous fixant avec une atroce souffrance au fond des yeux.

Je me levai.

— Lucy…

Lucy traversa la cuisine, attrapa son sac à main sur le bar, fit demi-tour, claqua la porte.

Dehors, son moteur revint à la vie en rugissant, et sa boîte de vitesses grinça. Ses pneus hurlèrent en même temps qu'elle démarrait en trombe.

Dolan se laissa retomber dans le canapé :

— Et merde.

Mon pincement au cœur était à présent si féroce que je me sentais vide — un peu comme une coquille morte, si fragile que la seule pression de l'air risquait à tout moment de la faire exploser.

Je partis sur ses traces.

Quand je descendis de voiture, la Lexus de Lucy était garée devant son immeuble, et son moteur tournait toujours. Son appartement était éclairé, mais le halo de lumière qui s'échappait des rideaux tirés ne me parut pas trop engageant. Ou peut-être avais-je peur, tout simplement.

Je restai un moment debout sur le trottoir, scrutant ses fenêtres et écoutant son moteur. Je m'assis sur l'aile droite, posai une main sur le capot, sentis la chaleur. Je n'étais séparé du premier étage que par une volée de marches, mais la montée me parut durer une éternité.

Je frappai doucement à sa porte.

— Luce ?

Elle ouvrit, me considéra sans en rajouter dans le pathos. Elle pleurait, et ses larmes me firent penser à de petites fenêtres dans un puits de souffrance.

— Dolan est passée parce qu'elle vient de se faire virer. Elle est amoureuse de moi, ou croit l'être, et elle voulait coucher avec moi.

— Tu n'as pas à me raconter tout ça.

— Je lui ai répondu que je ne pouvais pas. Je lui ai dit que je t'aimais. J'étais en train de le lui expliquer quand tu es arrivée.

Lucy s'écarta du seuil et m'invita à entrer. Les cartons étaient de sortie. Des meubles avaient été déplacés.

— Tu m'as fait peur, avoua-t-elle.

Je hochai la tête.

— Je ne parle pas de Dolan. Je parle d'avant. Je t'en veux, Elvis. Tu m'as blessée.

Joe.

— Tu as changé de vie pour venir ici, Luce. Tu es inquiète à cause de Richard, à cause de ce qui va se passer pour Ben. Tu n'as pas à t'inquiéter pour moi. Tu n'as pas besoin de douter de nous, ni de mes sentiments, ni de l'importance que tu as pour moi. Tu es tout pour moi.

— Je n'en suis plus aussi sûre.

J'eus l'impression que le monde se dérobait sous mes pieds et que je me retrouvais tout à coup en suspens dans l'espace, privé du contrôle de mon corps : la sensation que la plus légère brise pouvait me faire tourner sur moi-même sans que je puisse rien faire, sinon continuer de tourner.

— A cause de Joe, répétai-je.

— Et parce que tu étais prêt à risquer ce qui compte le plus pour moi.

— Tu aurais voulu que j'appelle les flics ? Que je le donne ?

On sentait plus de tension dans ma voix que je ne l'aurais souhaité.

— Toi aussi, tu m'en veux ?

— Je n'aime pas cette situation, Luce. Je n'aime pas être pris entre Joe et toi. Je n'aime pas voir Dolan débarquer chez moi sous prétexte qu'elle n'a aucun endroit où aller. Je n'aime pas ce qui est en train de se passer entre nous en ce moment.

Elle respira profondément.

— Dans ce cas, nous sommes tous les deux déçus... Je n'ai pas fait trois mille cinq cents kilomètres pour ça.

— Tu m'aimes ? demandai-je.

— Je t'aime, mais je ne sais plus exactement ce que je ressens pour toi en ce moment. Je ne sais plus ce que je ressens par rapport à quoi que ce soit.

Ces phrases avaient quelque chose de tellement définitif, de tellement irrémédiable, que je devais avoir sauté une étape. Je scrutai son visage en m'efforçant de deviner dans ses yeux ce qui m'avait échappé dans ses paroles, mais je ne le trouvai pas. J'aspirais à une sorte d'explosion affective ; le côté froid et mesuré de cette déclaration me noua les tripes.

— Qu'est-ce que tu es en train de dire, Luce ?

— Je dis que j'ai besoin d'un peu de temps pour penser à nous.

— Nous avons un problème maintenant, tout de suite.

Ce problème est-il assez énorme pour que tu veuilles remettre en question tout ce qu'il y a entre nous ?

— Bien sûr que non.

— Moi, c'est ce que j'entends par « penser à nous ». On n'est pas obligés de cesser d'être « nous » au moindre incident.

Mon regard se posa sur les cartons. Les choses ne se passaient pas de la manière escomptée. Et j'avais un mal fou à exprimer ce que j'aurais voulu lui faire comprendre.

Lucy saisit ma main entre les siennes.

— Tu dis que j'ai changé de vie pour venir ici, mais mon arrivée change aussi la tienne. Le changement ne s'est pas terminé le jour où j'ai posé mes valises dans cette ville. Le changement continue.

Je la pris dans mes bras. Nous nous étreignîmes, mais l'incertitude s'insinuait toujours entre nous comme une membrane séparatrice. Au bout d'un moment, Lucy se dégagea. Elle ne pleurait plus ; elle semblait résolue.

— Je t'aime, mais tu ne peux pas rester ici ce soir.

— C'est aussi clair que ça dans ton esprit ?

— Non. Rien n'est clair. C'est bien le problème.

Elle me reprit la main, me baisa les doigts. Et me demanda de partir.

Sacrifice

Le tueur enfonce profondément l'aiguille dans son quadriceps et s'injecte à deux reprises sa dose habituelle de Dianabol. La douleur le rend furieux et cette rage fait virer sa peau au cramoisi tandis que sa pression artérielle atteint des sommets. Il se jette sur son banc d'exercice, empoigne la barre et pousse.

Cent cinquante kilos.

Il abaisse le poids tout contre sa poitrine, soulève,

abaisse, soulève. Huit séquences d'un mouvement herculéen, inhumain, qui ne fait rien pour apaiser sa fureur.

Cent cinquante putains de kilos.

Il quitte son banc et se jette un regard noir dans le miroir, ici, dans son petit garage de merde. Muscles turgescents, pectoraux rouges, visage assassin. *Du calme. Contrôle-toi. Elimine la rage, reste invisible aux yeux du monde.*

Son visage se vide.

Devenir Pike pour vaincre Pike.

Le tueur prend une inspiration afin de se calmer, retourne vers son banc, s'assied.

L'évasion de Pike a modifié ses plans : il y a aussi Cole, et cette garce de Dolan. Sachant maintenant qu'on essaie de le piéger, Pike va essayer de découvrir qui se cache derrière tout ça, et il finira par arriver jusqu'à lui. Cole et Dolan ont déjà essayé de se procurer le dossier de DeVille, et c'est mauvais, mais le tueur sait aussi qu'ils ne l'ont pas obtenu. Sans le dossier de DeVille, ils ne réussiront pas à remonter jusqu'à lui, mais ils se rapprochent tout de même, et le tueur sent qu'ils sont tout près de l'identifier.

Il doit agir. Maintenant. Il décide de s'attaquer sans tarder aux dernières cibles. Rien ne doit plus l'arrêter. Pike est devenu un électron libre, mais il doit pouvoir maîtriser Cole. Cole doit être distrait. Distrait de ses efforts pour sauver Pike, accaparé par une tâche plus urgente.

Persuadé que les talents d'investigation de Dolan ont toujours été surévalués, le tueur fait peu de cas d'elle. Mais, en ce qui concerne Cole, c'est une autre paire de manches. Il a rencontré Cole, il l'a jaugé. Il est dangereux. Un ex-militaire, formé chez les rangers, et un détective expérimenté. Ce qu'il a de dangereux n'apparaît pas de manière évidente, mais la plupart des policiers le respectent. Il a entendu un inspecteur chevronné dire qu'il ne fallait surtout pas se laisser berner par ses facéties ou ses chemises criardes : Cole est capable de supporter tout le poids qu'on peut lui coller sur le dos et de botter quand même le train de ses adversaires. Le tueur prend cet avis très au sérieux.

Pour piéger efficacement un ennemi, il faut chercher une faille exploitable.

Cole a une petite amie.

Et cette petite amie a un fils.

32

Je redescendis l'interminable volée de marches, chez Lucy, pour regagner ma voiture. J'envisageai de démarrer, mais c'était au-dessus de mes forces. Je m'évertuai à lui en vouloir mais je n'y parvins pas. J'essayai de la détester mais je n'arrivai qu'à me sentir mesquin. Je restai là, dans ma voiture ouverte, jusqu'à ce que les lumières de son appartement se soient éteintes. Même ensuite, je ne bougeai pas. J'avais simplement envie d'être près d'elle, et pendant la majeure partie de la nuit je cherchai en vain à comprendre comment les choses avaient pu dégénérer aussi vite. Peut-être un meilleur détective que moi aurait-il pu apporter des réponses.

Le ciel était en train de virer au mauve quand je démarrai. Je pris plaisir à m'insérer à un train d'escargot dans les embouteillages du matin, je savourai la monotonie réconfortante et familière d'un brin de conduite dans ma voiture. Quand j'arrivai chez moi, Dolan n'y était plus. Elle avait laissé un mot sur le bar, dans la cuisine. Il disait : « Si vous voulez, je lui parlerai. »

Je lavai les verres de la soirée, rangeai la tequila, et je me dirigeais vers l'étage pour prendre une douche quand le téléphone sonna.

Le cœur battant, je laissai sonner une deuxième fois. Après avoir respiré à fond, je m'encourageai d'un coup de menton.

A la troisième sonnerie, je décrochai, tout en tâchant de ne pas trop avoir l'air de quelqu'un qui vient de courir quinze kilomètres.

— Lucy ?

— Pourquoi n'avez-vous pas rappelé ?

La voix d'Evelyn Wozniak.

— De quoi parlez-vous ?

— J'ai laissé un message hier. En vous disant de me rappeler, à n'importe quelle heure.

J'avais vérifié mon répondeur quand Pike était chez moi : aucun message. Je vérifiai de nouveau : toujours rien.

— D'accord. Eh bien, ça y est, on se parle.

Evelyn me donna des indications pour rejoindre le garde-meubles où sa mère avait loué un box à North Palm Springs. Elle avait un double de la clé, qu'elle avait laissé sur place à la gérante, dans une enveloppe. Je lui demandai si elle voulait être présente au moment où j'examinerais les affaires de son père, mais elle avait trop peur de ce qu'elle risquait d'y trouver. Je pouvais comprendre. Moi aussi, j'avais peur.

Quand elle eut fini, je l'interrogeai :

— Evelyn, avez-vous indiqué ce genre de détails sur votre message ?

— Certains. Je vous ai donné le nom du garde-meubles. Je suis sûre que c'était votre répondeur et pas un autre, si c'est ce que vous craignez. Qui d'autre que vous aurait le culot de se présenter comme le meilleur des êtres humains ?

Après avoir raccroché, je montai à l'étage, enfilai des vêtements propres, et partis pour Palm Springs

Pike avait-il écouté, puis effacé mon message ?

Et pourquoi ?

Au moins, pendant que je pensais à Pike, je n'étais pas obligé de penser à Lucy.

Deux heures dix plus tard, je quittais la route fédérale et me faufilais entre les champs d'éoliennes. Le désert, déjà torride, sentait la terre brûlée.

Le garde-meubles était un labyrinthe d'appentis en parpaing blanc, perdu derrière une clôture à mailles losangées que commandait un grand portail métallique. Le petit bâtiment le plus proche du portail, lui aussi en parpaings, était surmonté d'un gros écriteau annonçant LES TARIFS SONT LES PLUS BAS DU SECTEUR. Étant donné qu'il n'y avait strictement rien dans le secteur, c'était une promesse facile à tenir.

Une femme obèse dont la peau avait une texture parcheminée me remit la clé. Son bureau était de taille modeste, mais un climatiseur Westinghouse encastré dans le mur, assez balèze pour réfrigérer une chambre froide, tournait plein pot en lui soufflant directement dessus. Ça suffisait à peine.

— Vous en avez pour longtemps ? s'enquit-elle.

— Je ne sais pas. Pourquoi ?

— Vous risquez d'avoir chaud. Faites attention à ne pas tourner de l'œil. Si vous tournez de l'œil, ne vous avisez pas de m'attaquer en justice.

— Je m'abstiendrai.

— Je vous avertis quand même. J'ai ici de jolies bouteilles d'eau fraîche, un dollar et demi à peine.

J'en achetai une pour la faire taire.

Le box de Paulette Renfro se situait à l'arrière. Chaque unité consistait en une coquille de parpaing accueillant un certain nombre d'alvéoles à structure de métal rouillé. Les coquilles étaient démunies de porte, et il fallait entrer dans ce qui ressemblait à une sorte de petite caverne pour atteindre les box individuels.

Vu la patine de la serrure, il était évident que Paulette venait rarement, mais la clé tourna sans problème, et la porte s'ouvrit sur un espace de la taille d'un grand placard. Des cartons de dimensions diverses s'empilaient le long des murs, parmi des vieux ventilateurs, des valises, quelques lampes.

Je vidai le placard, en mettant les objets isolés d'un côté, et les cartons de l'autre. Quand tous les cartons furent sortis, j'examinai d'abord les plus anciens, et ce fut là que je dénichai les notes de travail dont se souvenait Evelyn Wozniak. Au fil des ans, son père avait noirci des centaines de pages, un peu comme on tient un journal, assorties de réflexions personnelles sur les jeunes agents qu'il formait, les perpètes qu'il avait coffrés, les gosses qu'il essayait d'aider, le tout daté et consigné dans sept petits classeurs à triple anneau. J'étais à peu près sûr que le plus récent de ces classeurs serait aussi le plus significatif.

Je mis les sept classeurs de côté, puis j'examinai le contenu du reste des cartons, mais les seuls effets d'Abel étaient une casquette de police dans un sac de plastique, un coffret contenant son écusson, deux citations encadrées, remontant à l'époque où il s'était vu remettre la médaille de la Valeur. Je me demandai ce que ces citations faisaient là, dans un vieux carton, mais Paulette s'était remariée. Je supposai qu'au fil du temps elle en avait perdu le souvenir.

J'étais en train de remballer quand une ombre se profila sur le seuil. Joe Pike dit :

— J'aurais voulu arriver avant toi.

Je lui jetai un coup d'œil par-dessus mon épaule et continuai ma tâche.

— Tu es tellement prévisible...

— Tu as découvert quelque chose ?

— Les notes de Wozniak.

— Tu les as déjà lues ?

— Il fait trop chaud pour que je lise ça ici. Je vais les emporter au frais.

— Tu veux un coup de main ?

— Bien sûr.

Il remit les cartons que j'avais fini de ranger dans le

box. Je refermai les deux derniers et je les lui confiai l'un après l'autre.

— Tu as effacé le message d'Evelyn ?

Il acquiesça.

— Pourquoi ?

— Je voulais être sûr que tu ne trouverais rien qui risque d'être préjudiciable à Paulette.

— Je cherche des éléments qui puissent t'aider.

— Je sais. Peut-être qu'on aura de la chance.

— Mais peut-être aussi qu'il y a là-dedans quelque chose qui risquerait d'être préjudiciable à Paulette.

Pike hocha la tête.

Je pris acte. Et ce ne fut pas facile.

— Comment as-tu brisé le cœur de Karen Garcia, Joe ?

Il empila les cartons jusqu'au dernier, puis se dirigea vers la porte et scruta le désert. Moi, tout ce que je voyais au-delà du seuil, c'étaient des cubes de parpaing contenant des souvenirs.

— Karen t'aimait, dis-je, mais toi, tu aimais Paulette.

Pike hocha la tête.

— Tu sortais avec Karen, mais tu étais amoureux de la femme de ton équipier.

Il tourna vers moi le vide noir de ses lunettes.

— Paulette était mariée. J'ai attendu que ce que j'éprouvais pour elle s'en aille, mais c'est resté. Nous n'avons jamais eu de liaison, Elvis. Rien de physique. Woz était mon ami. Mais je ne pouvais pas lutter contre mes sentiments. J'ai essayé de fréquenter d'autres femmes, mais l'amour ne se commande pas. Il est là ou non, point à la ligne.

Je le fixai, pensant à Lucy.

— Tu sais déjà que Krantz soupçonnait Wozniak d'être impliqué dans un réseau de cambrioleurs ? questionna-t-il.

— Oui.

— Il avait raison.

Je l'observai.

— Krantz se figure que j'ai tué Woz à cause de Paulette.

— Est-ce vrai ?

Sa bouche se contracta, ses verres penchèrent légèrement de mon côté.

— A ton avis ?

— Tu sais bien. Krantz pense aussi que tu étais de mèche avec Woz pour les cambriolages. Je n'y crois pas non plus.

Pike inclina la tête du côté opposé, fronça les sourcils.

— Comment tu sais ça ?

J'écartai les mains.

— D'accord, reprit Pike. Je ne savais rien. Tout ce temps passé à rouler avec Woz… et je n'en ai rien su jusqu'au jour où Krantz est allé en discuter avec Paulette pour essayer de lui faire peur. Elle en a parlé à Woz, il a nié, et après, elle m'en a parlé à moi. C'est comme ça que j'ai appris. J'ai filé Woz et je l'ai vu avec les frères Chihuahua. Il avait mis une fille enceinte et il l'entretenait dans un appartement à El Segundo. Il payait le loyer en rencardant les Chihuahua sur des entrepôts faciles d'accès. Krantz savait tout. Or il n'avait pas de preuve.

Exactement ce que m'avait dit McConnell.

— Tu l'as dit à Paulette ?

— En partie. Pas tout. C'était son mari, Elvis. Ils avaient une fille.

— Qu'est-ce qui s'est passé ?

— Je lui ai déclaré qu'il devait démissionner. Je lui ai laissé le choix, et le temps d'y réfléchir. De cette manière, ça restait entre lui et moi. C'est pour ça qu'il est mort.

L'idée m'effleura alors que, peut-être, Krantz avait raison sur un certain nombre de points.

— Que s'est-il passé dans ce motel, Joe ?

— Il ne voulait pas démissionner, mais je ne lui ai pas laissé le choix. Je ne voulais pas le balancer à

Krantz, mais je ne pouvais pas laisser un ripou en activité dans la maison. S'il refusait de raccrocher, j'étais décidé à prévenir Paulette et à arrêter les Chihuahua.

— Les Chihuahua l'auraient donné.

— Si Woz avait démissionné, j'aurais inventé un autre moyen de les serrer, mais on n'a pas eu le temps d'aller jusque-là. On a reçu l'appel à propos de DeVille et d'une petite fille disparue, et Woz a logé DeVille. Quand on est arrivés sur place, Woz était déjà à cran. Il s'est laissé aller, il a frappé DeVille avec le canon de son arme. Je crois qu'il a laissé monter exprès la pression parce qu'il savait ce qui allait se passer. Il y avait moi, l'étau dans lequel il était pris, l'impossibilité où il était de s'en sortir dignement... Il a sonné DeVille et, quand je l'ai repoussé, il a pointé son arme sur moi.

— Et tu l'as descendu en état de légitime défense ?

— Non. Je ne lui aurais pas tiré dessus. Je n'ai pas dégainé.

Je le regardai fixement.

— Il savait que j'aimais sa femme, Elvis, et il savait qu'elle m'aimait. Sa carrière était fichue, et si Krantz réussissait à réunir des éléments contre lui, il était bon pour la taule. Certains hommes ne supportent pas ce genre de poids. Certains craquent, et, quand ils craquent, ils feraient n'importe quoi pour échapper à cette tension.

— Abel Wozniak s'est brûlé la cervelle...

Pike se toucha la base du menton.

— Il a mis le canon là, et il a pressé la détente. La balle lui a perforé le menton avant de ressortir au sommet de son crâne.

Je posai la question — même si je devinais déjà la réponse.

— Pourquoi avoir raconté que c'était toi ?

— Il aurait fallu des tas d'explications. Si j'avais déballé la vérité, Krantz aurait réussi à boucler son dossier, et si Woz avait été accusé de corruption, Paulette aurait perdu le bénéfice de sa pension et de ses autres indemnités. Sa fille et elle auraient tout perdu. Peut-être que le Parker Center aurait eu pitié et fermé les yeux sur son crime, mais comment le savoir ? En cas de suicide, à l'époque, l'assurance-vie de la police ne jouait pas.

— Alors, tu as tout pris sur toi.

— DeVille allait se réveiller et dire que Woz l'avait frappé. Je me suis simplement mis au diapason. J'ai raconté qu'on s'était battus, lui et moi, et que le coup de feu était parti de cette façon. Ça pouvait coller avec la version de DeVille et ça expliquait la mort de Woz.

— Sauf que tu t'es retrouvé marqué à vie pour avoir causé la mort de ton équipier en tentant de protéger un pédophile.

— On fait ce qu'on peut avec ce qu'on a.

— Est-ce que Paulette a su la vérité ?

Pike contempla le ciment.

— Si Paulette avait su, elle aurait prévenu le LAPD. Même au risque de perdre sa pension.

— N'était-ce pas à elle de prendre la décision ?

— J'ai pris la décision en notre nom à tous.

— Elle ne sait toujours pas que son mari s'est tué.

— Non.

Il resta là sans ajouter un mot, et je me dis qu'il avait choisi une façon vraiment unique de protéger la femme qu'il aimait — en sacrifiant au passage toutes ses chances de partager son amour, pour toujours et à jamais.

Pike était capable de supporter ce genre de poids.

Et il l'avait prouvé.

— Et dire que depuis ce temps, soupirai-je, tous les flics de la ville te haïssent pour rien.

Il pencha la tête et, malgré la pauvre lumière du box, ses verres de lunettes étincelèrent brièvement.

— Pas pour rien. Pour tout.

— Soit. Et maintenant ?

— Paulette touche toujours sa pension. Je veux être sûr que, quoi qu'on trouve là-dedans, cela n'y changera rien.

— Même si c'est quelque chose qui pourrait t'aider ?

Le coin de sa bouche se crispa.

— Je n'ai pas tenu aussi longtemps pour baisser les bras maintenant.

— D'accord. Voyons ce qu'il y a là-dedans.

Nous passâmes les deux heures suivantes assis dans un Denny's au bord de la nationale, à boire du thé et à compulser les notes de Wozniak. Le tenancier du restau s'en fichait. Avec la chaleur, de toute façon, il n'avait pas grand monde.

Nous attaquâmes par le classeur le plus récent et le prîmes à rebrousse-poil. Huit pages manquaient, mais tout le reste était là, très lisible. Les annotations de Wozniak étaient souvent mystérieuses, mais j'arrivai très vite à déchiffrer leur sens.

A un moment donné, voyant que Pike avait cessé de lire, je lui demandai :

— Qu'est-ce qu'il y a ?

Comme il ne répondait pas, je me penchai sur le classeur ouvert devant lui :

Ce môme Pike est une fine mouche. Il fera un bon flic.

Pike reprit le classeur. Et sa lecture.

Beaucoup de notes décrivaient les arrestations effectuées par Wozniak, assorties de précisions sur les crimes, leurs auteurs et les témoins, mais l'essentiel concernait les gosses des rues qu'il avait tenté d'aider. Wozniak avait toujours fourni beaucoup d'efforts pour aider ceux qu'il était censé protéger et servir.

Sur l'ensemble des sept classeurs, seuls trois noms étaient cités dans un contexte laissant croire qu'il pouvait s'agir d'informateurs. Et un seul d'entre eux semblait plausible, car il apparaissait dans une note rédigée cinq mois avant la mort de Wozniak.

Je lus la note à Pike.

— Ecoute un peu ça. *Ramassé hier un certain Laurence Sobek, quatorze ans, prostitué. Aime la tchatche, pourrait devenir une bonne source. Largué par le Coopster. Totalement paumé. Vais essayer de le placer.*

Je levai les yeux.

— Ça veut dire quoi, le « placer » ?

— Lui trouver une place dans une famille d'accueil ou dans un programme d'aide sociale. Woz était comme ça.

— Qui est le Coopster ?

Pike secoua la tête.

Je fixai intensément la page.

— Ça pourrait être DeVille ?

Pike réfléchit.

— Un genre de surnom, ajoutai-je. Par allusion au « coupé DeVille » de chez Cadillac, quelque chose comme ça.

— Ouais.

— C'est mince, je sais.

— Tu te souviens de ce Laurence Sobek ?

— Non.

— Autre chose, là-dedans, t'a paru intéressant ?

Pike me fit signe que non.

— Alors, on va commencer par ça.

Nous réglâmes l'addition et emportâmes les classeurs vers nos voitures. Je pris avec moi celui qui citait Laurence Sobek.

— Comment pourrai-je te joindre ?

— Appelle l'armurerie et dis-leur que tu as besoin de me parler. J'aurai un bip sur moi.

— D'accord.

Debout dans la chaleur, nous regardâmes les camions défiler sur la route fédérale. Derrière nous, les éoliennes tranchaient l'air brûlant jusqu'à l'horizon. Pike conduisait une Ford Taurus prune avec une plaque de l'Oregon. Je me demandai où il se l'était procurée. Quand je me tournai vers lui, je vis qu'il avait les yeux fixés sur moi.

— Qu'est-ce qu'il y a ?

— Je vais m'en tirer. Ne t'en fais pas pour moi.

Je m'en sortis par une pirouette :

— Inquiet, moi ?

— Quelque chose te mine.

J'envisageai une fraction de seconde de lui parler de Lucy, mais je m'abstins.

— Sois prudent, Joe.

Il me serra la main, monta dans sa Ford et disparut.

33

Il était tard quand je rentrai chez moi, mais j'essayai tout de même de joindre Dolan. Je téléphonai deux fois chez elle, en laissant chaque fois un message. Le lendemain matin, elle ne m'avait toujours pas rappelé. Je me dis qu'elle était peut-être au Parker Center, en train de faire ses cartons, mais quand je composai son numéro de ligne directe, ce fut Stan Watts qui me répondit.

— Salut, Stan. Ici Elvis Cole.

— Ah.

— Dolan est dans le coin ?

— Elle a été virée, mec. Grâce à vous.

Comme si j'avais besoin d'entendre ça.

— Je me suis dit qu'elle serait peut-être encore là.

— Eh bien, c'est loupé.

Watts raccrocha.

Je la rappelai chez elle et tombai de nouveau sur le répondeur. Cette fois, je pris le classeur de Wozniak sous le bras et me rendis chez elle en voiture.

Samantha Dolan vivait dans un bungalow de Sierra Bonita, quelques rues au-dessus de Melrose, dans un quartier plus connu pour ses artistes que pour sa population de policiers.

Je me garai derrière sa BMW et, avant même de descendre de voiture, j'entendis de la musique monter de la maison. Les Sneaker Pimps. A pleins tubes.

Dolan ne répondit pas à mon coup de sonnette, et, quand je tentai de pousser la porte, je la trouvai fermée à clé. Je frappai avec force, tout en me disant qu'elle était peut-être morte et que j'allais devoir enfoncer cette porte, quand elle s'ouvrit enfin. Dolan portait un jean et un tee-shirt METALLICA délavé, et elle était nu-pieds. Ses yeux arboraient tous les tons de rouge imaginables, et elle sentait aussi fort qu'une dose de tequila pure.

— Dolan, vous avez un problème d'alcool.

Elle renifla comme une personne enrhumée.

— Voilà bien ce qu'il me fallait aujourd'hui : qu'un type comme vous vienne me donner des conseils existentiels.

J'entrai et éteignis la musique. Le séjour était vaste, avec une jolie cheminée et un parquet de bois, mais mal tenu. Ce laisser-aller me surprit. Un canapé mastoc faisait face à deux fauteuils, et une bouteille de tequila Perfidio Anejo aux trois quarts vide reposait par terre, juste à côté. Le bouchon manquait. Un trophée de tir de combat décerné par le LAPD trônait sur le téléviseur. La pièce puait la clope.

— Pourquoi est-ce que vous ne m'avez pas rappelé ?

— Je n'ai pas écouté mes messages. Bon, si vous voulez que je parle à votre amie, je le ferai, d'accord ? Je suis désolée pour ce qui s'est passé hier soir.

— Laissez tomber.

Je lui fourrai le classeur de Wozniak dans les mains.

— C'est quoi ?

Elle ramassa par terre un paquet de cigarettes et en alluma une, exhalant un nuage de fumée semblable à une émanation volcanique.

— Le journal d'Abel Wozniak.

— Abel Wozniak, l'équipier de Pike ?

— Lisez les pages que j'ai marquées.

Fronçant les sourcils, elle tira une longue bouffée et se mit à l'ouvrage. Elle remonta plusieurs pages en arrière, revint sur la suite du passage que j'avais marqué. Puis elle leva les yeux sur moi. Oubliée, la cigarette.

— Vous croyez c'est de DeVille que parle ce gosse ?

— Ce gosse était en contact avec Wozniak, ça, on le sait. Il a été largué par quelqu'un qui était surnommé le Coopster. Si ce Coopster et DeVille ne font qu'un, ça implique que DeVille est aussi le trait d'union entre Sobek et Karen Garcia.

— Vous êtes en train de dire que c'est Sobek qui a tué Dersh ?

— Je suis en train de dire qu'il a peut-être tué tout le monde. Krantz et les fédéraux recherchent un tueur en série, mais peut-être que notre client n'est pas un tueur en série. J'ai d'abord cru que tout passait par Wozniak, mais peut-être que ces meurtres n'ont rien à voir avec lui. Peut-être qu'ils ont à voir avec DeVille.

Elle secoua la tête, rétive.

— Je faisais partie de l'équipe de flics qui a essayé d'établir une connexion entre les victimes, et on n'a rien découvert.

— Vous vous êtes intéressés à DeVille ?

Elle agita vaguement sa cigarette.

— Pourquoi, bon sang ?

— Je ne sais pas. Je ne sais pas pourquoi vous n'avez rien trouvé, mais vous avez bien demandé le dossier de DeVille aux archives du bureau du proc', pas vrai ? Alors, allons voir ce qu'il y a dedans.

Elle tira une nouvelle bouffée, observa longuement l'intérieur du nuage. J'aurais presque pu voir tourner les rouages de son cerveau ; elle soupesait le pour et le contre, et les implications possibles. C'était pour elle une chance inespérée de se remettre en selle. Si elle dénichait de quoi débloquer l'enquête, elle pourrait sans doute rester à la RHD et sauver sa carrière.

Dolan quitta le canapé, marcha vers le téléphone, appela Stan Watts pour lui demander s'il avait reçu quelque chose pour elle des services du procureur. Après avoir raccroché, elle me lança :

— Accordez-moi cinq minutes.

Il lui en fallut presque vingt pour se doucher et s'habiller.

Quand nous sortîmes de sa maison, elle dit :

— Reculez votre bagnole. On va prendre la mienne.

— Pas question, Dolan. Vous me foutez trop la trouille au volant.

— Reculez votre putain de caisse ou je l'enfonce.

Elle fit gronder le moteur de sa BM pendant que je reculais ma bagnole.

Nous roulâmes vers le Parker Center sans dire grand-chose, chacun préférant garder ses pensées pour soi. Elle engagea sa BM dans la zone interdite, s'arrêta devant l'entrée principale, m'ordonna de ne toucher à rien et s'engouffra à l'intérieur du bâtiment. Dix minutes plus tard, elle en ressortit avec le dossier sur DeVille.

— Vous n'avez pas tripoté la radio, au moins ?

— Non, Dolan, je n'ai rien tripoté.

Nous nous garâmes à une rue de distance, sur un petit parking. Dolan ouvrit le dossier et se mit à en effeuiller les pages une à une en les laissant tomber sur le plancher.

— C'est quoi ?

— De la paperasse juridique. Ces trucs ne nous diront strictement rien. Ce qu'il nous faut, c'est la présentation de l'affaire signée par l'enquêteur.

L'enquêteur responsable était un inspecteur des mœurs de la Rampart Division, un certain Krakauer. Dolan m'expliqua que la présentation était la somme complète des éléments recueillis par l'enquêteur pour construire son dossier, ce qui incluait les dépositions de témoins, les descriptions d'indices et les procès-verbaux d'interrogatoire ; bref, tout.

Quand elle eut liquidé la paperasse juridique, elle prit pour elle la moitié des feuilles de la présentation de l'affaire et me remit l'autre :

— Vous pouvez commencer à lire. C'est classé par thèmes et en ordre chronologique.

J'espérais un élément qui ferait le lien entre Sobek et DeVille, qui désignerait peut-être Sobek comme l'informateur ayant permis à Pike et à Wozniak de frapper à la porte de cette chambre de motel, mais l'essentiel concernait Ramona Ann Escobar : déclarations de ses voisins, de ses parents, du réceptionniste du motel. Une transcription de la déposition de Ramona racontait que DeVille lui avait donné dix dollars pour qu'elle enlève ses vêtements. Ramona Ann Escobar avait sept ans. C'était pénible à lire, mais je lus tout de même, à l'affût d'un détail sur Sobek.

Je cherchais toujours quand Dolan lâcha à mi-voix :

— Putain de merde.

Elle était pâle et raide.

— Quoi ?

Elle me tendit une liste de personnes ayant porté plainte contre DeVille. La liste était longue, et d'abord je ne compris pas ce qu'elle signifiait, jusqu'à ce que Dolan m'indique un nom à mi-hauteur. Karen Garcia.

— Continuez, souffla Dolan, toujours blême.

Elles étaient toutes là, les cinq premières victimes du tueur, plus la dernière, Jesus Lorenzo. Dersh n'y était pas, mais c'était l'exception.

Dolan me dévisagea.

— Vous aviez raison, mon grand. Ces gens n'ont pas été choisis au hasard. Voilà ce qui les relie. Le tueur descend tous ceux qui ont contribué à faire coffrer Leonard DeVille.

Je ne pus qu'acquiescer.

— Dans le fond, peut-être que vous êtes bel et bien le meilleur détective du monde.

Une seule des six victimes avait effectivement témoigné contre DeVille : Walter Semple, qui l'avait aperçu dans le parc où la petite fille avait disparu. Les autres appartenaient à ce que Dolan appelait le tout-venant : des gens interrogés par Krakauer parce qu'ils avaient déposé plainte dans des affaires de mœurs contre un homme que l'on soupçonnait d'être DeVille, mais sans lien direct avec le crime pour lequel DeVille avait finalement été condamné.

Dolan continua de respirer avec effort tandis que nous parcourions le reste du dossier. Un double de la fiche criminelle de DeVille était joint. Il mentionnait plusieurs pseudonymes, dont l'un était « Coopster ».

— C'est Sobek, dis-je. C'est forcément Sobek. Il faut qu'on apporte ça à Krantz. Les autres personnes de cette liste doivent être prévenues.

— Pas encore. Il m'en faut plus que ça.

— Plus que ça ? Ce truc explique tout. La boucle est bouclée.

— Ce truc relie Sobek à DeVille, mais ça ne prouve pas qu'il soit le tueur. Si je lui amène le tueur, Bishop devra me reprendre.

— C'est déjà énorme, Dolan. On a enfin trouvé le lien entre toutes ces personnes, et on a un suspect. Vous avez de quoi liquider l'enquête.

— Il m'en faut plus que ça. Je veux leur livrer le coupable clés en main. Je veux faire la une, Cole. Je veux mettre à Krantz le nez dans sa merde. Je veux que ça soit tellement bétonné que Bishop ne puisse pas faire autrement que de me réintégrer.

Je la dévisageai et je songeai qu'à sa place j'aurais voulu la même chose qu'elle — et aussi fort. Mais peut-être le voulais-je encore plus fort. Parce que, si on arrivait à coincer le tueur, Joe Pike serait blanchi.

— D'accord, Samantha. On va retrouver ce type.

Nous revînmes chez elle, où elle dut passer deux heures au téléphone, ce qui lui permit d'apprendre que Laurence Sobek n'était pas fiché dans le système informatique de la police, et que l'on n'avait aucune trace de l'endroit où il se trouvait présentement. Ça pouvait signifier deux choses : soit il s'était calmé et avait remis de l'ordre dans sa vie, soit il avait déménagé avant l'âge de dix-huit ans. Bien entendu, il pouvait aussi être mort. Les garçons qui font le trottoir finissent souvent de cette façon.

Pendant que Dolan passait ses coups de fil, j'allai me servir un verre d'eau dans sa cuisine. Deux ou trois millions de photos étaient fixées au moyen d'aimants sur la porte de son réfrigérateur, dont plusieurs de Dolan posant avec l'actrice qui avait joué son rôle dans le feuilleton télévisé. Alors que Dolan avait l'air d'une fille capable de prendre son pied en vous bottant le cul, l'actrice ressemblait à une héroïnomane anorexique. Ah, le show-biz.

La photo que Dolan avait prise de moi au cimetière de Forest Lawn était fixée juste à côté de la poignée par un petit aimant à l'effigie de Wonder Woman. Je ne pus m'empêcher de sourire.

Je finis mon verre d'eau et repassai dans le séjour au moment où elle reposait le téléphone.

— Il faut qu'on aille à la Rampart Division, m'annonça-t-elle.

— Pourquoi ?

— Parce que c'est toujours là-bas que Sobek s'est fait serrer dans sa jeunesse. La brigade des mineurs saura où retrouver son casier. Peut-être ont-ils toujours quelque chose sur lui dans leurs fichiers, ou peut-être que quelqu'un devra aller fouiller dans les vieux cartons.

— Je croyais qu'on avait besoin d'un mandat judiciaire pour avoir accès aux dossiers des mineurs.

Elle fronça les sourcils, agacée.

— Je suis Samantha Dolan, abruti. Magnez-vous le train.

Dire que cette femme voulait coucher avec moi.

Le siège de la Rampart Division est un bâtiment de brique, trapu et brunâtre, donnant sur Rampart Street à quelques rues de MacArthur Park — là où Joe Pike avait rencontré Karen Garcia pour la première fois. Après nous être garés dans le petit parking aménagé pour les fonctionnaires derrière la place, nous entrâmes par l'arrière. Cette fois, Dolan s'abstint de m'ordonner de la fermer ou de prendre un air entendu. Prendre un air entendu aurait de toute façon été incongru dans un commissariat de police.

Elle me conduisit à la brigade des mineurs, d'une taille microscopique : à peine quatre enquêteurs détachés de la brigade des vols et installés dans le coin d'une salle défraîchie. Là où les bureaux du Parker Center et de la RHD étaient modernes et pimpants, ceux de la Rampart étaient vieux et exigus, avec un mobilier désuet qui avait l'air à peu près aussi fatigué que les inspecteurs. La Rampart Division était un secteur à haute densité criminelle, et les enquêteurs d'ici avaient beau se crever à la tâche, leurs affaires faisaient rarement les gros titres, et personne ne se pavanait dans le coin dans un veston sport à six cents dollars en attendant l'heure d'être interviewé par le magazine *60 Minutes*. La plupart des flics d'ici bossaient avec pour seule ambition d'être encore vivants à la fin de leur service.

Dolan fondit sur le plus jeune enquêteur présent dans la salle, lui montra son insigne et se présenta.

— Samantha Dolan. RHD.

Il s'appelait Murray, et haussa les sourcils.

— Je vous connais, non ?

Elle lui servit son sourire.

— Désolée, Murray. Je ne crois pas qu'on se connaisse. Vous pensez peut-être au feuilleton télé ?

Murray, qui ne devait pas avoir plus de vingt-six ou vingt-sept ans, parut fort impressionné.

— Ouais ! C'est de vous qu'ils se sont inspirés, pas vrai ?

Dolan rit. Elle n'avait pas du tout ri quand j'avais moi-même fait allusion à ce feuilleton, mais que voulez-vous…

— Ces gens de Hollywood, ils n'ont aucune idée de

ce que c'est que le vrai boulot d'enquêteur. Ce n'est pas comme nous autres.

Le sourire de Murray s'élargit, et je me dis que si elle lui avait demandé à cet instant de se mettre à quatre pattes et d'aboyer, il n'aurait pas hésité une seconde.

— Ma foi, commenta-t-il, c'est une sacrée enquête que vous avez sortie à l'époque. Je me rappelle avoir lu des tas de trucs dessus. Putain, vous avez fait la une.

— Que voulez-vous, c'est la RHD ! On rafle tous les dossiers brûlants, et les journalistes nous suivent comme des petits chiens. Mais notre boulot n'est pas différent de celui que vous abattez ici.

Dolan n'était pas très douée pour jouer la modeste. Ou alors c'était moi qui n'étais pas d'humeur à apprécier son numéro.

Murray demanda en quoi il pouvait nous aider, et elle répondit qu'elle voulait jeter un coup d'œil au dossier d'un ancien délinquant juvénile, mais qu'elle n'avait pas de mandat judiciaire. Sentant monter le malaise de Murray, elle prit un air grave et se pencha vers lui :

— C'est pour le Parker Center. Une très grosse affaire, mec. Le grand jeu.

Il hocha la tête, songeant sans doute que ça devait être vraiment chouette de jouer le grand jeu. Dolan s'approcha encore un peu plus.

— Vous avez déjà songé à bosser pour la RHD, Murray ? On a toujours besoin de jeunes gars débrouillards qui savent passer les appels qu'il faut quand il faut.

Murray s'humecta les lèvres.

— Vous croyez que vous pourriez leur toucher un mot à mon sujet ?

Elle lui décocha un clin d'œil.

— Bon, on aimerait bien retrouver ce gosse, vous pigez ? Pendant qu'on lit son casier, peut-être que vous pourriez faire une petite vérif au DMV et contacter la compagnie téléphonique. Histoire de voir si vous arrivez à nous dégotter une adresse.

Murray jeta un coup d'œil vers ses collègues.

— Mon superviseur risque de ne pas trop aimer.

Dolan resta de marbre.

— Dommage. Dans ce cas, je suppose qu'il vaut mieux ne pas le mettre au parfum.

Murray la fixa encore un moment, se leva et partit.

Je secouai la tête.

— Vous êtes un sacré numéro, Dolan, pas de doute.

Dolan me regarda, mais elle ne souriait pas :

— Mais apparemment, pas assez pour tout le monde.

— Laissez tomber.

Vingt minutes plus tard, nous avions le dossier Sobek dans les mains et une salle d'interrogatoire rien que pour nous. Pendant ce temps, Murray passait ses coups de fil.

Laurence Sobek avait été interpellé à sept reprises entre douze et seize ans, deux fois pour vol à l'étalage et quatre fois pour racolage. D'après sa date de naissance, il approchait aujourd'hui la trentaine. Abel Wozniak avait été deux fois à l'origine de son interpellation, d'abord pour un vol, puis pour sa seconde affaire de racolage. La plus récente des photos d'identité judiciaire de Sobek, prise à l'âge de seize ans, montrait un garçon maigrichon à la moustache clairsemée, aux cheveux filandreux et au visage criblé d'acné. Il avait l'air timide et pleutre.

A l'époque, il vivait chez sa mère, une certaine Mme Drusilla Sobek. Le dossier disait qu'elle était divorcée et précisait qu'elle ne s'était jamais déplacée, ni pour chercher son fils, ni pour rencontrer les policiers.

— Typique, remarqua Dolan.

Murray nous interrompit en frappant à la porte avant d'ouvrir. Il avait l'air déconfit.

— Il n'a pas de permis de conduire en Californie et il n'en a jamais eu. La compagnie téléphonique n'a jamais entendu parler de lui. Je suis vraiment désolé, Samantha.

Ses chances de jouer le grand jeu diminuaient à vue d'œil.

— Ne vous en faites pas pour ça, mon garçon. Vous nous avez déjà donné un joli coup de main.

D'après les procès-verbaux d'interpellation, la mère de Sobek habitait à Maywood, un quartier de South Los Angeles.

— Si elle est encore vivante, dis-je, on pourra peut-être le retrouver par elle. Vous croyez qu'elle habite toujours à cette adresse ?

— Facile à vérifier.

Dolan fit une photocopie du cliché de l'identité judiciaire puis se servit du téléphone de Murray pour appeler la compagnie téléphonique. Pendant qu'elle passait son coup de fil, Murray s'approcha de moi.

— Vous croyez vraiment que j'ai mes chances à la RHD ?

— Vous tenez la corde, Murray.

Trois minutes plus tard, nous eûmes confirmation que la mère de Laurence Sobek vivait toujours à Maywood.

L'enquêteur Murray parut très déçu de ne pas pouvoir nous accompagner.

Drusilla Sobek habitait une minuscule maisonnette de stuc dans une partie de Maywood qui hébergeait essentiellement des clandestins du Honduras et de l'Equateur. Ces sans-papiers vivaient souvent à dix-huit ou plus sous le même toit, s'écroulant sur leur couchette entre deux petits boulots payés en dessous du minimum légal, et Drusilla n'appréciait pas du tout qu'ils aient pris le contrôle de son quartier. Elle n'y allait pas avec le dos de la cuiller en ce qui les concernait, et ne se gêna pas pour nous le faire savoir.

Elle nous scruta avec méfiance depuis sa porte entrebâillée, et son large visage se plissa de rides. C'était une femme massive, et sa corpulence emplissait le seuil.

— Je vais pas rester ici toute la sainte journée, dit-elle d'un ton aigre. Si ces foutus Mexicains me voient avec la porte ouverte, ça risque de leur donner des idées.

— Ces gens viennent d'Amérique centrale, madame Sobek, rectifiai-je.

— Qu'est-ce que ça peut me foutre ? A partir du moment où ça ressemble à un Mexicain et où ça parle mexicain, pour moi, c'est un Mexicain.

Dolan intervint :

— Nous essayons de retrouver votre fils, madame Sobek.

— Mon fils est une fiotte qui fait la pute.

Comme ça.

Quand Mme Sobek avait ouvert la porte, Dolan lui avait montré son insigne, mais elle avait rétorqué qu'elle refusait de nous laisser entrer. Elle n'admettait pas la visite d'inconnus, ce qui me convenait aussi bien. Il émanait de l'intérieur de sa bicoque une puanteur rance tout à fait dissuasive, et elle-même empestait la sueur. Largement en deçà des minima de l'hygiène.

— Pourriez-vous nous fournir une adresse ou un numéro de téléphone, s'il vous plaît ? demandai-je.

— Non.

— Savez-vous où nous pouvons le trouver ?

Ses yeux rétrécirent, minuscules et porcins au centre de sa face adipeuse.

— Y a une prime ?

Dolan s'éclaircit la gorge.

— Non, madame. Pas de prime. On a simplement besoin de lui poser quelques questions. C'est très important.

— Alors vous feriez mieux d'aller voir ailleurs, ma petite dame. Mon tapineur de fils a jamais eu la plus petite importance pour qui que ce soit.

Elle voulut refermer la porte, mais Dolan cala son pied dans l'embrasure. Je remarquai que sa paupière gauche tremblait.

— Hé ! beugla Drusilla. Qu'est-ce qui vous prend ?

Dolan, qui était un peu plus grande que Drusilla Sobek mais lui rendait une centaine de kilos, répondit de but en blanc :

— Si vous n'arrêtez pas tout de suite de péter plus haut que votre cul, ma grosse, je vous jure que vous allez dérouiller en beauté.

La bouche de Drusilla Sobek forma un petit O, et elle recula. Désarçonnée. J'allais émettre un commentaire, mais Dolan leva un doigt, histoire de me dire de la boucler. Ce que je fis.

— Où on peut trouver Laurence Sobek ? questionna-t-elle.

— J'en sais rien. Je l'ai pas revu depuis trois ou quatre ans.

La voix de Drusilla était fluette, à présent, plus du tout criarde.

— Où est-ce qu'il vivait la dernière fois que vous avez eu de ses nouvelles ?

— A San Francisco, avec toutes ces autres fiottes.

— Et où est-ce qu'il vit maintenant ?

— J'en sais rien. Vraiment, j'en sais rien.

Sa lèvre inférieure tremblotait, et je me dis qu'elle allait se mettre à pleurer. Dolan inspira, cherchant à se calmer :

— D'accord, madame Sobek, je vous crois. Mais on a toujours besoin de retrouver votre fils, et on a toujours besoin de votre aide.

Le tremblement de la lèvre s'accentua, le menton se plissa et une petite larme roula sur la joue.

— J'aime pas qu'on me parle comme ça. C'est pas correct.

— Vous avez déjà eu l'adresse ou le numéro de téléphone de votre fils ?

— Ouais. Je crois que oui. Y a un bout de temps.

— Je crois que vous devriez aller nous chercher ça.

Drusilla hocha la tête, pleurant toujours.

— On a une photo de l'identité judiciaire prise quand il avait seize ans, mais j'aimerais en avoir une plus récente. Vous avez une photo de lui à l'âge adulte ?

— Euh…

— Allez me chercher tout ça. On vous attend ici.

— Euh… S'il vous plaît, laissez pas entrer les Mexicains.

— Non, madame. Allez.

Laissant la porte ouverte, Drusilla disparut à l'intérieur de sa maison en traînant les pieds. Un invisible nuage de mauvaises odeurs tourbillonna jusqu'à nous.

— Bon sang, Dolan, m'exclamai-je, vous n'y allez pas de main morte !

— Ça vous étonne que son fils ait mal tourné ?

Nous restâmes debout en plein soleil près d'un quart d'heure, jusqu'à ce que Drusilla Sobek revienne vers nous en traînant toujours les pieds, comme un enfant hypersensible qui sent qu'il a déçu ses parents.

— J'ai cette vieille adresse de là-bas, chez les fiottes. Et j'ai cette photo qu'il m'a refilée y a deux ans.

— C'est une adresse à San Francisco ?

Quand elle hocha la tête, ses bajoues frémirent comme de la gelée.

— Ouais, chez les fiottes.

Elle remit l'adresse et la photo à Dolan, qui se raidit dès qu'elle les aperçut. Je crois que je me raidis aussi. Nous n'aurions pas besoin de l'adresse.

Plus large, plus costaud, mature, adulte, et avec des cheveux coupés nettement plus courts, nous reconnûmes sur-le-champ Laurence Sobek adulte.

Il travaillait au Parker Center.

Action finale

Laurence Sobek — son vrai nom, et non celui sous lequel il est désormais connu — achève de fixer des feuilles de plastique noir sur ses fenêtres. Il les a déjà toutes condamnées, sauf la petite de la salle de bains, ne laissant comme autre issue que la porte d'entrée. Il fait une chaleur suffocante dans le garage reconverti en studio.

A partir du moment où Sobek eut subtilisé le dossier DeVille aux archives de la police, son plan a coulé de source. Là, noir sur blanc, il a retrouvé les noms de tous ceux qui ont aidé les enquêteurs des mœurs à jeter le Coopster en prison, où il est mort — tous ces gens qui, en portant plainte ou en témoignant contre lui, ont livré le Coopster en pâture à la population carcérale comme un animal sacrificiel. Sobek a conçu sa série de meurtres de manière à tirer un profit maximal des failles du système : il a commencé par les plaignants secondaires, sachant qu'il serait impossible au LAPD de les relier au noyau de l'affaire, et s'est appliqué à remonter tranquillement les maillons de la chaîne jusqu'à ce qu'il soit trop tard pour l'arrêter, même quand la force inter-services eut enfin pris conscience de ce qui se passait.

Maintenant, à cause de Cole et de cette chienne de Dolan, il va devoir épargner les seconds rôles et se contenter de tuer ceux qu'il tient pour les principaux responsables. L'inspecteur des mœurs originellement chargé de l'enquête, Krakauer, est mort d'une attaque cardiaque deux jours après son départ en retraite. (Et c'est tant mieux, parce que Krakauer était le seul à avoir une petite chance de faire le lien entre les premières victimes.) Pike a arrêté le Coopster ; il s'est assis sur le banc des témoins à son procès ; il a enfoncé les clous du cercueil de DeVille ; mais Pike, pour le moment, est en cavale.

Il en reste un.

Dans son studio devenu opaque, Sobek sort le casier DeVille de sa cachette, au fond du placard, ainsi que les coupures de presse jaunies qui relatent l'arrestation de DeVille. Il les a lues cent mille fois, en promenant ses doigts sur les photos du Coopster traîné hors du motel menottes aux poings. Il les touche une dernière fois. Il hait Wozniak, qui l'a repéré ce jour-là dans une salle de jeux, et qui l'a manipulé pour l'obliger à révéler ce qu'il savait. « Ce fils de pute se sert de toi, a dit Wozniak. Aide-moi à t'aider. »

L'Islander Palms Motel. L'arrestation. La prison. La mort.

Sobek ferme les paupières, chasse tout ce qui lui reste de ses sentiments pour DeVille. Il a étudié Pike et il a retenu la leçon. Oublier l'humanité. Ne rien ressentir. Tout est dans le contrôle. Quand on a le contrôle, on peut se recréer soi-même. Grandir. Tout maîtriser.

Sobek ferme les yeux, ralentit sa respiration, sent monter en lui un calme intérieur qui ne peut venir que de la certitude absolue. Il s'admire dans le miroir : un jean, des Nike, un sweat-shirt gris à manches coupées. Il passe une main sur ses cheveux tondus à un demi-centimètre de longueur et s'imagine qu'il ne contemple pas Laurence Sobek, mais Joe Pike. Il contracte les muscles. Les flèches rouges qu'il s'est peintes sur les deltoïdes se sont effacées, mais, quand tout sera fini, il s'en fera tatouer d'autres, cette fois de façon définitive. Il se masse l'entrejambe, savoure la sensation.

Contrôle.

Il met les lunettes noires sur ses yeux.

Il dispose d'un fusil à double canon scié, fauché dans le local des pièces à conviction du Parker Center, ainsi qu'une boîte de cartouches de douze chargées de chevrotines. Il pousse son banc d'exercice au centre de la pièce, installe le fusil dessus en le fixant avec de l'adhésif. Avec un cordon, il relie le bouton de la porte d'entrée à la double détente, en tendant le cordon de sorte que les deux coups partiront au moment où la porte s'ouvrira, après quoi il arme les chiens.

Il dispose ensuite les indices qu'il veut que Cole et les policiers retrouvent, puis s'éclipse par la fenêtre de la salle de bains. Il ne reviendra jamais.

Laurence Sobek part en voiture. Le meurtre l'attend.

34

Dolan lança sa BM vers le bout de la rue comme une reine du stock-car, tellement excitée qu'elle en tremblait.

— On tient ce fils de pute. Il était là, juste sous notre nez, putain, mais cette fois on le tient !

— Non, Dolan, on ne le tient pas encore. Il faut le prendre au nid.

Elle me jeta un coup d'œil de biais, et je devinai aussitôt ce qu'elle pensait. Elle rêvait de lui passer les menottes elle-même, en laissant Krantz, Bishop et leur fichue force inter-services hors du coup.

— Vous avez déjà ce que vous vouliez, Samantha. Ce qu'on a trouvé va vous remettre en selle, sauf si vous jouez avec le feu en énervant Bishop encore plus.

Elle n'apprécia pas trop, mais finit par se ranger à mon avis.

— Ce mec travaille de jour, reprit-elle, ce qui signifie qu'il est sans doute au Parker Center en ce moment même. Je vais me charger personnellement de balancer notre trouvaille sur le bureau de Bishop. On a les archives et le journal de Wozniak. Je vais tout donner à Bishop, et Krantz n'aura qu'à aller se faire foutre.

— Comme vous voudrez. Mais d'abord, il faut que je passe un coup de fil. Arrêtez-vous quelque part.

— Prenez mon portable. Il est dans mon sac.

— Je préfère un téléphone public. Ce ne sera pas long.

Elle me dévisagea comme si j'étais devenu fou.

— Sobek est là-bas en ce moment même, bon sang !

— Il me faut un téléphone, Dolan.

— Vous allez appeler Pike ?

Je me contentai de soutenir son regard.

— Putain, j'en étais sûre.

Elle engouffra sa BM dans la station-service la plus proche, passa en trombe au ras d'une petite foule qui attendait le bus. Elle s'immobilisa en faisant crisser ses gommes devant les cabines téléphoniques et laissa gronder son moteur.

— Ne prenez pas toute la journée, bon sang !

Je fis ce que j'avais déjà fait ; j'appelai l'employé de Pike à l'armurerie, je lui indiquai le numéro de ma cabine et raccrochai. Pike me rappela moins de deux minutes plus tard. Au souffle des parasites, je sus qu'il était sur un portable.

— On avait vu juste, Joe. C'est Sobek.

— Il est en garde à vue ?

— Pas encore. Je voulais te prévenir qu'on va refiler le tuyau à Bishop tout de suite. Avec un peu de chance, Sobek crachera le morceau pour Dersh. Sinon, on trouvera peut-être un lien entre eux, ce qui permettra de te blanchir.

— Ça risque de remonter jusqu'à Woz.

— Ouais. Il va bien falloir qu'on montre ses notes pour relier Sobek à DeVille et à Wozniak. Une fois que l'histoire sera au grand jour, ils vont sûrement s'intéresser à ce qui s'est passé entre vous deux, dans cette piaule de motel. Je voulais juste t'avertir. Dès qu'on en aura fini avec Bishop, j'appellerai Charlie, et j'irai voir Paulette et Evelyn pour éviter qu'elles soient cueillies à froid.

— Tu n'auras pas à le faire. Je m'en charge.

Je ne trouvai rien à répondre, mais je souris.

Dolan klaxonna.

— Ça fait un bail, ajouta Pike. J'imagine qu'il est temps qu'on se parle.

— D'accord, mais reste à couvert jusqu'à ce que ce mec ait avoué pour Dersh. Tu es toujours recherché, et on ne sait pas encore au juste ce qu'on va obtenir de lui.

Dès que je fus remonté dans sa voiture, Dolan slaloma à travers la station, coupa la route à un bus et traversa plein pot la Los Angeles River.

— Dolan, combien de personnes avez-vous déjà tuées avec cet engin ?

— Serrez un peu plus votre ceinture si vous avez les boules. Tout ira bien.

Du coin de l'œil, je vis qu'elle souriait. Je crois bien que je souriais aussi.

Quand nous atteignîmes le Parker Center, Dolan ne se donna pas la peine de pénétrer dans le parking ; elle se gara en pleine zone interdite, devant la porte principale. Nous entrâmes au pas de course. Dolan agita son écusson en passant devant le bureau de l'homme de garde. Je scrutais tous les visages que nous croisions en me demandant à chaque seconde si celui de Sobek serait le suivant, mais, quand les portes de l'ascenseur s'ouvrirent à l'étage de la RHD, je ne l'avais toujours pas repéré.

Nous nous engouffrâmes dans la grande salle de la RHD. Watts et Williams haussèrent les sourcils en nous voyant. Dolan piqua droit sur le bureau de Bishop, qu'elle surprit au téléphone.

— On a le tueur, annonça-t-elle.

Bishop plaqua sa paume sur le combiné, l'air exaspéré.

— Vous ne voyez pas que je suis occupé ?

Elle posa la photographie de Laurence Sobek sur son bureau.

— Son vrai nom est Laurence Sobek. Voilà une autre photo de lui, prise sous sa véritable identité, à l'occasion d'une arrestation du temps où il était encore mineur. C'est notre homme, Greg. On le tient.

Bishop promit à son correspondant de le rappeler dans cinq minutes, raccrocha et se pencha sur les photos. Sobek avait pris de la masse musculaire et changé d'apparence, mais en mettant les deux images côte à côte, on voyait bien qu'il s'agissait du même homme.

— Mais… c'est Woody quelque chose.

— Il se fait appeler Curtis Wood, dis-je. C'est un employé civil du LAPD, et il travaille ici même. C'est lui qui pousse le chariot à courrier.

Krantz et Watts arrivèrent sur le seuil, et Williams, derrière eux, se hissa sur la pointe des pieds pour voir ce qui se passait.

— Un problème, capitaine ? demanda Krantz.

Dolan éclata de rire :

— Krantz, comme si vous y pouviez quelque chose…

— Ils disent que c'est le tueur, Harvey. (Bishop leva la tête, les yeux plissés.) Où avez-vous trouvé cette photo de l'identité judiciaire ?

— Elle était jointe au dossier de Sobek, répondis-je. La plus récente nous a été remise par sa mère.

Je montrai les pages que nous avions photocopiées dans les classeurs d'Abel Wozniak, en attirant leur attention sur les passages concernant Sobek, DeVille, et les relations qu'ils avaient entretenues, puis la photocopie d'une feuille du casier de Sobek où apparaissait Wozniak comme étant l'un des agents qui l'avaient arrêté.

Avant même que j'aie fini, Krantz fit la grimace, comme s'il venait de mordre dans une carotte pourrie.

— Tout ce que ça prouve, c'est qu'il y a ici un employé qui travaille sous un faux nom. Si ça se trouve, il en a juste changé à cause des problèmes qu'il a eus dans sa jeunesse.

— Non, Krantz. On a mieux que ça.

— Dites-moi, Harvey, vous avez fini par établir le lien entre les six victimes ? s'enquit Dolan.

Krantz l'observa d'un œil méfiant. On sentait bien qu'il avait envie de répliquer que les victimes n'avaient aucun lien entre elles, mais il se doutait que Dolan n'aurait pas posé cette question si elle n'avait pas été sur le point de lâcher une bombe. Il me jeta un coup d'œil :

— Quel lien avez-vous découvert ?

— Si Sobek a tué les six victimes, il a sans doute tué aussi Dersh, non ?

Krantz scruta Bishop en fronçant les sourcils.

— Ils nous font marcher. C'est encore une connerie mijotée par Cole pour sauver Pike.

Bishop paraissait dubitatif.

— Comment les reliez-vous ? s'enquit Watts, intrigué.

Dolan se chargea de répondre :

— Leonard DeVille est le pédophile qui se trouvait dans la chambre de ce motel quand Abel Wozniak est mort. Wozniak et Pike sont arrivés là après avoir été rencardés par un indic qui pourrait être Sobek, alors qu'ils cherchaient à retrouver cette petite fille, Ramona Escobar.

— Je me souviens de ça, opina Watts.

— Cole a remonté la piste à partir de Dersh en se demandant qui aurait pu avoir un mobile pour le tuer et pourquoi il aurait voulu faire porter le chapeau à Pike.

— C'est de la foutaise, commenta Krantz. Pike a tué cet homme.

Bishop leva la main pour le calmer.

— Comment avez-vous fait le rapprochement avec DeVille ? interrogea Watts en me regardant.

— Je n'ai pas pensé tout de suite que DeVille était le trait d'union. Je pensais plutôt à Wozniak, mais il s'est trouvé que c'était DeVille.

— On a essayé de consulter le dossier de DeVille aux archives, enchaîna Dolan, mais il n'y est pas. Sobek a pu se glisser là-bas pour le piquer. J'ai obtenu le double chez le procureur. Voici la liste des témoins cités. Les six victimes y sont.

Bishop, imperturbable, examina la liste des témoins

pendant une bonne trentaine de secondes. Personne ne bougea avant qu'il lâche d'une voix égale :

— C'est du cent pour cent. Ils y sont tous les six.

Pendant que Krantz parcourait la liste à son tour, Watts et Williams la lurent par-dessus son épaule, et Williams émit un petit sifflement.

— Bon, reprit Bishop, tout ça est de bon augure. C'est même une avancée majeure, mais qu'est-ce que vous avez de concret pour connecter Sobek aux meurtres ?

— Jusqu'à maintenant, rien d'autre que ce que vous voyez ici. Des recoupements. Il va falloir amener Sobek et le cuisiner. Vous en avez largement assez là-dedans pour faire perquisitionner son domicile et son véhicule.

Williams, toujours plongé dans la liste, secoua la tête :

— Quand je pense que je vois cet enfoiré tous les jours... Il n'y a pas une semaine, lui et moi, on était encore en train de discuter du dernier Bruce Willis.

Krantz durcit les mâchoires. Il détestait l'idée de nous reconnaître un quelconque mérite, à Dolan ou à moi, mais il savait déchiffrer Bishop, et c'était ce que Bishop attendait.

— Très bien, capitaine. On va retrouver Sobek... ou Wood... et le traîner ici. Je vais demander un mandat de perquisition par téléphone, et la fouille sera effectuée chez lui pendant qu'on l'interrogera.

Bishop décrocha son combiné. Personne ne pipa mot pendant qu'il parlait, mais Stan Watts croisa le regard de Dolan et lui adressa un clin d'œil. Elle sourit. Au bout de deux minutes, Bishop gribouilla quelque chose et raccrocha.

— Wood n'est pas venu aujourd'hui. Il n'est pas venu non plus hier ni avant-hier.

Krantz se tourna vers Dolan :

— J'espère que vous n'avez rien fait pour éveiller ses soupçons.

— On ne l'a jamais approché, Harvey, et personne

n'aurait pu le rencarder. On a quitté sa mère il y a vingt minutes à peine, et elle n'a aucun moyen de le joindre.

— Allons, Harvey, intervint Bishop, ce n'est pas le moment de se lancer des accusations. Il me semble que Samantha a fait du bon boulot.

Krantz sourit. Un sourire lisse et amical, pour les beaux yeux de son chef.

— Loin de moi l'idée de vous accuser, Samantha. C'est de la belle ouvrage. Vraiment. On va devoir procéder étape par étape. Si cette histoire tient la route, et je crois que c'est le cas, Samantha, cela veut dire que le tueur est un employé civil du LAPD. Il a assassiné des gens, et il s'est servi de nos sources d'informations pour le faire. Si on ne se méfie pas, on pourrait se retrouver très vite avec un cauchemar médiatique sur les bras. Il va falloir confronter ses empreintes, partir à la pêche aux éléments matériels, et peut-être voir si les homicides commis de jour correspondent à des congés ou à des absences de ce mec, ce genre de chose. Et aussi tâcher de trouver des pièces à conviction quand on fouillera chez lui.

Il considéra Dolan, puis les autres, comme s'il essayait de marquer des points. De reprendre les commandes, de regagner le sommet.

— S'il n'est pas ici, il va falloir qu'on le localise, ce qui peut prendre un certain temps. Je veux aller vite, mais je ne veux pas perdre ce mec sous prétexte qu'on n'aura pas obtenu à temps les signatures nécessaires, et par-dessus tout je ne veux pas qu'il soit alerté par une fuite.

Krantz fixa Dolan en disant cela, et elle s'empourpra.

Bishop joignit les doigts tout en hochant la tête :

— Soit. Comment envisagez-vous de jouer le coup, Harvey ?

— Restons profil bas jusqu'à ce qu'on sache réellement à quoi s'en tenir. Allons-y entre nous, avec peut-être deux unités de patrouille en soutien, mais surtout pas de grand spectacle. Si ça foirait, la presse nous tomberait tout de suite dessus. Tant que ce mec n'est pas en garde à vue, je ne veux pas qu'il sache qu'on l'a dans le collimateur. Si on le loupe, les journalistes s'empresseront de le crier partout, et il risque de nous filer entre les doigts.

— D'accord, Harvey, ça me paraît bien. Organisez votre descente comme vous voulez, et allez-y.

Krantz donna une petite claque sur l'épaule de Stan Watts, puis se dirigea vers la porte. Errol Flynn dans *La Patrouille de l'aube*.

— Je veux en être ! lança Dolan.

Tout le monde s'arrêta pour la regarder.

— Capitaine, je crois avoir regagné ma place. Je vous le demande. Je veux être là quand on serrera ce salopard.

La mâchoire inférieure de Krantz se contracta et avança d'un cran, faisant légèrement saillie. Il mourait tellement d'envie de dire non qu'il devait en avoir des crampes, mais Bishop était dans son champ de vision.

Le capitaine pianota un instant sur sa table, se carra sur son fauteuil, hocha la tête.

— La force inter-services est dirigée par Harvey, Samantha. Je n'oblige jamais un chef à prendre dans son équipe quelqu'un dont il ne veut pas.

Krantz hocha la tête, et, de nouveau, sa mâchoire décrivit une discrète saillie.

— Cela dit, il me semble que vous avez mérité une deuxième chance. Qu'en pensez-vous, Harvey ? Vous croyez pouvoir trouver une place pour Dolan ?

Il était facile de voir où Bishop voulait en venir, et Krantz n'apprécia pas. La tension fit imperceptiblement trembler ses mâchoires, mais il acquiesça d'un air résolu.

— Rendez-vous au parking, Dolan. Vous êtes la bienvenue si vous désirez nous accompagner.

Tout le monde sortit à la fin de la réunion. Au passage, Stan Watts et Williams gratifièrent Dolan d'une petite tape dans le dos et d'une poignée de main. Elle accepta leurs félicitations avec un sourire radieux, un regard pétillant et une rougeur d'excitation, sur les joues, qui me coupa le souffle. Samantha Dolan était belle.

Je ne devais jamais la revoir aussi heureuse.

35

Quand nous eûmes rejoint sa voiture au parking, Dolan ouvrit le coffre arrière et me fourra un gilet pare-balles dans les bras.

— Mettez ça. Il est sans doute un peu petit pour vous, mais vous n'avez qu'à régler les bretelles.

— La couleur ne me va pas.

— Comme vous voudrez.

Sur ce, Dolan déboutonna son chemisier en plein parking, se retrouva en soutien-gorge et enfila son gilet pare-balles. Tous les passants de Los Angeles Street pouvaient la voir, et il en allait de même des flics qui sortaient du Parker Center, mais, selon toute apparence, ça ne lui faisait ni chaud ni froid.

Surprenant mon regard, elle se fendit d'un sourire égrillard.

— Si quelque chose vous tente, n'hésitez surtout pas à vous servir.

J'allai l'attendre à l'intérieur de la voiture.

Une fois prête, elle s'installa au volant.

— J'ai bien réfléchi, l'artiste, et je tiens à vous prévenir. Je ne vous lâcherai pas comme ça.

Je me contentai de la regarder.

— Croyez-moi, je ne vais pas jeter l'éponge pour la seule raison que vous sortez avec une beauté sudiste. Je veux vous avoir, et j'obtiens toujours ce que je veux. Peut-être que j'irai aussi prévenir Scarlett O'Hara. J'ai la ferme intention de lui piquer son mec.

Je secouai la tête et regardai du côté opposé.

— Je vais faire ce qu'il faut pour être la meilleure que vous ayez jamais eue.

— Dolan, évitons plutôt de nous engager sur cette pente-là.

Sa voix et son regard s'adoucirent.

— Je sais que vous l'aimez. Il ne me reste qu'à faire en sorte que vous m'aimiez encore plus qu'elle.

Là-dessus, elle se détourna. Moi aussi.

Nous attendîmes ensuite, dans un silence souligné par le souffle de la climatisation, que Krantz et Watts apparaissent au fond du parking dans leur voiture banalisée, suivis de près par Williams et Bruly. Dolan pressa le bouton d'un petit appareil de radio noir.

— Je suis en ligne.

— Reçu, répondit la voix de Watts.

— Moi aussi, renchérit Williams.

Nous prîmes la queue du cortège et quittâmes le parking.

— Dolan ?

— Oui ?

Je la scrutai longtemps jusqu'à ce qu'elle daigne tourner la tête vers moi.

— Je vous aime bien. Je veux dire *vraiment* bien, vous savez.

Elle esquissa un début de sourire qui fit naître des pattes-d'oie au coin de ses yeux, mais s'abstint de répondre.

Le plan était d'une simplicité biblique : il s'agissait de filer directement à l'adresse de Sobek, de reconnaître les lieux et de nous retirer ensuite à distance respectable pour décider de la tactique à adopter en attendant que deux voitures de patrouille de la Rampart Division, demandées en renfort, nous aient rejoints.

A deux pâtés de maisons de la rue de Sobek, Krantz

ralentit à la hauteur d'une supérette Minimart et nous contacta par radio.

— Rendez-vous au Minimart après le repérage.

Tout le monde prit acte.

— Dolan, vous passez de ce côté, et on vous suivra dans deux minutes. Williams, faites le tour et revenez par le nord. Il ne s'agit pas de lui offrir un défilé.

Dolan acquiesça, puis me jeta un coup d'œil.

— Voilà bien la première chose intelligente que cette face de crêpe ait jamais dite.

— Probable que c'est Watts qui le lui a soufflé.

Elle rit.

Williams s'engagea dans une rue latérale pendant que Dolan et moi continuions seuls.

Laurence Sobek habitait un garage reconverti en studio, dans un quartier miteux à moins de deux kilomètres du Parker Center. Un minuscule bâtiment en duplex, qui évoquait une caisse, se dressait côté rue, flanqué d'une allée conduisant à une caisse encorc plus minuscule, tout au fond du terrain : le repaire de Sobek. Une Hispanique massive et trois petits enfants étaient dans le jardinet de la maison voisine, jouant avec un tuyau d'arrosage. Le quartier n'était pas sans rappeler celui de sa mère : une succession de petites bicoques et d'immeubles vétustes, essentiellement peuplés d'immigrés du Mcxique et d'Amérique centrale. Le garage de Sobek était laid et triste.

— Je vois deux portes, déclarai-je. L'une face au bâtiment sur rue, l'autre sur le côté. On dirait qu'il y a quelque chose sur les fenêtres.

— Vous avez repéré du mouvement à l'intérieur du bâtiment sur rue ?

— Je ne peux pas l'affirmer, mais tout a l'air calme.

— Je n'ai pas aperçu de voiture.

— Moi non plus. Mais ça pourrait être une de celles qui sont garées ici, dans la rue.

Nous croisâmes Williams et Bruly qui remontaient la rue en sens inverse, tournâmes à droite deux fois de suite, et revînmes au Minimart. Les deux unités de patrouille de la Rampart Division étaient déjà là à notre arrivée. Nous fîmes halte à leur hauteur ; Dolan laissa tourner le moteur et la climatisation. Williams nous rejoignit au bout d'une trentaine de secondes, et Krantz presque une minute plus tard. Tout le monde s'approcha de sa voiture.

— On vient d'avoir le mandat par téléphone, annonça Krantz. On peut donc y aller. Stan, comment voyez-vous ça ?

Dolan me donna un léger coup de coude. Cette façon de se reposer sur Watts, c'était du Krantz tout craché.

— On boucle d'abord le bâtiment sur rue, expliqua Watts. Il faut que cette femme et ses gosses aient dégagé. On poste une des deux unités de patrouille devant la maison située directement derrière la piaule de Sobek, au cas où il essaierait de filer par l'arrière. Les autres s'occupent de couvrir les issues. S'il n'ouvre pas, il ne faut pas qu'on force la porte : il saurait qu'on est venus. On verra si on peut manœuvrer la serrure, et si ça ne marche pas, on essaiera de soulever une fenêtre.

— Comment voyez-vous l'approche du garage ? demandai-je.

Krantz me jeta un regard noir.

— Ne vous en mêlez pas, Cole.

Watts me répondit tout de même :

— Je propose deux groupes, un qui prend l'allée, l'autre qui passe par le jardin mitoyen, côté nord. Encore une fois, il s'agit de rester discrets. S'il n'est pas chez lui, mieux vaut qu'il ne sache pas qu'on lui a rendu visite.

Krantz expliqua leur mission aux agents des deux unités de patrouille, en leur décrivant Sobek et en leur remettant un double des photos prises lors de son embauche par le service de recrutement du LAPD. Il ajouta que s'ils voyaient ce mec se radiner par le jardin, ils devraient le considérer comme un individu extrêmement dangereux et agir en conséquence.

Quand les agents en uniforme furent remontés dans leur voiture, Krantz se tourna vers nous.

— Tout le monde a son gilet ?

— Sauf Cole, précisa Dolan.

Krantz haussa les épaules.

— Aucune importance. Il attendra ici. Et vous aussi.

— Je vous demande pardon ?

— Vous n'allez pas plus loin, Dolan. Je vous ai laissée venir avec nous, mais ça s'arrête là. Cette opération concerne la force inter-services, et vous n'appartenez pas à la force inter-services.

Dolan fondit sur Krantz à une telle vitesse qu'il bondit en arrière. Williams s'interposa entre eux.

— Doucement, Dolan !

— Vous ne pouvez pas me faire ça, bon sang ! Avec Cole, c'est moi qui vous ai retrouvé ce mec !

— Je fais ce que je veux. C'est mon opération.

— C'est du pipeau, Krantz, intervins-je. Si c'était vraiment votre position, vous l'auriez tenue devant Bishop.

Krantz serra les mâchoires.

— J'ai repéré les lieux et j'estime qu'il vaut mieux pour le succès de cette opération que les membres de la force inter-services soient les seuls à y participer. Tels qu'on est, on ressemble trop à une armada. Si Dolan et vous étiez de la partie, on se marcherait dessus, et les risques d'avoir un blessé seraient accrus.

J'adressai un sourire à Watts, qui garda les yeux vissés au sol.

— Bien sûr, dis-je. C'est une question de sécurité.

Le visage de Dolan prit un aspect aussi dur qu'un masque de céramique, mais sa voix s'adoucit.

— Ne me laissez pas en dehors du coup, Harvey. Bishop a dit que je pouvais venir.

— Et vous êtes venue. Vous êtes ici. C'est tout pour le moment. Quand le site sera sous contrôle, votre petit ami et vous pourrez entrer.

— Pourquoi vous faites ça, Krantz ? demandai-je.

Vous avez peur qu'on la félicite d'avoir fait votre boulot ?

— Vous n'arrangez pas son cas, rétorqua Watts.

— Vous voulez me laisser sur la touche. Très bien, je reste sur la touche. Mais Dolan mérite sa part du gâteau.

Krantz me considéra un instant, secoua la tête :

— C'est très élégant de votre part, Cole, de vous sacrifier comme ça, mais je me bats les couilles de ce que vous voulez ou non. Je reste persuadé que votre associé a descendu Dersh, et je reste persuadé que vous avez joué un rôle actif dans son évasion. Bishop a peut-être envie de fermer les yeux là-dessus, mais pas moi. (Son regard revint sur Dolan.) Voici ce qui va se passer : c'est moi qui dirige cette force inter-services. Si vous voulez avoir la moindre chance, je dis bien la moindre chance, de réintégrer la RHD, je vous conseille de rasseoir votre cul dans cette bagnole et de faire ce que je dis. C'est clair ?

Elle pâlit.

— Vous voulez que je sois une bonne petite fille, Harvey ?

Il se raidit, tira sur le bas de son gilet, qui lui donnait un aspect boursouflé et difforme, comme un vieil épouvantail.

— C'est exactement ce que je veux. Si vous êtes une bonne fille, je ferai même le nécessaire pour que vous ayez votre part des félicitations.

Dolan se contenta de le foudroyer du regard.

Krantz annonça aux autres qu'ils iraient tous dans la même voiture — la sienne. Ils montèrent à quatre dans la banalisée et démarrèrent.

— Nom d'un chien, Dolan, m'exclamai-je, quel connard !

Elle me dévisagea comme si je n'avais rien compris, et elle sourit.

— Vous pouvez rester ici si ça vous chante, grand chef. Moi, je passe par l'arrière.

Cela ne me sembla pas une bonne idée, mais je n'y pouvais rien. Dolan remonta dans sa BM sans m'attendre, et je fus bien forcé de choisir entre la suivre et rester seul devant le Minimart.

Krantz étant parti par la rue de devant, nous passâmes par l'arrière, rejoignant l'endroit où était garée la seconde voiture de patrouille. Les deux flics en uniforme, adossés à l'aile, fumaient en attendant un appel de Krantz.

— Hé, les gars, Krantz s'est déjà manifesté ?

Krantz ne s'était pas manifesté.

— D'accord. On va entrer par ici. Attendez son appel.

— Dolan, insistai-je, ce n'est pas malin. Si on tombe sur eux, ils risquent de nous faire péter la cafetière.

Je pensais notamment à Williams, qui semblait tellement à cran qu'à mon avis il allait vider sûrement son chargeur si on s'avisait d'éternuer dans son dos.

— Je vous ai dit de mettre un gilet.

Génial.

La propriété située derrière celle de Sobek était un bungalow de la taille d'une glacière. Il n'y avait personne, hormis un chien jaune prisonnier d'un étroit chenil grillagé. Je craignis un instant que ce chien ne se mette à aboyer, mais il se contenta d'agiter la queue en braquant sur nous un regard plein d'espérance. Nous remontâmes l'allée et débouchâmes dans un jardinet séparé du terrain de Sobek par une basse clôture recouverte de clianthes desséchés par la chaleur. Le garage reconverti en studio était proche de la clôture et facile à voir. Dolan émit un petit sifflement pour attirer mon attention, et mima le geste de passer par-dessus la clôture.

Une fois dans la place, nous nous séparâmes pour contourner le bâtiment. Je collai l'oreille contre chaque fenêtre et je tentai de voir à l'intérieur, sans succès parce qu'elles étaient obstruées par ce qui ressemblait à des sacs poubelles en plastique. Ces sacs laissaient supposer que Sobek avait quelque chose à cacher, et cela ne me disait rien qui vaille.

Dolan et moi nous retrouvâmes à proximité de la porte d'entrée. Chacun se posta d'un côté.

— Je n'ai rien pu voir, murmurai-je. Et vous ?

— Toutes les fenêtres sont masquées. Je n'ai rien vu, rien entendu. Si ce n'est pas lui qui crèche dans cette fichue piaule, c'est un vampire. On va essayer la porte.

Stan Watts et Harvey Krantz, qui venaient de déboucher au bout de l'allée, s'arrêtèrent net en nous apercevant. D'un geste rageur, Krantz nous ordonna de le rejoindre, mais Dolan se contenta de dresser son majeur en l'air.

— Dolan, vous êtes en train de vous griller à la vitesse grand V, remarquai-je.

— Ce connard m'a suffisamment fait chier. Vous êtes armé ?

— Ouaip.

— On va essayer la porte.

Dolan s'approcha de l'entrée et frappa sur le battant, exactement comme on frappe chez son voisin pour lui demander un menu service. Je me tenais trois pas sur sa gauche, revolver au poing, prêt à sauter sur Sobek.

Stan Watts dégaina son arme et me rejoignit au trot. Krantz resta immobile, à la hauteur du bâtiment sur rue. J'entendis Bruly et Williams approcher dans le jardin d'à côté.

— Bon Dieu, Samantha…, souffla Watts, si bas que je fus le seul à l'entendre.

Dolan frappa une deuxième fois, un peu plus fort, et dit :

— Ici la compagnie du gaz. On a détecté un problème de fuite qui semble venir de chez vous.

Pas de réponse.

Elle répéta plus fort :

— Il y a un problème de gaz. Veuillez ouvrir, s'il vous plaît !

Toujours pas de réponse. Watts ne bougea pas et Krantz arriva au trot. Son visage était rouge, à croire qu'il mourait d'envie de mordre quelqu'un à la gorge.

— Bon sang, Dolan, je vous jure que vous allez sauter. (Il avait murmuré, mais le ton était cassant et sonore, et s'il y avait eu quelqu'un à l'intérieur, il l'aurait forcément entendu.) C'est mon opération.

— Il n'est pas là, Dolan, dis-je. Ecartez-vous, il faut qu'on décide de la suite des opérations.

Krantz rangea son flingue et me vrilla son index dans le plexus.

— Je vous aurai aussi. Elle et vous. Stan, vous êtes témoin.

Nous nous tenions toujours tous les trois de côté quand Dolan posa la main sur le bouton de porte.

— On dirait que c'est ouvert.

— Dolan..., protestai-je. Ne faites pas ça.

Samantha Dolan entrouvrit le battant, juste de quoi jeter un coup d'œil à l'intérieur, mais sans doute ne vit-elle rien.

Ses muscles se détendirent.

— La voie est libre, Krantz. On dirait qu'une fois de plus je vous ai mâché le boulot.

Elle ouvrit en grand, et quelque chose la repoussa en arrière avec un bruit de tonnerre.

— Attention ! glapit Watts.

Il se plaqua au sol mais je ne l'entendis pas. Plié en deux, je franchis le seuil et, avant même d'avoir compris ce qui se passait, je me mis à faire feu sur un fusil de chasse à deux canons fumants. Il me semble que je hurlai en même temps.

Je tirai six fois, jusqu'à ce que le chien de mon revolver ne heurte plus que des douilles vides, et ensuite je repartis en courant vers le jardin, où Watts essayait de stopper l'hémorragie. Il était trop tard.

La double charge de chevrotine tirée à bout portant

avait traversé le gilet avec autant de facilité que si celui-ci n'avait jamais existé.

Les beaux yeux noisette de Samantha Dolan fixaient le ciel sans le voir.

Elle était morte.

36

Pendant que la terre desséchée de Los Angeles boit le sang de l'inspecteur de police Samantha Dolan, Laurence Sobek parque sa Chcrokee rouge dans l'allée de sa prochaine victime. Il n'a plus son petit 22 muni d'un silencieux artisanal, fabriqué à partir d'une bouteille de Clorox ; il tient un 357 Magnum chargé à balles légères, rapides, à pointe creuse. Dorénavant, chaque fois qu'il fera feu, ses victimes éclateront comme des avocats trop mûrs, sans l'ombre d'une chance de survie.

Sobek porte le revolver à sa ceinture, crispe la main sur la crosse en s'approchant de la porte. Il frappe, mais personne ne répond, et, après avoir frappé une deuxième fois, il contourne la maison par l'arrière, tente de faire coulisser la porte-fenêtre. Il envisage un instant de la forcer, mais repère le voyant lumineux d'un système d'alarme Westec qui clignote sur son boîtier.

Sobek est prêt à tuer. Il est prêt à assassiner, et son envie de meurtre est même tellement féroce que sa paume est moite sur la crosse de bois du revolver.

Il regagne la Jeep et remonte la colline pour chercher une place de stationnement bénéficiant d'une vue dégagée sur la maison.

Il attend l'enfant.

— Oh putain…, grogna Krantz. Bon Dieu !

Pris d'un haut-le-cœur, il fit volte-face et s'appuya contre le tronc d'un avocatier. Williams et Bruly débouchèrent à cet instant au coin de la propriété, le pistolet au poing et les yeux écarquillés, talonnés par les quatre flics en uniforme armés d'un fusil. Un cri monta d'une maison voisine. Le chien jaune se mit à hurler.

— Elle est morte ? s'écria Bruly. Merde, c'est pas vrai, elle est morte !

Les deux mains de Watts étaient rouges du sang de Samantha Dolan.

— Faites fouiller ce garage. Williams, nom d'un chien, occupez-vous-en.

Personne ne prêtait attention au garage. Si Sobek avait été là, il aurait pu nous tirer comme des lapins.

— Il n'y a personne, dis-je.

— Williams, cria Watts, collectez les indices ! Secouez-vous, nom de Dieu, et prenez garde à ce que vous faites là-dedans ! N'allez surtout pas brouiller les pistes.

Williams rampa jusqu'à l'entrée du garage reconverti, l'arme à la main, le doigt sur la détente. Watts s'approcha d'un robinet de jardin, se rinça les mains, sortit son talkie-walkie et passa un appel.

Je recouvris le visage de Dolan avec mon blouson, ne sachant que faire d'autre. Mes yeux s'emplirent de larmes, et je me détournai. Williams s'était figé devant la porte et contemplait le cadavre. Lui aussi pleurait.

Je pris le pouls, mais on ne sentait plus rien. Je posai une main sur son abdomen. Sa peau était chaude. Je pressai mes paupières pour ravaler mes larmes, et je m'efforçai de chasser Samantha Dolan de mon esprit afin de mieux me concentrer sur Joe.

Je revins vers l'entrée du garage.

Toujours à côté de son arbre, Krantz me cria :

— N'entrez pas ! C'est le lieu du crime, nom de Dieu ! Williams, arrêtez-le !

— Allez vous faire voir, Krantz. Si ça se trouve, ce mec est en ce moment même en train d'assassiner quelqu'un d'autre ailleurs.

Le regard de Williams tomba de nouveau sur Dolan.

— Elle est vraiment morte…

— Elle est morte.

Ses sanglots redoublèrent.

— Cole, me lança Watts, soyez très prudent. Il a peut-être préparé d'autres pièges.

J'entrai sans m'arrêter, et Krantz m'emboîta le pas. Bruly avança sur le seuil mais n'alla pas plus loin.

Il flottait à l'intérieur du garage une forte odeur de poudre brûlée. Une chaleur et une obscurité intenses régnaient dans la pièce, et la seule lumière provenait de la porte ouverte. Je fis basculer l'interrupteur d'un coup de pouce.

Sobek n'avait pas de meubles. Rien que des poids et haltères. Un banc de musculation reposait, trapu et sinistre, au centre de la pièce, avec des disques de métal noir empilés un peu partout sur le sol comme autant de champignons vénéneux. Personne n'osa passer devant le fusil de chasse à deux canons, malgré la fumée qui s'en échappait encore. Peur résiduelle. Plusieurs articles du *Times* sur les meurtres, sur Dersh ou sur Pike étaient punaisés au mur, ainsi qu'une affiche de recrutement du corps des marines.

— Bon Dieu, lâcha Bruly, visez-moi ce merdier. Vous croyez qu'il reviendra ?

Je ne le regardai pas ; j'étais trop occupé à chercher des fils tendus ou des plaques de pression, tout en humant l'air pour détecter une éventuelle odeur d'essence. J'avais peur que Sobek n'ait aussi planifié une explosion à retardement.

— On ne laisse pas ce genre de piège quelque part quand on a l'intention de revenir, répondis-je. Il a abandonné le nid.

— Ce n'est pas certain, Cole, objecta Krantz. Si Dolan est évacuée suffisamment vite, on pourra mettre cette piaule sous surveillance et attendre son retour.

Même Bruly secoua la tête.

— Vous êtes unique, Krantz, lâchai-je.

Bruly retira un petit livret d'une caisse en carton, puis deux autres.

— Eh, c'est le *Manuel du tireur d'élite des marines*. Et regardez ça. *Programme d'entraînement de la Force Recon. Le combat à mains nues*. Putain, cet enfoiré devait vraiment rêver de porter l'uniforme.

Krantz ouvrit le réfrigérateur et en sortit un flacon de verre.

— C'est plein de came. Des stéroïdes. Ce mec se dope à mort.

Ce n'était pas à proprement parler un studio, plutôt une grande pièce qu'un bar séparait du coin cuisine, avec une douche et des toilettes. Je n'avais qu'un seul désir, qu'une seule idée en tête : retrouver un lien avec l'adresse de Dersh, ou l'un des vêtements que Sobek avait utilisés afin de se faire passer pour Pike. N'importe quoi qui permette de relier Sobek à Dersh et donc de blanchir Joe.

— Par ici, lieutenant.

Bruly venait de découvrir sept bouteilles de Clorox vides dans le placard de la cuisine, ainsi que trois pistolets de 22 et des munitions. Deux des bouteilles étaient renforcées au moyen d'une bande adhésive.

Krantz gratifia Bruly d'une bonne claque dans le dos.

— Ça y est, on a eu ce fils de pute !

— C'est Dolan qui l'a eu, rectifiai-je. Vous vous êtes contentés de courir le tour d'honneur.

Krantz faillit répondre, se ravisa, repartit vers la porte. Il cria quelque chose à Stan Watts. Dehors, la plainte d'une sirène s'approchait.

L'exemplaire manquant du dossier de Leonard DeVille était ouvert sur le bar de la cuisine, de même que des coupures de presse jaunies sur la mort de Wozniak, la liste des témoins à charge établie par l'enquêteur chargé de l'enquête, et un ensemble de notes sur les six victimes. Avec leur adresse. Celle de Karen Garcia y figurait. Une note décrivait son parcours de jogging à Lake Hollywood, et je déchiffrai des notes du même ordre à propos de Semple, de Lorenzo et des autres. L'effet était saisissant. On avait un peu l'impression de pénétrer à l'intérieur d'un cerveau maléfique qui prenait un intense plaisir à organiser méticuleusement des assassinats. Sobek avait dû épier certaines de ces personnes pendant des mois.

— Je vous le concède, Cole, fit Krantz. Dolan et vous avez parfaitement joué le coup. C'est du bon boulot.

— Tâchez de voir s'il y a ici quelque chose sur Dersh.

La mâchoire de Krantz se crispa, mais il s'abstint de répondre. Peut-être venait-il tout juste de se rendre compte qu'un lien était possible.

Nous étions toujours en train de fouiller les notes de Sobek quand nous découvrîmes mon adresse telle qu'elle apparaissait dans les pages jaunes de l'annuaire, ainsi qu'un imprimé du DMV indiquant mon adresse personnelle et mes coordonnées téléphoniques. Il y avait aussi l'adresse personnelle de Dolan.

Bruly siffla.

— Il vous avait repérés, mec. Je ne vois pas comment, mais il savait que Dolan et vous étiez sur ses talons.

Krantz ne leva pas le nez des papiers qu'il était en train de parcourir.

— Il circulait partout dans le Parker Center, du matin au soir. Il pouvait entendre toutes les conversations. Il aurait pu demander à peu près n'importe quoi à n'importe qui sans que personne y réfléchisse à deux fois avant de lui répondre.

A en juger par la façon dont Krantz en parlait, je me dis que Sobek et lui avaient dû discuter plus d'une fois le bout de gras ensemble.

Bruly passa encore en revue un certain nombre de feuilles volantes avant de s'arrêter sur une photo si incongrue dans un tel lieu et en un tel moment que je faillis ne pas la reconnaître. Elle représentait trois petits garçons en train de parler à une jeune fille équipée d'une raquette de tennis. La fille tournait le dos à l'objectif, mais les garçons étaient de face. Celui de droite était Ben Chenier. Deux autres photos de Ben étaient mélangés aux papiers de Sobek, et toutes trois avaient été prises d'assez loin à son camp de tennis, à Verdugo. Je repérai l'adresse de l'appartement de Lucy, griffonnée dans un coin de l'imprimé du DMV.

Krantz vit les photos à son tour. Ou peut-être vit-il surtout l'altération de mes traits.

— Qui est ce garçon ?

— Le fils de mon amie. Il est en camp de tennis. Krantz, cette adresse est celle de mon amie, et voici la mienne. Et là, c'est la chaîne de télévision où travaille Lucy.

Krantz m'interrompit pour crier à Watts, resté dehors, de nous rejoindre. Quelque part dans la rue, la plainte de la sirène mourut, mais d'autres approchaient.

— On a un problème, Stan. Sobek avait apparemment Cole dans le collimateur. Soit lui, soit son amie, soit le fils de son amie.

Une sensation aiguë et douloureuse explosa au plus profond de moi et irradia vers mes bras et mes jambes. Je sentis que je me mettais à trembler.

Watts examina les imprimés et les photos pendant que Krantz parlait — puis s'éloigna avec son portable avant que Krantz ait fini de parler. Il répéta les adresses au téléphone en demandant que des unités de patrouille soient envoyées sur place en code trois. Le code trois signifiait « vite ». Avec sirènes et gyrophares. Watts plaqua une main sur son téléphone et me jeta un coup d'œil.

— On a le nom du camp ?

Je le lui indiquai. Le camp de Verdugo. Ma main tremblait quand j'empruntai le portable de Bruly pour appeler Lucy.

Quand Lucy me répondit, elle se montra hésitante, sur la réserve, mais j'entrai dans le vif du sujet en lui disant où je me trouvais et en ajoutant que des flics étaient en route vers son appartement, et pourquoi.

— Cole, me dit Krantz, vous avez besoin que je lui parle ?

Quand je racontai à Lucy que Laurence Sobek avait pris des photos de Ben, sa voix monta dans les aigus.

— Cet homme surveillait Ben ?

— Oui. Il a pris des photos de lui. On a prévenu la police routière, et les gars du shérif roulent déjà vers le camp.

— Dites-lui aussi que des agents seront bientôt chez elle, Cole, intervint Krantz. Elle n'a rien à craindre.

— Je vais chercher Ben, dit Lucy. Je vais le chercher tout de suite.

— Je comprends. Je passe te prendre.

— Pas question d'attendre. Je pars à l'instant.

— Luce, je te retrouve chez toi.

— Il faut le mettre à l'abri, Elvis.

— On va le mettre à l'abri. Stan Watts est en train de parler aux responsables du camp en ce moment même.

Ce fut alors que Watts me jeta un coup d'œil et m'adressa un signe positif du pouce.

— Ben est en sécurité, Luce. Avec les responsables du camp. Il est avec eux, et nous, on y va tout de suite.

Elle raccrocha sans ajouter un mot.

Je lançai son téléphone à Bruly sur le chemin de la porte, en tâchant d'ignorer la pointe d'accusation que j'avais sentie dans la voix de mon amie.

Le camp de tennis de Verdugo se situait à une bonne heure de route à l'est de Los Angeles, en pleine campagne, au pied des montagnes de Verdugo. Krantz, qui avait mis son gyrophare mobile, effectua le gros du trajet à cent soixante. Il laissa Watts organiser la surveillance de ma maison et de l'appartement de Lucy, et passa le plus clair de son temps au téléphone avec Bishop. La propriétaire de Sobek nous fournit un numéro de plaque, ce qui nous permit d'alerter la division « circulation » du LAPD et la police routière. La Jeep de Sobek était identique à celle de Pike.

Williams, assis devant moi à l'avant, côté passager, marmonna en pleurnichant :

— Un putain de fusil de chasse… Ce foutu engin l'a quasiment coupée en deux. Le fils de pute. Je vais le fumer. Devant Dieu, je jure que je vais lui farcir la gueule de plombs.

— Il faut le prendre vivant, Williams, dis-je.

— On ne vous a pas sonné, bon sang.

— Krantz, répétai-je, il faut prendre ce mec vivant. S'il est vivant, il avouera pour Dersh.

Krantz tapota la cuisse de Williams.

— Mêlez-vous de vos affaires, Cole. Mes gars connaissent leur métier, et on va amener ce salopard devant le juge. Pas vrai, Jerome ?

Jerome Williams avait le regard perdu au-delà du pare-brise.

— On va amener ce salopard devant le juge, hein, Jerome ?

Williams se contorsionna brusquement, de manière à pouvoir me regarder.

— Je n'ai pas oublié ce truc que vous m'avez balancé l'autre jour. Dès que cette histoire sera finie, je vous montrerai que je suis un vrai Noir.

Les shérifs étaient déjà sur place à notre arrivée : quatre voitures immobilisées sur un parking gravillonné. Les responsables du camp discutaient avec les adjoints pendant que, derrière eux, des chevaux reniflaient dans leurs stalles. Ben avait vu juste : ça puait le crottin.

Krantz, qui espérait capturer Sobek, demanda aux adjoints de garer leurs voitures à l'intérieur de l'écurie, puis il mit en place un dispositif de surveillance avec le shérif responsable. Tout cela se passa dans le réfectoire, un bâtiment à parois vitrées dont le plancher était encore inachevé. Tous les gosses avaient été rassemblés dans le dortoir des garçons.

D'autres parents arrivèrent avant Lucy, récupérèrent leur progéniture et filèrent aussi vite que possible. Krantz était furieux que la directrice du camp, une certaine Mme Willoman, ait prévenu les familles sans le consulter, mais il n'y avait plus rien à y faire. Quand les flics vous avertissent qu'un assassin multirécidiviste risque à tout moment de débouler dans votre établissement, on n'a pas tellement le choix.

Lucy arriva dix minutes plus tard, et, en venant à sa rencontre, je constatai que ses traits étaient tirés. Elle me prit la main mais ne répondit pas quand je lui parlai et évita de me regarder. Dès que je lui eus dit que nous étions tous dans le réfectoire, elle pressa le pas, et nous nous retrouvâmes tous les deux au trot.

A l'intérieur, elle marcha droit sur Mme Willoman et lui lança :

— Rendez-moi mon petit !

Un animateur à peine sorti de l'enfance alla chercher Ben au dortoir. Ben avait l'air surexcité, comme s'il jugeait tous ces événements bien plus marrants que ses activités quotidiennes : enfourcher des chevaux ou cogner du matin au soir dans une balle de tennis.

— C'est cool, dit-il. Qu'est-ce qui se passe ?

Lucy le serra dans ses bras avec une telle énergie qu'il finit par se tortiller. L'instant suivant, le visage de sa mère s'embrasa de colère.

— Non, répliqua-t-elle, ce n'est pas cool. Ce n'est pas *cool*, et ce n'est pas non plus *normal*.

Je sentis que cette réflexion m'était adressée.

Krantz demanda à Lucy de rester sur place jusqu'à ce qu'on ait reçu confirmation que son appartement ne risquait rien. Ensuite, la police l'escorterait chez elle avec Ben. Krantz lui proposa aussi une protection vingt-quatre heures sur vingt-quatre, que Lucy accepta. Elle couva Ben du regard, tout en lui frottant le dos, et ajouta qu'ils feraient peut-être mieux de rentrer en Louisiane une fois que tout serait fini. Quand je lui répondis que je pensais que c'était sans doute une bonne idée, elle s'approcha de la cloison vitrée et regarda au-dehors. Elle était en quête d'un endroit où elle pourrait se sentir en sécurité.

Nous nous assîmes autour d'une grande table pour siroter un machin rouge que l'animateur appela du « jus d'insecte ». Krantz et moi expliquâmes les grandes lignes de l'affaire Sobek à Lucy et à Ben. Lucy gardait une main sur le bras de son fils et tenait la mienne de l'autre, mais elle continuait d'éviter mon regard. Elle ne s'adressait qu'à Krantz, même si elle me pressait parfois la main comme pour m'envoyer un message qu'elle n'était pas encore capable de formuler à haute voix.

Enfin, Krantz reçut un appel sur son bip. Il vérifia le numéro.

— C'est Stan, dit-il.

Il rappela Watts, écouta quelques secondes en silence, hocha la tête à l'intention de Lucy.

— Votre appartement ne craint plus rien. Le concierge nous a laissés entrer et nous avons des agents sur place.

Lucy se vida de sa tension comme un ballon de baudruche.

— Oh, Dieu merci…

— Laissez-moi juste le temps de régler deux ou trois détails ici, et on vous ramène chez vous. Si vous décidez de quitter la ville, faites-le-moi savoir, on vous escortera à l'aéroport. Je vais prévenir le département de police de Baton Rouge, si vous voulez, pour qu'ils vous réceptionnent à votre arrivée.

Lucy lui sourit. A croire qu'elle considérait Krantz comme un être humain.

— Merci, lieutenant. Si je décide de repartir chez moi, je vous appellerai.

Chez moi.

Elle reprit ma main, me sourit pour la première fois depuis un sacré bout de temps et conclut :

— Tout ira bien.

Je lui rendis son sourire, et, en effet, tout paraissait aller au mieux dans le meilleur des mondes.

Pendant que le moniteur allait chercher les affaires de Ben, j'allai à la porte avec mon jus d'insecte et me mis à scruter la lisière de la forêt, en la fouillant du regard comme j'avais appris à le faire à dix-huit ans, dans l'armée. Je songeai à Sobek, et aussi à ce que nous avions trouvé dans son garage. Son objectif était d'assassiner les personnes qu'il tenait pour responsables de l'emprisonnement de DeVille, et il avait commencé par celles qui avaient joué le rôle le moins important dans le dossier d'accusation, probablement en se disant qu'il serait plus difficile pour le LAPD de reconstituer le lien entre elles. Je me demandai si c'était sa seule raison : je me demandai si ce n'était pas aussi parce qu'il leur en voulait moins qu'aux autres, ce qui signifiait qu'il avait jusque-là épargné ceux qu'il haïssait le plus. Pike, bien sûr, Krakauer et Wozniak étant morts tous les deux. Plus j'y réfléchissais, et plus j'étais déboussolé, parce que Sobek avait entretenu des relations apparemment normales avec Abel Wozniak, et qu'il y avait à peu près quatre-vingt-quinze chances sur cent pour que ce soit lui qui ait aidé Wozniak à loger DeVille le jour de sa mort. Face aux écuries, je songeai aux chevaux, à l'intérieur ; je ne les voyais pas, mais je les entendais et je les sentais. Ils renâclaient, ils hennissaient, je suppose qu'ils se parlaient les uns aux autres. Hors de ma vue, ils étaient néanmoins réels. La vie est souvent ainsi, faite de réalités qui se superposent à d'autres réalités, dont la plupart demeurent cachées mais n'en sont pas moins là. On ne peut pas toujours les voir, mais si on prête suffisamment attention aux indices, on arrive à les reconnaître quand même.

Krantz était en train de superviser le chargement des affaires de Ben quand je lui dis :

— Il ne viendra pas ici, Krantz.

— Peut-être.

— Vous ne pigez pas. Il ne viendra ni ici, ni chez moi, ni chez Lucy. C'est une diversion.

Krantz fronça les sourcils, et Lucy nous observa, les deux mains sur les épaules de Ben.

— Réfléchissez, Krantz. Il décide d'éliminer les gens qu'il tient pour responsables de la mort de DeVille, il se met au boulot, mais un beau jour il se rend compte qu'il est repéré. La partie est finie pour lui, et il le sait.

Krantz fronçait toujours les sourcils.

— Ce n'est plus qu'une question de jours avant que la corrélation soit établie entre les différentes victimes, il s'en doute. Et il sait qu'à partir de là on aura un gisement de suspects et qu'il en fera partie.

— Ouais, dit Krantz. Et c'est même pour ça qu'il décide de vous mettre hors jeu.

— Mais dans quel but ? De toute façon, il ne pourra pas continuer à bosser au Parker Center, ni à rayer tranquillement les noms de sa liste. S'il croit qu'on le talonne, il va vouloir s'attaquer tout de suite aux gens à qui il en veut le plus. Il ne peut plus atteindre Pike, et Krakauer est mort. Reste Wozniak.

— Wozniak est mort lui aussi.

— Krakauer était célibataire. Wozniak avait une femme et une fille, qui vivent maintenant à Palm Springs. C'est là que j'ai récupéré les notes de Wozniak. C'est là-bas que nous devrions être en ce moment.

Lucy crispa les mains sur les épaules de Ben, comme si elle sentait déjà sa sécurité toute neuve en train de se dissoudre.

— Mais… pourquoi aurait-il pris ces photos de Ben ? me demanda-t-elle. Pourquoi aurait-il notre adresse ?

— Peut-être qu'il a laissé traîner tout ça uniquement pour détourner notre attention. Nous sommes ici avec toi. Pendant ce temps, nous ne sommes pas chez la veuve de Wozniak, et c'est là-bas qu'il a l'intention d'aller.

— Ce n'est qu'une supposition. Tu as retrouvé l'adresse de Mme Wozniak chez Sobek ? Des photos d'elle, ou de sa fille ?

— Non.

— Nous savons qu'il avait notre adresse. Nous savons que c'est un tueur. (Elle me serra le bras, aussi fort que Frank Garcia le jour où il m'avait supplié de retrouver sa fille.) J'ai besoin de toi. Maintenant.

Je me tournai vers Krantz.

— Il va à Palm Springs.

Krantz n'apprécia pas, mais il commençait à y voir clair.

— Vous avez le nom et l'adresse de la veuve de Wozniak ?

— Elle s'appelle désormais Paulette Renfro. Je ne me souviens pas de l'adresse, mais je peux vous montrer le trajet.

Krantz pianotait déjà sur son téléphone.

— La police d'Etat retrouvera l'adresse. Ils auront envoyé une voiture sur place avant notre arrivée.

Krantz passa son appel, le front plissé, et je devinai quelle image il avait en tête : deux shérifs adjoints passant les menottes à Sobek, faisant les gros titres de la presse, interviewés par Katie Couric.

Je regardai Lucy et la gratifiai de mon sourire le plus rassurant… elle semblait aux abonnés absents.

— C'est là qu'il va, Lucy. Je ne peux pas te raccompagner tout de suite, mais tu n'as qu'à m'attendre ici. Je te ramènerai chez toi à mon retour.

Je lus dans ses prunelles de la distance, de la froideur, une blessure.

— Je n'ai pas besoin que tu me ramènes chez moi.

Le téléphone sur l'oreille, Krantz se dirigea vers la porte et fit signe à Williams.

— On lève le camp, Jerry. On file à Palm Springs.

Tandis que nous quittions le réfectoire, je jetai un coup d'œil à Lucy par-dessus mon épaule, mais elle ne me regardait pas. Je n'avais pas besoin de la voir pour savoir ce qu'exprimaient ses yeux : une fois de plus, j'avais choisi quelqu'un d'autre.

37

Sobek n'a pas bougé depuis près d'une heure. Le soleil du désert a fait grimper la température à l'intérieur de sa Jeep jusqu'à cinquante-cinq degrés, et son sweat-shirt est trempé, mais il se voit comme un lézard aux aguets, immobile sous la chaleur brute, dans l'attente d'une proie. Il possède une armure de muscles et de détermination, et son engagement dans sa mission est inégalable. Il patientera le reste de la journée s'il le faut, et toute la nuit, et les jours à venir.

Mais ça ne sera pas nécessaire.

Une voiture apparaît en contrebas, monte à travers le réseau de rues résidentielles et s'engage dans l'allée de la victime. Sobek pose les doigts sur son 357 au moment où la voiture freine, persuadé que c'est elle, mais ce n'est pas elle. Un homme en sort, reste un moment à contempler la maison dans l'éclatante lumière du désert. Cet homme porte un jean, une chemise de plage aux couleurs criardes et aux pans flottants, ainsi que des lunettes de soleil.

Sobek se penche en avant, et son torse finit par toucher le volant.

C'est Joe Pike.

Pike s'avance vers la porte d'entrée, appuie sur le bouton de la sonnette, puis contourne la maison. Sobek ne le voit plus, et il se dit que Pike a dû s'installer sous la petite véranda, à moins qu'il n'ait réussi à entrer.

Sobek attend ; Pike ne revient pas.

Son cœur bat à se rompre dans sa poitrine quand il empoigne à deux mains son 357. Le canon est niché entre ses cuisses, l'acier pèse contre son pénis. Sensation agréable.

Il s'autorise à sourire — sa première manifestation d'émotion depuis des jours. Pike est venu à lui.

Sobek se laisse aller en arrière contre le dossier et attend le retour de Paulette Wozniak et de sa fille.

Plus tôt dans la matinée, Paulette était passée prendre Evelyn à Banning, où elle avait laissé sa voiture à réparer. Sa Volkswagen Beetle l'avait lâchée, et voilà qu'Evelyn se retrouvait à pied. D'abord le petit ami, puis l'appartement, et maintenant la voiture. Paulette avait déposé Evelyn au café où elle travaillait puis était allée la chercher, et elle la ramenait maintenant à la maison en attendant que sa voiture soit prête, d'ici la fin de la journée. Evelyn, évidemment, n'était pas ravie. Paulette ne pensait pas trouver une auto inconnue garée dans son allée.

Evelyn, renfrognée, immobile sur son siège, avait l'air de quelqu'un qui serait prêt à étrangler le premier chien venu. Ce matin-là, elle n'avait desserré les dents que pour demander à sa mère si elle avait reçu des nouvelles de M. Cole. Paulette, qui n'en avait aucune, avait trouvé la question bizarre.

Elle s'engagea dans sa rue en songeant que le vieux cliché disait vrai : quand il pleut, on se mouille. Qu'est-ce qui allait encore leur tomber dessus maintenant ?

Evelyn posa un regard sinistre sur l'auto inconnue.

— C'est qui ?

— Je n'en sais rien.

Une berline propre et apparemment en excellent état était stationnée sur le côté de l'allée, laissant largement plus de place qu'il n'en fallait à Paulette pour accéder à son garage. Elle ne la reconnut pas et se demanda si l'un de ses amis avait changé de voiture sans qu'elle le sache. Il faisait une telle chaleur dehors que son ou sa propriétaire était probablement à l'arrière, réfugié sous la véranda, même si elle avait du mal à imaginer pourquoi quelqu'un avait pu passer ainsi sans prévenir.

Paulette déclencha l'ouverture du garage, parqua sa voiture à l'intérieur et entra avec sa fille dans la maison en passant par la buanderie.

Elle se dirigea vers la baie vitrée du séjour, et ce fut là qu'elle le vit, debout, bronzé, grand et mince dans l'ombre de la véranda. Il attendait qu'elle l'ait vu. Il portait une chemise à fleurs apparemment trop grande d'une taille, et des lunettes noires. Sa première pensée, la toute première pensée qui vint à l'esprit de Paulette après tant d'années, fut : « Il n'a pas pris une ride et je dois être affreuse. »

— Il y a un homme dehors, dit Evelyn.

Joe la salua de la main, et Paulette se sentit sourire.

— Tu connais ce type ? demanda Evelyn.

Paulette ouvrit la porte-fenêtre, s'effaça pour le laisser entrer.

— Bonjour, Joe.

— Content de te revoir, Paulette.

Elle avait vécu ce moment — le moment de leurs retrouvailles — maintes fois dans ses rêves, ou en prenant son petit déjeuner, ou encore pendant ses longs trajets solitaires à travers le désert. Elle s'était imaginé ce qu'elle lui dirait et comment elle le lui dirait, de toutes les façons possibles, mais là, elle ne réussit qu'à formuler une navrante banalité.

— Tu veux un peu d'eau ? Il fait tellement chaud…

— Bonne idée. Merci.

Evelyn plaqua une moue affreuse sur son visage : celle qui disait qu'elle était malheureuse et que le monde entier était censé le savoir. On avait intérêt à réagir, sans quoi la moue ne tardait pas à empirer.

— Tu l'as appelé Joe, remarqua-t-elle.

Paulette sut ce qui allait venir.

— Joe, voici Evelyn. Evelyn, tu te souviens de Joe Pike.

Evelyn croisa les bras, les décroisa. Ses joues s'empourprèrent.

— Merde alors.

— Paulette, dit Joe, il faut que je te parle. De Woz, et aussi de quelque chose qui va arriver.

Avant que Paulette ait pu répondre, Evelyn glapit :

— Qu'est-ce que vous pourriez bien avoir à dire, hein ? Vous l'avez tué ! Maman, ce type est recherché ! Il vient encore d'assassiner quelqu'un !

Paulette prit sa fille par les bras, désireuse de se montrer douce mais ferme.

— Evie, laisse-nous. On discutera plus tard, mais pour l'instant j'ai besoin de parler à Joe.

Evelyn se dégagea, livide et furieuse. Furieuse de toute une vie à pleurer son père.

— Parle-lui autant que tu voudras ! Moi, j'appelle la police !

Paulette secoua sa fille avec une violence qu'elle n'avait plus ressentie depuis des années.

— Non ! Tu n'appelleras personne !

— Il a tué papa !

— Tu n'appelleras personne !

Joe intervint d'un ton posé :

— Ce n'est pas grave, Paulette. Elle n'a qu'à les appeler.

Evelyn parut aussi surprise que Paulette, et la mère et la fille restèrent un moment à le fixer des yeux. Puis Evelyn se replia en courant vers le couloir.

— Tu es sûr ? demanda Paulette. J'ai suivi l'actualité.

— Je serai reparti avant leur arrivée. Tu m'as l'air en forme, Paulette.

Il s'exprimait avec ce calme absolu qui l'avait toujours

émerveillée — qu'elle lui avait même secrètement envié. Comme s'il était tellement empreint de certitudes, tellement sûr de lui, tellement confiant qu'il n'existait chez lui aucune place pour le doute. Quel que soit le problème, il pouvait le résoudre.

Elle se sentit rougir.

— J'ai vieilli.

— Tu as embelli.

Elle rougit encore plus, réalisant soudain à quel point il était étrange de se retrouver ici face à cet homme, après toutes ces années, ct de s'empourprer comme une adolescente sous son regard.

— Joe, s'il te plaît, retire ces lunettes. Je ne peux pas te voir.

Il retira les lunettes.

Mon Dieu, quels yeux hallucinants, d'un bleu tellement lumineux qu'on aurait pu se noyer dedans… Elle se hâta d'aller chercher de l'eau.

— Je regarde la télévision, Joe. Un ami à toi est venu ici. Que s'est-il passé ?

— On parlera de tout ça plus tard. (Il jeta un coup d'œil vers l'endroit où Evelyn avait disparu, haussa les épaules.) La police va arriver.

Elle acquiesça.

— Je n'ai pas tué cet homme. Quelqu'un d'autre l'a fait. Celui qui a déjà tué six autres personnes.

— C'est ce que m'a dit ton ami.

— Il s'appelle Laurence Sobek. C'était un des indics de Woz. Quand l'affaire éclatera au grand jour, la presse et la police déballeront tout ce qui s'est passé ce jour-là. Ils ne vont pas se gêner pour fouiller dans le passé de Woz. Tu comprends ?

— Je m'en fiche.

— Tu risques d'en souffrir.

— Aucune chance.

Derrière eux, la voix d'Evelyn s'éleva doucement, d'un ton que Paulette ne lui avait plus entendu depuis l'enfance.

— Pourquoi est-ce qu'elle risque d'en souffrir ? Et qu'est-ce que ça peut vous faire ?

Paulette se retourna vers sa fille. Evelyn les épiait sur le seuil comme une fillette de cinq ans, le visage lointain et lisse.

— Tu as prévenu la police ?

Evelyn secoua la tête.

— Vas-y, dit Pike. Ta mère et moi avons à parler.

Evelyn marcha vers la bibliothèque et y prit la photographie encadrée de son père, de sa mère et de Joe Pike.

— Elle montre ça à tout le monde. (Son regard chercha Paulette.) Pourquoi as-tu conservé cette satanée photo ? Pourquoi garder le portrait de quelqu'un qui a tué l'homme que tu aimais ?

Paulette Wozniak considéra longuement sa fille avant de répondre :

— L'homme que j'aime est toujours en vie. Joe n'a pas tué ton père, ajouta-t-elle. Ton père s'est tué lui-même. Il s'est donné la mort. (Elle se retourna vers Joe et regarda au fond de ses yeux placides, et ces yeux la firent sourire.) Je ne suis pas stupide, Joe. J'ai tout compris voilà des années, en relisant ses notes.

— Les pages manquantes, fit Joe.

— Oui. Il y était question des frères Chihuahua, de tous ses problèmes. Et plus tard, quelques jours avant la fin, il a écrit qu'il se sentait pris au piège. Il ne disait pas ce qu'il comptait faire pour s'en sortir, mais il a écrit un jour qu'il y avait toujours une issue, et qu'un tas de policiers étaient passés par là avant lui.

Evelyn s'était mise à se triturer les doigts, comme si elle essayait de les arracher.

— De quoi tu parles ? Qu'est-ce que tu racontes ?

Paulette sentit une douleur atroce sourdre dans sa poitrine.

— Je n'ai eu aucune certitude jusqu'au jour où je me suis plongée dans ses notes, après sa mort, et ensuite, je ne sais pas, je n'ai pas voulu que tu apprennes la vérité sur ton père. Tu l'aimais tant… J'ai arraché ces pages, je les ai détruites pour que tu ne puisses jamais les lire, mais je me souviens parfaitement de ce qu'elles disaient. Joe n'a pas tué ton père. Ton père s'est tué lui-même, et Joe a endossé le blâme pour nous protéger, toi et moi.

— Je ne te crois pas.

Paulette tenta de passer un bras autour des épaules d'Evelyn, mais sa fille la repoussa. Paulette chercha le regard de Joe, comme s'il y avait une minuscule chance pour qu'il sache quoi faire, grâce à cette assurance naturelle qu'il possédait, mais ce fut alors qu'un grand type musclé et portant lui aussi des lunettes de soleil surgit de la cuisine, dans le dos de Joe, tendit à bout de bras un revolver de métal noir et appuya sur la détente.

— Joe ! hurla Paulette.

Son cri fut avalé par un fracas assourdissant qui s'abattit sur elle aussi violemment qu'un coup de poing et fit bourdonner ses tympans.

Joe se plia en deux, pivota sur lui-même à une telle vitesse qu'on aurait dit qu'il n'avait pas bougé, se retrouva tout à coup face au grand type, avec un gros revolver dans la main, et tira trois fois de suite, en succession tellement rapide que les déflagrations se fondirent en un BAMBAMBAM unique.

Le grand type partit en arrière, s'écrasa sur le carrelage de la cuisine avec un grognement d'asthmatique, puis ce fut le silence.

Rien ne bougea jusqu'à ce que Joe se penche de nouveau en avant, et ce fut alors que Paulette vit la tache de sang s'épanouir dans son dos comme une gigantesque rose rouge.

— Oh, mon Dieu ! Joe !

Joe fit une grimace tout en essayant de se redresser, trouva le regard de Paulette et sourit. Elle n'avait plus revu ce sourire depuis si longtemps que son cœur fondit et qu'elle eut envie de pleurer de joie — même si le sourire de Joe Pike, à cet instant, était empreint de souffrance.

— Je dois partir, Paulette, dit-il. Prends soin de ton enfant.

Joe Pike soutint son regard quelques secondes de plus, se retourna au moment précis où le grand type s'asseyait sur le sol de la cuisine, comme un revenant, et faisait de nouveau feu.

Joe Pike s'affaissa lourdement.

Les deux femmes arrivent enfin, et Sobek redescend la colline jusqu'à la maison de Paulette. Il a vérifié qu'aucun voisin n'était chez lui, longe l'allée à grandes enjambées, s'introduit dans le garage de Paulette Wozniak sans crainte d'être repéré.

Il se faufile à côté de la voiture de Paulette, dont le moteur est encore chaud, colle une oreille à la porte de service, n'entend rien. Il sait que ce type de porte donne généralement sur une buanderie ou une cuisine, et il décide de tenter sa chance en prenant le pari que Pike et les autres ne sont pas postés juste de l'autre côté. Il tourne le bouton, entrebâille la porte, avise une machine à laver et un sèche-linge.

Il entend des voix, maintenant, et une femme qui crie :

— Qu'est-ce que vous pourriez bien avoir à dire, hein ? Vous l'avez tué ! Maman, ce type est recherché ! Il vient encore d'assassiner quelqu'un !

Sobek étreint son 357, arme le chien, se glisse dans la buanderie. Il jette un coup d'œil alentour. Personne. Il traverse la cuisine, en prenant soin de ne faire aucun bruit, s'approche des voix, jusqu'à ce qu'à n'être plus séparé d'elles que par la cloison du séjour. Deux femmes, et ce chien de Pike.

Sobek inspire profondément, par deux fois, s'avance sur le seuil et tire dans le dos de Joe Pike.

Ka-boum !

Le 357 a beaucoup plus de recul que les petits 22, et, avant qu'il ait eu le temps de tirer de nouveau, Pike s'est retourné avec un feu dans la main droite et il tire, BAMBAMBAM. Trois balles qui atteignent Sobek dans la poitrine presque en même temps, et voilà qu'il se retrouve sur le cul, à voir trente-six chandelles.

Il se croit mort, puis il s'aperçoit que le gilet pare-balles en Kevlar qu'il porte sous son sweat-shirt lui a sauvé la vie. La plupart des flics utilisent un gilet léger, conçu pour bloquer les balles classiques comme le 9 mm ou le 45, mais Sobek porte un modèle plus épais, capable de tout stopper, jusqu'au 44 Magnum inclus.

Contrôle.

Il entend des voix. Ça parle. Pike est vivant mais blessé.

Une deuxième chance.

Sobek se rassied et fait de nouveau feu sur Joe Pike. En même temps, la plus jeune des femmes pousse un hurlement.

Pike s'écroule comme un ballot de linge sale, et Sobek dit :

— Le pied !

La plus âgée des femmes tombe à genoux à côté de Joe Pike et tend la main vers son flingue, mais Sobek se jette en avant et lui lance un grand coup de pied dans les côtes. Il a le tournis à cause des balles qu'il vient d'encaisser, mais son coup de pied reste puissant, et la femme se retrouve catapultée en arrière.

Une flaque écarlate s'échappe de la chemise de Pike.

Sobek fixe Paulette Wozniak, puis la jeune femme.

— Vous êtes la fille d'Abel Wozniak ?

Personne ne répond.

Sobek pointe le 357 sur la plus âgée, et l'autre dit :

— Oui.

— D'accord. On va faire un brin de causette. Vous deux, asseyez-vous.

Sobek est désorienté et nauséeux à cause du traumatisme que vient de subir sa poitrine, mais il leur attache les poignets et les chevilles à deux chaises de la salle à manger, avec une bande adhésive, après quoi il leur colle aussi de l'adhésif sur la bouche. Il se défait de son sweat-shirt et de son gilet pour examiner ses blessures. La partie centrale de son torse n'est plus qu'un énorme hématome violet et palpitant. Les balles lui ont probablement fracassé quelques côtes. Pike est un sacré tireur. Sans le gilet, les trois balles lui auraient transpercé le cœur.

Sobek crache sur le corps de Pike en hurlant :

— Va te faire foutre !

Le hurlement accentue son vertige, et il est obligé de s'asseoir pour ne pas vomir. Une fois le tournis passé, il considère les deux femmes.

— Vous êtes les suivantes.

Il est en train de réfléchir au meilleur moyen de les tuer quand il entend une portière claquer devant la maison et voit deux shérifs adjoints remonter l'allée à grands pas.

Sobek traîne les deux femmes dans une pièce du fond et les enferme au moment où la sonnette se déclenche. Il remet son sweat-shirt, sans se soucier des trois perforations causées par les balles, et se hâte de rejoindre la porte alors que la sonnette résonne de nouveau. Il se compose un grand sourire, ouvre la porte en prenant une mine étonnée, et lance :

— Diable, mais c'est la police routière ! Aurions-nous commis un excès de vitesse ?

Les deux adjoints l'observent un instant, et le plus proche de lui se fend d'un sourire. Amical. Appréciant la plaisanterie.

— Mme Renfro est chez elle ?

— Bien sûr, oui. C'est ma tante. Vous vouliez la voir ?

— Oui, si c'est possible.

— Entrez, ne restez pas sous ce soleil, je vais la prévenir. Elle est dans la piscine.

L'autre adjoint sourit à son tour, ôte son chapeau, et dit :

— Sacré nom, ça ne me ferait pas de mal à moi non plus de piquer une tête.

Sobek acquiesce, et son sourire s'élargit.

— Et pourquoi pas, les gars ? Si ça vous dit, je peux vous proposer une bière ou une boisson fraîche.

Il ouvre la porte en grand, s'efface pour laisser les deux adjoints passer devant lui et s'avancer dans le séjour, referme la porte, sort son 357, leur tire à chacun une balle dans le dos, leur colle son canon contre la tempe et leur administre le coup de grâce.

38

De Verdugo à Palm Springs, il nous fallut moins d'une heure. Paulette ne répondit pas à mon coup de fil, ce qui ne nous plut guère, mais je laissai un message sur son répondeur en lui conseillant de prendre sa voiture et de se rendre séance tenante au département de police de Palm Springs, où nous la retrouverions.

En cours de trajet, Krantz reçut plusieurs appels radio, dont un pour l'informer que des hommes du shérif avaient été envoyés chez Paulette et que tout allait bien.

Nous quittâmes la route fédérale à North Palm Springs et partîmes vers les montagnes, au-dessus des champs d'éoliennes, là où se trouvait la maison de Paulette. Une berline neuve et toute propre que je n'avais jamais vue était stationnée dans l'allée. La porte du garage était baissée ; aucun autre véhicule n'était visible. Comme le reste du voisinage, la maison était silencieuse.

— J'avais cru comprendre que les gars du shérif seraient là, remarquai-je.

— Moi aussi.

Krantz décrocha le micro de sa radio de bord et demanda à quelqu'un de confirmer l'info auprès du bureau du shérif, puis de nous envoyer une autre unité en renfort.

Nous nous garâmes à côté de la berline.

— Nom de Dieu, marmonna Williams, quelle chaleur d'enfer !

Nous n'allâmes pas jusqu'à la porte d'entrée. En passant à la hauteur de la grande baie vitrée, nous aperçûmes tous les trois à la même seconde le corps gisant sur le sol du séjour, et une sueur froide me couvrit instantanément le dos et les jambes malgré l'atroce chaleur du désert.

— C'est Joe.

— Meeerde, lâcha Williams.

Krantz sortit son pistolet.

— La radio, Jerome. Dites-leur qu'on a besoin de plusieurs voitures tout de suite, putain. N'importe lesquelles. Dites-leur aussi d'envoyer une ambulance.

Williams repartit en courant vers la voiture.

Par terre, deux traînées de sang serpentaient du séjour à la salle à manger, puis vers la cuisine. Je ne voyais aucun autre corps, mais je pensai aussitôt à Paulette et à Evelyn. Ce fut alors que je remarquai que le panneau coulissant de la porte-fenêtre du fond était ouvert.

— J'y vais, Krantz.

— Attendez les renforts, bon Dieu. Si ça se trouve, il est toujours là-dedans.

— Il y a peut-être aussi des gens en train de pisser le sang. J'y vais.

La porte d'entrée étant verrouillée, je contournai la maison au trot, en jetant un coup d'œil furtif à chacune des fenêtres, sans rien remarquer d'inhabituel jusqu'à la chambre à coucher du fond, où se trouvaient Paulette et Evelyn. Ligotées sur une chaise avec de l'adhésif autour des poignets, des chevilles et sur la bouche, elles se démenaient pour se libérer. Je toquai discrètement au carreau, et elles écarquillèrent les yeux. Evelyn se débattit avec une frénésie redoublée, mais Paulette se figea et me regarda intensément. Après les avoir apaisées du geste, j'écartai les mains : une façon de leur demander si Sobek était encore dans la place.

Paulette acquiesça.

— Où ? articulai-je sans proférer un son.

Paulette secoua la tête. Elle n'en savait rien.

Je longeai l'arrière de la maison jusqu'à la porte-fenêtre, me laissai tomber à plat ventre, scrutai l'intérieur. Joe était affalé sur le flanc, le dos de sa chemise inondé de sang. J'étais en train d'essayer de déterminer si sa poitrine se soulevait encore quand un son de voix me parvint. Les deux traînées de sang filaient à travers la cuisine et jusque dans la buanderie ; la voix provenait de là. Mon regard revint sur Joe, et cette fois, je sentis monter mes larmes, mais je les ravalai.

Krantz me rejoignit en contournant l'autre coin de la maison, et s'immobilisa face à moi, de l'autre côté de la porte-fenêtre. Il tenait son pistolet à deux mains.

— Les renforts et l'ambulance sont en route, me chuchota-t-il.

— Paulette et sa fille sont vivantes. Elles sont dans la chambre au fond du couloir. J'ai entendu du bruit dans le garage. Faites-les sortir de là, d'accord ? Conduisez-les en lieu sûr.

— Et vous ? Qu'est-ce que vous allez faire ?

— Il y a quelqu'un dans le garage.

Krantz déglutit bruyamment, et je sentis que lui aussi venait d'entendre la voix.

— Je ferais peut-être mieux de m'en charger.

Pour la première fois, il me parut presque sympathique.

— Je suis meilleur, Harvey. Je vais le faire. D'accord ?

Après m'avoir fixé un instant, il hocha la tête.

— Sortez-les d'ici. Où est Williams ?

— Devant, en couverture.

— Vous êtes en contact radio ?

— Oui.

— Prévenez-le que je vais entrer, en lui disant bien

de ne pas me descendre par erreur, et ensuite faites sortir les deux femmes.

Je franchis le seuil de la porte-fenêtre. L'odeur de sang était discrète mais crue, et quelques grosses mouches s'étaient déjà frayé un chemin à l'intérieur de la maison. Pike gisait au centre du parquet, mais je ne m'approchai pas de lui. Je restai au ras des murs, en m'efforçant de voir autant de portes que possible.

— A nous deux, mon coco, murmurai-je.

Les traînées de sang décrivaient une courbe à travers la cuisine, passaient par la buanderie, et s'arrêtaient au pied d'une porte close. La voix venait de l'autre côté de cette porte. Peut-être que Sobek, dans le garage, était en train de parler aux cadavres. Certains cinglés font ce genre de truc.

Voici tes options : soit tu ouvres cette porte, soit tu te replies et tu attends sagement l'arrivée de la police de Palm Springs. Si tu te replies, les blessés qui sont peut-être dans ce garage risquent de se vider de leur sang, et tu devras traîner ce poids toute ta vie, en sachant que tu n'y es pas allé parce que tu avais les jetons. Voilà pour les possibilités.

Fermant les yeux, je murmurai :

— Je n'ai pas envie de me faire descendre.

Sur ce, j'armai mon flingue, pris six brèves inspirations et ouvris la porte.

Je me retrouvai nez à nez avec le radiateur de la Cherokee rouge de Sobek. La voiture du shérif était immobile juste à côté, et les deux moteurs cliquetaient encore. Les adjoints étaient assis sur leur banquette avant, tête contre tête — ou plutôt ce qu'il en restait — dans un baiser mortel. La voix s'échappait de leur radio de bord. J'inspectai le dessous des deux châssis, puis les banquettes arrière. Sobek n'était pas là.

Je rebroussai chemin, refermai la porte de service derrière moi, revins dans la cuisine. Krantz venait de délivrer Paulette et sa fille. Elles étaient juste derrière lui, en train d'émerger du couloir pour entrer dans la salle à manger. Je crus que nous allions réussir. Je crus que nous allions les sortir de là sans encombre, mais ce fut à ce moment-là que Jerome Williams hurla quelque chose, quelque part à l'extérieur, et que deux déflagrations résonnèrent coup sur coup à travers la maison.

— Jerome ! cria Krantz.

Laurence Sobek jaillit d'une porte au fond du couloir et, l'espace d'une seconde de folie, je crus bien avoir un second Joe Pike en face de moi : grand, costaud, habillé comme Pike — jusqu'aux lunettes noires. Mais non. C'était un Pike mutant, un anté-Pike, déformé, bouffi, affreux. Il ne ressemblait plus du tout à Curtis Wood ; on aurait dit un brigand dégénéré dans un film de cape et d'épée.

Paulette, Evelyn et Krantz se tenaient entre Sobek et moi, en plein dans ma ligne de tir.

— Au sol ! criai-je. Couchez-vous !

Krantz écarta Paulette d'une bourrade, tendit son bras armé au-dessus de l'épaule d'Evelyn, fit feu à deux reprises, atteignant chaque fois Sobek en plein poitrail.

Sobek s'éloigna du mur en tirant à l'aveuglette, et ses balles creusèrent des trous dans le plancher et dans le plafond. L'une d'elles me perfora l'épaule droite. Mon arme m'échappa de la main, et je me sentis précipité contre le réfrigérateur.

Paulette courut vers sa fille et se trouva de nouveau dans la ligne de tir de Krantz.

— La tête, Krantz ! criai-je. A la tête ! Il a un gilet !

Sobek s'élança dans le couloir en direction de Krantz, rejoignit Paulette, la ceintura de ses bras puissants et repoussa Evelyn d'un coup de coude. Il pleurait, et ses yeux roulaient en tous sens, comme s'il avait le cerveau en feu. Il colla le canon de son 357 Magnum contre la nuque de Paulette.

— Je n'ai pas encore fini ! Je n'ai pas fini !

— Lâchez votre arme ! cria Krantz. Lâchez-la, Curtis !

Mon bras était poisseux et fourmillant, comme si une

armée de vers s'était soudain mise à ramper sous ma peau. Je voulus ramasser mon flingue, mais mon bras refusa de m'obéir.

Sobek enfonça encore un peu plus son canon au creux de la nuque de Paulette.

— C'est toi qui vas lâcher ton putain de flingue, Krantz ! Soit tu le lâches, soit je fume cette salope. Je vais le faire, salopard ! Je te jure que je vais le faire, putain de merde !

Krantz recula. Son flingue tremblait si violemment que, s'il avait tiré, il aurait eu autant de chances d'atteindre Paulette que Sobek. Je crois qu'il s'en rendait compte.

Je tentai de reprendre mon arme de ma main gauche. Sobek ne semblait plus conscient de ma présence. Il était concentré sur Krantz.

— JE SUIS SÉRIEUX KRANTZ PUTAIN JE VAIS LE FAIRE JE VAIS LE FAIRE TOUT DE SUITE JE VAIS LUI FAIRE PÉTER LA CAFETIÈRE ET APRÈS JE ME FLINGUE JE M'EN FOUS JE M'EN FOUS !

Il est contraire aux principes de base du LAPD qu'un flic lâche son arme. C'est ce qu'on leur enseigne à l'Ecole de police, c'est la règle qu'ils suivent, et c'est un sage précepte à enseigner et une bonne règle à suivre. Parce que, si on lâche son arme, on est cuit.

Mais dans un moment comme celui-là, si vous ne faites pas ce qu'ordonne Laurence Sobek, et si quelqu'un meurt à cause de cela, vous vous poserez éternellement la question. Il y a un autre choix, une autre porte, et vous ne saurez jamais ce qu'il y a derrière. A moins de la pousser.

Il allait la tuer.

— D'accord, Curtis. Lâchez-la et on va discuter. Je vais poser mon arme comme vous le demandez. Simplement, ne lui faites pas de mal. S'il vous plaît, Curtis, ne lui faites pas de mal.

Harvey Krantz posa son flingue au sol, et pour la deuxième fois de la journée, il me parut sympathique.

— Sobek ? demandai-je d'un ton très calme. Pourquoi est-ce que vous avez tué Dersh ? Il n'avait rien à voir là-dedans.

Les yeux fous dansèrent jusqu'à moi.

— C'est Pike qui a tué Dersh. Vous ne regardez pas la télé ?

— La ferme, Cole, fit Krantz. Curtis, posez votre arme. Allons.

Sobek s'approcha de Krantz en poussant Paulette devant lui, secoua la tête.

— Je n'ai pas encore fini. Ils vont payer. Ils vont payer pour ce qu'ils ont fait au Coopster.

Dans le dos de Sobek, Pike bougea.

— Parlez-nous de Dersh, insistai-je. Expliquez-nous pourquoi vous avez voulu faire accuser Pike.

Sobek braqua son flingue sur moi, arma le chien.

— Ce n'est pas moi.

Les yeux de Pike s'ouvrirent.

— Bon Dieu, Cole, gronda Krantz, fermez-la ! Curtis, ne le tuez pas. Lâchez cette femme.

Pike s'assit. Son visage était un masque de sang. Sa chemise ruisselait de sang. Il ramassa son revolver.

— Elle doit mourir, poursuivit Sobek. La fille de Wozniak doit mourir aussi. Mais vous savez quoi, Harvey ?

— Quoi ?

Sobek pointa son 357 sur le front de Harvey Krantz, à bout portant.

— Vous allez être le premier.

— DeVille n'est pas mort, lançai-je.

Laurence Sobek s'arrêta net. Comme si je l'avais frappé à la tête avec une planche. Ses traits se déformèrent de rage, il braqua son arme sur moi, puis sur Krantz. Je vis ses phalanges blanchir.

— Ça, gronda-t-il, c'est pour la mort de mon père.

— NON ! glapit Krantz.

Sobek allait presser la détente quand Joe Pike leva

son arme et tira une seule balle, qui lui fracassa l'occiput. Sobek s'effondra comme une masse. Et ce fut le silence.

Pike bascula en avant, se reçut sur les deux mains et essaya presque aussitôt de se relever.

— Joe, dit Paulette, reste couché. Par pitié, ne bouge pas.

Krantz resta figé sur place. Dans le lointain, je perçus un hurlement de sirènes qui semblait se rapprocher.

Je me remis debout et m'approchai de Joe. Le sang qui coulait le long de mon bras tombait goutte à goutte de l'extrémité de mes doigts.

— Ne bouge pas, Joseph. L'ambulance arrive.

— Non, dit Pike. Si je me laisse faire, je suis bon pour passer le reste de ma vie en prison. Pas vrai, Krantz ?

— Vous allez vous vider de votre sang, répondit celui-ci.

Pike retrouva ses appuis et se leva, une main sur l'épaule de Paulette. Il remit son revolver dans la ceinture de son pantalon et me regarda.

— Tu en as pris une.

— Et toi deux.

Pike hocha la tête.

— J'ai toujours une longueur d'avance sur toi.

Il vacilla, mais je le rattrapai à temps.

— Joe, murmura Paulette.

Elle pleurait.

Sans me quitter des yeux, Pike dit :

— Peut-être qu'on trouvera chez Sobek un élément permettant de le relier à Dersh.

— Il n'y a rien.

Pike semblait extrêmement fatigué. Il tira un mouchoir de sa poche de pantalon, mais il était imbibé de sang.

— Oh, nom d'un chien, lâcha Paulette Wozniak.

Elle ôta son chemisier et s'en servit pour lui essuyer le visage. Elle portait dessous un soutien-gorge blanc, mais personne ne la regarda ni ne dit quoi que ce soit, et je songeai qu'en un moment pareil j'aurais moi aussi pu tomber amoureux d'elle, profondément et pour toujours.

Le coin de la bouche de Joe se crispa, et du bout des doigts il effleura le visage de Paulette.

— Je dois partir.

Elle cilla, le regard empli de larmes. Joe laissa ses doigts s'attarder sur sa joue.

— Sincèrement, tu es encore plus belle qu'autrefois.

Laissant ses empreintes ensanglantées sur la joue de Paulette, il se dirigea vers la porte.

— Je ne peux pas vous laisser partir, Pike, lâcha Krantz. J'apprécie votre geste, et je serai témoin à votre procès, mais pour le moment on ne bouge plus.

Il avait récupéré son arme. Il était pâle, visiblement ébranlé, mais il tenait son arme.

— Ne soyez pas stupide, Krantz, intervins-je.

— On ne bouge plus.

Pike continua de marcher vers la porte.

Krantz leva son pistolet, mais le canon tremblait aussi violemment qu'au moment où il l'avait pointé sur Sobek.

— Pike, je suis sérieux. Vous êtes recherché. Vous êtes en état d'arrestation, et vous allez passer en jugement. Je ne vous laisserai pas quitter cette pièce.

Krantz saisit son pistolet à deux mains pour raffermir sa prise, et je choisis cet instant pour lui agripper le poignet de ma main gauche. Je réussis à le plaquer contre le mur.

— Vous êtes en train de vous en prendre à un policier dans l'exercice de ses fonctions, nom de Dieu ! glapit Krantz. Vous entravez l'action de la justice !

Pike franchit le seuil sans refermer la porte derrière lui, et disparut.

— Bon vent, Joe, dis-je.

Krantz se laissa tomber au sol et se couvrit le visage à deux mains. Les sirènes qui s'approchaient à flanc de montagne seraient bientôt là. Les flics croiseraient sans doute Pike au cours de leur ascension, et je me demandai si l'un d'eux remarquerait la berline conduite par un homme ensanglanté. Sans doute pas.

— Vous n'auriez pas dû faire ça, Cole, me lança Krantz. Vous avez couvert son évasion et vous m'avez empêché de l'arrêter. Je vais vous coffrer. Vous pouvez dire adieu à votre licence.

Je hochai la tête.

— Sans compter que ce n'est franchement pas un service que vous venez de lui rendre, pauvre con, ajouta-t-il. Pike est en train de se vider. Il va crever la gueule ouverte.

Les sirènes arrivèrent.

39

Des deux balles tirées par Sobek sur Jerome Williams, une seule avait atteint son but, sectionnant une artère de sa cuisse. Il s'en sortirait. Ma blessure était un peu plus compliquée. La balle avait lacéré la face extérieure du muscle pectoral droit et cassé la troisième côte avant de ressortir en perforant le *latissimus dorsi*. Un chirurgien de l'hôpital, descendu m'examiner aux urgences, commença par me dire :

— Hum…

Quand ils vous balancent ce genre de commentaire, il est temps de s'inquiéter.

— Je vais vous nettoyer ça, ajouta-t-il. Mais vous allez avoir besoin d'une chirurgie réparatrice pour ce groupe de muscles. Le tendon du pectoral est partiellement sectionné, et la partie antérieure de la capsule articulaire a besoin d'être restaurée.

— Combien de temps ?

— Quatre heures minimum.

— Je ne vous parle pas de la durée de l'opération. Combien de temps est-ce que je vais devoir rester ici ?

— Trois jours.

— Laissez tomber.

— Autant que vous soyez prévenu. D'autant que je

vais devoir vous mettre dans le cirage pour m'occuper de vous.

— Contentez-vous d'une locale. Il n'est pas question que je me laisse mettre dans le cirage.

Je tenais à rester conscient pour être informé du sort de Joe Pike. Je m'imaginais qu'ils le retrouveraient bientôt aux trois quarts vidé de son sang, au bord d'une route quelconque. Je voulais être lucide quand la nouvelle tomberait. Pour pouvoir le rejoindre aussitôt.

— Vous allez en baver avec juste une locale.

— Faites comme si vous étiez dentiste et envoyez la sauce, nom d'un chien.

Le toubib me fit à peu près deux mille injections, puis il nettoya la plaie, et recousit les tissus et la peau. La douleur fut encore plus atroce qu'il ne l'avait annoncé, mais peut-être n'était-ce pas seulement une histoire d'épaule.

Une fois l'opération terminée, il me dit :

— Je vais vous faire une ordonnance de Percocet pour la douleur. Vous allez en avoir besoin. Dès que l'anesthésie cessera de faire effet, vous dégusterez encore plus. C'est un produit costaud, alors faites attention à ne pas dépasser la dose prescrite. Et allez voir votre médecin dès demain.

— Je serai en taule.

Il soupira et me tendit l'ordonnance.

— Dans ce cas, doublez la dose.

Il lui avait fallu trente-deux points de suture pour refermer la plaie.

Krantz me signifia officiellement mon arrestation au service des urgences de l'hôpital de Palm Springs pendant que Williams passait à son tour sur le billard. Stan Watts, qui avait fait le déplacement, resta immobile, le regard vide, pendant que Krantz me lisait mes droits.

— Stan, dit ensuite Krantz, je vais le faire admettre au centre médico-universitaire du comté, le temps qu'il soit traité. Peut-être qu'ils voudront le garder pour la nuit dans une chambre sécurisée.

Watts ne répondit pas.

— Je veux que vous soyez là jusqu'à ce qu'ils aient fini de s'occuper de lui. Dès qu'ils le laisseront sortir, amenez-le au Parker Center. Je prendrai le relais à mon retour.

Watts s'abstint de répondre ; il continuait de fixer sur moi son regard vide. Krantz partit ensuite répondre à la presse.

Dès qu'il fut sorti, Watts m'avoua :

— J'ai passé tout le trajet à essayer de décider si je dois vous tenir pour responsable de la mort de Dolan.

— Je me suis moi-même adonné à ce genre d'exercice.

— J'imagine. Mais je connais Dolan depuis plus de dix ans, et je sais comment elle était. Et quand elle a été touchée, j'ai vu la façon dont vous êtes entré dans le garage. Vous ne saviez pas ce qu'il y avait dedans, mais vous avez foncé quand même. Je vous ai aussi vu la recouvrir avec votre blouson.

Il resta planté là quelques secondes de plus, comme s'il ne savait quoi ajouter, puis me tendit la main. Je la pris avec ma gauche.

— Du nouveau sur Pike ? demandai-je ensuite.

— Pas encore. D'après Krantz, il est salement touché.

— Oui. Salement. Et vous, vous avez fini de fouiller le studio de Sobek ?

— Presque. La SID est maintenant sur place.

— Vous avez trouvé quoi que ce soit qui puisse contribuer à blanchir Pike ?

Watts secoua la tête.

Je songeai à mon ordonnance de Percocet et me demandai si ce type de produit avait une chance de soulager aussi ce type de douleur.

— Venez, fit Watts. Je vous ramène.

— Krantz a demandé une voiture de patrouille.

— Au diable la voiture de patrouille. Vous pouvez bien faire le voyage avec moi.

Nous n'échangeâmes pas dix mots entre Palm Springs et Los Angeles, jusqu'au moment où nous arrivâmes en vue de la sortie du centre médico-universitaire du comté, où Krantz lui avait ordonné de me faire hospitaliser.

— Où est votre voiture ?

— Chez Dolan.

— Vous pouvez conduire avec ce bras ?

— Je peux.

Sans mot dire, il ignora la sortie du centre médico-universitaire et m'amena chez Dolan. Nous nous arrêtâmes dans l'allée et restâmes assis un bon moment à contempler sa maison. Quelqu'un allait devoir retourner chez Sobek pour récupérer sa BM. Quelqu'un allait devoir la ramener au bercail.

— Je ne vais pas vous coffrer ce soir, dit Watts. Mais il faut absolument que vous vous présentiez demain.

— Krantz va se mettre en pétard.

— Laissez-moi m'occuper de Krantz. Vous avez l'intention de vous présenter, ou il faudra que je vienne vous chercher ?

— Je me présenterai.

Il haussa les épaules — comme s'il ne s'était pas attendu à une autre réponse — et enchaîna :

— Je suis prêt à parier qu'elle a encore une bonne bouteille de tequila là-dedans. On s'en jette un petit à sa mémoire ?

— D'accord.

Dolan gardait un double de ses clés caché sous un des pots de fleurs de son jardin. Je m'abstins de demander à Watts comment il savait cela. Lorsque nous arrivâmes à l'intérieur, je constatai qu'il savait aussi où elle rangeait sa tequila.

La maison était aussi silencieuse qu'une maison peut l'être, comme si quelque chose en avait été soustrait au moment de sa mort. Ce qui, d'ailleurs, était peut-être le cas. Nous nous assîmes et commençâmes à boire, et au bout d'un moment, Stan Watts partit dans la chambre à coucher. Il y resta longtemps, finit par en ressortir avec une petite boîte en onyx, se rassit avec cette boîte sur les genoux, recommença à boire. Quand il eut suffisamment bu, il souleva le couvercle de la boîte et en sortit un petit cœur bleu. Il mit le cœur dans sa poche de blouson, puis se couvrit le visage à deux mains et pleura comme un bébé.

Je restai avec lui près d'une heure. Je ne posai aucune question sur la boîte, ni sur le cœur, mais je pleurai avec lui, et pour lui, et aussi pour Dolan. Et pour Pike, et pour moi, parce que ma vie était en train de partir en lambeaux.

Le cœur humain vaut toujours la peine qu'on pleure pour lui, même quand il est en onyx.

Au bout d'un certain temps, j'utilisai le téléphone de Dolan afin de consulter mes messages. Joe n'avait pas appelé. Ni Lucy. Le nom de Laurence Sobek et la fusillade de Palm Springs avaient été divulgués sur les ondes, et j'espérais qu'elle m'aurait téléphoné, mais que voulez-vous…

J'aurais peut-être dû l'appeler, mais je ne le fis pas. Je ne sais pas pourquoi. Je n'avais pas eu peur de faire le coup de feu avec Laurence Sobek, mais téléphoner à la femme que j'aimais semblait être au-dessus de mes forces.

Au lieu de cela, j'allai dans la cuisine de Dolan et j'y récupérai la photo de moi qu'elle avait prise à Forest Lawn. Je la regardai très longuement, et je l'empochai. Elle était placardée en plein sur la porte du réfrigérateur, mais j'espérais que Watts ne l'aurait pas vue. Je tenais à ce que cela reste entre Samantha et moi ; je ne voulais pas de cette image entre Watts et elle.

Je regagnai le séjour et j'annonçai à Watts qu'il fallait que je m'en aille, mais il ne m'entendit pas ; ou bien, s'il m'entendit, il ne jugea pas nécessaire de me répondre. Il était quelque part au fond de lui-même, ou à l'intérieur de ce petit cœur bleu. Dans une certaine mesure, sans doute était-il avec Dolan.

Je le laissai là, m'arrêtai dans une pharmacie avec mon ordonnance, et rentrai chez moi en regrettant vaguement de ne pas avoir mon petit cœur bleu à moi. Un petit cœur secret qui m'aurait permis, si je l'avais vraiment contemplé de toutes mes forces, de retrouver les êtres qui m'étaient les plus chers.

40

Ce soir-là, ma maison me parut vaste et vide. Je téléphonai aux employés de Joe : ils n'avaient reçu aucune nouvelle de lui et étaient très inquiets de ce qu'ils entendaient dans les médias. Je me mis ensuite à faire les cent pas en me préparant psychologiquement à appeler Lucy, mais je pensais surtout à Samantha Dolan. Je la revoyais sans cesse en début de matinée, au moment où elle m'avait dit qu'elle n'allait pas me lâcher comme ça, qu'elle finissait toujours par obtenir ce qu'elle voulait, qu'elle allait faire ce qu'il fallait pour que je l'aime. Elle était morte, à présent, et jamais plus je n'aurais l'occasion de lui dire qu'elle avait d'ores et déjà atteint son but.

Mon épaule m'élançait avec une violence que je n'aurais pas crue possible. Je pris du Percocet, me lavai les mains et le visage, téléphonai à Lucy. J'eus mal rien qu'à composer son numéro.

Ben répondit à la troisième sonnerie. En me reconnaissant, il baissa le ton.

— Maman est folle de rage.

— Je sais. Tu crois qu'elle voudra me parler ?

— Tu es sûr que tu en as envie ?

— Sûr et certain.

J'attendis qu'elle arrive au bout du fil en réfléchissant à ce que j'allais lui dire. Quand elle parla dans le combiné, sa voix était plus distante que je ne l'avais escompté.

— Je crois que tu avais raison, me dit-elle.

— Tu es au courant pour Joe ?

— Le lieutenant Krantz m'a appelée. Il m'a dit que Joe était reparti blessé.

— Exact. J'ai désarmé Krantz pour qu'il puisse s'en aller. Officiellement, je suis en état d'arrestation. Je dois me livrer demain matin au Parker Center.

— Il y a un nom pour ça : complicité d'évasion.

Je me sentais lourd, niais, malade jusqu'au fond des tripes. Tout mon flanc droit me faisait un mal de chien.

— C'est exact, Lucy. J'ai pris le pistolet de Krantz. Je l'ai empêché de faire son devoir de flic. J'ai commis un crime, et une fois que je serai condamné, je perdrai ma licence. Voilà. Je tâcherai de trouver un boulot de vigile, ou peut-être qu'ils voudront bien me reprendre dans l'armée. Je ferai de mon mieux.

Sa voix s'adoucit.

— Tu comptais me dire que tu t'étais fait tirer dessus ?

— C'est Krantz qui te l'a dit ?

— Oh, Elvis…

Sa voix était lasse. Elle raccrocha.

Je restai au téléphone une bonne minute, à penser qu'il fallait que je la rappelle, mais je m'abstins.

Finalement, le chat revint, il huma l'air, plein d'espoir, en se coulant dans la cuisine. J'ouvris une boîte de thon Bumble Bee et je m'assis par terre à côté de lui. Le Bumble Bee est sa marque préférée. Il accorda deux coups de langue à un morceau de thon puis vint me flairer l'épaule.

Il se mit à lécher mes bandages et je le laissai faire.

Il n'y a pas suffisamment d'amour en ce bas monde pour qu'on puisse se permettre de refuser celui qui vous est offert.

Le lendemain matin, Charlie m'amena au Parker Center, où Krantz et Stan Watts procédèrent aux formalités d'arrestation. Ni Krantz ni Watts ne précisèrent que j'avais passé la nuit chez moi. Peut-être qu'ils s'étaient déjà expliqués là-dessus entre quatre yeux.

La mise en accusation eut lieu l'après-midi même, une date de passage en jugement devant la cour supérieure fut fixée, et on me libéra sans caution. Je ne me souciais pas de la procédure ; je pensais à Joe.

Paulette Renfro et Evelyn Wozniak vinrent de Palm Springs pour la mise en accusation. Ensuite, elles se réunirent avec Charlie et moi pour discuter de ce qui s'était passé avec Krantz chez elles. Paulette et Evelyn proposèrent toutes deux de faire un faux témoignage pour me défendre, mais je refusai. Je voulais qu'elles disent la vérité. Charlie écouta leur version, qui collait à la mienne. Quand elles en eurent terminé, il se carra sur son siège et me jeta :

— Tu es niqué.

— C'est ce que j'apprécie chez toi, Charlie. Ton optimisme.

— Tu veux un bon conseil d'avocat ? Accepte leur offre de faux témoignage. On devrait pouvoir concocter une bonne petite histoire, et à l'audience ce sera la parole de Krantz contre les trois vôtres. Tu as une chance de t'en sortir.

— Charlie, je ne veux pas la jouer comme ça.

— Et pourquoi ?

Sacré Charlie.

Plus tard, il s'entretint avec le procureur chargé du dossier, une jeune femme nommée Gilstrap, tout juste émoulue de la fac de droit, qui rêvait de devenir gouverneur. Il revint me dire que si je plaidais coupable pour l'un des délits qui m'étaient reprochés — ingérence pendant la mission d'un officier de police —, ils laisseraient tomber le chef d'entrave à la justice. Dans ce cas de figure, j'aurais droit à une libération conditionnelle sans avoir fait de prison ferme.

— Ce serait avouer un crime, Charlie. Je pourrais dire adieu à ma licence.

— Si tu leur tiens tête, tu lui diras adieu quand même. Et tu feras dix-huit mois en prime.

J'acceptai donc de plaider coupable. Et de devenir un criminel condamné.

Le lendemain, j'allai à l'hôpital pour me faire réparer l'épaule. L'opération dura trois heures, et non quatre, mais je me retrouvai ensuite avec un plâtre qui maintenait mon bras loin de mon corps, comme dans les cas de luxation sévère. Je dis au médecin que j'avais l'air d'un garçon de café. Il me répondit que si elle était passée un centimètre plus à gauche, la balle de Sobek aurait sectionné le nerf qui commandait les groupes de muscles de ma main et de mon avant-bras. Dans ce cas, j'aurais eu l'air d'un macaroni trop cuit.

Cette image m'aida à me sentir mieux dans mon plâtre.

Ce soir-là, Lucy m'apporta des fleurs.

Elle laissa ses doigts glisser sur le plâtre, puis me planta un baiser sur l'épaule. Elle n'était plus aussi furieuse. Je vis même danser dans ses yeux une lueur étrangement douce, qui me parut encore plus effrayante que Laurence Sobek, que la balle que j'avais prise ou que la perte de ma licence.

— Tout est fini entre nous ? demandai-je.

Elle me contempla longuement avant de secouer la tête.

— Je ne sais pas. C'est différent.

— D'accord.

— Soyons honnêtes. Mon travail n'était qu'un prétexte pour que je vienne ici. Je me suis installée à Los Angeles parce que je t'aime. J'ai changé de vie pour être avec toi, mais aussi parce que j'avais envie d'en changer. Je n'avais aucune garantie, aucune certitude sur le bien-fondé de mon choix, je ne savais même pas si cela allait fonctionner entre nous. J'ai su qui tu étais et ce que cela impliquait dès notre première rencontre.

— Je t'aime.

Je ne voyais pas quoi dire d'autre.

— Je sais. Mais je n'ai plus autant de confiance en cet amour qu'avant. Tu vois ?

— Je comprends.

— C'est tout ce que ça t'inspire ?

— Je comprends bien, Lucy, mais je n'aurais pas pu faire autrement. Joe avait besoin de moi. S'il n'est pas mort, il a encore besoin de moi, et je vais l'aider.

— Tu es en colère.

— Ouaip. Je suis en colère.

Ni elle ni moi n'ajoutâmes grand-chose et, au bout d'un moment, elle s'en alla. Je me demandai si je la reverrais, si je retrouverais un jour les sentiments que j'avais éprouvés pour elle, ou si elle retrouverait ceux qu'elle avait éprouvés pour moi, et je n'en revins pas de découvrir que j'étais capable d'avoir de telles pensées.

Il y a vraiment des jours qui craignent.

Le lendemain matin, Abbot Montoya pénétra dans ma chambre d'hôpital en poussant le fauteuil de Frank Garcia. Celui-ci avait l'air d'un petit vieux ratatiné dans son fauteuil, mais il me serra le tibia en guise de poignée de main, et sa poigne était toujours aussi ferme. Il me questionna sur mon épaule, sur Joe, mais au bout d'un moment, ses pensées dérivèrent et ses yeux s'emplirent de larmes.

— Vous avez eu ce fils de pute.

— Joe l'a eu.

— Joe, et vous, et cette femme qui est venue chez moi.

— Elle s'appelait Samantha Dolan.

Son front se plissa, soucieux.

— Ils n'ont toujours rien de nouveau sur Joe ?

— Pas encore, Frank.

— Si vous avez besoin de quoi que ce soit, faites-le-moi savoir. Un avocat, un médecin, ce que vous voudrez. Du légal, de l'illégal, je m'en fiche. Mon cœur est à vous. Si je peux faire quelque chose, je le ferai.

Il commença à sangloter, et je me sentis gêné.

— Vous ne me devez rien, Frank.

Il me pressa le tibia encore plus fort, si fort que je m'attendis presque à entendre craquer l'os.

— Tout ce que je possède est à vous. Vous n'avez pas besoin de comprendre pourquoi. Ni moi non plus. Contentez-vous de savoir que c'est comme ça.

Je songeai à Rusty Swetaggen. Je comprenais.

Alors qu'ils venaient de partir, Abbot Montoya réapparut sur le seuil.

— Frank est sincère, dit-il.

— Je sais.

— Non. Vous ne savez pas, mais un jour vous saurez. Moi aussi, je suis sincère. Vous êtes des nôtres maintenant, monsieur Cole. Pour toujours et à jamais. C'est le pacte du sang. Peut-être que White Fence n'est pas si loin, même après toutes ces années.

Quand il fut reparti, je levai les yeux vers le plafond.

— Ah, ces Latins.

Plus tard dans l'après-midi, Charlie Bauman était en train d'emplir consciencieusement ma chambre de fumée de cigarette quand Branford, Krantz et Stan Watts vinrent me rendre visite.

Krantz se posta debout au pied de mon lit, les mains dans les poches :

— Des gamins ont retrouvé la bagnole de Pike près de Twentynine Palms.

Twentynine Palms est un lambeau de désert nu et déchiqueté, au nord-est de Palm Springs, où les marines ont leur centre de combat au sol. Ils s'y livrent à des exercices à balles réelles, avec des avions de chasse qui bombardent le sable au napalm.

Charlie se redressa sur sa chaise.

— Pike était dedans ? demandai-je.

Branford jeta un coup d'œil à mon plâtre.

— Non. On a juste retrouvé quelques litres de son sang. Toute la banquette avant était imbibée. On a demandé à la police d'Etat d'organiser une battue.

Ils me fixaient tous comme si j'avais aidé Joe Pike à garer sa bagnole.

— Tu n'envisages plus de poursuivre Pike pour le meurtre de Dersh, n'est-ce pas, Branford ? demanda Bauman.

— Oh, par pitié…

— Krantz, dis-je, vous savez ce qu'il en est. Vous avez vu la manière dont Sobek était habillé. Exactement comme Pike. C'est lui que cette vieille dame a vu la nuit de la mort de Dersh.

Krantz soutint mon regard sans ciller.

— Je ne sais rien du tout, Cole. Mme Kimmel a vu des flèches tatouées. Sobek n'avait aucun tatouage.

— Il les a peints, et ensuite il les a lavés.

— Je vous ai entendu demander à Sobek si c'était lui qui avait tué Dersh. J'ai entendu Sobek nier.

Charlie agita sa cigarette, visiblement contrarié.

— Vous voulez des aveux signés ? De quoi est-ce qu'on est en train de parler, là ?

— Je veux des faits, reprit Krantz. On ne s'est pas contentés de rester le cul au chaud, Bauman. On a lancé tout ce que Pike nous avait dit concernant son alibi dans le système, et la réponse du système a été exactement celle que j'attendais : bidon. Pas l'ombre d'un minibus noir, d'une Trudy ou d'un Matt. On a tiré le portrait de Sobek au milieu d'un groupe de six pour le montrer à Amanda Kimmel, mais c'est Pike qu'elle continue de montrer du doigt.

— On a l'arme du crime, ajouta Branford. On a les

résidus de poudre, et on a un mobile ; tout ça nous donne Pike.

— La déposition de Pike n'était pas un secret, objecta Charlie. Sobek pourrait avoir balancé ce flingue depuis la jetée pour enfoncer Pike. Si Sobek n'a pas liquidé Dersh, pourquoi Jesus Lorenzo s'est-il fait trucider à peine quelques heures plus tard ? Tu as l'intention de classer ça au rayon des coïncidences ?

— Je classe ça au rayon des questions que je ne peux pas poser à Sobek parce qu'il est mort, répondit Branford. Ecoute, Pike a sauvé la vie de Krantz, et aussi celle de ces deux femmes, mais je ne peux pas fermer les yeux sur Dersh uniquement parce qu'il a fait une bonne action. Donne-moi une preuve qu'il ne l'a pas tué, ou que c'est Sobek qui a fait le coup, et ça me fera réfléchir.

Charlie Bauman agita sa cigarette comme s'il ne croyait pas un mot de ce que disait Branford, puis se tourna vers Krantz.

— Expliquez-moi quelque chose, lieutenant. Vous avez vraiment braqué votre arme sur Pike juste après avoir été sauvé par lui ?

— Oui. J'ai vraiment fait ça.

— Alors qu'il venait de vous sauver la vie ?

— Il a assassiné Eugene Dersh, et il va devoir répondre de ce crime. Mes sentiments n'ont aucune importance.

— Au moins, vous avez des sentiments.

Personne ne trouva rien à ajouter après ce commentaire, et très rapidement tout le monde s'en alla, excepté Watts.

— On a enterré Samantha ce matin, me dit-il. Plus de mille policiers s'étaient déplacés. C'était bien.

— J'en suis sûr.

— Si on apprend quoi que ce soit sur Pike, je vous le ferai savoir.

— Merci, Stan. J'apprécie.

Avec le recul, je suis certain que, si Stan Watts avait

suivi Krantz et Branford jusque dans ma chambre, ce jour-là, c'était uniquement pour me faire partager les derniers moments de Samantha Dolan et m'apprendre que mille policiers étaient venus lui faire leurs adieux.

Je crois qu'il ne serait venu pour aucune autre raison.

Et je regrette de ne pas avoir été là pour lui faire moi aussi mes adieux.

Je quittai l'hôpital le lendemain.

Les toubibs firent un foin de tous les diables, mais il n'était pas question que je reste au lit pendant que Joe demeurait introuvable. J'espérais qu'il était encore vivant — et je me disais que si quelqu'un pouvait survivre dans ces conditions, c'était bien lui — mais je savais aussi que, si Pike avait fini sa route dans une ravine ou un quelconque arroyo du désert, son corps risquait de ne pas être retrouvé avant des lustres.

J'avalai une dose massive d'analgésique, mais mon plâtre m'empêchait de conduire ; aussi, je demandai à un taxi de me conduire dans le désert. Après un passage chez Paulette, je montai à Twentynine Palms en tâchant de m'imaginer ce qui avait pu passer par la tête de Joe et où il avait pu avoir l'idée d'aller, mais je n'y parvins pas.

Je menai mon enquête dans tous les motels et dans toutes les stations-service du coin, en me gavant tellement de Percocet que je vomis deux fois.

Je retournai dans le désert le lendemain, le surlendemain. Pas la moindre trace de Joe Pike. Ma facture totale de tacot s'éleva à huit cents dollars.

Peut-être, si j'avais été un meilleur détective, aurais-je pu trouver une piste, découvrir son cadavre. Sauf si Joe était bien vivant et encore capable d'effacer ses traces.

Mieux valait me raccrocher à ce genre d'hypothèse.

Quand je n'étais pas dans le désert, je hantais le quartier de Santa Monica, recommençant le trajet de Joe de jour comme de nuit, questionnant des employés, des surfeurs, des bandes de voyous, des culturistes, des balayeurs, des vendeurs, et les bataillons innombrables des gens de la rue. Je refis nuitamment son trajet tellement de fois que les putes qui bataillaient sur Ocean Avenue finirent par prendre l'habitude de m'apporter du gâteau maison ou du café Starbucks. Peut-être était-ce à cause de mon plâtre. Elles voulaient toutes le signer.

Mes amis du FBI et du DMV lancèrent de nouvelles recherches concernant un minibus noir, ainsi que des personnes répondant aux prénoms de Trudy et de Matt, et je réussis à obtenir qu'ils demandent à leurs collègues des Etats voisins de faire de même. Cela ne donna strictement rien, et au bout d'un certain temps mes amis cessèrent de répondre à mes appels. A croire que notre amitié avait des limites.

Huit jours après ma sortie de l'hôpital, je téléphonai à Stan Watts :

— Quelque chose sur Joe ?

— Pas encore.

— Est-ce que la SID en a fini avec le garage de Sobek ?

Il soupira :

— Mec, vous n'êtes pas du genre à lâcher facilement, hein ?

— Plutôt mourir.

— Ils ont fini, mais leurs conclusions ne vont pas beaucoup vous plaire. Ils ont envoyé là-bas un petit génie. Un certain Chen. Il a fait le lien entre Sobek et toutes les victimes, sauf Dersh. Je suis désolé.

— Peut-être que quelque chose lui a échappé.

— Ce gosse est un as, Cole. Il a passé la bicoque de Dersh au peigne fin afin de retrouver des fibres qui auraient pu venir de chez Sobek, mais il n'a rien trouvé. Il a fait pareil chez Sobek, au cas où il retrouverait quelque chose qui aurait pu venir de chez Dersh, mais là encore ça n'a rien donné. Je comptais sur lui pour retrouver quelque chose qui permette de relier Sobek à Dersh, mais il n'y a vraiment rien.

Chen était le signataire du rapport de la police scientifique à Lake Hollywood. Je me rappelai avoir été impressionné à la lecture de son topo.

— Vous pourriez m'envoyer ces nouveaux rapports ?

— Merde, Cole, il y en a au moins deux cents pages.

— Juste ce qui concerne la maison de Dersh et le garage de Sobek. Je n'ai pas besoin du reste.

— Vous avez un fax ?

— Ouais.

Je lui donnai le numéro.

— Vous êtes vraiment allé en taxi dans le désert ?

— Comment avez-vous entendu parler de ça ?

— Vous savez quoi, Cole ? Dolan et vous, vous étiez de la même trempe. Je commence à comprendre pourquoi vous lui avez plu.

Sur ce, il raccrocha.

Dans l'attente de son fax, je relus le rapport rédigé par Chen sur le crime de Lake Hollywood, une nouvelle fois impressionné par sa précision. Quand je le reposai, l'envoi de Watts était arrivé, et je trouvai ces nouveaux rapports tout aussi exhaustifs. Chen avait recueilli plus de cent fibres et échantillons distincts au domicile de Dersh et dans son jardin, et il les avait confrontés à des échantillons prélevés dans le studio de Sobek, sur ses vêtements, ses chaussures et son véhicule, mais il n'avait rien noté qui fût susceptible de relier les deux. Et, même si aucun élément matériel ne reliait Dersh à Joe Pike, cela ne semblait pas du tout gêner Krantz.

Je relus deux fois ces nouveaux rapports, mais vers la fin de ma seconde lecture, je sentis que je perdais mon temps. Je pouvais bien passer la journée à tourner ces pages, aucun nouvel indice ne m'apparaîtrait, et les conclusions de Chen restaient inchangées. J'étais en train de me dire que j'emploierais mieux mon énergie à essayer de retrouver Trudy, ou même à retourner dans le désert, quand je perçus une différence entre le travail effectué par Chen à Lake Hollywood et la manière dont il avait opéré chez Dersh.

Je venais de lire ces rapports dans l'espoir d'y détecter un élément permettant de blanchir Joe Pike, mais peut-être que ce que je cherchais ne figurait pas dedans. Peut-être que cet élément avait été omis.

Je téléphonai à la SID et demandai à parler à John Chen.

— C'est à quel sujet ? interrogea mon interlocutrice.

J'étais encore en train de penser à ce que ces rapports ne disaient peut-être pas quand je lui répondis :

— Expliquez-lui que c'est au sujet de Joe Pike.

41

Le John Chen nouveau et amélioré

John Chen s'était acheté une Porsche Boxster — également appelée baisomobile — en leasing le jour même où il avait été récompensé par une promotion pour sa prestation exemplaire dans l'affaire Karen Garcia. John n'avait pas les moyens de se la payer, mais il avait décidé qu'il fallait soit se résigner à sa misérable place dans l'existence (même si, comme John, on était né à cette place-là), soit relever le défi. Et, pour relever le défi, il suffisait d'avoir des couilles et de passer à l'action. Tel était le John Chen nouveau et amélioré, redéfini par la devise suivante : *Tout ce que je peux prendre m'appartient.*

D'abord la baisomobile, et ensuite la baise.

A peu près en même temps que John Chen avait commencé à lorgner la Porsche Boxster, il était entré dans un rut violent à cause de Teresa Wu, une étudiante en licence de microbiologie qui travaillait à la SID comme assistante à temps partiel. Teresa Wu avait des cheveux noirs satinés, une peau couleur de beurre chaud et des lunettes à monture rouge d'allure professorale qui, aux yeux de John, étaient la chose la plus sexy du monde.

Encore tout cramoisi d'excitation après les accolades que lui avait values son exploit à Lake Hollywood, John revint en voiture au bureau, fit ce qu'il fallait pour que tout le monde soit tout de suite au courant pour la Boxster et proposa un rencard à Teresa Wu.

C'était la première fois qu'il l'invitait à sortir avec lui, et seulement la deuxième fois qu'il lui adressait la parole. A vrai dire, c'était la troisième fois qu'il réussissait à rassembler assez de courage pour inviter une fille.

Teresa Wu l'observa par-dessus la monture rouge de ses lunettes, ouvrit des yeux aussi ronds que s'il venait de lui proposer de partager un sandwich à la morve, et lâcha :

— Oh, John. Et puis quoi encore ?

La salope.

Cela s'était produit une semaine plus tôt, mais la nouvelle philosophie de John Chen se fondait partiellement sur une seconde devise : *Pas de couilles, pas de chatte.* John avait donc consacré les sept jours suivants à se préparer à l'inviter de nouveau, et il était précisément sur le point de passer à l'acte quand un mec nommé Elvis Cole téléphona au bureau et demanda à lui parler.

Et maintenant, Teresa était partie à un cours. John reposa le combiné avec une pointe de contrariété. Non seulement cet appel lui avait déchiré son ticket du jour avec Teresa Wu, mais Chen n'avait pas aimé non plus la façon dont Cole avait laissé entendre que quelque chose avait pu lui échapper sur le lieu du crime. Il appréciait encore moins de s'être laissé persuader par ce mec de le rejoindre chez Dersh. Cela dit, Chen était curieux de savoir ce que Cole avait à proposer ; après tout, s'il faisait une découverte capable de remettre l'affaire Dersh en haut de l'affiche, Teresa Wu changerait peut-être d'avis sur la question du rencard. Comment résister à un type qui avait à la fois une Porsche Boxster et son nom à la une du *Los Angeles Times* ?

Quarante minutes plus tard, John Chen gara sa baisomobile dans l'allée de Dersh, à côté d'un taxi vert et blanc. Les scellés jaunes de la police avaient été retirés de la porte, et la maison de Dersh avait depuis longtemps perdu son statut de lieu de meurtre. Elle n'appâtait plus désormais que quelques amateurs de sensations morbides.

Au moment où Chen claquait la portière de sa Porsche, un homme dont le bras droit était maintenu en extension loin du corps par un plâtre s'extirpa du taxi. On aurait dit un garçon de café.

— Monsieur Chen ? demanda l'homme. Je suis Elvis Cole.

Un prénom plutôt lourd à porter, Elvis.

Chen lui jeta un regard aigre, en se disant que ce Cole voulait sans doute falsifier ou fabriquer des indices.

— Vous êtes l'associé de Pike ?

— Exact. Merci d'être venu.

Cole lui tendit sa main gauche. Il n'était pas aussi costaud que Pike, mais sa poigne était énergique. Comme Pike, c'était probablement un de ces rats de salle de muscu souffrant d'un excédent de chromosomes Y, qui jouait au privé à seule fin d'avoir un bon prétexte pour maltraiter ses congénères. Chen lui serra brièvement la main et recula d'un pas en se demandant si ce Cole n'était pas dangereux.

— Je n'ai pas beaucoup de temps, monsieur Cole. On m'attend à mon bureau pas plus tard que tout de suite.

— Ce ne sera pas long.

Sans attendre, Cole s'engagea dans l'allée qui bordait la maison de Dersh, et Chen se retrouva en train de le suivre. Il se le reprocha : les couillus ouvrent la marche, ils ne suivent pas.

— Quand vous avez couvert Lake Hollywood, dit Cole, vous avez réussi à remonter la piste du tueur jusqu'à un chemin pare-feu, ce qui vous a permis de découvrir l'endroit où il avait garé sa voiture.

Chen plissa les yeux. D'instinct, cette entrée en

matière ne lui plut pas, vu que c'était Pike qui avait fait tout le boulot et que lui s'était contenté de l'accompagner. Chen, naturellement, avait omis ce détail dans son rapport.

— Et ?

— Il n'est fait aucune mention du véhicule du tueur dans le dossier Dersh. Je me demandais si vous aviez essayé de retrouver sa trace.

Chen sentit monter en lui un flot simultané de soulagement et d'irritation. Voilà donc l'idée lumineuse de ce mec. C'était pour lui parler de ça qu'il avait voulu le rencontrer. Chen mit une pointe de tension dans sa voix, histoire de bien faire comprendre à ce crétin qu'il n'avait pas affaire à un bouffon.

— Bien sûr que j'ai essayé. Mme Kimmel a entendu la portière du tueur claquer devant chez elle. J'ai inspecté la chaussée et les trottoirs à cet endroit, et aussi fouillé en face de la maison voisine pour repérer d'éventuelles traces de pneus, mais il n'y avait rien.

— Vous avez aussi cherché des fuites d'huile ?

Cole avait lâché sa phrase en passant, sans l'ombre d'une accusation, mais Chen se sentit rougir.

— Comment ça ?

— Le rapport de Lake Hollywood mentionnait des taches d'huile retrouvées sur les lieux. Vous avez prélevé des échantillons et identifié l'huile.

— De la Penzoil 10-40.

— Si le véhicule du tueur fuyait sur le lac, il est vraisemblable qu'il a aussi laissé des traces ici. Si on les retrouvait, on pourrait peut-être prouver qu'elles proviennent du même véhicule.

Chen rougit encore un peu plus, et ses joues s'enflammèrent en même temps qu'il éprouvait une violente décharge d'excitation. Cole avait mis le doigt sur quelque chose. Chen allait analyser la marque, les additifs et la concentration de particules de carbone, pour ensuite confronter les deux échantillons. S'ils étaient similaires, le dossier Dersh serait brusquement rouvert, et ce serait gagné pour la couverture médiatique !

Mais dès qu'ils eurent atteint la rue, l'enthousiasme de Chen retomba. Le bitume avait été refait dans les années soixante, et, outre de nombreux nids-de-poule, il arborait une patine craquelée, due aux chaleurs infernales de Los Angeles, ainsi qu'un dense réseau de microfissures sismiques. Dans la zone approximative où Chen avait supposé que le tueur s'était garé, la chaussée était constellée d'un nombre considérable de taches, et il aurait pu s'agir d'à peu près n'importe quoi : liquide de transmission, de refroidissement, de frein, de direction assistée, huile, antigel, chiure d'oiseau.

— Je ne sais pas, répondit enfin Chen. Ça fait déjà deux semaines ; les traces de fuite datant de cette nuit-là ont soit été lavées, soit asséchées. Il se peut aussi que quelqu'un ait roulé dessus ou qu'elles aient été souillées par d'autres substances. Je ne crois pas qu'on puisse en tirer quelque chose.

— On ne le saura pas si on n'essaie pas, John.

Chen se mit à arpenter le bord du trottoir, chassant du bout du pied les cailloux et fronçant consciencieusement les sourcils. Cette maudite rue était tellement maculée de taches qu'on aurait dit qu'elle avait la rougeole. Cela dit, l'idée de Cole était intéressante, et si elle débouchait sur quelque chose les retombées positives pouvaient être gigantesques. Une partie de jambes en l'air avec Teresa Wu.

Chen s'allongea à plat ventre comme le lui avait enseigné Pike et entreprit d'étudier la lumière qui baignait la surface de la chaussée. Peu à peu, tout s'estompa de son champ de vision, hormis la lumière, et il remarqua que certaines gouttes luisaient davantage que d'autres. Elles devaient être plus fraîches. Il se releva, s'approcha du trottoir et s'imagina un véhicule stationné là. Un quatre-quatre comme celui de Lake Hollywood. Il se mit une deuxième fois à plat ventre, en quête de traces de fuite. Un véhicule garé pendant un certain temps n'aurait pas laissé une trace unique, mais plusieurs, dont les auréoles se chevaucheraient.

— Qu'en pensez-vous ? demanda Cole.

Chen, perdu dans sa contemplation de l'asphalte, ne l'entendit pas.

— John ?

— Hein ?

— Qu'en pensez-vous ?

— Si vous voulez mon avis, nos chances sont plus que minces.

— Vous avez une autre solution ?

John Chen alla prendre sa mallette dans sa Porsche et passa le reste de l'après-midi à prélever des échantillons tout en rêvant à Teresa Wu.

42

Vingt-quatre jours après que les services du procureur de la ville de Los Angeles eurent enregistré ma condamnation par les instances de l'Etat, je reçus une lettre du comité des licences de l'Etat de Californie annonçant le retrait de ma licence de détective. Dans le même courrier, le conseil des shérifs de Californie révoquait mon permis de port d'arme. Adieu l'agence de détectives Elvis Cole. Adieu mon métier de détective. J'allais peut-être pouvoir devenir planteur de gazon, moi aussi.

Deux jours plus tard, les médecins firent sauter mon plâtre, et je commençai mes séances de rééducation. Ce fut plus douloureux que toutes les souffrances physiques que j'avais déjà connues. Pire encore que de prendre une balle. Mais au moins mon bras fonctionnait, et je pouvais de nouveau conduire. Sans compter que je n'avais plus l'air d'un garçon de café.

Je me rendis à mon agence au volant de ma voiture, grimpai à pied les quatre volées de marches, m'assis derrière mon bureau. J'occupais ce local depuis plus de dix ans. Je connaissais les gens du cabinet d'assurances d'en face, et j'étais sorti un temps avec ma voisine de droite, qui possédait une petite entreprise de produits de beauté. J'achetais mes sandwiches chez le traiteur du rez-de-chaussée, et je tirais et déposais de l'argent au guichet de l'agence bancaire du hall. Joe avait lui aussi un bureau ici, même s'il était vide. Il ne l'avait jamais utilisé, et peut-être n'aurait-il plus l'occasion de le faire.

En regardant les yeux de Pinocchio se déplacer d'un côté vers l'autre, je marmonnai :

— Je pourrais t'accrocher au mur de ma chambre.

Le téléphone sonna.

— Agence de détectives Elvis Cole, lançai-je. La maison est fermée.

— Comment ça, fermée ? demanda la voix de Frank Garcia.

— Simple plaisanterie, Frank. Comment va ?

Je ne tenais pas à m'étendre sur ce qui m'arrivait.

— Comment se fait-il que vous n'appeliez plus ? Comment se fait-il que cette jolie personne et vous ne veniez pas me voir ?

— Je suis débordé. Vous savez ce que c'est.

— Comment s'appelle la jolie personne, déjà ? Celle qui travaille à KROK-8 ?

— Lucy Chenier.

— Je voudrais que vous veniez dîner tous les deux. Je me sens seul, et j'aimerais avoir mes amis autour de moi. Vous viendrez ?

— Ça vous pose un problème si je viens seul, Frank ?

— Quelque chose vous contrarie ? Vous n'avez pas l'air en forme.

— Je me fais du souci pour Joe.

Frank resta silencieux quelques secondes avant de répondre :

— Oui, eh bien, il y a certaines choses qu'on peut contrôler, et d'autres non. Vous êtes sûr que ça va ?

— Comme sur des roulettes.

Je parlais à Lucy tous les jours, mais au fil du temps nos appels se firent plus brefs et moins fréquents. Je n'en tirais aucun plaisir, et je me sentais même encore plus mal après nos conversations. C'était probablement pareil pour elle.

Stan Watts me téléphonait, ou bien je lui téléphonais, mais il n'y avait toujours rien de nouveau en ce qui concernait Joe. Je cherchai à contacter John Chen en huit occasions pour savoir si ses analyses avaient donné quelque chose mais il ne me rappela pas une fois. J'ignore toujours pourquoi. Je maintenais le contact avec l'armurerie de Joe, et je continuais sur ma lancée à rechercher la mystérieuse fille du minibus noir, sans réel espoir de succès. Au bout d'un temps, j'en vins à me sentir comme un étranger dans ma propre vie ; tout ce qui avait été réel pour moi était en train de changer.

Le mercredi de cette semaine-là, j'appelai ma propriétaire et lui donnai mon préavis pour le bureau. L'agence de détectives Elvis Cole n'existait plus. Mon associé, mon amie, et maintenant ma boîte, tout était parti, et je n'éprouvais rien. Peut-être que moi aussi, j'étais parti quand on m'avait retiré ma licence, et que c'était pour cette raison que je n'éprouvais rien. Je me demandai si on embauchait à Disneyland.

Le jeudi soir, je me garai dans l'allée de Frank Garcia et sonnai à la porte en m'attendant à être reçu pour dîner. Abbot Montoya m'ouvrit, ce qui me surprit.

— Frank et moi avions une petite affaire à régler, dit-il, et il m'a prié de rester. J'espère que ça ne vous dérangera pas.

— Vous savez bien que non.

Il me précéda dans le salon, où Frank nous attendait dans son fauteuil roulant.

— Salut, Frank, lançai-je.

Il ne me répondit pas. Il se contenta de rester immobile un moment, souriant avec une sorte de chaleur qui m'alla droit au cœur.

— Pourquoi faut-il que je sois obligé de me renseigner auprès de tierces personnes ? demanda-t-il.

— Quoi ?

— Vous ne rigoliez pas quand vous m'avez parlé de fermeture. Vous avez perdu votre licence.

— Il n'y a pas grand-chose à dire, Frank. Comment l'avez-vous appris ?

— La jolie personne… Lucy Chenier. Elle m'a téléphoné.

— Lucy vous a téléphoné ?

Voilà qui me surprenait.

— Elle m'a raconté tout ce qui s'est passé. Elle dit que vous avez perdu votre licence en aidant Joe à s'enfuir.

Avec un haussement d'épaules, je me contentai de lui renvoyer ses paroles à la figure.

— Il y a certaines choses qu'on peut contrôler, et d'autres non.

Je ne me sentais pas à l'aise pour parler de ça, et je n'en avais pas non plus envie.

Frank Garcia me tendit une enveloppe.

Je la repoussai sans l'ouvrir.

— Je vous l'ai déjà dit. Vous ne me devez pas un sou.

— Ce n'est pas de l'argent. Ouvrez-la.

Je l'ouvris.

A l'intérieur, je trouvai une licence de détective privé de l'Etat de Californie, ainsi qu'un permis de port d'arme. Il y avait aussi une lettre très concise, très sèche, d'un des directeurs du comité des licences de l'Etat, me présentant ses excuses pour les éventuels préjudices qu'avait pu occasionner la perte temporaire de ma licence.

Mon regard alla de Frank à Abbot Montoya. Puis retomba sur la licence.

— Mais… je suis un condamné. C'est une loi de l'Etat.

Un éclair de fierté embrasa le regard d'Abbot Montoya, et je sentis toute la force, tout le muscle et tout le pouvoir qui avaient dû être mobilisés pour obtenir ces deux feuilles de papier. Je songeai qu'il avait peut-être raison, que Frank et lui n'étaient peut-être pas si éloignés que ça des petits voyous de White Fence qu'ils avaient été dans leur jeunesse.

— *Temos tu corazón y tu el de nosotros*, dit-il. *Para siempre*[1].

Frank m'empoigna le bras avec autant d'énergie que les autres fois.

— Vous savez ce que ça veut dire, mon ami ?

Je ne pus rien répondre, réussissant tout juste à secouer la tête.

— Ça veut dire qu'on vous aime.

J'opinai.

— Et la jolie personne, elle vous aime, elle aussi.

Je me mis alors à pleurer, sans pouvoir m'arrêter. Non pas tant sur ce que j'avais que sur ce que je n'avais plus.

1. « On a ton cœur et tu es des nôtres. Pour toujours. » *(N.d.T.)*

43

Deux jours plus tard, j'étais en train de fixer au mur de mon bureau un exemplaire encadré de ma licence toute neuve quand le téléphone sonna. Mon intuition me souffla que ce devait être John Chen ou Stan Watts. Ce n'était ni l'un ni l'autre.

L'un des employés de Joe à l'armurerie me demanda :

— Vous savez qui je suis ?

Mon rythme cardiaque s'emballa. Au quart de tour, en même temps qu'un voile de sueur froide me recouvrait le torse et le dos.

— C'est à propos dc Joe ?

— Vous connaissez l'ancienne base de défense antimissile, au-dessus d'Encino ? Celle qu'ils ont transformée en parc ? La vue vous plaira.

— Joe va bien ? Vous avez eu de ses nouvelles ?

— Aucune. Joe est probablement mort. Je me disais juste qu'on aurait pu se retrouver dans le parc, histoire de s'en jeter une ou deux derrière la cravate à la mémoire d'un vieil ami.

— Bien sûr. Faisons ça.

— Je vous passerai un petit coup de fil à l'occasion. Prévoyez un pack de six.

— Quand vous voudrez.

— Le plus tôt sera le mieux.

Et il raccrocha.

Je fermai mon bureau à double tour, traversai la ville plein pot en direction de l'ouest, et montai vers Mulholland.

C'était un splendide vendredi matin, avec un ciel dégagé. L'heure de pointe était passée, ce qui me laissait une bonne marge, mais je crois que je serais arrivé à l'heure même si les rues avaient été totalement obstruées. C'était forcément Joe, ou des nouvelles de Joe, et je roulai sans réfléchir ni éprouver quoi que ce soit. Peut-être avais-je peur que ces nouvelles ne soient pas bonnes. Parfois, le déni est tout ce qui nous reste.

Le gouvernement avait construit une base de défense antimissile dans les montagnes de Santa Monica pendant la guerre froide. A l'époque, cette installation radar ultrasecrète était censée repérer et descendre les bombardiers soviétiques venus atomiser Los Angeles. Elle avait été reconvertie en un adorable petit parc que presque personne ne connaissait, à part les vététistes et les randonneurs. Et encore, uniquement le week-end.

Quand j'atteignis le parc, un camion flanqué du logo des tortillas Garcia était déjà garé au bord de la route. Je laissai ma voiture juste derrière, pénétrai dans le parc à pas pressés, gravis les marches de l'escalier métallique qui montait en colimaçon jusqu'au sommet de la tour d'observation. Cette tour avait jadis supporté un dôme radar géant, et d'en haut on voyait au sud jusqu'à l'océan et au nord jusqu'au fond de la vallée de San Fernando.

Joe Pike m'attendait sur la plate-forme.

Mon accolade fut modérée, mais je sentis qu'il se raidissait. Il était livide, et plus maigre que je ne l'avais jamais vu, même si sa chemise blanche de livreur Garcia faisait paraître sa peau presque sombre par contraste.

— Tu as mis le temps, nom d'un chien, dis-je. Tu sais ce que le mot « mouron » veut dire ?

— J'étais au Mexique, pour me retaper.

— Dans un hosto ?

Le coin de sa bouche se contracta.

— Pas tout à fait. Comment va le bras ?

— Un peu raide, mais ça va. Je me fais davantage de souci pour toi. Tu as besoin de quelque chose ?

— J'ai besoin de retrouver Trudy.

— Je l'ai cherchée.

Je lui répétai ce que Watts m'avait dit et que mes propres recherches avaient confirmé. Le système n'avait délivré aucune information sur un minibus noir, sur une Trudy ou sur un Matt. J'ajoutai pour finir que je n'avais pas l'ombre d'une piste.

Pike prit acte, puis s'approcha du garde-fou.

— Les flics surveillent mon appartement et l'armurerie. Ils ont gelé mes comptes et fait opposition sur mes cartes de crédit. Ils sont allés voir Paulette.

— Tu devrais peut-être repartir dans le Sud. Tôt ou tard, je finirai par avoir une piste, et on pourra travailler dessus.

Pike secoua la tête.

— Pas question d'aller me terrer dans le Sud, Elvis. Je vais régler cette affaire ici, d'une manière ou d'une autre.

— Il ne s'agit pas de te terrer, mais de rester libre. Tu as pris un risque énorme en remontant.

— Je suis prêt à assumer.

— Et à retourner en prison ?

La lèvre supérieure de Pike fut parcourue d'un affreux frémissement.

— Je ne retournerai jamais en prison. (Son regard fila par-delà mon épaule, et il se raidit avec une soudaineté qui me donna la chair de poule.) On est repérés.

Une berline bleue unie et une voiture de patrouille du LAPD s'immobilisèrent en douceur à hauteur du camion Garcia. Une seconde voiture arriva en trombe, en sens inverse, et fit halte en travers de la chaussée. Nous n'attendîmes pas de voir qui étaient ces flics, ni ce qu'ils mijotaient.

Pike se plia en deux et se coula comme un serpent

vers la cage d'escalier métallique. Je lui emboîtai le pas. On ne voyait pas l'escalier de la plate-forme, ni le sol de l'escalier, mais si nous réussissions à quitter la tour d'observation, le parc s'ouvrait sur des kilomètres de mamelons qui ondulaient vers le sud jusqu'à Sunset Boulevard, et vers l'ouest jusqu'à l'océan. Si Pike parvenait à atteindre les broussailles, la police n'aurait aucune chance de le retrouver, à moins de faire intervenir des chiens ou des hélicoptères.

Tandis que nous dévalions les marches, je lui dis :

— Il y a un sentier qui part au sud à travers les montagnes et qui descend pratiquement jusqu'au Sunset Strip.

— Je le connais.

— Si tu le suis jusqu'au bout, je pourrai te récupérer là-bas plus tard.

Beaucoup de planification pour rien.

Quand nous arrivâmes au pied de l'escalier, Harvey Krantz et deux flics du SWAT armés de M-16 nous attendaient.

Les flics du SWAT mirent tous deux Joe Pike en joue avec autant de concentration que s'ils faisaient face à un cobra prêt à l'attaque. Ils se placèrent chacun d'un côté pour l'avoir sous feu croisé, à trois mètres de distance. Derrière eux, un policier cria à ceux qui étaient restés sur la route que nous étions localisés.

Krantz n'était pas armé, mais son regard était braqué sur Pike comme le canon d'une arme sur une cible de champ de tir. Je m'attendais qu'il nous récite nos droits ou nous informe que nous étions en état d'arrestation, ou même qu'il savoure son triomphe en plastronnant, mais il ne fit rien de tout cela.

— Allez, Pike, dit-il. Balancez la purée. Vous avez une chance de vous en sortir.

Les flics du SWAT bougèrent, mal à l'aise.

Pike était debout, l'intégralité du poids de son corps

sur la pointe des pieds, les mains écartées du tronc, aussi détendu que s'il s'était trouvé dans un jardin de méditation zen. Il devait avoir une arme sur lui, et il devait se demander s'il aurait le temps de s'en saisir, et de s'en servir avant que les flics ne l'aient allumé. Bien que blessé et affaibli, il devait penser à cela. Ou alors, peut-être ne pensait-il à rien du tout ; peut-être se contenterait-il d'agir.

Krantz fit un pas en avant, en ouvrant les mains.

— Je ne suis pas armé, Pike. Vous allez peut-être m'avoir.

Mon regard se déplaça de Krantz à Joe, et je compris alors que ce qui se jouait ici n'était pas une arrestation. Les deux flics échangèrent un regard perplexe, mais ne baissèrent pas leur M-16.

— Qu'est-ce qui déconne chez vous, Krantz ? demandai-je en levant les mains. Mets les mains en l'air, Joe. *Nom d'un chien, mets-les en l'air !*

Pike ne bougea pas.

Krantz sourit, mais ce sourire était forcé, affreux. Il fit un nouveau pas en avant.

— Le temps presse, Joe. Les renforts vont bientôt arriver.

— Mets les mains en l'air, bon Dieu ! Si tu ne le fais pas, c'est lui qui gagne !

Pike prit une inspiration, cessa de regarder Krantz et s'adressa aux flics du SWAT.

— Je vais mettre les mains en l'air.

Il mit les mains en l'air.

— Le flingue est à ma ceinture. Sous ma chemise.

Krantz ne bougea pas.

Un des flics du SWAT dit :

— Krantz, bon sang, désarmez-le.

Krantz sortit son pistolet.

Stan Watts remonta le sentier au trot, le souffle court, et s'arrêta net en arrivant à notre hauteur.

— Hé, Watts, lui lança le flic du SWAT, retirez son flingue à cet enfoiré.

Stan Watts prit le revolver de Pike, puis le mien, et fixa Krantz, qui se tenait immobile, le bras armé pendant le long du corps.

— Qu'est-ce qui vous arrive, putain, Krantz ? Vous ne leur avez rien dit ?

La mâchoire de Krantz se crispa, un peu comme s'il mâchait une dragée très dure, et ses yeux restèrent fixés sur Pike.

— Je voulais qu'il panique. J'espérais qu'il nous fournirait une excuse.

— Prenez-lui son feu, Stan, intervins-je. S'il vous plaît, prenez-lui son feu.

Watts regarda Krantz, puis l'arme de Krantz. Les doigts de Krantz s'agitaient autour du métal de son pistolet comme s'ils étaient animés d'une vie propre. Stan Watts s'approcha, s'empara de l'arme, repoussa durement Krantz en arrière.

— Allez m'attendre dans la voiture.

— Je suis votre supérieur hiérarchique !

Watts déclara aux deux flics du SWAT que leur boulot était terminé, et nous dit ensuite de baisser les mains. Il s'humecta les lèvres comme s'il avait soif.

— Il n'est plus question d'arrestation. Branford laisse tomber les charges. Vous entendez ça, Pike ? Branford est en ce moment même avec votre avocat. La SID a retrouvé des traces de la Jeep de Sobek devant chez Dersh. Vous êtes hors de cause.

Je pris le bras de Pike et le pressai. John Chen avait fait du bon boulot.

Krantz bouscula Watts et alla vriller son index contre le torse de Pike. Exactement le geste qu'il avait eu à Lake Hollywood la première fois que je l'avais vu.

— Je n'ai rien à foutre de ce que peut raconter la SID, Pike. Vous êtes un assassin.

— Arrêtez, Harvey, fit Watts.

— Vous avez tué Wozniak, et je reste convaincu que vous avez tué Dersh.

Krantz vrilla de nouveau son index, et cette fois Pike

l'attrapa tellement vite qu'Harvey Krantz n'eut pas le temps de le voir bouger. Il se laissa tomber au sol en poussant un couinement.

— Je vous arrête, putain de merde ! hurla-t-il. Voies de fait sur un officier de police ! Je vous arrête !

Pike, Watts et moi le regardâmes se tortiller par terre, cramoisi et hurlant, après quoi Watts l'aida à se relever et dit :

— On n'arrête personne, Harvey. Retournez à la voiture et attendez-moi.

Krantz se dégagea rageusement et partit sans ajouter un mot.

— Gardez-le à l'œil, Watts, dis-je. Il est venu jusqu'ici pour assassiner Pike. Il pense chaque mot de ce qu'il a dit.

Watts plissa les lèvres, suivit Krantz des yeux jusqu'à ce qu'il eût rejoint la berline et se retourna vers Pike.

— Vous pouvez porter plainte. Vous auriez de quoi.

Pike secoua la tête.

— C'est tout ? demandai-je. Tu vas tirer un trait, comme ça, sur ce qui vient de se passer ici ?

Watts tourna vers moi sa face de poêle à frire.

— Et qu'est-ce qui s'est passé, Cole ? On est montés jusqu'ici pour vous prévenir, et c'est fait.

— Comment avez-vous fait pour nous retrouver ?

— Certaines lignes de téléphone sont sur écoute vingt-quatre heures sur vingt-quatre et sept jours sur sept. Nos plombiers ont entendu l'employé de Pike vous parler de cette base, et ils ont deviné la suite.

Watts se retourna vers la route, où Harvey Krantz attendait dans sa voiture banalisée, tout seul. Il nous restitua nos armes, en retenant un instant celle de Joe.

— Ce que Krantz a dit, c'est de la connerie à l'état pur. Il est à cran. Je ne joue pas à ce genre de jeu, et il ne l'aurait pas fait non plus dans son état normal. Bauman nous a expliqué que vous étiez injoignable, et on s'est dit que puisqu'il y avait une chance de vous trouver ici, il fallait la prendre.

— Bien sûr, Watts, acquiesçai-je.

— Allez vous faire voir, Cole. Ça s'est passé comme ça.

— Bien sûr.

Watts repartit vers Krantz, et peu après, dès que tous les policiers furent remontés à bord de leurs véhicules, ils s'en allèrent en soulevant derrière eux d'épais tourbillons de poussière brune. Harvey Krantz haïssait tellement Pike qu'il avait besoin de le croire coupable, quoi qu'il arrive. Ce type de haine peut vous inciter à faire des choses que, d'ordinaire, vous ne feriez pas.

— Watts peut raconter tout ce qu'il voudra, dis-je, mais Krantz voulait ta peau. On ne fait pas venir des agents spéciaux pour annoncer à quelqu'un qu'il est blanchi. Dans ces cas-là, on ne se déplace même pas. Si Krantz n'avait pas eu cette idée, il aurait pu t'adresser le message par Charlie, par tes employés de l'armurerie, par moi. Tu aurais été prévenu très vite.

Pike approuva sans faire de commentaire, et je me demandai s'il ne se fichait pas éperdument de connaître les intentions de Krantz. Peut-être cela valait-il mieux, d'ailleurs.

— Quels sont tes projets ? dis-je.

— Appeler Paulette.

— Ça t'ennuie, ce que Krantz a dit à propos de Wozniak ? Sur le fait que de toute façon, tu porteras toujours le blâme ?

Pike haussa les épaules, et cette fois, je sus avec une absolue certitude qu'il s'en foutait éperdument.

— Krantz et les autres n'ont qu'à penser ce qu'ils voudront. L'important, pour moi, c'est ce que je pense et ce que je fais.

Il inspira profondément, et pencha ses lunettes noires de mon côté.

— Tu m'as manqué, Elvis.

Cette déclaration me fit sourire.

— Ouaip. Tu m'as manqué aussi, Joseph. C'est bon de te revoir.

Nous nous serrâmes la main, et je le suivis des yeux tandis qu'il redescendait vers le camion Garcia, y montait et s'en allait. Je restai planté un bout de temps sous le vent chaud, à me dire que tout était fini, que Pike était de retour, sain et sauf. Mais, au moment même où je songeais à cela, je sentis qu'il me manquait l'impression quc tout était fini, résolu.

Nous étions différents. Lc monde avait changé.

Je me demandai si nos vies redeviendraient les mêmes, si nous n'avions pas perdu quelque chose par rapport à ce que nous avions été.

Les démons réussissent toujours à prélever leur tribut, même dans la Cité des Anges.

Et peut-être plus ici que partout ailleurs.

Je vivais dans cette maison depuis de nombreuses années, mais tout à coup ce n'était plus ma maison. Ce n'était plus la douillette habitation accrochée à flanc de montagne qui m'enveloppait de ses bois chauds et d'un halo cuivré au coucher du soleil. C'était maintenant une vaste caverne pleine d'échos que j'arpentais de pièce en pièce, en quête de quelque chose que je ne pouvais plus y trouver. Grimper à l'étage me prenait des jours. Passer dans la cuisine, des semaines. Curieux, comme l'absence d'un ami peut avoir cet effet. Curieux, qu'il ne faille à une femme que le temps de trois battements de cœur pour s'en aller par une porte, alors que l'homme qu'elle quitte est incapable de parcourir le même chemin en une vie entière.

Je suppose que c'est pour ça que tu souris, Cole. C'est tellement drôle.

Cette nuit-là, je verrouillai ma porte et descendis en voiture vers Hollywood par les rues sinueuses qui dévalent des montagnes. L'obscurité naît d'abord au fond des canyons et s'étend en flaques noires dans la profondeur des entailles à mesure que le soleil se cache derrière les hautes crêtes. Un petit truc : en quittant les canyons, on peut retrouver la lumière, gagner une seconde chance de vivre en plein jour. Ça ne dure pas, bien sûr, mais il n'est écrit nulle part que les secondes chances ont une patience éternelle.

Le Sunset Strip était un carnaval permanent de frimeurs au volant de leur Porsche, de mecs à petit bouc qui fumaient des Cubano Robusto à vingt dollars pièce, et de millions de jeunes femmes au ventre plat et au nombril percé d'un bel anneau Rodeo Drive. Mais je ne voyais rien de tout cela. Des pèlerins de Des Moines faisaient la queue devant la Maison du blues comme autant de mannequins de grand magasin. Des gosses aux cheveux jaunes s'agglutinaient devant le Viper Room, le club de Johnny Depp, en riant avec des motards du LAPD à propos de la dernière victime de surdose à l'acide. Je ne voyais rien, je n'entendais rien. Le crépuscule céda la place à la nuit noire. Je roulai jusqu'au bord de l'eau, je partis au nord vers les défilés montagneux de Malibu, puis je revins par la Ventura Freeway, encore une masse de métal lancée à pleine vitesse. Je me sentais nerveux, mal à l'aise, et je me disais que peut-être, en roulant assez longtemps, je pourrais trouver une solution.

J'adore L.A.

C'est une cité immense, tentaculaire, étirée jusqu'au délire, qui nous protège par ses seules dimensions. Mille deux cents kilomètres carrés. Onze millions de cœurs battent dans le comté de Los Angeles. Déclarés ou non. Onze millions. Quels sont les risques ? Cette fille violée sous le panneau de Hollywood n'est pas votre sœur, ce garçon qui baigne le ventre en l'air dans une mare rouge n'est pas votre fils, les éclaboussures sur le distributeur de billets ne sont rien d'autre qu'une œuvre anonyme d'art urbain. Voilà comment on se sent en sécurité. Quand il arrive quelque chose, c'est à quelqu'un d'autre. Le seul hic, c'est que, quand une femme franchit la porte de votre maison, ce n'est pas quelqu'un d'autre qu'elle quitte. C'est vous.

Je quittai la voie express en haut des montagnes de Santa Monica et bifurquai à l'est sur Mulholland. Là-haut, le silence règne, et l'obscurité ; on est à un million de kilomètres de la ville, et pourtant on est en plein cœur de la ville. L'air sec me caressait le visage comme de la soie pure, et les odeurs du désert étaient fortes, eucalyptus et sauge mêlés. Un daim à queue noire traversa la chaussée dans le faisceau de mes phares. Des coyotes aux yeux de rubis m'observaient d'une prairie. Fatigué, je me dis que j'aurais dû rentrer chez moi parce que c'était trop bête de rouler sans but. Juste rentrer chez moi, dormir, m'efforcer de reprendre le cours de mon existence. Tu pourras toujours sauver le monde demain. Et trouver les réponses dont tu as besoin… demain.

Au bout d'un certain temps, je m'arrêtai sur le bas-côté, coupai le moteur, contemplai les lumières qui tapissaient le fond de la vallée. Deux millions de personnes en bas. Demandez-leur de se tenir par la main, elles feront le tour de la lune. Les feux arrière noyaient les boulevards comme du sang qui pulse dans des artères engorgées. Un hélicoptère du LAPD planait au-dessus de Sherman Oaks, orientant sa poursuite sur quelque chose qui se déroulait au sol. Encore un opéra auquel je ne tenais pas à participer.

Je descendis de voiture et m'assis en tailleur sur le capot. Une chouette en forme de tonneau m'observait, perchée au sommet d'un poteau électrique.

— Où ? dit la chouette.

Les chouettes ont l'habitude de poser ce genre de question.

Un mois plus tôt, j'avais failli être tué. Mon associé et meilleur ami avait failli être tué, lui aussi, et depuis lors j'avais passé chaque jour à me dire qu'il n'était plus là. Aujourd'hui encore, il était passé à deux doigts de la mort. Samantha Dolan était morte, mon amie m'avait plaqué, et j'étais là, seul dans les ténèbres face à une chouette. Le monde avait changé, aucun doute. Un espace formidable à l'intérieur de moi était désormais vacant, et je n'étais pas sûr de pouvoir de nouveau le remplir. J'avais peur.

L'air était étouffant — sensation agréable. Quand j'étais arrivé, j'étais tombé amoureux de cet endroit. Pendant la journée, Los Angeles me fait penser à un chiot débordant d'enthousiasme, avide de plaire et prompt à frétiller de la queue. La nuit, elle se mue en une malle au trésor pleine de magie et de rêves. Tout ce qu'on nous demande, c'est de courir après nos rêves. Tout ce dont on a besoin, c'est un peu de magie. Tout ce qu'on nous demande, c'est de survivre, mais c'est partout pareil. C'est ce que j'ai appris en arrivant ici ; c'est ce que des milliers de gens apprennent ici chaque jour, comme tant d'autres l'ont appris ou l'apprendront encore. C'est pour cela qu'ils sont venus ; pour cette malle au trésor bourrée d'espérances.

Je pouvais corriger le tir avec Lucy. Je pouvais recoller les morceaux de ma vie et combler ce vide.

— Où ? demanda la chouette.

— Ici.

Je remontai dans ma voiture, mais je ne rentrai pas chez moi. J'allumai la radio et me mis à l'aise. Je n'avais plus besoin de rentrer chez moi. J'y étais déjà.

L.A. n'est pas une fin ; c'est un commencement.

Moi aussi.

Bien des gens ont contribué à l'écriture de ce roman, jusqu'au moment de sa parution. Parmi eux : l'inspecteur de niveau trois John Petievich, LAPD (section des évadés) ; l'inspecteur de niveau trois Paul Bishop, LAPD (crimes sexuels, West Los Angeles) ; Bruce Kelton (directeur des services d'investigation de médecine légale, Deloitte & Touche) ; Patricia Crais ; Lauren Crais ; Carol Topping (pour ses soirées avec les filles) ; Wayne Topping (pour les avoir subies) ; William Gleason ; Andrea Malcolm ; Jeffrey Gleason ; April Smith ; Robert Miller ; Brian DeFiore ; Lisa Kitei ; Samantha Miller ; Kim Dower ; Gerald Petievich ; Judy Chavez (pour les cours de langue) ; le Dr Halina Alter (pour m'avoir maintenu dans la course) ; Steve Volpe ; et Norman Kurland.

Diverses contributions ont été fournies par les personnes suivantes, sans lesquelles ce livre n'existerait pas sous sa forme présente : Aaron Priest, Steve Rubin, Linda Grey, Shawn Coyne, et George Lucas. Merci à tous.

J'ai aussi bénéficié de l'aide, des encouragements et de l'inspiration d'un certain nombre de personnes qui ont tenu à garder l'anonymat ; parmi ces êtres mystérieux, je citerai T.C., M.G., T.D., L.C. et Cookie. Tous bons pour la patrouille de nuit, n'importe où et n'importe quand.

Ce livre n'est pas uniquement le mien ; il appartient aussi à Leslie Wells.

L'anatomie du crime

Un dernier baiser
de Judith Kelman
(Pocket n° 10463)

Lorsqu'ils pénètrent chez Thea Harper, les policiers trouvent une femme hébétée, les mains pleines de sang, à côté du cadavre de Simon Gallatin. A-t-elle agi dans un état d'épilepsie partielle ? C'est l'hypothèse soulevée par le docteur Forman, qui la défend devant les jurés. Thea, qui ne se souvient de rien, est acquittée. Mais le cauchemar ne fait que commencer…

Impression réalisée sur Presse Offset par

BRODARD & TAUPIN

GROUPE CPI

17063 – La Flèche (Sarthe), le 28-01-2003
Dépôt légal : octobre 2002

POCKET – 12, avenue d'Italie - 75627 Paris cedex 13
Tél. : 01.44.16.05.00

Imprimé en France